*Los trabajos
del infatigable creador
Pío Cid*

Letras Hispánicas

Ángel Ganivet

Los trabajos del infatigable creador Pío Cid

Edición
de
Laura Rivkin

EDICIONES CÁTEDRA, S. A. Madrid

PQ
6613
.A5
T7
1983

© Ediciones Cátedra, S. A., 1983
Don Ramón de la Cruz, 67, Madrid-1
Depósito Legal: M. 25040-1983
I.S.B.N.: 84-376-0415-X
Printed in Spain
Impreso en Selecciones Gráficas
Carretera de Irún, km. 11,500 - Madrid
Papel: Torras Hostench, S. A.

9497-27

Índice

Índice

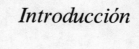

Introducción

La vida de Ángel Ganivet

Cuando Ángel Ganivet se suicidó en 1898, Rubén Darío lamentó la pérdida de un «Hamlet tan cervantino» que simbolizó toda una época en las letras hispanas[1]. Los ojos del poeta nicaragüense vieron claros al reconocer que la trágica búsqueda espiritual de Ganivet le hizo el gran precursor de la generación de 1898. Efectivamente, un Unamuno algo envidioso fue uno de los pocos que se atrevió a discutir el hecho de que Ganivet fuera el primero en articular el «sentimiento trágico de la vida», la regeneración de España mediante la realización de las «ideas madres» y la literatura de ideas que venimos considerando sinónimos del 98[2]. Aun antes y por supuesto después del año del «desastre», Ganivet se hizo destacar en el mundo de las letras. En vida su personalidad magnética ocupó el centro del círculo intelectual granadino, la Cofradía del Avellano; en los primeros años de nuestro siglo su reputación alcanzó la de Unamuno; y hoy tales obras como *Los trabajos del infatigable creador Pío Cid* y el *Idearium español* siguen despertando en los lectores admiración y polémica. La gran novela *Los trabajos* nos sorprende todavía con la sugestividad de la psicología, con la originalidad de la concepción y con la frescura del estilo. Por otra parte, el famoso «manifiesto» del pensamiento del 98, el *Idearium español,* ha provocado que figuras como Manuel Azaña y Juan Goytisolo ataquen su

---

[1] Rubén Darío, «La joven literatura», en *España contemporánea*, París, Garnier, 1901, pág. 83; «A Ganivet», *Estudios y textos ganivetianos,* ed. Antonio Gallego Morell, Madrid, CSIC, 1971, págs. 169-171.

[2] Miguel de Unamuno, «Ganivet y yo», *Obras Completas,* X, ed. M. G. Blanco, Madrid, Aguado, 1951, pág. 172.

visión de España y sobre todo la noción del «senequismo natural» para poder lograr una interpretación más liberal y menos austera de su común herencia cultural[3].

Con eso nos damos cuenta de que para aproximarnos a la generación de 1898 hacemos bien al recurrir a la biografía y a la obra de Ángel Ganivet, un hombre que no sólo era protagonista de su época, sino también, gracias a un voluminoso epistolario, su observador íntimo. Por otra parte, está claro que la biografía ayuda muchísimo a interpretar la obra de un autor destacado por su personalismo, lo cual era cierto en el caso del creador de Pío Cid. El problema es que Ganivet suele mistificar a los que han intentado retratarlo. Reservado acerca de su vida íntima, venerado como objeto de un culto, mitificado como un suicida, Ganivet durante muchos años permaneció envuelto en el misterio. Sólo en las últimas dos décadas el esfuerzo acumulativo que han hecho Javier Herrero, Antonio Gallego Morell, Luis Seco de Lucena y Juan Ventura Agudiez de publicar los epistolarios, las materias previamente inéditas y la interpretación biográfica nos ha proporcionado las claves para descifrar la llamada «esfinge granadina»[4].

Imprescindibles para conocer a nuestro autor son las siete colecciones de cartas que se han publicado. Entre ellas la más reveladora tanto desde el punto de vista personal como del

[3] Manuel Azaña, «El *Idearium* de Ganivet», en *Plumas y palabras*, Madrid, Compañía Iberoamericana de publicaciones, 1930, págs. 9-115; Juan Goytisolo, *La reivindicación del conde don Julián*, Barcelona, Seix Barral, 1980.

[4] Javier Herrero, *Ángel Ganivet, Un iluminado*, Madrid, Gredos, 1966; «El elemento biográfico en *Los trabajos del infatigable creador Pío Cid*», *Hispanic Review*, 34 (1966) 95-110; «Ganivet y su canciller en Amberes», *Revista Hispánica Moderna*, 30 (1964) 271-279; *Correspondencia familiar*, prólogo y notas de Javier Herrero, Granada, Aniel, 1967.

Antonio Gallego Morell, *Estudios y textos ganivetianos; Ángel Ganivet: El excéntrico del 98*, Madrid, Guadarrama, 1974.

Luis Seco de Lucena, *Juicio de Ángel Ganivet sobre su obra literaria*, prólogo de Luis Seco de Lucena, Granada, Universidad de Granada, 1962.

Juan Ventura Agudiez, «Ángel Ganivet y su correspondencia inédita con Francisco Navarro Ledesma», *Nueva Revista de Filología Hispánica*, 21 (1972), 338-362; *Las novelas de Ángel Ganivet*, Nueva York, Anaya, 1972.

Rafael Gago Palomo, «La esfinge granadina», *La Alhambra*, 30 de octubre y 15 de diciembre de 1907.

intelectual es la correspondencia que tiene Ganivet con su íntimo amigo Francisco Navarro Ledesma. Se han publicado tres selecciones de estas cartas, pero estas 63, por esclarecedoras que sean, representan sólo una parte del epistolario que queda inédito y, pese a nuestros esfuerzos, imposible de consultar [5]. Las cartas que Ganivet manda a su amigo Nicolás María López y a sus amigos y editores Luis Seco de Lucena y Francisco Seco de Lucena nos aportan información valiosa sobre su proceso creador [6]. *La correspondencia familiar*, por otra parte, ilumina a través de numerosas cartas dirigidas a su madre y a sus hermanos la vivencia doméstica de nuestro autor: su afecto hacia sus familiares y sus preocupaciones cotidianas ya sean de sus lecciones de piano o de su compra de la lotería. Las 31 cartas editadas recientemente por Pedro Gal Giménez, que incluyen, además de las que escribió Ganivet a su madre y a su primo Antonio, una muy importante de Amelia Roldán, revelan también las preocupaciones íntimas del escritor [7].

[5] Ángel Ganivet, «Epistolario», en *Obras Completas*, II, Madrid, Aguilar, 1962. Consiste en 31 cartas de Ganivet a Navarro Ledesma, desde el 18 de febrero de 1893 hasta el 4 de enero de 1895.

«Epistolario», en *Revista de Occidente*, 11 (1965), 273-323. Consiste en 18 cartas de Ganivet a Navarro, cinco cartas de Navarro a Ganivet, el Testamento de Ángel Ganivet, estando fechadas las cartas desde el 31 de julio de 1891 al 18 de noviembre de 1898.

Javier Herrero, *Un iluminado*. Después del estudio, hay una colección de 10 cartas de Ganivet a Navarro (una de ellas publicada también en *RO*), desde el 31 de agosto de 1891 hasta el 25 de abril de 1896.

Juan Ventura Agudiez, «Ángel Ganivet y su correspondencia inédita con Francisco Navarro Ledesma». La correspondencia está en el Hispanic Society of America, pero debido a problemas legales no se puede consultar.

[6] Ángel Ganivet, *La Cofradía del Avellano. Cartas de Ángel Ganivet*, prólogo de Nicolás María López, Granada, Piñar Rocha, sin fecha. Tiene 24 cartas escritas por Ganivet a Nicolás María López, desde el 25 de mayo de 1895 al 10 de noviembre de 1898.

Luis Seco de Lucena, *Juicio de Ángel Ganivet*. Consiste en 18 cartas dirigidas a Luis Seco de Lucena y a su hermano Francisco Seco de Lucena, de enero de 1896 a noviembre de 1898.

[7] Ángel Ganivet, *Correspondencia familiar*. Consiste en las numerosas cartas que Ganivet dirige a su madre y hermanos desde el 24 de noviembre de 1888 hasta abril de 1897.

Ángel Ganivet, *Las cartas de Ángel Ganivet*, ed. Pedro Gal Giménez, Granada, Diputación Provincial, 1974.

Ahora, con la ayuda de los epistolarios y guiados por los biógrafos, nos toca esbozar la vida de Ángel Ganivet. Nació el 13 de diciembre de 1865 en Granada, en la calle de San Pedro Mártir, número 13, en una familia procedente, como la de Pío Cid en *Los trabajos,* de artesanos sin alcurnia e ilustres hidalgos venidos a menos[8]... Efectivamente, el mito de Ganivet proletario hay que rechazarlo cuando se observa que su familia, perteneciendo más bien a la clase media, poseía dos molinos, dos casas y una huerta en los alrededores de Granada. Teniendo Ganivet nueve años muere su padre. La familia entonces se componía de los abuelos, la madre y los cuatro hijos: Josefa, Ángel, Isabel y Francisco (otros dos, Encarnación y Natalio, murieron jóvenes). Vivían estrechamente unidos en una casa y, por extensión, en una ciudad que venían a representar para Ganivet un refugio espiritual. Dentro de la casa de Cuesta de Molinos había el amor de la madre, el ambiente cristiano, la tranquilidad casi monástica; fuera, estaba la luminosa belleza natural de Granada. Por tanto, es muy probable que un factor en la tragedia de Ganivet sea que, pese a su esfuerzo de recrear este ambiente armonioso en la visión que tiene Pío Cid de Granada como la Jerusalén celeste, no lograba reconciliar esta vivencia con su futura cultura intelectual.

De niño Ganivet era más tunante que devoto, pero aún de corta edad reveló algunas de las características —la generosidad, la tenacidad— que distinguen su identidad de adulto[9]. Una anécdota, ahora famosa, da a conocer la fuerza de voluntad que poseía el joven. A la edad de diez años Ganivet se fracturó la pierna en una caída y tuvo que guardar cama durante meses, gravemente enfermo. El médico aconsejó amputar la pierna pero el niño, arriesgando la vida, se negó porque no quería ser cojo. Tras un esfuerzo que le costó años, aprendió de nuevo a andar y, en efecto, no fue cojo. Sin embargo, la larga convalecencia le marcó su carácter de niño antes despreocupado. Es muy probable que esos años de forzada reclusión, de dependencia hacia la madre y de ávida lectura dejen un fondo de melancolía que será la raíz de su

---

[8] Véase pág. 299 de esta edición. (Para no multiplicar las citas tras cada una escribo en el texto el número de la página de que proviene); *La correspondencia familiar,* págs. 14-15.

[9] *La correspondencia familiar,* págs. 16-17.

dualismo, pues en su época de estudiante ya distinguimos entre el Ganivet con una personalidad influyente y el triste misántropo [10].

A causa de ese accidente, Ganivet comienza tarde sus estudios, pero pronto se destaca como un joven brillante, cursando entre 1880 y 1890 el bachiller y las carreras de Derecho y Filosofía y Letras siempre con las notas de sobresaliente. Sin embargo, este éxito académico tal vez no revela tanto como otras experiencias más íntimas. Esos son los años en que Ganivet se enfrenta con una crisis espiritual, y esos son años también en que duda de su fe mientras queda deslumbrado ante una lectura de Séneca, quien le va a influir notablemente. Javier Herrero resume el carácter del joven así:

> Grave, con frecuencia alegre e incluso bromista, infatigable trabajador, Ángel Ganivet da la impresión, en su vida académica, de una fácil superioridad intelectual que él acepta con sencillez y sin asomo de pedantería. Siempre dispuesto a ayudar a cualquier amigo o compañero que pueda necesitarlo, asoman desde ahora dotes y esa afición pedagógica que hubieran hecho de él un magnífico catedrático si el destino no hubiera torcido sus pasos hacia otros rumbos [11].

Cuando Ganivet viene a Madrid en 1888 para hacer el doctorado inicia, como tantos otros jóvenes que vienen a la corte para «abrirse camino», un periodo que será tan decisivo como difícil. El primer año es el más duro, según se nos muestra en *Los trabajos* el aislamiento, abulia y exaltación emocional del autobiográfico Pío Cid. Pero Ganivet, mientras habita una serie de pensiones humildes parecidas a la de *Los trabajos,* hace más que soñar: trabaja febrilmente. Para doctorarse —con sobresaliente y premio extraordinario— escribe dos tesis, *España filosófica contemporánea,* que no se la aceptaron, y *La importancia de la lengua sánscrita,* mero ejercicio académico. Además, para no ser gravoso a su madre se presenta a las oposiciones al Cuerpo de Archivos, Bibliotecas y Museos, que gana, consiguiendo ser destinado a la biblioteca del Ministerio de Fomento en Madrid. Después de este primer año de lucha Ganivet se integra progresivamente en el mundo

---

[10] *Ibídem,* págs. 18-19.
[11] Herrero, *La correspondencia familiar,* págs. 18-19.

intelectual madrileño, asistiendo al Ateneo y a las tertulias literarias, congregando en torno a sí un círculo de amigos. El más famoso de ellos, sin duda, será Miguel de Unamuno, cuya amistad nace en 1891 cuando los dos estudian juntos para las oposiciones a cátedra de griego. Aunque Unamuno gana la de Salamanca y Ganivet pierde la de Granada, la amistad perdura, expresándose de forma polémica en *El porvenir de España*.

Si fuéramos a resumir el carácter de los años que pasa Ganivet en Madrid, cabría decir que su lucha tiene dimensiones personales y ejemplares. La circunstancia personal consiste en sufrir una intensificación del dualismo que ya hemos mencionado, puesto que si por fuera es el animado contertulio, el humorista, toda una vigorosa e influyente personalidad, por dentro vislumbramos, en su obra y en su epistolario a Navarro Ledesma, algunas notas del futuro suicidio. Dos cartas dirigidas a Navarro en 1890 son buen reflejo del conflicto íntimo que sufre. Confiesa: «Has pensado en el suicidio y yo estoy aburrido de pensar y hasta deseché la idea, no quedándome hoy ese placer.» Poco después Ganivet describe, a raíz de su angustia, la famosa abulia:

> Hoy me he levantado triste no sé por qué y te escribo no ya triste sino endemoniado.
>
> Debe ser cosa de clima, porque hoy llueve y hace frío desagradable, pero a mí me tiene sin cuidado la causa y me fijo sólo en el efecto, que es como ya te digo estar completamente jodido. No es esto tampoco hablando con propiedad, pero no encuentro otra palabra: aburrido, hastiado, malhumorado, melancólico, abrumado, entontecido... creo que es todo esto junto y algo más.
>
> Y todo quizás sea por faltarme las creencias. ¿Sabes tú si los creyentes no están nunca abroncados? Porque entonces yo creería en algo aunque me costase trabajo, pues en verdad te digo, que con este escepticismo, nada, que no puede uno estar tranquilo.
>
> Gracias que provisionalmente cuento con el estoicismo que me hace terminar riendo la carta que comencé llorando, y me permito enviarte riecitos de paz y de tranquilidad a ti que seguramente estarás triste en tu destierro a solas con recuerdos que acaso sean desagradables[12]...

---

[12] Juan Ventura Agudiez, «Ángel Ganivet y su correspondencia inédita con Francisco Navarro Ledesma», *NRFH*, 21 (1972), 340-341.

Tal incertidumbre y tal angustia espiritual son precisamente las características que hacen del destino de Ganivet el del precursor simbólico del 98. En efecto, de proyectar la íntima lucha espiritual a la visión de España, Ganivet saca a la luz el *Idearium español,* la obra que interpreta España como Virgen dolorosa rodeada de la cultura positivista y escéptica del siglo XIX.

En 1892 dos acontecimientos irrumpen en este ambiente de angustia y ponen fin a la época madrileña de Ganivet. El primero de febrero conoce en un baile de máscaras al «gran y único amor» de su vida, Amelia Roldán Llanos[13]. Su encuentro inspira las escenas encantadoras de *Los trabajos,* cuando Pío Cid conoce a su Martina. No sabremos nunca por qué Ganivet no se casó con Amelia. Se ha dicho que sus dotes morales no llegaban a sus dotes físicas —era una mujer bellísima—, y podemos afirmar que vivían juntos a veces abiertamente (en Helsingfors) y, si no siempre felices, casi hasta las fechas del suicidio. Sabemos, además, que los frutos de esos amores son dos hijos, la primera una hija, Natalia, que muere al poco de nacer, y el segundo un hijo llamado Ángel Tristán. Desgraciadamente poco más puede averiguarse de esos amores porque Ganivet los ocultó a todos excepto a sus amigos más íntimos, quienes, a su vez, suprimieron la mayoría de las alusiones a Amelia aparecidas en las cartas. El otro gran acontecimiento ocurre en primavera cuando Ganivet gana con el número uno unas oposiciones al cuerpo consular. El 30 de mayo de ese año, 1892, es nombrado vicecónsul de Amberes y el 15 de julio toma posesión de su destino. Así, es en el extranjero —Amberes, Helsingfors, Riga— donde la carrera literaria de este gran precursor florecerá.

Los cuatro años que Ganivet pasa en Amberes comienzan con un breve periodo mundano, pero progresivamente se retira de la actividad social hasta adoptar una existencia que es casi —Amelia le acompaña— monástica. El aspecto externo de su vida es tranquilo, compuesto de trabajo —era un diplomático excelente—[14], estudio, excursiones y viajes. Durante las vacaciones a finales de 1849 Ganivet va a Granada, reanuda su amistad con los compañeros de allí —en ese tiempo

---

[13] *La cofradía de Avellano,* pág. 70. Años más tarde de enamorarse de Amelia Roldán, Ganivet dice a N. M. López que él no ha tenido más que un amor en su vida, que fue «el que tú sabes», Amelia.

[14] Javier Herrero, «Ganivet y su canciller en Amberes».

figuras importantes ya en la vida cultural granadina— y forma la Cofradía del Avellano. Esta Cofradía, que encontramos retratada en *Los trabajos*, la describió uno de sus miembros, Nicolás María López:

> Sencillamente, una reunión de amigos. Nunca tuvo domicilio ni reglamento. El presidente nato fue Ganivet. En su estructura exterior se asemejaba a las Academias helénicas. [...] Llegados a la fuente del Avellano, y sentados en el amplio murete que la circunda, empezaba la tertulia. Ganivet, llevaba el diapasón e imponía el carácter; los demás daban el tema, hacían objeciones, o se reían de los argumentos[15].

Este grupo floreció sobre todo cuando Ganivet visitó Granada en los veranos de 1895 y 1897. Su estancia en Amberes concluye cuando, el 25 de diciembre de 1895, es ascendido a cónsul y destinado a Helsingfors (Helsinki), adonde llega el 15 de febrero.

Hay que profundizar en esta vida tranquila de Amberes para ver que sólo lo era de apariencias. En realidad, estos son años de vida intensa, puesto que en Amberes Ganivet se desarrolla como intelectual al mismo tiempo que experimenta dos pérdidas traumáticas, la del amor y la de la fe. Los epistolarios reflejan su constante actividad intelectual: lee vorazmente las revistas y los periódicos europeos, estudia idiomas (francés, alemán, inglés), practica asiduamente el piano. Lo que es más, Ganivet por fin empieza a escribir. Su primer artículo, «Un festival literario en Amberes», se publica en *El Defensor de Granada* el 21 de agosto de 1892, y en la primavera de 1893 comienza su primera novela, *La conquista del reino de Maya*, que casi termina en 1895. Pero ahora hay que mencionar lo triste de estos años porque durante ellos la relación que tiene Ganivet con Amelia se deteriora. Ella había llegado a Amberes, probablemente embarazada de su hija Natalia, y al poco de estar allí Ganivet descubre en ella una mujer que no merece el gran amor que originalmente le inspiró. El comprender que ese amor era una ilusión fue un golpe tremendo para un hombre tan apasionado como Ganivet, y, por si fuera poco, a esta pérdida, le acompaña otra: el hallazgo de que el fin último del hombre no existe. Sin amor y sin fe, Ganivet empieza a aludir al tema del suicidio en sus cartas.

---

[15] *La Cofradía del Avellano*, págs. 15-17.

18

Sin embargo, como Javier Herrero sugiere[16], dentro de la desesperación y la alienación que experimenta el joven vicecónsul en una Bélgica rica con los frutos de la conquista colonial, dejan entreverse algunas notas de esperanza. Posiblemente, es esta búsqueda de una existencia más allá del materialismo que le rodea lo que le lleva a articular más claro que nunca su dualismo. Porque, pese a seguir con Amelia, a tener algún que otro coqueteo y a asistir a comidas en barco, Ganivet se siente más y más atraído hacia una vida de asceta. Dramatiza esta tendencia haciéndose vegetariano, dejando de usar la calefacción y practicando una gran frugalidad.

En Finlandia Ganivet lleva una vida menos aislada que la de Amberes puesto que ahora presenta a Amelia como su esposa, tiene un amor platónico con su bella profesora de sueco, Mascha Bergman —que le inspira algunos poemas—[17], y atrae además un círculo de admiradoras cuyas tertulias, recordadas por la hermana de nuestro autor, eran muy alegres. También debieron de haberle animado mucho en esos años sus primeros triunfos como escritor. Efectivamente, cuando Ganivet visita Granada el verano de 1897, lo acogen como el hijo ilustre de la ciudad. Y cuando prolonga su estancia en España para visitar Cataluña, Ganivet es honrado con la amistad del grupo de Sitges de Santiago Rusiñol y con el respeto de la prestigiosa *Vanguardia,* que le solicita como colaborador. Tampoco se encuentra oprimido por la soledad cuando se marcha de España, pues Ganivet invita a pasar el año con él en Helsingfors a sus hermanas, que le hacen compañía junto con Amelia y el joven Ángel Tristán.

Pero no es esta vida social —puesto que Ganivet sigue con su retiro— ni los honores literarios los que explican mejor la vivencia en Finlandia. Al contrario, son las creaciones literarias y espirituales las que distinguen más esta época. En los dos años y pico que pasa en Finlandia, Ganivet, trabajando de modo febril, produce la mayor parte de su obra. Durante los primeros quince días de estar en Helsingfors escribe *Granada la bella;* el otoño y el invierno los dedica a su libro *Cartas finlandesas;* entonces, después de regresar de las vacaciones en España, en el invierno de 1897-98, en dos meses, termina casi toda la voluminosa novela *Los trabajos;* en seguida, y a veces simultáneamente, escribe su colección de ensayos *Hombres del*

---

[16] *La correspondencia familiar,* pág. 27.
[17] *Cofradía,* pág. 61.

norte y su drama *El escultor de su alma.* Sin duda esta increíble labor, que por supuesto coincide con los deberes que tiene Ganivet como cónsul, representa una de las grandes hazañas de la creación literaria.

¿Cómo podemos explicar esta explosión creadora? Javier Herrero, muy sensatamente, la relaciona con lo que identifica como una «iluminación» espiritual. Según este crítico, el progreso espiritual que hace Ganivet va paralelo al de un místico que, después de perder el amor y dudar de la fe, sufre una «noche oscura del alma». Una vez superada esta oscuridad, llega a concebir un más alto amor ideal. Ganivet articula esta transformación recurriendo a imágenes que Herrero nos ayuda a interpretar:

> De la misma manera que de la noche de la angustia brotaba una figura angélica, más tarde, en la mitología de Ganivet, esa imagen se transformaba en una Virgen, que es el «Alma» del hombre. Tal «Alma» es *hija* de hombre, designando así la íntima relación de dependencia; nuestra alma tiene su origen en nosotros mismos; y es el fruto de la acción dolorosa de darnos martillazos, de cortarnos fragmentos, es decir, de ascesis, de renunciación[18].

Esta purificación que hace de Ganivet el «escultor de su alma» le impulsa a esculpir en los otros, transformando a sus amigos, su ciudad y su país. En efecto, mientras críticos como Gonzalo Sobejano y Donald Shaw opinan que la desesperanza o el escepticismo suprimen finalmente la iluminación ganivetiana, todos los biógrafos coinciden en la preeminencia de la voluntad creadora[19]. Ejemplo de esta voluntad es *Granada la bella,* que propone rescatar la ciudad nativa del materialismo finisecular mediante la realización de su tradicional «espíritu territorial». Otro ejemplo es el *Idearium español,* que proyecta transformar el país entero, descubriendo su esencia espiritual en una combinación de elementos cristianos, estoicos y árabes cuya culminación es la mística, y mostrando cómo este espiritualismo puede salvar a España de la «abulia» en que está hundida. Claro está que la forma de esta voluntad creadora

---

[18] *La correspondencia familiar,* pág. 30.
[19] Donald Shaw, «Ganivet's *El escultor de su alma.* An Interpretation», *Orbis litterarium,* 20 (1965), 297-306; Gonzalo Sobejano, «Ganivet o la soberbia», *Cuadernos Hispanoamericanos,* 104 (1958), 133-151.

que más nos interesa es la novela de Ganivet, pero antes de investigar la narrativa, debemos concluir con estos apuntes biográficos.

La estancia en Helsingfors termina cuando el cuerpo diplomático, siguiendo la recomendación extraordinariamente honrada de Ganivet, suprime el consulado allí por razones de insuficiente actividad comercial. El próximo destino es Riga, donde Ganivet toma posesión del consulado el 10 de agosto de 1898. Allí, en Riga, unas circunstancias muy infortunadas se combinan para revivir las ideas del suicidio que hemos podido descubrir en sus cartas ya en 1893. En primer lugar, hay que insistir en la purificación espiritual, pues en la última carta, una tarjeta postal, que manda a Navarro Ledesma, Ganivet confiesa: «... atravieso una gran crisis espiritual, que si no estuviera tan bien templado me echaría a la fosa»[20]. El proceso iluminador le lleva a la posibilidad de la auto-creación, pero, por otra parte, ¿no es probable también como resultado de esculpir en el alma la auto-destrucción? ¿Hay prueba mejor de la fe en la primacía del espíritu sobre la materia que el acto máximo de la renunciación? Esta tesis se presentará como muy seductora a un idealista como Ganivet que asocia tan a menudo el dolor y el martirio con las iluminaciones de la fe. Pero posiblemente no resultaría tan tentador el martirio si no hubiera otros factores, como la soledad y el desengaño amoroso, impulsándole a su trágico fin. Ganivet estaba solo habiendo mandado a su familia a España, y, además, suele opinarse que la última separación de Amelia tuviera carácter de una ruptura definitiva, pues un anónimo le llega a Riga acusándola a ella de infidelidad[21]. Así Ganivet, separado de su familia, su amante y sus amigos, progresivamente alienado del mundo diplomático que debiera representar, poco impresionado al parecer por su creciente éxito literario, cae víctima de una profunda depresión.

Su estado de ánimo se explica también por factores físicos. Poco antes de su muerte Ganivet se puso tan agitado y paranoico que un amigo, el barón Von Brück, le convenció de que visitara a un médico. Le vio el doctor Von Haken, que diagnosticó el problema como, probablemente, el desarrollo rápido de una parálisis general progresiva causada por una irrup-

---

[20] «Epistolario», *RO*, pág. 320. La tarjeta postal es del 18 de noviembre de 1898.
[21] *La correspondencia familiar*, pág. 32.

ción de una infección sifilítica contraída en su juventud. Esta explicación suele ser aceptada entre los biógrafos de Ganivet, pero dos psicólogos —Carlos Castilla del Pino y, más recientemente, José Marín de Burgos— han señalado otra tal vez más convincente. Opinan que por ser la diagnosis de Von Haken anterior a la prueba de Wasserman (1906) y por estar lúcido Ganivet poco antes de morir —lo que no suele ocurrir en los casos de parálisis progresiva— el suicidio fue probablemente resultado de una depresión paranoide, tipo de psicosis fasotímica[22]. Nosotros, críticos literarios y no médicos, no podemos juzgar cuál es la diagnosis definitiva, pero sí podemos declarar que la voluntad de Ganivet conserva una fuerza espantosa hasta el final. El 29 de noviembre de 1898, el mismo día que Amelia y el joven Tristán desembarcan en Riga, Ganivet, atravesando el Dwina en uno de los barquitos en que lo cruzaba a diario, se arroja no sólo una sino dos veces al agua. La primera vez los pasajeros consiguen salvarlo, pero cuando Ganivet recobra el conocimiento (y en un momento de descuido) logra lanzarse de nuevo, esta vez suicidándose. Con su muerte España perdió un pensador sumamente original y, como veremos pronto, un novelista que acaba de comenzar una carrera brillante.

Las novelas de Ángel Ganivet

Aunque Ortega y Gasset aplaudió *Los trabajos del infatigable creador Pío Cid* como «una de las mejores novelas que en nuestro idioma existen y donde mejor se conserva el Madrid de fin de siglo, que podría definirse así: *genialidad y chabacanería*»[23], hasta ahora la atención que se ha dedicado a esa gran novela y a la originalidad de Ganivet como literato sólo puede calificarse, lamentablemente, de escasa. El autor de las tres obras que componen el ciclo de «Pío Cid», dos novelas —*La conquista del reino de Maya por el último conquistador Pío Cid*

---

[22] Carlos Castilla del Pino, «Para una patografía de Ángel Ganivet», *Ínsula*, 5 (1965), 228-229; José Marín de Burgos, «Patografía de Ganivet. Aspectos psicológicos de su muerte», Dis. Universidad Complutense (1980), págs. 487, 489, 538.

[23] José Ortega y Gasset, *Obras Completas*, VI, Madrid, Revista de Occidente, 1964, pág. 373.

(1896), *Los trabajos* (1898)— y un drama, *El escultor de su alma* (1898), así como de varios cuentos, ha sido relegado por el Ganivet ideólogo, el autor de *España filosófica contemporánea* (1889), de *Idearium español* (1898) y de *Porvenir de España* (1898). Desde luego, tal situación se ha remediado gracias en parte a importantes publicaciones, tanto de trabajos críticos como de materiales hasta entonces inéditos, que vieron la luz relacionadas sin duda con el centenario del nacimiento de Ángel Ganivet, en 1965. Números enteros de *Ínsula* y de *Revista de Occidente* fueron consagrados a Ganivet; extensos estudios de su vida y de su obra han aparecido a partir de entonces: Javier Herrero publicó *La correspondencia familiar* (1965) y *Ángel Ganivet: Un iluminado* (1966); Miguel Olmedo Moreno escribió *El pensamiento filosófico de Ángel Ganivet* (1965) y Juan Ventura Agudiez nos dio el único libro enteramente consagrado a Ganivet literato: *Las novelas de Ángel Ganivet* (1970). Aun así, y a pesar de los esfuerzos que le dedicaron Javier Herrero, Antonio Gallego Morell y Melchor Fernández Almagro para desvelar algo del misterio que envolvía la vida de la «esfinge granadina», gran parte de los lectores de Ganivet siguen a oscuras sobre el significado de su obra maestra, *Los trabajos*.

La causa tal vez haya que seguir atribuyéndola a la preeminencia del ideólogo, del autor de *Idearium español*. No solemos asociar con la democracia el nombre de Ganivet precisamente por esa obra. Hasta su buen amigo Unamuno declaró que «Ganivet llevaba dentro a un reaccionario»[24], y Manuel Azaña por su parte lanzó una dura crítica al utopismo impresionista del *Idearium*[25]. Mientras que Gustav Conradi asocia la noción antieuropea que Ganivet tiene de la regeneración española con el refugio en que Tolstoi convierte el *Volkgeist* cristiano, José Maravall, uno de los comentaristas más piadosos, se ve forzado a recordar que el reaccionarismo de Ganivet le bienquistó con Primo de Rivera. Además, Maravall critica el empeño de Ganivet por regenerar España mediante la purificación de su espíritu perenne, no sólo como solución pedagógica a un problema político sino también autorrealiza-

[24] Miguel de Unamuno, «Ganivet y yo», *Obras Completas*, X, Madrid, Aguado, 1958, pág. 173.
[25] Manuel Azaña, «El *Idearium* de Ganivet», en *Plumas y palabras*, Madrid, Compañía Iberoamericana de publicaciones, 1930, págs. 9-115.

ción mística y medievalizante que rechaza las luces del humanismo[26]. Es muy probable, por tanto, que este Ganivet individualista y antidemocrático tenga parte de culpa en el hecho señalado: que el ciclo de Pío Cid está todavía sin valorar en su justa medida. Pero hoy día, incluso al lector que supere tales obstáculos puede resultarle difícil acercarse a una novela de Ganivet. Es casi imposible topar con una de sus novelas en las librerías porque la edición más reciente de *Los trabajos* está agotada igual que la edición de las *Obras Completas* de nuestro autor. Es de esperar que nuestra edición de *Los trabajos* sirva para sorprender a un público actual con la originalidad y la frescura de Ganivet y ponga a su alcance una de las mejores novelas escritas en castellano.

«LA CONQUISTA DEL REINO DE MAYA POR EL ÚLTIMO CONQUISTADOR PÍO CID»

Si queremos aclarar la génesis de una de las obras cumbres de la narrativa española, cabe examinar una obra si no maestra sí primera en el ciclo Pío Cid: *La conquista*. La concepción de esta primera novela tiene mucho que ver con la carrera que Ganivet inició como vicecónsul en Amberes. La actividad comercial del puesto y el ambiente de una Bélgica rica con las ganancias obtenidas en las colonias africanas, le llevaron a una búsqueda de los orígenes del imperialismo finisecular. Primero Ganivet recurrió a las novelas de las exploraciones fantásticas —*Gulliver's Travels*, de Swift, y *Robinson Crusoe*, de Defoe—, pero leer sólo le sirvió para agudizar un deseo casi fisiológico de expresar su repugnancia hacia el colonialismo triunfante que le rodeaba. ¿Cómo podría más eficazmente «intervenir» en este ambiente de conquista? Siendo español, en los años anteriores al «desastre», Ganivet no podía hablar tan elocuentemente con la espada como con la pluma, y su desahogo tomó forma literaria en las primeras aventuras de Pío Cid. Este relato de la conquista de un pueblo africano ficticio es a la vez utópico y satírico. El título mismo, con Maya significando en sánscrito «ilusión» y aludiendo también a la civilización

---

[26] José Antonio Maravall, «Ganivet y el tema de la autenticidad nacional». *Revista de Occidente*, 11 (1965), 389-409.

precolombina, sugiere que Cid hereda la tradición de Hernán Cortés sólo para conquistar un imperio de sueños. Y lo que es más, las aventuras que corre Cid en el camino a su imperio le permiten a Ganivet atacar mediante la sátira el colonialismo belga tanto como la sociedad y la política de la España de fin de siglo.

Ganivet escribió la mayor parte de *La conquista* entre julio y octubre de 1893, y tras dos años de abandono del manuscrito, añadió la conclusión en 1895 y finalmente publicó la obra por cuenta propia en marzo de 1897. La novela consta de 22 capítulos narrados en primera persona por Pío García de Cid. Describe un típico señorito de la época de Cánovas que se esfuerza en someter un pueblo africano a las nociones decimonónicas del progreso y del humanitarismo. El experimento de planificación social fracasa, puesto que el estado que crea Cid es más bárbaro burocrático y destructivo que el gobierno «primitivo» de antes.

Probablemente la manera en que Ganivet escribió la novela, con interrupciones y «a lo que salga»[27], sea la causa de cierta tensión entre su sátira y su utopismo. En el último capítulo vemos un indicio muy claro de esta doble intención, puesto que mientras la mayor parte de la novela ataca las empresas de Cid, esta parte final, «El sueño de Pío Cid», comunica a través de un Cortés fantasmal un elogio de las reformas logradas: «Los mayas eran felices como bestias y tú les has hecho desgraciados como hombres» (I, pág. 650). Las cartas de Ganivet confirman la coexistencia de lo negativo y lo positivo en el héroe. Cid es «el instinto de un pueblo conquistador que ya no puede conquistar nada»[28], pero es también un hombre dinámico —«un Robinson español, un hombre de acción y de perspicacias, un transformador de hombres» *(Cofradía,* pág. 78). Vemos también esta doble intención cuando Ganivet define la novela como «una protesta contra nuestra política de guerra y brutalidades», y añade: «España debe emprender las conquistas ideales a que tiene derecho, y el camino es el que sigue Pío Cid, aunque éste, por el carácter de la obra, ofrezca un doble

---

[27] Ángel Ganivet, «Epistolario», *Obras Completas,* II, Madrid, Aguilar, 1962, pág. 918. Para no multiplicar las citas, tras cada una escribo en el texto el número de la página de que proviene.

[28] Ángel Ganivet, «Epistolario», en *Revista de Occidente,* 305. Para no multiplicar las citas tras cada una escribo en el texto el número de la página de que proviene.

aspecto, serio y bromista. Dios malo y bueno a la vez» *(Cofra-día*, pág. 78). Así, Pío Cid, desempeñando el papel de conquistador del ideal, apunta hacia el transformador idealista que encontramos en *Los trabajos*.

En *La conquista* hay alusiones autobiográficas —la niñez «tunante» del héroe bien podría describir la del propio autor—, pero la técnica que Ganivet destaca en la novela es la sátira, de cuya originalidad se siente orgulloso: «la sátira no es de concepto; es *plástica* (lavadero, estercolero, etc.) y como tal, germen de nuevas creaciones; es *sátira positiva,* algo nuevo en el arte, si yo no estoy equivocado» *(Cofradía,* pág. 80). Pues bien: los lectores de hoy comentan la riqueza de las técnicas satíricas que ofrece esta novela. En ella Ganivet explota la distancia entre las intenciones y los resultados que sufren las reformas de Pío Cid; y, además, se burla del lector al invitarlo primero a identificarse con las razones del héroe, las cuales, después, se revelan como sofismas. Tal vez esta misma complejidad satírica fue lo que provocó mayor perplejidad en los primeros lectores de la novela. Uno de ellos fue Navarro Ledesma, quien pese a conocer tan bien al enigmático Ganivet, confesó que lo satírico en *La Conquista* era «fatigoso, frío, sin color ni calor» *(RO,* pág. 307). En efecto, Ganivet mismo dejó entrever ciertas dudas sobre la intención y la forma de la novela. Declara en una ocasión que «lo esencial son las reformas» (II, pág. 920) y en otra que «lo esencial es la mutación de Pío Cid» *(RO,* pág. 305). Además, Ganivet, aunque defiende las ideas que ofrece cada página de la novela, la crítica como «una sarta de incongruencias» *(RO,* págs. 304, 306). De hecho, *La conquista* nunca adquirió el público entusiasta que tiene *Los trabajos,* pero, por otra parte, hay que reconocer que la primera novela inició a Ganivet en su camino al verdadero triunfo literario. «Yo estoy convencido —dice Ganivet de *La conquista*—, de que he resuelto una gran cuestión estética y de que con este precedente puedo hacer cosas que antes no hubiera podido hacer»[29].

---

[29] Juan Ventura Agudiez, *Las novelas de Ángel Ganivet,* Nueva York, Anaya, 1972, págs. 94-95.

«LOS TRABAJOS DEL INFATIGABLE CREADOR PÍO CID»

La génesis de «Los trabajos»

Para seguir investigando la génesis de *Los trabajos* hay que cometer lo que la «nueva crítica» norteamericana llamaría la «intentional fallacy». Sin embargo, si no abordamos unos comentarios que hace Ganivet sobre su novela, se nos escapa una espléndida oportunidad para enriquecer nuestra lectura del texto. Así, vemos que el 16 de abril de 1898 Ganivet escribe a su amigo Nicolás María López: «La nueva novela se titula *Los trabajos del infatigable creador Pío Cid,* y la idea fundamental es la transformación social y humana por medio de inventos, lo mismo que en *La conquista,* sólo que ahora la nación es España, y los inventos son originales, como verás. En cuanto a la estructura es una novela de costumbres contemporáneas» *(Cofradía,* págs. 95-96). Podemos fijar la génesis de la obra el año anterior, porque el 12 de abril de 1897 Ganivet anuncia a Navarro Ledesma que «*Pasión y muerte de Pío Cid,* novela de costumbres» es el sexto de los nueve proyectos que quiere escribir en el futuro cercano *(RO,* pág. 306). Sabemos también por una carta a Nicolás María López que, cuando Ganivet se puso a escribir la novela, realizó cinco de los seis «trabajos» en el período asombroso de dos meses, del 1 de diciembre de 1897 al 31 de enero de 1898. Cuando más tarde decidió incluir sólo tres trabajos en el primer tomo, Ganivet añadió, en marzo, un sexto a los dos sobrantes para que la novela pudiera publicarse en dos tomos de tres trabajos cada uno. Apareció el primero el 18 de marzo de 1898; el segundo vio la luz el 12 de septiembre de 1898.

Hay que señalar que estos dos voluminosos tomos comprenden sólo la mitad de la novela que Ganivet tenía pensado escribir. Quería que su héroe, Pío Cid, siguiera el ejemplo de Hércules transformando España mediante doce trabajos. Aunque los seis últimos no fueron redactados, conservamos el plan de la continuación de la novela, que aclara mucho sobre la composición global de la obra tal como la leemos hoy. Los seis episodios proyectados son los siguientes:

> Trabajo 7. Pío Cid alecciona a un aspirante a inventor. Viaje a Barcelona; el telégrafo; el elefante-tren. Familia Ferrer.

Don Narciso, doña Catalina y Alberto. Novela de Pío Cid *El poder de la sangre*. Cómo la escribió. Martín Cabeza. Félix Ferrer, don Juan y doña Dionisia. Encuentro con Tauris. El movimiento continuo. *Poesía;* una dedicada a Mariano Zúñegui. Carta a N. Ávila sobre el microciclo.

Trabajo 8. Pío Cid desea ser propietario en Galicia y lo es en Portugal. Los zapatos Z. Bilbao. Comida en un bosque, paseo con Francesca. Viaje a Lisboa. Excursión a Coimbra. Muerte. *Poesías:* Una a Candelita. Otra en Coimbra, de amor. Lamentación sobre su muerte. Epitafio.

Trabajo 9. Pío Cid acomete la renovación del teatro español. Llegada a Madrid. Mercedes. La juventud. Vargas. Pío Cid escribe *La Creación*. Lectura (antes encuentro con estudiantes). Se traslada *La Creación* íntegra. *Poesías:* Las de la tragedia serán en verso los actos primero y último y dos poesías a Virginia en el tercero y cuarto.

Trabajo 10. Pío Cid funda de hecho la fraternidad humana. Mutación. Mercedes. Pío Cid reconoce al hijo de Gandaria. Gandaria, Benito. Tiene que darlo a criar fuera. Escenas en los barrios bajos. Rosita, Juana. *Poesías:* Una a Gandaria.

Trabajo 11. Pío Cid se declara anasítropo. Muerte del niño. Trabajos periodísticos. Los retratos X. La burrada (el pergamino árabe). Ideas sueltas. *Poesías:* Una a la muerte de Juanito de la Cruz. Un adiós a la Razón.

Trabajo 12. Pío Cid crea el psícope (o la Tenalma). Viaje a Granada. Deja allí a Martina. Vuelta a Barcelona. Despedida. Barcarola final, fúnebre marcha. Muerte de Pío Cid. Una por el estilo de la sombra[30].

De esos seis trabajos, ¿llegó Ganivet a escribir alguno? Si consultamos una carta suya del 16 de abril de 1898 podemos percibir las duda que tiene sobre la continuación de la novela:

> Conste que estos dos tomos no aparecen como primera parte, ni conviene correr la voz. Son sencillamente seis trabajos que tienen cierta unidad y que pueden quedar así hasta que yo escriba los otros seis cuando pueda. Del mismo modo *La conquista* que era el prólogo de *Los trabajos* era una obra

---

[30] Antonio Gallego Morell, ed. *Estudios y textos ganivetianos*, Madrid, CSIC, 1971, págs. 46-47.

completa, aunque el protagonista quede en pie, y pueda dar algo de sí *(Cofradía,* pág. 95).

La génesis de *Los trabajos* se aclara fijándonos no sólo en los textos que no se escribieron, sino también en los que hemos podido leer dentro o fuera del marco de la novela. Hay dos factores que vienen al caso, los poemas que se ofrecen en los primeros seis trabajos y el drama *El escultor de su alma* que se publicó aparte. Al menos tres de los poemas que hallamos en la novela fueron enviados a Francisco Navarro Ledesma, en mayo de 1896, en su francés original. Estos son «J'ai connu une femme étrange, de bonté si cruelle», «Ja'i vu une belle campanule qui rampait par la terre» y «Uve femme m'a demandé de son ton plus meilleux». Además, en la lista de poemas que poseía Navarro Ledesma a la muerte de Ganivet había uno, en francés, titulado «L'amoureux de l'ombre», que es el importante diálogo en verso entre «El enamorado y la sombra» con que la novela concluye. En cuanto al lugar de los poemas en la novela, opina Herrero muy sensatamente lo siguiente:

> Podemos, pues, concluir legítimamente que Ganivet, como todo poeta, escribía sus versos cuando se sentía inspirado; que más tarde, y de acuerdo con consideraciones de oportunidad literaria, los incluyó en sus obras en prosa cuando le pareció oportuno, y que, por tanto, podemos nosotros considerar tales poemas con plena independencia del lugar que ocupan en las obras que los contienen [31].

El segundo factor importante que entra en la génesis de *Los trabajos* es el papel desempeñado por el drama; más de un comentarista lo ha interpretado como la clave del ciclo Pío Cid. *El escultor de su alma* encierra, según promete Cid en el trabajo V, el secreto de su nueva ley de vida. Declara a sus compañeros, los intelectuales granadinos, que la ley se dará en un drama titulado *Tragedia,* que le servirá de testamento y que comunicará «la tragedia invariable de la vida» (pág. 374). Gracias a las investigaciones de Hans Jeschke y Javier Herrero sabemos ahora que esta tragedia fue destinada originalmente a formar parte del trabajo IX. Ya hemos notado que el plan del noveno revela que «Se traslada *La creación íntegra»,* pero hay más pruebas de su vínculo con la novela. La contraportada de la

---

[31] Herrero, *Ángel Ganivet: Un iluminado,* págs. 132-133.

primera edición de *Los trabajos* anuncia la publicación futura de *La tragedia. Testamento místico de Pío Cid;* y el título de una de las versiones en manuscrito de *El escultor,* desde luego un «testamento espiritual», es «Creación» [32]. Todo ello confirma, para Herrero, y para nosotros, lo siguiente:

> ... podemos concluir que Ganivet escribió el drama en verso, probablemente antes de escribir *Los trabajos;* que en un momento determinado, cuando pensó concluir la segunda parte, decidió, dada la unidad del tema, hacer de él uno de sus capítulos, que, finalmente, al decidir suicidarse sin concluir la obra, hizo de él una obra independiente con el título de *El escultor de su alma.* Es interesante anotar que hasta tal punto esta creación del Alma es el tema fundamental de *Los trabajos,* que el último trabajo. el XII. había de titularse *Pío Cid crea el psícope (o la Tenalma),* lo que. dado su fin de renovar a la humanidad mediante inventos espirituales. significa, sin duda, que Pío Cid culminará su obra creadora. mostrando a los hombres la forma de *adquirir un alma;* es decir, el tema esencial de *El escultor,* que sabemos es el gran descubrimiento. el «invento» que no es «útil» de Ganivet [33].

Examinados dos factores de la génesis de *Los trabajos* —su composición «collage» y su temática coherente— cabe adentrarnos por los propósitos ganivetianos gracias a la comunicación epistolar entre el autor y sus primeros lectores. Ganivet explica a Nicolás María López que aunque las dos novelas «no tienen nada que ver entre sí. *La conquista* es como prólogo o preparación espiritual para *Los trabajos*». Confiesa: «...cosa nueva es; no sé si será buena» *(Cofradía,* pág. 92). Cuando López, leído el primer tomo. expresa ciertas dudas respecto a la moralidad y el empleo de los detalles en la novela, Ganivet responde:

> *Los trabajos* no son inmorales, sino que la moral es distinta, y superior. a mi juicio. a la usual. En cuanto a los detalles inútiles, yo te aseguro que no los hay, salvo algunos del *Protoplasma,* escrito en son de burla del realismo corriente, según se desprende de mi carta a Vargas. El cambio de camas, por ejemplo, marca el afecto entre Martina y Candelita, que

---

[32] *Ibíd.,* pág. 135.
[33] *Ibíd.,* págs. 135-136.

son después rivales. La colocación en la mesa en el banquete, separa en dos bandos a los comensales, (al lado de Pío Cid están los que reciben sus lecciones, Benito y los Doctores) y explica, por ejemplo, el duelo con Aguirre.

Hay detalles inútiles, cuya utilidad aparece mucho después, en el conjunto de los XII trabajos, que han sido pensados y compuestos de un golpe, aunque no haya escrito aún más que VI. Cuando leas el tomo II, que está ya para salir, verás si es cierta mi idea, y aún faltan dos más» *(Cofradía,* págs. 101-102).

Unos meses más tarde Ganivet continúa sus reflexiones dirigiéndose esta vez a su amigo Francisco Seco de Lucena:

> El tomo II tiene por lugar de escena nuestra Granada y, a mi juicio, es mejor que el I, porque en éste hay un preliminar indispensable en que el protagonista no está en acción, que es como debe de estar *(Juicio literario,* pág. 111).

Si los amigos más íntimos de Ganivet dejan entrever inicialmente ciertas reservas acerca de *Los trabajos,* tal escepticismo cede pronto ante una actitud de gran admiración que ha persistido hasta hoy. Así, Navarro, después de pedir perdón por haber valorado mal la novela, declara:

> Decididamente, repito, *Los trabajos de Pío Cid* no son sólo una hermosa novela, sino la más hermosa de cuantas se han escrito en España desde que se publicó *Fortunata y Jacinta (RO,* pág. 317).

Entre el público selecto al que la novela llegó a entusiasmar hay que mencionar a Ortega y Munilla, el director de *El Imparcial,* Menéndez y Pelayo y Unamuno, este último asociado a Ganivet con los preclaros humoristas románticos —Jean Paul Richter y Tomás Carlyle— y recalcando la originalidad tanto «indefinible» como «inextractable» de *Los trabajos*[34]. Efectivamente, Unamuno y Ortega y Gasset figuran entre los intelectuales más impresionados por la novela, señalando el papel clave que ha desempañado en las letras españolas. Por desgracia, el atormentado Ganivet apenas responde a los elogios y sólo nos ofrece la declaración que hizo a su hijo para revelar algo más de sus intenciones con la novela. En esta declaración leemos:

---

[34] Unamuno, «Ángel Ganivet», en *Obras Completas,* V, pág. 184.

Mis ideas prácticas sobre la vida están expuestas en mi novela *Los trabajos de Pío Cid,* en particular en el «Ecce Homo». Tal como lo he pensado lo he practicado siempre, porque creo que vale más un minuto de vida franca y sincera que cien años de hipocresía» *(RO,* pág. 321). Siggue Ganivet refiriéndose a la «psicología activa» que creará «fenómenos nuevos, desconocidos, inventos maravillosos, como el de la *luz humana* de que hablo en mis *Trabajos (RO,* pág. 322).

Novela autobiográfica

Estos apuntes sobre la génesis y la primera acogida de *Los trabajos* aclaran el contexto literario en que hemos de situar nuestra interpretación. El título de la novela anuncia lo que más impresionará al lector: la preeminencia del magnífico Pío Cid. Parece toda una figura mítica. Sus actividades abarcarán las de Hércules, tan fuerte que crea Gibraltar y tan valeroso que se hace merecedor de un culto entre los filósofos estoicos, y las de Mío Cid, el héroe de la reconquista. Puesto que el título resalta no las conquistas sino lo trabajos del héroe, nombrando no al líder militar sino a Pío Cid, estamos preparados para una novela sobre la regeneración espiritual o, en términos ganivetianos, «la transformación social y humana por medio de inventos... originales».

La búsqueda espiritual de Pío Cid refleja con tanta claridad la ideología articulada en una obra como el *Idearium,* que los lectores de la novela no sólo coinciden sobre el carácter autobiográfico de *Los trabajos* sino que. además, suelen declarar categóricamente que Pío Cid es Ángel Ganivet[35]. Hay lectores que rechazan tales equivalencias, reconociendo que el héroe es una versión poética o mítica de Ganivet, pero sin embargo ellos no llegan a definir en qué consiste los aspectos específicamente literarios de la obra. El problema, tal vez, es que toman al autor o a Pío Cid demasiado al pie de la letra. Así, en el trabajo III, Pío Cid afirma que

[35] Joaquín Casalduero, «Descripción del problema de la muerte en Ángel Ganivet». *Bulletin Hispanique.* 33 (1931). 229; Donald Shaw. «Ganivet and the Emergence of the Generation», *The Generation of 1898 in Spain,* Londres. Ernest Benn, 1975, pág. 33.

un poeta es un creador que se sirve de todos los medios humanos de expresión, entre los que la acción ocupa quizás más alto lugar que las formas artísticas más conocidas: las palabras, los sonidos, los colores (pág. 243).

Bien puede ser que Ganivet no distinga explícitamente entre la poesía de la acción y la de la palabra, que no asocie la belleza externa con «la escultura del alma», y que el concepto de la inmortalidad adquirida mediante la creación artística —que encontramos en la obra de Unamuno— apenas si participe de la idea de la autocreación [36]. En cambio, por estribar la originalidad de *Los trabajos* en inventos literarios, las estructuras formales de la obra van a requerir nuestra atención más seria. Y, al fijarnos en la novela como artefacto, nos damos cuenta de lo problemática que es la relación entre autobiografía y ficción en la obra, porque *Los trabajos* transforma en arte al personaje que Ganivet aspira ser utilizando experiencias vividas por la persona que era.

No es ahora el momento de iniciar extensas disquisiciones sobre la naturaleza de la autobiografía; con todo, unas referencias a los temas que ha discutido recientemente la crítica nos bastarán para rechazar las equivalencias categóricas entre autor y héroe, y entre el protagonista de una obra y el de otra. Lo que es más, cuando veamos cómo la autobiografía transmuta la vida en la narrativa en lugar de producir una imagen especular, podremos apreciar mejor la dinámica entre la distancia y la identificación en una novela como *Los trabajos.* Como señala James Olney, nuestras pesquisas de la autobiografía empiezan por la manera en que definimos la tres partes de la palabra. Pregunta Olney:

¿Qué queremos decir con el yo, o con el yo mismo *(autos)?* ¿Qué queremos decir con la vida *(bios)?* ¿Qué significado atribuimos al acto de escribir *(graphne)?* ¿Cuál es el significado y el efecto de transmutar la vida, o *una* vida, en un texto? [37]

---

[36] Herrero, pág. 151; Donald Shaw, «Ganivet's *El escultor de su alma:* An Interpretation», *Orbis Litterarum,* 20 (1965), 300; Gustav Conradi, «El ideal de la indiferencia creadora de Ángel Ganivet», *Arbor,* 32 (1955), 16.

[37] James Olney, «Autobiography and the Cultural Moment: A Thematic, Historical, and Bibliographical Introduction», *Autobiography: Essays Theoretical and Critical,* 6, ed. James Olney, Princeton: Princeton University Press, 1980. Todas las traducciones del inglés o del francés son mías.

33

Olney subraya tres nociones imprecisas que surgen al definir el significado de la autobiografía:

> Primero, que el *bios* de la autobiografía podría significar solamente 'el curso de la vida' o por lo menos una parte significativa de una vida; segundo, que el autobiógrafo podría narrar su vida de una manera al menos aproximando un informe histórico objetivo y hacer de ese sujeto interno un texto existiendo en el mundo externo; y tercero, que no había nada problemático en cuanto al *autos*, ninguna pregunta angustiada en cuanto a la identidad, a la autodefinición, a la autoexistencia, o al autoengaño —al menos ninguna de la que el lector deba preocuparse— por tanto el hecho de que el individuo mismo estaba narrando la historia de su propia vida no tenía ninguna implicación inquietante de tipo filosófico, psicológico, literario o histórico [38].

Son éstas precisamente las implicaciones que entran en juego en una novela autobiográfica tal como *Los trabajos*. Primero, la relación entre la narrativa y la persona tiene que ser cuestionada. Debemos reconocer que estamos ante una novela «escrita» por un autor apócrifo —el narrador que firma con el nombre «Ángel»— sobre un héroe que es, a la vez, el modelo para dicho autor. Esta es, también, una obra que suprime gran parte de la vida del héroe, al parecer los años que corresponden a las aventuras africanas narradas en *La conquista*. Además, la vida que se ofrece en *Los trabajos* puede resultar incompleta porque se concentra casi exclusivamente en el retrato interno de Pío Cid.

Nuestras indagaciones en la autobiografía llegan también al problema del género narrativo de *Los trabajos*. Philippe Lejeune ha definido la autobiografía como

> un relato retrospectivo en prosa que una persona real hace de su propia existencia destacando su vida y especialmente la historia de su carácter [39].

Sin embargo, la mayor parte de los que han estudiado el tema encuentran la autobiografía notoriamente difícil de definir puesto que comparte rasgos genéricos con otras formas de

---

[38] *Ibíd.*, pág. 20.
[39] *Ibíd.*, pág. 18.

narrar. Así en *Más allá del bien y del mal,* Nietzsche ha observado:

> Poco a poco se me ha ido manifestando qué es lo que ha sido hasta ahora toda gran filosofía: a saber, la autoconfesión de su autor y una especie de memoires [memorias] no queridas y no advertidas[40]...

Por su parte, otros muchos han reparado en un fenómeno parecido que ocurre en la psicología, la historia, la lírica y hasta en la crítica literaria. Desde luego puede preverse que las relaciones entre autobiografía y novela están lejos de quedar aclaradas. Por eso la autobiografía se asocia a los orígenes de la novela moderna —el cambio sufrido, en los siglos XVI y XVII, de las confesiones sagradas a los seglares— y, al mismo tiempo, se asocia con la muerte del género o, al menos, con la desaparición de la novela social narrada en tercera persona omnisciente cuando se impone el subjetivismo de fin de siglo. Puesto que esa época es la de Ganivet podemos anticipar que la perspectiva narrativa adoptada en la autobiográfica *Los trabajos* refleja un momento crítico en la historia de la novela. Y, lo que es más, esta excursión breve por las complejidades de la autobiografía debe recordarnos que aunque un autor se identifique como el héroe de su historia, la comunicación producida está siempre sujeta tanto al vuelo de la imaginación como a las estructuras impuestas por la narrativa.

Ahora bien, hemos de admitir que varios comentaristas de *Los trabajos,* pese a no ser muy explícitos en cuanto a lo literario de la obra, han proporcionado ideas valiosas sobre los dos estilos autobiográficos y, por tanto, las dos tendencias estéticas que la novela reconcilia. Porque, si de un lado Ganivet compone su propia leyenda en Pío Cid, creando un retrato simbólico, de otro, incorpora una materia histórica y psicológica que bien pudiera describir sus propias experiencias vividas. En tal caso, *Los trabajos* sería una historia realista de una persona: un relato-confesión. Ha sido Javier Herrero quien ha explorado con mayor profundidad los dos modos de autorretratarse en *Los trabajos.* Recalca ese estudioso que los poemas incluidos en la novela presentan las imágenes de la iluminación espiritual ganivetiana. Atención especial presta a

---

[40] Friedrich Nietzsche, *Más allá del bien y del mal,* introducción, traducción y notas de Andrés Sánchez Pascual, Madrid, Alianza, 1980, pág. 26.

los símbolos femeninos espirituales —la mujer de sombra, la niña blanca—, al juego de claroscuro en el proceso iluminador y al acróstico —ARIMI— que Pío Cid presenta en el trabajo V como receta de la sabiduría. El acróstico deletrea el nombre del héroe de *La conquista,* el de la «muerte misteriosa», y el Pío Cid de *Los trabajos* lo articula así:

> *A*rtis initium dolor.
> *R*atio initium erroris.
> *I*nitium sapientiae vanitas.
> *M*ortis initium amor.
> *I*nitium vitae libertas.

El brillante análisis que ofrece Herrero de estas líneas merece ser reproducido aquí:

> *La vanidad es el principio de la sabiduría* (INITIUM SAPIENTIAE VANITAS) porque sólo cuando comprendemos el carácter vano e ilusorio de los bienes del mundo comienza la búsqueda del verdadero bien; y el *dolor nos lleva al arte* (ARTIS INITIUM DOLOR) porque arte es, como vimos, la creación espiritual que penetra en la verdadera realidad de los seres y la muestra a los otros; pero para ese descubrimiento del espíritu es preciso que muramos al amor de la carne, y tal muerte es el dolor; la muerte de la carne nos lleva al verdadero amor; pues la carne, las necesidades materiales y la ambición que de ellas nacen son las cadenas que nos esclavizan: romperlas es la verdadera libertad, y *con esa libertad comienza la verdadera vida, la del espíritu* (INITIUM VITAE LIBERTAS). La naturaleza corrompida del hombre, que tiende a la destrucción y la rebeldía, intenta guiarse en su vida espiritual por la fuerza de su razón; tal empeño, que deifica al hombre, es vano: *la razón nos lleva al error* (RATIO INITIUM ERRORIS), a la impiedad y rebelión: sólo la fe que nace de la iluminación salva al hombre. Tal fe le muestra el objeto de su amor: el Mundo ideal en el que resplandece el Artífice supremo: pero la posesión de la Belleza ideal es imposible en esta vida; de ahí que el *amor lleve a la muerte* (MORTIS INITIUM AMOR). El nombre de *Arimi,* el de la muerte misteriosa, señala, sin duda, hacia el suicidio de Ganivet, por el que éste rubrica su fen en este ideal mediante el máximo testimonio[41].

---

[41] Herrero, pág. 282.

Para complementar, no para contradecir, la interpretación de *Los trabajos* como progresión poética de la vida de un iluminado podemos hacer una lectura de la novela como fuente de información sobre las experiencias ganivetianas en la España de fin de siglo. Otra vez la lectura de Herrero proporciona informes muy valiosos. Esta información brota sobre todo de los episodios siguientes: (1) el encuentro de Pío Cid con Martina, basado en el encuentro de Ganivet con Amelia Roldán el 1 de febrero de 1829; (2) la reunión que tiene Pío Cid con los intelectuales granadinos en la fuente del Avellano, basada en las frecuentes reuniones que Ganivet tuvo con los compañeros —la Cofradía del Avellano— en la misma fuente durante las vacaciones consulares de 1897[42]; (3) la pensión de doña Paulita se basa en una combinación de las que habitaba Ganivet en su época de estudiante madrileño, pero se inspira sobre todo en una pensión en la Carrera de San Jerónimo; (4) el empleo que tiene Pío Cid como funcionario en el Ministerio de Hacienda se basa en el puesto que ocupaba Ganivet como archivero en el Ministerio de Fomento; (5) la ascensión por Pío Cid del monte Veleta en el trabajo IV se basa en una que hizo Ganivet a Sierra Nevada acompañado por Nicolás María López durante el verano de 1895, cuando nuestro autor volvió de Amberes con ocasión de la muerte de su madre; (6) la amistad que tiene Pío Cid con la duquesa de Almadura, arraiga en la que tuvo Ganivet con la marquesa de Fuente-Hermosa y de la Llanera, madre de una mujer muy parecida a la duquesa de la ficción; (7) la salida de Pío Cid a Barcelona al terminar el trabajo VI es lo contrario de lo que ocurrió en vida de Ganivet, que se quedó en Madrid al marcharse la familia de Amelia Roldán a Barcelona. Ahora bien, Herrero no sólo identifica las raíces de los episodios novelescos, sino que también subraya el proceso de depuración a que somete Ganivet tales materiales para que logren articular una

---

[42] Gracias a la información proporcionada por dos miembros de dicha Cofradía —Melchor Almagro San Martín y Nicolás María López— podemos identificar a las personas que servían de modelos a los personajes de *Los trabajos*. Ángel Ganivet es Pío Cid. Nicolás María López es Antón del Sauce, Matías Méndez Vellido es Feliciano Miranda, José Gago Palomo es uno de los hermanos Montero. Antonio Afán de Rivera es Gaudente el Viejo, Melchor Almagro San Martín es Gaudente el joven, Gabriel Ruiz de Almodóvar es Perico Moro. Diego Marín es Juan Raudo, Rafael Gago Palomo es Paco Castejón y Elías Pelayo es Eduardo Ceres.

heroica búsqueda espiritual[43]. Igual hace Ventura Agudiez en menor escala cuando estudia las fuentes de la campaña electoral de Pío Cid y su ascensión a la Sierra. Agudiez señala que Ganivet mezcla nombres de lugares imaginarios con nombres históricos y que, además, deforma los nombres de lugares pertenecientes a las provincias de Granada y Almería para transmutar lo real a ficción, conservando siempre un aire de autenticidad[44].

El contexto literario

Las interpretaciones autobiográficas que hemos repasado comentan implícitamente la tendencia —el Idealismo o el Realismo— favorecida por Ganivet, pero hay también lecturas que indican esas tendencias a través de la intertextualidad. Los lectores que recalcan el Realismo de *Los trabajos* la asocian con la narrativa de Stendhal, de Alarcón, pero sobre todo, de Galdós. Así, Antonio Espina encuentra psicología stendaliana en *Los trabajos*[45], mientras que Ventura Agudiez identifica semejanzas entre el espiritual Lázaro de *El escándalo* y el buscador Pío Cid[46]. Lo que Agudiez y su maestro, Robert Ricard, acentúan, y con razón, son las deudas que tiene Ganivet con su muy admirado Pérez Galdós. No hay más que consultar las cartas de Ganivet para comprobar que el autor de *Fortunata y Jacinta* es el punto de referencia principal para la novela moderna. Ganivet se deja fascinar por los temas galdosianos («anarquismo sentimental», locura, antimaterialismo), las técnicas de caracterización (la psicología dinámica, como en el caso de Torquemada) y el punto de vista narrativo (dramatizar o contar) tal cual se encuentran en las novelas tempranas y en las tardías (II, págs. 817, 952-4, *Cofradía*, pág. 54). La evidente afinidad que siente Ganivet por Galdós mueve a Robert Ricard a señalar que el ciclo Pío Cid refleja bastantes influencias de *Tormento* —Agustín anticipa a Pío Cid— y de las novelas del ciclo Torquemada[47]. Ventura Agudiez, por su parte, añade que

---

[43] Herrero, págs. 106-107.

[44] Agudiez, pág. 148.

[45] Antonio Espina, *Ángel Ganivet: El hombre y la obra*, Buenos Aires, Espasa Calpe, 1942, págs. 88-89.

[46] Agudiez, págs. 162-164.

[47] Robert Ricard, «Deux romanciers: Ganivet et Galdós. Affinités et oppositions», *Bulletin Hispanique*, 60 (1958), 484-499.

Máximo Manso y Ángel Guerra son los que más anticipan al héroe de Ganivet[48].

Ahora bien, mientras Agudiez hace hincapié en la humanidad de Pío Cid, que le separa de los buscadores obsesionados de la Generación del 98[49], resulta más general entre los lectores de *Los trabajos* opinar que Ganivet es precursor de la nueva generación tanto en el campo de la ideología como en el de las técnicas literarias. Estos intérpretes bien podrían fundarse en el ataque contra el naturalismo que se da en la propia novela. Desde las primeras páginas hay indicios de que Ganivet rechaza el punto de vista naturalista, impersonal e imparcial, en favor de una perspectiva idealizada que capta una verdad superior, un «retrato moral exacto», una biografía creada «con amor» al héroe. Tal resistencia al naturalismo sigue cuando Cándido Vargas, amigo y portavoz del héroe, presenta en un capítulo titulado «El protoplasma» un retrato naturalista de Pío Cid. Ganivet comunica a través del apócrifo Ángel que la decisión, por parte de Vargas, de reducir la estatura de Pío Cid fragmentándolo en tres personajes —de acuerdo con el dictamen naturalista de terminar con los héroes— tiene por resultado un retrato menos verídico que uno de cuerpo entero. Con esta crítica, no nos sorprende que el personaje de dimensiones míticas sea el mismo que, según insisten Ganivet y «Ángel», predomina en la novela.

Precisamente a causa de la estatura sobrehumana del héroe y del campo filosófico que domina, la narrativa de Ganivet va a parecer algo desconcertante a los lectores acostumbrados a Galdós. Tal es el caso de Navarro Ledesma que escribe aplaudiendo la novela como «la más hermosa de cuantas se han escrito en España desde que se publicó *Fortunata y Jacinta*», pero que en seguida protesta a su autor de que

> lo que falta para ser una novela *completa* y entrar en la casilla correspondiente es lo que suele sobrar en las novelas de ahora: un poco de descripción de medio ambiente... *(RO*, pág. 319).

Efectivamente, los lectores modernos suelen recalcar la idealización que se da en *Los trabajos* como preludio a la sensibilidad y a las técnicas narrativas de la Generación del 98. Así, Gonzalo

---

[48] Agudiez, págs. 153-154, 160.
[49] *Ibíd.*, pág. 130.

Sobejano opina que el Pío Cid, que lucha contra sus intuiciones de la nada espiritual con las armas de la caridad infatigable, es

> patrón indudable de los héroes de las novelas primeras de Azorín y Baroja: la misma simbiosis de voluntarismo nietzscheano, abulia ancestral-ambiental y escepticismo moderno podemos sorprender en uno y otros.

Debido a esta anticipación de la sensibilidad noventaiochesca, Sobejano constata además que Ganivet está

> situado en el tránsito del positivismo científico y del naturalismo literario hacia el idealismo, el simbolismo y la absorbente preocupación psicologista[50]...

Ganivet encarna también un momento de transición en la técnica narrativa, puesto que, como Francisco García Sarriá ha mostrado, *Los trabajos*, al atacar los propósitos naturalistas de la imparcialidad se acerca a la conciencia de artificiosidad sufrida por Unamuno en su nivola[51]. Donald Shaw, por su parte, encuentra lo innovador de *Los trabajos* en la preeminencia del héroe y en la reducción de la trama a favor del diálogo, que ocupa un 60 por 100 del texto[52].

Indudablemente, el deseo de Ganivet de renovar la narrativa realista del siglo XIX mediante inventos originales es lo que le impulsa a meditar los brillantes orígenes de la novela en el *Quijote*. Testimonios del afecto que siente por esta obra maestra son, además de abundantes alusiones elogiosas, el hecho de que le consagre un papel clave en la articulación del ideal creador:

> ... delante de la hija de Eva que tira coces y huele, y no a ámbar, no queda más vía libre que la del hidalgo manchego ante la moza tobosina: tomar de ella la «idea del sexo» nada más (el olor, como quien dice), y reconstruir sobre este peque- ño cimiento un castillo imaginario que llegue hasta donde se

---

[50] Gonzalo Sobejano, «Ganivet o la soberbia», *Cuadernos Hispa- noamericanos*, 104 (1958), 151.

[51] Francisco García Sarriá, «*Los trabajos del infatigable creador Pío Cid* como antinovela y prenivola», *Actas del séptimo congreso de la asociación internacional de hispanistas*, Roma, Bulzoni Editore, 1980, página 511.

[52] Shaw, «*98*», págs. 32-33.

pueda. Dentro de ese castillo es donde únicamente puede habitar la señora de nuestros pensamientos, lo que nos inspire un amor que sea algo distinto del usual y corriente entre los animales (II, pág. 971).

Ganivet explica esta idea a Navarro Ledesma:

> ... aunque protestes tú, crees que se ha exagerado la parte del amor en las artes, hay que reconocer que yéndose Dulcinea nos quedamos sin Don Quijote (II, págs. 972-973).

Es tal la importancia del *Quijote* en el concepto ganivetiano de la creación que no nos sorprende encontrar ecos cervantinos en su novela. Efectivamente, Joaquín Casalduero ha observado que *Los trabajos* está

> impregnada del espíritu de Don Quijote. No sólo la ingenuidad de la osadía nos hace pensar en el héroe de Cervantes, sino también la suave tristeza que cala el alma de Pío Cid[53].

Tanto Casalduero como Olmedo Moreno interpretan al héroe ganivetiano como el Don Quijote de la vuelta a la cordura[54], pero debemos añadir que, por lúcido que sea Pío Cid en la expresión y aplicación de sus creencias, es un ser que milita al servicio de un ideal casi místico. Por eso, si queremos identificar la deuda que tiene Ganivet con Cervantes, hacemos mejor hallando esos ecos, como indica Francisco García Lorca, en la búsqueda idealista del héroe y en la técnica de narrar:

> ... los ecos cervantinos son a cada momento perceptibles, incluso en la resonancia rítmica de ciertos párrafos. La manera como se enlazan ficción y realidad, la entrada de narraciones al parecer autónomas o segregables, ciertos *discursos* sobre temas esenciales del espíritu, la irrupción de la poesía o simplemente la poesía en acción, el protagonista como héroe de un ideal, son aspectos vistos en Cervantes. La concepción misma de la novela en una serie de episodios en los que se afirma y triunfa el espíritu precisamente en su fracaso contra una reali-

---

[53] Casalduero, pág. 230.
[54] Miguel Olmedo Moreno, *El pensamiento de Ángel Ganivet*, Madrid, Revista de Occidente, 1965, pág. 222.

dad hostil, la intención muchas veces poemática, son una vuelta sin muerto propósito arqueológico a la ejemplar lección cervantina[55].

A estos «procedimientos cervantinos» también hace alusión García Sarriá cuando estudia la técnica de Ganivet de comentario al narrar su propio estilo de narrar[56]. Mas como García Sarriá analiza dicha técnica «metaficticia» como anticipo de la nivola unamuniana, gran parte de la deuda que tiene Ganivet con Cervantes queda por estudiar.

Novela como unidad inestable

Debe resultar evidente a estas alturas que la información que poseemos sobre las estructuras formales de *Los trabajos* suele limitarse a los estudios intertextuales. Forzoso es declarar que hemos encontrado muy poca discusión sobre la composición, la caracterización, las estrategias narrativas, el estilo y la temática simbólica de la obra. Precisamente son estos aspectos los que provocan gran parte de nuestras preguntas acerca de la novela. Por ejemplo, podemos recordar que Ganivet afirmó la unidad de los seis trabajos, pero, ¿cómo calificamos los lectores esa coherencia si los episodios conectan sólo por la cronología y si la novela termina con el muy probable comienzo de nuevas aventuras en Barcelona? Y otra pregunta: el título anuncia el trabajo «infatigable» del héroe, pero entonces, ¿cómo interpretar la impresión de cansancio, el «tempo lento», que percibimos a través de la búsqueda espiritual? Y otra: ¿cómo es que la decisión de sustituir la descripción por el diálogo reduce a unos personajes a meras siluetas y, sin embargo, permite a Martina que domine el escenario con su vibrante realismo? Siguen otras preguntas: ¿Por qué se enamoran casi todas las mujeres en la novela de Pío Cid, ese «Don Juan del espíritu», mientras él permanece desligado de todas?[57]. ¿Por qué escoge Ganivet como narrador a un personaje llamado «Ángel»? ¿Por qué introduce andalucismos en una obra que propone «inventar» la transformación heróica de

---

[55] Francisco García Lorca, *Ángel Ganivet: Su idea del hombre* Buenos Aires, Losada, 1952, págs. 38-39.
[56] García Sarriá, pág. 512.
[57] García Lorca, pág. 150.

toda España? ¿Cómo es que Pío Cid se declara amigo del azar y sin embargo lucha contra el destino de Mercedes, la «mujer caída»? ¿Por qué integra Ganivet a los personajes de un cuento intercalado en la principal acción dramática del texto? ¿Cómo relacionar la «iluminación espiritual», que reconoce Herrero en los poemas de Ganivet, con la búsqueda de Pío Cid? Y finalmente, ¿cómo interpretar la supresión del pasado y la mezcla de burla y mistificación que asociamos con el héroe de *Los trabajos*?

Algunas de las preguntas que acabamos de hacer han despertado cierto interés entre los comentaristas de la novela. La controversia en torno al tema de la coherencia de *Los trabajos* empezó ya en tiempos de Unamuno. Protesta de que las obras de Ganivet «hacen el efecto de colosales, y a trechos monstruosas improvisaciones. Son enormes bocetos»[58]. Donald Shaw, por su parte, declara que *Los trabajos* «no tiene trama definida ninguna; la novela es deliberadamente episódica, hasta fragmentaria»[59]. Herrero comenta:

> ... la mayor parte de los episodios de la obra se suelen considerar como pretextos para exponer las teorías de Ganivet sobre los más diversos temas: una excursión a la Alpujarra es motivo de disquisiciones políticas, la regeneración de España, etc; las clases a la Gandaria son el pretexto para que conozcamos sus opiniones sobre la poesía; las charlas con los estudiantes nos revelan sus ideas de los fines de la juventud, del amor, etc.; las preciosas disquisiciones y coloquios con Consuelo o con la duquesa de Almadura, encantadores diálogos de tipo platónico en que Ganivet expone una concepción del amor de una espiritualidad mística[60].

Es verdad, como subraya Ventura Agudiez, que la relativa autonomía de los trabajos y la falta de una trama bien perfilada enaltece las condiciones «heroicas» de Cid, principal vínculo característico[61]. También es cierto que la pluralidad de voces narrativas y la introducción de materias intercaladas —cartas, un capítulo de una novela, cuentos, poemas— podrían some-

---

[58] Unamuno, «Ganivet y yo», *Obras Completas*, X, pág. 177.
[59] Shaw, «98», pág. 32.
[60] Herrero, «El elemento biográfico en *Los trabajos del infatigable creador Pío Cid*», *Hispanic Review*, 34 (1966), 95-96.
[61] Agudiez, pág. 175.

ter a prueba la cohesión del conjunto. Estas perspectivas narrativas incluyen (1) el apócrifo «Ángel», sombra del autor al mismo tiempo que «mono de imitación» y amigo de Pío Cid; (2) Cándido Vargas, no sólo amigo intermediario entre «Ángel» y Pío Cid, sino autor además de una novela naturalista *(La nueva generación)* que retrata a Pío Cid; (3) un observador omnisciente que habla en tercera persona, pero que no adquiere identidad dramática, y, finalmente, (4) el héroe mismo, cuando narra los dos cuentos —«Elección de esposa de Abd-el-Malik» y «Juanito el ciego»— y los poemas. Sin embargo, nos equivocaríamos al pensar que la variedad de medios y de perspectivas reflejaba la confusión del novelista. Al contrario, porque cuando uno de estos narradores pide disculpas por «lo incongruente» del texto empezamos a darnos cuenta de que Ganivet es tan consciente de los propósitos novelísticos que se siente capaz de jugar con el lector. Además, Ganivet, cuando se dirige a Nicolás María López, nos invita a suponer que para contar la transformación humana mediante un invento novelístico original, el mecanismo unificador de esa obra tendrá que ser interno:

> El melodrama y la novela, de acción brutal y complicada, en la que ha de haber en cada escena o en cada párrafo, un acontecimiento que despierte el interés, quedarán por fin relegados para uso de los salvajes de Europa. Lo que fue un tiempo innovación humorística, es hoy hecho consumado, y por todos admitido; y todos los grandes novelistas son hoy psicólogos, en mayor o menor grado; y eligen acciones breves, en las que, sin grande aparato exterior, ocurren transformaciones íntimas, escenas de piel adentro, algo que nos haga ser y parecer más humanos que lo que realmente somos, cuando se nos mira por el lado de las contorsiones externas que, la sociedad por una parte y los apetitos por otra, nos obligan a hacer todos los días que Dios amanece *(Cofradía,* págs. 51-52).

La unidad de *Los trabajos* se hace patente cuando examinamos el contexto de las cartas, los cuentos y los poemas intercalados en la novela. Gradualmente, al leer la obra nos damos cuenta de que las materias «desligadas» sirven, en efecto, para reforzar las conexiones temáticas. Para empezar, los poemas articulan la idealidad dentro de la realidad a veces prosaica del fin de siglo en Madrid. Percibimos tal función ya en el primer trabajo, que presenta en versión lírica la aparición de Martina, cuya descripción acaba de darse en el encuentro de los futuros

44

amantes en el baile de máscaras. Los cuentos intercalados revelan también la coherencia interna de la novela. «Elección de esposa de Abd-el-Malik» funciona como ejemplo del lazo ideal deseado por Pío Cid para su Martina (siempre haciendo eco a las *Mil y una noches* y, por tanto, al substrato universal del relato), mientras que «Juanico el ciego» desempeña un papel más clave todavía en la novela. La acción de este cuento, al juntarse a la acción central entremezclando distintos estratos de ficción, subraya uno de los mayores conflictos experimentados por el héroe: la lucha entre el destino y la voluntad. Este «metarrelato», como lo llama García Sarriá, termina con el suicidio del protagonista y al parecer anuncia también el fin de Pío Cid, que podríamos confirmar si Ganivet hubiera completado los doce trabajos. A nuestro juicio, García Sarriá acierta cuando interpreta este caso de prefiguración del suicidio como:

un acto de protesta frente a un mundo abandonado por la Providencia y, como tal, una crisis existencial anticipando la que expresa Unamuno en su novela *Niebla* [62].

La coherencia interna igual que la postura antinaturalista de *Los trabajos,* se aclaran más cuando reconocemos el juego de voces narrativas en la novela. Ilustrativa es la carta firmada por el apócrifo Ángel. Esta carta, que critica abiertamente al naturalismo en «El protoplasma», también comunica un ataque muy sutil de la perspectiva impersonal ante el texto que habían recomendado Zola y sus seguidores. El ataque se articula con la firma «Ángel», la cual, por hacer eco de la identidad del autor, subraya su conciencia de la artificiosidad del mundo narrado. Y lo que es más, Ganivet deja entender no sólo el artificio sino también la inestabilidad del mundo que crea. Lo percibimos en su duda entre dramatizar al apócrifo Ángel como personaje entero o restringirlo al papel del observador o, a veces, suprimirlo por completo. Las veces que «Ángel» está parcialmente dramatizado, se identifica como «mono de imitación» de Pío Cid, pero hay otras ocasiones en que tal caracterización se amplía hasta abarcar a una persona que duplica al héroe, es decir, una persona que no sólo imita sino que también crea una vida ejemplar. Ahora bien, estos indicios de heroísmo por parte del narrador no suelen abundar,

---

[62] García Sarriá, pág. 517.

y, de hecho, «Ángel» mismo es el que limita su papel en la novela confesando que:

> no se escribe este libro para sacar a luz mis pequeños y oscuros trabajos, sino los grandes y memorables de Pío Cid (pág. 432).

García Sarriá interpreta tal vacilación muy acertadamente:

> Si el narrador ficcionalizado hubiera adquirido pleno desarrollo, hubiera pasado a ocupar el sitio de Pío Cid, es decir, la obra se hubiera convertido en algo completamente diferente: la autobiografía de Ángel Gánivet[63].

A nuestro parecer, García Sarriá se adelanta a otras lecturas autobiográficas de la novela porque reconoce el proceso de mediación que separa el arte de las experiencias del creador:

> El narrador le sirve a Ganivet de intermediario entre él y Pío Cid. Doble función de distanciamiento e identificación.

Gran parte de este distanciamiento, observa García Sarriá, se debe a la supresión del narrador dramatizado, reemplazado por la perspectiva tradicionalmente adoptada en las novelas del siglo XIX: el observador invisible y omnisciente que comenta en tercera persona. Sin duda es la dinámica entre distancia e identificación la que confiere a *Los trabajos* su unidad inestable.

Hay que reconocer, por otra parte, que las tensiones que existen en el plano de la estructura y de la perspectiva narrativa de *Los trabajos* —la coherencia del relato y la autonomía relativa de los distintos episodios, la imparcialidad omnisciente y la juguetona parcialidad— se dan igualmente en el estilo. Nos referimos al estilo en el sentido más amplio de la palabra. El concepto que analizamos abarca la *stylistique* —la descripción del uso gramatical tanto como de los tipos de frases, figuras, recursos e imágenes—; el *Stilforschung,* que estudia las formas implícitas y explícitas tal como se revelan mediante elementos lingüísticos inusitados; y, por último, la perspectiva de los Nuevos Críticos angloamericanos que llama la atención sobre los grupos de imágenes, la plurisignificación, la ambigüedad, la paradoja, la ironía, es decir, la moderna ciencia de

---

[63] *Ibíd.,* pág. 514.

los tropos retóricos[64]. Unamuno fue uno de los primeros lectores de Ganivet que intuyó la tensión existente en los recursos estilísticos. Distinguiendo entre el autor de *Los trabajos* y otros humoristas románticos dice Unamuno:

> En lo que no se parece ni a Juan Pablo ni a Carlyle es en la oscuridad sibilítica. Las obras de Ganivet son de una claridad meridional, de forma transparente y fluida, su letra fácilmente inteligible. No así el espíritu[65].

Como espíritu complejo también lo interpreta Nicolás María López, al comentar que en las obras de Ganivet se mezcla a «ese humorismo altanero, el gracejo castizo granadino», compuesto de

> cierto espíritu malicioso y zumbón; la oportunidad para el chiste, que nunca es grosero, y, sobre todo, una espontánea amenidad[66].

Aunque los comentaristas más recientes suelen elogiar a Ganivet por su prosa lúcida, natural y viril[67], pocos se han preocupado por los rasgos expresivos —la ironía, las imágenes, las resonancias cervantinas— del lenguaje en *Los trabajos*. Es precisamente esta expresividad la que revela que el deseo de depurar la novela decimonónica existe en el plano del estilo. Así indica Ricardo Senabre cuando comenta el andalucismo lingüístico de Ganivet. Este estudioso, uno de los pocos que va más allá de la observación suelta sobre el estilo ganivetiano, ve en este rasgo un afán, igual al de los escritores del 98, de resaltar en la novela la importancia del espíritu territorial. Observa Senabre que en *Los trabajos* hay, aparte de los dialectismos que Ganivet emplea de manera muy consciente, andalucismos —sustantivos, adjetivos, verbos, adverbios— que se emplean a veces involuntariamente. Puesto que estos vocablos abundan más en las novelas, y en *Granada la bella* más que en las demás obras, Senabre opina que en *Los trabajos*, por ejemplo,

---

[64] Alex Preminger, ed., *Princeton Encyclopedia of Poetry and Poetics,* Princeton, Princeton University Press, 1965, págs. 817-818.

[65] Unamuno, «Ángel Ganivet», en *Obras Completas,* V, pág. 184.

[66] Nicolás María López. «Prólogo», *Cartas finlandesas,* Granada, Sabatel, 1898, pág. 31.

[67] Casalduero, *ibíd.;* Víctor Fuentes, «Creación y estética en Ganivet», *Revista Hispánica Moderna,* 31 (1965), 137.

se diría que Ganivet pretende aligerar su prosa, un tanto pálida en ocasiones, echando mano de formas léxicas populares que disminuyen la gravedad de la expresión y la colorea con atractivas pinceladas.

Así, Ganivet, viajero cosmopolita, llega a la conclusión de que para enriquecer el lenguaje de sus novelas, tiene que conferir al «rico filón originario jerarquía estética»[68].

Novela simbolista

Al fijarnos en el andalucismo lingüístico de Ganivet nos damos cuenta de que la estructura total de *Los trabajos* tiene más rasgos en común con una estética subjetivista que con la proposición «documental» del Realismo. Efectivamente, podemos concluir nuestras observaciones señalando que la estética subjetivista a la que más se acerca *Los trabajos* es al Simbolismo. Ahora bien, cabe recordar que hubo ocasiones en que Ganivet criticaba a los seguidores de Mallarmé y también la hubo en que el «Maître» condenaba todo género escrito en prosa como mero «reportage»; pero, con todo, *Los trabajos* revela en su composición y en las discusiones sobre la creación literaria, que se dan en la novela muchos puntos en común con el Simbolismo. Debemos aclarar lo que queremos decir con ese vocablo para mejor definir la interpretación ganivetiana de la estética que designa. Por Simbolismo entendemos un fenómeno estético más inclusivo que el definido por los poetas franceses de los años 1885 hasta 1890. Nos referimos a la ópera de Wagner, adorada por Baudelaire, Mallarmé y aquellos que solían publicar sus poemas en *La Revue Wagneriénne,* por la fusión de mito, música y drama en una unión tan órganica que los personajes podían evocarse mediante motivos melódicos. Asimismo, nos referimos a la novela de Proust, quien, en *À la recherche du temps perdu,* proporciona a la narrativa en prosa una estructura sinfónica mediante la interpretación de motivos inspirados en Wagner que sirven para estimular las operaciones de la memoria. Además, queremos mencionar el drama de Ibsen, uno de los «hombres del norte» tan admirados por Ganivet. El teatro de ideas ibsenianas, como nota

---

[68] Ricardo Senabre Sempere, «El andalucismo lingüístico de Ganivet», *Papeles de Son Armadans,* 40 (1966), 263-264.

Pierre Martino, no se inspira en, sino que es adorado por los círculos simbolistas:

... las piezas de Ibsen eran lo menos teatrales posible; no se asemejaban nada a las piezas de tesis francesas; los personajes se movían en la acción como las Ideas vivientes, como los símbolos de carne y hueso hechos únicamente para afirmarse y para discutir las ideas contrarias. Esto no era, por cierto, la gran poesía de imágenes, ni la música de las palabras, reveladora del misterio con que soñaban entonces para el teatro los poetas simbolistas; pero era sin duda una apelación a la Idea, más allá de la realidad inmediata, una protesta contra esta realidad, y la sugerencia permanente de una realidad superior. ¡No había nada más simbolista![69].

Y, finalmente, incluimos en la descripción del Simbolismo el pensamiento de portavoces del Idealismo europeo como Swedenborg, Schopenhauer y Nietzsche. El arte simbolista acoge con interés las siguientes nociones: (1) la Palabra articula correspondencias simbólicas entre los mundos naturales y sobrenaturales; (2) el mundo como voluntad y representación posee significados más allá del reino de la razón; (3) el hombre, mediante el poder creador de la voluntad, debe luchar contra la desesperación en un universo abandonado por el Dios de la ortodoxia.

Sólo nos queda tratar de definir el vocablo «símbolo», clave al pensamiento analógico, para poder situar la novela de Ganivet dentro de la constelación de obras e ideas simbolistas. Citemos primero a Henri Peyre quien ha resumido muy bien la amalgama de significados que abarca el vocablo:

... es un signo, que exige por tanto un desciframiento, una interpretación por el que está expuesto a él, que está impresionado por él y quiere comprenderlo o saborear el misterio. Este signo representa o evoca, de una manera concreta, lo que está fundido en él, la cosa significada y más o menos disimulada: los dos significados, concreto y sugerido y tal vez profundo, están, en el símbolo, fundidos en uno sólo[70].

---

[69] Pierre Martino, *Parnasse et Symbolisme*, París, Armand Colin, 1947, págs. 202-203.

[70] Henri Peyre, *Qu'est-ce que le symbolisme?* París, Presses Universitaires de France, 1974, pág. 17.

Este signo se ha presentado en diversas formas, como la purificación de una sensación en idea, un segundo sentido poseído por un objeto representado, la figuración más completa de una Idea, una síntesis de esencias ocultas e interrelacionadas, pero en todos los casos comunica la polivalencia por lo que representa y por la manera en que lo representa. Así, desde el soneto de Baudelaire «Correspondences», con su misterioso bosque de símbolos, abarcando la condición estipulada por Verlaine, según la cual la poesía ha de tener la «musique d'avant toute chose», y la defensa que hace Mallarmé del enigma en la poesía, el arte simbolista tiene el propósito de evocar una realidad misteriosa mediante una expresión que es, en sí, sugestiva en vez de discursiva. Ese arte nace tanto de la técnica como de la inspiración, siendo Mallarmé quien da una forma límite al afán de triunfar sobre la espontaneidad cuando declara «le hazard vaincu mot para mot». Ahora bien, es de suponer que una de las mayores dificultades experimentadas por el poeta radique en hallar un lenguaje adecuado para descifrar el misterio que se produce en los estados de la inspiración, transformándolo en arte puro, evocativo y exento de descripción. Las escasas veces que triunfa el poeta sobre las impurezas expresivas ha creado una cosa sagrada, un lenguaje de esencias, tanto artísticas como cósmicas.

De hecho, el arte de Ibsen gira también en torno a una cuestión espiritual: el imperativo nietzscheano de la autorralización. Cierto que en el proceso de crear, Ibsen tal vez cargue más el acento sobre la intencionalidad que los poetas simbolistas. Pero, por otra parte, el dramaturgo coincide con ellos al confesar que su obra versa sobre ideas que sólo después de plantearse llegan a encarnarse en un personaje o en una situación[71].

Pues bien, *Los trabajos,* que cuenta un proceso hercúleo de autorrealización, que se compone de «inventos espirituales» y que consiste en un 60 por 100 por lo menos en diálogo, obviamente tiene mucho en común con el teatro de Ibsen. Hasta la energía infatigable, impulsando la transformación espiritual, nos recuerda la búsqueda incesante en obras como *Brand* y *John Gabriel Borkman.* En la obra de Ganivet la fuerza motriz de ese empeño espiritual se representa metafóricamente, como explica Gustav Conradi, por la piedra de molino:

---

[71] G. Wilson Knight, *Ibsen,* Madrid, Espasa, 1976, pág. 181.

Esta imagen de la piedra de molino, que, inmóvil-moviéndose, da la harina que nutre, es una acertada parábola del «infatigable creador» que reposa inmóvil con creadora indiferencia en su propio centro y, al mismo tiempo, partiendo de él es continuamente activo[72].

Una dinámica parecida describe el propio Cid en el discurso «Ecce homo» cuando concibe la creación mediante la imagen de la fragua:

La fragua del hombre está en el cerebro, y el fuelle es la palabra. El cerebro es un antro desconocido; pero la palabra depende de nuestra voluntad, y por medio de la palabra podemos influir en nuestro cerebro. La transformación de la humanidad se opera mediante invenciones intelectuales, que más tarde se convierte en hechos reales (pág. 371).

Si los temas y la dinámica motriz de *Los trabajos* nos recuerdan a Ibsen, las teorías sobre la creación poética que se ofrecen en la novela revelan semejanzas con el Simbolismo francés. El proceso creador se origina en un «motivo poético», «una impresión madre» que puede ser o «plástica» o «sugestiva». Así aconseja Pío Cid al joven creador:

El motivo poético no debe estar escrito en prosa, pero tampoco en versos regulares, a menos que no salga espontáneamente. Es una impresión pura y espontánea, que a veces queda fuera de la poesía que se va a componer» (pág. 237).

Esta composición adquiere una armonía musical, «una vibración clara y sonora del espíritu», cuando el motivo nace del dolor causado por el amor no correspondido. Entonces, el moderno «trovador», al contrario del romántico, sufre «el dolor más hondo de nuestro tiempo, el que nace de la manía diabólica de analizar los sentimientos y despreciarlos cuando nos afligen, para que nadie se ría de nuestra aflicción» (página 233). Aunque Pío Cid defiende la palabra como instrumento

---

[72] Conradi, pág. 6.

de la voluntad, precisa que no es la forma mecánica sino la «armonía íntima» («la emoción, la claridad, la vibración y la sonoridad») lo que confiere valor a un poema. Desde luego los simbolistas franceses aprobarían un concepto de la creación poética que comprende un doble acto purificador —de la emoción originaria y de la expresión— para que el producto final sea sugestivo, plástico y dotado de armonía íntima.

Las ideas que expresa Pío Cid sobre la creación poética no sólo coinciden con las de los simbolistas sino que también son eco del concepto de creación espiritual que gobierna la obra entera de Ganivet, destacando particularmente en una novela basada en «inventos espirituales». Es Javier Herrero quien mejor ha resumido el proceso de la «iluminación» espiritual:

> ...el hombre religioso busca una realidad ideal, divina, que trasciende el mundo sensible; para encontrarla debe sufrir, por el dolor y la desilusión, la separación de ese mundo, que él llama material; tal separación es una noche espiritual, de oscuridad y tinieblas, en la que nos perderíamos si no brillase en nuestro interior una chispa de luz ideal. Al *convertirnos* hacia esa vida interior, esa pequeña luz crece y se expande hasta transformarse en una radiante imagen femenina —símbolo de la Belleza ideal y divina—, que en su última forma será una Virgen —la pureza del alma separada de la materia—. Esa purificación espiritual se logra mediante una *iluminación*, en la que lo divino entre en contacto con lo humano, transformándolo y haciendo brotar en él un ser y un amor nuevos. Con la iluminación brotan *la fe* y *el ideal* que vanamente intentamos conquistar mediante el esfuerzo racional[73].

Mientras críticos como Gonzalo Sobejano y Donald Shaw opinan que la desesperanza o el escepticismo suprimen finalmente la iluminación ganivetiana, todos los lectores de *Los trabajos* coinciden en el eje de la búsqueda espiritual. Herrero, por su parte, nos ayuda a recordar que la relación entre el amor idealizado y la Belleza tiene sus orígenes en la filosofía de Platón, que es también la fuente lejana de la poesía simbolista[74].

Puesto que Herrero, al describir el proceso de la iluminación, se sirve de algunos elementos de *Los trabajos* —los

---

[73] Herrero, *Un iluminado*, págs. 10-11.
[74] *Ibíd.*, pág. 141.

poemas, el drama que iba a ser la clave temática, el héroe autobiográfico—, queda por analizar el simbolismo en las estructuras netamente narrativas de la obra, es decir, la voz narrativa, el lenguaje, la caracterización, el argumento y hasta el mismo género. Aquí sólo pretendemos esbozar algunos puntos que entrarían en tal análisis. Notamos, para comenzar, que la novela debe su propia existencia a una heroica transformación espiritual. Confiesa el apócrifo Ángel:

> A todos los transformaba, y a mí, por estimarme más, me trastocó, de joven ambicioso que era, en filósofo contemplativo, y me arrinconó en este lindo carmen, quizá para que pudiera escribir la historia de sus trabajos que ahora mismo estoy escribiendo (pág. 196).

En el curso de la escritura Ángel descubre que su materia misma se ha transformado hasta el punto de adquirir un carácter más ideal y al mismo tiempo más humano:

> Así, esta historia, concebida con ánimo de arrojar a la voracidad pública los más íntimos secretos de un amigo confiado, se transformó al calor de la amistad y de la confianza en algo semejante a un legado piadoso... (pág. 67).

Esta hagiografía a lo moderno no es meramente un *reportage* por hallarse escrita principalmente en prosa, ya que Pío Cid comenta:

> El verso es prosa musical, sin que esto impida que haya poesía en prosa, sin música, superior a la poesía en versos regulares (pág. 364).

Lo que hay que recordar, subraya Pío Cid, refiriéndose sin duda a un concepto wagneriano de la ópera, es que se puede hablar «musical y humanamente a la vez» (pág. 364). Resulta fácil pasar el contexto de esa observación de la ópera, con su pluralidad de medios y su unidad de temas, al terreno de una novela híbrida como es *Los trabajos*. Así entendemos por qué Ganivet decidió «hablar» su propia versión de la prosa poética, de humanidad idealizada, en un género tan comprensivo como es la novela.

El Simbolismo de Ganivet, por tanto, es un ideal «humano» incorporado a una estética que, a su vez, revela la verdad espiritual de la vida y la misteriosa causalidad que yace bajo su interminable fluir. Este Simbolismo, si se quiere idiosincrático, lo podemos observar en la técnica de la caracterización en *Los trabajos*. La Martina de Pío Cid encarna exactamente el lazo del ideal y de lo humano. Su hermosura no es cosa de apariencias, sino de la capacidad de simbolizar la esencia de lo femenino. Ella es «la vulgaridad personificada», como explica Pío Cid, «un tipo universal tanto o más admirable que un tipo excepcional, extraordinario» (pág. 441). Podemos ver que Martina representa un caso clarísimo de caracterización simbólica, pero hay otros muchos ejemplos puesto que Pío Cid, hercúleo y a la vez «hombre ante todo» (pág. 373), trabaja en una escala sólo inferior a la de su autor descubriendo las bellezas ocultas. Una técnica empleada para hacer tales descubrimientos consiste en bautizar a los personajes con nombres simbólicos. Pío Cid llama a Martina «pájaro de plomo», mientras que Ganivet nos ofrece nombres como «Almadura» y «Purita».

Ya hemos observado que Ganivet otorga categoría simbólica a la composición de *Los trabajos* mediante una estructura basada en inventos espirituales y en la prosa «humana»; ahora podemos concluir estas notas fijándonos en el papel misterioso que adquiere el argumento en la novela. Ganivet elige el azar para proporcionar a su héroe las materias para el trabajo espiritual y, paralelamente, para estimularle a embarcarse en nuevas aventuras. Efectivamente, Pío Cid, encarnado en el principio de la «indiferencia creadora», descubre sus mejores oportunidades transformadoras en los encuentros casuales con Consuelo (pág. 210), con el administrador de la duquesa de Almadura (pág. 270) y con Mercedes, la mujer caída (página 390). Además, el azar no sólo engendra los episodios sino que también los suprime, puesto que es la casualidad la que concluye la novela determinando la marcha de Pío Cid a Barcelona. El héroe no resiste los cambios decididos por el azar porque cree ver en ellos «la acción de la fuerza misteriosa que rige la vida de los hombres, encaminándoles hacia sus verdaderos destinos» (pág. 463).

Tales palabras aclaran la dinámica tanto de la creación heroica, como de la composición estética en *Los trabajos*. El azar proporciona a Pío Cid su materia, a la que transforma mediante la fuerza de su voluntad en «inventos espirituales» hasta el momento en que la casualidad determina el cese de su infatigable trabajo. Esta dinámica encarnada en el corazón humano de la novela creemos verla asimismo en la composición global de la obra. Ganivet parece jugar con el caos y la voluntad tomando elementos híbridos y adoptando estrategias narrativas mistificadoras, pero uniéndolo todo bajo la rúbrica de la simbólica transformación espiritual. Y lo que es más, empezamos a comprender por qué Ganivet escogió como medio de tal proyecto el género de la novela: la prosa de una «novela de costumbres» fundida a la poesía de los «inventos espirituales» crea un texto simultáneamente humano y ejemplar.

Esta edición

Con esta edición pretendemos ofrecer al lector un texto corregido y comentado de *Los trabajos del infatigable creador Pío Cid,* lo cual no se ha hecho con las ediciones anteriores. La riqueza de datos presentados por primera vez aquí se debe en gran parte a la oportunidad de examinar el manuscrito de *Los trabajos,* oportunidad por la cual estamos muy agradecidos a las herederas del escritor, doña Isabel y doña María Ángeles Guerrero Ganivet. Hasta ahora sólo la primera edición (1898) —con bastantes errores— se había hecho a base del manuscrito. El consultarlo de nuevo a la luz de las ediciones publicadas de la novela, creemos que nos ha permitido depurar el texto de errores al mismo tiempo que iluminarlo con las variantes, tan reveladoras del proceso de creación ganivetiana.

Una primera vista del manuscrito, con sus múltiples tachaduras y su letra difícil, podría llevarnos a sospechar que Ganivet pasara a limpio los folios antes de mandárselos a la editorial. Sin embargo, las notas marginales acerca de la letra de imprenta junto con las indicaciones separando las páginas confirman que el manuscrito que estudiamos es el mismo que el que Ganivet mandó publicar. Los 322 folios comprenden los seis trabajos y sólo faltan la portada y el poema, «Soledad», con que la novela concluye. Añadir este poema no fue la única modificación que Ganivet hizo en las pruebas de la novela. Las discrepancias entre el manuscrito y las ediciones publicadas abarcan desde lo más nimio de la puntuación hasta algunos pasajes de gran importancia que se manifiestan en el original pero no en el libro impreso (o viceversa). Por reducirse las diferencias de puntuación a una mayor cantidad de comas y párrafos en el libro impreso que en el manuscrito (y también la tendencia moderna de sustituir el punto por el punto y coma), no las señalamos en el texto ya que suelen confundir más que iluminar al lector. En cambio, hemos reproducido las variantes léxicas en el texto siempre y cuando el sentido común indica que reflejan un significado distinto y no simplemente una corrección de una palabra o frase encontradas en el manuscrito.

Naturalmente, cuando más marcada sea la diferencia entre manuscrito e impreso, más significativa será la diferencia en nuestras interpretaciones de los textos de la obra, y de hecho, tales contrastes llegan a ser las claves del proceso ganivetiano de crear. Revelan la búsqueda de una voz narrativa original y el desarrollo de una estructura sensible a la inspiración mutable del novelista. Ganivet da a conocer su preocupación por la perspectiva narrativa vacilando entre dos tendencias opuestas, la del análisis impersonal de los naturalistas y la tendencia personal hacia la confesión autobiográfica. También es testimonio de esta preocupación la poesía de *Los trabajos,* sobre todo cuando Ganivet duda entre hablar en segunda o tercera persona.

En cuanto a la estructura de la novela, sus dudas se trasparentan más que nada cuando vacila acerca de dónde debe separar los trabajos cuarto y quinto. Seguramente, los cambios responden a factores prácticos y personales. El motivo práctico surge en el epistolario a Nicolás María López y se confirma en las notas halladas en el manuscrito. Conviene aclarar primero, que Ganivet originalmente escribió cinco trabajos con los cuales pensaba componer el primero de los dos voluminosos tomos de la novela. Tal propósito da a entender a López en la carta fechada el 7 de febrero de 1898:

> Para animarte te diré que en 1.º de Diciembre empecé yo mis *Trabajos,* y ya está *en prensa* el tomo I, y veas la materia que contiene, no creerás que lo haya escrito en dos meses. Lo acabé el 31 de enero y quizás resulte con 400 páginas *(Cofradía,* pág. 90).

El 28 de marzo de 1898, con los primeros cinco trabajos ya impresos, la idea que Ganivet había tenido para la estructura de la novela experimentó un cambio:

> Ya tengo terminado el tomo I de *Los trabajos* y empiezo el II. De los cinco capítulos que envié para un tomo han sobrado dos, y con otro que he escrito forma un segundo volumen. De

suerte que la primera parte de la novela comprende seis trabajos en dos tomos a 300 páginas, poco más o menos *(Cofradía,
página 92).*

Hay evidencia en el manuscrito del efecto interno que resul-
tó de la redistribución de los episodios en dos volúmenes
de 300 páginas. En una nota refiriéndose a la paginación de un
segundo volumen ya parcialmente impreso. Ganivet escribe:

> Sigue hasta la página 111 y acaba el trabajo como allí se
> indica, con las palabras: guías del bigote. (El trabajo 5.º empie-
> za en 1. 92 a 97 y salta a la 111 salvo el párrafo que se saca de
> la 110) (ms., 205).

Además de las modificaciones mencionadas, hay otras que
aparecieron posteriormente en las pruebas, como atestiguan
las diferencias entre el manuscrito y la obra finalmente impre-
sa. Lo que estos cambios sugieren, aparte de las exigencias de
naturaleza práctica, es la disposición de Ganivet de ajustar la
materia de la obra a dos volúmenes simétricos, que, a su vez,
nos insinúa la posibilidad de poner fin a los trabajos del
Hércules español.

Para terminar, con una simple lectura del manuscrito intui-
mos la lucha del novelista por encontrar una forma literaria
adecuada a su pensamiento. Como se puede esperar en una
novela compuesta sobre todo de diálogo e ideas, las dificultades mayores ocurren cuando Ganivet tiene que fundir estos
elementos en una estructura narrativa coherente. Así, cuando
le toca a Ganivet describir los gestos de sus personajes, la
cantidad de tachaduras en el manuscrito confirma que debió
ser una labor tortuosa.

Me gustaría expresar mi profunda gratitud a Javier Herrero
por su generoso apoyo en esta edición, y también a la Penrose
Foundation del American Philosophical Society y al Comité
Conjunto Hispano Norteamericano por las becas que me per-
mitieron llevar a cabo este proyecto.

Bibliografía escogida

I. OBRAS DE GANIVET

a) *Epistolarios*

GAL GIMÉNEZ, Pedro, ed., *Las cartas de Ángel Ganivet*, Granada, Diputación Provincial, 1979. Veintiocho cartas de Ganivet a su madre y su primo, Antonio Ganivet; una carta de Francisco Navarro Ledesma y una de Amelia Roldán.

GANIVET, Ángel, y NAVARRO LEDESMA, Francisco, *Epistolario*, en *Obras Completas*, II, Madrid, Aguilar, 1962. Treinta y una cartas de Ángel Ganivet a Francisco Navarro Ledesma, desde el 18 de febrero de 1893 hasta el 4 de enero de 1895.

— «Epistolario», *Revista de Occidente*, 11 (1965), 273-323. Dieciocho cartas de Ganivet a Navarro, cinco cartas de Navarro a Ganivet, testamento de Ganivet, desde el 31 de julio de 1891 al 18 de noviembre de 1898.

HERRERO, Javier, ed., «Apéndice II», en *Ángel Ganivet: Un iluminado*, Madrid, Gredos, 1966, págs. 291-331. Diez cartas de Ganivet a Navarro.

— *Correspondencia familiar de Ángel Ganivet*, Granada, Anel, 1967. Numerosas cartas de Ganivet a su madre y hermanos, desde el 24 de noviembre de 1888 a abril de 1897.

LÓPEZ, Nicolás María, ed., *La Cofradía del Avellano. Cartas de Ángel Ganivet*, Granada, Piñar Rocha, sin fecha. Tiene veinticuatro cartas escritas por Ganivet a López, desde el 25 de mayo de 1895 al 10 de noviembre de 1898.

SECO DE LUCENA, Luis, ed., *Juicio de Ángel Ganivet sobre su obra literaria*, Granada, Universidad de Granada, 1962. Consiste en dieciocho cartas dirigidas a Luis Seco de Lucena y a su hermano Francisco Seco de Lucena, de enero de 1896 a noviembre de 1898.

b) *Ediciones de Los Trabajos del infatigable creador Pío Cid:*

Madrid, Victoriano Suárez, 1898, 2 tomos de 287 y 323 págs.
Madrid, Victoriano Suárez, 1911, 2 tomos de 320 y 359 págs.
Buenos Aires, Editorial Americales, 1945, 398 págs.
Buenos Aires, Biblioteca Emecé de Obras Universales, 1945.
Nota preliminar por Eduardo Mallea, 530 págs.
Madrid, Revista de occidente, 1966, 452 págs.

Ediciones de las *Obras completas:*

Madrid, Victoriano Suárez, 1923, 7 volúmenes, 3.º y 4.º son *Los trabajos.*
Madrid, Aguilar, 1942, 2 tomos, prólogo de Melchor Fernández Almagro.

Plan de la continuación de *Los trabajos:*

GALLEGO MORELL, Antonio, *Estudios y textos ganivetianos*, Madrid, C.S.I.C., 1971, págs. 46-47.

Traducción de *Los trabajos*

Le fatiche dell'infaticabili creatore Pío Cid, traducción de Carlo Bo, Milán, Rosa e Ballo, 1944.

II. *Bibliografía sobre la vida y la obra de Ángel Ganivet*

AGUDIEZ, Juan Ventura, «Ángel Ganivet y su correspondencia inédita con Francisco Navarro Ledesma», *NRFH*, 21 (1972), 338-362.
— *Las novelas de Ángel Ganivet*, Nueva York, Anaya, 1972.
AZAÑA, Manuel, «El Idearium de Ganivet», en *Plumas y palabras*, Madrid, Compañía Iberoamericana de Publicaciones, 1930, 9-115.
CASALDUERO, Joaquín, «Descripción del problema de la muerte en Ángel Ganivet», *Bulletin Hispanique*, 33 (1931), 214-246.
— «Ganivet en el camino», *Bulletin Hispanique*, 36 (1934), 488-499.
CONRADI, Gustav, «Christentum und Originalität; der Konflikt zwischen Eros und Caritas bei Ángel Ganivet», *Gesammelte Aufsäfze zur Kulturgeschichte Spaniens*, 9 (1954), 243-260.

— «El ideal de la indiferencia creadora en Ángel Ganivet», *Arbor*, 32 (1955), 1-20.

DARÍO, Rubén, «La joven literatura», en *España contemporánea*, París, Garnier, 1901, 83-86.

ESPINA, Antonio, *Ganivet: El hombre y la obra*, Buenos Aires, Espasa Calpe, 1942.

FERNÁNDEZ ALMAGRO, Melchor, *Ángel Ganivet. Su vida y su obra*, 2.ª ed., Madrid, Revista de Occidente, 1925.

— «Prólogo», en *Obras Completas de Ángel Ganivet*, I, Madrid, Aguilar, 1961, 11-55.

FRANCO, Jean, «Ganivet and the Technique of Satire in *La conquista del reino de Maya*», *Bulletin of Hispanic Studies*, 42 (1965), 34-44.

FUENTES, Víctor, «Creación y estética en Ganivet», *Revista Hispánica Moderna*, 31 (1965), 133-141.

GALLEGO MORELL, Antonio, *Ángel Ganivet. El excéntrico del 98*, Madrid, Guadarrama, 1974.

— *Estudios y textos ganivetianos*, Madrid, CSIC, 1971.

GARCÍA LORCA, Francisco, *Ángel Ganivet. Su idea del hombre*, Buenos Aires, Losada, 1952.

GARCÍA SARRIÁ, Francisco, «*Los trabajos del infatigable creador Pío Cid* como antinovela y prenivola», *Actas del séptimo congreso de la Asociación Internacional de Hispanistas*, Roma, Bulzoni, Editore, 1980, 511-517.

GULLÓN, Ricardo, «El misterioso Ganivet», *Ínsula*, 86 (1953), 1-12.

HERRERO, Javier, *Ángel Ganivet: Un iluminado*, Madrid, Gredos, 1966.

—«El elemento biográfico en *Los trabajos del infatigable creador Pío Cid*», *Hispanic Review*, 34 (1966), 95-110.

—«Ganivet y su canciller en Amberes», *Revista Hispánica Moderna* 30 (1964), 271-279.

— «Spain as Virgin: Radical Traditionalism in Ángel Ganivet», *Homenaje a Juan López-Morillas*, ed. José Amor y Vázquez y David Kossoff, Madrid, Castalia, 1988, 247-256.

JESCHKE, Hans, «Ángel Ganivet. Seine Persönlichkeit und Hauptwerke», *Revue Hispanique*, 72 (1928), 102-246.

KING ARJONA, Doris, *Voluntad* and *Abulia* in Contemporary Spanish Ideology», *Revue Hispanique*, 74 (1928), 573-671.

LÓPEZ, Nicolás María, *Viajes románticos de Antón del Sauce*, Granada, Piñar Rocha, 1932.

MARÍN DE BURGOS, José, «Patografía de Ganivet. Aspectos psicológicos de su muerte», Dis. Universidad Complutense de Madrid, 1981.

NAVARRO LEDESMA, Francisco, «Prólogo», en *Epistolario de Ángel Ganivet*, I, Leonard Williams, 1904, págs. 9-31.

OLMEDO MORENO, Miguel, *El pensamiento de Ángel Ganivet*, Madrid, Revista de Occidente, 1965.

ORTEGA Y GASSET, José, «A *Cartas finlandesas* y *Hombres del norte*, de Ángel Ganivet», en *Obras Completas*, VI, Madrid, Revista de Occidente, 1964, págs. 368-373.

OSBORNE, Robert, Ángel Ganivet and Henry Stanley», *Hispanic Review*, 23 (1955), 28-32.

PARKER, Alexander, «The Novels of Ganivet», *Homenaje a Juan López Morillas*, ed. de José Amor y Vázquez y David, Kossoff, Madrid, Castalia, 1982, 369-381.

RAMSDEN, Herbert, *Angel Ganivet's* Idearium español: *A critical Study*, Manchester, Manchester University Press, 1967.

— *The 1898 Movement in Spain*, Manchester, Manchester University Press, 1974.

RICARD, Robert, «Deux romanciers: Ganivet et Galdós. Affinités et *oppositions*», *Bulletin Hispanique*, 60 (1958), 484-499.

SENABRE SEMPERE, Ricardo, «El andalucismo lingüístico de Ganivet», *Papeles de Son Armadans*, 40 (1966), 252-264.

SERRANO PONCELA, Segundo, «Ganivet en sus cartas», *Revista hispánica moderna*, 24 (1958), 301-311.

SHAW, Donald, «Ganivet and the Emergence of the Generation», en *The Generation of 1898 in Spain*, Londres, Ernest Benn, 1975, 17-40.

— «Ganivet's *El escultor de su alma:* An Interpretation», *Orbis Litterarum*, 20 (1965), 297-306.

— «Ganivet's *España filosófica contemporánea* and the Interpretation of the Generation of 1898», *Hispanic Review*, 28 (1960), 220-232.

SHAW, K. E., «Ángel Ganivet. A Sociological Interpretation», *Revista de estudios hispánicos*, 2 (1968), 165-181.

SOBEJANO, Gonzalo, «Ganivet o la soberbia», *Cuadernos Hispanoamericanos*, 104 (1958), 133-151.

UNAMUNO, Miguel de, *Obras Completas*, ed. M. G. Blanco, Madrid, Aguado, 1958; V, págs. 305-310, 432-438; X, págs. 733-735.

Revista de Occidente, 11 (1965) número consagrado a Ganivet.

Ínsula, 20 (1965), 228-229, número consagrado a Ganivet.

*Los trabajos
del infatigable creador
Pío Cid*

Pío Cid intenta desasnar a unos estudiantes

En una modesta casa de huéspedes de la calle de Jacometrezo[1] vivía Pío Cid cuando le conoció mi amigo Cándido Vargas[2], de quien he recogido las escasas noticias que tengo sobre los primeros años de vida madrileña del original protagonista de esta instructiva historia. Yo le conocí algunos años después, y me interesó tan profundamente la rareza, con visos de genialidad, de sus dichos y hechos, que formé el firme propósito de estudiarle de cerca para satisfacer mi curiosidad de novelista incipiente y utilizarle en una obra de psicología novelesca al uso, que me quitaba entonces el sueño y el apetito*.

---

[1] La casa de huéspedes de la calle de Jacometrezo es una síntesis de las que habitaba Ganivet durante sus años en Madrid. A su llegada a la corte, Ganivet había vivido en una pensión en la Carrera de San Jerónimo, la cual describe Nicolás María López en *Viajes románticos de Antón del Sauce*, págs. 31-33. Además, como observa Javier Herrero, el itinerario presentado en la novela nos muestra que Ganivet vivía en una pensión en la calle de Tetuán, cuando conoció a Amelia Roldán (ver: «Elemento biográfico», pág. 101).

[2] En una carta redactada poco después del 17 de mayo de 1898, Ganivet escribe a Francisco Navarro Ledesma: «Yo no he recibido aún *Los trabajos;* pero Constant sí, y los ha empezado a leer. Algo de él hay en Valle y algo tuyo en Vargas; Cándido Vargas es una figura importantísima cuando Pío Cid se mete a periodista, en los últimos trabajos (si los escribo). En los primeros aparece sólo por referencia» (Juan Ventura Agudiez, *Las novelas*, pág. 143).

* apetito y en la que, a falta de talento y de maestría para observar y dar forma artística a los tipos vulgares, pretendía yo sacar a luz

Por fortuna mía, la amistad que, andando el tiempo, llegó a unirme con Pío Cid fue tan íntima, tan desinteresada y tan fraternal, que, aun supuesto que yo no me hubiera arrepentido de mi deseo de ser escritor a la moderna, nunca hubiera tenido la avilantez de emplear en esta historia de mi desgraciado amigo los procedimientos literarios que las escuelas en boga preconizan. No merece, en verdad, mi amado héroe que se le observe, analice y maltrate como a un conejo o rata de Indias, en los que el frío y descorazonado vivisector ensaya sus venenos; merece, al contrario, que se le ame y se le saque a la luz pública para universal enseñanza, como ejemplo de un hombre que vivió muy humanamente y que con humanidad debe de ser juzgado. Esta historia será, pues, una biografía escrita con amor; un retrato moral exacto en lo que afirma y piadoso en lo que encubre, que será todo lo que el original tuvo de censurable. Y aun sospecho que muy poco he de encubrir, porque los numerosos disparates que mi amigo cometió lo fueron solo en apariencia, y dejan de serlo cuando se los mira en el conjunto de su extraña vida, con los ojos con que él, al realizarlos, los miraba; tuvo momentáneos desfallecimientos y dio grandes caídas, como hombre que era, y tampoco esto se ha de ocultar, porque realza la humanidad de su carácter y de sus obras; en suma: sólo he de guardar reserva sobre aquellas acciones que, por arrancar de los bajos instintos materiales, descomponen y afean la noble figura humana*.

_____

personajes estrambóticos que ya que no fueran muy artísticos, llamaran al menos la atención y me dieran la anhelada fama. Pío Cid me perdone la bajeza de mi primer intento, en gracia de la sinceridad con que me muestro ahora como contrito y avergonzado de la desenvoltura de mis años juveniles. Hoy a Dios gracia, estoy curado radicalmente de aquellos arrechuchos de la moda y a fuer de cristiano viejo anatema tiro con dureza a los observadores impíos que llevados, de una profana curiosidad, se meten, como Pedro por su casa, en ajenas interioridades y a trueque de despertar el interés de la gente desocupada no tienen empacho en poner en letras de molde que tal distinguido caballero usaba las camisas tan cortas que apenas le tapaban el ombligo, que tal otra señora no menos digna de respeto tenía la mala costumbre de rascarse la cabeza, que alguna doncella que a primera vista parecía un ángel de candor se pasa las noches en vela, agitada por los malos deseos a causa de ciertos vicios de la sangre, heredados de una bisabuela, de quien se sabe con entera seguridad que fue un diablo de pécora, antes de que la redimiera y desposara el viejo conde su marido.

* humana: arranques fugaces de la brutalidad, escondida en nuestro interior y que a veces empaña la conducta grave y hasta santa de los

Aquella malsana curiosidad mía fue, sin embargo, provechosa, porque me movió a conocer a Pío Cid y a averiguar muchos misterios de su vida que, sin mi diligencia, hubieran quedado ocultos y, por último, a convencerme de que aquel hombre que yo había tomado por extravagante o estrambótico era el prototipo de la sencillez admirable y de la noble naturalidad. Que la virtud del esfuerzo de la inteligencia se reconoce, entre otras muchas señales, en la purificación de nuestro espíritu, el cual comienza a veces a ejercitarse con intención dañada o malévola, y conforme avanza en su tortuoso camino va distinguiendo claramente lo innoble ce su proceder hasta concluir con el arrepentimiento; de su suerte que el trabajo que dimos en la sombra sale a la luz pronto, transformado y como transfigurado por nuestra tardía bondad, más fecunda, de cierto, que la bondad temprana de aquellos que nunca sufrieron la atracción del mal y nunca sintieron tampoco el inefable contento de descubrir el bien como tesoro escondido y de regocijarse con él como hallazgo inesperado. Así, esta historia, concebida con ánimo de arrojar a la voracidad pública los más íntimos secretos de un amigo confiado, se transfiguró al calor de la amistad y de la confianza en algo semejante a un legado piadoso, historia escrita para cumplir un deber de conciencia: el de dar a quien poseyó la suma grandeza humana y vivió oculto en una envoltura humildísima, y murió sin molestarse en que le conocieran sus contemporáneos.

Porque una de las rarezas de Pío Cid, que más que rareza parecía cumplimiento obstinado de algún voto solemne, consistía en rehuir la conversación siempre que se le preguntaba algo de su vida. No daba explicaciones ni dejaba entrever recuerdos dolorosos, ni excitaba la curiosidad con estudiadas reservas; su silencio era despreciativo, acompañado de encogimiento de hombros, y se podía interpretar de varias maneras: «Me incomoda hablar de mí mismo.» «A mí no me ha ocurrido nunda nada de particular.» «No nos demos tanta importancia, habiendo, como hay, cosas más interesantes en que fijar la atención.» O bien, en sus momentos de aparente misantropía: «Déjeme usted en paz.» Todo esto y mucho más lo decía sin decirlo, con los ojos, con los que solía hablar más que con la boca, salvo en las raras ocasiones en las que su locuacidad retenida se desataba y se desbordaba en un hablar

---

hombres escogidos, como Pío Cid, quien no obstante ser en extremo irascible, arisco y malhumorado, anduvo muy cerca de la santidad.

rápido y penetrante, en el que las ideas originales salían a borbotones y se despeñaban como manantial que brota entre las rocas de un alto tajo. Pero ni en sus arranques más fieros de verbosidad rompía su natural reserva tocante a su persona; sus ideas eran, como él decía, ideas puras, humanas, no personales; según él, la idea personal es inútil y ocasionada a trastornos en quien la tiene, y más aún en quien la conoce, la acepta y la practica. Hay que dejar dormir esa idea primitiva para que ahonde en el espíritu del que la concibió, para que lo que era esencia de una impresión fugaz se convierta en sustancia de nuestra propia vida, en idea humana fecunda en todos los hombres que la reciben. La causa de los males de la humanidad es la precipitación: el deseo de ir de prisa rigiéndose por ideas en flor. Así, las flores se ajan, y los frutos nunca llegan.

Comprenderá el amable lector lo difícil que ha de ser a un historiador o novelista habérselas con un héroe de tan repelosa catadura. Un hombre que no suelta prenda jamás, un arca cerrada como el protagonista de esta historia, es un tipo que parece inventado para poner a prueba a algún consumado maestro en el arte de evocar en letras de molde a los seres humanos. Mi obra no es una evocación, sino una modesta relación de un testigo de presencia; pero un hombre que, si no ocultó su vida, no dio a nadie noticias de ella, dejando a los curiosos el cuidado de escudriñarla, no es posible que sea enteramente conocido y justificado. Mucho me temo que, a pesar de mi buena voluntad, el malaventurado Pío Cid tenga que sufrir la pena póstuma de no ser comprendido o de que le tomen por engendro fantástico y absurdo, fundándose en lo incongruente de mi relato, que no abraza toda su vida, sino varios retazos de ella, zurcidos por mí con honradez y sinceridad, pero sin arte.

La primera anomalía, que no está en mi mano remediar, la hallará el que leyere cuando vea aparecer el protagonista frisando en los cuarenta años y representando algunos más, y no sepa a ciencia cierta qué se hizo de él durante esos largos años de oscura existencia. Los amigos decían que Pío Cid era de familia bien acomodada y quizá noble, pero venida a menos y obligada por la dura necesidad a esconderse en un pueblo de la costa de Granada, en donde tenían los Cides su casa solariega. El joven, que era hijo único, siguió estudiando leyes en Granada, y una vez terminada la carrera se encerró en el pueblo con sus padres y allí pasó los años vegetando, como caballero pobre y que se resiste a doblar la raspa; a lo sumo dedicaría sus ocios a leer libros y a cultivar las musas, pues solo así se explicaba su vasto y enmarañado saber y la facilidad con que componía versos en todos los metros y rimas conocidos y en algunos de su propia invención. Se le tenía por refractario al amor, o, cuando menos, al matrimonio[3]; así, vivía apegado a sus padres, y cuando estos le faltaron, se halló solo en medio del mundo, y acaso deseoso de dejar la estrechez de su pueblo y olvidar sus tristezas en la agitación de la corte, adonde vino, en efecto, con una credencial en el bolsillo, ya que lo mermado de sus rentas no le permit'a, según parece, vivir sin empleo y con entera independencia, como hubiera sido su gusto. No podía ser más vulgar su historia: un hombre inteligente, pero desilusionado e incapaz de hacer nada; extravagante más por falta de sociedad que por sobra de talento; con varias aptitudes que hubieran sido útiles a una persona atractiva y discreta, y que a él no le servían más que para perder el tiempo y distraer a cuatro amigos. A ratos parecía poeta, y a ratos jurisconsulto, o músico, o filósofo, o lingüista consumado; pero en cuanto a ser, era no más que un insignificante empleado de Hacienda[4], que iba a disgusto a la oficina.

El buen Cándido Vargas, que sentía por él un afecto* fraternal, me refirió algunos detalles que me confirmaron la falsedad de estas historias y opiniones, a las que yo nunca di crédito, porque desde el principio había adivinado en Pío Cid cierto mar de fondo debajo de la quietud y serenidad de su espíritu resignado. Notábase en él un menosprecio profundo de sus semejantes, aun de los que más estimaba, que no era orgullo ni presunción, al modo que muestran estos sentimientos los hombres que se creen superiores, sino que era expresión de un poder misterioso, semejante al que los dioses paganos mostraban en sus tratos con las criaturas: mezcla de energía y de abandono, de bondad y de perversión, de seriedad y de

---

[3] La fuente autobiográfica de esta actitud refractaria hacia el matrimonio se puede confirmar en el epistolario a Navarro Ledesma, y sobre todo en las cartas fechadas el 14 de junio de 1893, el 30 de junio de 1893 y el 22 de noviembre de 1894.

[4] El empleo humilde que tiene Pío Cid en el Ministerio de Hacienda nos recuerda el puesto que ocupaba Ganivet en el Ministerio de Fomento cuando ingresó en el cuerpo de Archivos, Bibliotecas y Museos en 1889.

* afección / afecto

burla. Entre las mil imágenes de que se valía para expresar este poder oculto, que indudablemente ejercía sobre cuantos trataba, la más graciosa y extraña era la de cortar el hilo de nuestros discursos soplándonos en la frente. Decía él humorísticamente que los hombres le producían el mismo efecto que grandes orzas o tinajas llenas de aceite, en las que navegaran, lanzando sus rayos mortecinos, mariposas diminutas como las que usamos de noche para semialumbrar nuestras alcobas. Tan triste y ridículo sería ver asomar por la boca de aquellos panzudos depósitos una luz desmirriada y relampagueante, como lo es adivinar en la parte superior de nuestro complicado y grosero organismo el miserable y angustioso chisporroteo del presuntuoso pensamiento humano. Por esto Pío Cid, que era poco aficionado a las luminarias, y que para tener poca luz prefería estar a oscuras, se incomodaba cuando alguno de sus amigos, caldeado por el sacro fuego de la elocuencia, pretendía hacer alarde de su saber en períodos arrebatados y altisonantes, imitados de los tribunos, oradores parlamentarios, habladores académicos y demás gentuza (esta era su frase) que desde hace un siglo se dedica a encubrir con su insustancial palabrería la ignorancia sencilla y candorosa de nuestra nación; y no sólo se incomodaba, sino que a veces se sonreía diabólicamente y se levantaba, y acercándose de repente al orador, le soplaba, como antes dije, en la frente, y lo apagaba, con la misma facilidad con que se apaga un candil[5]. ¿Sugestión? ¿Diablura? No sé lo que había en el fondo de esta maniobra, de que yo mismo fui víctima algunas veces; lo que sí atestiguo es que los oradores nos quedábamos como si nos hubieran extraído el cerebro, sin poder pensar ni articular una palabra, ni tener siquiera conciencia de nuestro estado, hasta que algunos minutos después comenzábamos a lucir de nuevo, poco a poco, como si el calor disgregado por todo el organismo se concentrara lentamente dentro del cráneo y empezara a levantar llama.

Esta y otras mil artes, que en tiempos menos adelantados hubieran parecido derivadas de la ciencia misteriosa de alqui-

---

[5] Este es el primero de los experimentos algo mistificadores que Pío Cid hace con la luz; otro será la invención, en el sexto trabajo, de la «luz humana». Los dos forman parte del abundante claroscurismo en la novela y representan, además, una técnica irónica de burlarse del progreso de los positivistas mediante inventos no materiales sino más bien espirituales.

mistas, magos, nigromantes y adivinos, las explicábamos nosotros, sin meternos en más honduras, por lo que sabíamos de la vida de pueblo que Pío Cid había llevado hasta bien pasada su juventud; puesto que es frecuente que los señoritos de pueblo, holgazanes y aburridos, pierdan el tiempo en cultivar las ciencias y artes inútiles: charadas, acertijos y rompecabezas, juegos de sociedad y juegos de manos, hasta llegar algunos a ser consumados prestidigitadores y adivinadores del pensamiento, cuando no les da por el espiritismo y consiguen solos, o con auxilio de una mesa rotatoria, trípode automóvil o *medium* de carne y hueso, ponerse en comunicación con sus antepasados difuntos o con los personajes de más viso de la antigüedad clásica. Así, pues, aunque la palabra no sonó jamás, la que teníamos en los labios al hablar de nuestro amigo era la de «espiritista»; y aunque le hubiéramos visto dar voz a los mudos, oído a los sordos y vista a los ciegos, todo esto y mucho más lo explicaríamos como obra de picardía y de la astucia de un farsante original. Yo, sin embargo, no las tenía todas conmigo; porque, no obstante la reserva de Pío Cid, veía en él rasgos de una personalidad oculta, muy diferente de la que a nuestros ojos se mostraba; y a no haberme engañado la idea que de él tenía preconcebida, hubiera, desde luego, comprendido que su rara sabiduría, que era su mayor rareza, no se había formado en el retiro de un pueblo, sino que era el resultado de una larga experiencia cosmopolita. Aunque parezca extraño, estos dos extremos se tocan y puden dar lugar a confusión. Nada hay que se acerque tanto al tipo del cosmopolita, del hombre que ha visto mucho mundo, como el tipo del sabio de pueblo, del doctor de secano. La diferencia está en que el uno tiene la realidad de la experiencia, mientras que el otro posee solamente el conocimiento teórico; pero tocante a cantidad, es seguro que el viajero más corrido no llega jamás a reunir tantas noticias ni a adquirir tanto saber como el arrinconado curioseador que en la quietud imperturbable de su aldea se propone enterarse de cuanto ocurre en ambos hemisferios. Dejará este ver en ciertos detalles lo atrasado que está en noticias, pero en otros muchos sorprenderá al que se tenga por más al corriente de las cosas de su tiempo. Con Pío Cid ocurría, por excepción, que su experiencia del mundo era real, como de un hombre que ha vivido en todas partes y todo lo ha visto con sus propios ojos; y al mismo tiempo su atraso de noticias en muchas ocasiones nos hacía reír a carcajadas y pensar si aquel hombre acababa de caerse de la luna. Sirva, pues, esta circunstancia para que no se nos tenga por tontos de capirote a cuantos tomábamos a Pío Cid por sabio palurdo o persona de poco más o menos, siendo, como era, hombre de tantísimos quilates.

En la historia de la familia de Pío Cid, que corría como verdadera, había, desde luego, la falsedad evidente de presentarlo como hijo único siendo así que tuvo por lo menos una hermana, con la que vivió algún tiempo en Madrid. Doña Paulita, la pupilera de la calle de Jacometrezo, estaba muy al corriente de todo, porque era granadina como los Cides y conoció a doña Concha y a una hija de ésta, de pocos años, en circunstancias tristísimas, que, siempre que había ocasión para ello, relataba con pelos y señales por habérsele quedado muy impresas en la memoria. Según Cándido Vargas, doña Paulita era de muy buena familia, hija de un médico de gran reputación, que ya no visitaba por haberse quedado ciego; pero había tenido la desgracia de casarse con un pillastre de investigador de Hacienda, que cuando no estaba colocado, y a veces estándolo, dirigía en Granada una agencia universal o poco menos, que lo mismo entendía en las sustituciones de quintos, que en el arreglo de asuntos municipales, formación de expedientes administrativos y demás negocios que los particulares le encomendaban. Parece ser que la especialidad de la agencia eran los negocios sucios, aunque doña Paulita defendía en este punto a su marido a capa y espada, asegurando que si su infeliz esposo había ido a dar con sus huesos en la cárcel por falsificación de una partida de bautismo, ella sabría poner las cosas en su lugar, pues para esto había venido a Madrid, y hasta conseguirlo no pararía, aunque tuviera que remover el cielo y la tierra.

Vino a la corte esta oscura heroína del deber conyugal con escasos recursos y algunas cartas de recomendación, la principal para Pío Cid, no porque este fuera hombre de influencia, sino porque se sabía que era amigo o protegido de uno de los diputados a Cortes de la provincia, a cuya amistad o protección debía el empleo que, sin haberlo pedido, disfrutaba. Por este tortuoso camino llegó doña Paulita a conocer a Pío Cid; y aunque no se sabe a punto fijo si éste atendió la recomendación, se supone que sí la atendería y que haría cuanto de su parte estuviese; pues si bien no le gustaban las recomendaciones y nunca las utilizó por cuenta propia, tampoco era capaz de negarse a favorecer a los desvalidos, aunque les viera pringados y sucios desde los pies a la cabeza. Lo que sí se sabe de seguro es que ofreció casa y mesa a su malaventurada paisana, la cual, agradecida, aceptó por lo pronto, hasta tanto que pudiera llevar adelante su plan de campaña, que era traerse los muebles que en Granada tenía y comprar algunos más a plazos, poner casa de huéspedes y ver si ganaba para irse sosteniendo y recoger a sus tres chiquillos, que, por venir más desembarazada, había dejado desparramados en la familia. Porque aunque doña Paulita sacara absuelto a su marido, y esto lo daba por cosa hecha, había decidido establecerse para siempre en la corte y no volver a mirar a la cara a los muchos amigos y conocidos que en esta prueba la habían indignamente abandonado.

Como lo pensó lo hizo, y al mes de estar en Madrid, sin contar con otro apoyo que el de los Cides, tenía ya puesta su casa en la misma en que estos vivían. Pío Cid, con su hermana y sobrinilla, estaban encaramados en el tercer piso, y doña Paulita alquiló el principal, pensando en la comodidad de los huéspedes futuros, los cuales, no obstante ser pocas las escaleras, tardaban tanto en presentarse que la flamante pupilera pasó días amarguísimos sin más compañía que la fiel criada, que, juntamente con los muebles y como uno de tantos, había venido al lado de su señora, y que era de tanta ley que en aquellos malos días trabajaba la pobre como una condenada, haciendo faenas, lavando y planchando en varias casas de la vecindad, para ayudar con sus gajes a su ama, la cual se avergonzaba de recurrir con demasiada frecuencia a sus amigos del tercero, cuya situación no era tampoco muy brillante. El único huésped que vino a turbar aquella angustiosa soledad fue un joven valenciano, llamado Orellana, abogado recién salido de las aulas y opositor a Notarías, que no conociendo a nadie en Madrid tuvo la suerte de caer en manos de doña Paulita. Poco eran catorce reales diarios para una casa y tres bocas, pero al menos eran seguros y caían en buenas manos. La incipiente pupilera sólo necesitaba un cabello adonde asirse para salir a flote, pues poseía a fondo, como todas las mujeres de su tierra, el arte de dar vueltas a un ochavo; era capaz, como decía, de sacar aceite de una alcuza nueva, pero a condición de tener alcuza; y el simpático Orellana desempeñó sin saberlo, el papel de este indispensable utensilio, sin sacrificio de su parte, porque, a pesar de ser solo en la casa, le trataban a cuerpo de rey, como en ninguna otra le hubieran tratado. El no se explicaba el don maravilloso de doña Paulita, porque era hombre poco madrugador; pero Pío Cid, que se acostaba muy temprano y se levantaba rayando el día, contaba, en alabanza de su ingeniosa paisana, que la vio muchas mañanas, temprano, cuando los barrenderos salen en bandadas, con los escobones enhiestos, como brujas que vuelven del aquelarre, salir resueltamente con Purilla, la criada, sendas cestas al brazo, y encajarse nada menos que en Vallecas a llenarlas de provisiones por poco dinero, fuera del radio de consumos y sin perjuicio de reñir de cuando en cuando con los guardas si estos ponían reparos a lo que doña Paulita tenía por ejercicio de un legítimo derecho. Así, haciendo prodigios en la compra y maravillas en la cocina, conseguía la pobre mujer sacar su casa adelante; y es también cosa averiguada que estos tráfagos no le impedían dedicarse a otro género de labores; como bordadora de fino era una notabilidad, y si le caía el encargo de bordar un equipo de novia lo aprovechaba para pagar algún mes atrasado de casa; como zurcidora de paño había ganado premios en las exposiciones de Granada, y sabía zurcir un siete de una capa con tanto primor que cuando la prenda salía de sus manos ni el más lince hallaba traza de siete ni de ningún otro guarismo. En los primeros tiempos, que fueron los peores, tuvo en la puerta de la calle un cartelillo anunciándose como zurcidora de capas, y más de una vez hubo de dar gracias a Dios por serle deudora de esta al parecer inútil habilidad, sin la que algún día no hubiera tenido siquiera ni para encender las hornillas.

Más que bien, hoy trampeando, mañana pagando y nunca con sobras, iba tirando de su cruz, hasta que una gran desdicha de nuestro Pío Cid vino a ser para ella aurora de días más felices. Vivían los Cides, como sabemos, con apuros, pero en paz y gracia de Dios. Doña Concha, que se había criado en abundancia y vivido en Madrid, casada, con todo género de comodidades, y hasta con regalo, al morir su marido se vio de la noche a la mañana en la miseria. Había en esta historia algún punto oscuro, que doña Paulita no pudo penetrar; pero aseguraba que el esposo de doña Concha se había suicidado[6] después de arruinarse en el juego de Bolsa, y que sin la llegada providencial de Pío Cid quizá la viuda hubiera tenido que

---

[6] Esta es la primera de las frecuentes alusiones al suicidio en la novela, tema particularmente sugestivo siendo la obra creación de un futuro suicida. Otras alusiones pueden encontrarse en la importante confesión que hace Pío Cid en el trabajo quinto y en las descripciones de Martín de Gomara y Juanico el ciego.

arrojarse por el viaducto, por no hallarse con resolución para luchar por la vida ni con carácter para sufrir humillaciones. La misma doña Concha dijo alguna vez que había estado ya determinada a quitarse la vida, y que no lo hizo por no atreverse a matar también a su hija, ni menos a dejarla sola en el mundo; pero que este hubiera sido su fin de no aparecer su hermano, a quien tenía por muerto después de largos años de ausencia. No decía, ni acaso sabía la buena de doña Concha, dónde había estado Pío Cid en todo ese tiempo; mas de seguro había sido en tierras lejanas, no en su pueblo, como sus amigos creíamos. Doña Concha decía algunas veces que donde había estado era en el infierno, porque solo allí podía haber recogido las ideas endemoniadas que llevaba en la cabeza, y otras veces aseguraba que sin duda habría vivido entre salvajes, y que de ellos se le habían pegado muchas cosas que se le ocurrían, y que le acreditaban por loco en el juicio de las personas vulgares. Claro está que todo esto lo decía doña Concha medio en broma, puesto que adoraba a su hermano, y tenía de él tan elevada idea, y sentía por él admiración tan fanática, que jamás se nombraba un hombre grande en la ciencia, en el arte o en la política sin que ella asegurase que aquel hombre, grande y todo, no le llegaba a su Pío a la suela del zapato. Y cuando alguien le preguntaba qué había hecho su hermano para llegar a tan considerable altura, ella respondía que su grandeza estaba en no querer ser nada pudiendo serlo todo; pero que, a pesar de su humildad, algún día, sin pretenderlo, quizá después de morir en la oscuridad y la miseria, sería conocido y admirado por todos los hombres.

Cándido Vargas estaba casi seguro de que Pío Cid había vivido en diversos países salvajes del centro de África, y realizado en ellos grandes proezas, dignas de pasar a la historia; y aun tenía entendido que al volver a España escribió e imprimió el relato de sus aventuras, descubrimientos y conquistas en el continente negro, con tan mala fortuna que no vendió ni un ejemplar de la obra; por lo cual se supone que, despechado, la recogió y la quemó, haciendo juramento de no hablar jamás palabra del asunto en todos los días de su vida [7].

---

[7] Esta alusión a las aventuras africanas de Pío Cid y, por tanto, al héroe de la primera novela de Ganivet, *La conquista del reino de Maya*, sugiere una continuidad narrativa que reconoce el autor cuando identifica una obra como prólogo de la obra posterior (véase *Cofradía*, la carta fechada el 28 de marzo de 1898).

No era hombre Pío Cid que se incomodara por tan poco, y más se debe creer otra versión que me dio Vargas, pues, según ella, lo que le ofendió fue que los pocos que le leyeron no le dieron ningún crédito, y que el único que tomó en serio la relación fue un señor cura, amigo de los Cides, quien censuró acerbadamente, como contrarios a la religión, a la moral y hasta a la humanidad, los procedimientos que Pío Cid empleó para civilizar a los infelices salvajes con quien fue topando en su camino. Y había, por último, otra explicación que, si bien me parece infundada, no me atrevo a suprimir en una tan puntual historia como esta. Dicen que entre las contadas relaciones que doña Concha conservó en su época aciaga de viudez y desamparo, la que ella estimaba más era la de una familia asturiana, algo emparentada con su marido. El jefe de esta familia, que tuvo en Madrid casa de banca, había muerto hacía bastantes años, y la viuda, con tres hijos mayores, dos varones y una hembra, que pasaba ya de los treinta, siguió viviendo en la corte. Los dos hijos se dedicaban a matar el tiempo, gastando tontamente sus rentas, y Rosita, que se había dado por la beatitud, se pasaba la mejor parte de su vida en las iglesias, a las que iba acompañada de su madre o de una vieja doncella de mucha confianza. Gustaba asimismo de hacer algunas caridades, y de vez en cuando* iba a casa de doña Concha para ofrecerle discretamente algún auxilio, no como limosna, sino como dádiva de una buena amiga. Al presentarse Pío Cid, hubo de ocurrírsele a doña Concha la idea de casarlo con una joven de tan buenas prendas; pues la pobre señora sentía su salud tan cascada, que siempre estaba anunciando que ella no haría los huesos viejos, y pensando en lo que sería de su hermano solo, con una criatura de seis años, que esta edad podría tener Pepita entonces, a lo sumo. Todo estó es muy natural, y tampoco sería extraño que no hubiera resistencias por parte de Rosa, que, a pesar de lo crecido de su dote, había perdido ya la esperanza de casarse. Sin ser extremadamente fea, no era nada apetitosa: no tenía pizca de ángel, ni asomo de juventud; su figura vulgar estaba velada por un aire de vejez prematura y de agria tristeza, que no dejaba resquicio por donde el amor pudiese** mirarla con buenos ojos. Después de tratarla se la estimaba, y aun se la

---

* de cuando en cuando / de vez en cuando
** pudiera / pudiese

admiraba como a una hermana de la caridad, por su espíritu humilde y resignado; pero no se pasaba de ahí. Había tenido quien la pretendiera, pero mostrando tan visiblemente que el interés era el único móvil de la pretensión, que ella no había querido servir de juguete a ningún cazador de dotes. Y sin embargo de lo dicho, se aseguraba que Pío Cid estuvo enamorado de ella, y ella enamoradísima de él, y que poco faltó para que se cumpliera el deseo de doña Concha.

Una de las más nobles cualidades de Pío Cid era el saber distinguir al primer golpe de vista el lado bueno de las cosas; su pesimismo era tan hondo, que le obligaba a buscar un agarradero por donde cogerlas; y así, despreciándolas todas por malas, sabía amarlas todas por lo poco bueno que tuvieran. Rosa tenía algo bello, de belleza admirable, por donde pudo muy bien Pío Cid amarla; no con amor nacido de la estimación moral, sino con amor corpóreo, enamorándose como un mozalbete en sus primeros revuelos, si se ha de creer al amigo Vargas; y este algo eran las manos finas, blancas, espiritualizadas por el ejercicio de la caridad, las que para Pío Cid revelaban plásticamente, ellas solas, toda la belleza de alma que detrás de aquel rostro miserable y de aquella insignificante figura se escondían [8]. ¿Cómo se rompieron súbitamente estos amoríos, rotos hasta el extremo de que Rosa no volviera a poner jamás los pies en casa de los Cides? Aquí se injertaba la malhadada historia del libro que Pío Cid tuvo la ocurrencia de publicar, para que, sin darle utilidad ni fama, le hiciera perder la estimación del mejor amigo que tenía y el amor de la única mujer por quien llegara a interesarse; puesto que el horror o el miedo, o lo que sea, que Rosa le tomó a Pío Cid, provino de la lectura del tan famoso cuanto desconocido libro, en el que, a juzgar por las señas, debía mostrar el actor y autor cualidades poco recomendables. Yo no he creído nunca que Pío Cid estuviera enamorado, ni menos decidido a contraer formalmente matrimonio, porque toda su vida atestigua en contra de esas invenciones; pero valgan por lo que valieren, aquí las consigno.

Lo que se debía sacar en sustancia de las suposiciones de Vargas era que había de por medio alguna historia en que los

---

[8] Es probable que el personaje de Rosita se inspire en una novia con manos hermosas que tenía Ganivet antes de conocer a Amelia Roldán (véase *Correspondencia familiar*, carta fechada el 30 de septiembre de 1891).

salvajes habían desempeñado un gran papel, dando a Pío Cid cierto aire salvaje o poco menos, que se descubría, a poco que se le tratase, debajo de su apariencia de hombre culto. Su amor a la vida natural, libre de artificios y de trabas; su desprecio de los hombres, su misma bondad, no exenta de dureza, se explicaban muy bien por el largo contacto con gentes de raza inferior, en las que veía de forma descarnada, en esqueleto, la baja y mísera condición de los hombres. Y su único error, que por ser suyo tenía que ser grandísimo, capital, consistía en creer que en España continuaba viviendo entre salvajes, y que podía someter a sus compatriotas a las mismas manipulaciones espirituales que sin duda ensayó, no se sabe si con buen éxito, en el ánima vil de los negros africanos; sin este error, Pío Cid hubiera sido un hombre perfecto, digno de que lo canonizaran.

Pocos hermanos harán en el mundo lo que hizo él con su hermana al llegar a Madrid, puesto que, a pesar de su gran pereza y ninguna afición a solicitar favores, se apresuró a visitar al diputado por su distrito, que había sido administrador de los bienes heredados por doña Concha, hasta que el marido de esta los malvendió para hacer frente a alguno de los compromisos que al fin y al cabo vinieron a dar con él en tierra. Y no se sabe si por agradecimiento y amistad*, o porque no se encontrara con la conciencia completamente limpia, el ex administrador no anduvo reacio en gestionar y obtener para el hijo de sus antiguos amos un empleo que le permitiera cubrir sus más indispensables atenciones. Pío Cid no tenía ningún vicio: no fumaba, no iba al café ni al teatro, ni salía nunca por la noche; hasta en las cosas más precisas, como comer, beber y vestir, era muy ahorrativo; comía poco y alimentos muy ligeros, generalmente legumbres[9]; no bebía más que agua, y esto solo alguna vez en verano, y no tenía más ropa que la puesta, ni quería jamás comprar un traje nuevo mientras el puesto podía prestar decente servicio; por último, no gastaba ni en barbero, porque no gustaba de que le sobasen la cara; ni en peluquero, porque tampoco le hacía gracia que le anduvieran en la cabeza. Él mismo se arreglaba, como mejor podía, de tarde en tarde, cuidando más de la

---

* y afección / y amistad

[9] La tendencia vegetariana de Pío Cid refleja la de su autor, puesto que Ganivet, hacia la época en que murió su hija Natalia (febrero de 1894), empieza a manifestar esta forma de ascetismo.

limpieza interior del cuerpo y de la ropa blanca que de la aparente de los vestidos, sombrero y zapatos. No usaba guantes, y llevaba la menor cantidad posible de corbata. De este modo, su sueldo iba íntegro a manos de doña Concha, y aunque no era nada crecido, bastaba para vivir modestamente, y aun para que Pepita no careciera de juguetes y chucherías, que su tío le compraba, cuando algunas mañanas, antes de ir a la oficina, la sacaba a dar un paseo. Aparte su habitual mal humor, que jamás fue molesto para los que le rodeaban, considerábase felicísimo Pío Cid, y solo le apuraba la idea, que algunas veces se le ocurría, de que su sobrinilla pudiese quedar súbitamente desamparada si le llegara a faltar su madre, siempre achacosa, y él, que tampoco las tenía todas consigo a causa de una molesta afección al hígado, que de tiempo en tiempo hacía sus asomadas. ¡Y quién sabe si su solicitud por Pepita no fue la razón que le determinó a escribir su dichoso libro, con la esperanza de ganar algún dinero e ir ahorrándolo para asegurar el porvenir! Mal le salió, sin embargo, la cuenta, como sabemos; y aun parece que para pagar la edición tuvo que empeñar ciertas alhajas de familia, reliquias de que doña Concha no había querido deshacerse ni en la época angustiosa en que hasta para comer le faltaba. Pero un hombre como Pío Cid no se abate tan fácilmente, y ya que por la muestra comprendió que por el camino emprendido no iría a ninguna parte, comenzó a cavilar, y de sus cavilaciones sacó en limpio que lo que él debía ser era traductor. Ni él era capaz de escribir obras al gusto de un público tan necio y estragado como el que había de leerle, ni este público estragado y necio podía entender y apreciar las que él escribiese según su leal saber y entender; no había motivo para escandalizarse, ni era cuerdo repetir la prueba y verse en la triste necesidad de empeñar hasta las sábanas. Se dedicaría, pues, a traducir libros de las diversas lenguas que poseía, y sin calentamientos de cabeza ganaría algo, aunque fuese poco. Así lo hizo, procurando traducir libros útiles, porque los de puro entretenimiento, y en particular las novelas, entonces de moda, le molestaba hasta el leerlas, cuanto más traducirlas. Sus trabajos más importantes fueron por este tiempo versiones del alemán de obras de Derecho, por cuenta de varios editores; su traducción y anotación de la *Evolución histórica del Derecho civil en Europa* fue considerada como obra de un verdadero jurisconsulto, y le produjo cerca de mil pesetas, con las que pudo desempeñar sus queridas alhajas y aun guardar un buen pico, punto de partida de los dos o tres mil duros que pensaba reunir para la dote de Pepita. Bueno es decir que él personalmente no salió ganando ninguna honra científica, porque firmo* con el seudónimo de Licenciado Gregorio López de Górgolas, y nadie supo quién era el tal Licenciado. Otras traducciones ni siquiera las firmó, y algunas las firmaron por él ciertos falsos traductores que tenían empeño en recoger la distinción o el aplauso que nuestro amigo desdeñaba.

Todo parecía sonreírle o, cuando menos, mirarle con ojos de benevolencia, cuando la fatalidad, que le tenía reservadas mayores y más espinosas empresas, derribó de un soplo el castillo de naipes que él, paciente y cuidadosamente, iba levantando; no fueron menester más de tres días para que la traidora difteria arrebatara a Pepita, dando el golpe de gracia a la pobre doña Concha. Pepita se fue a la región donde descansan los ángeles, después de cruzar los eriales de la tierra como ligeras mariposas y su madre se quedó penando aún algún tiempo**; luchando, no contra la muerte, a la que ningún miedo le tenía, sino entre la imagen de la niña muerta, que la llamaba, y con la que, en su fe de buena católica, ella estaba segura de reunirse, y la otra imagen que tenía a su lado, la de su hermano Pío, que en recompensa de dos años de sacrificios y desvelos se iba a quedar solo, completamente solo en el mundo. Doña Paulita, que asistió a doña Concha con tanto amor como lo hubiera hecho con su propia madre, y que le cerró los ojos con sus propias manos, lloraba como una Magdalena cuando recordaba este cuadro tristísimo, y decía siempre que lo que más le impresionó fue la calma y la serenidad espantosa de Pío Cid en aquella ocasión. No derramó una lágrima, ni se inmutó, ni siquiera pareció entristecerse; él mismo embalsamó y amortajó a sus dos muertas, como las llamaba, complaciéndose en adornarlas con todas las joyas que en la casa había de algún valor[10]. A Pepita la llevó él solo al cementerio, y cuando murió doña Concha no quiso valerse de nadie, sino que él mismo anduvo los pasos para trasladarla,

---

* firmaba / firmó
** algunas semanas / algún tiempo
[10] La muerte y el entierro de Pepita recuerdan los de Natalia, cuya tumba Ganivet prepara, según cuenta en una carta detallada a Amelia (véase *Estudios y textos ganivetianos*, carta fechada el 3 de noviembre de 1895).

con su hijita, a Aldamar, donde los Cides tenían su panteón de familia; en lo cual gastó cuanto tenía, hasta lo que le dio un baratillero por todos los muebles de la casa. De suerte que al regresar a Madrid de su fúnebre viaje no le quedaba más que un baúl pequeño con contadas prendas de ropa y una maleta que le sirvió para el camino; volvió sin avisar a casa de doña Paulita, donde había dejado el baúl; se instaló sin decir palabra en una habitación que estaba enfrente de la puerta de entrada, y continuó viviendo como hasta entonces había vivido, acostándose temprano y levantándose al amanecer, paseando por las mañanas, yendo entre once y doce a su oficina y encerrándose en su cuarto cuando venía de ella, sin encender jamás la única luz que tenía a su disposición, una palmatoria sobre la mesa de noche. Comía también en su cuarto, y no hablaba arriba de cuatro palabras con doña Paulita cuando esta, con el pretexto de servirle la comida, buscaba ocasión para sacarle de su mutismo. Siempre fue hombre de pocas palabras, pero ahora era hombre de ningunas.

—Don Pío —le decía su amable paisana—, mi pleito marcha muy bien; creo que pronto voy a tener aquí a mi marido.

—Me alegro —le contestaba.

—¿Sabe usted que hoy ha venido un nuevo huésped?... Es un chico vizcaíno que se llama don Serapio. Parece muy bella persona... Además dice que pronto vendrá a vivir con él un amigo que se llama don Camilo Aguirre. Creo que los dos vienen a estudiar para ingenieros, y que el don Camilo es de familia riquísima. Necesitará dos o tres habitaciones buenas... Yo, si sigue el buen viento, me voy a lanzar a tomar el tercero, que aún está desalquilado.

—Si es así, me voy a él.

—Eso no debe usted hacerlo, porque se va a acabar de morir de tristeza. Aquí es, y vive usted como un hurón... Eso, digan lo que quieran, no puede ser bueno para la salud... En fin, no le hablo de esto por no desagradarle; pero... ¿sabe usted, don Pío, que tiene usted de verdad buena mano? Hoy ha venido otro huésped.

—Me alegro —le contestaba.

—Es un estudiante de Farmacia. Este parece un chico pobre, pero muy infeliz. Le he dado un cuarto interior por doce reales... Y por si no bastara, dice el señor Orellana que quizás se venga a vivir con él un amigo con quien se reúne en el café. Yo estoy ya decidida; hoy mismo, que estamos a quince, voy a tomar el cuarto de arriba...

—Pues lleve usted mis bártulos...

—No he visto hombre más testarudo que usted. Es inútil tratar de convencerle... Supongo que no se ofenderá porque yo, como buena amiga, le hable de cierto modo... Don Pío, grandes noticias hoy. Al fin tomé el tercero. Le estamos dando una mano de limpieza, y esta noche le mudo a usted a él. Voy a ponerle frente a la puerta, como está usted aquí, para que se figure que está en la misma habitación... Ya sé que a usted no le gusta cambiar —Pío Cid no contestó, pero miró a doña Paulita con aire de reconocimiento—. Para que no esté usted completamente solo en el piso vacío voy a trasladar también a don Benito, y le daré un cuarto más grande y con más luz, porque ahora el pobre chico no puede rebullirse... Ya es seguro que viene don Camilo Aguirre y que tomará esta habitación de usted y las dos de al lado. Además, ha venido a preguntar un nuevo huésped, que quizás vuelva, pues parece que le ha gustado la casa y el trato. Ya ve usted que no hay de qué quejarse.

—Me alegro —contestaba imperturbablemente Pío Cid; y todos los días tenía algo por qué alegrarse y continuaba siempre del mismo humor sombrío, tétrico, con que regresó de su viaje a Aldamar.

En verdad que no tenía de qué quejarse doña Paulita, pues en menos de dos semanas se llenaron los dos pisos de bote en bote. Además de don Serapio y don Camilo y don Benito, vinieron el amigo de Orellana, que era gallego y estudiante del último de leyes, y se llamaba don Perfecto Fernández Vila, y el joven que quedó en volver, que era estudiante de Medicina y cartagenero, llamado don Mariano, con su amigo y compañero de estudios, Pepe Rodríguez, un murciano andaluzado, dicharachero y alegre como unas sonajas. No fueron huéspedes todos los que vinieron, porque detrás de los huéspedes llegó la chiquilla menor de doña Paulita, y el anuncio de que pronto vendrían los dos niños que en Granada quedaban. Sin duda las buenas noticias corren tanto como las malas, cuando tan pronto supieron los parientes de doña Paulita que ésta comenzaba a levantar cabeza. Los abuelos, que estaban hartos de bregar con Paquilla, que era más viva que una pimienta, se la remitieron a su madre con una familia conocida que iba a Madrid, y los hermanos, en cuyo poder estaban Fernando y Manolo, que eran también muy traviesos e incorregibles, se dispusieron a soltar la carga. No asustaba esto, sin embargo, a una madre tan buena como era doña Paulita, y ahora que los recursos no escaseaban se dio por muy contenta de recoger y tener a su lado a sus tres inaguantables pimpollos, y aun a su esposo si lograba sacarlo con sus influencias del mal paso en que se había metido.

—Es usted un hombre de buena estrella, don Pío —repetía constantemente su agradecida paisana—. Pues nadie me quita que todo esto me lo ha traído usted, porque desde el día en que usted entró en mi casa parece que entró la bendición de Dios.

—Lo que hay —contestaba Pío Cid— es que yo he venido en septiembre, en la época en que vienen los estudiantes. No busque usted explicaciones maravillosas a un hecho tan natural.

—No tan natural —insistía doña Paulita—. Porque yo abrí la casa hace más de un año, y pasó septiembre y no vino un alma. Diga usted lo que quiera, yo soy supersticiosa y creo que hay personas que llevan consigo la buena o la mala suerte, y usted es de los que la llevan buena y retebonísima. Quizás por eso la tenga usted tan mala, porque se la da toda a los demás.

—Usted es muy dueña —decía para terminar el afortunado sin fortuna— de creer en mi virtud oculta y en todo cuanto se le venga a las mientes: que en el creer no hay pecado, aunque se crea en grandes tonterías.

Lo mismo cuando estaba solo Orellana que cuando eran siete los huéspedes, o cuando fueron ocho con la llegada del joven canario Carlos Cook, amigo de los vizcaínos, Pío Cid vivía como de costumbre, retraído y sin tratarse con nadie. Sólo alguna vez cruzaba la palabra don Benito y los estudiantes de Medicina, que eran sus vecinos más próximos. Sin embargo, aunque seguía comiendo en su cuarto, bajaba algunos días a almorzar al comedor, que estaba en el principal, y con el tiempo conoció a toda la patulea estudiantil, con la que simpatizó grandemente, pues era amigo de la juventud, y bien que su exterior fuese el de un hombre ya entrado en años y su carácter misantrópico, sus ideas eran tan frescas y vibrantes que cuando hablaba todos le escuchaban con la boca abierta, como cuando se oye algo nuevo e inesperado[11]. Aquellos estudiantes eran, según Pío Cid, pellejos acabados de salir de

---

[11] El dualismo caracterizado por la misantropía y la energía apasionada podría describir el estado conflictivo que sufría Angel Ganivet ya en sus años madrileños.

manos del curtidor y llenos de vino viejo y echado a perder, de ciencia vana y pedantesca aprendida en los bancos de las aulas de boca de varios doctores asalariados.

No todos los comensales le pagaban estas simpatías, pues se sabe positivamente que algunos le tenían cierta punta de encono, y le tachaban de revolucionario y perturbador, no obstante ser Pío Cid persona tan pacífica y tan enemiga de cambios y trastornos, que por no cambiar, ni siquiera se afeitaba. Su deseo era perturbar el espíritu de aquellos jóvenes ramplones, y las revoluciones que a él le gustaban eran las que llevan los hombres en la inteligencia y no salen a la superficie sino en forma pacífica, bella y noble. Pero Orellana, que era tradicionalista furibundo, y su amigo Vila que allá se iba con él, no comprendían estos perfiles ni veían en Pío Cid más que un predicador de ideas disolventes, y lo que más le llegaba al alma era que no predicaba con discursos, ni empachaba al auditorio con abusos de palabra, sino que exponía sus ideas en frases cortas, que las más de las veces no tenían réplica. La reunión se alegraba con estas salidas graciosas e intencionadas, que bien pronto se convertían en frases hechas, usadas a diario por los estudiantes. A pesar de la diferencia de opiniones, ni Orellana ni Vila llegaron a reñir seriamente con el irrespetuoso predicador; antes parece cierto que Orellana era su mejor amigo, casi tanto como Benito, que no dejaba a Pío Cid ni a sol ni a sombra. El que le tenía una marcada aversión, hasta el punto de que varias veces quiso tomárselas de prueba, era don Camilo Aguirre, el único enteramente refractario a sus enseñanzas. Dicen que el comienzo de esta enemistad vino de una discusión científica, promovida entre Orellana de una parte y de otra Pepe Rodríguez y Mariano Avilés, sobre un tema tan espinoso como el de las causas finales. Orellana las defendía como si fueran personas de su familia, y los futuros médicos sacaban a relucir toda la Patología y la Fisiología para demostrar que en el mundo hay muchas cosas que no sirven para nada, ni tienen otro fin conocido que el de molestarnos y empeorar nuestra desgraciada condición. En semejante disputa no podía quedar en el olvido el bazo, órgano completamente inútil y sin objeto en la vida humana, según los sabios más empingorotados. A don Camilo, que gustaba de punzar a Pío Cid, se le ocurrió preguntarle:

—Hombre, usted que está tan enterado de todo podía acudir en auxilio del señor Orellana, explicando para qué sirve eso que dicen que no sirve para nada.

—Eso no sirve hoy para nada —contestó el aludido—, porque es un órgano atrofiado y condenado a desaparecer paulatinamente; pero en lo antiguo, amigo mío, el bazo era el órgano del honor, sentimiento que, cuando los hombres lo tenían, dio lugar a muy bellos incidentes.

Rió la asamblea. Orellana se atribuyó la victoria y Aguirre se tragó la píldora, no sin intentar echar los pies por alto. Otros creen que la tirantez de relaciones nació cierto día que Aguirre, metiéndose en lo que no le iba ni le venía, preguntó a Pío Cid cuándo pensaba arreglarse la barba.

—Cuando usted se dedique a barbero —contestó secamente el interpelado.

Con lo cual Aguirre, que era más mal intencionado que discreto y que no sabía seguir una broma, comenzó a desbarrar y dijo una porción de inconveniencias que decidieron a Pío Cid a no hacerle caso en lo sucesivo; pues no le agradaban las disputas, ni los altercados, y su único medio de venganza con los bellacos era el desprecio. En realidad la causa verdadera de este antagonismo era la pretensión de Aguirre de que le guardaran excesivas consideraciones, engreidillo, como estaba, con su gran fortuna; que más de una vez se dejó decir que él no debía estar en aquella casa, sino en el mejor hotel de la corte, y que sólo estaba allí por la amistad que le unía con don Serapio. Pío Cid sentía gran complacencia en bajar los humos de los que pretendían imponerse sin motivo para ello, y no podía hacer buenas migas con el flatulento, bien que bueno en el fondo, de don Camilo.

—Todos los hombres —decía— tenemos una fuerte dosis de grosería, que procede de nuestra animalidad; velada en los unos por la sencillez que da la pobreza, en los otros por las formas nobles o por la distinción personal, o solo por la buena crianza; pero los que de repente salen de la pobreza, sin haber tenido tiempo para conocer el nuevo disfraz social con que han de presentarse, estos muestran la animalidad tan al descubierto que no es posible soportarlos. Bendita sea la naturalidad cuando es natural, que yo soy el mayor devoto de ella; y estoy seguro que hubiera sido buen amigo de Aguirre cuando su señor padre era un pelagatos y no había descubierto ningunas minas de hierro, con las que en dos por tres, según parece, se ha hecho él hombre de pro y su hijo caballero, sin dar al tiempo lo que es suyo, ni dejar a la Naturaleza que obre y dé a cada cual lo que le convenga.

Lo más recio de la pelea intelectual que Pío Cid había

empeñado, sin darse cuenta, con sus comensales, no se reñía en el comedor, porque el maestro no era aficionado a enseñar nada a muchos a la vez; por esto no había pensado nunca dedicarse a la enseñanza, aunque sus títulos y capacidad tenía para ello. Todos aquellos jóvenes le decían que era una lástima que viviese como oscuro empleado, pudiendo ser un profesor de fama a poco que se lo propusiera; pero Pío Cid contestaba que él tenía segura su manutención y no estaba necesitado de mayor sueldo para enseñar a quien quisiera aprender algo de lo poco que sabía[12].

—Cierto que no es grano de anís estar detrás de una mesa con la toga a cuestas y el birrete calado, para que las palabras salgan con la autoridad debida; yo pienso, sin embargo, que en una sociedad en que existe verdadero amor al saber no basta la ciencia oficial, sino que, además de los sabios de uniforme, debe de haber otros que enseñen, aunque sea en camisa, sin ánimo de lucrarse con lo que dicen, y diciendo muchas cosas que sólo se pueden decir cuando se hace gustosamente el sacrificio de las propias conveniencias, y diciéndolas, no a muchos hombres reunidos, que después se van y no vuelven a acordarse más de lo que oyeron, sino a uno y luego a otro, según sus entendederas, para que se les queden bien grabadas y les sirvan de aguijón que les arranque de su miserable rutina espiritual.

Ese detalle de enseñar en camisa, no crea el lector que venía a humo de pajas; era una alusión que Pío Cid se dirigía a sí mismo, por haber empezado a enseñar en ropas menores a su primer discípulo; por donde quizá, más que por otra causa, se despertó en todos los estudiantes el deseo de aprender algo de tan singular maestro.

Cuando no tenía éste ni pensado salir del retiro de su cuarto, donde se consumía en cavilaciones, sucedió que, volviendo a casa por la cuesta de Santo Domingo, vio a Purilla parada delante de unos anuncios de teatro y moviendo la boca como si penosamente deletreara lo que aquellos papeles decían.

—¿Qué haces ahí, Purilla? —le dijo sonriendo—. Te estás empapando de fijo para ir esta noche a correrla.

---

[12] La vocación pedagógica de Pío Cid evoca la de Ganivet, porque pese a no ocupar nunca una cátedra oficial tenía una «cátedra abierta» para sus amigos y hasta para una criada a quien enseñó a leer (véase *Viajes románticos de Antón del Sauce*, pág. 32).

—Ya sabe usted, don Pío —contestó la muchacha—, que me estorba lo negro.

—Entonces estás enterándote por el olor.

—No, señor, que conozco algunas letras. ¿Ve usted allí en lo alto? A ver si no dice: Pa-lo-ma.

—Eso dice; y conociendo las letras, como las conoces, y con la afición que demuestras, yo te aseguro que en un mes podrías aprender a leer de corrido.

—¡A buena hora pidió el rey gachas! Tengo yo la cabeza ya más dura que el *pernal*.

—Pues el pedernal echa chispas dándole con fuerza. Si quieres, yo haré de eslabón, y no sólo vas a echar chispas, sino que va a parecer tu cabeza un castillo de fuegos artificiales.

—¿Qué dice usted?

—Digo que, si quieres, te compro una cartilla y un cuaderno, y, desde hoy mismo, empiezo a enseñarte a leer y a escribir.

—¡Qué más quisiera yo que eso fuera verdad!

—Pues no hay que hablar más; voy a comprar los avíos, aquí, en la calle Ancha, y desde esta noche comienza la función.

Desde aquella noche, en efecto, comenzó Purilla a subir al cuarto de su maestro cuando terminaba sus quehaceres, que no eran pocos, porque se hallaba sola para acudir a tanto como en aquella bendita casa había que hacer. Pío Cid se acostaba, como siempre, poco después de oscurecido; pero tenía el sueño muy ligero, y las más veces ni siquiera dormía, sino que dormitaba, pensando cosas enmarañadas, de las que salían luego ideas hondas, que a veces le despertaban y le hacían llorar como un muchacho, y a veces tomaban cuerpo en forma poética, espontánea y sencilla, que se evaporaba bajo la influencia de la luz. Todo lo que le ocurría a Pío Cid era extraño, sin que él se lo propusiera, y su inspiración maniática tenía el capricho de enardecerse en la sombra y de amortiguarse en la claridad. En pleno día, con la pluma en la mano, no era capaz este desventurado poeta de componer un solo verso; y de noche, sin necesidad de buscar consonantes ni asonantes le brotaban las poesías hechas ya, como si se las soplara al oído algún geniecillo benéfico. Él no se molestaba en trasladarlas al papel, y a poco las olvidaba, porque venían otras nuevas y borraban el recuerdo de las anteriores; sólo cuando comenzó a dar lección a Purilla le pedía a ésta tintero, pluma y papel, y escribía las que le danzaban en la cabeza cuando su discípula entraba con la palmatoria en la mano y le sacaba de su absorción soñadora. Entretanto, Purilla se sentaba junto a la cabecera, sacaba la cartilla y empezaba a señalar las letras, a juntarlas para formar sílabas y a unir las sílabas para formar palabras, hasta que, después de varios tanteos, conseguía leer una palabra o una frase, dando más o menos tropezones, según el viento que soplaba, pues la pobre criatura era, como decía su ama, más torpe que un guardia valón, y particularmente en tiempo tormentoso estaba como alelada, y se necesitaba la paciencia de Job para meterle algo en la cabeza. En la casa era proverbial la torpeza de Purilla, a la que todo el mundo aturullaba con advertencias y gritos, aun antes de que cometiera las faltas que tenía costumbre de cometer. Doña Paulita, que no obstante ser pequeña de cuerpo y menuda de facciones tenía un geniazo que metía miedo, andaba siempre tras ella para ver de corregirla, aunque estaba segura de que la enmienda no era posible, y convencida de que la enmienda sería más bien perjudicial, porque la simpleza de Purilla estaba compensada por otras bellísimas cualidades que no son comunes en las criadas listas. Esto sin contar con que Purilla servía de pretexto constante para que su ama desfogara en ella las irritaciones que un oficio tan enojoso como el de pupilera le proporcionaba a ella, que se había criado entre cristales, mimada y consentida como pocas. Siempre que doña Paulita sufría una contrariedad, réspice seguro. Comenzaba por llamar a Purilla, despreciativamente, Arbolote*[13], nombre del pueblecillo de donde la chica era; y a poco la infeliz**, que presentía la tempestad y se azoraba, había roto una copa, un plato o una fuente, algo que, por insignificante que fuera, diera pie para que su señora se desahogara. Después, lo roto se quedaba roto y la casa como una balsa de aceite.

Pues bien: a pesar de la torpeza de Purilla, se sabe con entera seguridad que su maestro nunca se impacientó con ella, ni le dijo una palabra más alta que otra, prueba clara de la

---

  * Calicasas / Arbolote
  [13] La sustitución de Calicasas por Arbolote revela el proceso sutil por el cual Ganivet convertía la geografía real en escenario ficticio. Desde Calicasas, un pueblo cerca de Granada, Ganivet optó por Albolote, otro pueblo en los alrededores, y entonces, para evitar insultos a la vez que explotaba connotaciones onomatopéyicas, disfrazó el segundo nombre en Arbolote.
  ** y a poco, Calicasas, / y a poco, la infeliz

serenidad de espíritu de nuestro amigo y de su humanidad para con los débiles. Y no sólo la enseñaba gradualmente a deletrear, silabear y frasear, sino que después de una hora de cartilla y de repasar el cuaderno de palotes, curvas y ligados, que la discípula emborronaba sola antes de acostarse, había otra media hora, por lo menos, de explicación de cosas útiles para la vida. Cuando el maestro quería terminar la primera parte de la lección, preguntaba a la discípula qué quería decir esta o aquella palabra que había salido en la lectura; Purilla no sabía, o sabía muy mal, lo que aquello significaba, y entonces Pío Cid se lo decía valiéndose de ejemplos de mucho relieve, tomados de la misma realidad vulgar que ella conocía, para que así su saber no desentonara de su condición.

—Porque el saber leer y escribir —le decía su maestro— es estúpido cuando no se sabe lo que se lee y se escribe; para esto es mejor no saber nada, porque ninguna utilidad hay en tener una cazuela cuando no se puede guisar nada en ella; pero una vez que haya que guisar algo, aunque sea un faisán, mejor es guisarlo en esa cazuela que no pedir trastos prestados al vecino. Esto quiere decir que tú eres una criada, y que, aunque llegaras a ser tan sabia como Salomón, debes seguir siendo criada para ennoblecer tu oficio, que no es peor que los demás. Tú no te salgas nunca de la esfera en que te hallas, pues si está de Dios que no vivas siempre como hasta aquí, alguien vendrá que te sacará. Ha habido hombres muy grandes que han vivido hasta en la esclavitud, y puede haber mujeres muy instruidas que se dediquen a fregar y a barrer si decentemente no encuentran otro modo de vivir. Es más: si tú aprendes con ánimo de ser más de lo que eres, serás más infeliz que eres, porque en cuanto adelantes un paso ya no querrás pararte, y si llegas a doncella de buena casa, querrás untarte con las pomadas de tu señora, y ponerte, como ella, sombrerillo, que te pegará probablemente muy mal, porque, por mucho que aprendas, la cara que sacaste de tu pueblo no es fácil que la cambies. Al contrario, si te contentas con ser siempre lo que eres, todo te saldrá a pedir de boca; cada día estarás más despierta para desempeñar tus servicios, romperás menos platos y te evitarás muchos disgustos. Y quién sabe si, andando el tiempo, volverás a tu pueblo y te casarás con el hijo del alcalde.

—¿Cómo sabe usted —interrumpió ella— que el alcalde de mi pueblo tiene un hijo?

—No lo sé, pero me lo figuro.

Y Purilla, después de un rato de silencio, como si examinara las ventajas e inconvenientes que tenía el casarse con el novio que le proponía el maestro, contestaba:

—No crea usted que yo vaya nunca a dejar a mi ama, que no tenía yo quince años cuando entré a servir con ella, y no me acostumbraría a vivir sin los niños. A Paquilla, sobre todo, la quiero como si fuera mía, porque, como quien dice, la he visto nacer.

En estas y otras pláticas semejantes les daba muchas noches la una, y más de una vez asomaba doña Paulita la cabeza y decía:

—Bueno está lo bueno, don Pío, que si no por la mañana no podré despertar a la chica ni a cañonazos.

—Eso no lo diga usted, que yo me levanto siempre a las seis —replicaba Purilla.

—Cállate que a respondona no hay quien te gane. ¿Crees tú que todos vamos a tener la calma de don Pío? A buen seguro que no me calentaría yo los cascos contigo para que saques luego lo que el negro del sermón.

—Mala idea tiene usted de Purilla —decía Pío Cid interviniendo—; yo doy palabra de que es muy buena discípula y que la enseño con gran gusto. A ratos pienso que quien está a mi cabecera no es una pobre sirvienta, sino España, toda España, que viene a aprender a leer, escribir y pensar, y con esta idea se me va el santo al cielo, y me explayo como si estuviera en una llanura sin horizontes, en vez de estar, como estoy, encerrado en esta jaula[14].

A más de Pío Cid, doña Paulita, con su niña y la criada, dormían en el tercero don Benito y los estudiantes de Medicina, a los cuales intrigaba sobremanera el tejemaneje de su vecino. Los huéspedes sospechaban que entre el ama y Pío Cid había algo, porque doña Paulita mostraba por su paisano excesiva predilección; hasta que más adelante tuvieron ocasión de conocer que Pío Cid no era hombre a propósito para andar en semejantes trapisondas, y doña Paulita, mujer muy honrada, aunque algo coqueta cuando se le despertaba la vanidad oyendo adulaciones y piropos a su gracia y a sus andares, que

_____

[14] Esta estrategia pedagógica ante el problema de la regeneración nacional caracterizaba a los pensadores del 98 y, particularmente, a los seguidores krausistas de Francisco Giner de los Ríos, quienes creían que la enseñanza era la clave para formar hombres y, por tanto, para realizar la meta humanista de España.

eran lo mejor que tenía. El buen Orellana, no obstante sus acendrados sentimientos religiosos y las relaciones formales que sostenía con una joven valenciana, con la que pensaba casarse en cuanto fuera notario, fue el único que se propasó seriamente, llegando su osadía en cierta ocasión hasta a dar a doña Paulita un beso, nada menos que en la boca, cuando ella estaba en la cocina con las manos ocupadas en colocar una olla en la cornisa de la chimenea. El atrevido mancebo fue despedido de la casa, y si no se marchó fue porque Pío Cid, puesto al corriente del caso, aconsejó a la ofendida que no llevara las cosas tan a sangre y fuego, y que se contentase con exigir del ofensor que de rodillas, como convenía a un hombre tan cristiano, le pidiese perdón de aquella falta de respeto, que al fin y al cabo no era ningún crimen. A todo lo cual se sometió humildemente Orellana, asombrado de hallar tales ejemplos de virtud en una casa de huéspedes de la calumniada corte de las Españas. No era inferior en honestidad la Purilla, arisca y repelosa como un erizo con todo el que pretendía bromear con ella; pero viéndola entrar todas las noches en el cuarto de Pío Cid, los del tercero comenzaron a murmurar y a decir que la criada, aunque fea en conjunto, no tenía malos ojos y era sanota y rolliza, y no del todo mal formada; y aun llevaron su malicia hasta el punto de espiar por detrás de los visillos del cuarto, cuya puerta era de cristales y dejaba ver la cama frente por frente; mas nunca observaron nada contrario al buen recato. La criada leía la cartilla o escuchaba con todos sus sentidos puestos en lo que se le decía, y Pío Cid, sentado en el lecho, el codo izquierdo apoyado sobre las almohadas y el brazo derecho libre, para acompañar con el gesto las explicaciones, oía o hablaba reposadamente. Sobre la blancura de las ropas del lecho y de la camisa de dormir resaltaba con vigor su cabeza, más bien grande que pequeña, poblada de cabello muy oscuro, largo, que casi le llegaba a los hombros, formando, juntamente con la espesa y descuidada barba que le cubría parte del pecho, un marco en el que se ocultaba parte* del rostro. Solo quedaba descubierta la frente anchísima, y debajo de las salientes órbitas, los ojos, penetrantes y duros, cuya mirada estaba sostenida por la expresión punzante de la nariz, correcta, fina y afilada como una lezna.

Tan contagioso es el bien como el mal, y aquellos mal

---

* ____ / parte

aconsejados estudiantes, que si hubieran visto alguna indignidad se hubieran apresurado a ser también indignos a expensas de la criada, viendo tan edificante escena sintieron el deseo de entrar en amistad con aquel maestro tan desinteresado que, según doña Paulita, era comparable a un sastre de su tierra, el célebre sastre del Campillo, que cosía de balde y ponía el hilo.

—Puesto que es usted tan amigo de enseñar —le dijo un día Pepe Rodríguez—, ¿por qué no nos da usted a don Mariano y a mí algunas lecciones de alemán, que buena falta nos haría para leer obras de fondo?

El alemán era un pretexto, y así lo conoció el profesor; pero el pretexto era lo de menos, pues con uno u otro se puede enseñar cuanto se quiere, y Pío Cid era capaz de enseñar a hacer pajaritas de papel e incidentalmente explicar un curso completo de Metafísica. No era completamente lego en Medicina, puesto que a la sazón tenía empantanada la traducción del inglés de un *Tratado de Obstetricia,* que comenzó cuando vivía con su familia, y no había vuelto a mirar ahora que la necesidad no le apremiaba. Así, pues, accedió a dar las lecciones que se le pedían, en las que injertó después algunas nociones de griego, que —decía— un buen médico debe siempre conocer, para emplear con acierto el tecnicismo de su profesión. Al mismo tiempo ejercía también de consultor de Orellana, que terminaba el doctorado y se preparaba para las oposiciones.

Pero el discípulo predilecto fue Benito, el estudiante de Farmacia, al que no instruía en ninguna rama del saber, sino en el arte dificilísimo e inagotable de vivir, del que el infeliz muchacho estaba completamente en ayunas. En la casa todos le tenían por medio simplón y se divertían a su costa. La broma más inocente era la de los garbanzos. Benito era de Fuentesaúco, patria de los garbanzos más gordos y tiernos de España, y doña Paulita guisaba, ¡doloroso contraste!, unos garbanzos durísimos que Pepe Rodríguez decía que eran traídos directamente de Fuentepiedra. Se había, pues, decidido solemnemente que Benito encargara un saco, no ya de garbanzos, sino de garbanzas, de su pueblo, que los huéspedes pagarían a escote; y como Benito no se daba por enterado, no le dejaban vivir con el martilleteo de si venían ya de camino o estaban para llegar las célebres leguminosas. Cuando no eran los garbanzos, era algo peor, y lo que más incomodaba a Benito eran los consejos para persuadirle a que dejara la carrera emprendida, en la que después de estudiar mucho —le decían— necesitaba un capital para establecerse y, al fin y al cabo, para estar siempre pegado a un mostrador como un tendero de ultramarinos. Benito volvía por los fueros de la farmacopea, y argumentos le sobraban para defenderse si él hubiera sabido manejarlos; pero el más fuerte de todos, el que achicó a la tertulia y agigantó la enclenque figura del maltratado estudiante, fue inventado por Pío Cid y aprendido con entusiasmo por el futuro boticario en las conferencias que ambos celebraban. Y fue que, lamentándose Benito de lo ingrato de su carrera, y mostrándose arrepentido de haberla comenzado, comprendió el maestro que era preciso fortalecerle el ánimo e inspirarle la idea madre de todas las enseñanzas, el amor a lo que se aprende y la convicción de que aprendiendo aquello se es tan digno, si no más, que aprendiendo otra cosa cualquiera, y se cumple en la vida un fin trascendental; porque nadie se entusiasma cuando su trabajo es menospreciado, y sin entusiasmo no hay fuerza para acometer grandes obras. Así, pues, tomó la palabra, y contra su costumbre de hablar largo, habló así:

—Siento tener que decirle, amigo Benito, que es usted una criatura sin fundamento, y que el día menos pensado le van a asegurar a usted que los burros vuelan y usted los va a ver volar. No faltaba más sino que por influencia de cuatro tontos renegara usted ahora de la profesión de su padre y de su abuelo y dejara la honrada y útil carrera que comenzó muy a gusto de su familia, para seguir la de leyes, que más que carrera es calamidad pública en España. Abogado soy yo y no me arrepiento, porque no me gusta arrepentirme de ninguna cosa que hago, y de esta menos, que la hice por consejo de mi buena madre; pero no ejercí nunca mi profesión ni he ganado con ella un real, mientras que con las manipulaciones químicas he ganado dinero y he influido beneficiosamente en mi país. Ya veo que usted se extraña de que yo haya metido también las narices en asuntos tan ajenos a mi oficio; pero aquí donde usted me ve, yo he sido, entre otras mil cosas, director de una explotación de abonos químicos y he inventado algunas fórmulas, empleadas hoy mismo con buen éxito en el cultivo del olivo y de la vid, que constituyen la mayor riqueza de nuestro suelo. Y algunas veces, cuando me dedicaba a estos estudios, se me venía al entendimiento una idea que le voy a explicar en pocas palabras. Seguramente el sistema de abonos químicos es un notable adelanto económico, y aun estético; el estiércol es sucio, mal oliente y difícil de transportar por su gran volumen; ¿cuánto mejor no es usar el abono en pasta o en polvo, en el que se combinan diversas sustancias, como en una receta, para producir en las labores el efecto que se apetece, según la clase de tierra, el clima y la especie de cultivo? Pues bien: mi idea es introducir este adelanto en la vida humana. No digo yo que el hombre sea comparable a un árbol, y los alimentos de que se nutre comparables a la basura; pero como ejemplo se puede admitir la semejanza, y si yo tuviera empeño, no me costaría mucho trabajo demostrar que la mayor parte de las cosas que comemos son verdaderas porquerías. Sería más limpio, más cómodo y más sano cambiar la actual alimentación por el «alimento químico», y esta revolución, que yo estoy cierto ha de acaecer para bien de la humanidad, ha de ser obra de ustedes los farmacéuticos. Supóngase usted que a un modesto boticario se le ocurra componer pastillas concentradas, en las que se contiene la alimentación completa del hombre; una pastilla representa igual cantidad de sustancia nutritiva que los cuatro o seis platos que nos sirven en cada comida; y no es esto solo, sino que hay pastillas de diversas clases, según la edad, el temperamento o estado de salud de quien las consume, de suerte que el alimento, además de nutrir, cura las enfermedades o impide que se presenten, en cuanto sea posible; y, por último, las hay para los diferentes paladares, a fin de que sea más fácil y grata la deglución. Quien tal compusiera pasaría quizás por inventor extravagante, pero esté usted convencido de que había cambiado la condición humana, mejorándola hasta un extremo inconcebible. Porque se habría hallado un producto universal, de valor fijo; y así como el metro es una medida constante mientras subsista la Tierra como hoy es, así la unidad de alimentación química tendría su fundamento en nuestra naturaleza y sería la base de todas las relaciones entre los hombres. El Estado podría substituir todos los recursos económicos con que hoy se sostiene por el monopolio de la alimentación; sería propietario de la tierra y de todas las primeras materias nutritivas, que poco valor tendrían, porque, habituados los hombres a la nueva alimentación, desdeñarían la antigua y grosera, del mismo modo que hoy se gastan su dinero en casa del sastre y no quieren vestirse de pieles, hojas o plumas, como los salvajes. Pero lo más importante sería que, creado un producto de valor humano, nacería la moneda humana, la «moneda alimenticia», representada realmente por las pastillas que el gobierno fabricara en sus laboratorios y fiduciariamente por créditos alimenticios, pagaderos en especie, con los que cubriría todas sus atenciones. Vea usted resuelta de plano la cuestión social, de la que tanto se habla, y que sin el medio que yo le indico a usted no tendrá arreglo jamás. La sociedad tendría como misión primordial la alimentación de todos los asociados y se realizaría la verdadera igualdad humana. Porque la desigualdad no está en que unos valgan o posean más que otros, sino en que unos tengan asegurada una excelente nutrición mientras otros viven mal comidos y con la zozobra natural en quien no tiene más recursos que los diarios y puede verse privado de ellos. En cuanto todos los hombres tuvieran asegurado el alimento, ¿qué diferencia habría entre el que sólo gana para vivir y el que acumula riquezas y reúne créditos alimenticios para muchos años? Que el que acumulara podría vivir en la ociosidad como recompensa de sus anteriores trabajos, y sin privar a los otros de los medios indispensables para la vida. Porque quienquiera que no pudiere vivir de su trabajo libre, de las mil profesiones que hoy conocemos y de las que aparecieran más adelante, tendría siempre una puerta abierta: ponerse al servicio del Estado contribuir a la producción de valores alimenticios, en la cual no habría límite, pues cuanto se produjera sería utilizado por la nación o por otras naciones que cambiaran por estos productos los de sus industrias, ni más ni menos que como hoy, aunque en forma diferente, se realiza. Asimismo, si el Estado subvenía a la nutrición de los niños hasta la edad en que el trabajo fuera posible, el crecimiento de la población sería maravilloso y la situación de la mujer cambiaría radicalmente puesto que el vasallaje a que el hombre la tiene sometida no se funda en la inferioridad de la mujer, sino en la necesidad en que ésta se ve de ligarse para asegurar la existencia de la prole. En suma, amigo Benito, el día en que todas las cocinas particulares se fundieran en una cocina universal, que no sería cocina, sino laboratorio, y no uno solo, sino varios en los diversos centros de producción; cuando los gobiernos cuidaran de la alimentación cierta, uniforme y científica de todos sus gobernados, se evitaría el triste espectáculo de nuestras luchas por un mísero pedazo de pan, y los hombres podrían entablar combates más nobles por cosas del espíritu que, por no estar sujetas a medida, permiten a cada cual subir tan alto como se lo consiente sus facultades naturales y su aplicación. Entonces todos podríamos dormir con la conciencia tranquila, sin pensar, como yo pienso muchas veces, que en el momento que unos comen hay otros que se mueren de hambre; de donde viene que yo tenga tan poco apetito, según usted ha notado en más de una ocasión.

Contentísimo se quedó Benito oyendo este discurso, en el que tan lisonjero cuadro se trazaba de la vida futura, y en el que tan brillante y principal papel se atribuía a los químicos en general y a los boticarios en particular; y le parecían siglos las horas que faltaban para la de comer, y proclamar ante sus petulantes compañeros las excelencias del estudio farmacológico y los horizontes que a éste se le abrían con la idea feliz del alimento químico, que a él le pareció tan al alcance de la mano que casi veía ya delante de sus ojos las pastillas milagrosas, que, además de suprimir las molestias de la comida y aminorar considerablemente las de la digestión, resolvían la «pavorosa cuestión social» de que los periódicos hablaban a diario. Los comensales se dividieron en dos bandos; pues mientras la mayoría, con Orellana a la cabeza, combatió la idea por impracticable y ridícula, los estudiantes de Medicina y Carlos Cook, el canario, decían que mayores absurdos aparentes han llegado a tener realidad, y que no había motivo para burlarse de don Benito; el cual, satisfecho de aquella discordia en los pareceres, se creció de una manera extraordinaria y comenzó a mirar por encima del hombro a sus contradictores, con quienes sostuvo empeñadas polémicas, recordadas aún por cuantos se hospedaban en casa de doña Pulita, y por algunos que, sin ser huéspedes, comieron allí invitados, algunas veces, como le ocurrió a Cándido Vargas, amigo y compañero de estudios de Orellana y de don Perfecto. Por él conozco yo todos estos detalles, como dije, y, por si no bastaran, la descripción de un banquete que dio Orellana a sus amigos para celebrar su triunfo en las oposiciones a Notarías. Porque Vargas, antes de dedicarse al periodismo, estuvo tentado de escribir novelas y comenzó una titulada *La nueva generación,* de la que solo llegó a componer el capítulo primero, donde, bajo el epígrafe, apestosamente fisiológico, de «El protoplasma»[15], describía el banquete y el grupo de jóvenes que a él asistieron del modo que verá el curioso lector.

Entre los papeles que Vargas me envió, cuando yo le pedí que me dijera cuanto supiese de Pío Cid, con ánimo de escribir esta historia, figuraba el famoso «Protoplasma», que me sor-

---

[15] Una carta escrita a Navarro Ledesma sugiere las connotaciones con que Ganivet investía la noción de protoplasma: «Así como hay individuos que en ciertos periodos de la vida no son nada concreta-

prendió a más no poder. Pensé, desde luego, utilizarlo, pero no sabía cómo, pues ni me gustaba adornarme con plumas ajenas ni era cosa de deshacer aquel capítulo que, bueno o malo, había sido compuesto por un tan estimado amigo mío. Así, pues, escribí a este una carta en que le decía:

«Sr. don Cándido Vargas.
Director de *La Juventud*.

Madrid.

Mi querido amigo y compañero: Te voy a distraer un instante con una nueva petición, referente a mi pleito de Pío Cid; y perdóname la insistencia, ya que no por mí mismo, por consideración a la memoria de tan noble amigo. Entre las cartas y apuntes que me has enviado, y que te agradezco en grado sumo, encuentro un capítulo de novela titulado «El protoplasma» que querría publicar tal como está, como cosa tuya, se entiende. Hay en esto algo de delicadeza, pero para serte franco también hay algo de prevención. Quiero decir que tu capítulo me parece bueno, pero que yo no lo daría con mi nombre, porque entiendo los asuntos literarios de muy distinto modo que tú, en lo cual nadie pierde ni gana.

No voy a explicarte todos los reparos que se me ocurren, sino algunos que merecen explicación de tu parte. Por ejemplo, tú pones la casa de huéspedes en la calle del Arenal, y no en la de Jacometrezo, que es la verdadera, y a mí me parece el cambio poco afortunado, porque la segunda calle, como más estrecha y oscura, es más propia para colocar en ella un cuadro de la vida estudiantil, oscura con la oscuridad que da el poco saber y el no mucho tener, y para que en ese cuadro resalte más la figura de Pío Cid, que no es la de un maestro de relumbrón, sino la de un Diógenes [16], o poco menos, amante

---

mente y están, por lo mismo, en actitud para serlo todo, así hay también sociedades que, como lo absoluto de Schelling, no son nada realmente, y poseen, en su indeterminación, capacidad para serlo todo, lo más vario y lo más opuesto. A estas sociedades se las podría denominar protoplasmas colectivos, o formas conglomeradas de la voluntad abstracta, o manifestaciones colectivas de lo inconsciente, etc.» (véase Herrero, *Un iluminado*, pág. 292).

[16] Diógenes *(c.* 413-327 a. C.) de Sínope, el perfecto tipo de cínico, un maestro que protestaba contra una sociedad corrupta abogando por un método de liberarse de sus convenciones mediante

4

de la grandeza oculta y de la virtud miserable. Además, y esto tiene más importancia, introduces dos tipos que me huelen a ser de pura invención: Felipe Bonilla y Augusto Sierra piensan casi como Pío Cid, aunque hablan de distinto modo, desluciendo la figura principal, a la que se diría que pones empeño en recortar para igualarla con las de los infelices gurripatos que le rodeaban. Y no sólo haces esto, sino que presentas a Pío Cid por el lado menos favorable; lo que él dice allí sobre el sexto sentido, verbigracia, es cosa suya, esto no lo dudo, pero sí dudo que lo dijera en aquella ocasión y delante de tanta gente. Claro está que tú no te propusiste presentar solo a Pío Cid, y que lo utilizaste como bien te pareció en el grupo que describías; pero la verdad en su lugar, y la verdad es que el Pío Cid de «El protoplasma» no es enteramente el mismo que yo conocí y que tú me has ayudado a conocer.

No insisto más y te repito mi ruego de al principio, confiando en que no tendrás inconveniente en la publicación de unas páginas tan interesantes para quien desee conocer con todos sus pelos y señales la vida de un hombre tan singular como Pío Cid. Escríbeme, pues, y cuenta siempre con el leal afecto de tu viejo amigo y camarada,

ÁNGEL.»

A esta carta se apresuró a contestar mi amigo con la siguiente, breve y sustanciosa como pocas:

«Mi muy querido amigo:

Ya que no te escriba tan largo como deseara, no quiero que me taches de perezoso, y te contesto en el acto que recibo la tuya.

---

la autodisciplina cuyo fin era el autodominio. El método predilecto entre los cínicos era una ascética reducción de las necesidades para que el hombre liberado pudiera dedicarse a una vida de acción virtuosa. Diógenes expresó esta filosofía de acción de una manera radical, viviendo en su tonel, prefiriendo la pobreza y la soledad a los honores de la corte, y dramatizando sus enseñanzas de una forma estrambótica, como atestiguan las anécdotas del maestro abrazando estatuas o buscando un hombre honesto con una linterna a plena luz del día. Tal radicalismo impresionó mucho a Ganivet, que hace del tonel de Diógenes su paradigma para la oscuridad y el silencio, condiciones para el trabajo creador de Pío Cid (véase especialmente: la carta fechada el 14 de febrero de 1895, «Epistolario», R. O., pág. 289).

Ni siquiera me acordaba de haber escrito el capitulejo* ese. que tu has leído y analizado con más detenimiento que yo lo escribí.

Llevas casi razón en lo de la calle, y la llevas por completo en lo demás. Yo hice el cambio porque me proponía poner en solfa a la patrulla y no quería exponerme a que alguien se diera por aludido.

Has tenido gran olfato al conocer que Sierra y Bonilla son dos pegotes. Ellos existen si no se han muerto, y yo los conocí; pero no estuvieron jamás en la calle de Jacometrezo, ni dijeron en su vida lo que dices que les hago decir.

Lo que pasó fue que yo estaba entonces sugestionado por la novedad naturalista; para mí una novela debía tener fisiología, mucha fisiología y muchos detalles descriptivos, y de los héroes huir como el diablo de la cruz.

Para que en mi novela no hubiera ningún héroe se me ocurrió, sin duda, partir a Pío en tres. Era mucho hombre.

Dispensa todas estas tropelías y haz lo que te parezca de mi «Protoplasma». Publícalo con o sin retoques, y cuenta que no le doy al asunto la menor importancia.

Ya sabes mi opinión. Con la literatura no se va a ninguna parte, y cada día se ha de ir menos. El libro ha muerto. R.I.P. Amén.

Y con el periódico pronto ocurrirá lo mismo.

Sabio tú que vives retirado en esa ciudad de los cármenes, disfrutando de tu prebenda municipal, y que no te entren moscas.

Adiós, un abrazo de tu viejo

CÁNDIDO.»

Así decía la carta, y, no obstante la autorización de mi amigo, es tal el respeto que me inspira el trabajo de los demás, que no he querido cambiar punto ni coma en lo que él escribió, que fue lo que sigue:

---

* capitulejo / capítulo

«Poco después de oscurecido entró Pepe Orellana en el café Imperial.

Se dirigió a la mesa donde tenía costumbre de sentarse todas las noches, y saludó a dos jóvenes que allí estaban discutiendo sobre la corrida de toros de la tarde anterior.

—¿No ha venido todavía don Perfecto? —preguntó.

—Vino y se marchó hace poco —contestó uno de aquellos jóvenes con acento andaluz muy marcado.

—Son ya cerca de las siete —agregó Orellana, mirando el reloj del café—. Si queréis nos iremos, y en casa nos encontraremos todos.

Se levantaron los jóvenes, se pusieron las capas y los sombreros, y sin pagar, pues eran parroquianos asiduos y pagaban cuando querían o podían, se marcharon a la calle encaminándose hacia la del Arenal.

—¿Por fin corremos la broma? —preguntó el del acento andaluz, que, en efecto, era sevillano y se llamaba Augusto Sierra—. Bonilla, creía que nos tomabas el pelo.

—Bonilla —dijo Orellana— es un informal y cree que todos son como él. A ver si no está aquí en palco —añadió, mostrando un papel encarnado—. Y en casa está todo lo demás.

—Magnífico —exclamó Bonilla—; me retracto de lo dicho, y reconozco que eres digno de una notaría y hasta de un archipampanato.

Para los lectores que no están en el secreto, conviene declarar que Pepe Orellana acababa de ganar por oposición una notaría, y que con tan fausto motivo había dispuesto, en obsequio de algunos compañeros y amigos, un banquete en la casa en que se hospedaba, y para acabar de echar a perder la noche, un rato de broma en el teatro de la Zarzuela, donde había baile de máscaras.

Llegaron los tres amigos a la casa donde vivía Orellana, en la misma calle del Arenal; subieron al segundo, y después de soltar sombreros y capas en el pasillo, entraron de rondón en el comedor, en el que estaban de pie vociferando varios jóvenes.

Aunque interrumpieron su acalorada disputa al llegar Orellana y sus amigos, debían disputar sobre un tema ya pasado en cuenta, porque Orellana, apenas entró, dijo:

—Haga usted el favor, don Benito, de dejarnos en paz con

su alimento químico, que hoy no es día de aplicar ningún invento, sino de comernos una paella valenciana que yo le encargué a doña Paulita, y que Dios haga que salga bien.

Y dicho esto le miró con fijeza, como si fuera a comérselo con los ojos, mientras con un gesto habitual en él se subió de hombros y se tapó la boca con la mano derecha, apoyando sobre el arco que forman el pulgar y el índice la nariz ancha y aplastada, que era lo más característico de su fisonomía de hombre testarudo.

El don Benito no contestó. Era un joven farmacéutico, mancebo de botica y autor del invento a que se refería Orellana. Yo no sé si el invento sería disparatado, pero el aspecto del joven no daba buen indicio, pues la frente era pequeña y los ojos tan próximos, que no distaban el uno del otro más de media pulgada. Parecía más terco que inteligente.

Los demás que estaban en el comedor tenían figura más distinguida. Uno de ellos, de aire seco y flemático, era canario, natural de Orotava, y al saber que se llamaba Cook y Pérez, se caía en la cuenta de que era un español retocado de inglés. Los otros dos eran bilbaínos, y estaban para acabar la carrera de ingeniero. Se llamaban don Camilo de Aguirre y don Serapio de Asúa, y eran amigos inseparables y grandes aficionados a gastarse alegremente el dinero.

Don Serapio se moría por la ópera y los toros, y después de Dios ponía a Gayarre y a Frascuelo. Casi siempre hablaba gritando, como no se lo impidiera las ronqueras que solía coger y que le obligaban a llevar al cuello, como medida preventiva, un pañuelo de lana.

El don Camilo era más ecléctico y se aficionaba a toda clase de diversiones, en particular a las piezas en un acto. En los teatros por horas era muy conocido, no sólo porque iba con frecuencia, sino por un rasgo fisonómico muy marcado. Sus narices eran de las llamadas de a cuarta, y seguramente tendrían nueve centímetros, más bien largos que cortos.

No tardaron mucho en llegar otros tres huéspedes de la casa. Primero dos discípulos de Esculapio, que eran de los más divertidos de la reunión, y entraron tatareando a dúo la marcha de *Cádiz,* y a poco el orensano Vila, amigo y compañero de cuarto de Orellana.

Vila era uno de esos hombres cuyo nombre engaña. Quien oyera hablar de don Perfecto Fernández Vila se figuraría a un caballero alto y enjuto, con planta militar o de juez; y sin embargo, era un tipo rechoncho, el rostro coloradote, la barba rala y los ojillos alegres, aunque poco expresivos.

—Hombre —le dijo Orellana cuando le vio entrar—, eres el último que llega, y no será por no haber ido a buscarte.

—Ya te contaré. Un tropiezo afortunado..., en fin, ya te contaré.

—Me apuesto —dijo Sierra— a que has emprendido la conquista de alguna maritornes.

—Las maritornes para ti, que eres especialista en el género —respondió Vila.

—Señores, haya consideración a lo sagrado de este lugar —interrumpió con fingida gravedad Orellana—, y sentémonos.

Y después, mirando alrededor suyo, añadió dirigiéndose a la criada, que estaba en la cocina, al lado:

—Pura, haz el favor de decirle a don Pío que se le ruega que venga.

Todos se fueron sentando donde tenían costumbre, salvo don Perfecto que se fue a un extremo de la mesa, dejando sitio para Sierra y Bonilla, que eran convidados de fuera y se sentaron a la derecha de Orellana.

A la izquierda de Orellana se sentaron Aguirre, don Serapio y Cook, y en lado opuesto los doctores, como llamaban a los estudiantes de Medicina Pepe Rodríguez y don Mariano, y don Benito, quedando entre éste y el canario una silla desocupada para don Pío.

El cual se presentó a poco, y saludando con un breve «buenas noches», se sentó. Era un hombre de alguna más edad que los allí reunidos, alto y de presencia varonil, y al primer golpe de vista algo antipático [17]. A pesar de su barba espesa y oscura, tenía cierto aire sacerdotal.

Era un solterón sin familia, empleado de Hacienda y paisano de la dueña de la casa, doña Paulita, andaluza muy desenvuelta, con la que malas lenguas decían que si tenía o no tenía o dejaba de tener cierta intimidad. Lo cual les parecía a todos naturalísimo, por la costumbre que hay de que las patronas sueltas tengan algún requeleque.

---

[17] El aspecto antipático que tiene Pío Cid podría reflejar el del autor, puesto que incluso su amigo íntimo Navarro Ledesma llegó a comparar su originalidad a la de un «antropoide gigantesco». Además, el propio Ganivet, en un momento misantrópico, confesó que solía dar una mala impresión al 95 por 100 de la gente (véase *Epistolario*, el 23 de agosto de 1894).

Mientras se servían la sopa, inició la conversación don Perfecto con diversas consideraciones acerca del porvenir sonriente del afortunado Orellana.

—Aquí tienen ustedes —decía— a un hombre que ha resuelto su problema. Dentro de poco se posesionará de su Notaría, que le dará dos o tres mil duros, limpios de polvo y paja. Y esto para empezar. Después se va a Valencia, se casa con su novia, que es una realísima moza, y no se vuelve a acordar de ninguno de nosotros.

—Hombre, no hay que exagerar —contestó Orellana—. Los amigos son siempre amigos.

—Vaya —dijo Sierra—, que a Vila se le hace la boca agua pensando que él podría ir de notario a Orense y casarse con la rapaciña que tendrá allí esperándole.

—Prefiero eso a andar, como tú, rodando por los periódicos, engañando al público incauto —contestó Vila.

—Pues yo afirmo —repuso Sierra— que los que piensan como tú son unos degenerados. Porque bueno es que las mujeres se dediquen a pensar en el casorio, pero los hombres deben pensar en algo de más trascendencia. En cuanto se reúnen varios jóvenes, he notado que no hablan ahora más que de tener sueldo y casarse, lo mismo que si fueran mujeres. Y es que la juventud de hoy está afeminada y su único ideal es asegurar el plato.

—Tiene usted razón que le sobra, don Augusto —dijo don Pío interviniendo—; nuestra juventud debía estar encerrada en San Bernardino.

—Haría falta en España un nuevo Hércules[18] —agregó Sierra— que volviera de arriba abajo la nación.

---

[18] La importancia de Hércules en la novela se destaca en la estructura de los episodios en trabajos (Ganivet originalmente proyectó escribir 12, de acuerdo con el modelo clásico) y en la caracterización del protagonista, quien, como el héroe de la antigüedad, reúne las fuerzas físicas y espirituales que le preparan para una vida de acción virtuosa. Un Hércules moralista ya se presenta en las tragedias de Sófocles y Eurípedes, pero es en los dramas de Séneca donde el héroe de los forzados trabajos llega a encarnar el pensamiento estoico y, gracias a los elementos de autoservicio y autosacrificio adquiridos, a faltar poco para convertirse en un héroe cristiano. Tal síntesis de lo estoico y lo cristiano debió atraer mucho a Ganivet. Aquí nombra el sexto trabajo de Hércules como requisito de una transformación espiritual y nacional, y también debió de serle muy sugestivo el décimo. En dicho trabajo Hércules vence al monstruo Gerión, es decir, con-

—Pues yo creo —añadió don Pío— que si Hércules resucitara no querría cuentas con nosotros. Porque se comprende que entre sus doce famosos trabajos acometiera el más penoso de todos, que, a mi juicio, debió ser el de limpiar los establos de Augias. Pero aquí lo que tendría que hacer sería limpiar los establos por doce veces, y aun quedaría materia para otros doce; y esta operación me parece más propia de un basurero que de un héroe semidivino.

Esta ocurrencia hizo gracia a don Benito, quien se echó a reír al mismo tiempo que mascaba la primera cucharada de garbanzos, y estuvo a punto de ahogarse con uno que se le atravesó de mala manera.

Don Pío le sacó del paso dándole golpes en las espaldas, mientras Pepe Rodríguez hacía reír al resto de la reunión diciendo:

—Por fortuna los garbanzos son menudos; que si llegan a ser los de Fuentesaúco, acaba esto trágicamente.

Sin duda don Benito, que era de Fuentesaúco, celebraría con demasiada frecuencia los garbanzos de su tierra, y de aquí la oportunidad con que Pepe Rodríguez hacía ver el inconveniente de los garbanzos gordos.

Pero don Benito, inspirado por la excitación del ahogo, replicó con gran tino:

—Los garbanzos de mi tierra se deshacen en la boca, amigo Pepe, y no hay temor de que se atasquen...

—Pues sí, señores —dijo Orellana, siguiendo el tema anterior—, me parece una pretensión ridícula la de querer reformar la sociedad cuando no se cumplen siquiera los deberes elementales de un ciudadano. ¿Cree usted —agregó, encarándose con Sierra— que no es misión alta la de fundar una familia y dar hijos útiles a la patria?

—Pero, ¿qué hijos puede dar quien vive sin ideales? —replicó Sierra—. Si nosotros nos contentamos con ganar un sueldo, echándonos después a dormir, nuestros hijos querrán jubilarse a los veinticinco años, y la nación se hundirá más que está. Aquí ya no hay más esperanza que la juventud´ intelectual, y si esta esperanza se pierde también, no habrá patria, ni nación; sólo habrá una gusanera...

—No lo tome usted por el lado patriótico —interrumpió Vila—; a mí no me va ni me viene con la patria, y lo que me

---

quista la muerte, y logra erigir dos columnas a ambos lados del Estrecho de Gibraltar, delineando así la frontera de España.

interesa es resolver mi problema. Los que hablan de la patria son los peores, y yo creo que si cada cual se condujera decentemente, no habría más que pedir.

—No exageres, Perfecto —dijo Orellana—; eso que defiendes es un egoísmo inadmisible. Yo creo que debemos interesarnos por la nación, pero no reformándola, según el capricho de este o aquel, sino moralizándola y manteniéndola en la fe, y luchando por implantar el reinado de Cristo.

—Amén —concluyó Pepe Rodríguez.

—¿De modo —dijo Sierra— que las generaciones se van a suceder unas a otras sólo para repetir constantemente los mismos actos? Eso sería aburridísimo. Tenga fe el que quiera o el que pueda, pero que la humanidad no se pare, porque parándose a ninguna parte se va.

—Es que hemos llegado ya, amigo mío —replicó Orellana—, y cuando uno llega adonde quería llegar, es insigne tontería seguir andando a ciegas. Yo me río de la agitación inconsciente de estos reformadores del día, que se dan aires de salvadores de la humanidad porque se preocupan por mejorar lo que antes han echado a perder. ¡Habrá majaderos!

—¡Magnífico, Orellana! —interrumpió Bonilla—; te recomiendo que, en cuanto puedas, pidas traslado para mi pueblo, donde te hallarás como el pez en el agua.

—¿De dónde es usted? —preguntó Aguirre.

—De Toledo; y le aseguro a usted que entre vivir allá y que me ahorquen, no sabría qué elegir.

—Pues yo he estado una vez en Toledo —dijo Orellana—, y me parece que viviría allí muy a gusto. Aquello es una ciudad verdaderamente española.

—Vosotros llamáis españolas a las cosas petrificadas y muertas —repuso Bonilla—, y yo creo que se puede ser muy español yendo hacia adelante. Lo que ha dicho Sierra es mucha verdad; ese amor al reposo, a casarse y enjaularse sin mirar el porvenir, es un carácter de los jóvenes de hoy, lo mismo los tirios que los troyanos, y ese carácter es mujeril y revela una gran degradación. Hay que tener algo dentro de la cabeza y pensar alto. La mujer tiene como centro natural la familia, pero el hombre debe salirse de esta pequeñez y trabajar como si su familia fuera el mundo entero. Así es como progresa la humanidad.

—Me sé de memoria todos esos sofismas —gritó Orellana—; ahora me sales con el cuento del progreso indefinido y de la evolución, que están ya mandados recoger. ¿Crees tú que es posible transformar la sociedad? Un paso más, y creerás que se puede transformar el hombre, y hasta aceptarás que procedemos directamente del mono, como aseguran los transformistas[19].

—No hay que levantar falsos testimonios —interrumpió don Mariano, que hasta entonces no había intervenido en la discusión—. Lo que aseguran es que las especies se transforman según ciertas leyes. Y aunque el mono es el animal que se aproxima más al hombre, han podido existir otras especies intermedias que desaparecieron ya.

—Llámele usted hache —replicó Orellana.

—Eso del mono me recuerda —dijo Pepe Rodríguez— un lance que le ocurrió a una criada de mi casa. Venía de visita mi profesor de Historia Natural, que era transformista y la criada me había oído a mí decir que el profesor nos explicaba que el hombre venía del mono. Un día la criada no hacía más que mirar por detrás a mi profesor, y mi madre quiso saber por qué miraba tanto, y entonces la criada contestó:

—Como ese señor dice que venimos de los monos, iba a ver si le asomaba el rabo por debajo de la levita.

—Pues no crea usted que el disparate es tan grande —dijo riendo Orellana—, que yo he oído decir a un catedrático que el huesecillo ese, que tenemos en salva la parte es el residuo del apéndice caudal que en otro tiempo tuvimos.

—Esa —rectificó don Benito— es la apófisis...

—No ponga usted motes feos —interrumpió don Pío.

—A ese huesecillo y al del codo los llaman los huesos de la alegría —dijo Sierra—, y la verdad es que no sirven nada más que para molestar.

—Presisamente por su falta de objeto —insistió don Mariano— debía usted ver, amigo Orellana, usted que defiende la finalidad de todas las cosas, un motivo para buscar el por qué de que ese hueso atrofiado esté donde está. ¿Usted sabe el por qué?

---

[19] El transformismo es una doctrina biológica según la cual las especies animales y vegetales se transforman en otras por la adaptación al ambiente o por otras causas. Esta doctrina, defendida por tales pensadores como Darwin, Haeckel y Lamark, incluía la «teoría de la descendencia», la que proponía que el hombre descendía de la especie inferior del mono. En cambio, la transformación favorecida por Pío Cid consiste en realizar la esencia eterna del hombre mediante una ascesis espiritual.

—Eso que lo explique don Pío —dijo con sorna Aguirre.

—Ese hueso está ahí —contestó seriamente don Pío— para que cuando le dan a un hombre un puntapié, le duela mucho y se enmiende.

—¿Le han dado a usted alguno? —preguntó amoscado Aguirre, mientras se miraban unos a otros los comensales.

—A mí no, porque los puntapiés se le dan al que huye, volviendo las espaldas, y yo no he hecho eso jamás. ¿Y a usted?

—¿A mí?... —repitió Aguirre, mudando de color y levantándose.

Al mismo tiempo don Serapio, que estaba tan ronco aquella noche que apenas podía hablar, intervino para apaciguar a su paisano.

—Hombre, parece mentira... —fue lo único que se le entendió.

—Eso es una ofensa que se me hace a mí personalmente —dijo Orellana—. Estamos aquí pasando el rato como buenos amigos, y me parece una descortesía que se agüe la fiesta por una cuestión tan baladí.

—Bien está —dijo Aguirre sentándose—, ya arreglaremos el asunto después. Supongo —agregó dirigiéndose a don Pío—, que usted que da siempre la cara me la dará a mí cuando yo se lo exija.

—Ahora mismo si usted quiere —contestó don Pío—; y a fin de que nuestros compañeros no se disgusten por causa nuestra, creo que podíamos en el acto zanjar la dificultad. Usted desea apelar a las armas, y yo propongo un duelo con las armas primitivas del hombre, con las manos. Vamos a echar el pulso, y al que venza por ser más fuerte se le da la razón, aunque no la lleve.

—¡Magnífico! —gritó Bonilla, y todos le hicieron coro con diversas exclamaciones, entre las que sobresalían los ¡bravos! de Cook, que se deshacía de gusto.

Aceptó Aguirre el desafío, y después de apartar un frutero y algunos platos que estorbaban, pusieron los contendientes los codos sobre la mesa y se cogieron las manos. La de don Pío era fina como la de una señora, y la de Aguirre grande y apoyada en una muñeca hercúlea.

Casi instantáneamente los nudillos de Aguirre golpearon repetidas veces en la mesa, con asombro de comensales, que de pie rodeaban a los duelistas.

—Espere usted que me apoye bien— dijo Aguirre.

Y don Pío contestó:

—Apóyese usted cuando quiera y eche las dos manos a la vez.

Aguirre no aceptó esta libertad por lo pronto; pero, una vez que se vio dominado por segunda vez, echó las dos manos. Se mantuvo algunos segundos en equilibrio, pero después lentamente le hizo don Pío dar con ambas manos en la mesa y aun levantar los codos.

—Tiene usted una mano que engaña —fue lo único que dijo Aguirre, en tanto que todos los asistentes se disponían a probar también el pulso con don Pío.

Y este los fue venciendo a todos los que probaron con una mano o con las dos, como a Aguirre. El único que con ambas manos le sostuvo el pulso fue Cook, excelente gimnasta y gran ciclista, como representante que era en España de varias casas constructoras de aparatos velocipédicos. Y Cook decía que sus puños estaban acreditados hasta en Inglaterra.

La entrada triunfal de la paella en manos de la propia doña Paulita dio fin al certamen, y todos ocuparon sus puestos.

Orellana, satisfechísimo, dijo a la criada que trajeran algunas botellas de las que habían llevado para él aquella tarde, y Bonilla proclamaba las excelencias del duelo a pulso.

—Hasta resulta más noble —decía— darse las manos en el acto de batirse, que no dárselas después del modo ceremonioso que se emplea en los duelos ordinarios. Ha sido una idea magnífica, don Pío.

—Y a propósito, don Pío —dijo Orellana—, ¿sabe usted para qué he hecho el encargo del vino y de algunas otras cosillas? Pues se trata de pasar el rato en el baile de la Zarzuela, y contamos también con usted.

—Me extraña —contestó don Pío— verle a usted tan sacado de quicio. ¿De cuándo acá?

—Un día es un día, y yo, como quién dice, celebro mi despedida de la vida de hombre soltero. No hay que ser tan puritanos. ¿Usted viene, desde luego?

—Hombre, yo no me despido de la vida de soltero, porque afortunadamente no pienso casarme ni lo he pensado nunca. No* creo que estoy para esos trotes, que no soy ya un muchacho como ustedes.

—Pues si acaba usted de arrumbarnos a todos como trastos viejos.

---

* ni / no

—Eso no tiene mérito, porque es en mí hereditario. Ya sabe usted que yo me llamo Cid de apellido, y en mi familia se conservaba la tradición de que el primer Cid que se estableció con los suyos en Aldamar poco después de la expulsión de los moriscos, era de los viejos Cides castellanos, descendientes de los Díaz de Vivar, que cambiaron el apellido en recuerdo del famoso Cid Campeador. Y este, según las leyendas, tenía la mano dura.

—De todos modos, usted tiene más alientos que un joven y no debe ser tan meticuloso ni tan retraído. Un día es un día. Conque no hay escapatoria.

Don Pío no contestó, quedándose absorto como quien desea recordar algo que no le acude a la memoria.

Entre tanto los comensales elogiaban la paella con frases que llenaban de satisfacción a doña Paulita.

—¿En qué piensa usted, don Pío? —insistió Orellana, después de un momento de espera—. Se dirá que la idea del baile le recuerda a usted alguna historia antigua.

—No hay tales historias antiguas ni modernas, ni yo he estado nunca en ningún baile de máscaras. Y si les dijera a ustedes lo que pienso se reirían de mí, estoy seguro.

—Dígalo usted, que no nos reiremos —suplicó don Benito.

—Ustedes no creerán —dijo don Pío— que un hombre que no teme a nada ni a nadie en el mundo tenga miedo de las máscaras.

—¿Y usted tiene miedo? —preguntó asombrado Cook.

—Yo tengo miedo, sí, señores —contestó don Pío—; y si ustedes pensaran como yo, lo tendrían también.

Todos alargaron las orejas y se prepararon a oír algún relato maravilloso.

—La experiencia de la vida —prosiguió don Pío— me ha dado la convicción de que yo domino absolutamente cinco de mis sentidos corporales, y de que en cuanto a ellos toca soy amo de mí mismo, más que amo, déspota. Pero hay un sexto sentido que no cae por completo bajo mi poder, y que es una puerta abierta por donde temo que llegue hasta mí el azar, que juega y se divierte con todos nosotros, cuando nosotros nos abandonamos a él.

—¿Y cuál es ese sexto sentido? —preguntó Orellana—. Porque yo creía que eran cinco solamente: ver, oír, oler, gustar y tocar.

—Hay además el sentido de la orientación— dijo don Mariano— y el muscular o de la resistencia.

—No me refiero yo a esos —dijo don Pío—; esos son variedades del tacto, y aunque sean sentidos distintos o tiene importancia mayor.

—Entonces será un sentido inventado por usted —dijo riendo don Mariano.

—Yo no invento nada —continuó don Pío—. Ustedes habrán visto alguna vez una mujer vestida de máscara con un capuchón que la cubre por completo, y habrán experimentado una sensación extraña, y luego habrán pensado que esa sensación provenía de la idea de que aquella mujer era una beldad rara, algo desconocido, fantástico.

—Eso es cierto —afirmó Sierra—. Y no hay mujer enmascarada que no parezca hermosísima al mirarla a través del disfraz, al adivinar los ojos llenos de fuego y la boca encendida, y al ver asomar la garganta, que es bella en todas las mujeres.

—Pues bien —dijo don Pío—; esa idea vulgar es un gran error, que ha impedido que se ahonde en el asunto y se vea lo que hay dentro de él. Y hay muchísimo. No es que se adivine nada, ni que nos seduzca lo misterioso; es que recibimos directamente, sin intervención de los cinco sentidos, que el vulgo admite, la sensación del amor. Hay máscaras simpáticas y antipáticas, y si al amigo Sierra le parecen todas hermosísimas, es porque se acerca a las que le han inspirado simpatía. Y esta atracción o repulsión no es cosa del sentimiento, sino de la sensibilidad; es una sensación como la del color o el sonido. Como existe lo negro, o negación de la luz, y la luz blanca o indistinta, y por descomposición de ésta los colores del iris y sus matices; y como existe el silencio, o negación del sonido, y el sonido indistinto, y por descomposición de éste las notas de la gama o sus variedades, así existe también la repulsión o negación del amor y la atracción o amor indistinto, y por descomposición de éste, una escala de sensaciones amorosas, cuyas combinaciones forman el arte de la vida sentimental. En la pintura o la música hay muchos que admiran las obras de arte, y hay también quien las crea pasando por el penoso aprendizaje del dibujo y estudio de los colores y del solfeo y ejercicios de ejecución. En el amor nadie ha creado jamás una obra propiamente artística, porque se desconocen las sensaciones elementales. Se ha escrito mucho sobre la psicología del amor, pero lo que se ha escrito tiene la misma utilidad que la crítica de las obras de arte. Y aún menos, porque en el amor los sabios estudian obras no de nuestro saber, sino de nuestro instinto; y tanto valdría estudiar como composición musical la serie de sonidos que, según la fábula cuenta, arrancó a una flauta el burro flautista.

—Y ¿qué ciencia ni qué arte quiere usted que haya en el amor? —interrumpió Orellana—. ¿Está en nuestra mano amar o dejar de amar, o hacer las cosas de distinto modo que las hacemos?

—Sí lo está —contestó don Pío—. Y sólo un pudor mal entendido nos mantiene en la ignorancia que padecemos. ¿Qué diría usted de un hombre que para ver un cuadro cerrara los ojos y aplicara el oído, y para oír una sonata se tapara los oídos y abriera desmesuradamente los ojos?

—Diría que era un estúpido —contestó Orellana.

—Pues más estúpido es —dijo don Pío— quien se enamora de una mujer viéndola, oyéndola, oliéndola, gustándola o palpándola. Yo veo a una mujer, aun la más hermosa, como podría ver el pórtico de una iglesia. Y la oigo, si tiene la voz agradable, como una sinfonía, y aun el roce del vestido al andar, que a otros tanto les seduce, a mi me suena a ruido de hojas secas, arrastradas por el viento. Y si va bien perfumada, me parece que estoy oliendo una caja de perfumes. Y si llega la ocasión de besarla y percibir su sabor, la gusto como podría gustar una fruta. Y si la toco y encuentro fina y sedosa la piel, me figuro que estoy acariciando a una gata. Y todo esto me ocurre porque yo he aprendido a conocer la sensación pura del amor y a separarla en absoluto de las demás sensaciones, que poco, casi nada, tienen que ver con el amor. Se compadece al ciego o al sordo porque les falta un sentido; más digna de compasión es la humanidad, que tiene un sexto sentido más importante que los otros, y no lo usa por ignorancia...

—No sé por qué —interrumpió Orellana con gravedad— me figuro que va usted a decir alguna inconveniencia de marca mayor.

—Pues está usted muy equivocado, amigo mío —replicó don Pío secamente—, y por sí o por no hago aquí punto redondo.

—No haga usted caso del señor Orellana —dijo Pepe Rodríguez—, y díganos lo que nos iba a decir, que nos interesa de un modo extraordinario.

—Yo también escucho con vivo interés a don Pío —agregó Orellana—, y mi observación no tenía malicia ni es motivo para que nos deje a media miel.

—Otro día será —dijo don Pío—. Por hoy baste* saber que si los hombres ejercitaran su sexto sentido, evitarían los engaños del amor, causa principal de la bajeza humana. Nosotros vemos que el sol se mueve, y que un bastón introducido en el agua se quiebra, y que los objetos que están fijos se mueven en sentido contrario del tren puesto en marcha, y que dos largas hileras paralelas de árboles se van juntando hasta tocarse sus extremos; y rectificamos estos y otros errores vulgares porque conocemos la sensación óptica y sus leyes y anomalías. En la atracción amorosa las anomalías son inmensas; pero no es posible corregirlas, porque se desconoce la sensación pura y se echa mano de otras sensaciones que nos engañan más aún. Yo puedo asegurar que jamás me enamoré de una mujer como ustedes se enamoran; los cinco sentidos de uso corriente no sólo no me sirven para enamorarme, sino que me distraen y me libran de caer en el verdadero amor, que sería el que llegase a mi espíritu por el sexto sentido. Una vez vi pasar por mi lado una máscara con un capuchón negro que la cubría de pies a cabeza, y sentí una emoción que jamás había sentido en mi vida; era una mujer, y si yo la hubiera seguido, no estaría hoy con ustedes. Quizá era un monstruo de fealdad o de depravación. ¿Qué importa? Era una mujer que a mí me dio la sensación pura del amor, una sola, pero tan fuerte, que contra ella nada hubieran valido las de los otros sentidos juntos. Y he aquí por qué a mí me dan miedo las máscaras.

—Dispense usted —dijo Vila— que no comprenda ese miedo. Porque si a mí me pudiera dar una máscara ese amor que usted pinta, yo lo buscaría aunque tuviera que ir al centro de la tierra.

—Porque ese amor —replicó don Pío— le daría a usted la felicidad que usted desea.

—Y usted, ¿no desea la felicidad? —preguntaron a una Vila y Orellana.

—No le doy importancia —contestó don Pío—. Es una forma de la vida, pero no es la vida. ¿Qué ganamos con que a un tonto le adore una mujer y le haga feliz (cosa que a diario sucede), si el tonto continúa cometiendo tonterías y poniendo en ridículo a la especie humana? Y ¿qué se pierde con que un hombre de genio viva en la soledad y pase grandes amarguras, si la soledad y el dolor le inspiran nobles pensamientos que realzan a la humanidad, ofendida por el tonto feliz? Yo no soy

---

* basta / baste

enemigo del amor, pero sé que hay en el mundo algo más grande que el amor, y por este algo es por lo que yo vivo; y porque presentía que el amor sería un obstáculo en mi vida, lo sacrifiqué tiempo ha y huyo de él, y huiré mientras el cuerpo me haga sombra.

—Y ¿se puede saber qué es para usted eso más grande que el amor? —preguntó Orellana—. Porque para mí lo primero es mi fe, y por ella lo sacrificaría todo; pero usted, que es bastante descreído, no sé qué pondrá en el primer lugar. Voy a serle enteramente franco; desde que le conozco le he tenido a usted por un hombre sin ideales, por un hombre tan hondamente escéptico, que no hará nada jamás, no por falta de inteligencia ni de energía, sino por falta de eso, de amor a algo que le saque de la quietud en que vive.

—Es que yo me muevo por dentro —dijo don Pío, sonriendo y levantándose.

Y ya de pie, cogió una copa de jerez, que no había gustado hasta entonces, se la acercó a los labios y añadió:

—Brindo porque al amigo Orellana no le falte la fe jamás.

—Y yo brindo porque usted la tenga algún día —contestó Orellana levantándose.

Al mismo tiempo, algunos comensales se disponían a brindar también, mientras otros tomaban los postres.

—Yo brindo —dijo Vila, dirigiéndose a su compañero— porque pronto seas el notario que otorgue más escrituras en España.

—Y yo —dijo Bonilla— brindo porque se traslade a Toledo y deje la notaría para hacerse canónigo.

—Pues yo brindo porque se case y tenga una docena de chiquillos —dijo don Mariano.

—Yo porque sea cacique de su distrito notarial —brindó Pepe Rodríguez.

—Yo brindo —dijo don Camilo de Aguirre levantándose— porque vuelva alguna vez a Madrid a pasar un rato con nosotros.

—Yo brindo —dijo Sierra— porque venga, pero no sólo a divertirse, sino como diputado, para defender en el Parlamento la causa de la moralidad y de la justicia.

—Yo —dijo Cook, por no ser menos que los demás— brindo por su prosperidad, y porque esta prosperidad no le haga olvidar a sus amigos de Madrid.

—Y yo —brindó don Benito—, porque con el tiempo sea notario donde yo sea farmacéutico.

—Eso es lo mismo que si brindaras por ti —interrumpió Pepe Rodríguez.

—A mí me parece —dijo Orellana— que lo que ha querido expresar es su deseo de que vivamos cerca, y éste será también mi gusto, porque, aparte nuestras peleas, don Benito es un amigo de corazón.

—Señores —dijo don Serapio—, yo no quiero quedarme sin brindar. Brindo porque el nuevo notario no tenga nunca ronqueras como la que a mí no me deja hablar.

Todos los brindis merecieron la aprobación de la concurrencia; y no obstante el tono espontáneo y ligero con que fueron pronunciados, dieron al final de aquella comida cierto aire de gravedad que emocionó al buen Orellana, el cual, agradeciendo a todos sus buenos deseos, dio rienda suelta a sus escasísimas facultades oratorias y dijo:

—Poco más de un año hace que vine a Madrid, sin conocer a nadie y con el temor de perder el tiempo y recibir algunos desengaños. Pronto saldré de él con mi porvenir asegurado, y lo que es mejor, dejando amigos leales como ustedes, a quienes estimo como si les conociera de veinte años atrás. No es Madrid tan malo como dicen, pues el que trabaja algo y se porta como es debido, halla aquí quien le atienda, le aprecie y le ayude. Yo entré en esta casa por casualidad, y el trato que he recibido en ella ha sido excelente; he encontrado algunos amigos, y todos han sido excelentísimos; he luchado por ganar un puesto y lo he obtenido. ¿Qué más se puede apetecer? Yo creo que la mayor parte de los que se quejan, se quejan de vicio, o porque sus pretensiones son inasequibles por lo exageradas. Yo prometo solemnemente que doquiera que esté seré un defensor entusiasta de este Madrid, de que otros hablan tan mal, y guardaré vivo recuerdo del año que aquí he vivido, y en particular de los amigos que dejo, cuya amistad no se ha de perder ni entibiar porque los azares de la vida nos lleven, hoy a unos, mañana a otros, en distintas direcciones. Convengamos, pues, en conservar esta amistad, y que Dios le dé a cada uno lo que tenga señalado en sus inescrutables designios.

Con grandes aplausos fue acogida la proposición de Orellana. Todos le felicitaron, y los que estaban cerca le abrazaron, y cogiéndole en medio le condujeron hacia la puerta del comedor.

—Señores —gritó Pepe Rogríguez—, antes de irnos propongo que se dé un voto de gracias a doña Paulita por la perfección con que estaba guisada la paella.

—Aprobado, aprobado —contestó la asamblea.

—Por unanimidad —exclamó Pepe Rodríguez.

Y todos, en tropel, salieron del comedor con gran estré-
pito.»

Aquí termina el capítulo primero, y único escrito de *La
nueva generación*, en el que el autor no puso ciertamente gran
cosa de su cosecha, puesto que la mayor parte de los conceptos están copiados, con imparcialidad telefónica, del banquete
original, al que asistió Vargas, aunque, por conservar su impersonalidad de novelista, se oculte y ponga en el sitio en que
él estuvo a los falsos Sierra y Bonilla, cuyas razones son las
únicas que hay que poner en cuarentena. Fuera de este y de
los otros reparos, ya mencionados, y de alguna pincelada
caprichosa en el discurso final de Orellana (en el que Vargas,
como buen madrileño, más que como fiel cronista, habla de
Madrid como de Jauja), estoy convencido de que los comensales hablaron como Vargas les hace hablar, y no de otro
modo*. Para mí, lo más importante del banquete fue haber
dado ocasión para que Pío Cid, por no desairar a un amigo a
quien acaso no volvería a ver, se decidiera, aunque a disgusto,
a ir al baile de máscaras; pues sin esta condescendencia quizá
se hubiera muerto de viejo en una casa de huéspedes, y yo no
tendría que escribir la historia de sus trabajos. ¡De tal suerte
los hechos, menudos e insignificantes trastornan la vida de los
hombres, aun la de los más experimentados y dueños de su
voluntad! Pío Cid tenía, como Aquiles, un solo punto vulnerable, el sexto sentido misterioso, que, por la imprudente inte-
rrupción de Orellana, nos hemos quedado sin conocer; y su
mala estrella quiso que en el baile de máscaras recibiera la
herida de amor que él, con su claro espíritu, presentía.

Muy largas eran ya las doce en el reloj de Gobernación
cuando Orellana con don Benito, don Mariano y Pepe Rodríguez volvía del café a la calle del Arenal a recoger las provisiones que pensaba llevar al teatro. Pío Cid se fue con ellos, y
reunida en el café toda la pandilla, salió en dirección del teatro
de la Zarzuela; se posesionaron de su palco, y después de dejar

---

* del original, que el autor tuvo a la vista, siendo como es para mí
indudable que él asistió al famoso banquete, aunque por conservar
su impersonalidad de novelista no aparezca entre los comensales.
Quizás en el elogio que Orellana hizo de Madrid haya alguna pincelada
puesta por. / (primera versión)

en él las botellas y paquetes de fiambres, se desparramaron para dar la primera coleada en el animado salón de baile, dejando solo a Pío Cid, que se distraía viendo desde su observatorio la abigarrada y bulliciosa cadena que formaban las apretadas parejas al recorrer la órbita del baile, mientras en el centro de la sala hormigueaba la concurrencia más inquieta, y en las butacas, puestas alrededor, descansaban los más pacíficos o más fatigados.

Eran más los hombres, que las mujeres; y como sólo las mujeres iban disfrazadas, predominaba en el baile el tono oscuro de la ropa masculina. Así, paseando la mirada sobre este fondo uniforme, casi se podía ir contando las máscaras. Notó, pues, Pío Cid, a poco de entrar, un grupo de seis máscaras, sentadas casi enfrente de su palco. Todas iban vestidas o encapuchonadas de negro, con vivos rojos, como una bandada de pájaros o como personas de la misma familia. Unas antes, otras después, iban saliendo a bailar cuando alguien las invitaba, y volvían luego a sentarse en el mismo sitio, en el que quedaban siempre dos por lo menos de la banda. Y Pío Cid notó también que las dos eran siempre las mismas.

Maquinalmente se levantó, bajó al salón, y después de dar una vuelta por el centro, se acercó a las dos máscaras e invitó a bailar a una de ellas, que era más alta y más delgada que la otra. La máscara dio las gracias, y se excusó diciendo que estaba fatigada. A lo cual replicó Pío Cid:

—¿Cómo está usted fatigada si no ha bailado ni una sola vez?

Y diciendo esto, se sentó al lado de la máscara, que, oyendo aquella pregunta y viendo aquel descaro, dijo con voz un tanto agria:

—Le advierto a usted que esa butaca está tomada.

—Ya lo sé —contestó Pío Cid—, y con irme cuando llegue quien se sentaba en ella, estoy cumplido. Pero antes, ¿qué mal hay en que yo insista una y diez veces para que usted baile conmigo?

—¿Nada menos que diez veces va usted a insistir? —preguntó la máscara con voz algo melosa, pero penetrante como el maullido de un gato.

—Diez no —respondió Pío Cid—, porque usted no es capaz de negarse nueve veces. Ya sé que hasta ahora no ha querido usted bailar con nadie; pero yo tampoco he venido a bailar; y, ahora que me acuerdo, ni siquiera sé bailar, ni me hace falta, puesto que usted no es aficionada al baile. Si a usted le parece, daremos un paseo por la sala y le haré a usted una pregunta que me interesa mucho.

—Mamá —preguntó la máscara a la de al lado—, ¿quieres que dé una vuelta, y vuelvo en seguida?

—Bueno —contestó la mamá—; pero que no tardes.

Pío Cid se había puesto en pie y ofreció el brazo a la máscara, que apoyó en él apenas la mano. Ambos cruzaron la corriente de los danzantes y se perdieron en los grupos del centro de la sala.

—¿Sabe usted por qué he salido a dar una vuelta? —dijo la máscara, sin que Pío Cid le hubiera dicho ninguna palabra—. Pues porque me ha extrañado que tuviera usted el atrevimiento de querer bailar sin saber.

—Eso no es atrevimiento, sino distracción —dijo Pío Cid—. Yo deseaba acercarme a usted, y tomé el pretexto del baile como pude tomar otro.

—¿Y cómo sin conocerme —preguntó la máscara—, deseaba usted acercarse a mí y hablar conmigo?

—Precisamente para conocerla —contestó Pío Cid—. Es decir, yo la conozco a usted espiritualmente, y me figuro cómo es su rostro y su cuerpo. Poco me falta ya que conocer.

—¿Es usted adivino? —preguntó la máscara.

—No lo soy; pero al verla a usted con disfraz he tenido que figurármela de algún modo, porque soy impaciente y no podía esperar a que se descubriera.

—¿Y cómo se ha figurado usted que soy? —interrumpió* la máscara con viveza.

—Tiene usted —contestó Pío Cid con aire de seguridad— los ojos grandísimos y negros. Más le diré: el antifaz, que a otras mujeres las agracia porque deja ver los ojos casi por completo, a usted la desfavorece, porque oculta lo mejor que hay en su rostro.

—Usted me dice eso para que me descubra —dijo la máscara—. Usted cree que yo soy una mujer a quien conoce, y desea salir de dudas.

—Yo no he visto a usted nunca —dijo Pío Cid—, ni usted me ha visto a mí tampoco hasta hoy. Pero yo la conocía a usted, y la he reconocido mirándola desde aquel palco. Si quiere usted venir conmigo...

---

* interrogó / interrumpió

—Usted está viendo visiones —dijo la máscara, dejándose llevar fuera del salón.

Y mientras subía las escaleras, apoyada en el brazo de su acompañante, preguntó a este con voz natural, poco diferente de la fingida con la que hasta entonces había hablado:

—¿Es usted marino?

—Yo no soy marino... —contestó Pío Cid sonriendo, porque le agradó la perspicacia con que la mascarita había notado su aire rudo e insociable, que algo se parecía al de la gente de mar.

Y luego, como si completara su pensamiento, añadió, mirando fijamente a la máscara:

—¡Esos ojos sí que son la mar!

Entraron en el palco, que estaba solo, y la máscara avanzó algunos pasos para ver el sitio donde sus compañeras se sentaban; luego se retiró al fondo para no ser vista. Pío Cid le ofreció una copa de vino y le mostró un paquete de chucherías por si deseaba tomar algún bocado. La máscara rehusó al principio, y aceptó después una rodaja de salchichón y algunas galletas; y como el disfraz le estorbaba, se echó atrás el capuchón y se levantó un poco el antifaz, dejando ver la barba, pequeña y redonda, y la boca, algo grande, de labios rojos muy bien dibujados, entre los que asomaban dos hileras de dientes blanquísimos.

—¿No quiere usted dejar ver sus ojos? —preguntó Pío Cid con tono familiar.

—No quiero que sufra usted un desengaño —contestó la máscara con cierto aire de presunción, que decía lo contrario que las palabras.

—Usted sabe —insistió Pío Cid— que no ha de haber desengaño sino una sorpresa agradable. Yo sé cómo son sus ojos porque los he visto. ¿No dice usted que yo veo visiones? Pues lo he visto en una visión que tuve la noche pasada.

—Entonces no tiene usted necesidad de verlos —replicó la máscara.

—Al contrario, deleita más —dijo Pío Cid— ver en la realidad lo que ya se ha visto en sueños.

La máscara no se hizo rogar más, y descubrió por completo su rostro, que era de bella y rara expresión. Pío Cid se quedó sorprendido, mirando aquella extraña mujer; los ojos eran inmensos, como él los había adivinado, y las facciones muy semejantes a las que él se figuraba; pero él había ideado una belleza que tenía algo de raza negra; una mujer morenísima, de ojos brillantes y cabellera fuerte y rizada, en tanto que aquella joven tenía la tez clara, los ojos lánguidos, soñadores y el cabello fino, sedoso. La joven le miraba con inocente coquetería, y él le preguntó:

—Tiene usted el tipo acabado de una criolla*. Usted es española, pero no es de España.

—¿De dónde cree usted que soy? —preguntó la joven.

—El acento es español, casi andaluz; pero yo diría que es usted cubana...

La joven se echó a reír, y por la risa comprendió Pío Cid que no se había equivocado. Carlos Cook y don Benito entraron en el palco con unas máscaras, y la joven se bajó el antifaz y se echó el capuchón.

—Vámonos —dijo Pío Cid, mientras don Benito le decía:

—Vaya, maestro, que usted también se arregla como puede.

—A ver si esa mascarita es la del sexto sentido —agregó Cook en tono jovial.

—¿Por qué le ha llamado a usted maestro ese amigo? —preguntó la joven, apoyándose de nuevo en el brazo de Pío Cid.

—Porque le doy lecciones —contestó este echando a andar—. Somos compañeros de casa.

—Es extraño —dijo la joven—; yo no me figuraba que usted diera lecciones.

—¿Qué había pensado usted de mí? —preguntó Pío Cid.

—Nada. Que era usted un hombre raro —contestó la joven—. Pero —añadió deteniéndose— por ahí vamos a la calle.

—Sí, vamos a respirar un poco, que aquí se asfixia uno. Volveremos muy pronto.

—Es que si tardo me van a reñir —replicó la joven.

—No tenga usted cuidado; yo iré con usted y no ocurrirá nada —le aseguró Pío Cid.

Y al mismo tiempo recogía su capa del guardarropa y se la echaba sobre los hombros a la joven con igual naturalidad que si esta fuese una criatura de pocos años, diciéndole:

—Usted debe abrigarse bien, porque no estará acostumbrada a este frío... Súbase también un poco el antifaz.

—Pues no he sentido ningún frío en los dos meses que llevo en Madrid... Pero me parece un disparate salir ahora del teatro... Y luego que yo apenas lo conozco a usted... —iba

_____

* Si quiere usted venir conmigo... Tiene usted el tipo acabado de una criolla. / (primera versión)

119

diciendo la joven, sin atreverse a volver pies atrás, como si un lazo misterioso la obligara a seguir al lado de Pío Cid.

Y este lazo era el temor de separarse de él de perder de vista, quizá para no volver a encontrarle, a un hombre que le había llamado la atención, aunque sin despertarle gran simpatía.

Pió Cid debió de comprender esto, porque después de un rato de silencio*, comenzó a hablar así:

—La invité a usted a pasear para decirla a usted algo que me interesaba, y para decírselo a solas, en pocas palabras, me he atrevido a sacarla del baile. Antes de verla a usted, cuando sólo la conocía por figuraciones, había yo decidido acercarme a usted para no separarme más. Yo no sé qué sentimiento es este que yo tengo ahora, y casi puedo asegurar que no es amor, porque ya soy viejo para enamorarme; podría ser padre de usted, y si no la miro con ojos de padre, tampoco me atrevo a hacer ninguna declaración de amor, que me parecía ridícula, porque no se me ocurre naturalmente y tendría que urdirla con frases artificiosas. Me gusta en todo la naturalidad, y lo natural en mí ahora es decirla que deseo que vivamos unidos, sea en la forma que fuere, porque de seguro esta unión ha de crear entre nosotros algún grande y noble afecto, que en este instante no acertamos o, mejor dicho, no acierto yo a prever. Por mí no hay dificultad ninguna, pues me hallo solo en el mundo, sin obligaciones ni ligámenes, y puedo cambiar de postura cuando se me antoje; pero usted tiene familia y no puede abandonarla ni yo meterme por las puertas de rondón.

La joven escuchaba estas inesperadas razones sin saber qué pensar ni qué decir. Había tenido muchos novios y había oído muchas declaraciones de amor; pero ninguna, ni a cien leguas, se aproximaba a la de Pío Cid, para la cual no había contestación preparada en el repertorio que ella, como todas las muchachas casaderas, tenía para estos casos. Un momento pensó que aquel hombre no era raro solamente, sino loco de remate. Sin embargo, le hacía desechar este mal pensamiento la idea de que lo que él le explicaba era lo mismo que ella sentía. Ella tampoco estaba enamorada, ni podía estarlo, de una persona desconocida poco antes; y ella también deseaba seguir a su lado, como si hallara en él un protector que le inspirase igual confianza que un padre o un hermano. Al fin, después de mucho dudar, rompió el silencio con una pregunta,

---

* porque comenzó / porque después de un rato de silencio, comenzó

la primera que se le ocurrió, al mismo tiempo que asomaban a la calle de Alcalá:

—¿Por qué no habla usted con mi mamá y con mi tía, que algunas veces han pensado admitir huéspedes?

—¿Viven ustedes solas? —preguntó a su vez Pío Cid.

—Solas, mi mamá, mi tía, mis tres primas y yo; pero no es seguro que estemos mucho tiempo en Madrid.

—¿Piensan ustedes irse a Cuba?

—No, a Barcelona con una familia conocida.

Y al decir esto, la joven intentó soltar el brazo de Pío Cid y preguntarle por qué se dirigía a la acera opuesta.

—Vamos a la chocolatería de enfrente —contestó Pío Cid antes que le preguntara—, un momento nada más. Me ha interesado mucho lo que me ha dicho usted, y desde luego estoy decidido a irme a vivir a su casa si me admiten, y a trabajar para que no se vayan de Madrid si está en mi mano hacerlo. Sólo que a mí me agrada la franqueza, y he de decir que voy por estar cerca de usted, y no sé qué van a pensar.

—Para decir eso —respondió la joven—, más vale que no vaya y se ahorrará el viaje... Pero no sé a qué venimos aquí —añadió al llegar a la puerta de la Chocolatería de Madrid—; yo no entro así como voy, y además se nos va a hacer muy tarde.

—Iremos a otra —dijo Pío Cid—, aquí cerca, donde habrá menos gente..., y si usted quiere, mi casa está a dos pasos, como quien dice; venga usted y verá mi madriguera.

—Vamos, no faltaba más sino que yo fuera sola a su casa —dijo la joven, sin dejar de seguir a Pío Cid, y entrando con él por la calle de Peligros.

—Verá usted —añadió tranquilamente Pío Cid— cómo vivo, y viéndolo tendrá más confianza en mí, pues no sé por qué me figuro que usted cree a ratos que yo soy un loco o un libertino. Ahora no hay nadie en mi casa, y no han de verla a usted, ni aunque la vieran la conocerían, ni aunque la conocieran perdería usted nada en ello. Voy a dejar mi cuarto mañana mismo, y quizá algún día le agrade a usted haber estado en él para saber dónde vivía yo al conocerla... Porque no sabemos lo que una simpatía que nace así, al azar, puede traer consigo; yo, sin más que esta simpatía, deseo ya saber cómo vive usted, y dónde y cómo ha vivido desde que nació; y si llegara a quererla de veras, como espero y casi lo temo, desearía conocer hasta sus más escondidos pensamientos y todas las vicisitudes de su vida, principalmente las penas que ha debido pasar y que le han puesto en los ojos ese velo de tristeza, que me entristece a mí también.

Con esta conversación llegaron a la calle de Jacometrezo y a la puerta de la casa, seguidos del sereno, al que al pasar le había dicho Pío Cid que viniera a abrirles. Cuando la puerta estuvo abierta, Pío Cid le dio unas cuantas monedas y le pidió algunos fósforos. La joven entró la primera, y ambos subieron las escaleras, yendo delante con un fósforo encendido Pío Cid, quien, al llegar al tercero, tiró del cordón que quedaba puesto todas las noches para que la criada no tuviera que esperar a los huéspedes rezagados, y abrió sin mover ruido. Ambos entraron en el cuarto de enfrente de la puerta, y mientras la joven, fatigada, se sentaba en un sillón colocado delante de la mesa, Pío Cid encendía otro fósforo y buscaba la palmatoria que solía estar sobre la mesa de noche.

—Tiene esto gracia —exclamó después de echar una ojeada por la habitación—, me han dejado sin luz. La verdad es que como yo no la uso nunca, quizá me la quitaron hace tiempo, sin que yo lo haya notado hasta ahora.

—Y ¿cómo se arregla usted sin luz? —preguntó la joven, no comprendiendo aquella ocurrencia—. Se pasará usted la noche fuera de casa.

—Al contrario —respondió Pío Cid encendiendo otro fósforo—, es que me acuesto al oscurecer, y aunque no me acueste me gusta más, cuando estoy solo, estar a oscuras.

—Todas las cosas las hace usted al revés de los demás —dijo la joven.

—Voy por aquí fuera a ver si encuentro algo con qué alumbrarnos —dijo Pío Cid—, antes que los fósforos se acaben.

—Mejor es —dijo la joven— que nos vayamos en seguida, no sea que se despierte alguien y nos vea.

—Espere usted un momento —dijo Pío Cid, echando otro fósforo y saliendo del cuarto.

La joven se levantó temerosa, y en el silencio y la oscuridad oyó la primera campanada de un reloj distante, aguzó el oído y contó los cuatro cuartos y luego la una, las dos, las tres y las cuatro. Aquel reloj parecía el cuento de nunca acabar.

—Usted, ¿no ha oído la hora? —preguntó a Pío Cid que volvía, sin haber hallado más que un pequeño cabo de vela en el cuarto de don Benito—. Mire usted el reloj, porque no es posible que sean las cuatro.

—Yo no gasto reloj —contestó Pío Cid—, pero creo que no puede ser tan tarde.

—Ahora suena otro reloj —dijo la joven—, no haga usted ruido...

—Las cuatro son —dijo Pío Cid, con gran serenidad—; parece mentira cómo paseando se nos ha ido el tiempo. Sin duda nos hallábamos muy a gusto el uno al lado del otro...

—No hable usted de ese modo —interrumpió la joven echándose a llorar—. Ya me habrán echado de menos, y quizá me estén buscando por todo Madrid... Y ¿cómo me presento yo ahora delante de mi mamá?

—Me presentaré yo, como le ofrecí a usted —contestó Pío Cid—, y no ocurrirá nada. Lo que yo siento es que usted piense mal de mí; pero ahora que nos ha ocurrido esto, aunque me da pena de ver llorar a usted, me alegro, porque quizá de este disgustillo salga nuestra felicidad. Muchas veces —añadió acercándose a la llorosa joven y secándole las lágrimas—, las cosas se encargan de dirigir a las personas y ya verás cómo a nosotros nos dirige esta pequeña torpeza. Si tú quieres —prosiguió tuteándola ya resueltamente—, mañana mismo podemos vivir juntos en tu casa, y cambiar todas vosotras y yo la vida que hasta aquí hemos llevado. Seis mujeres solas no pueden ir a ninguna parte buena, y, sin cometer indiscreción, te diré que os hace falta un hombre en la casa. Poco me has dicho tú, pero me basta para saber hasta el cabo de la historia. Tú no has sido, ni quizá tu madre tampoco, pero alguien de tu casa ha ideado ir al baile, como quien va a probar fortuna, porque no se presenta por los caminos naturales salida para vuestra embarazosa situación. Y sin vanidad te aseguro, pues conozco bien la gente que hoy se estila, que de todos los hombres que estábamos en el baile, yo soy el más a propósito para sacaros a flote a todas juntas. No soy rico, pero lo que tengo me sobra y no me lleva ningún interés bajo, ni se aviene con mi carácter aprovechar las flaquezas de los que se hallan en apuro. Yo puedo ir a tu casa como huésped, pero con esto poco o nada se adelantaría por faltar intimidad y confianza para que pudierais acudir a mí; en cambio, si mañana nos presentamos los dos juntos y tú haces lo que yo te diga, todo se arreglará a gusto de todos.

—Pero ¿qué van a decir de mí? —preguntó la joven, que no comprendía por completo el plan de Pío Cid.

—Si dicen algo malo lo dirá tu misma familia, que se guardará de dar un cuarto al pregonero. Yo te digo esto a disgusto, porque parece que doy a entender que te tomo como pretexto para gobernar tu casa o que deseo que tú te sacrifiques por toda tu familia. La verdad es que si yo he pensado lo que te he dicho, lo he pensado por ti, y que tú eres quien me atrae y quien es el centro de todas estas ideas mías. Pero los años no pasan en balde, y yo he aprendido a conocer que los sentimientos deben someterse a la prosa de la vida. Yo hubiera podido preguntarte las señas de tu casa y esperar a que mañana salieras, y seguirte, y hablarte, y escribirte cartas necias y rondarte como un mozalbete y pasar las semanas en este juego tonto, en el que yo me hubiera puesto en ridículo, mientras tú y tu familia luchabais quizá contra la miseria y sufríais las mayores privaciones. ¡Cuánto mejor no es saltar por encima de ciertas convenciones, que es este caso no sirven más que de estorbo, y hablar con entera franqueza! Tu familia comenzará por poner el grito en el cielo, pero después comprenderá la razón y callará. Esto lo has de ver.

La joven se había levantado, mientras Pío Cid hablaba, y parecía más tranquila. Sin duda pensaba que el mal estaba ya hecho y que lo mejor era confiar en aquel hombre que no parecía malo y que tenía el don de adivinar lo que a ella y a su familia les pasaba. Todo aquello la sorprendía, le sonaba a música nueva y nunca oída; ni su malicia era tanta que imaginase víctima de un seductor astuto y perverso, ni su inteligencia tan despierta que comprendiese habérselas con un misántropo que de repente había sentido una ráfaga de amor, y por ella el deseo de correr una aventura filantrópica y extravagante. Lo que la joven percibía muy bien era que aquel hombre hablaba como un libro y demostraba un conocimiento exacto y admirable de la situación. Así, pues, sintió que se le iba del pecho la congoja que le ahogaba, y comenzó a sentir curiosidad y a mirar por todos lados para hacerse cargo de la habitación en la que, sin darse cuenta hasta entonces, se hallaba; luego, mientras Pío Cid se sentaba en el sillón que ella había dejado, comenzó a husmear los libros y papeles que sobre la mesa había; después se acercó a la mesa de noche, vio un papel blanco que asomaba por el cajoncillo entreabierto; cogió el pedazo de papel y leyó en voz baja y con dificultad, porque la letra era malísima, unos versos, sin título, que decían así:

> ¡Oh, qué extraña visión me aparecía
> esta noche en mis sueños!
> Un ángel con alas extendidas
> bajaba de los cielos:

volando suavemente se acercaba
a los pies de mi lecho,
y con triste expresión me contemplaban
sus ojos grandes, negros.

Que era un nuncio divino yo creía
sus blancas alas viendo
y su forma en el aire suspendida
como un fantasma aéreo.
Mas aquella figura me miraba,
y yo angustiado, trémulo,
mi corazón sentía que abrasaban
sus ojos grandes, negros.

Yo quería escapar, pero en la huída
dejaba allí mi cuerpo,
y solo, encadenado lo veía
con cadenas de hierro.
La piedad y el amor me sujetaban
y volvía de nuevo,
aunque la esfinge inmóvil me clavara
sus ojos grandes, negros.

Quizá aquella esfinge no traía
ningún mensaje célico,
sino que era la imagen dolorida
de mis amores muertos.
Se fue con la primera luz del alba,
y aún a saber no acierto
qué me diría cuando en mí fijaba
sus ojos grandes, negros.

—¿Ha escrito usted estos versos? —preguntó la joven cuando
acabó de leer—. ¿Es usted también poeta?

—Buen poeta soy* yo —respondió Pío Cid—. Esos versos
los compongo durmiendo, y no valen la pena de que nadie
los lea.

—Pues me gustan mucho —replicó la joven—. Ahora veo
que no era broma lo que usted me decía de la visión. ¿Es
verdad que ha tenido usted esa visión?

---

* estoy / soy

—Sí, es verdad; pero no era visión; ahora veo que eras tú misma, o el presentimiento de que iba a encontrarte.

—¿Entonces por eso me dijiste —preguntó la joven tuteando a Pío Cid por primera vez— que yo tenía los ojos negros?... Pero he leído aquí una cosa..., a ver... —añadió releyendo la poesía—. ¡Qué letra más infernal!... aquí... «la imagen dolorida de mis amores muertos»... ¿Qué amores muertos son esos?

—¿No me quieres todavía —preguntó Pío Cid con dulzura— y ya empiezas a estar celosa?

—No son celos..., pero contesta —insistió la joven—. ¿Qué amores son estos? Por algo me ha dado a mí el corazón, y mi corazón nunca me engaña, que tú eras un hombre gastado, un calavera. Tienes el aire avejentado, pero se ve que eres más joven que pareces, y que lo que te sale a la cara son las picardías.

—Buena idea tienes de mí —dijo Pío Cid eludiendo la pregunta.

—No es mala idea —replicó la joven—. Puedes ser muy bueno, y para serte franca, lo que me ha dado el corazón es que eres un hombre muy bueno y al mismo tiempo muy malo, es decir, duro y... no sé explicarme...

—Más vale que no sepas, porque me dirías algún disparate —interrumpió Pío Cid.

—Pero, ¿y los amores esos? —insistió la joven—. A esto no me quieres contestar. Estarás estudiando el embuste.

—Esos amores son —contestó Pío Cid gravemente— las ilusiones perdidas. Yo no hablo de ninguna mujer, y aunque hablara sería de amores muertos ya.

—¿Me juras que no has compuesto esos versos para ninguna mujer? —preguntó la joven con voz tierna, como si de pronto se sintiera poseída de un sentimiento nuevo y extraño.

—Para ninguna...; es decir, para ti, antes de conocerte. Esta es la verdad —contestó Pío Cid.

Y al mismo tiempo su pensamiento se alejaba de allí volando a tierras lejanas, donde veía sombras de mujeres que él quizá había amado, y cuyo recuerdo había venido a visitarle en forma de visión alada y a anunciarle la resurrección del amor en aquella mujer de ojos grandes y negros que la fatalidad le había puesto delante. Y él se veía encadenado, sin poder ni querer huir, resignado voluntariamente a seguir un nuevo rumbo y a arrojarse en brazos del azar. Entonces sintió una hondísima y desconsoladora tristeza, y se echó a llorar como un niño. La joven le veía llorar con asombro sin atreverse a romper el silencio. Sonaron en la escalera pasos de los huéspedes que volvían, y ella fue a la puerta a ver si estaba bien cerrada; volvió junto a la mesa de noche y apagó el moribundo cabo de vela, que se derretía sobre la piedra de mármol, para que no vieran luz encendida los que entrasen. Luego se acercó a Pío Cid, le cogió a tientas la cabeza, se sentó sobre sus rodillas, le echó un brazo por el cuello y comenzó a besarle los ojos para enjugarle las lágrimas[20].

---

[20] El encuentro de Pío Cid con Martina sigue muy de cerca el que tuvo Ganivet con Amelia Roldán. Las semejanzas incluyen la fecha (el primero de febrero, día de San Cecilio), el itinerario del paseo desde «La Zarzuela» hasta la calle de Jacometrezo (Tetuán, en realidad) y las circunstancias tanto sentimentales como económicas que llevan a la formación de la familia nueva gobernada por Pío Cid o Ángel Ganivet (véase Herrero, «Elemento biográfico», págs. 101-105).

Pío Cid pretende gobernar
a unas amazonas

Azarosa fue por demás la vida del capitán de infantería don José Montes, y si hubiera de referirla punto por punto tendría materia sobrada para llenar varios volúmenes. No más que con la relación de los traslados que sufrió en su carrera, desde que la comenzó de soldado raso a mediados de siglo hasta que se retiró de capitán graduado de comandante a los cincuenta años de servicios, y con la descripción de los disgustos que le dio doña Socorro, su mujer, en veintitantos años que le duró a la infeliz señora una enfermedad crónica de la matriz, que la tenía siempre en estado de excitación insoportable, habría asunto para escribir una docena de capítulos, llenos de abusos e injusticias, de dolores y de miserias. El capitán Montes fue perpetuamente el tipo del hombre oscuro, que se halla en todas partes, y a quien nunca le ocurre nada digno de mención. Su vida era una proeza continuada, y no había ninguna proeza en su vida. Estuvo en la guerra de África, en el Norte y en Cuba, y nunca tuvo ocasión para lucirse, como él hubiera deseado, ya que no por su inteligencia, que era mediana, ni por su pericia, que era la de un militar rutinario, por su corazón, que era de buen temple. ¡Qué remedio! No tenía fortuna, y tuvo que tener paciencia y subir paso a paso y quedarse en los primeros escalones. Pero como el capitán Montes, aunque pobre y sin fortuna, era un hombre a la buena de Dios y con su pizca de filosofía, se consideraba venturoso en medio de sus contrariedades, y decía continuamente que si mil veces volviera a nacer, mil veces haría lo mismo que había hecho, incluso casarse con la que fue su mujer, la cual, aunque le dio muchos malos ratos, tenía un corazón de oro y había sido una madre como pocas. Así, cuando al buen capitán le llegó la hora de morirse, en Murcia, al lado de su hija Candelaria, con la que se fue a vivir cuando se quedó viudo, cuentan que mandó llamar a un capellán castrense, llamado don Gualberto González, que era su mejor amigo, para tener con él una última entrevista y cumplir los deberes de buen cristiano. Como su amigo le conocía muy a fondo, no tuvo la entrevista el carácter de una confesión, sino que ambos platicaron largamente con familiaridad y tan sin reserva que Candelaria oyó gran parte de las razones que su padre tuvo en aquella hora suprema, y recordaba siempre la serenidad con que, resumiendo toda su vida, dijo:

«Yo no sé si será vanidad esta pretensión mía; pero crea usted, amigo don Gualberto, que ahora que me veo tan cerca de cerrar el ojo, estoy más satisfecho que nunca de mi conducta y más convencido de que he hecho cuanto me tocaba hacer en el mundo. Mi pobre Socorro me echaba siempre en cara mi falta de resolución, y hubiera querido que yo llegara a general, puesto que otros sin valer más que yo llegaron, Dios sabe cómo; y claro está que a mí me gustaría dejar a mis hijos un nombre encopetado, y que les diera más lustre que el que puede darles el de un oscuro capitán, que es lo que yo he podido ser; pero al menos mi nombre es honrado como el primero y en mi hoja de servicios consta que yo permanecí siempre fiel a la disciplina; y habiendo estado en medio mundo, y nunca con muchos haberes, tengo el orgullo de no deberle nada a nadie y de no haber dejado a nadie un mal recuerdo mío. A mi mujer no le faltó nada en la larga enfermedad con que Dios quiso probarla a ella y probarnos a todos, y mis cinco hijos quedan colocados y no necesitan ya de nadie*. Ricardo, el mayor, sigue en Barcelona, y ahora parece que sentó los cascos y que tiene un destino bastante decente en una oficina de seguros. Ya sabe usted lo calavera que me salió este pícaro de Ricardo y lo mucho que me ha dado que hacer y lo que yo he bregado para ver de darle una carrera formal; siquiera he conseguido que sepa bien de pluma y cuentas, y con esto y con su don de gentes, creo que no le faltará nunca que comer. Por el que estoy más tranquilo es por Luis, porque éste tiene su carrera; y aunque pasa sus apuros, y más ahora

_____
* de mí / de nadie

que está en Madrid, donde con el sueldo de teniente no hay para empezar, pronto ascenderá y mejorará algo. Ahora le he escrito para quitarle de la cabeza la idea que tiene de pedir para Filipinas, porque yo soy perro viejo y estoy al cabo de lo que pasa en ultramar. El Pepe me salió poco hábil para los estudios, y no pudo entrar en la Academia, pero él se ha sabido buscar la vida; se pasó a la guardia civil, y ahora lo tiene usted en Cuba muy bien casado y muy contento. Este era el mejor de todos, y yo estoy seguro de que será el más feliz, porque, desengáñese usted, don Gualberto, para mí la primera cualidad del hombre es la bondad, y aunque se diga que los pillos prosperan, me río yo de estas prosperidades; al fin el que es bueno es el más estimado de todo el mundo, y aunque no consiga glorias del otro jueves consigue vivir a gusto y hacer felices a los que le rodean. Con las mujeres es otra la canción; no tienen más salida que casarse, y si le digo a usted la verdad, ninguna se casó completamente a mi gusto. Este Colomba no es malo, usted le conoce de sobra; pero es un hombre sin pies ni cabeza y con el que no se puede contar para nada; menos mal que tiene para vivir con desahogo, y a mi Candelaria, ya que pasa sus tragos, al menos no le falta nada y podrá educar bien a mis nietas, que en verdad lo merecen, porque lo es la Candelita en particular, esto no es ceguedad de abuelo, va a ser un prodigio. Usted sabe los disgustos que sufre mi Candelaria y la saliva que yo he tenido que tragar para no enviar a mi yerno a paseo; pues bien: más tranquilo me moriría si tuviera a mi Justa a mi lado, casada con otro Colomba, aunque fuera con otro un poco peor. Las hermanas creen que Justa es la afortunada de la familia, y casi le tienen envidia por pensar que está nadando en oro; pero un padre no se equivoca, y cuando a mí no me ha entrado nunca el fantasmón de mi yerno, por algo será. En fin, nada es perfecto en este mundo, y quizá yo peque de caviloso. Después de todo, ¿qué más puedo apetecer que dejar a mis dos hijas puestas en estado? Peor sería que se quedaran solteras, con una miserable pensión y expuestas a mayores calamidades. Aunque estén mal casadas, las mujeres ganan siempre teniendo al lado un hombre que les dé sombra; así, por este lado me puedo también morir tranquilo, aunque a ratos me aflija el pensar que las mujeres nunca tienen asegurado el porvenir, y que, por mucho que un padre haga por sus hijas, tiene que confiar su suerte a manos extrañas.»

No eran vanos estos presentimientos del honrado capitán, y

si hubiera vivido algunos años más, su muerte, turbada sólo por las leves dudas que asaltaron su espíritu de padre previsor, hubiera sido amargada por las desdichas que cayeron sobre los suyos y contra las que no había ningún remedio. La primera víctima fue su hija Justa, que vivía en Matanzas, casada con un cubano rico, el fantasmón que tan poco simpático era a su suegro.

Los casamientos de Candelaria y Justa habían sido motivo de grandes disturbios domésticos. Don José buscaba ante todo la hombría de bien, y por su gusto las hubiera casado con dos medios novios que tuvieron en Sevilla, donde estaba destinado cuando las niñas comenzaron a pollear; pero doña Socorro no quería apresurar las cosas, esperando la llegada de los soñados príncipes que sus hijas se merecían; y si no príncipes, personas de mérito y posición.

—Ya que yo me he sacrificado —decía— junto a un hombre muy bueno, pero muy nulo, como tú eres, deseo que a mis hijas no les ocurra lo propio y que me dejes a mí decidir lo que les conviène.

A doña Socorro se debió, pues, la decisión, puesto que las niñas, particularmente Justa, no tenían más voluntad que la de su madre.

Candelaria se casó en Murcia, a los veintidós años, con un novio que le habló poco más de dos meses y que a doña Socorro le entró por el ojo derecho. Llamábase Fermín Colomba y era mallorquín de origen y de familia de pocos pergaminos; su padre o abuelo, el que primero vino a Murcia, era panadero, y amasando tortas y bollos de Mallorca comenzó a reunir la fortuna, que el padre de Fermín hizo crecer como la espuma. Fermín, como muchos hijos de industriales enriquecidos, salió con pájaros en la cabeza y despreciaba no sólo las industrias, sino hasta el dinero que en ellas se ganaba, siendo su sueño dorado el arte, en el que no hubo rama que no picoteara. Sabía algo de música, pintaba bien, se las daba de literato y era un poquitín escultor; tenía, pues, varias habilidades inútiles y distinguidas, unidas a la promesa de heredar una fortuna no muy distinguida, pero en ningún modo despreciable, y doña Socorro vio colmada la medida de su deseo. Poco después del casamiento fue trasladado de nuevo don José a Sevilla, que era la ciudad de su predilección, por haber nacido allí doña Socorro y dos de los hijos, Justa y Pepe. Apresuraron el viaje a fin de llegar para la feria, y el mismo día que llegaron conoció Justa al que había de ser su esposo. Era este un jovenzuelo de veinte años (algunos meses menor que Justa), de bella y arrogante figura y con humos de potentado. Se firmaba Martín de Gomara, y decía ser hijo único de una de las familias más ricas de La Habana. Tomábasele a primera vista por extranjero, pues se había educado en Inglaterra, y hacía gala de su extranjerismo para singularizarse; y a poco que se hablara con él se notaba que era un buen muchacho con pretensiones de hombre corrido y hastiado ya de todo lo que da de sí la vida.

La muchacha más descontentadiza se hubiera enamorado del joven don Martín, sobre todo si tenía la desgracia de verle fumar, pues con dificultad se hallaría quien supiese manejar como él un cigarro; lo cogía con extremada delicadeza, lo encendía con autoridad, lo chupaba con petulancia, arrojaba el humo como un déspota y escupía después con aire tan marcado de desprecio que parecía ofender personalmente a cuantos cerca de él se hallaban. Nada tiene de extraño que Justa se enamorara o se encaprichara; pero en cuanto a don Martín, no se comprende que cayera tan fácilmente en las redes de una joven pobre y peninsular por añadidura, siendo vano y pretencioso hasta dejárselo de sobra y detractor sistemático de la Península. El aseguraba que todo lo había hecho por dar un disgusto a su madre, contra la que estaba ofendido por asuntos de familia. Como no tenía padre, ni se dejaba gobernar por su madre, estaba acostumbrado a hacer su santa voluntad, y en los últimos meses se le había ocurrido probar fortuna en el juego; después de varias alternativas salió de la broma empeñado y comprometido, y tuvo que acudir a su madre; esta pagó sin replicar, y desde aquel día puso al hijo a media dieta, sin atender los ruegos ni hacer caso de las amenazas de suicidio con que le molía el alma todos los correos. Estaba, pues, don Martín muy bien dispuesto para cometer un disparate, y el que se le ocurrió, decía él que fue llevarse a Justa y hacer una que fuera sonada. Pero Justa no se dejó robar, sino que, con el aprendizaje que tenía en las artes del amor y con el valioso auxilio de su expertísima mamá, no tardó dos semanas en volver tarumba al incauto don Martín, quien ni siquiera comprendía lo que pasaba. El no estaba acostumbrado a sufrir, y le tenía verdadero miedo a todo lo que fuera incomodidad o malestar; así, pues, se enfurecía consigo mismo viendo que muchas veces iba a pasear por la ciudad, y después de mil vueltas y revueltas se hallaba, sin saber cómo, debajo del balcón de aquella muñeca de Justita; y que si ésta no se asomaba, quizá intencionalmente*, por hacerlo sufrir, perdía él el apetito hasta el día siguiente y no dormía tampoco pensando si al día siguiente sería más afortunado. Todas las inocentes necedades que cometen los novicios en amor las cometía don Martín sin darse cuenta, y creyendo en su orgullo cándido que estaba corriendo una original aventura, hasta que un día comprendió que sufría realmente y que tenía necesidad absoluta de poseer a Justita para que se le quitara su congoja, y sin pensarlo más, como hubiera podido apuntar a una carta que creyera había de salir, escribió a su madre pidiéndole permiso para casarse, bajo la amenaza habitual de suicidarse si se lo negaba. Su madre no se lo negó; al contrario, se mostró complacida de que alguien viniera a ayudarle a gobernar a su incorregible retoño, y sólo le recomendaba que no se apresurase y que supiera bien en qué familia iba a meterse. En el acto se presentó don Martín en casa del capitán Montes, que estaba ya avisado por su hija y aleccionado por su mujer, y solicitó casarse con Justa como hombre que trae los papeles debajo del brazo y tiene que aprovechar el tiempo. El capitán no veía con buenos ojos aquella precipitación; pero doña Socorro había escrito ya a La Habana, donde tenía algunas relaciones por haber vivido allí algunos años con su marido, y sabía que don Martín, salvo lo de ser un poco calavera, ni más ni menos que todos los jóvenes, era un bellísimo sujeto y un partido inmejorable en toda la extensión de la palabra. Se marcó, pues, un plazo para pedir informes, sólo por cubrir la fórmula; el casamiento se celebró a los dos meses, y los recién casados salieron de la iglesia para embarcarse en el vapor que desde Cádiz les condujo a La Habana.

Tuvo Justa la suerte de dar con una suegra bonísima, con la que ligó muy bien no sólo por simpatía natural, sino porque a ambas las unían los disgustos que les daba don Martín a diario con sus exigencias; aunque éste algo mejoró con el casamiento, seguía siendo caprichoso y voluble, y dominado siempre por la manía del derroche inútil, como si le espoleara de liquidar pronto su fortuna.

«Yo no me veré nunca en la miseria —aseguraba—, pues no he nacido para sufrir privaciones. De un modo o de otro nunca me faltará, y si me faltara me suicido, y no hay más que

---

* intencionadamente / intencionalmente

hablar.» Al año de casado volvió a España con su mujer, y después de pasar algunos días en Sevilla y Madrid fue a Barcelona, donde tenía algunos amigos; se le ocurrió poner casa para venir todos los años una temporada, y sin más preámbulos lo puso por obra y se instaló con gran rumbo, como él hacía todas las cosas. Allí volvió don Martín a entregarse al juego, y se hallaba tan a gusto en su nuevo centro de operaciones, que no se hubiera movido de él sin una circunstancia que le llenó de regocijo. Su mujer se quedó embarazada, y don Martín decidió que el hijo que naciera no debía ser peninsular, y dispuso el viaje a la Isla para cuando el embarazo estuviera bastante adelantado; y tanto quiso apurar las sesiones del tapete verde que la buena Justa dio a luz en alta mar[1], a poco de pasado el golfo de las Yeguas, temido de todos los que cruzan el Océano hacia las Antillas y tienen la desgracia de marearse. Así nació la criatura, que fue bautizada con el nombre de Martina, en Matanzas, donde a la sazón se había ido a vivir la abuelita, para estar más al cuidado de su ya mermada hacienda.

Después de aquel primer viaje fue un no dejar de ir y venir, y acaso pasaron de veinte las veces que don Martín y su familia surcaron el océano, que para ellos vino a ser cosa de juego también. Justa todo lo soportaba sin quejarse, porque había ido perdiendo poco a poco la escasa voluntad que tenía, y hasta se acostumbró a sufrir malos tratos de palabra y de obra cuando su marido llegó a estos extremos, exasperado contra sí mismo y contra todos por las continuas zozobras de su vida inquieta y desordenada. La pérdida de un niño que le nació dos años después que Martina, y en el que tenía puesto todo su orgullo, le retuvo algún tiempo al lado de la abuela, que se había quedado casi impedida; pero la muerte de ésta le dio nuevas alas, y después de un luto cortísimo, volvió a Barcelona a disipar la herencia. Así fueron pasando los años, unas veces en alza, otras hundidos y entrampados, hasta que el mismo don Martín se encargó, según lo había mil veces anunciado, de dar fin a su infeliz existencia. Justa decía, sin embargo, que no había habido suicidio, sino que su esposo se hallaba en cama gravemente enfermo y se había quitado la

---

[1] El hecho de que la sede familiar de Pío Cid se situara en el pueblo ficticio de Aldamar y que la heroína, Martina, naciera en alta mar entre el Nuevo y el Viejo Mundo hace resaltar la naturaleza mítica y universal de la unión entre los dos protagonistas.

vida en un acceso de fiebre tirándose por una ventana, sin que los que estaban a su lado tuvieran tiempo para impedirlo. En los momentos lúcidos de la enfermedad, que fue la única que tuvo en más de veinte años de matrimonio, se mostraba cambiado y arrepentido de sus locuras, y su mujer estaba convencida de que si se hubiera curado hubiera sido muy otro de como fue hasta entonces.

Muerto don Martín, su esposa y su hija, que ya estaba hecha una mujer, se hallaron solas en Matanzas, casi en la miseria, pues la enfermedad había dado al traste con lo poquísimo que quedaba. Realizaron los muebles y se fueron a La Habana, donde tenían algunos parientes, y éstos, por quitarse la carga de encima, las aconsejaron marcharan a España y les dieron para el viaje y para los primeros gastos que tuvieran hasta llegar a Madrid, que era el punto que Justa había elegido. Con su hermano Ricardo no había que contar, pues ella le había tenido casi siempre a su cargo en Barcelona; Pepe, el menor, que estaba es un pueblo no lejos de La Habana, era bueno, pero tenía un sueldo miserable y mucha familia, y además Justa había tomado horror a la Isla, y lo que quería era ir a España, que por estar más lejos le parecía mejor. En Madrid estaba su hermano Luis, y con su ayuda podrían hallar alguna salida, y por lo pronto hacer algunas gestiones para obtener la pensión a que, por parte de su padre, creía tener derecho como huérfana y viuda. Así, pues, se embarcaron madre e hija y emprendieron su último viaje a España; llegados a Santander, tomaron el primer tren para Madrid, y desde la estación del Norte fueron directamente a casa de Luis, que vivía en el extremo del barrio del Pacífico, creyendo darle una sorpresa, pues no le habían avisado de la llegada. Pero la sorpresa, y dolorosa, fue la de las viajeras, que hallaron el piso desalquilado, y por un vecino de la casa supieron que Luis, con su mujer, había salido para Filipinas pocos días antes, y que acaso en aquel momento se estaría embarcando en Barcelona. Justa no sabía qué hacer, hasta tal punto la turbó aquel desencanto; pero Martina tuvo una idea que creyeron salvadora: irse por lo pronto a una casa de huéspedes y escribir a su tía Candelaria, explicándole lo ocurrido y preguntándole si quería que se fuesen con ella a Murcia, puesto que en Madrid, solas, sin conocer la población ni poder siquiera moverse, y, lo que es peor, sin recursos, no les podía suceder nada bueno. Decidido así, en el acto encargaron al cochero que las llevase a una casa decente y modesta, pues ellas no conocían ninguna, y éste las condujo a una de la calle de Tudescos que era modesta, aunque no muy decente del todo. Por fortuna el hospedaje no duró ni veinticuatro horas, porque las atribuladas mujeres tuvieron un encuentro feliz, de esos que no ocurren más que en Madrid y en la Puerta del Sol. Almorzaron de prisa y mal, escribieron la carta entre las dos, con muchas frases cariñosas de Martina para su tía y primas, a quienes no había visto nunca más que en retrato, y, después de informarse de por dónde se iba al Correo, fueron a certificar la carta para estar más seguras de que llegaría a su destino. Despachada tan urgente comisión, volvían pies atrás por la calle de Carretas, donde un pilluelo pretendió darles el timo de la sortija, de tal suerte se les conocía el aire forastero, y al llegar a la esquina de Gobernación oyó Justa que alguien le decía:

—No puedo equivocarme, usted es doña Justa; lo estoy viendo y casi no lo creo.

—¡Usted, don Narciso, por aquí! —exclamó doña Justa—. Sin duda el cielo le envía a usted. ¿Quién podía esperar este encuentro, niña? —añadió, dirigiéndose a Martina—. ¿Tú no conoces a nuestro amigo Ferré?[2].

—Vaya si le conozco —respondió Martina—; si le he visto antes de que se acercara, y te lo iba a decir.

—Pues yo he notado que me mirabas —dijo don Narciso—, y casi estaba tentado de echarte un piropo. ¡Válgame Dios y qué buena moza estás, quién diría que yo te he tenido en brazos mil veces! Pero, ¿de dónde has sacado esos ojos, chiquilla? Vaya, vaya...; pero ahora veo que van ustedes enlutadas; ¿qué desgracia han tenido? ¿Quizás Martín, que me dijeron que estaba allá muy enfermo?..

Doña Justa bajó la cabeza con aire compungido y Martina contestó:

—Sí, señor; hará pronto tres meses.

—¿Y cómo están ustedes en Madrid? —preguntó don Narciso.

—Hemos llegado esta mañana creyendo encontrar a mi hermano Luis —contestó doña Justa—, y para que la desgracia sea mayor se ha ido a Filipinas. Estamos en una casa de

---

[2] Aunque el apellido de don Narciso se escribe «Ferrer» en el plan de la continuación de *Los trabajos*, es muy probable que Ganivet se refiriese al mismo personaje, ya que sus empresas teatrales y editoriales se semejaban mucho a los escenarios sugeridos en los trabajos nuevos.

huéspedes, pero pronto nos marcharemos a Murcia con mi hermana Candelaria. Ahora venimos del Correo, de dejar una carta para ella, y en cuanto conteste nos iremos, a no ser que ocurra otra contrariedad... Porque bien vengas mal si vienes solo.

—Pues mire usted, doña Justa, yo siento en el alma la pérdida que han sufrido, porque estimaba a Martín y porque le debía atenciones de esas que con nada se pagan. A cada uno lo suyo, y él, aunque tenía sus defectos como todo el mundo, era un hombre generoso, de los que hoy ya no se gastan. Y ya que yo no pueda hacer grandes cosas, porque desgraciadamente los negocios están cada día más perros, no permito que sigan ustedes ni un momento más en una casa extraña teniendo yo la mía, en la que hay sitio para todos. No le ofrezco a usted ningún palacio, sino un pobre piso, allá en el quinto cielo; pero la voluntad no puede ser mejor. ¡Y poco contenta que se pondrá Catalina cuando las vea; tantas veces como hablamos de ustedes en casa!

—Pero, don Narciso —replicó doña Justa, que no podía ocultar su gozo—, ¿cree usted que no hay más que meterse dos personas por las puertas? Con mil amores aceptaría yo, pues ya ve usted que me encuentro aquí con esta criatura sin conocer a nadie más que a usted. Cuente con que iremos todos los días a su casa y que el tiempo que estemos aquí les molestaremos más de lo debido; pero, la verdad, yo sé lo que es una casa, y no quiero darle un mal rato a Catalina, haciéndole poner las cosas de arriba abajo.

—Es inútil cuanto hable usted —insistió don Narciso—: o somos amigos o no somos amigos. Hasta me ofende que ande usted con reparos, porque creo que revelan falta de confianza. Vamos todos a casa, y yo me encargaré de que recojan el equipaje.

Y todos juntos se encaminaron a la calle de Villanueva, donde don Narciso vivía en un piso cuarto de una casa elegante, aunque de construcción endeble, de esas de tente mientras cobro.

Por muy poco estable que fuera la casa, menos estables debían ser los inquilinos del piso cuarto. Don Narciso estaba en tratos con un amigo de Barcelona para emprender un negocio que a él se le había ocurrido, y esperaba no estar en Madrid para primero de año. Y doña Justa estaba pendiente de la contestación de su hermana y creía ir a Murcia para pasar la Nochebuena. Y el día que llegó a Madrid era el de la

Concepción. Pasaban, pues, aquellos días, como quien vive en el aire; formando planes para el porvenir y recordando los buenos tiempos en que ambas familias vivían en Barcelona, cuando don Martín daba de comer espléndidamente a sus amigos y don Narciso andaba en empresas teatrales, que le daban para vivir bien y le permitían tratarse con lo mejor de la sociedad. Actualmente el buen hombre, después que el negocio se le torció, trabajaba como comisionista, y pretendía montar una empresa editorial, por un nuevo sistema de repartos, a medias con un editor barcelonés. Doña Catalina, que era una mujer muy apocada y envejecida por los disgustos, soñaba en el día de volver a Barcelona, donde tenía su hijo único, empleado en un escritorio; no se alegró poco la buena señora de pasar aquellos últimos días acompañada por doña Justa y Martina, con las que podía desahogarse con la confianza que a todas ellas les daba su antigua amistad y su presente y común miseria. Recibió don Narciso la carta que decidía favorablemente su proyectada empresa y su marcha de Madrid, y se decidió despedir la casa y partir todos el mismo día, supuesto, como se debía suponer, que fuera también favorable la anhelada contestación de Candelaria, a la que doña Justa había escrito, además de la primera, otra carta en la que le daba cuenta del encuentro con don Narciso y del cambio de casa. La respuesta se hizo esperar seis días, y al fin llegó certificada bajo sobre de luto, que sobresaltó a doña Justa aunque Martina decía:

—No te sofoques sin motivo, que el luto será por papá. Abre y lo verás:

Y abrieron, y la carta decía puntualmente:

«Mi queridísima Justa:

Con una pena que no puedes figurarte leo tu carta de la Isla, dándome cuenta de tu terrible desgracia, pues la tuya llegó a mi poder cuando no habían pasado dos semanas de la muerte de mi pobre Fermín. Mira qué estrella la nuestra, que después de lo pasado, que ahora no hay para qué recordarlo, nos quedamos viudas las dos, con ocho días de diferencia y, como quien dice, en medio de la calle. Yo te escribí a Matanzas, pero, por lo visto, la carta no llegó a tiempo. Así es que me sorprendió tu carta de Madrid y me hizo llorar lo que no puedes imaginarte, viendo que a mis apuros se juntaban los tuyos, y que, además de los disgustos que estoy pasando, tenía que decirte que no vinieras. Dios sabe lo que hubieras pensado de mí, porque las cosas mientras no se ven no se comprenden. Pero ya sabes que yo, aunque me esté mal el decirlo, no me he cortado nunca por nada, y, después de pensarlo un rato, dije: lo que sea de una será de otra, yo me voy a Madrid a ver lo que Dios dispone. Ya debía estar ahí, y por eso no te he escrito, por llegar de repente; pero el viaje se me retrasa unos días, y te escribo porque estarás inquieta y por lo que me dices de la marcha probable de la familia Ferré. Si se van, ya lo sabes: no dejes el piso. He facturado ya los muebles para que lleguen al mismo tiempo que yo, y arreglaremos el cuarto como mejor podamos. A todo esto dirás que estoy loca, porque no sabes lo que aquí pasa. Ya te lo explicaré cuando llegue. Sólo te digo que tú eres feliz con haberte quedado sin nada, pero sin quebraderos de cabeza, mientras que yo no sé si me costarán una enfermedad las irritaciones que me ha dado la familia de Fermín. Dios le tenga en su santa gloria, que él ha tenido parte de la culpa por lo confiado que fue siempre en cuestiones de intereses, creyendo que todos eran como él, cuando su familia es una chusma, y no digo más. El mejor es el cuñado, que cuando se casó era un don nadie, y ahora, aunque ha subido de punto, sabe guardar algunas consideraciones; pero la hermana es una desollada insufrible, y las niñas cortadas por la misma tijera. Yo sé bien que si me metiera por las puertas me recibirían con los brazos abiertos, porque en el fondo lo que tienen es envidia; pero no es la hija de nuestra madre la que ha nacido para vivir a cara de nadie, y en llegando a hablar de orgullo nadie me gana. Se han dejado decir que todo lo que nos correspondía por parte de los abuelos lo ha ido tomando Fermín a cuenta, conforme le hacía falta, además de lo que daba la hermana por haberse quedado sola con el negocio, y hasta que tienen dado de más, y que no han dicho nada durante la enfermedad de Fermín porque se hacían cargo de nuestra situación. Pero que no pueden seguir sosteniendo otra casa de familia además de la suya. Todo, ya te digo, porque nos vayamos con ellos y bajemos la cabeza. Ya les he dicho que yo me voy a Madrid, y que deseo un arreglo amistoso aunque los abogados dicen que si yo quiero puedo reclamar y darles un disgusto. Figúrate que ni siquiera está hecha la partición de lo que dejaron los abuelos, lo que tendría que moverse ahora. Pero yo no quiero pleitos, y luego que todo esto duraría mucho, y, puestos de malas, no sé cómo íbamos a sostenernos aquí las cuatro. Yo pasaría por todo, pero las niñas dicen que en otra parte harían cuanto fuese menester, pero que aquí les da fatiga. Además, la Paca está, como sabes, mal de la vista, y cada día peor, y dicen que convendría que la viera algún buen oculista de Madrid, pues todavía tiene cura. Desde que les he dicho que ya es seguro que nos vamos, están que no saben lo que les pasa, deseando por horas y momentos salir de aquí, y conocerte a ti y a Martina. Os envían un millón de besos, y yo otros tantos. La detención del viaje consiste en que tengo que arreglar el asunto de que te hablo para ver de contar con algo, aunque sea poco. Un amigo muy antiguo de papá (q.e.p.d.), llamado don Gualberto, se ha encargado de hablar por mí con mi cuñada, y dice que él la convencerá de que deben de nombrarme alguna pensión, siquiera hasta que las niñas se casen. Esto sería lo mejor. No tengo tiempo para escribirte más. Como pronto nos veremos, ya te contaré cosas que te parecerán increíbles, y tú me contarás también las tuyas. ¡Si nuestros padres vivieran y nos vieran ahora teniendo que vivir, como quien dice, a expensas de unos y de otros y con la carga de cuatro criaturas! Por ellas lo siento yo más que por nosotras, que de cualquier modo nos arreglaríamos. Y ¿qué me cuentas de Luis, haberse ido a Filipinas, tanto como papá trabajó para quitárselo de la cabeza? Si estuviera en Madrid, aunque no pudiera ayudarnos, siquiera sería un hombre a quien acudir; porque para ciertas cosas las mujeres no servimos. En fin, hay que hacer de tripas corazón, y cuando Dios nos pone en este aprieto, él sabrá por qué lo hace, y él se encargará de iluminarnos y de darnos fuerzas y ánimo para salir adelante.

Me parece mentira que pronto vamos a vernos juntas después de tantos años de separación. ¡Quién sabe si nuestras desgracias serán motivo de que mejoremos de fortuna! En fin, no queda papel para más; mil besos y abrazos de las niñas y de tu hermana, que con alma y vida te quiere,

CANDELARIA.»

En uno de los márgenes decía además la carta: «Llegaré por la mañana para poder dedicar el día a recoger los muebles de la estación y arreglar, por lo menos, las camas para no tener que dormir en el suelo.» Y en otro venía esta nota: «No te digo fijamente el día de mi llegada porque no lo sé. Quizás no te avise para llegar sin que me esperes.» Además había una esquela para Martina, en la que las primas le decían:

«Querida Martina:

Ya te dirá tu mamá que muy pronto vamos todas a Madrid, de lo que te alegrarás tanto como nosotras. Estamos muy tristes desde la muerte de papá, y tú estarás lo mismo. Ya nos consolaremos las unas a las otras, y procuraremos desechar nuestra tristeza viviendo juntas como buenas hermanas. Yo no te conozco todavía y ya te quiero mucho, como todas. Estoy deseando de ir a esa para conocerte y para ver si me curo del mal que tengo en la vista. Dicen que si se deja pasar el tiempo quizás me quedaría ciega. Hazte cargo la pena que tendré, que no hago más que llorar, y esto me pone peor. Adiós, querida prima; recibe un beso y un abrazo muy apretado de tu prima PACA.»

«Simpática primita: Todas te hemos agradecido en el alma las cosas tan cariñosas que nos dices en la carta de tu mamá. Parece mentira que no nos hayamos visto nunca queriéndonos tanto como nos queremos. Yo te aseguro que te veo como si te conociera, y que estoy enamoradísima de ti por tu retrato de hace tres años, y me figuro que estarás aún más bonita. Dice mamá que eres el vivo retrato de tu padre, que tenía fama de guapo y arrogante. Ya nos contarás cosas de los países que has visto, sobre todo Cuba, que me gusta al perder. Antes de la enfermedad de papá aprendí a cantar las guajiras que me enviaste. Son lindísimas. En cuanto vaya a Madrid, como pueda, iré al Conservatorio, pues tengo pasión por la música y el canto, y mamá dice que podía hacer muy buena carrera. Y tú, ¿has perdido la afición? No me dices nada. Verdad es que no estarás de humor para pensar en esto. Yo tampoco hago nada desde hace más de tres meses, ni están las circunstancias para hablar de estas cosas. Sueño pensando en que nos vamos a ver al fin. Que fuera para vivir siempre juntas es lo que desea tu prima, que te quiere muchísimo y te envía mil besos.

CANDELARIA.»

«Mi queridísima prima:

Ya ves lo egoistonas que son Paca y Candelita, que no me dejan más que dos renglones. Cuanto te dicen ellas te lo repito yo, y además te envío un millón de abrazos y caricias, y te beso en los ojos, que nos tienen a todas chifladas. Adiós.

VALENTINA.»

No se puede saber a punto fijo las veces que la carta y la esquelita fueron leídas y releídas, sin comprender si era malo o bueno lo que anunciaban. Martina estaba entusiasmada con la idea de reunirse todas en Madrid; doña Justa no las tenía todas consigo, aunque se le quitaba un peso de encima con la llegada de su hermana, la cual, como más lista y resuelta, sería la directora del cotarro, y pensaría, buscaría y resolvería por todas, y más y mejor que todas juntas. Don Narciso, enterado del caso, creía un solemne* disparate la reunión de seis mujeres solas en Madrid sin otro recurso que la imaginación.

—Tal vez —decía a doña Justa— su hermana de usted traiga algunos fondos para vivir los primeros meses, y entonces menos mal; pero, aun así y todo, mejor sería establecerse en una ciudad pequeña; porque aquí, en Madrid, el dinero se va sin sentir, y antes que ustedes conozcan el terreno y decidan lo que van a hacer, el dinero se les habrá volado y se encontrarán en un callejón sin salida. De todos modos, nosotros deseamos conocer a su hermana y sobrinas, y puesto que han de venir, las esperaremos, y el mismo día que lleguen por la mañana, nos vamos por la noche, y ustedes quedan dueñas de la casa. Y si no pueden seguir aquí, en Barcelona estoy; no tiene más que ir allá y disponer de mí en lo poco que yo valgo.

Dos días después de la carta, muy temprano, cuando todos dormían aún, excepto doña Catalina, que se había levantado para ir a la compra, entraron por las puertas de la casa las cuatro viajeras sin mover ruido, porque, al saber que doña Justa y su hija dormían, quisieron sorprenderlas en la cama. Traían consigo solo el equipaje de mano: dos maletas y dos sombrereras, una cestita con pan y algunos fiambres, y un gran cestón de tapaderas muy cosido, que doña Candelaria se apresuró a abrir cortando las puntadas de hilo bramante con un cortaplumas para dar suelta a cinco gatos que allí encerrados venían, y que comenzaron a arquear el lomo y estirar patas y rabo con desperezos y maullidos, más de hambre que de entumecimiento.

—Cinco huéspedes más —dijo doña Candelaria, viendo el gesto de extrañeza de doña Catalina—. Ya ve usted, no hemos tenido corazón para abandonarlos. Todos han nacido en casa, y mi Valentina los quiere mucho. Pero vamos adentro... ¿Por dónde? ¿Hace usted el favor, doña Catalina?

---

* solemnísimo / solemne

—Por aquí... Pasen, pasen... Esa puerta de enfrente es la de la alcoba...

Al decir esto, aparecía doña Justa en camisa, gritando, riendo y llorando, todo a un tiempo; y mientras se abrazaba a su hermana, sus sobrinas se metían en el dormitorio y despertaban a abrazos y a besos a Martina, que sentada en la cama, con los ojos atontados, chillaba de gusto y sorpresa. Entraron las mamás en la alcoba, y mientras los gatos hacían coro a la puerta, arañando para entrar también con sus amas, y doña Catalina iba a despertar a su marido, doña Justa y su hija se echaban una bata, se recogían el cabello con cuatro horquillas y se calzaban apresuradamente para poder atender con todos sus cinco sentidos al diluvio de preguntas que se les hacían y hacer otras tantas por su parte. Salieron todos a la sala, y las viajeras se aligeraron un poco de ropa, como quien se encuentra ya en su casa.

—¡Válgame Dios! —dijo doña Justa—. Después de tanto tiempo, sigues con la manía de los gatos, como cuando tenías la coja y la morisca, que dormían contigo en la cama.

—Ahora no soy yo —contestó doña Candelaria—, es esta Valentina, que por parecerme más, me ha salido hasta en eso. Y *. ¿qué me dices de mis niñas? Yo a ** Martina la encuentro guapa de verdad. Es pintiparada a su padre; pero con más expresión en los ojos y la nariz un poquito acaballada, como todos los Montes. Y luego ese pelo tan negro, más negro que el azabache. Vaya, que puedes estar orgullosa [3]. No os ofendáis, feas mías —agregó dirigiéndose a sus hijas—; pero Martina es más guapa que vosotras. A mí el amor de madre no me ciega.

—Pues las tuyas —dijo doña Justa— no tienen nada que envidiar a nadie, no digas. Lo que me extraña... Vamos, que yo no creía que tú tuvieras hijas tan rubias. En particular Cande-

---

* Pero, ¿qué me dices / Y, ¿qué me dices
** tu Martina / ____ Martina
[3] La belleza de Martina podría muy bien reflejar la de Amelia Roldán, mujer de una hermosura deslumbrante. Es curioso observar que, excepto en el último trabajo, cuando se describe a Martina como «un tipo corriente» y «casi vulgar», se caracteriza como una mujer guapa con ojos expresivos, tez clara y cabello negro. Tal discrepancia puede atestiguar un cambio de actitud que experimentó Ganivet en el tiempo entre los primeros cinco trabajos y el sexto (véase Nicolás María López, *Viajes románticos*, pág. 81).

lita, parece una espiga de oro. Verdad es que Fermín era rubio y blanco como pocos hombres he visto yo... Pero encuentro que la que más se parece a ti es Paca. Valentina tiene más de mamá; fíjate en la frente, y sobre todo en el entrecejo; es materialmente un haba partida.

El diálogo encomiástico de las mamás y el coloquio pueril que en voz más baja sostenían las primitas fueron interrumpidos por don Narciso y su mujer, con cuya llegada la conversación cambió de tono, porque don Narciso, después de los saludos, deseó aprovechar el escaso tiempo que le quedaba que estar en Madrid para aconsejar a aquella familia, que bien lo había menester. Doña Candelaria todo lo hallaba llano y fácil, y no porque contara con nada seguro, pues con sorpresa supieron todos que el arreglo convenido por don Gualberto con la hermana de Fermín consistía en que esta diera doce duros mensuales por trimestres anticipados, y parte de los primeros treinta y seis duros se había ido en el viaje. De suerte que hasta marzo sólo quedaba el resto y unos cuantos duros que tenía doña Justa, con todo lo cual no había ni para acabar el mes. Sin embargo, decía doña Candelaria que con aquella insignificante pensión no se podía vivir en ninguna parte, y que por tener que buscarse la vida, convenía un centro, cuanto más grande mejor, donde hubiera mundo y donde cada cual pudiera hacer lo que le diese la gana, sin críticas ni murmuraciones de nadie. En fin, a lo hecho, pecho. La necesidad es la mejor consejera, y lo que seis mujeres no discurrieran, no sería capaz de discurrirlo ni el mismo diablo en persona. La vanidad de doña Candelaria fingía verlo todo de color de rosa, aunque, a decir verdad, la procesión iba por dentro.

Dedicaron aquel día al cambio de muebles. Los que se iban embalaron unos pocos suyos y devolvieron los más, que eran alquilados, dejando sólo algunos chismes de cocina, que no valían la molestia de transportarlos, y las que se quedaban distribuyeron provisionalmente los muebles traídos de la estación, que eran, según nota escrita de puño y letra de doña Candelaria: una cama grande y tres pequeñas de hierro, cada una con un jergón, dos colchones de lana, un juego de almohadas y dos cobertores; un estrado completo en bastante buen uso, con dobles fundas blancas y de lona gruesa; doce cuadros, pintados por Colomba; una docena de sillas de paja, dos de cuero y un sillón de vaqueta; una cómoda; dos armarios; dos clavijeros de hierro y dos de madera; una mesa de sala, con su espejo, y dos más, una de comedor y otra pequeña de pino; un tocador con espejo y dos espejos más, sueltos; un cajón con varios santos de talla, dos de ellos, San José y la Virgen del Socorro, con sus correspondientes fanales; una caja con una guitarra y una bandurria; un cajón grande con varios efectos de cocina. Todos los demás objetos venían en tres grandes baúles llenos principalmente de ropa blanca de cama y vestir y de rollos de tela, antiguos vestidos que doña Candelaria había deshecho para teñirlos y arreglarlos para el luto, a fin de no comprar más que lo preciso, que era lo que traían puesto.

No es posible describir la colocación que los muebles enumerados tenían en el piso de la calle de Villanueva, porque fueron tantos los cambios que sufrieron, que no pasaba día sin que aquellas seis mujeres, solas y sin ocupación por el momento, no se entretuvieran ideando una nueva distribución de la casa y del moblaje. Ni la cocina, cuyo uso forzoso estaba indicado por las hornillas, carboneras, vasares, fregadero y caño de agua sucia, se vio libre de la acción revolucionaria de aquellas amazonas, que la convirtieron en comedor para que la hornilla y vasares hicieran las veces de repostero. Para guisar lo poco caliente que guisaban servía un anafe que doña Cadelaria había traído, y que economizaba mucho carbón y trabajo de limpieza. Lo que sí se puede asegurar es que en ninguna de las trasformaciones podía compararse aquella casa con la de Murcia, puesto que doña Candelaria había malvendido allí todos los muebles que no eran indispensables o que no eran un recuerdo de familia, sin excluir el piano, el ojo derecho de Candelita. Asimismo hubo varios arreglos para dormir las seis en las cuatro camas, por no seguir pagando el alquiler de la que tenían doña Justa y Martina. Primero dormían solas doña Candelaria y doña Justa, y las niñas dos con dos: Martina con Candelita y Paca con Valentina[4]. Después, como la cama de doña Candelaria era muy grande, Valentina, que todavía era una niña, pues apenas había cum-

---

[4] Ganivet se defiende contra la crítica que hace Nicolás María López de los detalles inútiles en *Los trabajos:* «El cambio de camas, por ejemplo, marca el afecto entre Martina y Candelita, que son después rivales.» Revela, a continuación: «Hay detalles inútiles, cuya utilidad aparece mucho después, en el conjunto de los XII trabajos, que han sido pensados y compuestos de un golpe, aunque no haya escrito aún más que VI.» Es triste que sólo podamos especular sobre el valor que adquirirían muchos de los detalles de la novela si la segunda mitad hubiera sido terminada (véase *Cofradía,* la carta fechada el 5 de agosto de 1898).

plido quince años, se fue con su mamá, y Candelaria con Paca; pero como esta estaba enfermucha y Candelita había simpatizado en extremo con su prima, volvieron a dormir juntas y dejaron a Paca sola.

No era el dormir ciertamente lo que más preocupaba a aquellas abejas inactivas, sino el hallar medios de vivir. Lo poquísimo que tenían se acabó en los días de Pascua, y hubo que ir a una casa de préstamos a empeñar un reloj, y después otro, hasta que todas las niñas se quedaron iguales, y no se volvió a saber la hora que era a punto fijo.

—Cuando pasen estos días —decía doña Candelaria— hay que empezar a moverse.

Y, en efecto, no se descuidó, pues apenas supo andar por Madrid, salía sola o con su hermana muy temprano, y volvía a salir después de almorzar para enterarse dónde podían darle alguna labor. Martina sabía adornar sombreros, más que por gusto natural que porque hubiera aprendido; Candelita podía dar lecciones de piano a niños pequeños que comenzaran el solfeo, y todas bordar, coser en blanco y cuanto fueran labores propias de señoras distinguidas, aunque venidas a menos. Halló algunas promesas de trabajo para más adelante, y en una corbatería le dieron avíos y modelo para hacer dos docenas de corbatas por vía de prueba; pero esto no resolvió nada, porque pagaban a seis reales la docena y no era seguro que hubiera una tarea todas las semanas. En otra tienda no le dieron trabajo, pero le dieron las señas de una modista a la moda que tenía necesidad de una joven elegante y de buena figura para la prueba de vestidos y confecciones. Martina fue elegida por su mamá y tía de acuerdo, y presentada a la modista, que la admitió gustosa, quedando en fijar el sueldo después de algunos días de ensayo. Pero a las pobres mujeres no les dio buena espina la casa, y menos cuando en la corbatería, donde hablaron del asunto, les dijeron que la modista no era persona de confianza para entregarle una joven sin experiencia, pues en su casa, con el pretexto de las modas, celebraban entrevistas secretas señoras y caballeros de la buena sociedad, según decían malas lenguas, que cuando lo decían lo dirían por algo.

En estas y otras tentativas pasaba el mes de enero, y entre la casa, la comida y los gastillos menudos se llevaban poco a poco las alhajas, que, como menos precisas, eran las primeras que iban al empeño. Por donde se comprenderá la recta intención de aquellas mujeres, puesto que otras en su lugar quizá hubieran empeñado las sábanas antes que las sortijas y pendientes para no privarse de estos adornos, útiles cuando se aspira a servirse de la belleza para atraer algún enamorado generoso que haga el gasto. Doña Candelaria no pensó jamás en semejante bajeza, y aunque algún día habló de ceder a un caballero una habitación con asistencia o sin ella, según los usos de Madrid, pensó desde luego en un caballero decente, y, a ser posible, respetable por su edad. En cuanto a doña Justa, solía terminar algunas disputas que se promovían por la escasez de dinero, con una frase, que en sus labios era sacramental*:

—Aquí hacen falta unos pantalones.

Porque la buena señora no tenía carácter ni voluntad propia, y no comprendía que una casa pudiera marchar bien sin un hombre que ejerciera la autoridad, aunque fuese del modo absurdo y despótico que la ejercía su difunto marido. Y el mal éxito de las gestiones de su hermana la confirmaba más de día en día en su parecer. Aunque parezca extraño, a pesar de que las muchachas salían todas las tardes con sus mamás, no se les había presentado ningún pretendiente, que al menos les diese compañía y rompiera la vida monótona que llevaban, ya que no fuese un hombre honrado y formal de quien pudiera esperarse algo para el porvenir. Los jóvenes honrados y formales que había en la corte, si había entonces alguno, huyeron del número excesivo de mujeres o de la miseria que se les transparentaba, y los vividores y libertinos quizá no se atrevieron, temerosos de que al lado de aquellas mujeres vestidas de luto la diversión se les convirtiese en lluvia de lágrimas. Por todas estas razones se explica que doña Candelaria tuviera el arranque repentino que tuvo el día 1.º de febrero de ir a la Zarzuela y hablar con el director de la compañía que allí actuaba y suplicarle que diera a Candelita un puesto en el coro, y, si era posible, que le confiara papeles pequeños para empezar, pues la joven tenía condiciones para salir airosa en cuanto venciera la timidez de los primeros días. El director probó la voz a la muchacha, con amabilidad rara en las costumbres teatrales, y dijo que no tenía inconveniente en colocarla en el coro; pero, interesado por la joven, cuya educación y distinguida compostura saltaban a la vista, aconsejó a la mamá que desistiera de su propósito, pues era lástima que anduviera rodando entre

---

* casi sacramental / _____ sacramental

gente de vida poco ejemplar, salvo contadas excepciones, una joven que podía ser una artista de mérito con poco que estudiara y supiera presentarse al público como era debido. Doña Candelaria agradeció el consejo con lágrimas en los ojos, y salió del teatro llena de orgullo maternal por tener aquel portento de hija y entristecida porque también aquella puerta se le cerraba. Entonces miró distraídamente el cartel de anuncios, y vio que después de la función de zarzuela había anunciado baile de máscaras, y se le ocurrió pensar:

—¡Si viniéramos esta noche al baile!...

A decir verdad, doña Candelaria no pensó seriamente en aventajar nada yendo al baile; pero tenía odio a la inmovilidad y al recogimiento, y decía siempre que al que no grita Dios no le oye. Estarse en casa quietas y resignadas, era tanto como echarse al surco y declararse vencidas a los primeros disparos. La sociedad puede ser útil cuando se vive realmente en ella, no encerrándose entre cuatro paredes, y a falta de relaciones, no les quedaba más remedio de entrar en campaña que acudir adonde hubiera mucha gente y confiar en la casualidad el cuidado de proporcionarles algún buen encuentro. Todo esto se lo calló doña Candelaria, y el pretexto que dio para justificar su idea de ir al baile fue la necesidad de distraer un poco a las niñas. A doña Justa le parecía que en un baile así nada se podía ganar, porque las mujeres que a él irían serían lo peor de cada casa. Pero las niñas, que deseaban ver un baile de máscaras, contestaron que nada se podía perder tampoco puesto que nadie las conocería. En cuanto al gasto, perdido por ciento, perdido por mil y quinientos; y además, ellas mismas se harían los trajes, como, en efecto, se los hicieron en un dos por tres con la tela de los vestidos deshechos que doña Candelaria había traído. Esta ideó el modelo de disfraz, igual para todas, con el que ellas candorosamente se figuraban representar una bandada de golondrinas.

—Vamos a parecer empleados de alguna funeraria —dijo la directora de la banda—; habrá que poner algunos adornos de color.

Y los pusieron sin grandes calentamientos de cabeza, cosiendo unos moñajos hechos con tiras de percalina roja.

—Ahora faltan las caretas —dijo doña Justa—; las tendremos que comprar.

—De ningún modo —contestó su hermana—. Tengo yo un retazo de crespón, que por lo tieso parece trafalgar, y que nos viene de perilla.

Sacó la tela y cortó un pedazo en forma de corazón; abrió los agujeros de los ojos, nariz y boca, tomando bien las medidas, y enfiló todos los cortes para que no se deshilacharan; luego punteó los ojos a punto de ojal, con seda roja, y, por último, adornó los bordes con cruzadillo rojo también, y puso los indispensables cordones; con lo cual quedó el antifaz perfecto y hasta gracioso. Con arreglo a él cada mujer hizo el suyo, y no serían las diez de la noche cuando todas estaban ya dispuestas para echarse a la calle, aunque todavía no habían comido.

Fueron al baile con ánimo de divertirse cuanto pudieran, excepto Martina, a quien a última hora le entró el pavo, como decía su mamá, disgustada por tener que estar al lado de la niña, que ni quería bailar ni que la dejasen sola. La llegada oportuna de Pío Cid rompió el hielo, y entonces doña Justa también salió a bailar con el primero que la invitó, sin que, soliviantadas como estaban ella y su hermana y sobrinas, notasen, hasta muy avanzada la hora, que Martina había desaparecido.

—Estará por ahí —decían cuando se encontraban en el sitio convenido de antemano; y volvían a desparramarse por la sala, hasta que doña Justa entró en cuidado y comenzó a mirar por todas partes y a recorrerlo todo, y se convenció de que su hija no estaba en el teatro. Se reunieron todas, alarmadas; volvieron a mirar por abajo y por arriba, y no encontrándola, recogieron los abrigos y fueron a echar una ojeada por los cafés próximos. Luego se encaminaron a la calle de Villanueva, y volvieron de nuevo al teatro y, preguntando, dieron con la Casa de Socorro del distrito, donde les dijeron que aquella noche no había ocurrido ninguna desgracia. Martina no aparecía, y doña Justa comenzó a temer que su hija hubiera sido engañada por quien la sacó a pasear, que, según todas las trazas, debía ser un pillo redomado. Y la pobre madre explicaba las señas particulares del raptor con tan negros colores, que de sus labios salía Pío Cid digno de que se lo llevasen a la horca.

—Pero tiíta Justa —preguntaba Candelita, que era la más afligida por la desaparición de su prima y compañera de cama—, ¿que facha tenía ese hombre que la sacó a bailar?

—Yo no me fijé bien —contestaba doña Justa—. Recuerdo que me pareció al primer golpe de vista un militar vestido de paisano.

—¿Qué traje llevaba?

—Un traje todo negro, creo que de americana.

—¿Y el sombrero?

—Un sombrero hongo, de hechura algo rara. Ya te digo que no me fijé mucho, porque ¿quién había de pensar?... Lo que sí recuerdo bien es que la cara de aquel sujeto no me fue simpática.

—¿Qué le encontraba usted, tiíta?

—No es que le encontrara nada, sino que no me fue simpático... Yo no sé cómo vosotras no le habéis visto... Era uno de barba negra muy larga, con melenas como los artistas; pero ya os digo que parecía un militar, porque no le caía bien el traje de paisano...

—¿Y era hombre de edad?

—No era viejo, pero tampoco joven.

—Pero ¿por qué no le fue simpático? —insistía Candelita, que no comprendía que se pueda tener sin motivo antipatía por una persona.

—No fue por nada —contestó doña Justa—. Déjame en paz, que no estoy para que me pregunten ni sé lo que me digo. A mí no me gustó aquel hombre, y no me extrañaría que fuera un criminal porque los ojos no eran de* otra cosa.

—No me cabe duda —dijo, oyendo la descripción, doña Candelaria—; Martina ha sido engañada, y ya no nos queda más recurso que esperar en casa a que sea bien de día a ver si parece, y si no parece daremos parte a la autoridad.

Se fueron a casa llenas de tristeza e inquietud y se quitaron los disfraces en silencio; doña Justa lloraba, y su hermana se acusaba de haber sido la causante de aquella terrible desventura.

Mientras tanto, Pío Cid ponía por obra su plan. Antes que el día clareara por completo abrió el balcón de su cuarto, se asomó y llamó al sereno, que aún estaba en la esquina, para que abriera la puerta. Martina se había quitado el disfraz y se había puesto encima de su vestido, que era algo ligero, una chambra de lana, y en la cabeza una rica mantilla, prendas ambas que Pío Cid conservaba en el fondo del baúl y que habían sido de doña Concha. El disfraz y todo lo que en el cuarto había de la pertenencia de Pío Cid fue encerrado en el baúl y en una maleta de mano, que quedaron en medio de la habitación. Salieron sigilosamente los fugitivos, y Pío Cid dio

_____

* falta: desde «—Pero tiíta» hasta «otra cosa»

al sereno una peseta, diciendo a Martina cuando estuvieron en la calle:

—Desde que estoy en Madrid, esta es la primera noche que me ha servido el sereno.

—Ojalá sea la última —dijo Martina, recelosa—. Pero ¿cómo me dijiste antes que no podíamos salir porque no tenías llave, y ahora has encontrado medio de que salgamos? Esto me parece una tunantada.

—Es que al entrar yo no pensaba en la salida, y no se me ocurriría lo que después, cuando deseaba salir, se me ha ocurrido. Quiero decirte que no hay mala intención, sino que, según es el deseo, así se esfuerza la atención y se halla el medio de cumplirlo.

Martina no contestó y siguió andando, sin darse cuenta de por dónde iba, aunque iba hacia su casa. No pensaba tampoco; de cuando en cuando* miraba a Pío Cid de arriba abajo, como si jamás le hubiese visto, como si se sorprendiera de hallarse al lado de aquel hombre, y sentía miedo y vergüenza de haberse rendido como un juguete a su voluntad. Pío Cid la miraba también, pero con calma, y sin hablárle, iba junto a ella en la misma disposición de espíritu que el soldado que después de una acción en la que ha salido bien librado emprende de nuevo la marcha en busca del enemigo. Así llegaron a la puerta de la calle** de Villanueva cuando aún estaba cerrada, pues Pío Cid quería evitar que la portera y el vecindario tuvieran noticia de la aventura de Martina. Dio un aldabonazo, y a poco se asomaron a un balcón del cuarto piso varias mujeres; y un minuto después doña Candelaria abría la puerta, mientras bajaba detrás doña Justa. Martina estaba en el quicio de la puerta como oveja que presiente el degüello, y su actitud contrita y lastimosa decía, sin palabras, que la pobre criatura había cometido el mayor desaguisado que puede cometer una doncella. Su madre y su tía la miraban con estupor, pues con la chambra y la mantilla les parecía una persona extraña o que hubiera estado ausente cuatro años en vez de cuatro horas. Pío Cid se adelantó, y con voz reposada dijo:

—Vamos arriba pronto, y podremos hablar sin darle un cuarto al pregonero.

Y apartándose para que Martina pasara, entró tras ella, y todos subieron la inacabable escalera, y se hallaron a poco en la

_____

* de vez en cuando / de cuando en cuando
** casa de la calle / ⸺ calle

sala principal, mientras las hijas de doña Candelaria, que estaban esperando, se retiraban confusas a otra habitación a una seña de su mamá. Martina se fue a sentar en el hueco del balcón, cuyas maderas entornadas dejaban pasar la claridad fría del amanecer; la mamá y la tía se sentaron en el sofá, cada una en un extremo, y Pío Cid, sin que le invitaran, se sentó frente a Martina, en una butaca, de espaldas a la puerta, y sin preámbulos tomó la palabra y dijo:

—Les pido a ustedes mil perdones por el mal rato que habrán pasado, yo soy el único culpable de lo ocurrido; pero mi culpa es muy leve, porque, como ven, me he apresurado a venir para sacarlas de la inquietud y para que todo quede en familia. Si ustedes no han cometido ninguna torpeza, nadie tendrá noticia de esta escapatoria, pues ni aquí ni en mi casa nos ha visto nadie...

—Martina —interrumpió doña Justa—, ¿tú has estado en casa de este... hombre? ¿Quién es? ¿Cómo se llama? Vamos, responde.

Martina miró con ojos espantados, mientras Pío Cid sonreía levemente, porque al oír el nombre de Martina cayó en la cuenta de que ni él le había preguntado a ella su nombre ni ella a él. Doña Candelaria hizo un movimiento brusco, como si fuera a arrojarse sobre Pío Cid; doña Justa seguía preguntando con los ojos fijos en su hija, y esta se tapó la cara con las manos y se echó a llorar.

—Esto que ocurre —prosiguió Pío Cid— les demostrará a ustedes que Martina no tiene culpa; yo he sido el que la he engañado, y tan aturdidos estábamos ella y yo, que no nos hemos preguntado nuestros nombres. Ella no sabe siquiera que yo me llamo Pío, y yo no sabía que ella se llamaba Martina, hasta ahora que lo oigo por primera vez[5].

—Pero usted le ha dado algo a mi sobrina —gritó doña Candelaria—; usted es un criminal.

—No se irrite usted, señora, y tenga la bondad de escucharme —continuó Pío Cid en el mismo tono que había empeza-

---

[5] Ganivet explota las relaciones inestables entre los nombres y las personas nombradas por toda la novela, puesto que enseña cómo el amor ideal nace independientemente de las etiquetas, cómo el narrador y el héroe idealizan y satirizan a los personajes mediante nombres simbólicos (señalando la discrepancia entre el ser íntimo y la identidad social) y cómo los personajes Pío Cid y Martina poseen nombres fieles a su ser esencial.

do—. Si ha habido arrebato de parte de Martina en seguirme sin conocerme, también lo habrá de parte mía en resolver, como he resuelto, unir mi suerte a la de ustedes sin saber tampoco quiénes son ni cómo se llaman.

—Eso es fácil de saber —interrumpió doña Candelaria, que no podía tolerar que se dudase de ella—; preguntando en La Habana por los Gomaras, y en Murcia, donde yo he vivido hasta hace poco, por los Colombas, y en Sevilla, donde vivieron muchos años mis padres, por los Montes..., sabrá usted que somos por los cuatro costados una familia dignísima, que no es merecedora, si hubiera justicia en la tierra, de verse en la situación que nos vemos.

—Yo no he dudado de ustedes —siguió Pío Cid—; ustedes son las que dudan de mí, considerándome como un criminal; y yo no me ofendo ni recurro a la opinión pública, porque me basta la mía. Al contrario, sin conocerlas a ustedes me he figurado que eran buenísimas; y por figurármelo así, y porque me parecía imposible que fuera de otro modo, después que he hablado con Martina y he apreciado su gran mérito, determiné, sin pensarlo, venirme a vivir con ustedes, si ustedes no se oponían. Yo no tengo familia, vivo solo y he podido tomar casa para los dos, puesto que Martina me quiere; pero me parecía más noble presentarme y pedirles perdón por el abuso que, sin poderlo remediar, he cometido, y exponerles la idea, que tengo por muy sensata, de vivir todos juntos.

—¿Y usted cree que no hay más que engañar a una joven y quitársela a su familia como si no hubiera leyes ni tribunales, como si estuviéramos en el centro de África? —replicó doña Candelaria con energía.

—Yo no creo nada de eso —contestó Pío Cid.

—Entonces, ¿creerá usted que puede abusar de nosotras porque somos mujeres solas? —dijo doña Candelaria—. ¿Quizás porque sepa ya por esta niña loca que su madre es una mujer sin carácter? Pues está muy equivocado, que yo estoy aquí para dar la cara, y verá usted quién soy yo.

—Martina no me ha dicho nada de ustedes —contestó Pío Cid—, ni yo trato de abusar de nadie.

—Entonces, ¿se figura usted —insistió doña Candelaria con la entonación de un juez que formula un interrogatorio— que porque estamos en situación apurada nos vamos a doblegar, como quien dice, a vendernos por dinero?

—Yo soy pobre —contestó el reo—, y lo que les he ofrecido es compartir mi pobreza.

Doña Candelaria desarrugó el entrecejo y tomó un aire más humano. Lo que más le llegaba al alma era la insolencia de aquel caballero desconocido, que se expresaba como quien posee la varita mágica, que cierra todas las bocas y abre todas las puertas, el dinero dominador y triunfador. Ante tan humilde confesión de pobreza, doña Candelaria pensó que quizá aquel sujeto venía con buenas intenciones, y que, por lo pronto, se podía hablar pacíficamente con él, de igual a igual. Cambió, pues, el tono y asunto del interrogatorio, y le preguntó mirándole fijamente:

—¿Usted pensará casarse con mi sobrina?

—Yo la considero ya como mi mujer —contestó Pío Cid—. Le extrañará a usted mi respuesta, pero yo no soy amigo de dilaciones ni de ceremonias, y en las cuestiones mías mi voluntad y mi palabra bastan.

—Pero esta no es cuestión de usted solo —replicó doña Candelaria—; es también de mi sobrina, y nuestra, y de la sociedad, que cuando tiene establecida la manera de hacer las cosas no será por puro capricho.

—Deje usted fuera la sociedad —dijo Pío Cid—; yo no le doy ninguna importancia, y tengo la costumbre de arreglar mi vida no como la sociedad lo dispone, sino como yo quiero.

—Pero usted no es nadie para mandar en los demás —replicó vivamente doña Candelaria—; y hay que ver si los demás quieren lo mismo que usted.

—Si no quieren —contestó Pío Cid—, yo les dejo en paz y continúo viviendo solo, como hasta aquí he vivido, mejor o peor, por no someterme a las exigencias del público. No creo valer más que los otros, pero tampoco quiero valer menos.

Doña Candelaria quiso decir varias cosas a la vez, pero no dijo ninguna; se volvió hacia su hermana y habló con ella en voz baja. Pero Pío Cid, que tenía el oído finísimo, oyó algo, porque añadió encarándose con doña Candelaria.

—No me compare usted con Colomba; aunque yo esté algo tocado, como usted cree, no soy capaz de hacer lo que él hizo cuando se casó, que estuvo algunas semanas sin hacer caso de su mujer.

Doña Candelaria se puso roja como el fuego, y después amarilla como la cera, y luego verde y azul y de todos los colores del arco iris. ¿Cómo este hombre, que ella veía por primera vez, estaba enterado de un secreto que ella había ocultado hasta a sus padres y que había sido el tormento de su vida? Y ¿quién sabe si no sólo estaría enterado, sino que conocería la causa de aquella inexplicable conducta de su esposo, que ella jamás pudo a ciencia cierta conocer? No ya a su sobrina, sino a sus tres hijas las hubiera sacrificado por conservar cerca de sí a una persona que comenzaba a tomar un aspecto tan interesante y misterioso.

Para que no se crea que Pío Cid andaba en tratos ocultos con los espíritus infernales, conviene explicar cómo se había enterado de tan grave secreto de familia. Discutíase en la casa de huéspedes, después de almorzar, si el amor era uno en el hombre y en la mujer, o si el hombre podía sentir varios amores simultáneos. Orellana proclamó que el amor, como el matrimonio, era uno e indisoluble; y que los que creían sentir varios amores no sentían ninguno en realidad, y que el fundamento del amor y de la vida humana era la mutua fidelidad entre los que se amaban legítimamente. Pío Cid rechazó esta idea como formalista y convencional, y sostuvo que el amor era indicio de la fuerza creadora del espíritu, y que si hubiera un hombre que tuviese un solo amor en su vida, sería despreciable. En prueba de ello, dijo que en Europa, donde se sigue el régimen de la mujer única, aunque no el del amor único, el hombre ha ido achicándose hasta el punto de que la mujer se le sube ya a las barbas, y no tardará mucho en hacer con él lo que las ranas de la fábula hicieron con el pedazo de madera que les envió Júpiter, cuando ellas lo que necesitaban era un culebrón[6]. Todos los huéspedes tomaron parte en la contienda, y hubo partidarios del amor único y del matrimonio indisoluble, de los amores sucesivos y del divorcio para poder darles forma legal, del doble amor simultáneo, espiritual y carnal, y de otra porción de soluciones. Pepe Rodríguez, que tenía un repertorio inagotable de anécdotas, refirió una en apoyo de la opinión de Pío Cid. esto es. de que se pueda sentir a la vez dos o más amores y revelar por ello más fuerza espiritual. Se trataba de un paisano suyo, llamado Fermín Colomba, amigo de su padre y persona de extraordinario mérito, aunque jamás hizo cosas que le hicieran famoso, porque despreciaba la fama y todo lo que el mundo pudiera darle. Este hombre que decían era poco amigo de las mujeres, sostenía relaciones amorosas con una señora casada, y después de

---

[6] Pío Cid explica esta postura poco simpática a las feministas con una fábula esopiana, «Las ranas pidiendo rey», sin duda en la versión de Fedro.

varios años de secreto amorío, de la noche a la mañana se casó con una joven andaluza, muy bella, hija de un militar que acababa de llegar destinado a Murcia. Y lo notable del caso fue que Colomba, aunque se casó enamoradísimo de su mujer, se mantuvo tan excesivamente respetuoso con ella, que la recién casada, después de un mes o dos de meditaciones y de esperas inútiles, se decidió a consultar con su suegra, con cuyo auxilio logró al fin sacar a su marido de aquel triste retraimiento. Alguna criada debió de estar detrás de las cortinas, porque toda la ciudad supo y comentó la extravagancia de Colomba; y de tal modo extrañaba a aquellas cándidas naturalezas que un hombre de carne y hueso pudiese enfrenar tan rudamente sus pasiones, que se inventaron historias picantes para explicar el suceso, aunque no faltó quien, mejor pensado, aseguró que Colomba era un místico que se había casado por equivocación. Y la verdad, ¿saben ustedes lo que era? —dijo Pepe Rodríguez para terminar—: Que la antigua amante de Colomba, aunque había consentido en el matrimonio, porque al fin y al cabo ella también era casada, hizo jurar a su amante que había de estar no sé cuánto tiempo sin hacer caso de su esposa. Y él lo juró, porque, aunque estaba enamorado de la andaluza, no quería perder a la murciana, de la que estaba enamorado también. Otra criada debió de estar detrás de otras cortinas, y toda la ciudad supo esto, como había sabido lo otro, excepto la joven engañada y el esposo ofendido, que estos no se enterarían de nada, según costumbre. Pero mi padre lo sabía todo muy bien, y hasta hizo algunas reflexiones a Colomba, quien le declaró que todo era verdad; pero que a él le gustaban las dos, y no quería perder a ninguna.

Pío Cid recordaba esta historieta, y se sorprendió no poco cuando, por cabos sueltos, sacó en limpio que la tía de Martina era la mujer del estrafalario murciano; y como desde el principio comprendió que la tía era la fortaleza que allí había que expugnar, la hirió en el lado flaco de todas las mujeres: la curiosidad, aunque con propósito deliberado de no descubrir jamás toda la verdad de lo sucedido, pues el tipo de Colomba le fue simpático, y no querría arrebatarle el afecto que su viuda pudiese conservar aún a su memoria. El tiro dio en el blanco, y desde el punto en que doña Candelaria vio a Pío Cid dueño de un secreto que la mortificaba, aplacó sus ímpetus y se declaró en abierta derrota. No cedió de repente, pero comenzó a hablar como si aceptase el hecho consumado.

—Yo comprendo, sí —dijo—, que, después de todo, la

sociedad no merece que uno se preocupe por ella, pues cuando llegan los días de apuro, todas las bocas que estaban abiertas para murmurar se cierran diciendo: «perdone usted, por Dios». Pero una mujer que no está casada está siempre en el aire. Usted piensa hoy de un modo. ¿Y si mañana piensa de otro?

—Aunque piense de otro modo —contestó Pío Cid—, yo no falto jamás a mi palabra. Mientras yo viva, no les faltará a ustedes para vivir, y mientras Martina voluntariamente no estuviera conforme en separarse de mí, yo no la abandonaré. La mayor parte de los hombres busca en las mujeres el placer o la comodidad, y cuando no los consiguen, casados o sin casar, vuelven las espaldas. Yo no busco nada de eso, y, por tanto, no puedo tener nunca motivo para separarme.

—Entonces, ¿qué es lo que usted busca? —preguntó doña Candelaria.

—Yo mismo no lo sé —contestó Pío Cid—. Algunas veces me dan ideas de hacer algo, y no hago nada, porque soy perezoso o porque no tengo necesidades a que atender. Quizá lo que busque sea un estímulo para trabajar... ¿Quién sabe? Ya les digo que yo mismo no lo sé.

—Otra cosa —dijo doña Candelaria—. Yo tengo tres hijas solteras... ¿Qué ejemplo le parece a usted que es para ellas ver a una prima, que es casi como una hermana, vivir en la situación en que usted quiere colocar a mi sobrina?

—A la semana de estar yo aquí —contestó Pío Cid—, sus hijas de usted me querrán como a un hermano mayor, y si se dejaran guiar por mí, sería para su bien. Usted, no me extraña, tiene ideas ajustadas a la manera usual de vivir, y no comprende el valor de la realidad. Acaso usted lleve la razón en la apariencia, pero la realidad está de parte mía*. Al principio les causará extrañeza lo que, después que se les haga la vista, les parecerá naturalísimo; y entonces, cuando no vean la exterioridad, percibirán las ventajas reales que hay en la vida tal como yo la entiendo. A mí tampoco me gusta ponerme en pugna estúpidamente con la opinión de los demás, y en los detalles me avengo a todo. Ya ven cómo he procurado ser discreto en el modo de entrar en esta casa; si quieren, pueden

---

* Acaso Vd. lleve la razón, pero la realidad está de parte mía. Ocurre ver a una persona de aspecto raro y diferente del de las personas que uno encuentra todos los días. (Primera versión.)

decir que soy un huésped, o que me he casado por poderes y he venido a reunirme con mi mujer. Ustedes tendrán pocas relaciones, y yo no tengo ninguna. Por este lado las complicaciones no serán graves.

—Yo —dijo doña Candelaria, levantándose— he hablado sin ser realmente la llamada a hacerlo. Mi hermana es quien tiene autoridad sobre su hija y quien debe decidir. Me gustan las cosas por el camino recto, y no veo con buenos ojos lo que ha ocurrido, ni me explico, ni me explicaré jamás, lo que ha hecho esta niña atolondrada. El proceder de usted es muy censurable. Sus ideas muy buenas serán; pero viene a defenderlas cuando ya el mal no tiene remedio, sin duda porque sabía muy bien que sin esta circunstancia no le hubiéramos escuchado a usted siquiera. ¿Qué dices tú a todo esto? —concluyó dirigiéndose a su hermana.

—Su hermana de usted —contestó Pío Cid, levantándose también— piensa como usted, y estoy seguro de que ahora me detesta; pero no puede sacrificar a su hija a un orgullo mal entendido. En estas cosas que ocurren sin saber cómo, hay que ver algo superior a nuestra voluntad. Contra la mía, salí yo anoche de mi casa, y no me pesa. Al contrario, me alegro de haber salido —añadió dirigiéndose a Martina—; me alegro porque estoy seguro de que ningún hombre te hubiera comprendido como yo te comprendo, y de que tu vida será al lado mío más feliz y más noble que si te hubieras casado con un príncipe —y diciendo esto abrió una hoja del balcón y miró al cielo, y después puso la mano sobre la cabeza de Martina, que seguía amodorrada, tapándose la cara con las manos—. Tú no tienes culpa ninguna —le dijo—, ni necesitas que te perdonen; pero levántate y abraza a tu madre y a tu tía y demos al olvido lo pasado. Desde hoy va a empezar aquí una nueva vida, y hay que comenzarla siendo generosos, no guardándose ningún rencor ni hablando más de asuntos desagradables. Anda, levántate, y no seas tonta.

Martina se levantó sin descubrirse el rostro, y Pío Cid la llevó casi en peso adonde estaba su madre. Doña Candelaria se acercó también, y las tres juntas se abrazaron sollozando. Pío Cid permanecía de pie junto a ellas, mirándolas como si fueran un grupo artístico, no mujeres de verdad.

Así que pasó un rato se acercó más, cogió por los brazos a Martina y la levantó en el aire, separándola del grupo; así quedaron las tres, mirándose cara a cara, y Pío Cid, para dar alguna salida a la embarazosa situación, dijo a Martina:

—Anda, quítate la mantilla y vete con tus primas, que las pobres desearán verte.

Martina se fue con la cabeza baja, más que por obedecer, porque le daba vergüenza de que su madre la mirara, y él, apenas la vio trasponer la puerta, añadió:

—Hay que pensar lo que hacemos. Yo he dejado en mi cuarto mis cosas ya preparadas para enviar por ellas, porque no pensaba volver por allá. Si ustedes quieren escribiré una carta y la enviaré con un mozo para que las traiga.

—¿Qué dices tú, Justa? —preguntó doña Candelaria.

—¿Qué voy yo a decir, Candelaria, si aún no me he hecho cargo de lo que aquí sucede? —respondió doña Justa, llena de confusión.

—Es singular que haya conocido yo a usted el día de su santo —dijo Pío Cid a la tía de Martina—. Hoy creo que es la Candelaria.

—Somos dos las Candelarias, porque mi hija, la de en medio, se llama como yo —dijo la interrogada—; pero hablando seriamente, ¿le parece a usted natural que un hombre como usted, que se considera ya de la casa y, como quien dice, de la familia, no supiera hasta ahora mismo nuestros nombres?

—¿Qué tiene eso de particular? Yo no le pregunto nunca a nadie cómo se llama, ni necesito saberlo. Cuando veo a una persona, yo mismo la bautizo y le pongo el nombre que se me antoja para entenderme, y este nombre es más expresivo que los que ponen en la pila, que, por regla general, no tienen relación con quien los lleva. Hasta hace poco no sabía el nombre de Martina, y ya ve usted que no hizo falta para interesarme por ella.

—Y ¿qué nombre le puso usted a Martina? —preguntó doña Candelaria.

—«Pájaro de plomo» —respondió Pío Cid, con la misma sencillez con que hubiera dicho Antonia o Manuela.

—¿Pájaro de plomo? —repitió doña Candelaria—. Y, ¿qué nombre es ese?

—Quiere decir —contestó Pío Cid— que Martina parece un pájaro por lo ligera y atolondrada; pero que cuando se la conoce se ve que tiene un gran corazón y que sus sentimientos son macizos* como el plomo. Martina es una de esas mujeres

---

* pesados / macizos

que se ligan a un hombre para toda la vida y que le son fieles hasta después de la muerte. Le advierto a usted que, por casualidad, el nombre propio también la cuadra, porque Martina suena a martillo, martinete, cosa que golpea y machaca con fuerza, como ella lo hará conmigo, ustedes lo verán.

—Vamos a ver: y a mí ¿qué nombre me había usted puesto? —preguntó doña Candelaria, en tono de confianza*—. Dígalo aunque sea malo, porque no me he de ofender.

—A usted le había puesto —contestó Pío Cid— «Fragata encallada». Sus disparos de usted son temibles cuando puede disparar con soltura; pero ahora ha tocado usted fondo y puede uno acercarse impunemente.

Doña Candelaria torció el gesto, como si lamentara reconocer que en verdad estaba embarrancada y sin poder defenderse con el brío que ella quisiera, y luego preguntó con ciertos asomos de risa:

—¿Y a mi hermana?

—A doña Justa —contestó Pío Cid— la he llamado «Trompo».

—Y ¿qué significa eso? —preguntó doña Candelaria.

—Eso significa —contestó el infatigable inventor de motes— que es una mujer muy activa y ágil, pero que es necesario que otro la baile; es decir, que otro le dé el impulso, porque ella carece de iniciativa.

—Eso es verdad; no te ofendas, Justa, es la purísima verdad —dijo la hermana—; pero a ver qué dice usted de mis niñas... Niñas, venid aquí —gritó, acercándose a la puerta. Y cuando las niñas llegaron, añadió—: Os voy a presentar a don Pío... Mi Paca, mi Candelaria y mi Valentina.

Las jóvenes habían entrado con timidez seguidas de Martina, que ya les había explicado del modo más favorable la fuga nocturna y los planes del que había de ser su esposo. Pío Cid se adelantó, diciendo:

—Tiene usted tres lindísimos pimpollos...; pero ésta tiene los ojos malos. A ver, qué es lo que tiene —agregó, cogiendo a Paca de la mano y llevándola cerca del balcón para examinarla bien a la luz—. Esta criatura ha tenido cegueras cuando niña, ¿no es verdad?

—Sí, señor —contestó su madre—. Hace tiempo que estamos pensando ponerla cura...

---

* llena de interés / en tono de confianza

—Pues en estos padecimientos no conviene pensar mucho; casi todas las enfermedades creo yo que se pueden curar dejando que la naturaleza obre; pero en las de los ojos no se deben dar largas. Va usted a ver cómo la curo yo en pocos días.

—¿Es usted médico? —preguntó doña Candelaria.

—No, señora; sé algo de afición... Nada, yo me encargo de Paca. Hoy mismo compraré los ingredientes y haré un colirio que en unos cuantos días la curará por completo.

—¡No me lo diga usted! —exclamó contentísima la madre—. Pero esa medicina ¿no será peligrosa?

—Esté usted tranquila, que no hay peligro; yo respondo con mi cabeza de que Paca se cura —aseguró Pío Cid para inspirar mayor confianza y para que la fe ayudara algo al medicamento.

—Pero, a todo esto, no se olvide usted —dijo doña Candelaria— de escribir esa carta de que antes habló. Yo voy a salir a la compra y puedo buscar el mozo que ha de llevarla.

—Tengo además otra idea —dijo Pío Cid—. Puesto que hay en casa dos Candelarias, hay que celebrar el día de hoy. Ustedes compran lo que les parezca. Tomen ustedes —agregó, sacando una cartera y tomando unos billetes—, esta es mi paga del mes, tal como la cobré ayer, que fue día primero; procuren estirarla todo lo que puedan, y cuando se acabe veremos—. La idea del convite le pareció a Pío Cid excelente para romper la situación violenta en que todas estarían hasta que pudiesen tratarle con confianza, y se alegró de que la Candelaria viniese a punto, para que no pareciese que festejaban el comienzo de la nueva vida, en la que aquellas honestas amazonas entraban a regañadientes. De tal modo era Pío Cid respetuoso con los sentimientos ajenos, y se ingeniaba para evitar los encontronazos que pudieran darse sus ideas con las de aquella pobre familia.

Mientras doña Justa y doña Candelaria se arreglaban un poco para ir a la calle, Pío Cid pidió avíos para escribir, que Paca le trajo con gran diligencia, y escribió a vuela pluma la siguiente carta para doña Paulita:

«Mi estimada amiga:

Tenga usted la bondad de entregar al portador de la presente el baúl y la maleta que hay en medio de mi cuarto, y disponga de éste desde hoy, pues yo estoy instalado ya en mi nueva casa, que le ofrezco, aunque le agradeceré que no venga a verme hasta que no vaya a despedirme personalmente. La razón de esto, que a usted le parecerá extraño, no es otra que mi repugnancia a dar explicaciones, y el disgusto que me causa dejar su casa y su amable y amistoso trato, sin motivo por parte de usted. Más sabe el loco en su casa que el cuerdo en la ajena, y algún día encontrará usted justificado mi proceder, que hoy le parecerá inexplicable. Bástele saber que la casa en que estoy atraviesa una crisis en nada inferior a la de usted cuando yo entré en ella; porque ustedes eran dos bocas y siquiera tenían un huésped, mientras que aquí las bocas son seis y no hay ningún Orellana. Usted logró salir a flote, y en breve tendrá a su lado a su marido y a los dos hijos que le faltan; que siga la buena hora, y si alguna vez el carro se tuerce, acuda antes que nadie a su buen amigo y paisano,

Pío Cid.

De esos dos duros haga el favor de entregar uno a Purilla para que se compre el pañuelo que le ofrecí; usted tome catorce reales por el día de ayer, y el pico para caramelos para Paquilla.

Cuando vaya la lavandera con la ropa, déle las señas de mi nueva casa, que pongo al final.

Despídame de los huéspedes, en particular de Benito y los Doctores.»

Dobló el papel, y lo metió en un sobre, juntamente con dos duros en dos monedas, y puso en el sobre: «A doña Paula Sánchez de Piedrahita, de su a. y p., P. C.», y debajo las señas, entregando la misiva a las señoras que la aguardaban.

Apenas se marcharon las mamás, Pío Cid se puso a pasear por la sala y a mirarlo todo con atención. Los cuadros de Colomba le gustaron, aunque veía en ellos cierta vulgaridad que deslucía los toques fuertes y personales que revelaban que el que los pintó era un verdadero artista. Después de mirar los cuadros miró a Candelita y le pareció ver en su figura algún parentesco con el estilo de los cuadros. Candelita notó que la miraba y le preguntó:

—¿Le gustan a usted los cuadros de papá?

—Me gustan —respondió Pío Cid—, y el ser hijas de tal padre las obliga a trabajar y a aspirar a algo grande. ¿Hay alguna pintora?

—Mi hermana Paca empezó a dibujar, pero no ha podido

seguir por la vista —respondió Valentina—. Nos gusta más la música a todas.

—¿Tocáis la guitarra? —preguntó Pío Cid, viendo el instrumento colgado de la pared.

—Un poco nada más —respondió Candelita—; quien la toca mejor es mamá y Paca. Valentina y yo estudiábamos el piano, y Martina también.

—Yo sé muy poco —dijo esta—; no tengo paciencia para estar mucho tiempo sentada.

—Aquí no tenéis piano —dijo Pío Cid—. Yo no tengo dinero para comprar uno, pero lo tomaré alquilado[7].

—Esos son gastos inútiles —dijo Martina.

—Los gastos que se hacen para entretenerse en casa son los más útiles —replicó Pío Cid—, porque, si no hay nada que hacer, se va uno a la calle y gasta más.

—Eso es verdad —asintieron todas.

—Y ¿qué tal os fue anoche en el baile? —preguntó Pío Cid, cambiando de conversación—. ¿Cuántos novios os salieron?

—Eso va contigo, Paca —dijo Valentina.

—Diga usted que fue una broma —repuso la aludida—. No fue más que hablar por hablar.

—¿Cómo se llama el caballerete ese, a ver si yo le conozco? —preguntó Pío Cid.

—Es un chico navarro, que se llama Pablo del Valle —contestó Paca—; no crea usted que es cosa seria. Él quedó en buscarme, pero yo ni siquiera me descubrí por completo.

—Ya veremos qué clase de persona es si se presenta —dijo Pío Cid—. Por ahora, lo que tienes que hacer es curarte los ojos.

—Calle usted —dijo Paca—, pues si estoy soñando en que usted me dé la medicina.

—Hoy mismo la haré —aseguró Pío Cid—, y por la noche, al acostarte, te lavas los ojos, y luego te pones un trapo de hilo, picado, bien empapado en el agua esa y duermes con él, y ya verás después de dos o tres días qué efecto tan sorprendente. Pero estoy viendo que tenéis una cara que dice a la legua que no habéis dormido esta noche. Lo que debéis hacer es acostaros hasta la hora de almorzar.

---

[7] Los planes de Pío Cid se inspiran probablemente en el interés que tenía el propio Ganivet en aprender el piano, alquilando uno y animando además a sus hermanas a que estudiaran.

—Yo tengo un dolor de estómago horrible —dijo Martina—. ¿Por qué no hacemos un poco de café?

—Vamos a hacerlo —contestó Paca—. Tú, Valentina, baja por la leche, mientras yo enciendo el anafe.

Hicieron el café en un periquete, y todos se sentaron a tomarlo como viejos amigos. Después de hablar un poco del pretendiente de Paca, Martina preguntó a Pío Cid bruscamente, como si estuviera muy ofendida:

—Oiga usted, caballero, ¿qué decía usted antes de pájaros de plomo? ¿Usted no sabe que las paredes oyen? O si no las paredes, nosotras, que estábamos en la habitación de al lado.

—Al paso que vamos —dijo Pío Cid—, las paredes no sólo oirán, sino que verán, porque estas casas de tiritaña parecen hechas con papel mascado.

—Y muy bien hechas —insistió Martina—, para que anden con cuidado los largos de lengua.

—¿Qué? ¿No te gusta que te comparen con un pájaro? —preguntó Pío Cid.

—Si fuera un pájaro bonito —respondió Martina—, con plumas de colores, o si es de metal, un pájaro de oro, no habría nada que decir; pero pájaros de plomo no los hay, y si los hubiera serían feísimos. Eso ha sido una ofensa que no se me olvidará.

—¿Ya empieza el martillo? —preguntó Pío Cid con calma risueña*.

Martina también se echó a reír, y de pronto preguntó:

—Vamos a ver, ¿qué nombres les has puesto ya a mis primas? Dínoslo para que nos riamos.

—Pero, mujer —dijo Pío Cid—, si a tus primas las he conocido por sus nombres verdaderos cuando me las presentó su mamá.

—No le hace, no le hace; dígalos usted —rogaron las primas.

—A Paca no le he puesto nombre —dijo Pío Cid—, se ve que es una joven encogida y apocada, pero esto es por la enfermedad; así que esté bien de la vista cambiará mucho, y entonces la bautizaré.

—¿Y a Candelita? —preguntó con interés.

—A Candelita —contestó Pío Cid— le he puesto «La Cometa». Se entiende, una cometa de esas que remontan los

---

muchachos para entretenerse. Si Candelita tiene quien le dé hilo, puede remontarse muy alto; si no, andará dando cabezadas, y quizá se rompa antes de subir. ¿No habéis visto vosotras las cometas?

—Sí, sí —contestó Candelita—; pero ¿qué comparación más rara se le ha ocurrido a usted? Esa es una profecía triste.

—O alegre —dijo Paca—, porque también puedes subir muy alto. Ahora faltas tú, Valentina.

—A Valentina —dijo Pío Cid—, le he puesto «Relamida»...

Varias carcajadas le interrumpieron, que él no comprendió hasta que Paca le explicó que Valentina tenía cinco gatos, y entre ellos una gata llamada *Relamida,* y que no habían podido contenerse ante el acierto extraordinario con que le había puesto el mote. Entretanto, Valentina se levantaba apurada, diciendo: «¡Pobres gatos míos, que los había olvidado, y aún están metidos en la carbonera!»

Pronto volvió con sus cinco dijes, que recogieron ávidos las migajas que quedaban de las tostadas hechas para tomar el café*. Las muchachas estaban fuera de sí, porque después de dos meses de conversación sosa y aburrida como es siempre la de las mujeres solas, les gustaban sobremanera las ocurrencias y dichos de Pío Cid, quien a duras penas logró convencerlas de que debían dormir un rato para estar luego mejor dispuestas para comer y beber y celebrar dignamente la fiesta de las Candelas.

Se fueron, por fin, a echarse un rato, y le dejaron solo, meditabundo, sentado en una butaca; pero al cabo de algunos minutos volvió Martina y se sentó en el sofá, apoyando un codo sobre el brazo del que debía ser su marido. Le miró unos segundos en silencio, y después le preguntó con seriedad fingida**.

—¿Conque pájaro de plomo, eh?

—Lo que es andando —dijo Pío Cid, cogiéndole las manos— no eres de plomo, que tienes un aire gallardo y arrogantón que quita el sentido. Yo dije de plomo para abreviar, pero debía añadir que el plomo era muy poco y estaba por dentro, y que por fuera no se veía porque tenía un baño de oro finísimo y un engarce de pedrería de la más rica y dos diaman-

---

* las migajas de pan que quedaban después de tomar el café
migajas...
** sonriendo / con seriedad fingida.

tes, que están en tus ojos, y dos sartas de perlas, que están en tu boca...

—Cállate —interrumpió Martina, avergonzada—, que cada vez me pareces más tuno. Tú eres más pillo que bonito, y a tener gramática parda no hay quien te gane. No me extraña que me hayas engañado a mí, cuando te has metido en el bolsillo a mi tía Candelaria. Buen peje estás.

—Todo eso me lo dices —prosiguió Pío Cid con voz apasionada y mirando con tanta viveza que parecía haberse quitado veinte años de encima—, porque te he llamado pájaro; pero pájaros hay muchos, y se me olvidó decir que tú eras como un águila caudal, que, escondida en lo más remoto del cielo, ve todo lo que pasa en la tierra y hace temblar sólo con su mirada.

—Y con la uñas, míralas —dijo Martina desasiéndose de Pío Cid, poniendo las manos como garras y amenazándole con sacarle los ojos.

De repente se levantó, y cogiéndole la cabeza le dio un beso muy apretado en la boca y huyó, diciendo:

—Me voy con mis primas, porque no digan...

Él la siguió con los ojos y murmurando entre dientes: «¡Qué pedazo de mujer!»

No había pasado un cuarto de hora cuando llegó el mozo con el baúl y la maleta y con una esquela para Pío Cid, en la que doña Paulita, después de darle las gracias, le decía que sus órdenes estaban cumplidas, y que, aunque había sentido mucho aquel cambio inesperado, se figuraba que sería por razones muy justas, y quedaba más amiga aún que antes. Pío Cid hizo al mozo colocar la carga que traía en una habitación, al lado de la sala, junto a la puerta, le pagó el mandado, y dejando entornada la puerta para cuando llegaran las mamás, volvió a la habitación, donde había sólo una cama muy grande, un tocador y una mesa, y se entretuvo en colocar sobre esta sus libros y papeles, dejando a mano la traducción del libro de Obstetricia para proseguirla sin levantar mano a fin de aumentar un poco sus desmedrados ingresos. Unas cien cuartillas tenía traducidas, y desde luego pensó llevarlas al editor para tomar algún dinero y anunciar que en breve tendría terminado el trabajo y estaría en disposición de comenzar otro si se lo encomendaban. En esta faena le sorprendieron las mamás, y no fue poca la sorpresa de doña Candelaria cuando le vio leer aquel libro, abierto precisamente por una página que tenía un grabado espeluznante.

—Pero hombre de Dios —le dijo—, ¿qué es eso que tiene usted ahí?

—Es un *Tratado de partos*, que estoy traduciendo del inglés —contestó Pío Cid.

—Pues por la Virgen del Carmen escóndalo usted, no vayan a verlo las niñas —le dijo alarmada mamá.

—En dando orden de que no entren en mi cuarto... —insinuó él.

—Por lo visto, usted se ha apropiado ya este cuarto, que era el mío —exclamó doña Candelaria.

—Es que en la casa en que yo vivía tenía un cuarto parecido a este, y sin darme cuenta me he metido aquí donde hay todo lo que necesito: una mesa para escribir, un tocador para asearme y una cama de matrimonio.

Doña Candelaria se echó a reír, diciendo:

—Es usted más pillo que bonito*.

—Eso mismo acaba de decírmelo Martina —replicó Pío Cid, riendo también.

—Y se lo dirá a usted toda la familia —concluyó doña Candelaria—; y cuando se lo dicen todos, por algo será.

—Las niñas duermen —entró diciendo doña Justa—; tendremos nosotros que hacer el almuerzo.

—Eso es lo mejor —dijo Pío Cid—, y después de almorzar se acuestan ustedes también un rato, y yo me entretendré en preparar la medicina para Paca.

Así se hizo. El almuerzo fue ligero, y una vez terminado, Pío Cid salió un momento a comprar en la botica los componentes de la receta que él había combinado en su imaginación, en tanto que las mujeres seguían hablando de los nombres que Pío Cid les había puesto a todas, y que fueron el tema de discusión durante el almuerzo. De vuelta con sus compras, puso a cocer en una olla grande, llena de agua, varias hierbas olorosas. y metió entre los carbones encendidos una paleta pequeña de cocina. a falta de otra más a propósito para el caso. Cuando las hierbas hubieron hervido un buen rato, volcó la olla en un lebrillo de fregar, de modo que no cayesen las hierbas, y diluyó en la infusión unos polvos morados como el lirio. Después en la paleta, encendida al rojo, echó otros polvos blancos, que debían ser vitriolo, y cuando se derritieron y consumieron metió la paleta en el lebrillo y agitó aquel

_____
* bonico / bonito

extraño cocimiento, que fue tomando diversos colores, hasta que, después de repetida tres veces la operación, se quedó en un color de violeta claro con reflejos rojizos. Luego preparó un filtro con un colador y un pedazo de tela muy tupida y filtró el agua curativa en dos botellas, que Paca había fregado con gran esmero. Todas estas manipulaciones las hizo con mucha calma y cuidado para producir mayor efecto, no porque le gustase el aparato teatral, sino porque pretendía reforzar más aún el crédito de que ya gozaba su colirio. Tapó, por último, muy bien las botellas y las puso en agua en el lebrillo para que se enfriaran y reposaran.

—Ahora no falta más —dijo a Paca para concluir— que esperar que llegue la hora de acostarse y usar esta agua como te dije. Al principio sentirás un gran escozor y los ojos se te pondrán más irritados; pero después ya verás cómo te curas. Por cierto que tienes unos ojos melados, muy graciosos, y que en cuanto estés curada vas a volver loco al pobre Pablo del Valle.

Aunque sea adelantar los efectos de la medicina, hay que decir que Pío Cid no era ningún curandero de tres al cuarto y que Paca se puso buena en cinco días, mejor quizá que si la hubieran asistido los oculistas más afamados del orbe.

Las mamás, luego que vieron componer el agua milagrosa[8], se fueron a descansar, y las niñas se quedaron navegando por la casa, ocupadas en preparar la comida, en la que echaron el resto de su saber culinario, que no era muy considerable, pues a excepción de Paca, que era la más casera, las demás entendían de casi todo menos de las faenas de la casa.

Martina era muy dispuesta, pero muy regalona e ignorante de lo que era pasar fatigas y miserias, a las que ahora empezaba a habituarse. En todo el día no dio pie con bola, porque estaba dominada por una idea que parecerá pueril, pero que para ella era una montaña. No hacía más que entrar en el cuarto donde Pío Cid escribía, y dar vueltas y pensar cómo iba ella a dejar a Candelita y a venirse a dormir con su marido, o con quien debía serlo, sin tener confianza con él, y luego, así, tan de repente, cuando la costumbre era estar un hombre

---

[8] Según doña Isabel y doña María Ángeles Guerrero Ganivet, sobrinas de nuestro autor, «la milagrosa» se utilizó en la propia familia como medicina casera. Cuando Ganivet escribió a su familia pidiendo la receta, no tenían idea de que fuera a figurar en una novela.

y una mujer varios años diciéndose *cosas* y preparando el acto imponente y la hora solemnísima en que debían quedarse solos y mirarse a un espejo, abrazados, él muy vestido de negro y más tieso que un huso, y ella muy vestida de blanco, con su velo y su corona de azahar, y con un susto que no le cabía en el cuerpo, todo según ella se lo figuraba, porque lo había leído así en una novela, y porque debía ser así, y no como a ella le iba a suceder. ¿Qué modo de casarse era este, ni qué niño muerto? Verdad es que ella se había ido la noche antes con aquel hombre, pero Dios sabe lo que después de pasadas las amonestaciones harán las demás novias... Y ella tampoco era novia de aquel hombre, ni este le había hablado como hablan los novios; esto lo sabía ella muy bien, porque había tenido varios: el primero militar, luego un estudiante, después un abogadillo, después... el único que no había sido novio iba a ser su marido, quien, para que todo fuera raro, ni siquiera tenía... es decir...

—Oye tú, Pío —exclamó de repente cuando esta idea se le ocurrió—, pero tú, ¿qué eres?

—Yo soy un hombre —contestó él.

—Valiente contestación —replicó ella—; hombres son todos los que no son mujeres. Lo que yo te pregunto es que qué eres.

—Yo no soy nada —contestó él.

—Nada no puede ser —insistió ella—; tú vives de algo.

—Vivo de lo que como, y como lo menos posible —contestó él.

—Vamos, no seas guasón —insinuó ella—. Tú tienes un empleo, o una carrera, o una ocupación...

—Tengo un empleo —contestó él— que me da para ir tirando; tengo una carrera, y podría ser abogado, pero no ejerzo; y me ocupo de traducir libros por necesidad, y en una porción de cosas por mi gusto.

—De modo que eres abogado —dijo ella.

—No lo soy ni quiero serlo —afirmó él—; ya te digo que yo no soy nada, ni seré jamás nada, porque no me gusta que me clasifiquen.

—Bueno —dijo ella cambiando de tono y lanzándose a decir algo que le escarabajeaba en el pecho—. Además, tenía que decirte que yo sigo durmiendo con Candelita.

Él no contestó, y ella se fue a la cocina, donde las primas hablaban con entusiasmo de lo que iban a divertirse cuando Pío Cid les trajera al día siguiente el piano que les había ofrecido. La más entusiasmada era Candelita; a Paca le preocupaba más el agua de los ojos, y no apartaba los suyos de las botellas, y Valentina bregaba como de costumbre con los gatos en cuanto Paca la dejaba libre de las faenas cocineriles, a que todas tenían que ayudar.

Todo salió a pedir de boca; y como hubo algunos extraordinarios, vino abundante y mucha conversación, la comida, que tuvo lugar en la sala principal, duró desde el oscurecer hasta la hora de acostarse.

—Esta vida mía es un escándalo —decía Pío Cid—. Anoche tuve un banquete y esta noche otro, y mañana no sabemos. Si me quejo mereceré que me caiga algún castigo.

—Y ¿cómo fue ese banquete? —preguntó doña Candelaria—. Cuéntenos usted.

Y Pío Cid les habló de los huéspedes, describiendo sus tipos y costumbres con rasgos tan expresivos que a todas les parecía que los estaban viendo, y les interesaban aquellos jóvenes hasta el punto de declarar sus simpatías por unos o por otros. Orellana y Cook eran preferidos como personas serias, Pepe Rodríguez por gracioso y por ser murciano, y Benito por bueno e infeliz. Porque Pío Cid los retrató a todos tan fiel e imparcialmente, que aun de Aguirre, con quien no hacía buenas migas, dijo que era un chico algo pretencioso, pero muy honrado y sencillote en el fondo, nada torpe en sus estudios, con lo cual, andando el tiempo, sería ingeniero muy distinguido y persona muy estimable.

—¿Y qué hacía usted entre tantos estudiantes —preguntó doña Candelaria—, usted que ya es hombre hecho y derecho y poco aficionado, según parece, a la vida alegre de los jóvenes?

—Yo no me reunía con ellos más que un rato, a la hora de almorzar —contestó Pío Cid—; comer, comía yo solo en mi cuarto antes que todos, y por la noche no los veía. Algunas tardes venían a mi cuarto y hablaban de mil cosas, y yo les daba algunas lecciones, de idiomas principalmente.

Después tocó el turno a doña Paulita y a Purilla, de quienes Pío Cid habló con gran elogio, como se merecían, y, por último, doña Candelaria le preguntó:

—Nos ha dicho usted que es de Granada, y que de allí es toda su familia: ¿cómo es que está usted solo? ¿No le queda nadie?

Pío Cid, que, como sabemos, no quería nunca hablar de su vida, pero tampoco quería mentir, echó una alforza monumental, saltando de la época en que estaba en Granada con sus padres a la en que vino a Madrid con su hermana y sobrinilla, de las que habló con gran complacencia, deteniéndose en escribir con detalles todo lo que hicieron y lo que él hizo con ellas hasta dejarlas sepultadas en Aldamar. En este relato hubo ocasión para que doña Candelaria intercalase muchas noticias de su vida, y hasta doña Justa, que era muy callada, dijo algo, por donde Pío Cid comenzó a conocer al padre de Martina y a la ilustre estirpe de los Gomaras.

Al llegar a los postres, como todos estaban un poco alegres y Pío Cid muy decidor, porque había bebido también, aunque poco, la conversación cambió de tono, y dándose ya todos por conocidos y no disgustados de conocerse cómo eran, se habló con más confianza y familiaridad; las niñas lucieron sus habilidades en la guitarra y la bandurria, y Martina, que no sabía tocar, cantó unas guajiras muy sentimentales, para no ser menos, y después que la rogaron mucho.

—Usted debe de saber muchas cosas —dijo Paca a Pío Cid—, sobre todo muchas historias.

—¿Cómo historias? —interrumpió Martina—. Si es también poeta, y compone unos versos preciosos. Si vierais unos que leí yo anoche...

—¡Poeta! —exclamó doña Candelaria—; ahora sí que estamos frescos, y qué ratos de hambre vamos a pasar.

—No se sofoque usted, doña Candelaria —dijo riendo Pío Cid—, que no soy poeta, y aunque lo fuera, lo mismo sirvo yo para un fregado que para un barrido. Es decir, que si me aprietan, soy capaz de componer un poema tan largo como la *Ilíada;* pero esto no quita para que sepa preparar un agua para los ojos o traducir libros de medicina, o hacer cuanto sea preciso para asegurar la manutención. Porque para mí la ciencia primera y fundamental en el hombre es la de saber vivir con dignidad, esto es, ser independiente y dueño de sí mismo, y poder hacer su santa voluntad sin darle cuenta a nadie[9]. Y para esto hay que tener pocas necesidades y mil medios para satisfacerlas, de suerte que esté uno siempre convencido, como yo lo estoy, de que no tendré jamás que bajar la cabeza para obtener un pedazo de pan. El que sólo tiene un oficio puede quedarse sin trabajo y no saber por

---

[9] La voluntad de desencadenar al hombre de los lazos materiales que le apartan del mundo del espíritu, que dignifica y libera, nos recuerda la admiración que tenía Ganivet por Diógenes y nos hace anticipar la receta presentada en el trabajo quinto: *Initium vitae libertas.*

dónde echarse: pero yo sé más de treinta oficios. y siempre estoy estudiando algo nuevo.

—¿Y cúal es el que estudias ahora? —preguntó Martina.

—Estoy aprendiendo a gobernar a seis mujeres —contestó Pío Cid entre las risas de todas, contentas y orgullosas de verse protegidas por aquel hombre, que debía parecerles un gallo muy hecho y con terribles espolones.

Doña Candelaria, que tenía muy buenas ocurrencias, dijo a su hermana:

—Justa, ¿no decías que en esta casa hacían falta unos pantalones? Pues creo que nos han traído un surtido completo.

—Pero no hay que escurrir el bulto —dijo Paca volviendo al tema—. Don Pío, tiene usted que contarnos alguna historia o leernos esos versos que ha dicho Martina.

—Cállate, que los versos los tengo yo —exclamó Martina—. Ahora que recuerdo, me los guardé en el bolsillo de la falda. Voy a buscarlos.

Y volvió al punto con la poesía de los ojos negros, que a disgusto de su autor fue leída y celebrada por la concurrencia, no por los méritos poéticos que en ella hubiera, sino por lo extraño de la visión y del presentimiento o previdencia que Pío Cid había tenido.

—Ahora cuéntenos usted algo —insistió Paca, que sin saber por qué se había empeñado en que Pío Cid era un gran cuentista y debía saber muchas historias maravillosas.

—Puesto que tanto empeño tenéis, os voy a contar un cuento árabe que, no me acuerdo dónde, leí hace muchos años.

Y al decir esto recogió un poco la atención para recordar, aunque no recordaba, sino que inventaba rápidamente la urdimbre de una fábula sin gran esfuerzo, porque su imaginación era felicísima.

—¿Cómo se llama ese cuento? —preguntó Martina.

—No me acuerdo bien —contestó Pío Cid—; creo que se titula *Elección de esposa de Abd-el-Malik,* y que forma parte de un libro donde se contiene la historia de este famoso rey.

—¿Y quién era ese rey? —preguntó Martina.

—Abd-el-Malik, el *siervo del ángel,* fue un rey muy glorioso, aunque yo no sé fijamente si existió, o si el nombre es fingido —contestó Pío Cid—. Pero lo que es cierto es que, con uno u otro nombre, el rey existió, y lo que el cuento dice ocurrió puntualmente.

Y después de una breve pausa, lo comenzó de esta manera:

«En el interior de Arabia vivía hace ya mucho tiempo un rey llamado Abd-el-Malik, que era un verdadero rey: un hombre de valor, de talento y de humanidad. Juntaba a las más nobles cualidades del espíritu una figura gallardísima, heredada de su madre, que fue robada por unos salteadores en un escondido lugar del Kirgis y vendida como esclava a Abd-el-Eddin, padre de Abd-el-Malik, quien la elevó al rango de favorita, prendado de su belleza, de su porte y de su donosura. Y entre tantos hijos como tuvo aquel buen rey Abd-el-Eddin, ninguno le llegó ni al tobillo a Abd-el-Malik, que por un feliz cruce de sangre fue, como dije, un dechado de perfección y un modelo de reyes...»

—¿Cómo es eso? —interrumpió Martina—. ¿Iba a ser mejor que los otros porque su madre fuera esclava? Yo he oído decir siempre que los mulatos son inferiores a los blancos; los esclavos yo no los he visto, pero cuando los había, dicen que eran malísimos, y que había que tratarlos a latigazos.

—Yo he tenido esclavos —añadió doña Justa—, y los que eran buenos, eran muy buenos; pero los que eran malos, era para que los quemaran vivos. Bastante ruina que nos trajo a nosotros el que les dieran la libertad.

—Todo eso está muy bien —dijo Pío Cid—; pero Abd-el-Malik no era mulato; su madre era tártara y su padre árabe, y el cruce de sangre fue magnífico. Y no es este el primer caso de que de estos cruces salgan grandes hombres; y al contrario, que de los cruces entre parientes o personas que tienen mucha comunidad de sangre salgan seres sin vigor, degenerados. Ya se ve lo que ocurre con muchas dinastías de Europa, y que hoy tenemos una baraja de reyes y emperadores que si entraran en quintas y los midieran, algunos no llegarían a la marca. Y todo porque estas dinastías no quieren tomar sangre nueva y poderosa, aunque sea algo basta, donde la hay, que es en el pueblo. Por lo que ha habido que inventar la farándula constitucional, pretexto para que algunos hambrones gobiernen o desgobiernen en lugar de los que no tienen fuerza para hacerlo.

—Vamos —dijo doña Candelaria—, que usted está, sin duda, por el absolutismo.

—Yo no me mezclo en política —contestó Pío Cid— ni estoy por nada, y menos por el absolutismo; porque las cosas ocurren porque deben ocurrir, y cuando hay reyes que no gobiernan, creo yo que será porque no son capaces de hacerlo;

y aunque se les declarara absolutos, tendrían que guiarse por unos y por otros, y no estaríamos mejor ni peor que estamos. Pero dejémonos de política, que lo que a mí me interesa es decir que Abd-el-Malik no era ningún rey de mentirijillas, sino que reinaba y gobernaba; y algunas veces, a pesar de su humanidad, les hacía cortar la cabeza a los súbditos que no andaban derechos.

—¡Qué bárbaro! —exclamó Candelita.

—¿Bárbaro? ¿Por qué? —dijo su mamá—. Pues si yo mandara, ¿crees tú que no le cortaría yo la cabeza a tanto bribón como hay en el mundo?

—Con estas y las otras —interrumpió Paca— no dejan ustedes seguir el cuento.

—Es verdad, prosigo —dijo Pío Cid.

«Quedábamos en que Abd-el-Malik era un rey hecho y derecho, y que si heredó a su padre fue porque este sabía lo que hacía, y conoció que el hijo de la esclava tártara era quien reunía mejores dotes para gobernar y hacer feliz al pueblo sobre el que su padre, su abuelo y toda su ascendencia venían reinando. No tenía Abd-el-Malik cuando entró a reinar ninguna mujer, a pesar de que la costumbre del país era tener varias; pero al ser rey se halló con que era dueño de un harén, donde además de su madre figuraban más de doscientas mujeres de su padre, y, por decirlo así, madrastras suyas. Y luego, por seguir la costumbre, tuvo que aceptar varias esposas que le ofrecieron los magnates de la corte; pero (aquí empieza lo interesante del cuento) Abd-el-Malik no hizo caso de ninguna, y continuó viviendo como vivía cuando no era más que príncipe y no tenía ninguna mujer...»

Doña Candelaria aguzó las orejas y se dispuso a escuchar aquel cuento, que algo tenía que ver con el cuento o historia de su vida. Pío Cid la miró distraídamente, y ella se puso colorada, aunque no tanto como la primera vez que oyó sacar a la plaza el proceder incalificable de su marido.

«¿Por qué se conducía de esta suerte el agregio soberano con sus esposas, algunas de las cuales eran la flor y nata del país? Esto no se ha podido nunca saber a ciencia cierta, aunque lo que sigue del cuento aclarará algo la extraña conducta de Abd-el-Malik. Sus mujeres se devanaban los sesos, y comenzaron a inventar mil tretas para vencer la indiferencia del rey y llevarse el galardón de ser, no ya la preferida (que esto ocurre siempre en los palacios árabes), sino la única esposa de un soberano cuyas costumbres eran tan morigeradas. Una de las esposas, llamada Yazminé, ideó un artificio que creyó seguro. Era la hora de la siesta, y Abd-el-Malik dormitaba en un templete rústico, frente al cual había un surtidor de agua que, con los rayos del sol, formaba un arco de colores, que parecía cosa de encantamiento. Yazminé se presentó a los ojos del rey luciendo el tesoro de sus más secretas bellezas. Solo la cubría un velo de púrpura* finísimo, que casi se transparentaba, y sus únicos adornos eran una corona de alelíes rojos, un collar de corales y brazaletes y ajorcas de mucho precio. Parecía una visión celestial; y como si no bastaran sus encantos naturales, que eran muchos, comenzó a bailar una danza caprichosa, en la que, sin tocar apenas el suelo con los pies desnudos, se cimbreaba como si, en vez de ser una mujer, fuese un tallo de azucena cargado de flores. Cualquier otro hombre que no fuera Abd-el-Malik se hubiera vuelto loco viendo aquella escultura admirable, que por complacerle tomaba vida y bailaba como las huríes soñadas en el Paraíso; pero Abd-el-Malik se quedó como estaba, y dijo a Yazminé, cuando esta se cansó de bailar:

—Ven todos los días a la hora de la siesta, y baila como hoy, que eso me distrae.»

—¿Sabe usted que ese Malik —interrumpió doña Candelaria— era un hombre difícil de contentar?

—¡Un hombre sin corazón! —exclamó Candelita.

—¿Quién sabe? Ten paciencia —dijo Paca—, que puede que al fin se enamore de la mujer que fuera su media naranja.

«Abd-el-Malik era un gran rey —prosiguió Pío Cid— y no le daba importancia a los bailes. Más extraño es que no le diera importancia a otras cosas, como se verá por lo que sucedió a otra de sus mujeres, llamada Aina. Esta tenía un talento extraordinario para contar cuentos, y enterada de lo que le había sucedido a Yazminé, sintió mayor deseo de probar fortuna, y entró una noche sigilosamente en la alcoba del rey antes que éste se acostara: y después de pedirle perdón por su atrevimiento en ir a turbar aquella soledad, y de explicarle que su deseo era distraerle con algún cuento de su invención, empezó a hablar con tanta viveza y desparpajo, que el rey la oía casi con la boca abierta. Aina cobró valor y aguzó el ingenio, y de sus labios salieron sentencias de tan profunda sabiduría, que el rey quedó asombrado de que en una cabeza

---

* blanco / púrpura

femenina pudieran caber todas aquellas cosas. Pero cuando Aina terminó su cuento, no le dijo ninguna terneza, sino estas solas palabras:

—Aina, tu saber es grande; ven todas las noches a esta misma hora y háblame como me has hablado, que así mi sueño será más sereno, y mi ánimo se dispondrá mejor para gobernar a mi pueblo con equidad y templanza.

—Eso se parece a los cuentos de *Las mil y una noches* —interrumpió Candelita.

—Todos los cuentos árabes tienen alguna semejanza —dijo Pío Cid— y, en efecto, Aina tiene algún parecido con Scheherezada, aunque esta contaba sus cuentos para que el celoso y feroz sultán no degollase más mujeres[10].

—Pues mire usted —dijo doña Candelaria—, no me disgusta que el rey hiciera lo que hizo con la sabia, porque las mujeres no deben meterse en tantas filosofías.

—Abd-el-Malik —contestó Pío Cid— no censuró a Aina, sino que pensó que era buena para consejera y no para mujer.

—¿Y cuál fue la que quiso para mujer? —preguntó Martina, que escuchaba con gran atención.

—Déjame que prosiga, que no conviene sacar las cosas de quicio.

«Después de Aina, Seniha quiso conquistar el duro corazón del rey. Seniha cantaba como los ángeles, y era quizá más bella que la bellísima Yazminé. Una mañana, cuando el rey dormía aún, se acercó a la puerta de su cámara nocturna, cantando una canción que ella misma había compuesto, en la que expresaba las más tiernas y delicadas ansias de un alma de mujer que suspira cerca del hombre amado, y que desea endulzarle la existencia y alegrarle con los encantos del amor. Quien no fuera Abd-el-Malik se hubiera arrojado del lecho y acogido en sus brazos amorosos a la que tantas dichas le

---

[10] Scheherezada, narradora de *Las mil y una noches,* cuenta que el sultán Schahrich, habiendo descubierto la infidelidad de su sultana determinó acostarse con una mujer nueva cada noche y después degollarla al amanecer. Scheherezada logro divertir tanto al sultán con sus cuentos por mil y una noches que éste revocó el decreto, consagrándola su amor y llamándola «la liberadora de su sexo». En cambio, Ganivet parece negar tal liberación haciendo que su «Scheherezada», Aina, sea rechazada por el rey en favor de una esclava. ¿Debemos concluir que sólo el hombre, en este caso Pío Cid, tenga el privilegio de atraer el amor por medio de su genialidad como narrador?

ofrecía; pero Abd-el-Malik la dejó cantar, y para despedirla le dijo solemnemente:

—Graciosa Seniha, tu canto es delicioso; ven todas las mañanas a esta misma hora y cántame; así comenzará más alegre el día, que bastantes tristezas trae consigo.»

—¡Vamos, eso pasa de castaño oscuro! —exclamó doña Candelaria—. Ese rey creía quizá que el mundo se había hecho para él.

—Mamá —dijo Paca—, déjale que acabe, que deseo saber quién es la que por fin se lleva la palma. Porque es seguro que el rey se enamorará.

—«Se enamoró Abd-el-Malik —prosiguió Pío Cid— de quien menos podía* figurarse. Después de Yazminé, y de Aina y de Seniha, hubo otras que intentaron la prueba, y ni la que lloró, ni la que tocó el arpa, ni ninguna, le sacaron de sus casillas. A la que tocó el arpa, aunque lo hizo con arte exquisito, le recomendó que viniera a la hora de comer, a la que lloró le dijo que viniera una vez al año, el día del aniversario de la muerte de Abd-el-Eddin, porque no era cosa de oír llorar todos los días. La que llevó el gato al agua, como suele decirse, fue una pobre esclava, llamada Esma, que la madre del rey había comprado para su servicio. Esma era también hermosa, de piel muy morena y aterciopelada, y de expresión humilde y graciosa; pero no tenía ninguna habilidad notable, y apenas si sabía leer y escribir. Esta esclava venía muchas veces con recados de la reina madre para su hijo, y se enamoró locamente del rey; hasta el extremo de que una noche, no obstante su timidez natural y la que le imponía lo ínfimo de su condición en el palacio, se fue calladamente a la puerta de la alcoba de Abd-el-Malik, y, sin saber cantar, cantó con voz ardiente y condolida una canción que ella no había inventado, sino que le brotó de los labios como un lamento, y que decía:

> Abd-el-Malik, si no duermes,
> Escucha a tu esclava Esma,
> La que vino a tu palacio
> Desde los montes de Armenia.
>   Sabrás que un hermoso niño
> Todas las noches se acerca
> A mí cuando estoy dormida,
> y con besos me despierta.

---

* nadie / ____

Yo no sé de dónde viene,
Viene de lejanas tierras,
Mas a ti se te parece,
Como si tú mismo fueras.
  Tiene tu mirar de fuego
Y tu oscura cabellera,
Como tú, los labios rojos,
Como tú, la tez morena.
  Sus brazos, con ser tan tiernos,
Tienen del león la fuerza,
Como hechos para empuñar
Las nobles armas de guerra.
  Redondas y torneadas
Son sus infantiles piernas,
Pero se agitan nerviosas,
Cual si un corcel oprimieran.
  Su pecho débil suspira,
Mas su corazón golpea
Con brío, como el de un héroe,
Ciego en la lucha sangrienta.
  Debe ser un hijo tuyo
El que a mi lecho se acerca,
Y cuando me ve dormida,
Con sus besos me despierta.
  Abd-el-Malik, si no duermes,
Escucha a tu esclava Esma,
La que vino a tu palacio
Desde los montes de Armenia.

Apenas acabó Esma de cantar, se abrió la puerta de la
alcoba y asomó la figura imponente de Abd-el-Malik envuelta
en un manto blanquísimo. Esma se quedó sobrecogida de
espanto y pesarosa de haberse atrevido a turbar el sueño del
rey, de quien temió alguna admonición severa; pero el rey no
le dijo nada; la cogió tierna y amorosamente las manos y la
condujo al interior de su cámara, cerrando tras sí la puerta.
Y al día siguiente supo todo el palacio con asombro que la
esclava armenia era la esposa de Abd-el-Malik. En honor de la
verdad debe decirse que cuando fue pasando el tiempo, el rey
se hizo más humano y tuvo más esposas por no romper las
sanas costumbres de su tierra; y ninguna de las que habían
intentado agradar al rey perdió su trabajo, puesto que la
bailarina, y la consejera, y la cantora, y la arpista, y hasta la

llorona, y muchas más que no se habían tomado ninguna molestia. todas fueron amadas. cuál más. cuál menos. por su soberano: pero la favorita fue siempre Esma. y el príncipe heredero fue el hijo de la esclava, el cual nació tal y como ésta lo había soñado, y llegó a ser un rey digno de su padre, y aun muchos aseguran que le superó.» Y aquí se acaba el cuento.

—Es precioso —dijo Paca—, nos ha gustado mucho. ¿Veis como yo decía que don Pío sabía historias muy bonitas?

—Pues a mí —dijo Martina— no me gusta ese empeño en hacer que los hijos mejores nazcan de las esclavas.

—Pero. ¿no ves —replicó Paca— que el rey era hijo de una esclava? ¿Qué más natural que buscar para favorita una mujer que fuera lo que había sido su madre?

—De todos modos, el cuento ese es bueno —afirmó doña Candelaria— y tiene mucha filosofía.

—¡Vaya si la tiene! —apoyó Pío Cid—. Como que lo que quiere demostrar es que Abd-el-Malik, como sabio que era, deseaba para esposa y madre de su primogénito una verdadera mujer; y la más mujer de todas las mujeres que habían en el palacio, y la que, por ser más mujer, debía de engendrar hijos mejores, era la esclava Esma; y por esto la eligió, aunque era una humildísima esclava, y la hubiera elegido, aunque fuese un horrible monstruo.

—Pero vamos a ver —preguntó doña Candelaria—, ese cuento ¿es árabe de verdad o se lo ha sacado usted de la cabeza? Porque en usted no me extrañaría nada.

—Yo apostaría algo —dijo Martina, muy ufana— a que lo ha compuesto él; por lo menos los versos.

—Como que ustedes, los granadinos —añadió doña Candelaria—, son medio moros. Y lo bueno que en Granada tienen ustedes es obra de los moros, porque desde que ellos se fueron no han hecho ustedes nada.

—Algo se ha hecho, y mucho se podría hacer —dijo Pío Cid—; pero somos muy holgazanes. Y a todo esto no vemos a doña Justa que está dando cabezadas.

—Tengo un sueño que no puedo más —dijo la aludida—. Me voy a dormir, y mañana será otro día.

Martina comenzó a mirar a todos lados, porque las palabras de su madre la hicieron pensar nuevamente en lo que tan preocupada la había tenido. Casi se arrepentía de su decisión de seguir durmiendo con Candelita, ahora que el ejemplo de la esclava Esma le había hecho comprender que pueden casarse una mujer y un hombre sin grandes preparativos ni requilorios, y tener, si llega el caso, hijos célebres en la historia que dejen tamañitos a los que nacen después de muchos años de noviazgo y palabrería amorosa. Por fortuna la providencial doña Candelaria cortó por medio aquel nudo que Martina no sabía cómo desatar.

—Tú, Candelita, duermes con Paca y nos dejas tu cama a las dos —dijo, señalándose a sí misma y a Valentina.

—Paca, es menester que te cures bien —dijo Pío Cid—. ¿Te acuerdas de lo que te dije?

—Pues claro está —contestó Paca—, Candelita me pondrá el paño cuando me acueste.

Diciendo esto se fue a la cocina por una botella, y cuando volvió se retiraron ella con Candelita, y doña Justa, después de dar las buenas noches. Martina se deslizó sin decir nada en el cuarto elegido por Pío Cid, y a oscuras se desnudó en un segundo, y se acostó en un extremo de la cama grande, que estaba junto a la pared. Doña Candelaria dijo a Valentina que se fuera también a dormir, que ella iría muy pronto, y se hizo la entretenida recogiendo los manteles. Apenas se vio sola con Pío Cid, que tampoco quería retirarse para que Martina tuviera tiempo de desnudarse a solas, le hizo una pregunta que él ya esperaba:

—¿Sabe usted que cuando empezó a contar su cuento me figuré que iba conmigo? Porque como esta mañana me dijo usted aquello de mi esposo...

—Efectivamente —contestó Pío Cid—; yo también noté la coincidencia. y por eso la miré a usted: pero la coincidencia es casual. y no tiene nada que ver lo uno con lo otro.

—Así lo he pensado yo después —asintió doña Candelaria—; pero aún no me hago cargo de cómo ha podido usted saber un secreto que yo creía que se había quedado en mí, puesto que mi esposo y mi madre política, que lo conocían, murieron ya.

—Nada más fácil —contestó Pío Cid, que no quería declararle que aquel secreto era un secreto a voces—. Su marido de usted pudo tener un amigo de confianza y decírselo, y por éste lo he sabido yo.

—¿Es quizá —preguntó doña Candelaria— el joven murciano de que habló usted? Aunque éste por la edad no puede ser. ¿Cómo se llamaba su padre?

—Eso no lo sé —contestó Pío Cid—. El apellido es Rodríguez. y creo que tenía unas minas cerca de Cartagena.

—¡No me diga usted más! —exclamó doña Candelaria—.

Ya sé quién es, y por ahí viene la historia. Por cierto que mi marido perdió buenos cuartos por meterse en negocios de minas. y ese señor Rodríguez fue el que lo engatusó.

—Pero, mamá —gritó Valentina desde la puerta—, ¿no vienes a acostarte?

—Niña, ya voy, déjame en paz y duerme tú —contestó doña Candelaria.

Y siguiendo su interrogatorio, preguntó de nuevo:

—Eso que usted me dijo es verdad, no tengo por qué negarlo; pero lo que yo desearía saber con certeza es el motivo que tuvo mi esposo para hacer lo que hizo. Y usted lo sabe, no me cabe duda.

—¿Yo? —preguntó Pío Cid por no contestar, aunque pensaba que algo tendría que decir para aplacar la curiosidad que él mismo había despertado.

—¡Usted! —insistió doña Candelaria, cuyo rostro estaba animado por un arrebato de celos póstumos, que le daban cierto aire juvenil e interesante en pugna con sus cuarenta y pico de años—. Usted lo sabe, y si no me lo dice es quizá por no mortificarme. Pero ya ve usted ¿qué mal puede hacerme saber la verdad ahora que estoy viuda y que a lo pasado se le dijo adiós?

—Lo cierto es —contestó Pío Cid, decidido ya a inventar una mentira piadosa— que yo supe el secreto de usted por casualidad. Le daba yo lecciones a Pepe Rodríguez y a otros amigos y hablábamos de lo divino y lo humano, y un día tocó hablar de las rarezas de los hombres, y Pepe Rodríguez habló de un vecino suyo y amigo de su padre, llamado Fermín Colomba, y contó algunas de sus extravagancias; por ejemplo, que llevaba en los bolsillos seis u ocho relojes, todos parados...

—Eso es mentira —interrumpió doña Candelaria—. No tenía más que uno, y quizá en lo único que era ordenado era en darle cuerda al reloj todas las mañanas.

—Pues ya ve usted —dijo Pío Cid— qué crédito se le puede dar a Pepe Rodríguez, ni a la explicación que diera de esa otra extravagancia que a usted tanto le duele todavía.

—De todos modos, dígamela usted —insistió la celosa de ultratumba con tanta resolución, que Pío Cid se convenció de que no había escape.

—Pues bien —contestó Pío Cid—; lo que dijo Pepe Rodríguez fue que Fermín Colomba tenía hecho firme propósito de hacer lo que hizo porque una gitana que le dijo la buenaventura le profetizó que viviría tantos años como días dejara pasar, después que se casara. sin tocarle a su mujer ni el pelo de la ropa: y si esto fuera cierto. yo afirmo que Fermín Colomba fue un héroe, porque tal es el apego a la vida que tienen la mayor parte de los hombres, que otros en su lugar, aunque el anuncio viniera de boca de gitana, por sí o por no, hubieran dejado pasar años enteros con la esperanza de vivir más que vivió Matusalén, mientras que él no resistió más que unos cuantos días, y quién sabe si por eso murió tan joven, y si el anuncio de la gitana era realmente una verdadera profecía.

—¿Sabe usted que quizá eso sea verdad? —dijo doña Candelaria llena de confusión—. Porque mi Fermín era muy supersticioso, y daba mucho crédito a las adivinaciones por las rayas de las manos, y hasta por el modo de desgastar las suelas y tacones de las botas.

—Pues si era así —concluyó el piadoso embustero—, debía usted venerar la memoria de un hombre que por amor sacrificó una gran parte de su vida.

—Vamos, me ha dejado usted sorprendida de verdad —dijo doña Candelaria—. Aunque yo hubiera estado cavilando medio siglo no se me hubiera ocurrido esa explicación, que, después de todo, parece la más natural.

—Pues si a usted le parece —dijo Pío Cid— nos iremos a acostar, y ojalá que esta vida que hoy hemos comenzado felizmente dure muchos años, y sea para bien de todos, que por mi parte no quedará.

—Yo le confieso a usted —terminó doña Candelaria cogiendo el quinqué para retirarse—, que no comprendo cómo ha ocurrido; pero que algunas horas han bastado para que yo, y creo que todas, tengamos en usted tanta confianza como si le hubiéramos visto nacer y crecer a nuestro lado.

Doña Candelaria se fue a dormir con Valentina, y Pío Cid entró en su cuarto; encendió la palmatoria, y levantándola más arriba de su cabeza, vio a la luz tenue que el techo y las paredes reflejaban a Martina dormida, y tan arrebujada que no se descubría de ella más que algunos rizos negros como el ébano, que resaltaban más aún sobre la blancura de las sábanas y almohadas*. Luego se sentó junto a la mesa y meditó un largo rato.

Sin duda la sociedad en que vivimos descansa sobre muy frágiles fundamentos cuando un hombre como él, que ya iba

---

* ébano ____. Luego / ébano, que resaltaban, etc.

para viejo y que además era pobre, pudo en veinticuatro horas constituir una familia natural contra todas las leyes y costumbres artificiales que rigen, y que, como artificio que son, se evaporan en cuanto una voz verdaderamente humana y sincera habla inspirada por el amor, no por el amor brutal de la carne, que para amar algo tiene que declarar la guerra a todo lo demás, sino por el amor que viene del corazón, y que lo ama todo, y aún faltaba realidad para satisfacerle.

«Esta familia —pensaba— ha tenido confianza en mí, y yo he de pagarle esa confianza como mejor pueda, y ya tengo ahora algo en qué pensar seriamente.»

Con estas meditaciones se fue desnudando, apagó la luz y se acostó sin hacer ruido para no despertar a Martina.

Pío Cid quiere formar un buen poeta

Al día siguiente comenzó a funcionar la casa de la calle de Villanueva bajo la prudente dirección de Pío Cid. Las mamás eran las dueñas del bolsillo mancomunada y solidariamente, que hubiera dicho el insigne Orellana; las niñas trabajaban en las faenas de la casa y en los nuevos estudios en que las fue iniciando un maestro tan consumado como Pío Cid, y éste ganaba y pensaba por todos. Se levantaba al ser de día a pesar de los regaños de su mujer, y escribía hasta la hora de almorzar: después se iba a la oficina, y a la vuelta recogía a la muchachas y las llevaba a dar un paseo, ordinariamente por el Retiro; de regreso comían, y luego dedicaban el resto de la noche al piano, al canto, a la guitarra y a otros mil entretenimientos y enseñanzas útiles y recreativas. No entraba nadie de la calle al principio; pero más tarde solían concurrir a las reuniones de muchachos excelentes, y no ciertamente porque Pío Cid los buscara, sino porque ellos solos se presentaron, y Pío Cid a nadie le cerraba la puerta. Cuando doña Paulita se quedó sin su paisano, a quien tan obligada y agradecida estaba, no pudo resignarse a una despedida tan seca ni se atrevía a ir a visitarle, e ideó valerse de alguien para meter las narices en aquel lío, o lo que fuera. Acudió en primer término a Purilla, y le dijo que debía ir a dar las gracias a su antiguo profesor por el regalo del pañuelo; pero la muchacha se negó resueltamente, prefiriendo que la mataran antes que conocer a la familia con quien Pío Cid había ido a hospedarse. Entonces recurrió doña Paulita a Benito, y le dio a leer la carta de Pío Cid, y le convenció de que cuando éste le mostraba mayor afecto que a los demás, nombrándole a él solo en la postdata, era porque no quería romper con él.

—Debe usted ir a visitarle —le recomendó—, y procure usted ver cómo vive nuestro buen amigo, pues en Madrid hay muchas lagartas, y me temo que le hayan engañado como a un chino.

—¿Cree usted —replicó Benito— que don Pío es un niño de teta? Cuando tiene más cabeza que todos nosotros juntos...

—No le hace —insistió doña Paulita—; los hombres de más talento son los más tontos para ciertas cosas, y don Pío, con tanto como sabe, es una criatura en cuestión de faldas.

—Bueno, iré —dijo Benito—, y procuraré enterarme, aunque a mí no me gusta mezclarme en vidas ajenas.

Y fue, en efecto, una mañana, y Pío Cid le recibió muy amablemente en la sala principal, que a Benito le pareció de un palacio comparada con los cuartos de la casa de huéspedes.

—Está usted aquí mejor que un príncipe —le dijo—. Esto se llama entender la vida. Yo he sentido mucho que se vaya usted, porque pierdo sus lecciones; pero ahora casi me alegro, porque, ¡qué demonio!, no hay que ser egoístas, y usted está aquí mil veces mejor.

—Y rodeado —dijo Pío Cid— de unas cuantas muchachas muy listas, y muy bien educadas y muy honestas, que, aunque han venido a menos, son dignas de casarse con hombres de bien. Hay una que se llama Valentina, que si la viera usted, estoy seguro que se enamoraba de ella.

—Presénteme usted —dijo Benito—, aunque yo mientras no acabe la carrera no puedo enamorarme.

—Eso es mucho decir —replicó Pío Cid—; lo que no puede usted es casarse; pero enamorarse*, ¿quién lo impide? Una novia es a veces un quebraderillo de cabeza, y un motivo para recoger a fin de curso abundante cosecha de calabazas; y a veces es lo contrario, es un aguijón para estudiar más y hacerse hombre de pro. Sin embargo, lo que yo he dicho de Valentina es broma, porque la muchacha hace poco que viste de largo, y no piensa más que en jugar con cinco gatos que tiene.

—¡Dios me asista! —gritó Benito—. Cualquiera carga con una mujer aficionada a los gatos.

—Dice usted bien, amigo Benito —contestó Pío Cid—, una

---

* casarse, porque no tiene medios para sostener una familia; pero etcétera / casarse; pero, etc.

mujer gatera es una calamidad; pero una niña gatuna es una joya de gran precio, porque el amor que tiene a los gatos es indicio y preludio del amor que tendrá después a sus hijos. Valentina será una excelente madre de familia, y en cuanto tenga el primer chiquillo no tarda un mes en dar pasaporte a todos sus gatos, y se queda convertida en mujer perfecta, sin este defectillo que ahora la deslustra.

Tan entusiasmado quedó Benito con esta pintura, que volvió dos o tres veces para ver si lograba conocer a las amigas de Pío Cid. Éste se las presentó un día, y Benito las encontró a todas muy simpáticas, aunque miró más a Valentina, no porque ésta valiera más que las otras, sino porque era más joven y porque había sido indicada por Pío Cid. Benito no tenía experiencia en materia de amores; y como llevaba ya hechas las entrañas por lo que había oído de Valentina, se fijó más en ella, aunque no le dijo ojos negros tienes, sino que le habló de los malos ratos que le daba la Química y de otra porción de cosas desprovistas de oportunidad. Cuando se retiraron las jóvenes, Pío Cid invitó a Benito a que viniera los domingos a oírlas tocar el piano, a condición de que fuera él solo y de que no llevara el cuento a la casa de huéspedes.

—Descuide usted —prometió Benito—, que yo no diré nada, y lo único que he dicho a doña Paulita, porque me preguntó mucho, fue que estaba usted admirablemente, y que la familia esta era tan buena como la mejor. Además, la casa ha cambiado mucho con irse usted y Orellana, y yo no me trato apenas más que con los doctores, que dicen que se van a ir por una disputa que han tenido con los bilbaínos.

—Eso me disgusta —dijo Pío Cid—, pero puede que al fin no se vayan. Influya usted con ellos, aunque no sea más que por doña Paulita, que sabe usted que tiene un familión a su cargo.

—Eso ni que decir tiene —contestó Benito.

Y desde aquel día vino todos los domingos, sin faltar, a oír música, a charlar y a decir tonterías a Valentina, que, aunque inexperta, sabía de sobra para iniciar al infeliz estudiante en el arte misterioso de conocer el corazón femenino.

Muy otro era el segundo concurrente a casa de Pío Cid. Cuando éste salía a pasear por las tardes con las muchachas, notaba algunas veces cuchicheos y risas e indirectas que ponían a Paca colorada como un tomate. Miraba como quien no mira, y veía a lo lejos la figura entelerida de un joven que tanto tenía de hortera como de licenciado en cualquier facultad, y que lo que más tenía era frío, pues siempre iba con las manos metidas en los bolsillos de un raído gabán, que juntamente con su dueño tiritaba.

—Ese será Pablo del Valle —pensó Pío Cid—. Del Valle de lágrimas debía llamarse, porque, o mucho me equivoco, o ese hombre lo está pasando rematadamente mal. Hay que desencantar este castillo, pues de lo contrario Pablo del Valle va a seguir haciendo la ronda y no vamos nunca a saber si es pez o rana.

Con esta idea preguntó un día de repente a Paca:

—¿Cuántas cartas te ha escrito ya ese joven que te sigue por las tardes?

—Me ha escrito tres veces —contestó Paca sofocada.

—Pues aconséjale —dijo Pío Cid— que venga a hablar con tu mamá.

Vino Pablo del Valle, que no era otro el rondador, y habló con doña Candelaria, y ésta le dijo que no tenía motivo para oponerse a sus pretensiones amorosas, pero que antes de decidirse quería que diese su parecer el marido de su sobrina, el cual a falta de otro hombre hacía de cabeza en la casa.

Volvió Pablo del Valle al día siguiente y tuvo con Pío Cid una larga entrevista, de la que éste dio cuenta a toda la familia aquella misma noche en los términos siguientes:

—He hablado con Pablo del Valle, y no estoy disgustado ni creo haber perdido el tiempo; es un joven decente y de buena familia, como saben ustedes, y si se le ayuda un poco y logra conseguir una colocación fija cumplirá religiosamente sus deberes, porque ha pasado grandes miserias*, y su ideal es tener casa y plato seguro, sin pedir más gollerías. Yo le he dicho, en vista de que ahora no tiene cosa en que ocuparse, que venga todos los días y me ayude a escribir y a corregir pruebas de la traducción que traigo entre manos. Con este pretexto él vendrá y le invitaremos todos los días a comer; donde comen siete comen ocho, y esto no ha de arruinarnos; yo le daré para tabaco y para lavarse la ropa, y así le pondremos en estado de que aspire a algo**, pues tal como hoy se encuentra no es posible que haga cosa de provecho.

No era Pablo del Valle un hambriento vulgar, de esos que salen diariamente al paso, ni tampoco un genio desconocido, un poeta de guardilla, o un bohemio al estilo romántico; era

---

* apuros / miserias
** a ser algo / a algo

un joven que tenía hambre muy a disgusto suyo, y que soñaba con ganarse honradamente la vida, aunque no pudiera conseguirlo por su falta de talento práctico. Sabía muchas cosas y no sabía ganar el pan. Tenía mucho talento y vivía como si fuese tonto de remate. Tenía familia en Pamplona y un hermano rico en San Sebastián, y la familia y el hermano le habían abandonado porque no quería aplicarse al comercio ni a ningún trabajo útil, ni había tenido paciencia para concluir los estudios de Filosofía y Letras, que comenzó con gran afición. Pensaba acabar la carrera y hablaba de prepararse para ingresar en el Cuerpo de Archiveros y Bibliotecarios y Anticuarios; pero por lo pronto su único cargo era el de inspector o investigador de los carteles públicos de la corte, y rara vez se dio el caso de que Pablo del Valle viera que un cartel no tenía el indispensable timbre, no porque no hubiera defraudadores de esta novísima renta, sino porque él no se fijaba, aunque en el fijarse le iba el comer. En cambio sabía de memoria los libros raros y curiosos, y aun los simplemente viejos que había en todos los baratillos de Madrid, porque su vocación era la bibliografía, y su cabeza era el catálogo de todos los libros de España. La bibliografía es un arma de dos filos: bien comido y con un buen traje de levita y su gran erudición, Pablo del Valle podía ser un sabio notable y un distinguido académico; pero con la erudición sola era una desdicha andando. Quizá la única cosa acertada que hizo en su vida fue entrar en el baile de la Zarzuela y bailar con Paca, aunque probablemente lo hizo porque la vio vestida pobremente y no se atrevió a acercarse a máscaras de más rango. Su instinto de hombre desordenado adivinó u olió allí una mujer ordenada y casera, y no fue menester más para que Pablo del Valle siguiera este rastro que debía llevarle a la tierra de promisión.

Pero con estos encuentros la carga de Pío Cid era cada día más pesada. El sueldo no bastaba para comer, y había además que pagar casa y alquiler de piano, vestir y obsequiar de cuando en cuando a las jóvenes. La traducción del inglés marchó a paso de carga y le permitió salir adelante aquel mes, que por fortuna era el más corto del año, y sacar las alhajas que había en el empeño; porque, encima del precio estipulado, el editor le dio cuarenta duros por las anotaciones luminosas que él puso de su cosecha, y que versaban sobre diversos extremos de embriología humana, y muy particularmente sobre la manera de dar a luz las mujeres de raza negra. Estas últimas notas llamaron la atención de los doctos y dieron gran crédito al doctor don Juan López Calvo, seudónimo que Pío Cid empleó en esta ocasión. Por cierto que su idea fue poner Juan López Mata, pero el editor dijo que ya que el nombre era falso no debía ponerse Mata, que es nombre poco favorable para un médico. Pío Cid replicó que el nombre era lo de menos, y que Mata se llamó el doctor que organizó los estudios médicos en España, el cual fue un gran publicista y hombre de positivo valer; pero por dar gusto al editor sustituyó Mata por Calvo, apellido que anuncia a una persona que tiene pocos pelos en la cabeza a causa de sus estudios y vigilias. No hubo por el momento nuevos trabajos editoriales, y Pío Cid, con la presteza que le era propia, imaginó otros medios de ganar dinero para hacer frente a sus obligaciones domésticas, a las que no quería faltar por nada del mundo. Entonces fue cuando yo le conocí en la redacción de *El Eco*, periódico recién fundado por Cándido Vargas, y del que yo fui redactor*, encargado de la crítica teatral y de las cuestiones sociales.

Me hallaba un día en la redacción solo y sin ganas de escribir, cosa que me sucedía con frecuencia, cuando vi entrar a Pío Cid, cuya figura y nombre no me eran desconocidos, porque Cándido Vargas me habló de él una vez que le encontramos en la calle, y aún recuerdo que extrañó que yo no le conociera siendo paisanos y habiendo seguido los mismos estudios. Preguntó Pío Cid por don Cándido Vargas, y yo le respondí que poco tardaría en llegar, y le ofrecí una silla que junto a mí estaba. Él la aceptó y me dijo, sin darme las gracias:

—Parece usted paisano mío por el tipo y por el acento.

—Y lo soy —le contesté yo—, y me alegro de tener ocasión de hablar con un paisano de quien don Cándido me ha hablado con mucho elogio.

—Cándido Vargas —dijo Pío Cid— es un buen chico, y es lástima que se haya metido en estos trotes, cuando podía ser un gran autor dramático.

—¿Cree usted eso? —pregunté yo, que no conocía aquella habilidad de mi director.

—Sí que lo creo, y tengo pruebas, y más que pruebas, hechos; porque el año pasado me dio a leer una comedia, y le

---

* periódico fundado... fui largo tiempo redactor / periódico recién fundado... fui redactor

189

digo a usted que era una comedia magnífica. Yo se lo dije así, como lo pensaba, y luego le aseguré que el público la silbaría, con lo cual ya no quedaría duda de la excelencia de la obra. Pero Cándido no está por la gloria con silbidos, y se hizo atrás; mal, muy mal hecho...

En esto entró Cándido Vargas; él y Pío Cid se saludaron con gran afecto, y seguimos hablando de la comedia en tono de broma, hasta que Pío Cid dijo que tenía que irse y que a lo que venía era a que le anunciáramos, sin dar su nombre, como profesor de lenguas vivas.

—¿Tan mal andas —le preguntó Cándido Vargas— que tienes que tascar el freno?

—No ando muy bien, y antes de estar peor me curo, aunque parezca que me curo en salud —contesto Pío Cid—. Si ese anuncio no pega, recurriremos a la preparación para carreras especiales o a los estudios de Derecho. Lo de las lenguas me agrada más, porque es lo que me molesta menos.

—Te voy a hacer una proposición —dijo Cándido Vargas—: te encargo para mi periódico una revista extranjera, de política principalmente; semanal o quincenal, o trimensual, como quieras.

—Aceptado y gracias —dijo Pío Cid—; pero no olvides por eso el anuncio.

—No lo olvidaré —contestó Cándido Vargas—, porque cuenta con que no te voy a dar ningún puñado de duros; que el periódico anda de cabeza, y lo más que podré arañar serán quince durejos.

—Tú das lo que quieras —dijo Pío Cid—, y adiós.

Se marchó, y según lo convenido, siguió viniendo todas las semanas un día, y en dos o tres horas daba un vistazo a la prensa extranjera y componía lo que él llamaba su buñuelo, y se iba como si no hubiera hecho nada. Otras veces traía las revistas ya hechas, sin haber leído los periódicos, y por raro azar éstas eran las mejores y más acertadas en sus pronósticos políticos. Pero más que sus pronósticos, lo que nos llamaba la atención en él era la pasmosa facilidad de su pluma, que en un instante cubría de ilegibles garrapatos seis u ocho cuartillas, de las que luego salía un artículo tan claro y sonoro que daba gusto leerlo.

El anuncio salió en *El Eco,* y valió a Pío Cid dos lecciones, que, juntas con las revistas, le daban más de treinta duros al mes. Y una de las lecciones le dio, además, un amigo, que debía ejercer en su vida una considerable influencia. No porque este amigo fuese hombre de mucho valor*, sino porque le sacó de sus casillas y le lanzó en una aventura desdichada, donde se originaron grandes infortunios. En un mismo día fueron a hablarle los dos discípulos: Severiano Tauris y Adolfo de la Gandaria[1]. Tauris era italiano, o griego de nacimiento, aunque su idioma natural era el alemán por haber vivido, cuando era niño, en Alemania con su padre, que, según parece, se vio obligado a huir por cuestiones políticas. Después de rodar por el mundo había venido a España, y como se hallaba mal de recursos, pensó hacer oposiciones a unas cátedras de alemán, para las que no era obstáculo su condición de extranjero. Lo que él deseaba era conocer bien el español, estudiándolo con un maestro que supiera hablarle en su idioma. Pío Cid le dio las lecciones que necesitaba, pero sin tratarle nunca con intimidad; porque creyó que el tipo aquel era un pájaro de cuenta, y que a poco que se ahondara en él quizá resultaría falso hasta el nombre. Con Gandaria, al contrario, intimó pronto, porque este era un joven que se hacía querer por su carácter franco y jovial, no obstante sus pretensiones de diplomático. Gandaria era diplomático efectivo; servía como agregado en el Ministerio de Estado, y esperaba que le nombrasen en breve secretario en la embajada de Londres, por desearlo él así y contar con buenos padrinos.

—Ya ve usted —decía Gandaria cuando fue a hablar con Pío Cid—, me parece una insigne majadería ir a un país sin conocer su idioma. Esto es lo que hacen todos, pero yo no quiero hacerlo, sino que estoy decidido a hablar inglés por los codos antes de cruzar el canal de la Mancha.

—Su decisión de usted me parece muy discreta, señor Gandarias —le dijo Pío Cid—, y si de mí depende, hablará usted en dos meses como una cotorra.

—No me llamo Gandarias, señor Cid —rectificó el joven—, sino de la Gandaria. Los Gandarias no tienen nada que ver con nosotros, aunque esto no es rebajarlos.

—Sea Gandarias o Gandaria —dijo Pío Cid—, lo esencial es que usted me parece una persona muy estimable, y que le daré con mucho gusto lecciones de inglés en cuanto usted se decida a comenzar.

---

* valer / valor
[1] Es muy probable que Adolfo de la Gandaria se inspirase en José de Cubas, diplomático y amigo de Ganivet.

—Mañana mismo, si usted quiere, a esta misma hora, que es la mejor para mí, porque es cuando salgo del Ministerio.

Así comenzaron las lecciones de Gandaria, que a los pocos días no fue discípulo, sino amigo íntimo y admirador de Pío Cid.

Gandaria era muy entusiasta, y no era menester mucho para que él pusiera a las personas en los cuernos de la luna. Pío Cid le entró por el ojo derecho, y después que le oyó hablar de una porción de materias que él desconocía en absoluto, se quedó pasmado. Debe de advertirse que Gandaria, cuyo talento natural era grandísimo, tenía una cultura superficial y tan estrecha de molde, que hablarle a él de labranza o de trabajo industrial o de las operaciones de los diversos oficios, o de animales, plantas y minerales, o de los astros que pueblan el firmamento, y de las miserias que se agitan en el fondo de la vida humana, era descubrirle arcanos, ante los que se quedaba asombrado y atónito. Pío Cid le pareció un pozo de ciencia, y si algo faltaba para disputarle por sabio universal, este algo llegó el día que Gandaria, creyendo estar puesto en terreno firme, intentó cegarle los ojos hablándole de diplomacia y de si a España le convenía aliarse con esta o aquella nación, y de las contingencias probables en todos los casos, según la pauta que él sabía de memoria. Aquel día Gandaria echó el resto, y no fue el joven distinguido que sabía montar a caballo y llevar el frac con distinción suprema, sino que fue el regenerador de la vieja y carcomida diplomacia española. Pío Cid le dejó desahogarse, y después de escuchar pacientemente la elocuentísima monserga, le dijo por toda contestación:

—Ahora mismo me he convencido, amigo Gandaria, de que tiene usted un verdadero temperamento de poeta, y de que debe usted dejar en el acto la diplomacia para que esta siga su curso natural, que es el que ahora sigue, y el que debe seguir sin que nadie lo tuerza.

—Hombre, usted me descuaja (esta palabra y otras muchas eran nuevas en el vocabulario del joven diplomático). ¿Será usted capaz de sostener que nuestra política exterior es inmejorable? —le preguntó a su contradictor, dando un puñetazo en la mesa.

—Es inmejorable porque no existe —contestó Pío Cid.

—¡Acabáramos! —exclamó Gandaria.

—Pero no se precipite usted —continuó Pío Cid—; no existe, ni debe existir, hasta que nazcan en España seres racionales que comprendan lo que conviene hacer. Mientras este día llega, el mejor partido es no hacer nada, y para no hacer nada no es posible encontrar, ni buscándolas con candil, personas tan diestras y hábiles como las que ahora tenemos al frente de nuestros negocios, que deberían llamarse no-negocios.

—¡Ja, ja, ja.! ¡Si yo dijera en la Casa que debe llamarse Ministerio de los No-negocios Exteriores! —exclamó Gandaria, riendo como un desesperado.

—Si lo dijera usted le darían una cruz —dijo Pío Cid.

—Todo podría ser —asintió Gandaria.

—En nuestro amado país —dijo Pío Cid— todos los centros gubernativos debían llevar una partícula negativa. Tendríamos Ministerios de la Desgobernación y de la Desgracia, de la Sinhacienda y de la Sinmarina, y así por el estilo. El único que funciona es el de la Guerra, y funciona mal[2]. Pero ahora, hablando seriamente, yo le digo a usted que hay que trabajar para que España se levante, y que hasta que se levante no hay medio de hacerla andar en ningún sentido. Por esto la diplomacia es la última que debe aquí entrar en juego, y por ahora nada bueno se podría sacar metiéndose en historias, como no fuera que nos moliesen a palos como a Don Quijote los yangüeses. Yo he conocido a muy pocos diplomáticos españoles, y alguno de ellos ni siquiera conocía los límites geográficos del país en que representaba a España; pero éste, más que los otros, tenía un orgullo a prueba de bomba; y como quiera que lo único que hoy tenemos en España es ignorancia y orgullo, no se puede pedir más perfecta representación de lo que somos. Ese orgullo es bueno: algún día vendrá el saber y todo se andará. Nosotros no conocemos más que dos orgullos: el aristocrático y el militar. El día que tengamos el orgullo intelectual podremos aspirar a algo. Yo soy quizás el único español que tiene ese orgullo, pero pronto nacerán centenares que lo tengan, y usted debía también afiliarse a mi bando, y puesto que posee bienes de fortuna, dejarse de diplomacias y trabajar para ser el primer poeta de España.

Probablemente, hablando así, Pío Cid recargaba adrede,

---

[2] Esta desesperanza respecto a la política oficial de España es común entre los pensadores del 98, tales como Azorín, Pío Baroja y Ramón del Valle-Inclán. Si al principio estos escritores tienden a creer en un planteamiento político ante el problema de la regeneración nacional, van progresivamente abandonando tal postura en favor de una reforma individualista y espiritual.

con colores sombríos, el cuadro, ya triste de suyo, que ofrece nuestra infortunada nación, para quitarle a Gandaria de la cabeza el propósito de regenerar a su patria; porque el joven diplomático era uno de esos fantaseadores candorosos que lo hallan todo llano como la palma de la mano, y se figuran que no hay más que imaginar las cosas para que luego ocurran como se las había imaginado. Él unía en abrazo fraternal a España con todas las naciones de origen hispánico, y con este núcleo de fuerza se convertía en árbitro, o poco menos, de los destinos del orbe. Sobrevenía un formidable conflicto entre Europa, coligada, e Inglaterra sola, en un solo cabo, y el triunfo del continente era seguro; pero España se ponía del lado de Inglaterra, y Europa tenía que rendirse a discreción después de un larguísimo bloqueo. Excepto Rusia, las naciones escandinavas y Suiza, que habían permanecido neutrales, todas las demás salían con las manos en la cabeza, mientras que España, aparte de la restitución de Gibraltar, se redondeaba con el protectorado de Marruecos, quedando de paso fundada la unidad ibérica, porque Portugal había combatido al lado de España, y después de la victoria habían ambas naciones convenido en la unión[3].

—Todo eso está muy bien —le dijo Pío Cid echándole otro jarro de agua fría—; pero no se forje usted ilusiones. Casi todos los oficiales de nuestro ejército salen de las Academias soñando en arduos problemas estratégicos, y después se consumen años y años ¿en qué?: en instruir a los quintos e inspeccionar el rancho. Si usted va a una embajada, lo que tendrá usted que hacer, si hace algo, es poner en limpio las comunicaciones que escriba algún superior, que quizás estén plagadas de sandeces. Y cuando a los treinta años de servicio llegara usted a ser cabeza, estaría usted tan aplanado y tan macilento que no pensaría usted más que en cobrar la nómina.

---

[3] En el *Idearium español* Ganivet rechaza el concepto de la unidad ibérica, tan aplaudida por los que todavía soñaban con el imperio. Propone que España demuestre su valor no en el campo de batalla, sino en el cultivo del espíritu nacional: «Hemos de hacer acto de contrición colectiva; hemos de desdoblarnos, aunque muchos nos quedemos en tan arriesgada operación, y así tendremos pan espiritual para nosotros y para nuestra familia; que lo anda mendigando por el mundo, y nuestras conquistas materiales podrán ser aún fecundas, porque al renacer hallaremos una inmensidad de pueblos hermanos a quienes marcar con el sello de nuestro espíritu.»

—Pero, amigo Cid —replicó Gandaria—, por precisión hay que ser brazo si se pretende ser algún día cabeza.

—Ese es un error —afirmó Pío Cid—; el que quiere ser cabeza debe serlo desde que nace. Si usted se dedica a la poesía y logra tener una personalidad, ya es usted cabeza; y si además de la poesía le gusta la diplomacia, siendo un gran poeta puede ser, de golpe y porrazo, ministro o embajador.

—No está mal pensado eso —dijo Gandaria.

Y se fue aquel día dispuesto a ensayar sus fuerzas poéticas, y convencido de que Pío Cid era también, por ser de todo, perro viejo en materias diplomáticas, no sólo por las muchas historias secretas de que se mostraba enterado, sino porque al despedirse le dijo*:

—Amigo Gandaria, para quitarle a usted por completo las ilusiones que le puedan quedar, le diré que ese señor I. R. Dávalos que firma las revistas de *El Eco,* y que usted ha citado como gran autoridad en apoyo de algunas de sus opiniones, soy yo mismo; y le diré además que lo que allí escribo lo escribo para comer y porque sé que nadie ha de hacerme caso por ahora. Mis ideas no serán malas, pero son prematuras, y las expongo para que vayan sonando en las distraídas orejas de nuestros compatriotas.

Lo que decidió a Pío Cid a aconsejar a Gandaria que cultivara las musas fue la brillante imaginación de que aquel día hizo gala el joven; y por si la imaginación no bastase, había además otra circunstancia más honda, en la que el amor andaba por medio. A la tercera lección fue ya Gandaria presentado a la familia de Pío Cid, y comenzó a frecuentar la casa y a pretender llevar a Pío Cid a la suya. Este se excusó con el pretexto de sus muchos trabajos, y arregló de modo que intimasen Gandaria y Pablo del Valle, de cuya amistad se prometía muy buenos frutos. Donosa le parecería la ocurrencia a quien hubiera visto, como yo vi, entrar un día en la redacción a Gandaria y Pablo del Valle, cuyas figuras hacían reír viéndolas juntas. Gandaria era un poco obeso, muy rubio, los ojos azules, la nariz aguileña y la boca un poco sumida, sombreada por un ligero bozo que aún no llegaba a bigote, y toda su persona era la perfección consumada en el vestir y la corrección atildada en el trato. Pablo del Valle era flaco y demacrado, casi exangüe; y con sus ojos tristes y su barba negra, parecía un Cristo crucificado, que en vez de túnica

---

* dijo sonriendo / dijo

llevaba unos pantalones roídos por abajo y un gabán inverosímil. Ese antagonismo, justo es decirlo, duró poco, porque en cuanto Gandaria tuvo confianza con su amigo le dio un gabán muy decente, y luego le dio unos pantalones y un chaleco y un chaquet, y sombrero y calzado, y hasta ropa interior. Con esto, y con algo que puso también Pío Cid, Pablo del Valle se metamorfoseó completamente, y Paca, que antes le miraba con lástima, comenzó a mirarle con satisfacción. Pablo del Valle le dio en cambio a Gandaria una idea, la única que él tenía y que era su ídolo y su amor: el Libro. Su adoración era tal, que a fuerza de mirar un volumen por fuera adivinaba lo que decía dentro sin necesidad de leer, a lo que no era muy aficionado. Gandaria empezó a hablar del tomo de poesías que estaba preparando; y aunque al principio la noticia era falsa, no tardó en ser verdadera, porque el falso poeta, sugestionado por su propio atrevimiento, no quería quedar en ridículo, y probó sus fuerzas y vio con asombro que sabía componer verso, y oyó a Pablo del Valle afirmar que los versos eran óptimos, y se echó a volar por los espacios etéreos. Todas estas transformaciones las noté yo, porque Gandaria y Valle iban con frecuencia a *El Eco* a buscar a Pío Cid; y cuando comprendí por ciertos detalles que detrás del telón estaba Pío Cid moviendo los muñecos, fue cuando me fijé en el raro y original mérito de mi gran paisano, y me aficioné a él y solicité ser su amigo, y conseguí ser el predilecto, según me dijo muchas veces, y sufrir su benéfica influencia. A todos los transformaba, y a mí, por estimarme más, me trastocó, de joven ambicioso que era, en filósofo contemplativo, y me arrinconó en este lindo carmen, quizá para que pudiera escribir la historia de sus trabajos que ahora mismo estoy escribiendo.

Además de la idea del libro de poesías, le inspiró Valle a Gandaria la de impulsar a Pío Cid por un nuevo camino.

—Si yo me hallara en el lugar de usted —le dijo— no dejaría que se consumiera sin dar utilidad al mundo un hombre como Pío Cid.

—¿Qué me dice usted? —respondió Gandaria—. Yo soy el primero en aconsejarle que se dé a conocer y ocupe el puesto que merece.

—No bastan los consejos con un hombre como él —insistió Valle—; hay que comprometerle. ¿Cree usted que si le dijeran, por ejemplo, vaya usted de gobernador a tal provincia sería capaz de renunciar? Y si su papá de usted, que manda tanta fuerza en la nueva situación, lo deseara, Pío Cid sería gobernador como yo me llamo Pablo.

—Pero Pío Cid —contestó Gandaria— no tiene condiciones para el cargo.

—Pío Cid —afirmó gravemente Valle— sirve para todo. Yo he leído versos suyos, que son una maravilla, y le he oído hablar de ciencias y de artes como un oráculo, y luego le he visto hacer cosas que parecen impropias de un hombre de estudios y que revelan que para él no hay nada grande ni pequeño. El curó a mi novia como usted sabe, y yo le he visto hacer los collares que tienen los gatos de Valentina, que parecen obra de un maestro talabartero. Si va al Parlamento y quiere hablar, aunque no ha hablado nunca en público, hablará como Cicerón o Demóstenes; y si le nombran gobernador, convertirá su provincia en un paraíso.

—No me refería yo —dijo Gandaria— a las condiciones de inteligencia y carácter, pues de sobra conozco a nuestro amigo, sino a la aptitud legal. Para que fuera gobernador tendría antes, que ser diputado.

—Y ¿a usted le parece que es muy difícil sacar un diputado? —preguntó Valle—. Ahora están haciendo el encasillado para las próximas elecciones, y con trabajar un poco la partida...

—Ya hablaremos de eso —dijo Gandaria despidiéndose—. Si de mí dependiera...

Valle se fue muy contento, pensando en que, si algún día Pío Cid era nombrado gobernador, él iría de secretario del gobierno, cargo que le seducía más que ningún otro. Gandaria entró en su casa deseoso de hacer algo por Pío Cid, ahora que había encontrado la manera práctica de mostrar su entusiasmo por su maestro.

Halló reunidos en conversación familiar a sus padres y a su única hermana, Consuelo, que tenía dos años menos que él y que era una encantadora criatura. Don Adolfo estaba de pie junto a la chimenea; doña Fernanda leía, alternando en la conversación, y Consuelo jugaba con un perrillo de lanas, mientras hablaba con su padre precisamente de Pío Cid. Porque Adolfito les había dicho algo de éste y de su familia. principalmente de Martina, de la que habló con tanto interés que Consuelo no pudo menos que decirle:

—Adolfito, parece que tu maestra te ha flechado con buena puntería.

—¿Qué me dices, Consuelito? —respondió él—. ¡Ni pensarlo siquiera!

Así, cuando entró Adolfo, Consuelo se encaró con él y le dijo:

—¿No te aseguraba yo que no me era desconocido el nombre de tu profesor? Pues no me equivocaba. Hoy he hablado con alguien que le conoce y que sabe de él lo que tú no sabes.

—Cuéntame, cuéntame —preguntó Adolfo con viveza.

—No quiero guardar ningún secreto —contestó Consuelo—. La que me ha hablado es Rosita Suárez, a quien tú conoces muy bien. Pero te encargo que no le hables de esto.

—Y ¿qué te ha dicho Rosita? —preguntó Adolfo de nuevo.

—Te contaré —respondió Consuelo, disponiéndose a hablar con puntualidad—. Un día me vine de la iglesia con Rosita y hablábamos de lo perdidos que están, digo, que estáis los hombres, y le pregunté yo a Rosita que si no había pensado nunca en casarse. «¿Querrás creer, me respondió, que yo misma me parezco una vieja y que no me acuerdo de que haya hombres en el mundo?» «Pero, ¿es posible, le pregunté yo, que no te haya interesado nunca ningún hombre?» «Ninguno, me contestó; es decir, hay uno, pero este no sé si es un hombre o un demonio.» «¿Quién es?, le pregunté.» «Tú no le conoces, porque no frecuenta la sociedad ni su nombre suena para nada.» Y entonces me dijo el nombre de Pío Cid, que se me quedó en la memoria porque no es corriente ni vulgar. «Y ¿cómo es, le pregunté yo, que habiéndote interesado yo te casaste con él?» «No era posible, me respondió; en fin, no hablemos de esto, que a nadie se lo he dicho nunca sino a ti.» Hoy recordé esta conversación y que Rosita era la que me había hablado de tu profesor, y fui a hablar con ella; y ¿sabes lo que me ha dicho? Que no es posible que Pío Cid esté casado. Por cierto que se puso más pálida que un cadáver, y que para mí es seguro que ella ha tenido algo con tu profesor.

—¿Qué me cuentas, Consuelito? —exclamó Adolfo—. Que me maten si comprendo.

—Pues es muy claro —dijo Consuelo—. Rosita es una joven decente; el don Pío Cid ha tratado de engañarla, y ella, aunque le quisiera, ha huido de él, como hubiera hecho en su lugar cualquier mujer honrada.

—Más fácil es —gritó Adolfo— que Rosita esté celosa porque Pío Cid no le haya hecho caso. ¡No irás a decirme que Rosita es una beldad!

—Celosa o no celosa —contestó Consuelo—, lo que ella asegura, apostando la cabeza, es que Pío Cid no está casado y que la familia con quien vive debe de ser gente de manga ancha.

—Y lo que yo aseguro —gritó Adolfo enfurecido— es que si una mujer se enamora de un hombre, y ese hombre quiere engañarla, no hay decencia ni honestidad que la salven.

—No digas esas herejías, Adolfo —exclamó doña Fernanda—. Ese no es modo de hablar con una hermana tuya.

—Es que me molesta la gazmoñería —dijo Adolfo—, y esa Rosita, que es más fea que un galápago, quiere tirar piedras a las demás porque la rabia se la come de no haber podido encontrar quien cargue con ella.

—Y tú te enfureces —dijo Consuelo con malicia— porque te tocan el punto sensible.

—¿A mí? —preguntó Adolfo—. Déjate de cuentos. ¡Pues si hoy mismo venía a hablar a papá en favor de Pío Cid! ¿Quieres mejor prueba de que soy su amigo leal y verdadero?

—Y ¿qué ibas a decirme? —preguntó don Adolfo, que presenciaba la escena con impasibilidad, en él habitual.

—Pues te iba a decir —contestó Adolfo— que a ti que te gusta proteger a quien vale y crear hombres de provecho, se te presenta ocasión de ayudar a un hombre a que sea ministro en veinticuatro horas.

—No exageres —contestó don Adolfo, que, en efecto, era una nulidad completa, y a falta del orgullo de ser algo, tenía el orgullo de dar, como él decía, «golpes de hombro» a todos los que se figuraba que prometían.

—Ahora que tenemos en el Ministerio a don Bartolomé —insistió Adolfo—, podías trabajar para que sacaran a Pío Cid como adicto, y tú verías si mi hombre daba o no de sí. Por supuesto que voy a obligarle a que venga, y en cuanto hables con él, verás que me quedo corto.

—¿Cómo es eso? —preguntó el papá—. ¿No querrá él venir?

—Él dice —contestó Adolfo— que su casa está abierta para todos, pero que no quiere ir a casa de nadie, porque no le gustan los cumplimientos ni los compromisos que el trato trae consigo.

—Entonces, ¿qué hombre es ese para la política? —preguntó el papá.

—Ahí está el quid —respondió Adolfo—; en que no es un ambicioso, sino que hay que forzarle y comprometerle para que salga de su oscuridad.

—Hombre —dijo el papá—, me parece que habiendo tantos cientos y miles que están suplicando con el sombrero en la mano, es una insigne estupidez, y dispensa la frase, ir a solicitar a quien no pide nada, ni probablemente agradecería lo que por él hicieran.

—Ahí está el mérito —insistió Adolfo—; y... en fin, tú le conocerás.

Fuese don Adolfo, y tras él su esposa, y quedaron solos los hermanos.

—Mira Adolfito —le dijo Consuelo—, yo soy más lista que tú, y te estoy viendo, y lo que tú deseas es sacar a tu amigo de su casa para que te deje el campo libre.

—¡Consuelo, por Dios, que eres atroz cuando te pones a pensar mal! —exclamó Adolfo—. Que me muera ahora mismo de repente si tal idea ha pasado jamás por mi cabeza.

—Bueno —insistió la hermana—, yo te hago la indicación para que andes con cuidado, porque —añadió, bajando la voz—, esto no lo he querido decir, pero sé por Rosita que ese Pío Cid es un hombre terrible, que tiene cometidas las mayores crueldades que se pueden concebir.

—Esos son cuentos de vieja —afirmó Adolfo.

—Rosita lo ha leído en un libro, y desde entonces le tomó horror a ese hombre —dijo Consuelo.

—¡Cállate! —exclamó Adolfo—. ¿Si será el libro que dice Pablo del Valle que compuso Pío Cid, y del que tiene el único ejemplar que hay en España un cura que dice misa en San Ginés? Si es así, no me extraña lo que dice Rosita, porque el cura no ha querido prestarle a Valle el libro a causa de las herejías que contiene. Pero ese libro es de entretenimiento. Ya conocerás tú a mi amigo, y me dirás si no es un hombre de gran corazón. ¿Quieres que le proponga venir a darnos a los dos lecciones de inglés? Así vendría sin dificultad.

—Bueno haz lo que quieras —dijo la joven, que ya sentía curiosidad por conocer a Pío Cid, aunque no tanta como por conocer a Martina.

Pocos días después vino Pío Cid a casa de los Gandaria acompañado de Adolfo; y aunque la visita era la primera, no fue de mero cumplido, sino que en ella se trató de asuntos serios y quedó cimentada la resolución de don Adolfo de ayudar con todo su valer a aquel hombre, que no sólo demostraba tener un talento descomunal, sino que, por una rara circunstancia, coincidía en sus puntos de vista con los del propio señor de la Gandaria. Verdad es que don Adolfo, aparte su idea fija de ejercer de Mecenas político, no tenía ideas propias ni puntos de vista personales, y se adhería a los de los demás; pero, de todos modos, es cierto que jamás se adhirió a nadie con tanta fuerza ni con tanto entusiasmo como a Pío Cid, que aquel día estuvo inspirado y certero. Se habló de cosas superficiales, llevando el peso de la conversación los dos Gandaria, padre e hijo. Pío Cid asentía o contestaba con alguna frase breve, para que fuera don Adolfo quien llevara la voz cantante. Hasta que al término de la conversación, estando presentes doña Fernanda, que entró a buscar a su marido para salir con él, y Consuelo, que se quedaba en casa con Adolfo para comenzar las lecciones, al señor de la Gandaria se le ocurrió decir:

—Estamos completamente de acuerdo, señor Cid, y he oído con sumo gusto los juicios emitidos por usted; porque estamos devorados por el pesimismo y me complace ver que aún hay hombres que, como usted tienen fe y esperanza en el porvenir de nuestra desgraciada nación. Pero... una pregunta se me olvidaba hacerle sobre un asunto que para mí es de importancia capital: ¿cree usted que las instituciones actuales son una solución definitiva de nuestra organización política general, y que se ha cerrado ya el periodo constituyente y que no se deben tocar en adelante las leyes fundamentales del Estado?

—¿Cómo he de creer yo semejante desatino? —contestó Pío Cid casi indignado—. A mi parecer, la organización que hoy tenemos es apropiada a nuestro estado actual*, no sabemos lo que queremos, valemos muy poco y sabemos poquísimo; ¿cómo vamos a tener un poder fuerte? Si lo tuviéramos de nombre, ¿cree usted que íbamos a engañar a nadie? Le voy a citar a usted un caso que le ocurrió a un amigo mío, director de cierta Sociedad. El hecho ocurrió en Dinamarca. Este amigo proyectó la construcción de un edificio para establecer en él las oficinas de la Sociedad que dirigía; y deseoso de hacer ver que la Sociedad era muy fuerte y poderosa, ideó lo que quizá a un arquitecto no se le hubiera ocurrido: poner desde el cimiento hasta la altura del primer piso, en vez de pilastras o columnas u otro adorno, enormes elefantes que con sus machuchas patas parecían sostener en peso aquel palacio. La idea era discreta, pero no bien intencionada, porque la fortaleza de la Sociedad de mi amigo era muy inferior a la de un elefante, y acaso hubiera sido más propio idear que el edificio estuviera sostenido en el aire por ligeras mariposas. No había ni dinero para que los elefantes fueran esculpidos en piedra durable, y

---

* intelectual / actual

hubo que vaciarlos en escayola, y antes que el edificio estuviera terminado había elefantes que habían perdido la trompa, los colmillos y las orejas, por cuyas roturas denunciaban la fragilidad de la construcción y anunciaban al público el engaño.

—¿Y qué consecuencia saca usted de ese ejemplo, que en verdad es interesante? —preguntó don Adolfo.

—Muy sencilla —contestó Pío Cid—. Nuestro país es un país de imaginación, y no se conforma con el papel modesto, y a ratos poco airoso, que ahora tiene que representar. Hay quien sueña con un poder fuerte y elefantíaco, como si dijéramos, el absolutismo. Y hay que preguntar si tenemos medios para costear esos lujos, si no es más prudente ir economizando y reuniendo fuerzas y robustecer el poder político conforme nuestros ideales vayan necesitando un instrumento de acción más poderoso...

Don Adolfo comenzó a comprender; y como, no obstante su adhesión al régimen constitucional, él en su interior era absolutista, no pudo contenerse y exclamó:

—Luego entonces ese régimen de ahora no es definitivo...

—No hay nada definitivo en el mundo, señor Gandaria, y nuestro sistema parlamentario, lejos de ser definitivo, está ya deseando que le den un puntapié y lo quiten de en medio. Ya le he dicho a usted que los problemas políticos me interesan menos que los astronómicos; así, pues, yo hablo sin encono, con absoluta imparcialidad e independencia, y le aseguro a usted que es mi convicción íntima que nuestro período de devaneo parlamentario no durará un siglo entero. Nuestro gobierno natural es un gobierno fuerte y duro, como nuestro temperamento; la filantropía democrática nos parece una degeneración de nuestro carácter, puesto que nosotros, quién más quien menos, todos somos reyes en nuestra casa y para nuestro fuero interno, y nos gusta que el rey o gobernador, o lo que sea del país, lo sea de verdad, para, si llega el caso, lucirnos haciéndole bajar la cabeza. El tipo que más entusiasma a nuestro pueblo es el de un hombre que, como el Cid, trata al rey de potencia a potencia ; pero tales caracteres sólo se forman cuando los reyes lo son de cuerpo entero e inspiran admiración o temor. Si el rey es un funcionario reglamentado como los demás, los ciudadanos serán borregos esquilados, y el poder nacional, disgregado y disperso, sólo se mostrará en actos mezquinos de autoridades enanas, cuyos desafueros, cuando los cometen, sólo son merecedores de que se les castigue con un cogotazo. Por esta razón, en cuanto nosotros recobremos nuestro perdido vigor espiritual con sus naturales creces, hemos de querer un gobierno a nuestra semejanza, y el régimen de hoy se hundirá sin que haya tiempo para componerlo, ni siquiera para apuntalarlo.

—¡Magnífico! —exclamó don Adolfo, conteniéndose para que no se le saltaran de gusto las lágrimas—. Si fueran esas las ideas de nuestra juventud, habíamos entrado en el buen camino para regenerar a nuestra patria.

—Idealismo y fuerza[4] —dijo Pío Cid—. Éste debía de ser el lema de esa juventud, pues debajo de esos conceptos de anchura hay para que todos se muevan, sin romper los vínculos comunes con que nos enlaza la tierra que nos sustenta, y el cielo, bajo el cual hemos nacido, y la tradición intelectual que a todos nos ha amamantado, cuando antes de pensar por cuenta propia aprendíamos a pensar en las obras magistrales de nuestra lengua.

—Idealismo y fuerza —repitió don Adolfo.

—Y catolicismo —agregó doña Fernanda, impaciente—, y catolicismo.

—Eso por descontado —dijo su esposo. Y luego añadió—: Dispense usted, señor Cid, que tenga que retirarme; pero no me gusta que me esperen mucho. Espero que esta conversación agradabilísima no será la última...

Y con los usuales cumplimientos se marcharon los esposos, y se quedaron Adolfo y Consuelo con Pío Cid, hablando del mismo tema político por no hallar otro a mano en aquel

---

[4] Este ataque de la filantropía democrática en favor de idealismo y fuerza coincide con la postura que Ganivet tomó en el *Idearium español*, *La conquista del reino de Maya* y en su epistolario a Navarro Ledesma. Ganivet temía que la democracia y el socialismo legitimizaran una igualdad artificial que significaría una reducción de la libertad individual y también de la identidad nacional. Por eso optó por un gobierno de hombres fuertes en vez de uno determinado por las elecciones populares, preferencia que desde luego le convirtió en blanco de la crítica feroz de Manuel Azaña. Sin embargo, pocos realmente aprecian la complejidad de la política ganivetiana. Porque, mientras atacaba la democracia, Ganivet se refería a sí mismo como un «antiguo proletario» con un «instinto popular» que no podía aguantar ni «el pueblo como organismo social» ni la explotación de los pobres por los ricos (ver: *Epistolario*, cartas del 18 de agosto de 1893, del 4 de septiembre de 1893, del 17 de noviembre de 1893, del 27 de noviembre de 1893 y del 6 de agosto de 1894).

instante, hasta que Consuelo, dirigiéndose a Pío Cid, le preguntó:

—¿Es cierto lo que me ha dicho Adolfo, que usted adivina el carácter de las personas por la escritura?

—No quisiera dejar a su señor hermano por embustero —contestó Pío Cid—; pero lo de adivinar es de su cosecha. Hay personas que adivinan, y otras que analizan la escritura, y muchas que explotan la credulidad humana; yo no soy adivino ni analizador, y le ruego a usted que no crea en la mayor parte de los descubrimientos de la grafología. Lo que hay de verdad en eso es que algunos de los rasgos del carácter personal se reflejan en la escritura espontánea, y cuando se ha leído mucho y se tiene gran experiencia y hábito, se acierta a ver en su autógrafo, como en un retrato, muchas de las cualidades morales del autor o del modelo.

—Para el caso viene a ser lo mismo —dijo la joven—. Le he hecho la pregunta porque tengo gran interés en que usted me diga su opinión sobre el carácter de letra de cierta persona.

—Como usted quiera; yo le diré sinceramente mi impresión, advirtiendo desde luego que puedo equivocarme —dijo Pío Cid.

—Pues voy por las cartas —dijo Consuelo; quien volvió a poco con una cajita japonesa.

Adolfo se levantó diciendo:

—Mientras usted analiza esos importantes documentos voy a salir un minuto, que ahora recuerdo algo que se me había olvidado.

—Pero Adolfito —insinuó su hermana—, eso no es muy formal que digamos.

—Dispénsame —replicó Adolfo—; pero es un asunto que no puedo aplazar... Vuelvo sin tardanza. —Y salió disparado, mientras Pío Cid decía*:

—Se podría asegurar que esta es la hora en que el joven Adolfo espera ver a la señora de sus pensamientos. Hay que ser tolerantes con los arrebatos juveniles, puesto que todos hemos pasado por ellos... Es decir, yo no he pasado, y bastante me pesa; pero usted se halla en la mejor edad para comprender...

—No lo crea usted: soy yo más vieja que parezco —dijo Consuelo, sentándose con un movimiento elegantísimo en el borde de un diván como amazona que monta a caballo.

---

* decía sonriendo / decía ——

204

Pío Cid la observó rápidamente y replicó:

—¿Tendrá usted dieciocho años?

—De cuerpo —asintió la joven—; pero ¿y de espíritu?

—De espíritu —contestó Pío Cid, sonriendo— doce o trece.

—¿Eso cree usted? —preguntó Consuelo, sonriendo también, entre halagada y ofendida.

—Hay en usted —afirmó Pío Cid— cierta apariencia de mujer dueña de sí, experimentada si se quiere; pero yo la atribuyo a que usted tiene movimientos varoniles, sueltos y vigorosos, como de quien ejercita mucho las fuerzas en la equitación o la gimnasia.

—¿Me ha visto usted pasear a caballo? —preguntó Consuelo.

—No la he visto —respondió Pío Cid—; pero se le conoce a usted muy bien el aire de amazona, así como que, a pesar de ese aire y de su deseo de echarse años encima, es usted todavía una niña.

—Gracias por el cumplido —dijo Consuelo con gravedad cómica—. Ya me figuro a usted con las disciplinas o con la palmeta castigándome cuando no dé bien la lección.

—No sería ese el castigo que yo le daría a usted —dijo Pío Cid en el mismo tono—, sino que inventaría otro que le hiciese más mella y que a mí no me pusiera en ridículo.

—¿Cuál? —preguntó Consuelo.

—¿Cómo voy a decirlo si aún no ha caído usted en falta? —contestó Pío Cid.

—Pues suponga usted que soy distraída y no atiendo —dijo la joven, abriendo la cajita japonesa y revolviendo las cartas que en ella había sin mirarlas, solo por fingir la distracción.

—Lo supongo —contestó Pío Cid—, y la castigo a no saber hoy lo que iba a decirle examinando esas cartas, y además a rezar la letanía, arrodillada delante de la imagen de su devoción.

Consuelo oyó sorprendida aquella peregrina ocurrencia, y miró a Pío Cid de arriba abajo con extrañeza y con miedo. Lo que ella menos esperaba de aquel hombre era que le impusiese, ni en broma, la penitencia que le imponía; así no supo qué contestar y dejó que Pío Cid explicara su idea. El cual, después de un breve silencio, añadió:

—Veo que le suena a usted a extravagancia el castigo que le he impuesto, y que a mí me parecía el más natural; porque apenas la vi a usted adiviné que su espíritu es muy religioso, aunque a ratos lo distraen ciertas aficioncillas profanas; y como yo quería que mi castigo fuese muy ligero, me dije: pongamos una pena suave en el capítulo de las cosas mundanas, y compensémosla con algún ejercicio piadoso. La intención, como usted ve, era buena...

—Lo que me ha sorprendido, le seré a usted franca —dijo Consuelo—, no es lo que me ha dicho usted, sino que sea usted quien me lo diga. Cierta persona que no he de nombrar me había hablado de usted antes de que Adolfo le conociera, y me había dado a entender que no era usted nada devoto.

—Tan pequeño como soy —dijo Pío Cid, eludiendo la cuestión—, y tan oculto como vivo, y, sin embargo, hay quien habla de mí, y con usted.

—Todo se sabe, amigo mío, todo se sabe —añadió Consuelo en son de reprimenda—; y quien me habló de usted le conoce a usted a fondo, y quizás haya tenido con usted algo más que conocimiento, y aun que amistad.

—Eso nada tiene de extraño —dijo Pío Cid—, porque yo no tengo conocimiento ni amistad con nadie, aunque a algunos les llamo conocidos o amigos. El único sentimiento que yo soy capaz de sentir* es el amor, y lo siento por cuantas personas conozco. Los demás sentimientos son gradaciones ridículas, engendradas por la jerarquía social. Si la fraternidad humana estuviera en todos los corazones, sólo existiría el amor más o menos vehemente, según la intimidad de las relaciones, pero sin que pudiera hallarse diferencia esencial entre el amor que inspira el pobre mendigo que va por la calle pidiendo limosna y el que se tiene a la mujer que es madre de nuestros hijos. ¿No es triste que por conveniencias sociales no pueda yo decirle a usted que la amo, y que tenga que valerme de subterfugios para expresar una simpatía o atracción que nada tiene de ofensiva ni pecaminosa?

—Ese es el ideal cristiano —dijo Consuelo, confusa ante el atrevimiento con que Pío Cid le había dirigido una declaración de amor que podía tomarse en varios sentidos.

—Diga usted mejor —observó Pío Cid— que es el ideal humano, y que es un ideal fácil de conseguir. No crea usted que yo le hablo así con vanidad o con afectación, puesto que, para mí, hacer las cosas como las hago es también comodidad y conveniencia. Mi manera de entender el amor es vulgarísima y no exige más que una condición generosa: la de no pensar nunca utilizar en nuestro provecho a nuestros semejantes. Yo

---

* tener / sentir

sé de un jefe administrativo muy ceremonioso que tiene estudiadas veinte fórmulas para recibir a las personas que van a hablarle, según la categoría de cada una; yo no he podido aprender más que una fórmula, y con trabajo; para mí todas las personas tienen igual categoría, porque no deseo representar nada, ni busco el favor de nadie, ni conozco a nadie más que por sus obras. Lo mismo pasa en el amor: hay quien admite muchos grados, porque considera a las personas según su interés personal, su egoísmo. ¡Cuánto más sencillo y hasta cómodo no es medirlos a todos con el mismo rasero, y después unirse más estrechamente con quienes necesitan de nuestro consejo o de nuestro apoyo! Yo tengo miedo a conocer caras nuevas, porque creo que los hombres somos más bien malos que buenos, y más bien tontos que discretos; mas puesto en el trance de conocer a alguien, le tomo por inmejorable y discretísimo y me encariño en seguida con él, y le trato con intimidad si comprendo que puedo serle útil. Y me ha ocurrido más de una vez que, sin buscarlas, he recibido atenciones que otros ansían y reclaman cometiendo grandes bajezas para obtenerlas. De suerte que mi conducta no tiene mérito porque no me cuesta ningún sacrificio; al contrario, soy feliz, y ni siquiera doy importancia a la felicidad.

—Es usted el único —dijo Consuelo— a quien he oído declararse feliz.

—Y usted podría serlo —indicó Pío Cid— sólo con seguir su natural inclinación. Usted se deja llevar de ciertas frivolidades y parece, si yo no me equivoco, una joven aturdida y caprichosa. Los jóvenes que en sociedad la galantean le dirán que es graciosísima y ocurrente. Y si celebran sus encantos, se fijarán en todos los que usted tiene menos en el que más vale.

—¿Cómo se van a fijar? —preguntó Consuelo—. Yo soy una de tantas. No espantaré por mi fealdad, pero tampoco tengo nada que llame la atención.

—Pero no me negará usted —insistió Pío Cid— que algún jovenzuelo le habrá echado algunas flores. Y si ha tenido confianza habrá dicho que tiene usted la nariz muy mona y picaresca, y con un gestillo travieso que da que pensar.

—¡Ay, si le oyera a usted Gonzalito! —exclamó Consuelo, sin poder contener la risa.

—¿Ve usted cómo Gonzalito no podía faltar? —observó Pío Cid—. Y de la boca le habrá dicho a usted que revela mucha pasión, como es la verdad. Y luego le habrá hablado del talle largo y fino, y de la mano elegante y de la espléndida cabellera. De todo le habrá hablado con acierto, menos de los ojos, porque esto es lo que tiene usted más personal y lo que hace de usted una verdadera mujer, muy diferente de las marimachos que hoy abundan, y que son las únicas que pueden vivir a gusto en nuestra falseada sociedad.

—Pero ¿qué es lo que tienen mis pobres ojitos? —preguntó Consuelo con aire humilde.

—Tienen la gravedad y la tristeza que hay en usted —contestó Pío Cid—. En usted hay dos personas: una toda usted, alegría, travesura, versatilidad y una pizca de malicia; otra sus ojos, que son modestia, seriedad y ciertos asomos de misticismo. Por esto, al verla, yo me he puesto de parte de sus ojos, que son los que más vale, y le impuse la penitencia de la letanía...

Adolfo entró de repente y la conversación quedó interrumpida. Consuelo se levantó diciendo:

—Voy a dejar la caja; otro día seguiremos nuestras adivinaciones.

—He llegado tarde —dijo Adolfo sentándose, y cuando volvió Consuelo comenzaron a hablar del timpo y del modo de saludar, entrar y salir y demás operaciones elementales de que podían hablar en inglés ambos principiantes.

Aquella noche Consuelo estuvo muy preocupada, sin acertar a explicarse cómo tenía ella ya un secreto a medias con Pío Cid, a quien conocía de unos cuantos minutos, y cómo había sido ella la que había mentido para que su hermano no se enterase de una conversación que nada tenía de particular. Lo que más la impresionó fue lo que dijo Pío Cid de los ojos, y varias veces se miró al espejo para examinarse a sus anchas. Lo cierto es —pensaba al acostarse— que este hombre, que parece tosco y que luego es un finísimo caballero, ha sido el único que se ha fijado en mis ojos, que es lo que yo he apreciado siempre en mí. Todos me han hablado de la boca encendida y del respinguillo de la nariz; pero esto abunda más que la peste; y lo que a mí me parecía siempre que valía algo eran los ojos, pequeñillos como son y todo. Y lo más raro es que un hombre de quien Rosita me habló poniendo la cruz me haya aconsejado rezar la letanía. Parece cosa de burla... En fin, otro día veré más claro lo que esto quiere decir. Gracias que no hay peligro en estas confidencias, porque el profesor no parece mala persona, y luego podía ser* mi padre por sus años.

---

* ser muy bien mi padre / ser mi padre

Se arrodilló delante de una imagen de Nuestra Señora de la Almudena y rezó la letanía con devoción; pues aunque no tenía costumbre de rezar por la noche, era muy aficionada a las cosas de la iglesia, y entre el deseo de no obedecer y el de aquietar su conciencia triunfó éste. No rezó como una niña obediente, sino porque el ser desobediente le parecía una ofensa y casi un desprecio a la Virgen de su devoción. Pero después del rezo y antes de dormirse murmuraba:

—Explíquese como se explique, la verdad es que yo no le rezado nunca la letanía por las noches, y que esta noche la he rezado porque me la han puesto de penitencia. Y no me la ha impuesto ningún sacerdote, aunque confieso todos los meses. sino un hombre, un desconocido, que por noticias de Rosita era cosa de persignarse al verle.

En las lecciones sucesivas Adolfo pretextaba unas veces al principio, otras al medio, salir un instante; otras llegaba tarde. y siempre se arreglaba de modo que su hermana y Pío Cid podían hablar a solas, de lo que Consuelo no se disgustaba. No lo hacía Adolfo abiertamente por dejarlos solos, sino porque, a pesar de sus protestas, cuando Consuelo le adivinó la intención, estaba medio trastornado desde que dio en pensar en Martina, y en que ésta, según decían, no estaba casada con el que aparecía como su marido. Salía resuelto a llegar a casa de Martina cuando Pío Cid estuviera ausente para ver si podía insinuar sus amorosos sentimientos, y cuando más se atrevió a subir hasta el primer piso.

—Esto no es noble —decía—; Pío Cid es un amigo, y aunque Martina sea la mujer más asombrosa que yo me he echado a la cara en todos los días de mi vida, y aunque yo esté encaprichado como un majadero, hay que tener firme la cabeza. No es posible que yo esté enamorado, esto es un arrebatillo que pasará. Después de todo, la dichosa Martina es una fiera. Una vez nada más me permití decirle una frase amable, de esas que me duele la boca de decir a mis amigas, y me miró con unos ojos que por poco me tira de espaldas. Pío Cid la habrá encariñado con la vida que lleva, y aunque yo le ofreciera un palacio, creo que me daría con la puerta en las narices. A esta mujer hay que entrarle por el ojo, y lo que haga lo hará por amor. Y vaya usted a ver cómo la voy yo a enamorar, estando por medio un hombre que siente la grama nacer... La frase es suya. Nada, paciencia y dar tiempo al tiempo.

Después de estas y otras análogas reflexiones volvía a su casa, interrumpiendo las conversaciones cada día más íntimas de su hermana y Pío Cid, quien en breve fue para Consuelo un consultor con quien tenía más confianza que con su misma madre. Y lo más extraño era que la joven tenía confianza porque veía en Pío Cid un amigo, tan desajeno de todo lo que oliese a amoríos, que se podía hablar con él como con un confesor; y, sin embargo, raro era el día que no le sacaba a barrera con preguntas imprudentes:

—¿Sabe usted quién fue quién me habló de usted antes de que yo le conociera? ¿No recuerda usted a Rosita Suárez?

—Claro que la recuerdo —contestó Pío Cid—, y le estoy agradecido por el bien que hizo a mi pobre hermana.

—Sólo que ella —insinuaba Consuelo— no sabía que estuviera usted casado. Se casaría usted hace poco.

—El primero de febrero: pronto hará tres meses —contestaba Pío Cid, el cual en esto no mentía, puesto que consideraba a Martina como su mujer.

—¿Cómo usted, que dice que tiene tan flaca memoria para las fechas —insistía Consuelo—, recuerda esa tan bien?

—Por la coincidencia —replicaba Pío Cid— de que ese día es el del Patrón de la ciudad donde yo nací, San Cecilio.

—Sería usted poco tiempo novio de su esposa —remachaba Consuelo.

—Poquísimo —aseveraba muy grave Pío Cid—. Como no soy ningún niño, no iba a gastar el tiempo en preámbulos.

—He oído decir —preguntaba otro día Consuelo— que Martina, su esposa, es una beldad de las pocas que se ven.

—En eso hay exageración —contestaba Pío Cid—. No es fea, y hasta se la podría llamar hermosa; pero su mérito principal no es su figura, sino su humanidad. Es una verdadera mujer, sin aliño, compostura ni refinamiento, con todas las buenas y malas cualidades que la mujer posee por naturaleza. Su tipo es muy diferente del de usted, y, no obstante, yo les hallo a ustedes dos un extraordinario parecido.

—¿Y una prima que tiene —preguntaba Consuelo—, que se llama Candelaria? Me han dicho también que es una bellísima rubia, casi albina, que no parece española.

—Candelita, como la llamamos —respondía Pío Cid—, es un primor, y tiene un talento clarísimo*, parece más delicada que Martina, porque es pequeña y delgadita; pero espiritualmente es muy enérgica y su carácter es casi varonil, aunque desigual.

---

* descomunal / clarísimo

—Está usted rodeado de bellezas —terminaba Consuelo—. No se dirá que es usted hombre de mal gusto.

—El azar es mi mejor amigo —decía Pío Cid sentenciosamente—, y el azar lo ha querido así.

—¿Por qué me dijo usted días pasados —preguntaba Consuelo en otra ocasión— que no le gusta pasear más que a pie? ¿Cree usted que yo hago mal en montar a caballo? Pues ¿y si me hubiera visto cuando estábamos en París, que montaba todos los días en bicicleta?

—No creo que sean malos esos ejercicios —contestaba Pío Cid—; pero si se exageran, tienen el inconveniente de aturdir nuestro espíritu y privarle de su facultad más elevada: la contemplación. Nuestro organismo está hecho para percibir en reposo o en movimiento no muy apresurado, como es el que naturalmente marcan el andar los pies, que son nuestro medio propio de locomoción. Si apresuramos artificialmente el movimiento, las cosas que nos rodean son percibidas con tanta rapidez, que solo queda de ellas lo más grosero de la forma, desapareciendo cuanto de espiritual y delicado tienen. Cuando viajamos muchas horas en tren, al descender, todos los objetos son prosaicos; hemos perdido momentáneamente la facultad de contemplar y nos queda solo la de ver, y al ver nos parecen más vulgares las cosas inmóviles que las que antes fugaces cruzaban delante de nuestros ojos. Y no crea usted que es grano de anís la facultad de contemplar: es quizás la única que nos diferencia del hombre primitivo y salvaje, que por no saber contemplar las cosas no descubre las relaciones espirituales que hay entre ellas y el hombre, y se limita a expresar sensaciones materiales por medio de unas cuantas palabras indispensables para la vida corporal.

—Pero ¿cómo sabe usted —preguntaba Consuelo— lo que les ocurre a los salvajes?

—Son muchos los exploradores —respondía Pío Cid eludiendo la pregunta— que han estudiado las costumbres de los salvajes, y aunque algunos no se han metido en estas honduras*, y otros han creído quizá que cuando los salvajes se quedan absortos y como embebidos están contemplando, ni más ni menos que nosotros, no falta quien haya llevado más lejos las indagaciones y haya descubierto que la absorción del salvaje es pasiva, una especie de aturdimiento, que nada tiene que ver

---

* no se han fijado en estas minucias / no se han metido en estas honduras

con la contemplación de lo espiritual, que brota de las entrañas de los seres. Lo que nosotros percibimos por la contemplación es para el salvaje tan confuso como lo es para nosotros la armonía universal, que sospechamos que nos envuelve cual melodía inefable, engendrada por el movimiento concertado de los átomos, pero que no podemos gozar porque nuestros sentidos son demasiado groseros para percibir tan sutiles sublimidades. Un hombre en quien la actividad excesiva ha destruido el hábito de la contemplación es un salvaje aunque vaya vestido a la última moda[5].

—Eso es decirme indirectamente —interrumpía Consuelo riendo— que yo soy también una salvajesa, o como se diga.

—No era esa mi intención —bromeaba Pío Cid—; y, además, usted monta a caballo, y si no galopa con exceso ni trota en demasía, y se contenta con ir al paso o a un trotecillo moderado, casi es lo mismo que si paseara a pie. Pero, de todos modos, bueno es que la gimnasia no sea exclusivamente física; pues por mucho que interese el vigor del cuerpo, más debe interesar el del espíritu, y no comprendo cómo son tan pocos los que practican la gimnasia espiritual.

—¿Cree usted que yo no leo ni estudio? —replicaba Consuelo.

—Leer o estudiar no es todo —decía Pío Cid—. Los ejercicios espirituales son materia complicada, y quizás no haya arte tan difícil y hondo como el de dar vuelo al espíritu, manteniéndole ligado a la naturaleza, de la que no debe separarse, so pena de morir como el pez fuera del agua o como el árbol arrancado de la tierra. Y lo hondo y difícil de ese arte se comprende considerando que su fundamento es el amor. El maestro de ese arte ha de amar a sus discípulos, y si no los ama, no les enseña ni el abecé. La lectura es un ejercicio bueno cuando se lee lo que nos conviene, y malo cuando se leen libros que, aun siendo admirables, no producen en nuestra inteligencia una impresión benéfica. ¿Qué es lo que le gusta a usted leer?

---

[5] La superioridad de la contemplación sobre la vida activa es una actitud que se encuentra por toda la obra de Ganivet, porque su meta constante es purificar al hombre mediante ejercicios espirituales para que el alma humana pueda contemplar la visión del mundo ideal, el Amor supremo. El origen del ideal contemplativo en el platonismo lo explica muy bien Herrero (véase *Un iluminado*, págs. 141-143).

—Poesías —contestaba Consuelo—; novelas también; pero son muy pocas las que me agradan.

—Su poeta favorito será Campoamor —decía Pío Cid—, como si estuviese seguro.

—¿Cómo lo sabe usted? —preguntaba Consuelo.

—Porque usted es humorista por naturaleza —contestaba Pío Cid—. El humorismo nace de una contradicción espiritual que usted posee y que le sale a la cara. Usted tiene la risa en su nariz, graciosa y rebelde, y el llanto en lo hondo de sus ojos, tristes...

—Vaya, que tiene usted unas ideas... —murmuraba Consuelo bajando los ojos.

En estos diálogos, que a veces se confundían con la lección, y tenían el aire inocente del «¿Ha paseado usted mucho? —No; pero he tocado el violín. —¿Le gusta a usted bailar? —Sí; pero me gustan más las carreras de caballos», y demás preguntas y respuestas, que se cursaban en inglés, iba Pío Cid apoderándose del espíritu de Consuelo e inculcándole un sentimiento religioso extraño, que no era la devoción vulgar, sino más bien la complacencia artística de los ejercicios espirituales, y la sugestión de un amor infinito, que comenzó a tomar cuerpo en soñadas visiones, que a la muchacha la causaban sumo deleite. Un día Adolfo faltó a la lección para ir con Pablo del Valle a casa de Pío Cid, donde únicamente logró hablar con doña Candelaria, porque las niñas hicieron como que estaban muy ocupadas a fin de que la visita no se prolongase. Entretanto, Pío Cid y Consuelo tuvieron un vivo coloquio, que debía ser el último, y en el que se formara la vocación firmísima que decidió del destino de la joven. Hablaron principalmente de amor, y ella estuvo más atrevida que nunca había estado.

—Algunas veces —decía— he pensado ya si mi vocación será religiosa; pero yo creo que si lo fuera solo pensaría en asuntos piadosos y no tendría, como tengo, estas ansias de vida y de actividad febril y esta afición a los placeres mundanos. Quizá he tenido la desgracia de no sentir una pasión que me abriera los ojos, y, a falta de amor, me acojo a la fe, y creo o empiezo a creer que mi felicidad está en encerrarme en un convento. Pero bien sabe Dios que tengo mis dudas y que temo echarlo todo a rodar si llegara a mis oídos una palabra de verdadero amor humano, no del que brinda la necia y viciosa juventud que nos galantea tan insulsamente que nos hace ver como detestable y vana una vida que acaso sea fecunda en goces cuando no se sabe vivirla.

213

—No sé qué pensar —contestó Pío Cid—; pero de mí digo que, si hubiera tenido creencias, sería fraile a estas horas. Me enamora sobre todo la vida del espíritu, y son tantos los obstáculos que la entorpecen cuando se transige a vivir rodeado de las obligaciones y compromisos que la sociedad engendra, que creo preferible no empeñar el combate y volver desdeñosamente las espaldas, diciendo: «¿Qué me importa, triunfador o derrotado, esa lucha, cuando tengo yo algo más alto adonde dirigir mis fuerzas y de donde recibir más noble premio?» Una debilidad suele costar cara, y en prueba de ello vea usted lo que me cuesta la que yo cometí saliendo de mi retiro, donde vivía como un monje, y lanzándome a crear una familia. He tenido que conocer y tratar algunas personas, y por ellas me veo ahora metido en la aventura política que usted sabe, y de la que no puede salir nada bueno. He tenido la suerte de tratar a usted, que es una de las mujeres más nobles que he conocido en mi vida, y ahora sufro la tristeza de dejarla, quién sabe si para siempre.

—Eso no —interrumpió Consuelo—; aunque usted triunfe y consiga después los más altos puestos, ¿quién impide que nos sigamos tratando como buenos amigos?

—La dificultad no está en que yo triunfe —contestó Pío Cid—, ni en que consiga lo que usted dice, que no lo deseo, sino en que, tarde o temprano, nuestros rumbos se apartarán y no volverán a reunirse. Sin contar con que a mí no me engañan mis presentimientos, y ahora presiento que no nos volveremos a ver, aunque sigamos viviendo a pocos pasos el uno del otro.

—No debe usted decir eso —afirmó resueltamente la joven—; mas por si acaso el presentimiento se cumpliera, voy a rogarle a usted que me deje un recuerdo. Adolfo me ha asegurado que es usted poeta; y aunque usted no me lo ha querido confesar, no se negará a escribirme unos versos en un álbum, en el que hay ya algunos... «Tonterías de muchacha», dirá usted; pero son tonterías inocentes —agregó Consuelo saliendo de la sala donde daban las lecciones, en busca del álbum, con el que volvió en breve.

Pío Cid había asentido con una ligera inclinación de cabeza al deseo de su discípula, y puesto en el aprieto de componer algo, tomó la pluma que se le ofrecía e improvisó una especie de dolora, que creyó sería del agrado del joven, y que decía así:

> Yo he visto una graciosa enredadera
> Sobre el césped tendida en la pradera,
> Y pensé en ti.
> He visto un árbol sin ramaje, muerto,
> Y de plantas parásitas cubierto,
> Y pensé en ti.
> Y soñé que aquel árbol adoraba
> La linda enredadera y la llamaba:
> —Ven, y a mi cuello abrázate amorosa;
> Yo seré el firme apoyo de tu vida;
> Tú serás la ilusión bella y piadosa
> En que mi muerte quedará escondida.

Pío Cid se interrumpió un momento, y la joven, creyendo que la poesía estaba concluida, se inclinó un poco y la leyó en voz baja, diciendo con vivo interés al terminar:

—Son muy bonitos, pero falta lo principal, porque no se sabe lo que hizo la enredadera.

—Aún falta la segunda parte —dijo Pío Cid levantándose a mojar la pluma.

Se volvió a sentar con el álbum sobre la rodilla, y siguió escribiendo:

> Pasó el tiempo, y la linda enredadera
> Murió; yo la busqué por la pradera
> Y no la vi.
> Murió abrazada al árbol, solo, muerto,
> Que de plantas parásitas cubierto,
> Seguía allí.
> Y soñé que aquel árbol suspiraba
> Sumido en honda pena, y murmuraba
> —Ya somos dos los muertos: la piadosa,
> Bella ilusión voló desvanecida,
> Y ya vuelve a mostrar su cara odiosa
> La muerte que se burla de la vida.

Consuelo tomó el libro que Pío Cid le ofrecía y concluyó de leer los versos, y volvió de nuevo a leerlos todos. Y su semblante se puso tan triste, que Pío Cid le dijo:

—A quien no fuera usted no le hubiera yo escrito unos versos tan fúnebres, que quizás estarían mejor sobre una lápida en el cementerio que en un libro de recuerdos íntimos de una niña que aún no tiene veinte años. Pero yo amo la sinceridad, y esa idea se me ha ocurrido y la he dedicado a usted, a quien, por lo mismo que la quiero, no podía ofrecerle una impresión risueña que, por estar lejos de mi ánimo, habría de tener artificiosa compostura. No me guarde usted rencor por mi ingrata franqueza.

—Al contrario —replicó la joven—, le agradezco esta prueba de estimación que me da; porque al dedicarme estos versos tan tristes, me habla como a una mujer seria y formal; y esto me complace más que si me dedicara versos alegres y ligeros, como son todos los que hay aquí. La verdad —añadió hojeando el álbum— es la que usted ha escrito. A mí se me ocurría como más natural que la enredadera oyese al árbol y que los dos fueran felices, hallando el uno en el otro lo que a ambos les faltaba para serlo. Y, sin embargo, lo natural es que la enredadera se marchite y que, en vez de dar vida al árbol, muera ella también, y que el árbol se quede más solo y más muerto que antes estaba. Lo que más me entristece en esto es pensar que, cuando a usted se le ocurren estas ideas, debe tener en su alma un vacío inmenso que asusta. Yo le he visto a usted siempre rehuir las conversaciones en que podía manifestar su descreimiento; pero, a pesar de su discreción, me parece ver en usted el hombre, de menos fe que existe en el mundo; y si además de no tener fe no tiene tampoco alegría de vivir, ni esperanzas, ni ilusiones, ni ambición, su existencia será como la de ese árbol muerto de que habla aquí. Y lo que más me extraña es que haya usted despertado en mí sentimientos religiosos que estaban adormecidos. Quizás la pena que usted tiene por vivir sin creencias le inspire ese deseo de fortificarlas en los demás, porque de otro modo es usted incomprensible.

—No es usted sola —contestó Pío Cid— quien ha notado en mí esa desilusión aparente de mi vida. Porque estamos acostumbrados a ver a los hombres luchar por ideas convencionales*, y cuando un hombre lucha, o mejor, trabaja sin guiarse por ninguna de esas ideas, se le cree desventurado, necio o loco; pero nadie es capaz de penetrar en el pensamiento ajeno, y bien podría suceder que el que vive sin ideas fijas o dejándose llevar de impulsos contradictorios tuviera dentro de sí un ideal muy alto y permanente. ¿Cómo se concibe que un hombre irreligioso trabaje en pro de la religión unas veces y obras en contra de ella, y que ese hombre no se mueva sin

---

* convencionales / miserables

rumbo fijo, sino que sea tan firme e inconmovible como el árbol muerto, que muerto sigue clavado en tierra, mientras algunas de sus raíces están quizá echando retoños? Esto ocurre porque la muerte es fecunda y crea la vida, aunque sea sólo para entretenerse con ella; y un hombre que llevase la muerte absoluta dentro de su espíritu, y que se viera obligado a trabajar, sería un creador portentoso, porque no teniendo ya ideas de vida, que siempre son pequeñas y miserables, crearía con ideas de muerte, que son más amplias y nobles. Si ha habido un Creador que ha creado cuanto existe de la nada o de la muerte para que acabe en la muerte y en la nada, y entre estos dos términos fatales ha dejado que la vida se desarrolle libremente, yo creo que reniegan de ese gran Artífice cuando se empeñan en someter la vida a una idea personal y mezquina*[6]. Mejor es echar leña al fuego donde la hay, trabajar en favor de cuantos se esfuerzan por levantar su espíritu a las alturas ideales. Vulgar es la comparación, pero exacta. Yo encuentro a un hombre caído en medio de la calle, y le ayudo a ponerse en pie, y después le dejo ir sin preguntarle adónde va. ¿Sería justo que por haberle levantado le obligase a venir conmigo? Pues esto hacen los hombres, todos los hombres, cuando prestan un servicio intelectual; lo prestan para que el discípulo se someta a las ideas del maestro. Yo no he preguntado jamás a nadie las ideas que profesa ni he intentado cambiárselas por otras, porque yo mismo carezco de ideas personales, y si tengo alguna, la menosprecio mientras no se depura y se convierte en idea humana. Usted es religiosa, yo lo he comprendido así, y he notado que lo más firme que hay en usted es el sentimiento religioso, y que por él llegará usted muy alto si logra tomar vuelo. Por esto yo me he permitido influir en su ánimo, aunque estoy seguro que sin mi influencia en usted sola se hubiera despertado ese sentimiento adormecido. Más le diré: cuando yo la vi por primera vez no sé por qué se me figuró que usted debía estar vestida de monja y que con el hábito estaría mucho más bella que con ningún otro atavío...

—Pero ¿cómo comprender —preguntó Consuelo, emociona-

---

* miserable / mezquina

[6] Para Ganivet la muerte en la forma de un martirio cristiano es el testimonio más grande de la abnegación y la fe, requisitos para la creación del ideal espiritual. Así, como Pío Cid aconseja en su receta en el trabajo quinto: *Mortis initium amor.*

da— ese amor que usted demuestra a trabajar por todos los hombres y su afecto a la vida monástica? Bueno que simpatizara con las Hermanas de la Caridad, que se sacrifican por sus semejantes desvalidos o enfermos, pero no con las monjas, que viven apartadas del mundo, consagradas al rezo y a la mortificación.

—Unas y otras son dignas de que se las admire — contestó Pío Cid—; y estoy por decir que lo son más las religiosas contemplativas, porque su influencia en el mundo es más espiritual. Yo tengo una afición que le sorprenderá a usted. Me gusta pasar por las cercanías de los conventos de monjas a la hora de los maitines o vísperas, cuando llega a mi oído el vago rumor de las canciones, que me suenan a cosa inmutable y perenne como los movimientos de los astros. Para esta inquietud malsana que devora hoy a los hombres no hay mejor medicina que esos cánticos, que antes eran himnos de la fe, y ahora, por el cambio de los tiempos, son, además, himnos de desprecio a esta sociedad, cuya gloria se cifra en agitarse sin motivo y sin objeto*. Esta afición mía la tengo desde niño, y ha influido no poco para que yo sea tan pacífico como soy y tan poco amigo de apresuramientos. Sin ella quizás sería un demagogo, y el tiempo que dedico a pensar y a contemplar y a soñar, lo dedicaría a pronunciar discursos disolventes y a fraguar asonadas o revoluciones, como tantos otros desventurados... Pero no insisto más. Ha llegado la hora de irme, y ojalá que, a pesar de mi presentimiento, volvamos a vernos y podamos continuar estas pláticas tan agradables, para mí al menos.

—Y para mí agradabilísimas —añadió Consuelo, mientras Pío Cid le cogía una mano entre las dos suyas y se la llevaba a los labios.

Sin decir más, se separaron, quedando Consuelo muy preocupada.

—¡Qué hombre más singular!**... —pensaba—. Quién sabe si me querrá... y si esa idea de que yo sea monja será un refinamiento de celos... Él es casado, o como si lo fuera, y no ha podido portarse más caballerosamente... Pero lo más particular es lo de haberme imaginado vestida de monja... Voy a ver...

---

* además, indirectamente, himnos de desprecio al mundo que se agita con estériles convulsiones. / además, himnos, etc.

** extraño / singular

Y se dirigió, leyendo en el álbum, a su alcoba, donde anduvo revolviendo su ropa, hasta que, por último, cogió un delantal blanco y almidonado, con el que se formó una especie de toca monjil, sobre la cual se prendió con alfileres un manto negro que le caía hasta los pies y que con una mano se sujetaba por debajo de la barba. Todo esto lo hacía delante del espejo de su tocador, y cuando vio la imagen de su figura transformada, se quedó mirándola con asombro y como adorándola, porque le parecía la imagen de una Dolorosa. La frente, que era lo más intelectual de la joven, se ocultaba tras la toca; parte de la barba desaparecía bajo el manto, y el rostro, así cortado, tenía una expresión más humilde. Pero el cambio trascendental de la figura estaba en el entrecejo, que ahora parecía más alto y como contraído, dando a la fisonomía un sello de dolor inefable. Aun la nariz perdía su aire descarado y burlón y aumentaba la tristeza del rostro, porque lo que antes era respingo insolente, ahora se convertía en una como suspensión violenta, sostenida desde el entrecejo por el arrebato y transporte de la mirada. Así quedaba casi anulada la expresión altiva y maliciosa de aquel rostro, y realzada la expresión mística de los ojos, por los que ahora miraba el espíritu vencedor. Y es tal la influencia del gesto en el espíritu, que así como el dolor íntimo se exterioriza en la expresión del rostro dolorido, así el gesto de dolor puede engendrar el sufrimiento en nuestra alma [17]

Consuelo contempló largo rato su imagen transfigurada por la belleza del dolor, y luego entró en la alcoba, y sentándose junto a la cabecera de su lecho, apoyó la cabeza sobre las almohadas, y quedó absorta y como anonadada. Su desolación era tan profunda como si hubiera perdido a todos los suyos y se hallara sola en la tierra; más aún: como si fuera madre y viera muerto a su único hijo.

Mientras tanto, Pío Cid llegaba a su casa entristecido por la conversación que había tenido con Consuelo y disgustado por

---

[7] Según Ganivet, el dolor causado por la revulsión del amor humano es fecundo para el espíritu, que recrea el ideal en sí y que expresa a los otros la belleza de ese ideal en obras artísticas. Así, en *Los trabajos*, mientras Adolfo de la Gandaria crea poesía del amor no correspondido, su hermana Consuelo es en sí una imagen poética. Consuelo es consciente de ser obra de arte gracias a su reflejo en el espejo, imagen que a su vez se transmite al lector mediante la descripción del narrador omnisciente.

tener que emprender aquella misma noche el viaje electoral a que le había comprometido Gandaria, no sin grandes esfuerzos a causa de la resistencia tenaz que Pío Cid opuso a un proyecto que, a su entender, era descabellado. Cuantas veces le habló Gandaria de este asunto, su contestación era la misma:

—Amigo Gandaria, yo le agradezco a usted su interés en favor mío, pero jamás me sacará usted de mi terreno. No soy tan tonto que espere ejercer, con mi insignificante personalidad, una influencia beneficiosa en nuestra política; ni soy tan desalmado que busque en la política mi propio medro. Dígame usted, pues, a santo de qué me voy a lanzar en esas aventuras electorales ni esos calentamientos de cabeza.

—No sea usted tan exclusivista —contestaba Gandaria—. Si usted sale diputado y no quiere meterse en las intrigas del Parlamento, puede usted ser nombrado gobernador y desempeñar una misión útil, donde tendrá campo ancho para sus notables aptitudes.

—Está usted equivocado —replicaba Pío Cid— si cree que yo tengo aptitudes para gobernar. No las tengo, y aunque las tuviera no podría hacer nada del otro jueves, porque dentro de nuestro sistema una autoridad secundaria queda cogida en el engranaje reglamentario y tiene que amoldarse a la situación que encuentra creada ya. Las provincias son feudos a la moderna, y un gobernador está obligado a marchar de acuerdo con el señor feudal que le toca en suerte. No es un gobernador, es un poder moderador. En los sistemas políticos notará usted siempre que todos los grados de la jerarquía reflejan en tamaños diversos el tipo de la jerarquía más alta. Si hay un rey que reina y no gobierna, todas las demás autoridades mandarán y no gobernarán tampoco; y el gobierno real y positivo residirá en las más escondidas covachuelas administrativas, a cargo de seres anónimos. Si hay dos partidos que turnen, todas las ciudades, villas, pueblos, aldeas, lugares y aun caseríos tendrán su correspondiente turno. Yo recuerdo que en mi pueblo se llevaba con tanto rigor el sistema, que turnaban hasta los barberos. Dos había, y era tan fuerte la contribución que le imponían al de oposición, que le obligaban a cerrar temporalmente el establecimiento y a dedicarse a otro oficio; el de la derecha tenía que recoger basura, y el de la izquierda emigraba a un pueblo vecino, donde un su yerno que allí vivía le daba de mal comer a cambio de buenas cavadas en los bancales que labraba...

—Y, ¿cuál era el mejor barbero? —preguntó Gandaria con la curiosidad infantil que se le despertaba siempre que oía hablar de cosas de la vida vulgar, de las que él estaba en mantillas.

—Yo no lo sé —contestó Pío Cid—, porque no he dejado nunca que nadie me afeite, y aún llevo la primera barba que me salió; pero la gente decía que el tío Zambomba, que era el barbero reaccionario, manejaba la navaja como una hoz, y que cuando se ponía a descañonar, más que barbero parecía segador metido en faena. En cuanto al compadre Elías, su radicalismo le hacía más temible. De él se contaba un chascarrillo quizás inventado por sus adversarios, a juzgar por la mala intención. Decían que cuando empuñaba la navaja todos los gatos del pueblo entraban en la barbería, e inquietos maullaban a su alrededor como si en lugar de ver a un barbero afeitando a un hombre vieran a una cocinera desollando a un conejo. El paciente parroquiano preguntaba la razón de aquellos maullidos, y el compadre Elías contestaba entonces con gran flema: «No se asuste usted, amigo; es que están esperando que caiga alguna piltrafa...» Pero, cuentos aparte —concluyó Pío Cid, mientras Gandaria se desternillaba de risa—, lo que yo quería decirle a usted es que un hombre puede mucho cuando expone ideas que influyen con el tiempo para cambiar los rumbos de la sociedad, y no puede nada cuando pretende reformar con su acción aislada lo que es malo por culpa de todos.

Así se iba defendiendo nuestro buen Pío Cid contra las malas tentaciones, cuando un revés inesperado dio pie para que Gandaria se saliera con la suya. Entre los compañeros de oficina de Pío Cid había uno, llamado Salas, que le trataba con cierta intimidad y venía a buscarle de cuando en cuando para invitarle a dar un paseo. Pío Cid no tenía carácter para desairar a nadie, y le recibía amistosamente, aunque no le gustaba la conversación de su compañero, el cual tenía la mala costumbre de despellejar a sus jefes y decir horrores de la Administración pública, de la que él era uno de los peores funcionarios. Fue un día Salas a la calle de Jacometrezo, preguntó por su amigo, y supo que este no vivía ya en la casa.

—¿Cómo se explica este cambio? —preguntó a Purilla, que había salido a abrir—. Habrá sido hoy mismo, pues él no ha dicho nada en la oficina.

—Hace pocos días —contestó la prudente muchacha—; y yo

no sé decir más sino que se marchó, y ni recuerdo dónde vive ahora, aunque dejó las señas.

Creyó Salas que cuando Pío Cid nada le había dicho, tendría algún motivo para ello; y deseando enterarse, fue aquella misma noche al café donde se reunían algunos huéspedes de la casa, y allí cada cual le explicó la cosa a su modo, y ninguno favorable. Salas sacó en limpio que Pío Cid se había ido a vivir con varias mujeres, y que estas no debían ser nada buenas; y al día siguiente llevó el cuento a la oficina, no con ánimo de dañar a su amigo, sino deseoso de aparecer enterado de una aventura picante, a la que él dio algún colorido de su propia cosecha, con el que Pío Cid podía pasar por un bajá turco de seis o siete colas. Rodando, la noticia llegó a oídos de don Eustaquio, el jefe del Negociado, que era una excelente persona, salvo su manía censurable de meterse a arreglar vidas ajenas, y su exagerada devoción a la jerarquía administrativa. A don Eustaquio aludía Pío Cid cuando habló de las fórmulas que algunas personas emplean para hablar con sus semejantes; y diciendo que eran veinte, se quedó corto, porque pasaban de cuarenta las fórmulas estudiadas por aquel hueco funcionario. A Pío Cid le recibía sentado, inclinando un poco la cabeza, y diciendo: «Hola, señor don Pío; acérquese»; y quedaban aún ocho o diez fórmulas por bajo, hasta la última, usada con los mozos de limpieza, que era sólo un ligero gruñido. Con la fórmula habitual recibió, pues, a Pío Cid un día, y después del «acérquese», le dijo que se sentara, que tenía que hablarle, y le habló así:

—Siento mucho mezclarme en asuntos que no son de mi incumbencia, en sentido estricto; pero como jefe de usted que soy, me juzgo obligado a llamarle la atención acerca de algún pormenor o incorrección, o no sé cómo llamarlo, de su vida, que indirectamente puede afectar a la consideración pública que debe merecer un empleado, no sólo por sí, sino que también por el cuerpo administrativo de que forma parte. Ha llegado a mis noticias, sin que yo lo pregunte, que usted vive..., no es fácil calificar cómo..., ¡amancebado! Esta es la palabra...

Pío Cid se levantó con aire indiferente, y como si fuera a buscar algo que hubiera echado de menos, salió del despacho, dejando a don Eustaquio con la palabra en la boca. Fue a su mesa, recogió su cartera que tenía con algunos papeles particulares, se puso el sombrero, cogió el bastón bajo el brazo y se marchó sin despedirse de sus compañeros, quienes se figuraron que saldría por encargo del jefe. Desde la oficina se encaminó a paso largo a la plaza del Ángel, donde vivía el diputado de su distrito, don Romualdo Cañaveral, que aún no se había levantado, aunque ya era cerca de la una. Pasó Pío Cid al gabinete como amigo de confianza, y don Romualdo le recibió, diciendo desde la alcoba:

—Llega usted con oportunidad, pues deseaba hablarle de lo mismo que usted vendrá a hablar conmigo probablemente. Siéntese, que voy a vestirme ahora mismo. ¡Qué vida endiablada lleva uno en este Madrid!... Y usted tan perdido como siempre. Anoche hablamos de usted en Gobernación, porque le oí nombrar como candidato adicto. ¿Qué hay en esto?

—Pues hay —contestó Pío Cid— que unos buenos amigos han querido meterme en ese berenjenal; pero yo no he aceptado. Por cierto que una de las razones que he tenido era mi amistad con usted. Ya que me sacaran diputado, me parecía lo más decente no salir como un pobre cunero[8]; y para que yo fuera elegido en mi distrito había el inconveniente de que usted lo representa desde hace muchos años, y de que usted es quizá la única persona a quien yo debo algún favor y a quien no puedo jugarle una mala pasada. Y entonces me dijeron que usted se había declarado adicto y que le iban a dar una senaduría vitalicia. Si es así, reciba usted mi enhorabuena, y conste que ni antes ni ahora he pensado meterme en elecciones ni como elector, ni como elegible.

—Pues hace usted mal, amigo Cid —replicó don Romualdo—; hace usted muy mal. Precisamente deseaba hablarle a usted para que nos pusiéramos de acuerdo, porque tengo mucho interés en que luche usted como adicto y en que no prospere la candidatura del títere de mi primo Carlos, que se presenta de oposición.

—¿Y lo de la senaduría? —preguntó Pío Cid.

—Es cierto que estoy indicado —respondió don Romualdo—; pero no canto victoria hasta que la combinación esté acordada. Usted debe luchar de acuerdo conmigo, y los dos juntos podríamos mandar mucha fuerza. ¿No es triste que un hombre como usted sirva en un empleo de última categoría?

—Ahora que habla usted del empleo —dijo Pío Cid—, le diré que del empleo venía justamente a hablarle. Lo pienso dejar porque tengo otras cosas a que atender, y quería pedirle

---

[8] «Cunero» se aplica al candidato o diputado a cortes extraño al distrito y patrocinado por el gobierno *(DRAE)*.

a usted un nuevo favor, no para mí, sino para un amigo a quien aprecio.

—¿De qué se trata? —preguntó don Romualdo.

—Se trata —contestó Pío Cid— de que usted, que es de la situación, pida al ministro de Hacienda que en el puesto que yo dejo nombre a ese amigo mío, que es un joven muy recomendable. Mejor dicho, el nombramiento para mi puesto no puede ser, porque mi recomendado no tiene título, pero pueden ascender a otro que lo tenga y darle a usted una credencial de seis mil reales, con lo cual mi amigo se dará por muy satisfecho.

—Casi, casi —dijo don Romualdo— me atrevo a decirle a usted que cuente con la credencial como si la tuviéramos en la mano. Póngame usted en un volante de esos que hay sobre la mesa el nombre de su amigo.

Mientras Pío Cid escribía el nombre de Pablo del Valle y los méritos que le recomendaban, don Romualdo acababa de vestirse y asearse un poco, sin dejar de preguntar:

—Y ¿en qué se ocupa usted ahora que tiene que dejar el destino? ¿Es verdad que escribe usted en *El Eco?* ¿Conque, por fin, va usted a decidirse a probar fortuna en política?

Pío Cid contestaba a estas y otras preguntas sin fijarse en lo que contestaba; y, por último, se despidió, quedando en volver en la semana entrante, y en decidir entonces fijamente el partido que se había de tomar para la próxima elección, puesto que el ex diputado no quería dejar su distrito a merced de un pariente, que era su peor enemigo. Sin embargo, fue tan activo y puntual don Romualdo, que a los tres días escribió a Pío Cid diciéndole que estaba servido y remitiéndole la credencial a favor de Pablo del Valle. Este estaba presente al llegar la carta, y se quedó como alelado viendo su nombre en el Real nombramiento, sin comprender lo que aquello significaba, aunque su protector se lo explicó con gran claridad. Pero al fin sacó en limpio que tenía un destino de plantilla, de los más seguros de la Administración, y en el acto fue a desahogarse con Paca, a la que habló seriamente de casarse en cuanto fuera posible, puesto que ya contaba con un sueldo fijo para sostener las obligaciones domésticas. Aquella misma tarde vino Salas a visitar a Pío Cid y a decirle, de parte de don Eustaquio, que al día siguiente asistiera irremisiblemente a la oficina, pues, de lo contrario, el director le impodría una suspensión de empleo y sueldo.

—Desde que salí de la oficina sin despedirme, me suspendí

yo solo de empleo y sueldo para toda mi vida —contestó Pío Cid—. Le ruego a usted que no me hable más de este asunto, y que mientras no necesite de mí me deje tranquilo en mi casa, sin acordarse más de que yo he sido empleado público.

No dejó Pablo del Valle de ir a llevar la buena nueva a Gandaria, y a decirle que ahora que Pío Cid estaba sin destino, sería más fácil decidirle a entrar en la contienda electoral. A la mañana siguiente se presentaron los dos, Sustantivo y Adjetivo, como les llamaba Pío Cid, y tuvieron con éste una entrevista muy larga y digna de quedar aquí consignada.

—Pero ¿qué me dice usted, amigo Cid? —entró preguntando Gandaria—, de esa ocurrencia de darle un puntapié a su destino? Cualquiera diría que tiene usted para vivir de sus rentas. ¿Qué diablos va usted a hacer ahora para ganarse la manducatoria?

—Si una puerta se cierra, ciento se abren —contestó Pío Cid de buen humor—. A mí se me han abierto dos por lo pronto, y una es más grande que la de una catedral.

—¿Qué puertas son esas? —preguntó de nuevo Gandaria.

—Dos trabajos editoriales que me han salido el mismo día de ayer, entre cinco y seis de la tarde; uno de ellos, sin buscarlo. Mire usted este libro que está aquí abierto sobre la mesa.

—El Código civil —dijo Valle, viendo la impresión de las páginas abiertas.

—Pues bien —prosiguió Pío Cid—: estoy encargado de escribir un comentario filosófico e histórico comparado a cada uno de los artículos del Código, que son —añadió hojeándolo— mil novecientos setenta y seis, sin contar las disposiciones transitorias. Ya voy por el artículo séptimo y llevo veintitrés cuartillas, y confío que el Código, con el comentario total, exigirá de quince a veinte volúmenes. Como que no me han puesto tasa, porque el género tiene ahora mucha salida, y en materia de jurisprudencia la cantidad mejora la calidad. Ningún abogado se asusta de tener en su despacho un testero lleno de tomos bien empastados, que sirvan de adorno e inspiren respeto a los clientes, y yo estoy decidido a que mi Código comentado llene él solo una estantería, con lo cual nadie pierde nada y yo gano una porción de miles de pesetas.

—¡Es usted atroz, amigo Cid! —exclamó Gandaria—. Y lo que me maravilla no es que todo eso sea verdad, que lo será sin duda; lo asombroso es que se ponga usted en el acto a escribir sus comentarios como si no hubiera hecho otra cosa en su vida. A ver: va usted por el artículo séptimo... ¿Qué comentario cabe aquí? «Si en las leyes se habla de meses, días o noches, se entenderá que los meses son de treinta días; los días, de veinticuatro horas...»

—Y las horas, de sesenta minutos —interrumpió Valle.

—¡No interrumpa usted! —exclamó Gandaria—. Lo que dice es: «...los días de veinticuatro horas, y las noches desde que se pone hasta que sale el sol». Y luego: «Si los meses se determinan por sus nombres, se computarán por los días que respectivamente tengan.» ¿Qué comentario va usted a poner aquí?

—Pues tengo materia para cuatro o seis pliegos —contestó Pío Cid—; ahí cabe explicar casi un curso de cronología, aunque sea sólo para señalar las diferencias entre el mes legal, el civil y el lunar, con la historia de cada uno de los meses y las reformas juliana y gregoriana. Y, aparte de esto, hay un punto rigurosamente jurídico. El Código se sirve del año natural, computándolo por doce meses, y luego preceptúa que el mes legal tenga treinta días, un término convencional, puesto que hay meses con más días y con menos. Hay, pues, un año legal con trescientos sesenta y seis; y otro año legal con trescientos sesenta días, sumando los doce meses a treinta. Usted creerá que la contradicción no tiene importancia; pero en las leyes una anomalía es un semillero de pleitos...

—Y ¿qué iba a hacer el legislador? —interrumpió Gandaria.

—Nada más fácil —contestó Pío Cid— que suprimir los meses como medida de tiempo, del mismo modo que están suprimidas las semanas. Con dejar como unidades fijas el día y el año, que se refieren a los movimientos del sol, bastaba; la luna es un satélite de marcha irregular, y no debe servir para los cómputos legales. Sin contar con que tampoco se demuestran simpatías por el astro de la noche, puesto que el mes legal no es el lunar, sino una menos que duodécima parte del año. En suma: a mí no me importa esta cuestión, pero voy a pedir en mi comentario la supresión del mes como medida cronológico-legal, y para justificar mi petición escribiré los cuatro o seis pliegos que he dicho.

—Es usted el diablo en persona —dijo Gandaria—. Con esa vista que Dios le ha dado a usted, claro está que es usted capaz de comentar hasta el vuelo de una mosca.

—¿Y el otro trabajo editorial? —preguntó Valle.

—El otro es cosa corta; pero representa cien duros contantes y sonantes dentro de un mes, que tardaré en entregarlo. Para este, cuento con usted.

—Pero ¿de qué se trata? —interrumpió Gandaria.

—Una obrita que se me ocurrió ayer mismo, y para la que hallé editor al instante, porque es un libro de venta. Se titula *El médico de los pobres:* consejos prácticos y recetas útiles para la curación de las pequeñas dolencias que no exigen la asistencia facultativa.

—Y eso ¿cómo va usted a componerlo? —preguntó Gandaria, casi espantado.

—Es lo más fácil del mundo —contestó Pío Cid—. Es más obra de tijera que de pluma, porque la mayor parte de esos consejos y de esas recetas están en libros impresos; lo único original será la manera de elegir y de ordenar los materiales y la claridad en la redacción, a fin de que hasta la gente más torpe comprenda y pueda utilizar el librito. En esta clase de obras ocurre como con los diccionarios: la mejor es la última, porque se tiene a la vista las anteriores. Exponiendo la doctrina en forma diferente, no hay peligro de que se nos acuse de imitación ni plagio, pues este saber vulgar y práctico es, como los idiomas, el tesoro de la humanidad entera, y a todos nos pertenece y todos podemos servirnos de él en provecho propio o de la comunidad.

—Mucho me alegra —dijo Gandaria— verle a usted tan metido en labor, aunque por otra parte lo sienta, puesto que ahora no podrá usted perder el tiempo en los coloquios agradables a que me había usted acostumbrado. Sin ir más lejos, hoy venía a consultar a usted sobre un asunto que me interesa mucho; pero lo primero es lo primero: lo dejaré para mejor ocasión.

—Ese es un exceso de precaución —replicó Pío Cid—, pues yo no pienso dedicar a estos trabajos más que las horas que antes perdía en la oficina, y lo mismo me da escribir por la mañana que por la noche. Cuando entre en el comentario histórico tendré que molestarme algo; pero ahora voy a escribir de un tirón el filosófico, que es cosa de coser y cantar. Así, pues, desembuche usted lo que traiga sin reparos, pues le agradezco que me saque un rato de mis inútiles filosofías.

—Son unos versos que trae —dijo Valle—, de los que está componiendo para el tomo proyectado.

—Ya ve usted —agregó Gandaria— que no echo en saco roto sus consejos. Los versos son malos, pero la culpa no es mía, sino de usted, que se ha empeñado en que yo sea poeta.

—Y lo será usted, y bueno —afirmó Pío Cid con aire de autoridad—. Crea usted lo que le dice un perro viejo y de buen olfato, como lo tengo yo, aunque me esté mal el decirlo. A ver —añadió, tomando los versos que Gandaria le alargaba, y que estaban escritos en finísima vitela.

Y sin detenerse un segundo leyó los versos, con señales de gran complacencia, por el mismo orden en que Gandaria los había colocado. Cuando los hubo leído, separó las dos primeras hojas, diciendo:

—Estos los rompe usted, no porque sean malos, sino porque tienen más sensualidad que sentimiento. Cuando se funde el hierro en el horno, sale hierro líquido, que es el que sirve para echarlo en los moldes, y sale también alguna escoria, que hay que tirarla porque no tiene aplicación; y en todos los trabajos de los hombres hay también una parte de escoria, de la que no se debe hacer caso, sino pensar que sin ella no habría quizás obras libres de impureza. El soneto «A Lola» no está mal compuesto; pero cuando se llega al terceto final, donde el orgiasta se emociona viendo el relicario en el seno desnudo de la prostituta, es ya tarde para que se borre la impresión brutal que producen los otros once versos, que dejan chiquito a Espronceda en la canción «A Jarifa», que, o mucho me equivoco, o le ha servido a usted de modelo[9].

—Así es, y él mismo me lo ha dicho —interrumpió Valle.

—La poesía en tercetos, cuyo título «El beso eterno», es precioso, es una renovación original del episodio de Paolo y Francesca; y si los amantes salieran volando desde el principio a fundirse en el espacio y formar la estrella nueva del amor, no habría nada que decir[10]; pero la descripción del baile es obscena a más no poder, y de una obscenidad elegante y refinada, de salón, que a ratos es repulsiva. No crea usted, sin embargo, que al romperlos se pierde lo bueno que hay en esas

---

[9] «A Jarifa en una orgía» es un poema lírico del romántico español José de Espronceda (1808-1842). En estos versos, prototípicos de la poesía esproncediana, un orgiasta desilusionado en su búsqueda de placeres sensuales, pide a una hetaira consuelo primero en la forma de besos y después en la forma de compasión porque «una misma es nuestra pena».

[10] En la *Divina comedia* (1300), Dante y Virgilio se encuentran con Paolo y Francesca en el quinto canto del *Infierno*. Los dos pecaron cuando una lectura de las aventuras de Lancelote les llevó a besarse; «aquel día ya no leímos más».

composiciones; lo bueno siempre queda, y yo le aseguro que
en otras poesías reaparecerá lo que hoy destruye usted, y
reaparecerá purificado y limpio de los lunares que lo afean. En
cuanto a la tercera composición —continuó Pío Cid, mientras
Gandaria guardaba las otras y le escuchaba sin parpadear—,
tiene defectos; pero está inspirada en sentimientos más nobles.
Aquí ya las sensaciones están más espiritualizadas, son más
humanas, puesto que lo humano no es lo sensual ni lo corpóreo, sino la fusión de esto y de lo espiritual, la vena de
sentimiento puro, sin escoria, del que sacamos nuestras mayores creaciones. Al decir esto iba releyendo la composición, que
era como sigue:

SERENATA *

Oye, cautiva de amor,
la canción de un trovador
que, al suave son del laúd,
viene a calmar tu dolor
de la noche en la quietud.
    Yo soy un cantor errante
que voy buscando anhelante
a una mujer ideal
que en mi alma brilla radiante
como visión celestial.
    Yo la llamo con pasión
y le cuento mi aflicción;
mas ella de mí se esconde,
y a mi doliente canción
la ingrata nunca responde.
    Mi cantar no es muy pulido,
pues mi arte no es aprendido;
canto desde que nací;
yo para amar he nacido,
y mi amor canta por mí.
    Yo vivo en la soledad,
y mi vida es la ansiedad
de una muerte noble y bella
que a mi amada dé piedad
viendo que muero por ella.

_____

* Mientras decía éstos iba releyendo la composición que era como
sigue: «El trovador» / Al decir esto iba, etc.

Sigo el correr silencioso
de los ríos, y amoroso
va flotando mi soñar
hasta que encuentra reposo
en las orillas del mar.

Allí el oleaje le mece
y mi pena se adormece.
y. en lo infinito pensando
mi dulce amor me parece
que oculta me está mirando.

Cautiva que, abandonada
en esta torre apartada,
velas, oye al poeta errante:
tú eres la visión amada
que busco siempre anhelante.

Aún no he visto tu figura.
mas, temblando, me asegura
mi corazón dolorido,
que tú eres la imagen pura
que soñé de amor herido.

Dicen que un moro salvaje
te condujo a este paraje
para domar tus desdenes,
y que tú pagas su ultraje
con el amor que le tienes.

Mas yo en este amor no creo;
y pues cautiva te veo
en esta torre, velando,
se imagina mi deseo
que en ser libre estás soñando.

Yo por ti combatiré,
y libertad te daré:
soy un triste trovador,
mas si tú me das la fe,
tu fe me dará valor.

Quisiera que me miraras
aunque al mirar me mataras;
pero es tan triste la suerte
que implacable me deparas,
que sin mirar me das muerte...

¡Ah! ¿No escuchas mis clamores?
¿Serán ciertos tus amores?
De tu imagen soberana

los suaves resplandores
se asoman a tu ventana.
     Mas tú asomarte no quieres.
¡Cuán ingrata y dura eres!
Quizás mi voz te importuna.
y antes que oírme, prefieres
soñar mirando a la luna.
     O quizás mi amor desdeñas.
No porque lánguida sueñas
viendo la luna en el cielo;
que eres dura cual las peñas
y es tu corazón de hielo.
     ¡Monstruo horrible de dureza!
De la tierra la aspereza
tienes, la traición del mar,
y del cielo la belleza,
y del infierno el mirar.
     Huyo de ti y sigo errante.
Beldad que brillas radiante
y no tienes corazón,
¡salud!, aún voy anhelante
tras mi adorada visión*[11].

—No me voy a fijar —dijo Pío Cid cuando acabó de leer—
en defectos pequeños que el tiempo corregirá. El ropaje poético de un poeta incipiente es como el vestido de un niño que
está creciendo. Bien o mal hecho, no tarda en quedarse corto.
Cuando usted esté completamente formado, ni sus sentimientos serán los que aquí aparecen ni seguirá escribiendo quinti-
llas. Estas las ha compuesto usted porque la forma arromanza-
da le parecería demasiado vulgar y no acertaría con una rima
nueva a su gusto. Entre ambos extremos eligió usted un término medio para salir del paso; pero de seguro su forma personal de expresión no será esta, y habrá que esperar a que se
forme. También le censuraría a usted la pobreza de epítetos, y

---

     * orden de las estrofas de «Serenata»: 12673458 ...
     [11] «Serenata» es la traducción que hizo Ganivet de un poema
que había escrito originalmente en francés, «Belle princesse aux cheveux
d'or». Lo escribió probablemente en 1896, inspirado por la bella y
rubia Mascha Bergman. La versión francesa fue publicada por vez
primera por Antonio Gallego Morell (véase: «Poemas en francés
de Ángel Ganivet». RO 11 (1965). 367-368.

haría mal, porque usted tiene gran imaginación, y si no le da vuelo es porque todavía no sabe versificar con soltura. Más vale que sea usted al principio seco y prosaico, porque el defecto más difícil de corregir en un poeta es el furor descriptivo, con el que las más veces se suple la falta de idea y sentimiento. Bueno es que el poeta tenga vista y oído; pero antes debe tener cerebro y corazón. En lo que voy a hacer hincapié es en el error grande en que usted ha caído al intentar infundir a un trovador sentimientos modernos, convirtiéndole en un personaje de carnaval. Si usted es amante de las leyendas, puede ser poeta legendario, pero a condición de conocer muy bien la historia, para que sus poesías tengan carácter de época. Más plausible, más fácil me parece expresar sentimientos propios, cuando se tienen, y esto es lo que debe usted hacer y lo que ha hecho realmente, aunque se haya disfrazado de trovador.

—Pero ¿cree usted —preguntó Gandaria— que los sentimientos del hombre varían tanto que un trovador no puede sentir como yo siento ahora?

—Tanto varían —contestó Pío Cid— como el traje, aunque este parezca depender del capricho, y aquellos de la Naturaleza. Un trovador que vaga errante y famélico no puede dirigir a su amada una canción en la que hay dejos irónicos a lo Heine; el trovador, por grandes que sean sus desilusiones, ha de tener fe en algo, por lo menos en el amor y la poesía, puesto que por ellos arrastra su vida miserable; sin esta fe se dedicaría a un oficio prosaico que le asegurase los medios de vivir decentemente, y dejaría los versos para entretener los ratos de ocio. Así, pues, el trovador ama y no bromea con su amor, y si su amada le desdeña, ¿sabe usted lo que hará? Echarle la culpa al carcelero que la tiene guardada con llaves y cerrojos, o al celoso marido que la espía y no la deja respirar. Porque el amante desdeñado por una mujer enamorada de otro corre gravísimo riesgo de quedar en ridículo, y por instinto se defiende, atribuyendo el desdén de la amada a la iniquidad de los que la rodean. Pero en nuestro tiempo, al cambiar la condición de la mujer, estos recursos ya no tienen fuerza. Ya no hay castillos ni prisiones, y una mujer enamorada puede ponerse de acuerdo con su amante y aun escaparse con él, así la guarden el más ridículo don Bartolo o el más furibundo Otelo. El amante desdeñado no tiene ahora otra salida que reírse él mismo de su amor no correspondido, para que esta burla del propio sufrimiento inspire al espectador algún sentimiento de benevolencia. Este amor irónico, que ya no es ciego del todo, como lo pintaban los clásicos, sino que entra en el combate con un ojo tapado y otro al descubierto, como los caballos en la suerte de varas, es un amor que los trovadores no conocieron por su dicha; es una creación moderna, un engendro de la libertad y de la indiferencia. «Me han irritado y torturado cuanto han podido, los unos con su amor, los otros con su odio...; pero lo que más me ha torturado e irritado y martirizado nunca me tuvo odio y nunca me tuvo amor.» Esto lo ha dicho Heine y lo han repetido en mil formas cuantos han sufrido el dolor más hondo de nuestro tiempo, el que nace de la manía diabólica de analizar los sentimientos y despreciarlos cuando nos afligen, para que nadie se ría de nuestra aflicción. Algo de esto hay en el trovador de su serenata. Al principio parece un trovador de verdad, y yo esperaba que concluyera maldiciendo las prisiones donde yace la cautiva y lamentándose contra el tirano que la guarda. Pero de repente salta usted a nuestra época y da usted ciertos toques humoristas y melancólicos, que son lo más acertado de la composición, pero que no concuerdan con lo que precede. ¿Se figura usted que es caballeroso* obsequiar con una tan larga serenata a una pobre prisionera, y decirle las lindezas que usted le dice para despedida? Estas cosas se le pueden decir a una mujer sin corazón, a una fría coquetuela que se complace en martirizar a sus adoradores, pero no a una cautiva, que por falta de libertad no es responsable del mal que sufran los que la aman. Así, pues, el temor del ridículo es el que le ha hecho a usted torcer el rumbo de la poesía, y en la equivocación demuestra usted que su espíritu es capaz de sentir el nuevo amor.

—Usted me dispensará —dijo Valle—, pero yo no veo tan claro que un amante desdeñado tenga que ser ridículo por fuerza. Lo mejor de Bécquer nos haría entonces reír.

—Esto iba yo también a hacer notar —añadió Gandaria, deseando darse aire de conocedor de los poetas modernos, sin excluir los decadentes—. Mil ejemplos podría citarle, pero el más terminante es el de Verlaine, cuya poesía está casi totalmente inspirada por el sufrimiento de amor sin correspondencia [12].

---

* caballeresco / caballeroso

[12] Los versos a que Gandaria alude son posiblemente *Romances sans paroles* (1874), producto de la pasión que sentía Verlaine hacia su querido Rimbaud.

—Ninguno de estos poetas —replicó Pío Cid— tiene nada que ver con el trovador de nuestra serenata. Ustedes confunden al amante engañado, y quizá herido a traición, con el que no es correspondido y no tiene, si vamos a examinar la cosa de cerca, ni derecho a quejarse. Pongan ustedes de un lado a dos amantes, o marido y mujer enamorados, que para el caso es lo mismo, y del otro a un pretendiente importuno que llora sus amores viendo a los amantes dichosos. Los amantes hablan de su ventura, mirándose el uno en los ojos del otro; oyen de repente el son del laúd del trovador que viene a dar la serenata, y para que no les moleste esta música indiscreta cierran la ventana o balcón del aposento y dejan al poeta que cante hasta que se desgañite. Aunque este poeta fuese el mismo Homero en persona, yo les aseguro que cuantos presenciaran la escena descrita se reirían de él, y luego le tendrían lástima. Hay en nuestro espíritu cierta ponderación natural que instintivamente descubre la cantidad de fuerza que hay en cada amor, no por lo que ame un amante solo, sino por el amor total que ambos se tienen. Si el trovador ama él solo, su amor, por grande que sea, no puede contrabalancear el que nace de un afecto correspondido entre un hombre y una mujer; y aunque estos sean tontos de remate, el público no se reirá de ellos, porque representan un organismo apto para la creación de nuevos seres, un valor útil, contra el que toda burla se embotará. En cambio, el que ama sin que le hagan caso podrá crear obras espirituales, sublimes, pero personalmente está expuesto a que se le rían en la cara. Esta tristísima situación no tiene nada que ver, les repito a ustedes, con la del marido o amante engañados. Invirtamos los términos y pongamos de un lado la mujer infiel y su amante, y del otro el amante burlado. Este no vendrá a cantar trovas debajo de las rejas de su amada, sino que se presentará violentamente y dará lugar a una escena trágica. Aquí los amores opuestos pueden sostener el choque, porque el que ahora no es correspondido lo fue antes, y ambos tienen, como si dijéramos, reconocida la beligerancia. Y si el que tiene derecho a luchar por su amor no lucha y se conforma con lamentaciones melancólicas, desempeña un papel poco lucido; porque es tan egoísta por naturaleza el amor humano, es decir, el doble afecto del hombre y la mujer, que cuando ha existido, aunque sea un instante, está condenado a luchar por su conservación. Nos reíamos del trovador que turbaba con sus importunas canciones los coloquios de la pareja enamorada, y pedimos al amante burlado que turbe, aunque sea con un puñal, la dicha de sus burladores. La calma, la resignación en estos casos, no nos parecerá humanidad, sino cobardía. Un hombre enamorado de verdad es un héroe por fuerza. Pero sería el cuento de nunca acabar si hubiéramos de agotar este tema. Lo que le recomiendo a usted principalmente, amigo Gandaria, es que en adelante, cuando componga nuevas poesías, fije antes el motivo poético en sus rasgos más salientes, del mismo modo que los pintores habrá usted visto que no comienzan a pintar, sino que antes dibujan, y aun antes de dibujar suelen trazar varias línas que marcan las distancias o posiciones de las figuras. Para tocar bien hay que templar el instrumento, y para escribir bellas poesías hay que templar el espíritu con arreglo a un diapasón, o sea un motivo poético. Si se lanza usted a componer a la ventura, la poesía saldrá desequilibrada, y a veces, por exigencias del consonante, concluirá diciendo algo que no tiene relación con el principio...

—Yo creo, don Pío, que usted peca por exceso de crítica —dijo Valle, que deseaba justificar en algún modo el aplauso que había tributado a los versos de Gandaria—. Si esos versos se publicaran, no habría nadie que los censurara por los motivos que usted dice. Por esto yo he aconsejado a nuestro amigo que los retoque, sin quitar ni poner nada esencial; y yo le aseguro a usted que la crítica no hallará dónde hincar el diente.

—Dejemos a un lado la crítica de oficio —dijo Pío Cid—. El mejor crítico es un amigo imparcial y desinteresado: amigo, para que vea la obra con amor, sin ánimo de lucir su ingenio, estropeándola por decir algún chiste o frase espiritual a costa de ella; imparcial y desinteresado, para que no oculte la verdad, para que señale las faltas que note, que cuando las notó mirando con ojos amigos, faltas son y no hay que darle más vueltas. No creo que ningún poeta verdadero aspire a pasar sin que le hinquen el diente; aspira a ser poeta, aunque la crítica le maltrate, y a ser un gran poeta, aunque el público le insulte...

—Eso es cierto —interrumpió Gandaria—; yo le juro que no me mueve la vanagloria vulgar, y que si me dedico a escribir versos no es para que me los aplaudan, sino para ver si soy poeta de verdad, como usted me lo ha asegurado. Así, cuanto más severa sea la crítica más me satisface, estando aquí, como estamos, entre amigos. Pero lo que yo no comprendo es su idea del motivo poético. ¿Es un borrador, un boceto, un apunte, o qué?

—Es la impresión madre, delineada en cuatro rasgos; hay impresiones que en determinados espíritus producen una gran germinación intelectual y sentimental; el motivo poético es una de estas impresiones, recogida antes que se mezcle y se confunda con las ideas y sentimientos que de ella arrancan. Si usted no fija el motivo, la impresión primera se pierde, y antes de terminar la poesía se ve usted perdido, y sin darse cuenta echa mano de una idea secundaria, que se convierte en motivo céntrico, rompiendo la unidad de la composición, como ha visto usted en la serenata. Si quiere usted, yo le daré ochocientos motivos, aunque lo mejor es que usted componga los suyos sobre impresiones propias; pero para explicarle mi idea ahora mismo, vea usted qué fácil es el procedimiento. Usted está enamorado, como el trovador de la serenata, y como él sufre y llora porque la mujer amada no contesta a sus lamentaciones a causa de que está enamoradísima de otro galán, que puede ser su propio marido para mayor moralidad de la historia; pero usted no es un trovador, es un hombre de nuestro siglo y sabe que el amor, por grande que fuera, tiene mucho de comedia*. Así, pues, usted no pierde la cabeza en medio de sus más locos arrebatos y a veces comprende que está cometiendo grandes tonterías. En tal estado de espíritu, que no deja de ser original, las impresiones corrientes, que antes no le hacían mella, ahora le dejan extrañas resonancias, manantial de fresca y sana poesía. Ve usted, por ejemplo, a su amada soltar un pajarillo que tienen encerrado en una jaula y le hiere esta bondad para los pájaros, que contrasta con los desdenes de que usted es víctima. Y dando vueltas la impresión, se forma un motivo poético, que fija usted en estos rasgos...

Pío Cid cogió la pluma y un pedazo de papel, y escribió:

> Yo he conocido a una mujer extraña
> De tan cruel bondad,
> Que tenía un canario en una jaula
> Y le dio libertad...
> Mas antes le cortó al triste las alas.
> ¡De oro parecen tus cabellos rubios,
> Oh mujer inhumana!**
> Y el corazón, como el acero es duro,
> Y el alma..., ¿tienes alma?

---

* farándula / comedia
** De esta mujer extraña... tiene alma / o mujer inhumana... ¿tienes alma?

—Aquí tiene usted un motivo poético —prosiguió Pío Cid—, del que, ahondando, sale una poesía. El motivo poético no debe estar escrito en prosa, pero tampoco en versos regulares, a menos que no salga así espontáneamente. Es una impresión pura y espontánea, que a veces queda fuera de la poesía que se va a componer. ¿No ha visto usted a los canteros trasladar grandes piedras valiéndose de rodillos, palanquetas y cuñas? Y luego que la piedra está colocada en su sitio, ¿no ha visto usted que todos esos útiles auxiliares quedan tirados por los suelos como si no sirvieran para nada? Pues esto mismo le ocurre al motivo poético, sobre el cual debe girar o rodar la composición hasta que esté rematada o perfecta. Usted no se hace cargo del mecanismo oscuro de sus propias creaciones; pero siga mi consejo, y quizá un día se sorprenda usted viendo que de un motivo de esos, fijado con claridad, surge de repente, por elaboración interna, desconocida de usted mismo, una verdadera poesía; es decir, una vibración clara y sonora del espíritu. La única condición que requiere el motivo poético es la legitimidad de la impresión. Por ejemplo: el género de malicia que yo atribuyo a la mujer extraña, es propio de una mujer rubia; la malicia de una morena tendría otro carácter, y el motivo poético debería ser diferente. Sin salir del reino de las aves, vea usted otro motivo:

> Jugando con la trenza de su cabello negro
> Mi amada me pregunta con acento meloso:
> —¿Qué pájaro, de todos, te parece el más bello?
> Yo la miro, y respondo:
> —Estoy criando un cuervo
> Que me saque los ojos.

Lo de que los curevos sacan los ojos a quien los cría, es vulgar y falso; pero a nosotros esto no nos importa si la impresión es plástica y sugestiva, porque probablemente en la poesía que de aquí saliera no subsistiría la comparación que constituye el motivo.

—Hombre —interrumpió Gandaria, cayendo en el lazo—, voy a ver si saco de ahí esa poesía, y si el sistema de componer que usted me recomienda me da tan buenos resultados como a usted mismo. ¿Quiere usted darme este motivo de los cuervos?

—Tómelo usted —contestó Pío Cid—; y conste que el sistema a mí no me da buenos resultados porque yo no lo empleo; ni soy poeta, ni lo quiero ser.

—Pues usted escribe versos —replicó Gandaria.

—Pero los escribo al azar, sin componerlos —dijo Pío Cid—, sólo para que sirvan a Candelita de motivos para las melodías que compone. Y casi nunca paso de la primera impresión, porque no tengo paciencia para sacarle la sustancia. Alguna que otra vez me ha ocurrido pensar naturalmente en verso y escribir después lo que he pensado, y estas son mis poesías.

—Vamos a irnos —dijo Gandaria levantándose y metiéndose los varios papeles en su cartera— y a dejarle a usted en paz; porque si no, usted es tan amable que perdería por nuestra culpa todo el día y aun la noche. Sin embargo, tengo mis motivos de queja contra usted —añadió insinuando el motivo, no poético, sino electoral, de que otras veces había tratado—. Papá, que le ha tomado una gran simpatía, me ha dicho hoy que pensaba invitarle a una comida, a la que asistirá don Bartolomé de la Cuadra, para presentar a usted y prepararle el terreno...; pero yo le aseguro que estoy avergonzado de haber hablado por usted, puesto que tan en poco estima los buenos deseos de sus amigos.

—Voy a sorprenderle a usted —contestó Pío Cid— diciéndole que he cambiado de opinión y que ahora no tengo reparo en correr la aventura política que tanto le interesa. Amor con amor se paga, y ya que usted escribe versos por complacerme, yo seré candidato por complacerle a usted.

—Pero ¿cómo se explica —preguntó Gandaria—esa súbita mudanza? ¿Habla usted con formalidad?

—Hablo con toda la seridad de que soy capaz —respondió Pío Cid—, y la explicación de mi conducta es muy sencilla. Deseo darle gusto a usted y al ex diputado de mi distrito, a quien debo algunos favores, el último el nombramiento de usted (dirigiéndose a Valle). No me gusta buscar las cosas, pero cuando ellas se presentan buenamente no es justo desdeñarlas, pues ¿quién sabe lo que podrá dar de sí este asunto, si cuaja?

—Delo usted por hecho, y no hablemos más —afirmó gravemente Gandaria, despidiéndose—. Pronto volveré, quizá hoy mismo. Hasta luego.

Se fueron él y Valle, quedando Pío Cid caviloso con la determinación repentina que había tomado, la cual tenía, además de los motivos que dio, otro más poderoso, que era el deseo que de pronto había sentido de ir a Granada y a Aldamar con el pretexto de la elección.

Tuvo lugar la comida anunciada por Gandaria, y en ella quedaron concertados Pío Cid y el ministro don Bartolomé de la Cuadra para celebrar una entrevista y hablar despacio del asunto; y la primera impresión fue satisfactoria, porque al otro día, por la tarde, vino Gandaria y entró en la sala diciendo:

—Amigo Cid, la cosa está decidida. Don Bartolomé es un hombre muy grave, que no se precipita nunca, y por esto ha dicho lo de la entrevista; pero papá habló después con él, y me asegura que tiene usted su apoyo. Y basta que don Bartolomé, que es hombre de pocos compromisos, diga una palabra al de Gobernación, para que sea usted de los indiscutibles... Pero no le encuentro a usted trabajando y está usted muy pensativo: ¿ha ocurrido alguna novedad?

—Sí, ha ocurrido —contestó Pío Cid—. Anoche, cuando volví de casa de usted, hallé una carta de ese joven llamado Benito, que vio usted aquí una noche, en la que me decía que, aunque era domingo, no venía porque en su casa había entrado la viruela espada en mano, hasta el punto de que en pocos días ha muerto la chiquilla de la patrona, y a la criada han tenido que llevar al hospital. Ahora mismo vengo de allí, de hablar con la pobre Purilla; está fuera de peligro, y lo que me ha impresionado no es verla enferma, sino oírla discurrir como ha discurrido y mostrar la belleza de alma que ha mostrado.

—Deseche usted esos pensamientos —dijo Gandaria, algo inquieto al saber que Pío Cid había estado entre enfermos contagiosos—; yo no me juzgo cobarde, pero no me atrevería a ir a un hospital por nada del mundo: no es aprensión, es que me da miedo de ver cuadros de dolor y de miseria.

—Eso es como todo —replicó Pío Cid—; hay que acostumbrarse. Cuando yo estudiaba leyes concurría a las salas de autopsia; y no ha mucho, cuando vivía en la casa de huéspedes, acompañaba a los estudiantes de Medicina siempre que había anunciada alguna operación quirúrgica notable. ¿No sufre usted en un teatro cuando los actores representan bien una dolorosa tragedia, y después se va usted a la calle celebrando el talento de los actores y sin acordarse del mal rato que le han hecho pasar? ¿No hay quien ve en los toros un espectáculo artístico, mientras el que sólo percibe el lado brutal cree asistir a escenas de matadero? Pues en los hospitales, cementerios y demás lugares que el vulgo considera tristes, lúgubres, repulsivos u horripilantes hay mucha belleza natural y artística, que ese vulgo no conoce porque no quiere llegar al goce por el dolor, ni

239

siquiera por el dolor teatral, fingido, puesto que ya ve usted que la tragedia y el drama van de capa caída y que el público lo que desea es reír mecánica y tontamente. ¡Pobre gentecilla, que ignora que el sufrimiento llena la mayor parte de la vida, y que huye de la vida por huir del sufrimiento, y se contenta con hacer una agradable digestión de lo bueno o malo que come! No sea usted así, amigo Gandaria, y tenga entendido que el hombre más grande es el que comprende más y ejecuta mejor. «Yo no sería capaz de hacer eso», es lo más triste que puede decir un hombre. No lo diga usted nunca.

—Está usted hoy mal encarado —dijo Gandaria—; voy a procurar distraerle con una poesía que he compuesto sobre el motivo de los cuervos. A ver si la encuentra mala o menos mala, porque buena no lo espero.

Pío Cid cogió el papel, y leyó en voz baja:

EL CAZADOR HERIDO

—Cazador que vas al bosque
        De los cuervos,
Ten cuidado, que en los árboles
        Traicionero,
Se oculta el rey de la banda
        Al acecho,
Para sacarte los ojos
Con su pico corvo y negro.

***

—Cazador que fuiste al bosque
        De los cuervos,
Fuiste alegre y vuelves triste
        Como un muerto...
—Miróme una mujer pérfida,
        Sonriendo,
Y me sacó el corazón*
Prendido en sus ojos negros.

***

_____

* Y te sacara los ojos... Que sacó el corazón / Para, etc... Y me sacó el corazón.

240

—Una mujer más traidora
　　Que los cuervos,
Me ha robado el corazón
　　Sonriendo.
Por eso vuelvo tan triste
　　Como un muerto;
Que, aunque no se ve mi herida,
Traigo la muerte en el pecho [13].

—Esto es mejor que la serenata —dijo Pío Cid al termi-nar—; y aunque la forma ande aún cojeando*, el sentimiento está dominado y graduado con maestría. Ahora mismo estoy

---

[13] Es probable que Ganivet escribiese la mayor parte de sus poemas cuando se sentía inspirado, y sólo después, de acuerdo con considera-ciones de oportunidad literaria, los incluía en sus obras en prosa. Sin embargo, «El cazador herido» constituye una excepción a tal práctica. Llegamos a esta conclusión al encontrar, mientras examiná-bamos el manuscrito de la novela, la primera versión del poema en el dorso de la misma hoja donde estaba la versión definitiva. Lo publi-camos por primera vez aquí:

Ten cuidado con los cuervos
ten cuidado, que en los árboles
se oculta el rey de la banda
y te sacará los ojos
con su pico corvo y negro.

Cazador, que fuiste al bosque
vuelves triste, como un muerto.
Estaba Inés (?) de la banda
traicionero
Estaba una mujer negra
como un cuervo
que me sacó el corazón
prendido en sus ojos negros.

Me ha sacado el corazón
prendido en sus ojos negros
una mujer más traidora
con los cuervos
Aunque ves brillar mis ojos
estoy ciego
y aunque parece que vivo
traigo la muerte en el pecho.

(Ms., pág. 146 vto.)

* vacilante / cojeando

yo contento, como la madre que ve por primera vez al hijo que acaba de parir. El poeta ha nacido, y aunque todavía esté en pañales, con el tiempo crecerá.

—Pero dígame usted —preguntó Gandaria—, ¿habla usted sinceramente, con el corazón en la mano, cuando me asegura que yo tengo facultades de poeta? Yo he seguido la broma, como quien dice, pero tengo mis dudas; ¿no he de tenerlas? Escribiré versos, mejores o peores, no digo que no; esto no tiene importancia. Lo que yo no creo es que se pueda decir jamás de mí el poeta Gandaria, como se dice el poeta Zorrilla, el poeta Campoamor o el poeta Núñez de Arce.

—¿Y por qué no? —preguntó Pío Cid—. ¿Es usted de peor naturaleza que esos que acaba de nombrar? Malo es el desmedido amor propio; malísimo es el apocamiento ante las obras de valer. No exagere usted la admiración ni siga usted el ejemplo de nuestra juventud, que parece nacida para manejar el incensario. Vea usted que, no obstante los numerosos genios que tenemos en casa, el papel intelectual de nuestra nación en el mundo no es muy brillante que digamos; y fíjese en que no hay razón ninguna para que España no sea tan grande como las demás naciones, y en que si ha de igualarlas, y si es posible superarlas, han de trabajar por ella sus hijos, que hombres son de carne y hueso como los hijos de las demás.

—Eso sí —dijo Gandaria—; yo soy patriota como el primero, y si confiara hacer grandes cosas las haría, aunque sólo fuese por orgullo patriótico, aunque no saliera ganando nada.

—Pues inténtelas sin temor, sin descorazonarse por la endeblez de sus fuerzas —dijo Pío Cid—. Siga el ejemplo de los pequeños mirmidones, que para ser grandes bailaban sobre la tumba de Aquiles[14]. Baile usted encima de todas nuestras glorias nacionales.

—¡No es mala la idea! —exclamó Gandaria, alegrándose como una criatura.

—Para que acabe usted de convencerse —agregó Pío Cid—, le diré que eso de las aptitudes y facultades para la poesía es un achaquecillo que se usa mucho y vale poco. Poetas lo son todos los hombres capaces de ver las cosas con amor. Y ¿quién no ve algo con amor? Hay versificadores, músicos y pintores de oficio, y ejecutantes rutinarios de todas las obras humanas.

---

[14] Los mirmidones, gobernados por Peleo, siguieron a su hijo, Aquiles, a Troya donde se distinguieron por la ferocidad, valentía y lealtad hacia su líder.

Nada de esto tiene que ver con la poesía, que es creación; un poeta es un creador que se sirve de todos los medios humanos de expresión, entre los que la acción ocupa quizá más alto lugar que las formas artísticas más conocidas: las palabras, los sonidos, los colores. Hoy he visitado yo en el hospital a una muchacha que es una poetisa de cuerpo entero, sin haber salido nunca de criada de servicio. Cualquiera otra criada que no fuese Purilla, hubiera entrado en el hospital con miedo y con asco, y hubiera contado las horas y momentos que tenía que pasar hasta que la dieran el alta. Purilla fue por su gusto, por no causar perjuicios a su ama, y en vez de mirar lo que el vulgo mira, supo mirar y ver lo espiritual que allí flotaba, y concibió en seguida la idea de ser Hermana de la Caridad. Para que una criatura tan infeliz como Purilla tenga este arranque ha debido imaginar algo muy bello, que a falta de expresión artística sale a luz en un acto de la voluntad generosa. Y este acto es una creación poética, muy superior a lo que usted y yo hemos hecho hasta ahora.

—Y ¿cómo explica usted —preguntó Gandaria— el proceder de esa pobre chica?

—Lo explico por el amor —contestó Pío Cid—. Por lo que se explican todas las creaciones poéticas. Mucho me duele tocar a los sentimientos del prójimo, pero no creo que haya ninguna grave ofensa en decir reservadamente que Purilla estuvo enamorada de un hombre que no podía corresponderle*, y que este amor desventurado, que a otra mujer quizá la lanzara a cometer cualquier disparate, a ella le dio ánimo para ennoblecerse. Aprendió a leer y a escribir y mil pormenores instructivos; se afinó como una señorita, y cuando la enfermedad la llevó a un lecho del hospital, en lugar de asustarse, vio el cielo abierto. Cuando yo me acerqué a su cama —añadió Pío Cid con emoción—, le conocí la idea en el rostro. No puede usted imaginarse lo que se alegró de verme y de poder explicarme el pensamiento que había tenido. «Pero, muchacha —le dije yo—, eso no es tan fácil de hacer como de pensar. ¿Vas a dejar a tu ama? Y luego, hay que saber si tú sirves para el caso.» «A mí lo que me tiraba era la Paquilla —me contestó ella—, y como se ha muerto, ¿para qué voy a volver** a bregar con los huéspedes? Aquí o donde me manden estaré mejor.» Entonces me dijo la Hermana que me había acompa-

* amarle / corresponderle
** a la casa / _ _ _

243

ñado que estaban todas admiradas de la vocación de Purilla y de su educación, que no era la de una criada. La superiora, con quien hablé, se mostró asimismo muy encariñada con ella. En suma: nuestra poetisa será Hermana de la Caridad, y el amor que pudo tenerle a un solo hombre se lo tendrá a todos los hombres, en particular a los más desventurados.

—Aunque no me gusta ser indiscreto —dijo Gandaria—, me parece que usted ha desempeñado algún papel en la historia de Purilla, porque si no, no se comprende el interés que se toma por ella.

—Si lo dice usted por la pobre condición de la muchacha —replicó Pío Cid—, tenga entendido que para mí una criada vale tanto como la emperatriz más cogotuda de Europa. Purilla asistió a mi hermana en su última enfermedad, y por mi hermana supe yo lo de enamoramiento, y no porque Purilla lo dijera, sino porque los moribundos ven lo que no vemos los que disfrutamos de buena salud. Y si yo le he descubierto a usted un secreto de la vida íntima y siempre respetable de una mujer, ha sido para animarle, poniéndole delante de los ojos un ejemplo de lo que pueden los sufrimientos amorosos. Para un espíritu vulgar no son nada las desilusiones, los desengaños, los celos; porque la vulgaridad tiene buena encarnadura, y sana de todas las heridas que recibe. Pero los espíritus delicados no sanan tan fácilmente, y una herida en el corazón, menos, en el amor propio, se les encona, y si cura, les deja una huella indeleble. Y cuantas veces se pone el dedo en la herida, creación tenemos segura. Así es el hombre, todos los hombres, y usted como los demás.

—Vamos, usted cree —dijo Gandaria con forzada sonrisa— que yo soy el cazador herido de mis versos, y que alguna coquetuela me ha disparado un dardo venenoso.

—Y tan seguro como estoy, aunque usted se ría —afirmó Pío Cid—. En la herida esa confío más que en nada para que sea usted un gran poeta.

—Dispénseme usted si le digo —insistió Gandaria— que no comprendo la relación que pueda haber entre mis afectos y esas poesías que escribo por pasar el rato.

—No hay relación —dijo Pío Cid—, sino que son una misma cosa. Usted se enamora de una mujer y la ve con ojos de amor, y la ve distinta de como la ve todo el mundo. El mundo, es decir, la gente indiferente, ve la apariencia, y usted ve el misterio que debajo de ella se encubre. ¿Quién ve mejor? Se dice que el enamorado no ve, porque la pasión le ciega; yo

244

afirmo que los indiferentes son los que no ven, porque les ciega la indiferencia. Si estos son los que ven, entonces hay que decir que el enamorado no sólo ve, sino que crea, espiritualizando la realidad, y dando a la realidad lo que ésta no tiene. Así, pues, todo hombre capaz de amar es un creador, un poeta, cuya visión es tan grande como el objeto de sus amores. Para la mayor parte de los hombres, la visión se reduce a un individuo o a un pequeño grupo. Amo a una mujer, la mujer me ama, constituimos una familia, nos quedamos con nuestro amor de puertas adentro, y santas pascuas. La creación no pasa del primer grado, y encarna en el bello y robusto infante, que los papás acogen con júbilo. Pero si nuestro amor no halla tan expedito el camino, nuestro espíritu aprovecha la coyuntura para arrancarnos del afecto carnal, y comienza otra creación más espiritual, más amplia, como que no tiene límites, y puede abarcar toda la humanidad y el universo entero. No le quepa a usted duda, amigo Gandaria, de esta filiación de nuestras obras espirituales. Vea usted varios artistas, pintores o escultores, que pintan o esculpen un mismo modelo; muchos lo copian, lo imitan con mayor o menor perfección; uno lo crea, y crea una obra de arte. ¿Por qué? Porque los unos son los indiferentes, que ven las cosas como son, y el otro es el amante que descubre el ser espiritual, íntimo, del modelo artísticamente amado. Y como hay quien ama poco y quien ama mucho, hay pequeños y grandes artistas; y en el origen del arte humano, en la formación del alma creadora del hombre, hay eternamente una revulsión del amor natural, sin la que este amor no se remontaría a la contemplación pura de los seres. Un carácter débil no soporta las penas de amor, y cae en el odio, en la venganza y en mil bajas pasiones, y desea la destrucción y aniquilamiento de cuanto existe; un carácter enérgico reacciona y pasa fácilmente del odio momentáneo, engendrado por el despecho amoroso, a un amor más noble que el que primeramente tuvo. Este amor será menos vivo, pero es más hondo y más creador; y, ajustadas bien las cuentas, si bueno es el uno, mejor es el otro. Ya le decía a usted que el poeta errante de su serenata estaba a dos pasos de ser ridículo, como lo son los enamorados a quienes se da con la puerta en las narices; pero que también estaba muy cerca de ser sublime, como lo son los enamorados que saben volar por las alturas celestes y reírse desde allá de la amada desagradecida y del afortunado rival, si le hubiere. Conque ánimo, cazador sin ventura; cúrese usted la herida que lleva por dentro, y recoja con amor la sangre que de ella gotee, que esa sangre es néctar poético, digno de que lo saboreen los mismos dioses del Olimpo.

—No se burle usted, amigo Cid —dijo Gandaria, exasperado ante la insistencia cruel con que Pío Cid le ponía el dedo en la llaga—. Si fuéramos a cuentas, quizá esté usted más herido que yo; porque yo no he hecho hasta ahora nada de particular; pero usted ha creado mucho más que yo, y, según su teoría, debe haber sufrido grandes contrariedades amorosas. Y, aun ahora mismo, ¿quién sabe si por medio habrá alguna pasioncilla contrariada?... Algo podría yo decir..., pues aunque no soy ningún gran observador, no soy ciego del todo...

—Eso lo dice usted por tomar el desquite —interrumpió Pío Cid—, porque quizá cree usted que yo le he llamado cazador con ánimo de burlarme del grave accidente que le ocurrió en su excursión al bosque de los cuervos.

—No es esa mi idea —replicó Gandaria—, es más bien curiosidad que he sentido por saber si en efecto todos los poetas comienzan por ser amantes desdeñados...

—Pero aunque no fuera un verdadero poeta —replicó Pío Cid—, habría que retroceder muchos años para investigar mis comienzos.

—También se refrescan las heridas —insistió Gandaria—, y así como apostaría algo a que su juventud ha sido borrascosa, estoy por pensar que ahora mismo está usted corriendo un temporal muy duro. Usted arde más ligero que la estopa cuando le sopla el diablo del amor, y sin salir de esta casa, tiene usted aquí una colección de bellísimos diablos... No hablo en mal sentido —añadió Gandaria corrigiéndose, temeroso de haber ido demasiado lejos—. Usted es casado, y ha de observar, naturalmente, sus deberes de jefe de familia. Quiero decir que, por esto mismo, si le gustara alguna además de la suya, tendría que...

—En ese punto va usted descaminado —dijo Pío Cid riendo—. Mi combustibilidad amorosa es sólo espiritual, y no hay peligro de que yo, a estas alturas, me enamore. Las primitas son para mí más bien hermanas o hijas...

—Usted lo cree así —interrumpió Gandaria—; pero ¿y si usted mismo se equivoca? No digo yo que sea usted un amante desdeñado, ni mucho menos; al contrario, ¿quién sabe si es usted correspondido con exceso? Sólo que usted es un hombre de honor, que sabe respetar a las mujeres, y por respetarlas quizá sufra tanto como si recibiera crueles desdenes. En fin, yo soy un torpe, un majadero, que no debía meterme en lo que no me incumbe; perdone usted mi indiscreción.

—No es indiscreción —dijo Pío Cid— hablar con franqueza, cuando yo mismo le he dado el ejemplo. A veces una observación oportuna nos da a conocer nuestros propios sentimientos, y bien pudiera usted ponerme sobre aviso contra mí propio diciéndome qué ha notado en mí que le autorice para pensar como piensa, puesto que yo tengo ahora la primera noticia...

—No es nada, es una tontería de mi parte.... —dijo Gandaria—; había creído notar en usted cierta sospechosa predilección por Candelita...

—Es verdad —asintió Pío Cid—; pero...

Se oyó un grito agudo, y al mismo tiempo un golpe como de un cuerpo que cae desplomado. Pío Cid y Gandaria se levantaron llenos de sobresalto y miraron hacia la puerta clavada que había detrás del sofá, y que en otro tiempo debió servir para comunicar la sala con la habitación de al lado, que era dormitorio y despacho de Pío Cid. Este pensó sin vacilación lo que había ocurrido: que Martina había estado escuchando y había oído la revelación de Gandaria, que, aunque infundada, venía a corroborar las sospechas que ella abrigaba, puesto que más de una vez se había lamentado con su marido, insinuando vagamente los celos que de su prima tenía. Pío Cid acudió prestamente a socorrer a Martina, a la que, al abrir la puerta de su cuarto, vio tendida, cuan larga era, sobre el desnudo pavimento. Gandaria, que había seguido detrás, miraba con ojos espantados; y no sabiendo qué hacer ni qué decir, se despidió atropelladamente luego que Pío Cid, cogiendo en brazos a Martina y sentándola en una silla apoyada contra la mesa de escribir, dijo con tono muy tranquilo:

—Esto no es nada. Pronto pasará...

Después que Gandaria se marchó, Pío Cid cerró por dentro la puerta, tendió a Martina sobre la cama, le roció el rostro con agua y se puso a pasear, esperando que pasase aquel ligero desmayo, sin necesidad de mover en la casa un levantamiento. No tardó mucho en volver en sí Martina, que, más que desvanecimiento, lo que sufría era un ataque de furor reconcentrado por el silencio que se vería obligada a guardar, no obstante los motivos de queja que tenía o creía tener desde que Pío Cid entró en la casa; y aprovechando la oportunidad de su desmayo para desahogarse, se incorporó en el lecho y se alisó los enmarañados cabellos, mientras pensaba el modo de iniciar el combate. Como mujer que era, y mujer muy femenina, su rencor no iba contra Pío Cid, que ella creía verdaderamente culpable, sino contra Candelita, que, aunque fuera inocente, había cometido el delito de agradar y de ser amada, el mayor que a los ojos de una mujer enamorada puede cometer otra mujer. Sin embargo, no acertó a decir nada contra su prima, y hallando más a mano a Gandaria, enristró con él y comenzó con el siguiente exabrupto:

—¿Se ha ido ya ese gomoso? Bien sabe Dios que tengo atravesado al tipo ese y a toda su familia. No sé a qué vienen esas conferencias ni esos tapujos; parece que vais a descubrir un nuevo mundo... Lo que descubra el idiota ese... Bien podría untarse algo para echar barba, y no que parece un chivo afeitado. Venir a sacar a las personas de sus casillas para..., yo no sé para qué... Es decir, lo sé de sobra —añadió echando los pies hacia el borde de la cama como si fuera a apearse—. Sé que hoy las mujeres no tienen vergüenza, y que en cuanto ven a un hombre no guardan respetos a nadie; de seguro que te han echado el ojo para la hermana del necio ese. La joven parece una espátula; pero hay dinero y aparato... Te haces el distraído; no me contestas —prosiguió con calma fingida—. ¿Qué me has de contestar, si llevo la razón? Tú eres el que no quiere nada y el que no pretende nada, y en cuanto has visto dos dedos de luz, allá vas ciego a encaramarte o a que te encaramen, aunque tengas que perder hasta la dignidad... Todos sois lo mismo, hipócritas; esto es lo que sois los hombres... Y querer engañarme a mí como a una criatura recién nacida... «Voy a casa de esos amigos (imitando la voz de Pío Cid) a hablar un poco en inglés...»*. Así se les secara la lengua a todos los embusteros... De fijo que ya sabrán que yo no soy tu mujer... Esas cosas se saben en seguida, y si no lo sabían, lo habrás dicho tú... ¿Por qué, si no, te invitan a ti, y los demás somos un cero a la izquierda? Es que un hombre es siempre un ser privilegiado que es bien recibido en todas partes, aunque sea un canalla, mientras que a las mujeres no se nos perdona la falta más mínima. Tú eres más cuco que pareces; cuco no, egoísta es lo que eres, y por eso todo lo arreglas a tu conveniencia. ¿Qué tengamos con que no quieras nada tuyo, con que lo des todo, si esto lo haces por no molestarte? ¡Eso no tiene gracia! Y además, yo quisiera verte en ciertos lugares... Al fin y al cabo, tú no has sido nunca nada, y

---

* inglés. ¡Inglés! / inglés

248

si llegara la ocasión de que fueras algo, veríamos... No veríamos, hemos visto ya —exclamó con nuevo furor—. Si apenas ha hablado cuatro palabras con una medio señorita, ya le hemos tenido haciéndose cruces o poco menos... Y todo porque la joven se da la importancia de una aristócrata..., como si yo no fuera más noble que todos los nobles de España juntos, como consta en los papeles que algún día te meteré por los ojos para que los veas bien. ¡Venirme con flato aristocrático a mí, que a orgullo no me gana nadie cuando quiero tenerlo! Y el día que vimos a la carilacia esa de amazona, que nos la enseñaste como si no supiéramos lo que es tener caballos... Pues si hubieras visto tú el potrero de mi abuela, cuando teníamos el ingenio, te asustas. En el fondo, lo que tú tienes es ignorancia por no haber salido nunca de tus cuatro paredes; así es que todo te sorprende, y aunque quieras aparentar gran conocimiento del mundo, eres un babieca. Hombre, para lo único que tienes talento es para engañar y para manejar las personas a tu gusto. No sé cómo te las compones, que siempre sales con la tuya; sin embargo (con tono amenazador), tú no conoces aún a Martina de Gomara; ¿que me has de conocer? Tú has creído que yo soy una muñeca, con la que se puede jugar...; pero eso ha sido porque yo me he hecho la tonta, por no meter la guerra en la casa. ¡No creas que la cosa va a durar, no! ¿Para qué sirve sacrificarse? Para que todo el mundo abuse cada día más. Yo he callado hasta hoy; pero ya esto acabó, vaya si acabó. No te hagas el distraído, ni pasees más, que me mareas; atiéndeme y contéstame, que no soy ningún perro, y dime si tú crees seriamente que esto va a seguir así.

—Esto ¿qué es? —preguntó Pío Cid sin alterarse.

—Esto es esto —pronunció Martina con violencia—, de sobra lo sabes. Yo no vivo más así. Yo no tengo necesidad de que nadie me señale con el dedo. Vamos a ver, ¿son mis primas de mejor condición que yo?... Pues entonces, ¿por qué te parece muy bien que Paca se case y que yo sola sea la que haga el Cristo? Si eres tan enemigo del matrimonio, cuando Pablito ha hablado de casarse has debido decirle que las ceremonias no sirven más que para perder tiempo y gastar dinero; pero no, señor; no sólo no has dicho eso, sino que yo estoy convencida de que si Pablito no se casara le pondrías en lo ancho de la calle. Aquí tú solo tienes el privilegio de divertirte con la sociedad...

—Pablito —interrumpió Pío Cid— es un buen muchacho,

pero no sabe dónde está de pies, y hay que casarle dos o tres veces, si es posible, para que se entere de que es casado y para que sepa, viendo lo que hacen otros matrimonios, lo que él ha de hacer. ¿Qué culpa tengo yo de que la mayor parte de los hombres sean como las mercancías que van de un punto a otro, que para que lleguen a su destino hay que pegarles una etiqueta? Yo, malo o bueno, me tengo por hombre, y no tolero que me facture nadie. Tú eres mi mujer, ya te lo he dicho, y no hay que repetirlo más. Si la sociedad se incomoda, con no hacerle caso estamos listos.

—¡Bien! —prosiguió Martina—; pero aunque yo no le dé importancia a la sociedad porque la desprecio, dime: ¿qué salgo ganando con vivir como vivo? Yo soy aquí una de tantas; ni más ni menos que mis primas. Yo he oído siempre decir que el casado casa quiere, y puesto que tú me consideras como tu mujer, quiero ser dueña de mi casa y no estar a las órdenes de nadie. Aquí las amas son la mamá y la tía, o mejor dicho, el ama es mi tía, porque mi madre es una mujer sin disposición. Yo no soy nadie, ni dispongo de nada; estoy aquí como estaba antes de conocerte, quizás peor; ¿crees tú, repito, que esto va a continuar?

—Sí, lo creo —afirmó rotundamente Pío Cid.

—¿Lo crees? —gritó Martina, saltando al suelo como si le hubieran tocado a un resorte.

—Sí —repitió Pío Cid con sequedad.

—¡Hola, amiguito; parece que tocan donde duele!—exclamó Martina poniéndose delante de Pío Cid—. Ya sé que yo para ti soy poco, casi nada. Y no me importa, porque tú para mí eres menos que un guiñapo. ¿Quién te va a querer a ti, cuando no sabes siquiera lo que es una mujer, ni las consideraciones que deben guardársele? Me has visto tirada en el suelo y me has recogido como se recoge un vestido que se cae, y no se te ha ocurrido darme nada... Quizás deseabas que me muriera de una vez... No sabes tratar a una mujer delicada, no sabes. Otro hombre, conociendo el estado en que me encuentro, se hubiera enternecido..., pero tú no me quieres a mí, ni quieres a nadie, y si, por desgracia, tienes un hijo, no le querrás tampoco, porque no tienes corazón... ¡Ah! Ya te lo decía yo la primera noche que te conocí: ¡antes me hubiera muerto mil veces! Ya te lo decía: tú tienes algo bueno, pero mucho, muchísimo malo, un alma cruel como la de una pantera... Eres un lobo disfrazado de cordero... ¡Qué desgracia la mía! —añadió, sentándose en una silla y echándose a llorar.

—Si yo te tratara con blandura —dijo Pío Cid—, a las veinticuatro horas habrías echado de la casa hasta a tu madre, y a las cuarenta y ocho me habrías pegado a mí. Y lo de que me pegaras es lo que menos me importa.

—¡Querrás decir —gritó Martina levantándose— que yo soy aquí la mala!

—Eres más egoísta que yo —contestó Pío Cid—, porque tú no entiendes el amor sin el exclusivismo, y te interesaría más hacer ver que eres el ama de la casa que conservar el afecto de tu familia.

—Y ¿qué te importa a ti mi familia? —preguntó Martina, reanudando la catilinaria—. Tú te has casado conmigo sola, y yo quiero ser sola, como lo son todas las mujeres que se casan. Si tú tienes otras ideas, podías irte a la Morería, y allí vivir a tus anchas con cuatro o con cuarenta mujeres; pero aquí estamos en España, y yo no tolero que me engañes.

—¿Qué te importa si no me quieres? —interrumpió Pío Cid.

—No es por amor ni por celos por lo que te lo digo —contestó Martina—, es por orgullo. Es porque me considero demasiado grande para que un tipo como tú me ponga la ceniza en la frente, ¡Por amor iba a ser! —añadió con tono compasivo—. ¡Pobre infelice! A puntapiés tendría yo, si quisiera, hombres que valen más que tú. Tú eres un Don Nadie, lleno de pretensiones; y si se te puede mirar ahora a la cara, es porque yo me he tomado la molestia de ponerte decente... ¡Cuando pienso —rugió de repente, amenazando a Pío Cid— que algunas veces hasta te he cortado el pelo y te he arreglado la barba, para que luego fueras a presumir por ahí con otras que no son dignas ni de lavar la ropa que yo ensucio! Para eso sirvo yo, para criada tuya, como si tú fueras alguien. Así te has crecido tanto, que hasta te consideras con derecho a burlarte de mí, sin ni siquiera darme explicaciones cuando te hablo. ¡Si supieras el odio que me estás metiendo en el alma, quizás no te reirías, porque ahora mismo me están dando ideas de clavarte un cuchillo en el corazón!

—¿No dices que no tengo corazón? —preguntó Pío Cid sonriendo.

—¡No le tienes, no! —gritó Martina.

—Si así fuera —continuó Pío Cid—, me daría por muy contento, porque el corazón es un estorbo en la vida. Tú tienes un gran corazón y amas con el corazón y eres una calamidad, y lo serías mucho mayor si te diera rienda suelta. Yo debo también tener corazón a juzgar por los muchos disparates que he cometido y cometo. Y si a pesar de todos los pesares nos entendemos nosotros dos, es por el corazón, porque nuestras ideas son casi opuestas. Yo te juro solemnemente que cuando me has insultado he permanecido en silencio no por indiferencia, sino por escuchar tus insultos, que los sabes decir con mucha gracia y expresión. Ofenderme no me ofenden, porque lo dices sin motivo. Tus celos...

—Yo no tengo celos —interrumpió Martina—; ¡qué más quisieras tú!

—Bueno; tu amor propio, o lo que sea —prosiguió Pío Cid—, anda viendo visiones. Yo soy muy franco, y si algún día te engañara te lo diría, precisamente para que no hubiera engaño, porque a mí no me gusta engañar a nadie. Vive, pues, tranquila y no des importancia a las necedades que a cualquiera se le ocurra decir.

—No son necedades —dijo Martina con tono más tranquilo—. Yo he oído muy bien que tú has dicho: es verdad.

—Y ¿a qué he contestado yo: es verdad? —preguntó Pío Cid.

—A lo que te decía ese joven, de que tú tenías relaciones con...

—No inventes lo que no has oído —respondió Pío Cid con tono ofendido—. Ese muchacho ha dicho que si yo tenía o no tenía predilección por Candelita, y yo habré contestado lo que es la verdad, que se la tengo por su talento. Mira tú, quizás quiera más a Paca; a Candelita la atiendo más porque me interesa que estudie y que adelante...

—Pero cuando los extraños lo notan —insistió Martina.

—Los extraños como tú no distinguen entre el afecto puro y desinteresado y el que oculta malas intenciones. No ven más que por fuera. Tú sabes que no llevas razón, y si tus quejas fueran sólo porque yo me preocupo por el porvenir de Candelita, demostrarías ser envidiosa, y la envidia es un sentimiento que me dolería mucho ver en ti.

—Yo no tengo para qué envidiar a nadie— replicó vivamente Martina—; y si yo quisiera podría saber tanto como ella; sólo que no he tenido nunca paciencia para estudiar. Y luego, que las mujeres lo que deben hacer es casarse y tener hijos muy bonitos; lo demás son tonterías.

—Comienzas a hablar como un oráculo —dijo Pío Cid, cogiendo una mano de Martina y estrechándosela con cariño—. Tú eres buena, aunque tu carácter es un poco violento. Si quieres darme gusto, no hablemos más de lo que hasta aquí hemos hablado. Queriendo o sin querer, pronto voy a emprender ese viaje; a la vuelta veremos el partido que hay que tomar.

—Nada que venga de la familia esa —dijo Martina mirando a Pío Cid con mejores ojos— me satisface a mí. No sé por qué, creo que la amistad que te demuestran es falsa; quizá el tiempo te abrirá los ojos. ¡Éramos tan felices cuando no venía nadie y tú no salías más que para ir a la oficina! Esas entradas y salidas de ahora, esos visiteos y convites, no me agradan. Si tú te guiaras por mí, puesto que tienes esos trabajos, que dices que te durarán más de dos años, debías dejar las lecciones y dejarte de política, y ni siquiera escribrir para el periódico, o por lo menos no tratarte con los periodistas, que son gente que me es poco simpática...

—Te advierto —dijo Pío Cid— que estamos encerrados no sé cuanto tiempo. Yo no sé cómo no nos han llamado ya. Quizá porque han oído tus gritos y no han querido meterse por medio. ¿Qué vas a decir si te preguntan?

—¿Yo? —preguntó a su vez Martina con cierta coquetería.

—Di... —le contestó Pío Cid, acabando de arreglarle el cabello y pasándole la mano por la cara, en la que aún quedaban huellas del lloriqueo reciente—, di que te has incomodado conmigo, porque no estás conforme con mi viaje.

—Y ¡no estoy conforme, no, señor! —chilló Martina, alzando el gallo de nuevo.

—No empecemos otra vez —dijo Pío Cid dirigiéndose a la puerta y desechando la llave, mientras Martina le preguntaba con interés:

—Oye, cuando entraste a levantarme, ¿venías solo?

—No, que vino detrás Adolfito; pero se fue en seguida, sin decir bueno ni malo.

—Y ¿cómo estaba mi vestido? ¿Se me habrá visto algo? —preguntó Martina, subiéndosele los colores a la cara.

—No se te veían más que las puntas de las zapatillas. Tienes talento hasta para desmayarte, y si te dedicaras al teatro serías una gran actriz —dijo Pío Cid saliendo de la habitación.

Martina le siguió, y ambos entraron en la sala sin que doña Justa y las primitas, que allí estaban, hicieran ninguna pregunta, aunque en el aire se les conocía que habían oído algo y que no se daban cuenta exacta del motivo que hubiera para la gritería de Martina. «No será cosa mayor, pensarían, cuando tan pronto ha pasado la borrasca.»

Entretanto, el atortolado Gandaria sufría una terrible congoja, la mayor quizá que había pasado en su vida. Salió de casa de Pío Cid disparado y como loco, con el corazón oprimido, que parecía que se lo apretaba una mano muy fuerte. No acertaba a pensar, aunque concentraba la atención para recuperar la conciencia de sí mismo; ni siquiera veía por dónde andaba, aunque no andaba, sino que corría sin tropezar con nada ni con nadie. Sin saber cómo, se halló en Recoletos, cerca de la estatua de Colón, y allí se detuvo sin saber si debía seguir hacia su casa, que estaba en la calle de Génova, o si volver atrás y meterse en algún sitio donde hubiera mucha gente, para aturdirse un poco. Lo primero que se le vino claramente al pensamiento fue la última estrofa de *El cazador herido,* y lo que más le extrañaba era que aquellos versos que él había escrito sin emocionarse, ahora le daban escalofrío y aun les parecían poco fuertes para expresar el dolor amarguísimo que le traspasaba de parte a parte un finísimo florete:

> ...aunque no se ve mi herida,
> traigo la muerte en el pecho.

No es que traiga la muerte —pensaba—, es que estoy muerto ya, porque parece que me han despegado la cabeza de los hombros y que yo no soy yo, sino un autómata.

Y en aquel instante, por una inconsecuencia muy propia de un poeta, que es lo que él comenzaba a ser sinceramene, se le ocurrió dar forma a su nuevo dolor en unos tercetos que comenzó a componer a la ventura:

> ¡Aún resuena en mi alma el grito agudo
> que ella lanzó cayendo desplomada;
> y aún veo de su rostro el dolor mudo!...

Mientras recitaba estos versos sin hablar, pero con involuntarias gesticulaciones, llegaba a la calle de Génova, buscando inconscientemente un refugio donde ocultarse. Como ballena que al sentir el arpón en el cuerpo se sumerge en el mar, hasta que muerta sale flotando a la superficie, así el pobre Gandaria, herido por el arpón poético que Pío Cid tan diestramente le había clavado, iba a esconderse en su casa para arrancarse aquel sentimiento nuevo en su vida: el deseo de dar forma a un pesar tan hondo como el que sentía. No le bastaba sufrir:

tenía que exteriorizar el sufrimiento de una manera artística y muy plástica, porque así le parecía que lo tenía delante de los ojos y que no sufría tanto como teniéndolo escondido dentro del pecho. Y era tal su impaciencia, que por la calle seguía componiendo y recitando en voz baja, y que después de repetir varias veces el primer terceto, pasó al segundo:

> La vi en el frío suelo desmayada,
> y no pude en mis brazos darle aliento,
> ni dar luz, con mi amor, a su mirada...

Y después de repetirlo y de una breve pausa en busca de los consonantes, que parecían sordos al llamamiento del acongojado vate, prosiguió:

> De amor y de dolor fue su lamento;
> pero no fue por mí, aunque yo la adoro...

—Eso no puede ser —se interrumpió— y si yo escribiera esto, me tirarían patatas a la cabeza. ¿Qué tengo yo que ver en esta escena? Ella ama a su marido, y aunque éste la engañe, ella le seguirá amando, y hasta se matará por él antes que mirarme a mí a la cara. Mi situación es ridícula, sí, señor. Pío Cid es el hombre más listo que existe en el globo terráqueo, y cuando él me dijo que estos amores sin esperanza están a dos pasos de hacer reír, me lo dijo con sobrada sazón. Y gracias que él no sabe la verdad completa...

—Caballero —dijo un criado de librea que estaba a la puerta de la casa donde entraba Gandaria—, ¿adónde va usted? La señora ha salido...

—¡Ah! —exclamó Gandaria con un movimiento de cabeza que indicaba que se había distraído pensando en negocios graves.

Y sin decir más, salió de allí murmurando*:

—¿Qué tal? Que yo dijera en mis versos que salí tan loco de su casa que en lugar de meterme en la mía me metí en la de mi vecina la Duquesa de Almadura... Las carcajadas se oirían en el séptimo cielo... ¡Oh! ¡Malditos sentimientos, que, aunque nos estén destrozando el alma, hacen reír tan fácilmente! Yo

---

* murmurando y a los pocos pasos después de fijarse bien, entró en su propia casa: ¿Qué tal? / murmurando: ¿Qué tal?

casi me iba también a echar a reír, y sin embargo, sufro como un condenado... Como que poco me falta para llorar...

A los pocos pasos llegó a la puerta de su casa y, después de fijarse bien, cruzó la entrada, ligero como una liebre fugitiva, y comenzó a subir las escaleras de tres en tres, en tercetos, como su poesía*.

---

* llorar... Y haciendo un esfuerzo cruzó la entrada ligero como una liebre perseguida. Comenzó a subir las escaleras de tres en tres, en tercetos... / llorar... A los pocos, etc.

Pío Cid emprende la reforma política en España

Yo tenía pensado ir a Granada a pasar las fiestas del Corpus al lado de mi familia; pero al saber que Pío Cid iba a Aldamar con motivo de su elección, y que se detendría algunos días en Granada, me decidí a adelantar mi viaje para ir con él, sin otra mira que la de nuestra desinteresada amistad. Fue cosa convenida en la redacción de *El Eco* en menos que se dice.

—¿Qué quieres para Granada? —me preguntó, tuteándome por primera vez, aunque a poco de conocernos comenzamos a tratarnos con gran confianza.

—Lo que quisiera —le contesté— sería irme contigo. Si fuera tres semanas después, hacíamos juntos el viaje.

—Pues figúrate —me replicó, que han pasado las tres semanas. Yo me alegraría de que vinieras, porque te advierto que me voy a encontrar en Granada como un forastero, al cabo de tantos años de haberla perdido de vista. Sé poco más o menos lo que allí pasa, y que algunos de mis compañeros de estudios son ahora los directores del cotarro y lo que no lo sé me lo imagino, y quizá ganancioso. Pero a mí no me recordará nadie, primero, porque valgo poco, y segundo, porque, aunque valiera, nuestros paisanos no se distinguen por su buena memoria.

—Eso era antes —le dije yo—. Ahora van aprendiendo a recordar el mal que les hacen, y pronto aprenderán a recordar el bien, y nada habrá ya que pedir*.

---

*bien, con lo cual no habrá que pedir. / bien.... etc.

—De todos modos —insistió él—, me agradaría que fuéramos juntos, porque le tengo horror a los trenes, y con un buen amigo como tú, las veinticuatro mortales horas pasarían volando en gustosa conversación.

—No me lo digas dos veces, que se me está haciendo la boca agua, y soy capaz de enviar a paseo a la redacción plena, aunque me cueste un disgusto con Cándido Vargas, que está estos días insufrible.

—A Cándido —me dijo— no lo temas, que en queriendo yo le vuelvo lo de dentro fuera como un colozón.

—Como un calcetín querrás decir —rectifiqué yo.

—No he querido decir calcetín —insistió él—, sino colozón. Calcetín se dice de un cualquiera, y como yo estimo a Cándido, le he buscado un término de comparación menos deprimente*.

—Pero ¿qué es eso de colozón? —pregunté yo.

—Es un animal —me contestó él—, o más propiamente hablando, un embrión de animal semejante a un saquito o calcetín microscópico, que lo mismo vive al haz que al revés, porque ni tiene haz ni revés. Lo único que tiene es boca, órgano primero, fundamental y característico de todos los animales, incluso del hombre.

—Acaba de una vez** —dije yo, que hasta entonces no tenía la menor noticia de que hubiera en el mundo colozones, y que aun ahora no las tengo todas conmigo, a pesar del respeto que me inspiró siempre la palabra de Pío Cid—. Pero dejando a un lado*** este escarceo zoológico, lo que a mí me retiene en Madrid no es sólo el temor de que Cándido Vargas eche los pies por alto, sino el compromiso que he adquirido de acabar para fines de mayo la cargante serie de artículos que estoy escribiendo sobre «La cuestión obrera», y que, según parece, llaman algo la atención.

—¡Cómo! ¿Eres tú el autor de esos artículos? —me preguntó con aire de extrañeza—. Pues, hijo, te compadezco por el mal rato que te has dado. Yo los he leído por encima, y después de reconocer que estás enteradísimo de la dichosa cuestión, te aseguro que estás tocando el violón con tu socialismo armónico. Déjate de armonías y vente conmigo, y en el viaje te

---

* más noble o menos deprimente / _____ menos
** Acabáramos / Acaba de una vez
*** lado —añadí— / lado _____

resolveré yo la cuestión social y todas las cuestiones que quieras. ¿Convenidos?

—¿Qué hemos de hacer? —contesté yo—. Convenidos*.

Esto ocurría por la tarde, y Pío Cid se despidió de mí para ir a casa de los Gandaria, donde tuvo con Consuelo la interesante entrevista de que el lector está enterado.

Por la noche nos encontramos de nuevo, conforme habíamos concertado, en la estación de Atocha, y salimos en el correo de Andalucía. Ni él ni yo habíamos querido que nos acompañara nadie, y como sólo llevábamos un ligero equipaje de mano, nos acomodamos sin tardanza en un coche de segunda, y yo me asomé a la ventanilla para que no entraran más viajeros. Sin embargo, mi inocente estratagema surtió efecto contrario, porque a última hora, cuando el tren estaba atestado de gente, se nos metió una cuadrilla de toreros, y por si no bastara, dos viajeros más que hablaban en francés, aunque parecían españoles. Yo me eché a temblar, porque, aunque me gustan los toros, me fastidia la jeringonza tauromáquica, pero Pío Cid no tardó en trabar amistad con la gente torera y en discutir sobre si fue buena o mala la última corrida, a la que él había asistido con toda su familia para celebrar el cobro de los cien duros que le dio el editor de *El Médico de los Pobres;* libro que, si otro mérito no tuviera, tuvo el de ser escrito en quince días y el de suministrar fondos para el viaje electoral. Por fortuna, los quites, pases, volapiés y golletazos concluyeron en Alcázar, donde la cuadrilla se apeó para tomar el tren de Valencia, y entonces nos quedamos más anchos y pudimos entablar una conversación más interesante con los otros dos viajeros. Eran dos americanos, uno de Guatemala y otro de Honduras: el primero viajante de comercio por cuenta de una casa francesa, y el segundo estudiante de Medicina en París, el cual, terminados sus estudios, venía a dar un vistazo a España antes de volver a su tierra. El hondureño, que se llamaba Fernando** Ramírez, gran hablador y muy campechano, había tenido el feliz acuerdo de traer una bota de vino tinto, que todos empinamos repetidas veces y que a cada nuevo saludo afianzaba más nuestra amistad. Yo troné contra los hispanoamericanos que vienen a estudiar a Europa y no se acuerdan de

---

* tachó mucho Ganivet, págs. 159-160 ms. convencido... Esto ocurrió; págs. 159-164; discurso sobre la caridad: tachado.
** Bernardo / Fernando

España, y Ramírez se defendió como pudo, diciendo que los estudios en España no estaban a la altura que debían estar, y que la vida de París era más libre que la de Madrid; y de paso nos refirió sus proezas en el Barrio Latino y el feliz ensayo de vida matrimonial que había realizado con una costurerilla muy graciosa, a juzgar por el retrato que nos enseñó. A pesar de todo, Ramírez demostraba grandes simpatías por España y lamentaba no haber venido a pasar un año al menos en un país en que se hallaba como en su casa. Pío Cid le convenció con mil pruebas de que nuestros estudios médicos eran quizá lo mejor que teníamos, y de que en punto a libertad de costumbres cada uno tiene la que se quiere tomar; y por último, le dio una carta, escrita con lápiz, para un amigo de Sevilla, a quien recomendaba con gran interés que atendiera a los dos viajeros, los cuales tenían pensado ir a Sevilla y venir después a Granada para el Corpus.

En Córdoba nos quedamos solos, sin que entraran nuevos viajeros hasta cerca de Granada, y en el trayecto tratamos de muchos pormenores insignificantes y de otros que tienen algún valor, porque justifican en parte a Pío Cid de haber emprendido un viaje que, dado su modo de pensar, a nada bueno podía conducir.

—No comprendo —le preguntaba yo— cómo se te ha ocurrido meterte en estas andanzas, pues por compromiso personal no puede ser, ni por ambición tampoco, ni menos para sacar los pies del plato en pleno Parlamento, que no otra cosa sería exponer allí tus ideas políticas.

—Hay cosas fáciles de comprender y penosas de explicar —me contestó—, y una de ellas es mi elección. Sin meterme en más honduras, te diré que si soy elegido, no sólo no despegaré los labios, ni aceptaré ningún puesto, sino que ni siquiera concurriré a las sesiones. A mi parecer, los diputados son inútiles, y creo prestar un servicio a la nación trabajando para que haya un diputado menos, puesto que si yo lo soy es lo mismo que si no lo fuera.

—Esa es una tontería indigna de ti —le repliqué—; y luego, que no se trata solo de la nación, sino de tu distrito, de tu pueblo, al que perjudicarías dejándolo huérfano de representación.

—Te hago gracia de la orfandad —me dijo—; mi pueblo sólo apetece que le rebajen la contribución, y esto no lo podría yo conseguir aunque me desgañitara. En realidad, yo no llevo ninguna idea política, porque no me gustan los cargos decorativos, y en política todo es decoración. Y puesto que deseas que te explique lo que no quería explicar, te diré que lo que a mí me agrada en el cargo a que sin empeño alguno aspiro, es el prestigio social de que todavía está rodeado, porque en nuestra sociedad las faltas contra las costumbres establecidas son tanto más toleradas, cuanto más alto está el que las comete. Los que insultan al pequeño, ríen la gracia al mediano, y al grande le dan la razón y aun le admiran*. Yo no doy gran importancia a la murmuración, pero ya que murmuren, mejor es que lo hagan respetándome que no ofendiéndome a mí, y lo que es peor, a quien vive conmigo. Así, pues, si algún instante he sentido deseos de ser algo exterior, no es por interés ni vanidad: es sólo para seguir haciendo lo mismo que hago y obligar a la sociedad a que me respete.

—No es posible hablar más claro —le dije yo— ni con mayor acierto tampoco. Desde que conozco tu manera de vivir, estoy algo caviloso pensando el pro y el contra que puede tener, y lo que me retiene aún y me impide decidirme a hacer lo que tú, es el temor a los sermoneos de la gente sensata. Con una persona de gran prestigio, aun los más osados se contienen y le dejan vivir en paz; pero con nosotros, conmigo más que contigo, cualquiera se creería autorizado a intervenir, llamándome joven alocado e inexperto y dando cuenta a mi familia para que me aplicaran unos cuantos azotes. Esto no significa gran cosa; pero a nadie le gusta recibir un soplamocos, y por añadidura verse obligado a dar explicaciones para justificar que lo que se hace no se hace a tontas y a locas, sino con reflexión; de suerte que si hubiera en ello disparate, el disparate sería meditado y reflexivo, y por tanto, tan digno de respeto como la idea más sensata**.

—Empiezas a pensar y a hablar como un hombre —me interrumpió Pío Cid.

—Por lo dicho —proseguí—, me parece excelente tu idea de subir, para ponerte fuera de tiro; y si yo pudiera hacerlo, no tardaría en liarme la manta a la cabeza, porque, después de todo, la pobrecilla Anita lo merece.

—¿Qué casta de pájaro es esa muchacha, de la que nunca me has hablado? —me preguntó, comprendiendo que yo esta-

---

* al grande lo ponen en los cuernos de la luna / al grande le dan la razón y aun le admiran

** digno de acatamiento como la más extremada cordura / digno de respeto como la idea más sensata

ba deseoso de desahogarme y de confiarle el cuento de mis amoríos.

Aquí tomé yo la palabra y hablé no sé cuánto tiempo, dos o tres horas, sin que él me interrumpiera.

Mi historia, ahora que la recuerdo como algo que pasó, que murió, se me figura que la puedo explicar en dos o tres minutos. El padre de Anita era maestro albañil, y en una época de paranza se fue a buscar trabajo y no volvió a dar cuenta de su persona. Las diligencias que se hicieron para averiguar qué había sido de él no dieron ninguna luz. Y al cabo de ocho años su mujer seguía ni viuda ni casada, ganándose penosamente la vida ella y los dos hijos que le habían quedado de los cuatro que tenía al desaparecer el marido. Anita era sastra, chalequera, y Joaquinito aprendiz de cajista en la imprenta de *El Eco,* aunque no era seguro que pudiera seguir este oficio porque la vista le flaqueaba. La casualidad me hizo conocer a Anita; vivíamos en la misma casa, ella en el último piso, en un cuarto abuhardillado, de muy poco alquiler, y yo en el primero, donde tenía una habitación solo para dormir, porque entonces comía a salto de mata. Yo empecé a subir algunos ratos a casa de Anita, e insensiblemente nos fuimos ligando, sin saber dónde iríamos a parar. No éramos novios, ni éramos amantes, ni amigos a secas, puesto que Anita había despedido a un medio novio que tenía solo porque yo se lo dije bromeando. Con el tiempo me acostumbré a subir a almorzar, y muchos días iba también a comer, y aunque no habíamos convenido nada, yo le daba parte de mi sueldo. Algunas veces Anita me decía que con lo que yo gastaba en cuarto inútil y en comer fuera de casa se podría montar un piso muy decente, con lo cual todos ganaríamos; pero luego añadía que esas eran sólo suposiciones. «¡Buena es la gente, exclamaba, para no sacarnos el pellejo al ver que vivíamos juntos!» Mas viviendo separados ocurrió lo mismo que si hubiéramos vivido juntos. Murmuraron antes sin motivo, y murmuraron después con él, porque las mismas murmuraciones, unidas a la flaqueza de nuestra constitución, nos pusieron en el despeñadero por donde caímos los dos, sin sentir miedo y sin hacernos ningún daño. Doña Gracia, como buena madre, cerró los ojos para no ver lo que pasaba, y Joaquinito, aunque lo comprendía todo, no le dio mayor importancia, porque aún era muy muchacho, y más interés tenía para él que le dejasen unos cuantos céntimos para pitillos, que lo que pudiera padecer el honor de su pobre hermana.

Esta era la verdad en pocas palabras; pero yo adorné la historia con todas las circunstancias que pudieran hacer resaltar la belleza y la gracia de Anita y su honestidad y modestia, que, a pesar del paso que había dado, eran ejemplares. No se había dejado llevar de la afición al lujo, ni del amor a la holganza, pues ahora como antes trabajaba cuanto podía, y vestía con sencillez; su único deseo era quizá salir de la clase obrera casándose con un hombre fino, instruido y bien educado; y como esto no era fácil que viniera por el camino derecho, Anita se decidiría a echar por el atajo, para ver si con el tiempo lograba cautivarme. Y quizá, pensando más noble y piadosamente, no hubo cálculo en su proceder, sino amor puro y arrebato juvenil; y esto es lo que yo creería, aunque me tomasen por simple y bobalicón, si no fuera porque en los juicios sobre las mujeres hay que dejar siempre un ancho margen para apuntar junto a los rasgos más bellos y nobles algún asomo de doblez o alguna leve perfidia.

Cuando concluí de relatar mi aventura llegábamos a Loja, y como nos quedaba poco tiempo que estar juntos, hablamos de cómo habíamos de vernos en Granada. Yo le ofrecí mi casa, pero él no aceptó de ningún modo, diciéndome que el undécimo mandamiento de la ley de Dios es «no incomodar», y que esto lo sabía por un criado viejo que hubo en su casa, que, aunque no sabía leer ni escribir, tenía un entendimiento muy despejado y era un archivo de útiles sentencias.

—Iré a parar —me dijo— adonde fui la última vez que vine a Granada cuando mi hermana murió. La casa no es de muchas campanillas, pero la conozco, y sé que doña Pilar me admitiría, aunque no tuviera sitio y se viera obligada a echar a la calle a su yerno.

—¿Está esa casa en la calle de Párraga? —le pregunté—. Pues entonces la conozco de sobra. Como que iba a estudiar con unos compañeros que vivían allí; hace de esto la friolera de quince años. Conozco a doña Pilar y a su hija Jesusa, y al bribonazo del yerno, que desde que se casó no ha metido una peseta por las puertas, según le dice su suegra siempre que se agarran de palabras. No es mala esa familia; pero si quieres que te diga, en las condiciones que tú vas ahora no debías hospedarte en una casa tan modesta.

—Eso no importa —me contestó—. El caso es que yo trato a esa gente desde que era estudiante, pues estuve de huésped algunas temporadas cuando mi familia se iba al pueblo, y como me fue muy bien no quiero variar. Y luego, que yo no voy a recibir visitas. Ahora pararé solo un día o dos, y a la vuelta será cuando nos dedicaremos a corretearlo todo, como si estuviéramos en nuestros buenos tiempos estudiantiles.

Llegamos, pues, a Granada, y yo acompañé a Pío Cid hasta su domicilio, donde le acogieron como si fuera de la familia. Yo me detuve un instante para saludar a mis antiguos conocidos, y en el mismo coche seguí hasta mi casa, deseando ver a la mía y descansar del traqueteo y movimiento del incómodo viaje. Pero Pío Cid, aunque eran más de las diez de la noche, pues el tren había llegado con retraso, no quiso acostarse sin estirar las piernas, y como era gran andador, dio un largo paseo de dos horas. Echó por los Salones, subió por la Cuesta de Molinos, Vistillas, Caidero, a la Alhambra; bajó por la Cuesta de los Muertos, y entró en la ciudad por la Carrera de Darro, tan campante como si nunca se hubiera movido de la población. Al día siguiente, al amanecer, se levantó, y fue por el camino de Cenes a una huertecilla o carmen de la ribera del Genil, en busca de un antiguo amigo de su casa, llamado el tío Rentero, en cuya compañía fue a Aldamar* cuando trajo a enterrar a su hermana y sobrinilla. El tío Rentero era de Bubión o de uno de los Mecinas, y conocía palmo a palmo casi toda la provincia de Granada y parte de la de Almería, en particular las Alpujarras, por las que había trajinado mucho antes de dedicarse a la labor. Cuando la filoxera y otras calamidades** comenzaron a cebarse en esta pobre comarca, muchos alpujarreños tuvieron que emigrar para no morirse de hambre, y algunos cayeron sobre Granada, poco menos que pidiendo limosna[1]. El tío Rentero, que conocía a los Cides, vino a pedirles colocación, y tuvo la suerte de hallar a mano una huertecilla en la Ribera, que para él, acostumbrado a labrar cuatro míseros terrones, valía más que la mejor finca de la Vega. El padre de Pío Cid le fio para que le dieran la huerta en arrendamiento, y le adelantó el dinero para las mejoras, y el tío Rentero se acomodó en ella con su mujer y seis hijos que traía, sin contar otros seis que se había dejado regados en diversos pueblos de la provincia.

---

* tío Rentero, que le había acompañado a Aldamar, / tío Rentero, en cuya compañía

** otras varias calamidades / otras æ æ calamidades.

[1] Con esta mención Ganivet da muestra de una conciencia social hacia el problema de los campesinos, a quienes más frecuentemente considera como personajes del Viejo Testamento.

No se crea, sin embargo, por este indicio*, que el fecundo padre de familia era una persona de grave aspecto; según parece, se libró de quintas por corto de talla, y ahora que era viejo se había quedado más engurruñido aún; pero era más listo que una ardilla, muy trabajador y muy formal en sus tratos cuando estaban hechos, porque antes de hacerlos procuraba engañar a quien podía. En suma: era un vejete muy estimable y de fisonomía muy alegre y simpática, o bien que tuviera la calamidad de que le lloraran los ojos, porque las pestañas le salían para adentro; de vez en cuando tenía que sacar de la faja un gran pañuelo que para el caso llevaba, y después de doblarlo y enrollarlo para que estuviese muy estirado, se lo aplicaba a los ojos, irritados y encendidos del continuo lagrimeo. Sin esta circunstancia, el tío Renero sería un hombrecillo que nada tendría que pedir a Dios.

Cuando Pío Cid entró en la placeta de la huerta, le halló ocupado con dos de sus hijos en preparar unas cuantas canastas de berzas para enviarlas a la plaza. Otro de los hijos estaba llenando de habas unos serones, puestos sobre un paciente borrico, para ir a venderlas por las calles, pregonándolas a grito pelado. Por cierto que a este Renterillo, oyéndole vocear los «¡jabariyos, los de güerta!», nadie le tomaría por alpujarreño, pues a fuerza de pregonar había perdido el dejo forastero, que a todos los demás de su casa se les conocía. Por último, la tía Rentera, sentada en los poyos de la placeta, arreglaba unas cesticas de fresa que el habero iba a llevar a algunas casas conocidas, donde los pagarían bien.

—¡Dichosos los ojos! —exclamó el tío Rentero, viendo llegar a Pío Cid, y adelantándose a estrecharle la mano—. Ayer mesmo, que lo diga mi mujer, estuvimos hablando de osté. ¿Cómo va esa salú? ¿No sus decía yo? Si don Pío viene a Graná, no es encapaz de pasarse de largo sin venir a vernos. Vaya, vaya, ¿conque esas tenemos? Osté, ca día más alto, más alto. ¡Ojalaíca que le veamos a osté de menistro mu pronto!

—Por lo visto —interrumpió Pío Cid, al mismo tiempo que saludaba a toda la familia—, ha llegado la noticia antes que yo; pero no hay que sacar las cosas de quicio; eso todavía no es nada; hay que ver si sale cara o cruz.

—Entoavía —dijo el Rentero—, vaya que me dejo yo cortar el pescuezo si osté no sale con bien de la eleción. Yo se lo digo a osté, que no soy un niño de teta.

---

* sin embargo, _____, que / sin embargo, por ese indicio, que

—Pues usted lo ha de ver por sus propios ojos —dijo Pío Cid—, porque yo vengo a decirle que mañana temprano, sin falta, vaya usted con los dos mulos a buscarme, y allá vamos los dos como flechas a Aldamar. Y despúes que salgamos del paso, tiene usted la gran ocasión para hacer una correría y ver a algunos parientes; de seguro los tendrá usted por allí alrededor, porque los tiene desparramados por dos o tres provincias.

—Le diré a osté —contestó el tío Rentero—, como parientes, sí que los hay; pero hay parientes de parientes, y pa mí mis parientes son mis hijos, que son el ciento y la madre. Mi Bernardo que estaba en La Rabiola, se ha venío a Güejar de la Sierra, donde le dieron un cortijillo de verano, que no da ni pa matar la jambre. Lo que es que nosotros, manque mus esté mal el decillo, semos de piedra javaluna. Osté no sabe la juerza que da esta rastra maldecía de los hijos, y mi Bernardo ya tiene seis y encargao el de siete y lo que mande Su Divina Majestá. Como no sea que mus alarguemos jasta Seronete... Allí está la Polonia, que la probetica pasa lo suyo. Como que el marío se fue a Orán a cambiar de bisiesto, y esta es la hora que no ha resollao. Pero deje osté mi familia, que lo principal es su pleito.

—Bueno —dijo Pío Cid—, pero usted no sufrirá ningún trastorno; eso por sabido se calla. Yo me he acordado de usted, porque como tiene en casa un ejército, aunque falte unos cuantos días no quedará esto abandonado.

—De eso no hay que hablar —dijo el tío Rentero—. Osté es aquí el amo, y como si viniera el rey mesmo. Que el que no es agradecío no es bien nacío, y yo soy lo que soy por quien lo soy, y yo y toda mi familia* estamos aquí pa servir a osté jasta la fin del mundo.

—Y ¿qué tal —preguntó Pío Cid—, qué tal va la labor?

—Toos se quejan —contestó el tío Rentero—, y la verdá es que hay que suarlo, créame osté; pero cuando ya se le han visto las orejas al lobo, se tiene pacencia; y lo que es yo, no salgo de aquí jasta que me lleven con los pies pa alante.

—Si viera osté, don Pío —interrumpió la tía Rentera, deseosa de meter baza—, lo contenta que estoy yo, sólo por darle en los jocicos a muchos que han hablao por detrás de mi marío: que si no paraba en ninguna parte porque era un culillo de mal asiento, que si no sabía más que echar plantas, que si qué

---

* gente / familia

sé yo; a ver en los quince años que llevamos aquí, que ahora los hará por San Miguel, quién ha tenío que venir a darle liciones, y si esta güerta, dicho por boca de too el mundo, no es la mejor apañá del pago.

—Dice usted muy bien —contestó Pío Cid—, y no estaría de más que vinieran a Granada cincuenta o cien labrantines de la sierra, de esos que como usted están acostumbrados a penar, para que despabilaran a estos labradores regalones del llano, que se pasan la vida en el café hablado mal de los tiempos que corren, en vez de cuidar de sus haciendas y doblar la raspa cuando fuera menester.

—¡Dios me valga, don Pío! —dijo el tío Rentero—, y cómo está osté enterao de toíco lo que pasa, que paece mesmamente que se lo soplan en las orejas.

—Hombre —añadió Pío Cid—, eso que digo pasaba en mis tiempos, y creo que todo seguirá igual o peor. A mí no me gusta que nadie ande a gascas, pero tampoco puedo tragar a los labradores de a caballo, que algunos necesitan cuarenta marjales pa costearse las patillas, mientras usted con treinta saca la tripa de mal año, y hasta me figuro que la Rentera tendrá un calcetín lleno, y no de paja.

—Eso sí que le digo a osté —contestó la vieja poniéndose en jarras y meneando la cabeza— que va osté encaminao*. ¿Sabe osté lo que tengo yo? Pus que la semana pasá paguemos las contribuciones, y tuve que sacar el trapiyo, y faltaron cuarenta riales que mus prestó el «tercenitas» pa no pagar costas. Pero osté dirá que aquí semos selvajes, porque ahora caigo en que le tenemos ahí jecho un plantón. Hijo, Celiornio, trae una banqueta para que el señón Pío se asiente.

—No se molesten —dijo Pío Cid—, que he estado sentado veinticuatro horas en el tren y estoy de pie más a gusto. Además, ya ven que no pierdo el tiempo ni me ando con cumplidos.

Esto lo decía Pío Cid porque mientras hablaba iba cogiendo habas verdes del serón, abriendo en canal las vainas y comiéndose las pepitas, después de descogotarlas con el pulgar.

—Si le gustan a osté las jabas crúas —dijo el tío Rentero—, yo le daré más mollares. Oye tú, Meregirdo, alárgate por un brazao de jabas de las más tiernecicas pa don Pío. Verá osté qué cañuticos, que paece que están en leche.

---

* escaminao / encaminao

—Más mejor será —dijo la Rentera— que si don Pío se quea pa más tarde, la jaga yo una fritaíca con güevos y algún torrezno por entremedias.

—Cuando vuelva del viaje —dijo Pío Cid— vendré un día a comer; pero hoy no tengo tiempo. Voy con su marido a dar un vistazo a la labor, y luego me iré a almorzar a mi casa, y a arreglar algunos asuntillos.

A pesar de lo dicho, cuando salió Pío Cid de la huerta no se lo llevaría el viento, pues, quieras que no, tuvo que tomar varias cosillas, que eran un almuerzo más que regular. Más de las once serían al llegar a su casa de vuelta de la excursión matutina, y antes de las doce, después de adecentarse un poco se encaminó al Gobierno civil a hablar con el gobernador, a quien tenía grandes deseos de conocer, no por interés político, sino por salir de dudas acerca de si el que desempeñaba el cargo, que se llamaba don Estanislao Miralles, tenía algo que ver con otro Estanislao Miralles que él conoció en Inglaterra hacía muchos años, y al que, por más señas, le cedió el puesto que tenía en una casa de comercio importadora de frutas de España. No era probable que ambos Miralles fuesen una misma persona, porque su antiguo amigo era un comisionista de mala muerte, que se había marchado de Valencia, su tierra, en un buque mercante, poco menos que de limosna, y que anduvo rodando de Ceca en Meca, hasta que le cayó como una bendición del cielo la colocación que Pío Cid dejó para emprender un negocio de más fuste. Pero, de todos modos, el hecho de ser los mismos el nombre y el apellido le inspiró cierta curiosidad que no hubiera sentido sin esta circunstancia. Fue recibido apenas se hizo anunciar, y no obstante ir sobre aviso, le sorprendió grandemente ver que le salía al encuentro con los brazos abiertos el antiguo comisionista, que ahora tenía todo el aire de un caballero, y no de un caballero recién salido del horno, sino de un noble rancio, en el que se aliaban tan bien la distinción con la naturalidad y la llaneza, que no había medio de descubrir a primera vista las soldaduras[2].

—Desde que supe que venías a tu elección —fue lo primero que dijo abrazando a Pío Cid—, estaba deseando que llegaras para ver la cara de sorpresa que ponías al encontrarme en este

---

[2] El modelo para Estanislao Miralles es probablemente Rafael Casas, el administrador de doña Elia del Castillo, Marquesa de Fuente Hermosa. Lo que es más, la hija de la Marquesa parece ser la inspira-

lugar. Yo decía que Pío Cid no podía ser nadie más que tú; ¿no se te ha ocurrido pensar que yo fuera tu viejo amigo?

—Hombre —contestó Pío Cid—, se me ocurrió pensarlo, y después me pareció que esto no podía ser, no porque tú no fueras capaz de llegar a gobernador y hasta a ministro, sino por lo distante que te dejé de estos cargos, y porque me parecía una coincidencia casi novelesca que nos hallásemos aquí reunidos en un mismo guisado, después de correr tantos años por el mundo.

—Tú habrás corrido —replicó don Estanislao—, que yo no di más que una carrera, que sirvió por todas; y si a alguien se la debo, después que a mi protectora la duquesa, o quizá antes, es a ti, que me pusiste en el sitio donde me sopló el viento de la fortuna. Y tú ¿qué tal? Por lo que veo, no debes tener queja...

—No la tengo* —contestó Pío Cid—; la fortuna no me ha soplado, o me ha soplado en contra; pero sus soplos me tienen sin cuidado, porque yo me voy defendiendo, y estas son las horas que no tengo nada que apetecer**.

—Pero tú debes haber danzado de lo lindo fuera de España —dijo don Estanislao—, pues durante varios años no he oído tu nombre ni para bueno ni para malo. Tanto es así, que temía que te hubieras muerto, después que recibí devueltas dos cartas que te escribí a Hamburgo, si mal no recuerdo.

—De todo ha habido, como en botica —respondió Pío Cid, eludiendo este tema—; pero me has metido en curiosidad con los que has dicho de una duquesa protectora tuya[3]. Yo creía que ya no se encontraba una duquesa en el mundo ni por un ojo de la cara.

—Pues yo la encontré, joven y guapísima y generosa —dijo don Estanislao—; pero ante todo te advierto, aunque lo creo

---

ción para la Duquesa de Almadura, puesto que tienen en común las circunstancias siguientes: frecuentes estancias en el extranjero que alternan con temporadas en su palacio madrileño, malcasada contra su voluntad y conocida para Ganivet / Pío Cid a través del administrador.

* motivos de queja... No los tengo / queja... No la tengo
** no tengo porqué quejarme / no tengo nada que apetecer
[3] Nos encontramos aquí con una alusión mistificadora al Pío Cid de *La conquista*, personaje que trabajaba con la firma Intercontinental comerciando con el ultramar y viviendo en diversos países europeos antes de emprender el viaje a Ruanda, donde empezaron las aventuras africanas con el pueblo ficticio de Maya.

excusado, que a nadie le diría lo que te digo a ti, pues aunque no hay nada misterioso en la historia, siempre hay gente amiga de dar a las cosas una torcida interpretación.

—¿De qué se trata, pues? —preguntó Pío Cid.

—¿Tú conoces a la duquesa de Almadura? —preguntó a su vez don Estanislao.

—La conozco de oídas, por un amigo —contestó Pío Cid, aludiendo a Gandaria—. Es decir, no sé más sino que dicen que es una señora de conducta poco ejemplar, por lo menos, algo extravagante; pero esto no es saber nada, porque yo no doy crédito a las habladurías; al contrario, cuando oigo criticar a alguien, empiezo a suponer que este alguien es alguien, es decir, que es una personalidad, lo más malo que se puede ser para el vulgo anónimo.

—Pues nunca anduviste más acertado que en esta ocasión —dijo don Estanislao—, porque la duquesa es una mujer de extraordinario mérito. Yo la he visto cometer tales ligerezas; que me pareció que no estaba en su cabal juicio, y luego he observado tales rasgos de virtud, que la juzgué digna de que la canonizaran o poco menos; y en suma, después de conocerla bien me he quedado sin conocerla, y lo único que digo es que la duquesa de Almadura es una mujer excepcional.

—Y ¿cómo fue conocer tú a esa señora? —preguntó Pío Cid.

—Del modo más natural del mundo —contestó don Estanislao—. Fui a Nueva York a hacer un convenio para reexpedir uva de embarque, de la que recibimos de Almería; arreglé el asunto, y de regreso conocí en el vapor a la duquesa, que había ido a América con el duque (que, acá para entre nosotros, es un estúpido), y se volvía sola, después de un rompimiento, que no era el primero ni será el último, pues los hay con frecuencia en el matrimonio. No había a bordo más español que yo; y la duquesa a cuyas órdenes me puse en cuanto leí su nombre en la lista de pasajeros, agradeció tanto mis atenciones, que antes que terminase el viaje me habló de la falta que le hacía un hombre de confianza que fuese español y entendido en idiomas y un poco en toda clase de negocios, pues todos los criados que tenía, a excepción de una doncella, eran extranjeros. Yo me decidí en el acto a ofrecerle mis servicios, diciéndole cuáles eran mis ocupaciones y lo cansado que estaba de ellas, y hablándole de mis buenos antecedentes. Nada de esto necesito, me contestó la duquesa; a mí me basta la primera impresión, y usted me ha parecido un joven inteligente y formal; de suerte que si usted lo desea, puede desde ahora contar con una colocación segura y de porvenir, pues si usted se conduce bien, como yo lo espero, y más tarde queda vacante el puesto de administrador, usted sería el elegido.

Me despedí de la casa de comercio y me reuní en Ostende con la duquesa, entrando desde entonces a su servicio. La acompañé a París; y como conocí que mi nueva ama era mujer de pocos escrúpulos, la llevé por muchos curiosos escondrijos que ella no conocía y deseaba conocer, más por curiosidad que por inclinación a la vida alegre y licenciosa. Y lo que ella estimaba más era que, a pesar de la intimidad con que debíamos tratarnos en nuestras nocturnas excursiones, algunas a los tugurios peor afamados de París, yo nunca me tomé el menor asomo de libertad, aunque ella, quizá intencionadamente, y por probarme, me dio pie para que yo me atreviera. Tuve el acierto de estarme siempre en mi sitio y conservar la distancia debida, porque aun en el caso favorable de que la duquesa hubiera tenido por mí un momento de flaqueza, al pasar éste, mi papel habría terminado. Pocos hombres hubieran imitado mi proceder, puesto que la duquesa es una mujer rara como no hay otra, y quizá su defecto mayor es la coquetería, una coquetería natural, de la que yo creo que ella misma no puede corregirse, y que no es la simple vanidad de ser admirada y celebrada, sino el deseo de hacer daño, de trastornar a los hombres, altos y bajos, por el gusto de reírse de ellos. Contra su coquetería no era prudente ni cerrar los ojos, porque lo tomaría a menosprecio, ni contestar como un enamorado, porque lo tomaría a ofensa, siendo yo tan insignificante sujeto como era entonces. Así, pues, sin pretensiones de doctor en materia de galantería, tuve el tacto de dar con cierta admiración respetuosa que salvó los dos escollos y me ganó la voluntad de la duquesa. Fui su hombre de confianza y casi como de la familia, y llegó a confiarme hasta sus secretos más graves; a poco de venir a Madrid me encargó de la administración de sus bienes, de acuerdo con el duque, de quien yo tampoco tengo motivos de queja ni para decir de él nada malo, sino es que, a pesar de sus pretensiones de político sagaz y hombre chispeante, es un zoquete. Como administrador, tuve ocasión de granjearme grandes amistades en los varios pueblos donde los duques (o mejor dicho, el duque, pues la duquesa, aunque noble, era pobre antes de casarse) tienen sus haciendas, y no me fue difícil salir diputado. Si voy a decir la verdad, la idea de serlo me la inspiró uno de los mayordomos, que fue el encargado de mangonear la elección, y ésta fue del agrado de la duquesa, puesto que así, aunque la ley prohíba a las mujeres formar parte del Parlamento, ella podía decir que tenía participación en las Cortes, por estar mi voto, como mi persona, enteramente a su servicio. Dos veces he sido diputado, y ahora me han hecho gobernador, y no sé aún a dónde iré a dar con mis huesos; pero sea cual fuere mi porvenir, me contento con lo presente, y casi estaría por creer que la suerte me ha favorecido demasiado, si no fuera porque conozco a otros que valen menos que yo y a los que ha favorecido más.

—Todo lo que has dicho —contestó Pío Cid— me ha complacido en extremo, y ahora veo claro por cuán naturales y sencillos caminos has llegado a ser gobernador de esta provincia. Lo único que no me ha gustado del todo es la frialdad y el cálculo constante con que procediste con la duquesa. Si no estabas enamorado, comprendo que estuvieras atento a tu conveniencia y que no perdieras neciamente la buena fortuna que el azar te había deparado poniéndote al servico de tan ilustre y rica señora; pero si estuviste enamorado y sacrificaste tu amor cuando tenías esperanzas de satisfacerlo, aprovechando un instante de debilidad de la veleidosa y casquivana duquesa, y no te sacrificaste por respeto a la confianza que en ti hacían, sino por miedo de perder un sueldo más o menos crecido, hiciste muy mal, a mi juicio; porque el amor debe ser colocado sobre todas las cosas humanas, y yo, puesto en tu lugar, hubiera jugado el todo por el todo, y quién sabe si hoy, en vez de gobernar una provincia, gobernaría el corazón de una mujer tan ingobernable como, por las señas, es el de tu protectora. Pudiste ser amo, y te contentas* con ser protegido; yo hubiera preferido volver** al escritorio donde tú estabas, a trueque de poder saborear el recuerdo de una aventura de amor, en la cual, aunque un hombre sea derrotado, saca siempre el galardón de haberse puesto a la altura de la mujer amada.

—Ya veo —dijo don Estanislao— que el tiempo no te ha curado de tu romanticismo, y que ahora que te dedicas a la política, como cuando te dedicabas a los negocios, sigues fantaseando de lo lindo. Yo no sé si me enamoré o no me enamoré de la duquesa, aunque cualquiera podía enamorarse;

---

* contentaste / contentas
** perferiría aun volver / hubiera preferido volver

si tú la conoces ahora que tiene treinta y cinco años, te puedes figurar cómo sería cuando tenía veinticinco, que fue cuando yo la conocí; y entonces era, y hoy es, una mujer capaz de entusiasmar a un corazón de hielo*, pero yo he creído siempre que lo primero que debe saber un hombre es colocarse en el sitio que le corresponde, y si yo me hubiera metido en la aventura que a ti te seduce, probablemente me hubiera puesto en ridículo y tendría que vivir aún entre cajas de uvas, naranjas y limones. Si tú llegaras a tratar a la duquesa, verías que estoy en lo firme; ya te digo que se complace en aparecer como mujer ligera y hasta liviana; pero yo pondría la cabeza porque cuantos se hayan atrevido a pasar la raya han sido chasqueados. Si tú deseas conocerla, yo te ofrezco una ocasión cuando vuelvas a Madrid, pues pienso enviarle un objeto de arte y quisiera enviárselo con algún amigo, para mayor seguridad y para dar mayor realce a la cosa, que realmente lo merece.

—¿Qué objeto es ese? —preguntó Pío Cid; y añadió—: No hay que decir que lo llevaré, aunque no sea más que por complacerte, y un poco por curiosidad...

—Es una cruz de plata repujada —contestó don Estanislao—. Ya verás qué labor tan admirable. Te advierto que la duquesa es apasionada del arte y protectora de los artistas, y que, en particular, tiene manía por el arte antiguo. Yo le he enviado ya varios objetos de estilo árabe, y ahora me ha caído en las manos esta cruz, que, según los inteligentes, es una verdadera joya. Aunque soy profano en la materia, me parece** un regalo digno no ya de una duquesa, sino de la reina misma en persona.

—Pues quedamos conformes —dijo Pío Cid satisfecho***—; y si salgo diputado, te ofrezco llevar la cruz envuelta en el acta para que no se estropee.

—Hombre, es verdad —dijo don Estanislao—; soy tan egoísta, que hasta ahora no te he hablado más que de mí, y justo es que te entere de lo que más te interesa. No creas —agregó tocando el timbre y llamando al secretario, quien volvió a poco con unos papeles— que me he descuidado, pues apenas supe que tu nombre entraba en el juego, he apretado

---

* mármol / hielo
** Yo soy profano en la materia; pero me parece / Aunque soy profano en la materia, me parece
*** sonriendo / satisfecho

las clavijas todo lo que he podido, y te tengo arreglada la elección que no hay más que pedir. Mira aquí en este papel la lista de los votos de todos los pueblos del distrito, con indicación de los que son seguros a tu favor, por estar ya convenidas las actas con los alcaldes. Hay pueblos que los dan todos, y otros que los dividen, porque tienen compromisos con la oposición; y en resumen, según puedes ver, tienes la mayoría asegurada. Es decir, contando los votos seguros, te faltan sólo siete para triunfar, y quedan dos pueblos en blanco, que son Aldamar y Seronete. De este último me han ofrecido la mitad de los votos, aunque no tengo confianza, porque es el pueblo donde tienen la mayor parte de su hacienda los Cañaverales, y a última hora puede volver las espaldas; pero nos queda Aldamar, que da la votación más importante y donde tú debes tener algunos amigos; así, pues, si vas allá y consigues siquiera una veintena de votos, triunfas sin necesidad de molestarte mucho. Yo he querido comprometer al alcalde de Aldamar para que me asegure los votos que faltan; pero es un sujeto duro de pelar, porque creo que es el único de la provincia que lo lleva todo en regla, no por sí, sino por el secretario, que es un pez* muy largo, con el que te recomiendo que te entiendas... Item más —prosiguió don Estanislao, mientras Pío Cid le escuchaba con atención—: debes andar con cuidado con los Cañaverales, pues aunque se dice que se hacen la guerra, yo creo que todo es pura camama.

—Eso mismo creía yo —interrumpió Pío Cid—; conozco** a don Romualdo y sé los puntos que calza, y cuando le he visto empeñado en que yo me presente, he pensado que su empeño no tiene más explicación que su deseo de impedir que se presente otro enemigo más temible. El cambio de casaca ha tenido por objeto asegurarse él un puesto en el Senado y traer al Congreso a su primo, con lo cual habrá un Cañaveral en cada cuerpo legislador; y si quieres que te diga —añadió bromeando—, me alegraría de que se salieran con la suya, porque en este régimen hueco que gozamos, el símbolo más propio de una asamblea política sería un haz de cañas secas.

—No hay que echar a chacota estos asuntos —dijo riendo don Estanislao—, porque al fin tú te vas a gastar algún dinero y no es cosa de que jueguen contigo esos palurdos.

—Es que yo no tengo interés en ser diputado —replicó Pío

Cid—, y vengo casi por carambola y sin ganas de gastar los cuartos que me va a costar la excursión, no estando, como no estoy, para estos derroches*.

—¿Cómo es eso? —preguntó don Estanislao—, ¿andas mal de fondos?

—No ando mal, pero tampoco bien —contestó Pío Cid—; tengo que trabajar para comer, y aunque no me falta, tampoco me sobra.

—Y ¿en qué trabajas? —insistió don Estanislao.

—Trabajo para editores, escribo en algún periódico y también doy lecciones; en suma, hago todo lo que es menester para sacar setenta u ochenta duros al mes, pues con menos no se puede vivir en Madrid. Tenía un empleo seguro, pero lo dejé hace poco.

—Pues siendo así —dijo don Estanislao—, razón de más para que no te descuides; porque la diputación te abriría camino, y si don Bartolomé de la Cuadra te protege con el mismo interés que demuestra por tu elección, puede darte un gobierno y hacerte hombre.

—De eso se trataba —dijo Pío Cid—; pero yo no estoy decidido a salir de Madrid ni a aceptar ningún cargo.

—En fin —concluyó don Estanislao—, lo importante es que salgas bien de la elección, y si no sales no será por culpa mía, porque** tu distrito es el que mejor he trabajado. Si tú aseguras una docena de votos en Aldamar, el acta es tuya; del resto respondo yo.

Separáronse después de recordar de nuevo su amistad y de ofrecerse mutuos servicios, y Pío Cid vino a buscarme al Liceo, donde yo le esperaba jugando una partida de billar, y nos fuimos los dos dando un paseo hacia la Plaza Nueva, para hacer hora de comer, puesto que habíamos quedado en comer juntos en la Alhambra. Yo había invitado también a algunos amigos míos, con los que nos reunimos en el Centro Artístico, y les presenté a Pío Cid, a quien ninguno conocía. Sólo Feliciano Miranda, que era de la misma edad, le recordaba como antiguo condiscípulo, y aunque no le había tratado porque Pío Cid no tuvo nunca estrechez*** con nadie, nos habló muy bien de él y nos aseguró que había sido un estudiante

---

   * pues no estoy yo para derroches / pues no estando como
  ** pues / porque tu distrito
 *** no trabó nunca amistad / no tuvo nunca estrechez

aventajado*. Además de Miranda, vinieron con nosotros Paco Castejón, Perico Moro, los dos Monteros** y el viejo Gaudente, con lo que nada faltó para que pasáramos la tarde divertidísima. Casi todos mis amigos eran literatos y artistas de fama, de suerte que la comida se pasó discutiendo sobre literatura, en particular sobre la magna cuestión del colorismo en el arte. Para los postres estaba anunciada la lectura de artículos y poesías de casit todos los comensales. Miranda, que además de ser hombre muy simpático y ocurrente escribía cuadros de costumbres de mano maestra, nos había ofrecido leernos una novelita titulada *La Cáscara amarga;* Gaudente, el viejo, era inventor felicísimo de un género de composiciones que él llamaba «chupaletrinas», e iba a leer por centésima vez algunas muy célebres, en las que desfogaba su genio satírico con gracia inimitable; y, por último, el joven Moro llevaba varios fragmentos de un poema descriptivo, del que se hacía lenguas toda la reunión. Pero la llegada de dos nuevos amigos a última hora cambió el programa de la alegre fiesta, y todos los asuntos literarios quedaron arrollados por la gran noticia del día. Los que llegaron era el periodista Juan Raudo, el hombre mejor enterado de todo lo que ocurría en todas partes, y mi buen amigo Antón del Sauce, cabeza visible del impresionismo granadino, y, como quien dice, la mayor autoridad literaria de Granada, puesto que en esta ilustre ciudad sólo se vive de impresiones. Raudo venía deseoso de anunciar a la asamblea la noticia que traía, y en cuanto nos saludó se bebió sin ceremonia un monumental vaso de vino para dejar expedita la garganta, y con aire misterioso dijo:

—Señores, mañana les va a sorprender a ustedes algo que leerán en el periódico, algo de que se hablará pronto en toda España.

—De fijo que éste nos quiere tomar el pelo —dijo Miranda.

—No será mala la tomadura si llevamos a cabo el descubrimiento —afirmó solemnemente Raudo—. Tomaremos oro bastante para pagar la deuda pública, y nos sobrará para acuñar unos cuantos millones de onzas de las antiguas, que no se las encuentra ya ni con la linterna de Diógenes.

—Ea, déjanos de guasas —interrumpió Castejón, con su voz turbia y cascada por el abuso de los espirituosos—. Lee tú, Feliciano, esa novelilla de que nos has hablado.

---

* de punta / aventajado
** Montoro / Montero (en adelante así)

—¿Qué guasa ni qué niño muerto? —gritó furioso Raudo—. Se trata de una verdad más grande que un templo. Me parece a mí que el doctor Medialuna es un arabista de fama casi universal, y cuando lanza a la publicidad, bajo su firma autorizada, la versión del manuscrito árabe descubierto por él, hay que ser respetuosos siquiera...

—Pero vamos por partes —interrumpió el viejo Gaudente—. ¿Se trata de papeles o de dineros? Si es de papeles viejos, creo en Dios Padre; de esos están llenos los archivos, y como nadie los entiende bien, cada uno los interpreta a su modo y les hace decir lo que le da la gana; pero si es de dinero, y para mayor escarnio de oro, eso pertenece a la historia antigua. En Granada no queda más oro que esta onza que llevo yo en el bolsillo del chaleco para que no me hagan mal de ojo.

—Pues, amigos míos, de eso se trata —exclamó Raudo—. Ahora sí que se puede decir que vivimos sobre un volcán, sobre un volcán de riquezas; porque aquí mismo en este cerro, debajo del palacio árabe, que está a dos pasos, se encuentra escondido el tesoro de Alhamar. Ahora que yo lo digo parece esto un disparate; pero ya leerán el trabajo que empieza mañana a publicar el periódico, y todo lo verán llano como la palma de la mano. Alhamar tuvo, durante los años que reinó, más de cuatro mil hombres ocupados constantemente en lavar las arenas del Dauro, que entonces no era lo que ahora, cuando sólo quedan los desechos; entonces, señores míos, traía más oro que arena, o, por lo menos, la mitad de cada cosa; y la enorme cantidad de oro extraído fue depositado en un subterráneo de esta misma montaña, que por eso se llamó Alhambra, es decir, montaña dorada, y no roja, como algunos ignorantes habían traducido; y ese oro debía servir para construir un palacio maravilloso, que por desgracia se quedó en proyecto, como tantas cosas de nuestro país.

—De suerte —dijo Perico Moro, con tono zumbón—, que el alcázar que hoy existe lo construyeron provisionalmente.

—No señor —contestó Raudo—; ese alcázar fue destinado en un principio a los guardianes del tesoro; no era un palacio Real, fue más bien una fortaleza que sirvió de tesorería, o como si dijéramos, fue el Ministerio de Hacienda del reino de Granada.

—Y las inscripciones de ese palacio, ¿cómo se explican entonces? —preguntó cándidamente el menor de los Monteros.

—Se explican mucho mejor que ahora —replicó Raudo—.

Así, por ejemplo, el tan sobado «sólo Dios es vencedor», sostiene el doctor Medialuna que quiere decir «sólo el oro es vencedor», inscripción adecuada, a más no poder, para una tesorería. Alah debe entenderse en un sentido metafórico, y esto es lo que los arabistas no habían comprendido hasta ahora. Pero, en fin, yo no digo una palabra más; el que quiera saberlo todo, que lea el trabajo y verá que el asunto tiene más miga de lo que parece.

Largamente se habló y discutió sobre el inesperado tesoro de Alhamar, y la concurrencia unánimemente se pronunció en contra del doctor Medialuna.

—Si eso fuera verdad —decía Miranda—, lo único que sacaríamos en limpio sería quedarnos sin la Alhambra, porque la destruirían para descubrir el tesoro; y si llegaban a descubrirlo, el dinero se nos volvería sal y agua, como todo lo que cae en nuestras manos. Más vale que, aunque seamos pobres, tengamos siquiera un sitio donde tomar el fresco y olvidar nuestra pobreza oyendo cantar a los ruiseñores.

Pío Cid no dijo nada en toda la tarde; pero sin duda, en su espíritu comenzó a germinar una idea que más tarde salió a luz.

Sus únicas palabras fueron para recordar la promesa que nuestros amigos nos habían hecho de leer cosas de su invención que seguramente serían más agradables que la exhumación del papelote arábigo; pero era tan escasa la claridad que quedaba, que ya no se veía para leer y hubo que dejarlo para otro día.

Moro, el poeta, dijo a Pío Cid que, puesto que tanto le interesaban las letras, sería también cultivador de ellas, y que si era así se le obligaba a escribir algo para una revista proyectada por los amigos que allí estaban.

Pío Cid contestó que no era literato de cartel; pero que en caso de apuro, y por dar gusto a sus amigos, era capaz de escribir lo que se le pidiera.

—Puesto que en esta notable asamblea —añadió— hay poetas y novelistas, pintores y arqueólogos que tan brillantemente llenan su cometido, creo que lo único que yo puedo dar que ustedes no tengan, es algo de mi experiencia, obra no de mi capacidad, sino de azares de mi vida. Me parece que lo único que aquí falta es fuerza: sobran buenos deseos y bellos propósitos, pero la pereza lo echa todo a perder. Cuando yo oía hablar de la revista esa de ustedes, me imaginé que sería una publicación regular, consagrada a mantener siempre vivo el fuego sagrado; y ahora resulta que están ustedes preparando desde hace siete años el primer número y que no es aún seguro que aparezca después que pasen otros siete. Ustedes se ríen del tiempo, y esta risa es muy peligrosa, porque hay en el mundo quien trabaja y puede humillarnos. Quizá sería lo mejor dejar rodar la bola, si todos lo hicieran así; pero esto no es posible, y antes que venga quien nos obligue a andar contra nuestro gusto, más vale que nosotros andemos por nuestra voluntad. Yo conozco un remedio infalible para curar la pereza intelectual, y les ofrezco a ustedes dárselo a conocer en un artículo breve, que más que artículo será receta de médico o una combinación de aforismos útiles para reconstituir el carácter humano.

—¡Aceptado! —gritamos todos a una, y comenzamos a dejar nuestros asientos.

A poco emprendimos la retirada, pues la mayor parte de los allí reunidos tenían que ir al carmen de los Monteros, donde había organizado para aquella noche un baile popular. Pío Cid, Raudo y yo nos separamos de la reunión y nos fuimos un rato al café. Pío Cid nos dejó pronto, porque quería acostarse temprano para estar levantado cuando llegara a buscarle el tío Rentero.

Gran oscuridad reina en todo lo tocante al viaje de Pío Cid a Aldamar[4]. Su primer propósito era detenerse en varios pueblos del distrito; pero después que supo que la clave de la elección estaba en su pueblo determinó hacer directamente el viaje en dos jornadas, quedándose a dormir la noche intermedia en La Rabiola. Como Pío Cid era hombre que no dejaba las cosas para mañana, se cree que fue preocupado todo el camino, componiendo mentalmente la receta que prometió a sus amigos, sin dignarse contemplar los bellos y variados paisajes que le iba ofreciendo la pródiga Naturaleza. A eso de mediodía dicen que se detuvo a merendar a lo campestre, a la

---

[4] El viaje de Pío Cid por Andalucía, incluyendo su excursión a la Alpujarra, sigue muy de cerca la excursión a Jun y Alfacar que hizo Ganivet con Nicolás María López en 1895. Cuando Juan Ventura Agudiez compara el itinerario de Pío Cid a las aventuras descritas en *Viajes románticos de Antón del Sauce*, descubre que Aldamar y Seronete, pueblos ficticios, corresponden a Alfar y Serón. La Fuente de las Lágrimas, situada en Alfacar, conserva aún su nombre árabe, Aynadamar, el cual probablemente influyó en la concepción del ficticio Aldamar (véase Agudiez, *Las novelas de Ángel Ganivet*, págs. 145-148).

sombra de unos álamos blancos que estaban al borde de la carretera, y que entonces, viendo a su espalda unos hermosos trigos tan altos, espesos y espigados, que parecía que la Providencia había derramado en ellos todas su bendiciones, no pudo menos de decir:

—¡Buen año este para los labradores, tío Rentero! Mire usted esas espigas grandes como mazorcas, que casi no pueden tenerse en pie. ¡Valientes trigos!

—¡Granaejos están, granaejos! —respondió el tío Rentero, con su tonillo alpujarreño, que se acentuaba más conforme el vejete se iba alejando de Granada.

Aparte de estas palabras, se cree que Pío Cid en la primera jornada no despegó los labios, y dejó desahogarse a su gusto a su compañero de viaje, el cual habló por los dos y un poco más, sacando a relucir todo lo que sabía de las personas de viso de la capital y de la provincia; y de quien más habló y con mayor elogio, fue de la madre de Pío Cid, de la que dijo un centenar de veces que era la señora más señora que se había echado a la cara, y que era una lástima que una mujer de tanto mérito no hubiera nacido reina o emperatriz. Pío Cid le escuchaba con paciencia y atención, y así, el uno charlando y el otro callando, y los dos caminando al buen andar de los mulos, llegaron al oscurecer a La Rabiola, donde se alojaron en una posada sin darse a conocer, puesto que el alcalde de este pueblo era de los que habían ofrecido al Gobernador la votación íntegra, y Pío Cid no tenía ganas de gastar saliva en balde. Al rayar el día, el tío Rentero aparejó los mulos en un dos por tres, pues como había estado dedicado algún tiempo a la arriería, era un lince, como decía él mismo, para andar entre bestias. Salieron del pueblo sin que nadie los viera, a excepción de un muchacho que estaba recogiendo estiércol y que debía conocer al tío Rentero, porque al verle pasar le dijo:

—Güen viaje, tío Frasco: ¿va osté a Aldamar?

—Adiós, Cascabancas —contestó el tío Rentero—, pa allá vamos. ¿A cómo te pagan el istiércol?

—A tres riales la carga —contestó el basurero.

—¿De las grandes? —insistió el tío Rentero.

—Grandes, que ca una paece un menumento. Como que son para el sacristán de don Esioro —contestó el zagalón.

Y luego, alcando la voz porque los viajeros se alejaban, gritó:

—Pa allá va también don Críspulo; a ese paso presto le alantarán.

—¿Quién es ese don Críspulo? —preguntó Pío Cid al tío Rentero.

—Es el cura de este pueblo, que estaba antes en Seronete; un alma de Dios, pero con una lengua peor que una jacha. Verdá que al probe lo tienen veinte años pasando la pena negra y está pa que lo ajoguen con un cabello. De Seronete lo echaron porque iba a matar al alcalde. Pero, mírelo osté allá lejos, aquel que va en el rucho debe de ser.

Don Críspulo era, en efecto, y a los pocos minutos Pío Cid y su acompañante le alcanzaron. Sujetaron el paso de los mulos para poder cruzar algunas palabras, y como el borrico de don Críspulo aceleró el andar para no perder aquellos compañeros de camino que la fortuna le deparaba, bien pronto los tres viajeros se hallaron al habla y el tío Rentero rompió el silencio diciendo:

—A la paz de Dios, señor Críspulo, ¿no quié su mercé conocer a los probes?

—Hola, tío Frasco —exclamó don Críspulo—; ¡quién le iba a hacer a usted por estos caminos y a estas horas! Y luego, que está remozado usted, y yo si no le oigo hablar no le conozco. Ya se ve lo que es buena vida. ¿Qué tal, qué tal? ¿Viene usted ahora de Granada?

—De allí vengo pa acompañar a este señor, que es el hijo de los amos, de los antiguos.

—Celebro mucho conocerle —dijo don Críspulo inclinando la cabeza—. ¿Viene usted quizá a asuntos electorales? Porque estos días, como va a haber elección, se ven por aquí algunas personas de la capital que están interesadas en estos manejos.

—Efectivamente —contestó Pío Cid, devolviendo el saludo—. Vengo con motivo de la elección; pero no es la primera vez que ando por estos caminos; toda mi familia era de Aldamar, y yo mismo me he criado allí...

—Mi amo —interrumpió el tío Rentero— es hijo de don Francisco, el de *Los Castaños,* que osté conocería.

—Claro que le conocí —contestó don Críspulo—, y también le traté, aunque él vivía casi siempre en la capital. ¿Es usted, quizá —añadió encarándose con Pío Cd—, un hijo que dicen que había desaparecido sin saber cómo?

—El mesmico —contestó el tío Rentero—; como que no tenía otro; pero al fin y a la postre el que es de ley paece, manque se asconda en los centros de la tierra.

—Entonces —continuó don Críspulo, sin que Pío Cid le contestara a sus preguntas—, usted es el candidato del Gobierno por este distrito. Aquí, en la La Rabiola, decían que usted era de los Cides de Aldamar; pero yo, a pesar del apellido García del Cid, no caía en la cuenta de que pudiera ser usted el hijo de don Juan Francisco. De todos modos le felicito a usted por adelantado, porque su elección dicen que es cosa hecha.

—Ya veremos —dijo Pío Cid sonriendo—; tal vez esté hecha y yo venga a deshacerla.

—Yo le aseguro a usted —dijo* don Críspulo irguiéndose sobre su jumento— que el distrito está ya de Cañaverales hasta la coronilla, y que no a usted, que es hijo del país, sino al primer cunero que le enviaran, lo aceptaría por salir de las garras de esta innoble gentuza que hoy lo explota. Yo no puedo emplear cierto lenguaje a causa del traje que visto, pero le digo a usted que debía caer durante varios años una lluvia muy espesa de rayos encendidos para limpiar estos terrenos de todo lo malo que aquí vive. Estos pueblos no son pueblos, amigo mío: son nidos de víboras.

—No desageremos —dijo el tío Rentero—, que en la capital también hay de too, y si digo, hay más pillería que por acá.

—¡En la capital! —suspiró don Críspulo—. Para la capital reservo yo el fuego divino que cayó sobre Sodoma y Gomorra, las ciudades malditas. Y no dejaría que se escapara** nadie, ni siquiera Su Ilustrísima el Arzobispo, mi amo y señor —agregó inclinando la cabeza hasta tocar casi las orejas del pollino.

—¡Jesús, María y José! —exclamó el tío Rentero, haciendo aspavientos de susto, mientras Pío Cid se fijaba por primera vez en el lenguaraz sacerdote.

Era don Críspulo un hombre pequeño y flaco, moreno, los ojos hundidos y las mandíbulas muy salientes. Su rostro llevaba impresas las huellas de largas privaciones; pero no se conocía a primera vista si estas privaciones eran hijas de la miseria o del ascetismo, porque el aspecto descuidado y más sucio que limpio de toda su persona, estaba velado por cierta dignidad nada vulgar en la mirada y en el gesto. Pío Cid se hizo cargo de aquella extraña figura, y luego dijo en el mismo tono respetuoso, con puntas de malintencionado, en que el cura había lanzado su condenación:

—Señor don Críspulo, mala idea debe usted tener de todos sus semejantes, aunque sean arzobispos.

_____

* afirmó / dijo
** escapara de ellas / escapara

282

—Mala, no; malísima —contestó el cura—; y bien sabe Dios que me duele tenerla, aunque no sea más que por el sagrado ministerio que ejerzo. Pero los años traen consigo los desengaños, y yo a veces llego hasta a compadecer a nuestro divino Redentor por haber tenido la generosidad de derramar su preciosa sangre por esta indigna humanidad, que más bien merecía estar continuamente gobernada por Nerones y Calígulas otras bestias más feroces aún. Si a mí me dieran el mando absoluto en estas comarcas, le juro a usted que llamaría en mi ayuda a los africanos para que secretamente se introdujeran en el país y pasaran a cuchillo a todos sus habitantes. ¡Ah! Señor Cid, usted viene de lejos y no sabe de la misa la media, y no ve ni verá más que lo que le salte a los ojos; pero yo soy perro viejo para roer estos huesos, y aunque me condene a arder perpetuamente en los profundos infiernos, no transijo con la injusticia. Sin ir más lejos, hoy he leído en el diario de la capital una noticia que le interesa a usted: dice que, en vista del estado aflictivo porque atraviesan los braceros de este distrito, el señor don Romualdo Cañaveral ha dado orden a su administrador para que distribuya abundantes limosnas entre los más necesitados; y luego viene poniendo por las nubes la conducta noble y caritativa del ilustre hijo de Seronete, y expresando el deseo de que en breve se vea confirmada la noticia de su nombramiento como senador vitalicio. Pues bien, ¿sabe usted lo que hay en esto de verdad? Que don Carlos, el contrincante de usted, está comprando votos a dos y tres pesetas, y que para no descubrir el juego dan ese dinero de Judas bajo la capa de la caridad y a son de bombo y platillo, a fin de que sirva no sólo para elegir al que lo reparte, sino también par dar lustre y charol al bandido de don Romualdo, uno de esos seres abyectos que la misericordia de Dios tolera que existan para castigo de sus criaturas. ¡Y ver toda esta farándula, toda esta indecencia, prosperar y recibir el aplauso de las gentes, y no poder alzar la voz ni desenmascarar a los criminales! Es decir, yo no me muerdo la lengua, y si mi palabra se oyera en todo el mundo, todo el mundo sabría la verdad; pero no me oye nadie, y mi franqueza sólo me ha servido para hundirme más y más.

—Y, sin embargo, usted no escarmienta —dijo Pío Cid.

—Ni escarmentaré nunca —prosiguió don Críspulo—, porque yo estoy ya condenado sin apelación. Pregunte usted en el palacio arzobispal de Granada quién es el cura de La Rabiola, y le dirán que por lástima no me han recogido ya las licencias:

se contentan con dejarme en el peor pueblo de la provincia para que me muera poco a poco de hambre. ¡Asesinos!

—Me parece, amigo don Críspulo —replicó Pío Cid—, que usted se ahoga en poca agua. Si yo fuera cura desearía estar en el peor pueblo de España para ver si le podía volver el mejor; y si estuviera mal visto de mis superiores, casi me alegraría, porque así podría realizar una de las obras más difíciles que está en nuestra mano acometer: la de destruir una mala opinión que se tenga de nosotros. En las sociedades gobernadas por la hipocresía y el artificio, es soberanamente tonto ejercer de reformador a gritos, porque todos se tapan las orejas para no oír lo que no les conviene. Hay que ser cautos; en vez de dar golpes contra el aguijón y salir luego hechos una lástima, lo prudente es quebrarlo sin herirse, si no es posible quebrarlo, dejarlo. Usted podía desempeñar bien su importante ministerio, y por no tener cachaza para tolerar las demasías de los otros, se ve como se ve. Yo creo que el amor a la justicia tiene más virtud cuando se demuestra con mansedumbre, y es una verdadera desgracia que usted eche a perder sus buenos deseos por la crudeza de sus palabras. Le hablo a usted con la misma libertad con que usted me ha hablado; y aunque no me disgusten los caracteres fuertes y abiertos como el de usted, mi parecer es que el único medio de trabajar por el bien, es trabajar uno solo, sin decirle nada a nadie. Puesto que las predicaciones, amonestaciones y reprimendas no surten ya efecto, hay que callar y obrar, y dejar a los otros hacer lo que mejor les parezca, que si lo que hacen no es bueno, al fin no prosperará. Comprendo que le duela a usted ver que hasta la caridad es ya explotada por los pícaros; pero que éstos se lleven en su pecado su penitencia, que ni usted ni yo somos quién para acusar a nadie.

—Todo eso me parecería admirable —dijo don Críspulo— si yo tuviera libertad para enviar al demonche a estos tunantes y vivir donde fuera mi gusto; usted dice lo que dice porque lo que pasa, lo oye, no lo ve; pero yo lo veo todos los días y me moriré viéndolo, sin poder hacer nada para remediarlo y hasta teniendo que humillarme a veces para no morir de necesidad. Yo podría hacer algo si fuera rico, pero soy muy pobre y tengo sobre mis espaldas a mi madre y a dos hermanas. ¡Cuánto más me valiera a mí y a ellas haber sido arriero, como mi padre, y no llevar estos hábitos o estos grillos que llevo arrastrando!...

—Lo que me dice usted —interrumpió Pío Cid— me trae a la memoria a un arriero que iba a mi casa, el cual se llamaba el tío Nohales, y era padre de ocho o diez hijos. A uno que salió muy despejado, le dedicó a la carrera eclesiástica con la idea de que fuese el sostén de la numerosa familia. El joven estudió con extraordinario aprovechamiento, y en cuanto cantó misa obtuvo una coadjutoría, de la que se esperaba que pasara muy pronto a un buen curato, puesto que los superiores le mostraban gran afecto. Pero hete aquí que de la noche a la mañana desaparece sin dejar dicho nada a nadie, y que al cabo de algún tiempo se averigua que iba camino de Filipinas, enviado allá por el superior de una orden religiosa, en la que había ingresado el joven según se supo, no sólo por natural inclinación a la vida monástica, sino por huir del siglo, y más que del siglo de la familia que se había sacrificado por darle carrera y posición. Había que oír al tío Nohales contar a todo el mundo su desengaño y clamar contra el hijo desagradecido que tan mal le había recompensado sus afanes. Todos le compadecían y todos le daban la razón; pero vino a mi casa con el cuento, y mi madre se puso de parte del hijo ingrato, y recuerdo aún las palabras que le dijo al arriero, las cuales quizás le vengan a usted que ni pintadas: «Si yo estuviera en el caso de usted, me sentiría orgullosa de tener un hijo como el que usted tiene. Ustedes los pobres dedican a sus hijos a la carrera eclesiástica con la idea de que, no pudiendo casarse, les sirvan de apoyo en la vejez, y por lo pronto les ayuden a llevar la carga de la familia; y no piensan ustedes que quien tiene verdadera vocación para el sacerdocio, y no lo acepta como una de tantas carreras, sino para consagrar su vida a sus semejantes, tiene que estar libre de los cuidados de su familia, porque el atender a su familia les impediría atender a los demás. Por esto no está permitido que los curas se casen; y ustedes los que desean que un hijo sacerdote pague el bien que le han hecho dándole carrera, con el olvido y abandono de sus deberes, son los principales culpables de que haya tantos eclesiásticos ambiciosos y devorados por el afán de ganar buenas prebendas. Su hijo de usted vale más que todos ustedes juntos, y ha hecho muy bien metiéndose en un convento, pues de no hacerlo, quizás no tuviera corazón para volverles a ustedes las espaldas; y ustedes sin darse cuenta del mal que hacían, le hubieran obligado a ser un mal cura, más atento a ganar dinero que a cumplir su obligación.» Así habló mi madre, que era una señora muy discreta; yo le repito a usted lo que ella dijo con sobrada razón, según voy viendo. Como los oficios eclesiásticos, fuera de unos cuantos que están bien

285

pagados, no dan ahora más que para mal comer, la nobleza y la clase media se dedican a otros más productivos o brillantes, y la Iglesia tiene que estar servida por pobres, que además de su pobreza suelen llevar la reata de su familia, con lo cual el celibato ha venido a quedar sin efecto para muchos como usted, a quien más le hubiera valido ir a evangelizar a los igorrotes, que no llevar la vida que lleva por estos andurriales.

—Mire usted —dijo don Críspulo—, más de una vez lo he pensado, y entre estos salvajes y los de allá, no sé cuáles serán peores; pero por lo pronto bien podían tener más consideración con el clero bajo, que es el que lleva la carga más pesada, y no tenernos a nosotros a media miel mientras los altos regüeldan de ahítos. En estos pueblos hay mucha miseria, y un cura que no tiene nada que repartir es un soldado sin armas. Pero, en fin, bueno está lo bueno —agregó don Críspulo, divisando el punto donde el camino se aparta en dos y donde él tenía que tomar el de Seronete y separarse de sus compañeros—. Yo me alegraré mucho de que gane usted la elección y de que haga algo por este pobre distrito, tan olvidado de los gobiernos.

—No confío mucho en el resultado —dijo Pío Cid—, y menos desde que sé que el poderoso caballero don Dinero anda en el ajo.

—Ya que va osté a Seronete —añadió el tío Rentero—, le dirá a mi Polonia que estoy por aquí alreor, y que como pueda colaré allá.

—No lo olvidaré —contestó el cura—, y a ver si nos vemos a la vuelta y paran un día en La Rabiola. Yo vuelvo esta misma noche o mañana.

Y sin más, llegados a la encrucijada, se separaron, después de saludarse como buenos amigos. Don Críspulo desapareció en breve tras un recodo que hacía el camino de Seronete, y Pío Cid y el tío Rentero apretaron el paso hacia Aldamar. El tío Rentero siguió hablando de los dichos y hechos que conocía del célebre don Críspulo, y Pío Cid callando y dando vueltas en su magín a la famosa receta, que ya iba a medio componer.

Un cuarto de legua antes de llegar a Aldamar, cuando se empieza a descender la empinada cuesta del Aire, hay a mano izquierda una fuentecilla, llamada de los Garbanzos porque sus aguas tienen la virtud de ablandarlos aunque sean duros como balas; así tuvieran también la de ablandar el corazón, que si así fuera se venderían a peso de oro. Los mulos, que venían fatigados y sedientos después de cuatro horas largas de caminar cuesta arriba, en cuanto olfatearon la fuente se fueron derechos al agua, apartándose un poco del camino.

Pío Cid no se dio cuenta de ello hasta que su mulo, con el movimiento que hizo al bajar la cabeza para beber, le sacó de su distracción, faltando muy poco para que le tirara por las orejas. Entonces vio Pío Cid que un poco más arriba de la fuente, en el sitio donde debía nacer el manantial, estaba llenando un cántaro de agua una muchacha pobremente vestida. La estuvo mirando un buen rato y recreándose en las formas admirables de aquella tosca criatura, que parecía puesta allí para que algún escultor la tomase por modelo. Estaba de perfil y se le marcaba, a pesar de su juventud, la fuerte cadera, promesa de maternidad, y por debajo del brazo, arqueado para sostener la botija, el pecho, mal encubierto por un cuerpecillo de percal medio deshilachado, que dejaba ver lo blanco de la camisa. La cabeza se apoyaba sobre el brazo, y entre el abundoso y enmarañado cabello, castaño muy oscuro, desaparecía casi por completo, dejando ver solo la nariz, que de perfil parecía muy fina, aunque un poquito chata. La jovenzuela del cántaro, cuando acabó de llenarlo se lo puso a la cadera y se disponía a marchar, no sin volverse a mirar de reojo a los caminantes; pero Pío Cid la detuvo, preguntándole:

—¿Va usted a Aldamar?

—Sí, señor —contestó la muchacha, mirándole con curiosidad.

—¿Quiere usted que le lleve el cantarillo? —volvió a preguntarle.

—¿Pa qué va su mercé a molestarse? —contestó la muchacha.

—No me molesto, al contrario. Usted es la que se molestará llevando el botijo a cuestas un cuarto de hora. Espérese usted —dijo arreando el mulo hacia el altillo donde estaba la muchacha. Y echándose todo lo atrás que pudo del aparejo, de modo que casi se quedó montado en la culata, cogió en peso a la muchacha con cántaro y todo y la asentó a la mujeriega sobre el mulo, que al sentir la carga echó a andar sin que lo arrearan.

—¡Válgame Dios! —exclamó la muchacha por no saber qué decir—. Naide diría que es osté tan forzúo.

—Tenga osté cuidiao con el mulo —dijo el tío Rentero—, mire osté que es un perrera en cuantico que le dan dos deos de luz.

—Va bien sujeto —contestó Pío Cid—, no hay cuidado. La verdad es —prosiguió— que es buena ocurrencia la de venir a buscar el agua a un cuarto de legua y con el sol de justicia que ahora hace.

—Qué quié su mercé, señor —contestó la muchacha—; los agüelos han perdío ya la dentaúra, y en guisando con el agua de abajo no puen ronchar los garbancejos.

—Entonces no digo nada —replicó Pío Cid, mirando a su pareja, que sin saber por qué se le apareció ahora como una figura bíblica, quizá porque la muchacha llevaba en el pecho, entre el pañolillo de colores con que se lo mal cubría, unas matas de mastranzo, cuyo perfume sano y fuerte embriagaba y despertaba el recuerdo de los tiempos felices en que las mujeres, aun las más puras y delicadas, crecían como las flores campestres. Y luego, fijándose en algo brillante que se movía en las hojas del mastranzo, preguntó:

—Lleva usted una marranica de luz. ¿La ha cogido usted, o está ahí por casualidad?

—Estaba en la mata —contestó la muchacha, ajustándose más el pañolillo con la mano que le quedaba libre.

—Usted me mira como a un forastero —dijo Pío Cid—, y, sin embargo, yo soy su paisano.

—¿Osté de Aldamar? —preguntó la muchacha.

—Ya verás cómo te doy señas —dijo Pío Cid—. ¿Cómo te llamas?

—Me llamo Rosario, Rosarico —contestó ella.

—¿Y tus padres? —volvió a preguntarle.

—Mi padre —contestó Rosarico— se llama Juan Antonio Peña; pero le dicen el tío Rogerio.

—Pero ¿es posible —saltó el tío Rentero, que deseaba meter su cucharón— que eres tú hija de la Roqueta? Tu mae y yo semos del mesmo pueblo y algo de la familia. ¿No la has oío tú mentar al tío Frasco Rentero?

—Vaya que sí —contestó Rosarico riendo—; y tamién sé que fue osté su novio...

—Justico —interrumpió el tío Rentero, perneando sobre su mulo para ponerle al lado del de Pío Cid—; y en güena ley tú debías haber sío mi hija si yo me hubiera casao con tu madre, que sin agraviarte a ti era una mocetona mu requería de too el mundo y con más fama en su tiempo que Barceló por la mar[5]. Y ¿cuántos hermanos seis?

---

[5] Antonio Barceló (1717-1797) fue un marino español que se hizo popular por su valor y actuación en las campañas contra los argelinos y

—Semos ocho vivos —contestó Rosarico—, y yo soy el rejú de la casa. Ya ve osté que mi Frasco Juan, que fue el primero, tiene una hija mayor que yo dos años u tres años.

—Vaya con Rosarico —dijo el tío Rentero—, y cuánto me he alegrao de verte. Si yo hubiera sabío que estabais aquí cuando vine el año pasao... Yo sus creía en Salaureña.

—Aquello se acabó —dijo Rosarico—, y hemos pasao las de Caín. El probetico de mi pae ya no pué dar golpe.

—Y ¿qué jacéis ahora? —preguntó el tío Rentero.

—Tenemos una tierrecilla —contestó Rosarico—, y mis hermanos ayúan algo. Mi Francolín es el marranero del pueblo, y el Pepillo está muy apegao a la iglesia, y algo trae tamién. Pero a este señor lo habemos dejao con la palabra cortá —añadió Rosarico.

—Eso no importa —dijo Pío Cid, muy pensativo—. Sigan hablando sin reparar en mí, que yo lo único que podría decir es que conocí también a los Rogerios y que todos eran muy hombres de bien. Dile a tu padre si se acuerda de una vez que fue a la sierra y subió al Mulhacén acompañando al señorito Pío, como él me llamaba.

—¿Pues no se ha de acordar? —contestó Rosarico, mirándole con admiración—; en cuantico que sepan su venía y le vean a osté se van a jartar de llorar. ¡Válgame Dios! ¿Conque es osté el niño de *Los Castaños?* Algo más nos relucía el pellejo cuando eran ostés los amos de la cortijá; mi padre cuenta y no acaba de ostés toos.

—Pus ahora veremos lo que jace el pueblo y si es agradecío —dijo el tío Rentero—, porque el amo viene pa eso de la elección, y ahí se ha de ver si semos moros u cristianos.

—Ve osté —dijo Rosarico, afinando la pronunciación para parecer más cortés—, por esa senda se acorta pa ir a mi casa y a la de osté, con premiso de mis padres. Si quiere osté, me bajaré aquí.

—Entonces, ¿vivís en el barrio alto? —preguntó Pío Cid—. Si es así, más vale que sigamos hasta el pueblo y que subas por la vereda del barranco.

---

en el sitio contra Gibraltar. Inspiró estas coplas:

> Si el rey de España tuviera
> cuatro como Barceló,
> Gibraltar fuera de España
> Que de los ingleses no.

—Es que en el pueblo son mu jablaores... —dijo Rosarico, sin atreverse a expresar su idea por completo.

—Vaya, que tienes miedo a que se lo digan a tu novio —dijo Pío Cid en tono de broma.

—No tengo novio —replicó Rosarico.

—Le habrás tenido —insistió Pío Cid.

—Ahí me habló un estornillao, pero yo no quiero noviajos —contestó Rosarico con cierto aire de despecho.

—Pues si el noviazgo se arregla y se habla de casorio, no lo dejes por falta de padrino. Yo me ofrezco a serlo, y ojalá que sea pronto —dijo Pío Cid ayudando a Rosarico a bajar del mulo, y dándole luego el cántaro—. Dale recuerdos míos a tus padres, y ya haré por verles.

—Igualmente —añadió el tío Rentero, mientras Rosarico, ligera como una cabra, subía por el empinado sendero que conducía al barrio alto, y desaparecía a poco* detrás de unas higueras.

Se apeó de su mulo el tío Rentero y lo ató del ronzal a la anilla de la baticola del otro mulo, diciendo a Pío Cid:

—Deme osté las brías jasta pasar la barranquera.

Pero Pío Cid se apeó también, dejando al tío Rentero que llevara los dos mulos y echó a andar delante por el endiablado camino que anunciaba la entrada del pueblo.

Aunque la digresión parezca inútil, diré que en Aldamar, como en muchos pueblos de nuestra provincia, se nota la influencia de la capital en que, así como Granada está cruzada por dos ríos, no muy caudalosos, y secos a temporadas, sus pueblos se asientan, por regla general, a las orillas de algún barranco que, aunque no lleve agua, da la ilusión de que es un río que se ha quedado en seco por un descuido de la Providencia. Sin contar con que un barranco, aunque no traiga aguas, puede traerlas en tiempo de lluvias y sirve para dividir los pueblos en barrios enemigos que, luchando por el predominio local, suelen trabajar sin quererlo por engrandecer, o cuando menos agrandar, la ciudad naciente. Yo le oí decir alguna vez a Pío Cid que si Aldamar era el pueblo más grande de su distrito, esto se debía a la circunstancia feliz de estar cruzado no por uno, sino por dos barrancos; el más pequeño arranca del camino que viene de La Rabiola, y el mayor corre de Norte a Sur, quedando el pueblo dividido en cuatro cascos desiguales. Los dos más crecidos se llaman Aldamar Alto y Bajo, y

---

* al instante / a poco

sostienen la principal rivalidad; luego viene el neutral o intermedio, llamado barrio de la Iglesia, y, por último, a espaldas de éste, y algo distanciado, el del Colmenar, llamado así por ser fama que en él vivían varios colmeneros, bien que a la sazón esta industria, antes floreciente, haya desaparecido y no quede ni una abeja en varias leguas a la redonda. Con la cría del gusano de seda ocurre lo mismo, y la vinicultura también va de capa caída a causa de la filoxera. La única planta que se sostiene y aun prospera, es el castaño; Aldamar vivía, pues, penosamente de la exportación de castaña, y se consolaba de su decadencia con recuerdos, esperanzas e ilusiones.

Cuando Pío Cid llegó al barranco grande, que en tiempo de sequía era como la calle mayor o real del pueblo, la primera persona a quien encontró al paso fue una pobre mujer que de rodillas lavaba en una poza formada por un hilillo de agua que no se cortaba nunca, porque era de un manantial que nacía un poco más arriba. Al lado de la lavandera había una canasta de ropa sucia, de la que salían gritos desesperados. Pío Cid se acercó por movimiento natural a ver dónde estaba la criatura que tan desconsoladamente chillaba, y descubrió entre los trapos sucios a un niño de teta mordisqueándose los puños; lo sacó de la canasta y se lo puso boca abajo sobre la palma de la mano, y el chiquillo calló al instante.

—No jaga su mercé caso de esta criatura —dijo la lavandera—. Es la más eshonrible del mundo. Como no tenga el pezón en la boca, siempre está dando barracás. Démelo osté a ve si se acalla con una tetica.

—Yo creo —contestó Pío Cid— que este niño está malo del vientrecillo. Debe estar un poco constipado.

—Quizás será que está mu sucio —replicó la lavandera, sentándose en un peñón que allí cerca estaba, y extendiendo los brazos para recibir a la criatura—. Ven acá, tragón. ¿Ve osté lo que yo le icía? —añadió la madre.

Y diciendo esto se había colocado en la falda al mamoncillo, que comenzó de nuevo a llorar, y le había abierto el pañal de muletón, hecho de retazos, para sacarle el metedor, lleno de verdines.

—Lo que es cierto es lo que yo le decía —replicó Pío Cid—. Ese niño está malo.

—Y ¿qué es lo que debo de jacer? —preguntó la madre.

—Póngalo usted en el vientre un pedazo de bayeta pajiza y fájelo bien; y no estaría de más que le pusiera también una chapita en el ombligo, que se le sale demasiado. No sé cómo se les cuajan a ustedes las criaturas con el abandono en que las tienen.

—Es que tengo que trabajar too el santo día de Dios —dijo la pobre mujer sacando un pecho y dándoselo al niño para que callara— y no me quea tiempo pa na. Ya ve su mercé, son cuatro los que tengo, y naide que me dé ni una sé de agua.

—¿Es usted viuda? —le preguntó Pío Cid.

—No, señor —contestó la mujer—; pero tengo el marío en presillo. No es por na que eshonre. ¿sabe su mercé? Fue un mal voluntó que le dio. La culpa la tienen los malos hombres que Dios permite que haiga en el mundo —agregó en voz más baja, mirando a todos lados, como si temiera que la oyesen.

—Y ¿cuántos años le faltan todavía? —volvió a preguntar Pío Cid.

—Tres años, señor, tres añazos —respondió la mujer—. Ya ve su mercé la injusticia. Sin haber robao ni matao le sacaron cuatro años y nueve meses, sin contar lo que había estao en la cárcel. De aquí en tres años cumple pa San José.

—¿Qué fue lo que hizo, entonces? —preguntó Pío Cid de nuevo.

—Dicen que quería matar al alcalde. Una caluña que le levantaron —contestó la mujer.

Y luego, para evitar que Pío Cid formara alguna mala idea viendo a aquel rorro, cuyo padre estaba preso hacía más de dos años, añadió:

—¡Más veces he maldecío yo este pueblo! Pero aquí he tenío que venir a la fuerza. Mi marío está en el penal de Belén, y yo he estao jasta hace poco en Graná; pero es lo que pasa... Ya está osté viendo esta criatura. Y lo que yo le icía a mi marío. ¿Aónde vamos a ir a parar?...

—Pero ¿cómo es posible —insistió Pío Cid— que por una simple calumnia hayan condenado a su marido a cinco o seis años de prisión?

—Pues ahí verá osté —replicó la mujer—; toitico el pueblo eclaró contra mi marío. Lo que fue, fue que mi marío le pegó al alcalde; eso sí, señor; pero que sacara una jerramienta, vamos... Si mi marío no gastó enjamás ni un clavete.

—Y ¿por qué fue la cuestión? —preguntó Pío Cid—. Sería quizás por política...

—¡Qué! No, señor —respondió la mujer, mirando de nuevo a todos lados—; fue por culpa mía, y yo tan inocente. Sepa osté que el alcalde pasao era un esmandao, que ésta veo, ésta eseo, y ni mocica ni casá se vía libre con el maldecío del hombre. Yo, aunque paezgo un vejatorio —añadió bajando los ojos con modestia—, y eso que no he llegao entoavía a los treinta, he tenío mi algo de güen ver, y las mujeres de los probes debíamos ser más feas que pantasmas. Mi marío era un rial mozo, eso sí —dijo la mujer con orgullo—; pero más probe que las ánimas benditas, y yo me casé con él enamorá, y no le faltaría por na del mundo. Pero mi hombre tiene su sangre en el cuerpo y su alma en su almario, y quería que su mujer fuera respetá como la primera.

—Y ¿sigue el alcalde ese en el pueblo? —le preguntó Pío Cid.

—Si, señor —contestó la mujer—. Ya no es alcalde, pero es juez munincipal, y toos son unos.

—Bien —dijo Pío Cid—; me gusta ver que es usted una mujer honrada y trabajadora, y que sobrelleva su desgracia con resignación. Tome usted esto para que salga de apuros, que, sola y con cuatro retoños, no le faltarán.

Y le alargó un billetito rojo, que la mujer miraba sin atreverse a tomarlo.

—Si tuviera osté monea suelta —le dijo—. Aquí no toman esos papeles, porque dicen que casi toos son falsos.

—Voy a ver —dijo Pío Cid, echándose mano al bolsillo del chaleco y sacando todo el dinero suelto que llevaba—. Uno, dos, tres..., no llega ni a cuatro duros; a ver si viene el hombre que trae los mulos y tiene para completar... Es extraño que no venga el tío Rentero —añadió por lo bajo.

—Pero ¿cuánto me va osté a dar, güen señor? —preguntó la mujer.

—Voy a cambiarle el billete, que es de cinco duros —contestó Pío Cid.

—Eso es mucho pa mí —replicó la mujer—. Si osté se empeña lo tomaré. Yo, con cuarenta riales tengo pa pagar el atraso de la casa, y lo otro se lo mandaré a mi marío pa que tenga pa comprar pitillos. Eso es lo que él echa más de menos.

—Pues si usted quiere —dijo Pío Cid—, yo voy a Granada muy pronto, y yo mismo puedo entregarle los tres duros. Tome usted los dos y dígame el nombre de su marido.

—En preguntando por José Gutiérrez, no hay perdia. Pero ¿va osté mismo a ir al presillo? —observó la mujer—. Osté es más güeno que el pan.

—Eso no significa nada, ni hay que darle importancia —replicó Pío Cid marchándose—. Paciencia y buen ánimo es lo que le deseo a usted, y que no deje de ponerle al niño el pedazo de bayeta*.

—Vaya su mercé con Dios y con la Virgen de los Desamparaos, y si pa algo me necesita, no tié más que preguntar en el barrio alto por Josefa la güérfana, y too el mundo le dirá dónde vivo.

Volvió Pío Cid pies atrás, y, no muy lejos, halló parados al tío Rentero y al secretario del Ayuntamiento, a quien saludó, aunque no le conocía más que de vista.

—Perdone osté, don Pío —dijo el tío Rentero—; como pensaba osté ir a casa del cura lo primero, me figuré que estaba osté allá.

—Pero ¿va usted a alojarse en casa del cura, como la otra vez? —preguntó el secretario.

—No. porque como ahora traigo cierto carácter político, no quiero comprometer al bueno de don Esteban, que no está ni por los blancos ni por los negros.

—No crea usted, no crea usted —dijo el secretario—, que si él pudiera, ya resollaría fuerte; pero, en fin..., comprendo la delicadeza de usted..., y como quiera que aquí no hay sitio para que usted se hospede como es debido, yo no puedo hacer más. eso estaba diciendo al tío Frasco. que ofrecerle a usted mi casa como amigo, paisano y correligionario.

—Pero ¿no habrá por ahí un escondrijo donde yo me meta sin incomodar a usted? —preguntó Pío Cid.

—No hay incomodidad; al contrario, honor y satisfacción —respondió el secretario con afectación natural en él—. En materia de hospedaje hay que confesar, aunque sea triste confesarlo, que vamos para atrás, como los cangrejos.

—Entonces —dijo Pío Cid— no quiero hacerme rogar y acepto agradecido. Después de todo, será muy breve mi estancia, pues el domingo después de la elección, o el lunes a más tardar, me marcharé.

—Vamos, pues, si usted quiere, a casa —dijo el secretario—, y después de almorzar le acompañaré para dar una vuelta por el pueblo y empezar a trabajar la partida, aunque tiene usted ya admirablemente preparado el terreno, según tendrá ocasión de ver.

—Mi primera visita ha de ser para el señor cura, con el que estoy en deuda —dijo Pío Cid—; después iremos adonde usted guste.

---

* el trapo de franela. / el pedazo de bayeta.

Fueron, pues, los dos viajeros a casa del secretario, que se llamaba Ramón Barajas y era un farsante de marca mayor. Toda su gloria la cifraba Barajas en conservar su puesto de secretario con todos los partidos que iban pasando por el Ayuntamiento, o, como él decía, por el poder; y para conseguir su empeño gastaba tal suma de habilidad política y diplomática, que merecía con justicia que se le considerase como a un verdadero hombre de Estado, bien que sus talentos de estadista los aplicara exclusivamente a mantenerse en la secretaría y a embrollar cada día más los negocios.

Antes de almorzar fue Pío Cid a visitar a don Esteban, el párroco del pueblo. Barajas, que por dirigirle en todo quería darle hasta reglas de etiqueta, le aconsejó que fuera antes a casa del alcalde; pero él no hizo caso de la advertencia, a la que sólo contestó diciendo que tenía una deuda de gratitud con el cura, mientras que a don Federo, el alcalde, ni siquiera le conocía. Halló al buen párroco sentado de media anqueta en un viejo sillón de cuero, leyendo en un libro antiguo de mucho volumen, abierto sobre una mesa grande, de las de barandillas. Le saludó afectuosamente, diciéndole que no se levantara, y, al acercarse a la mesa, vio que el infolio era la Biblia y que estaba abierta por el libro de Job.

—¿Qué es eso —le preguntó amistosamente—: está usted inspirándose en la vida de este pacientísimo varón para poder sobrellevar los disgustos que le dan estas gentes?

—Ya ni la paciencia de Job basta —contestó el cura—, y los tengo abandonados porque no hay medio de hacer carrera con ellos por ningún lado que se tire. Pero ¿cuándo ha llegado usted? Yo le esperaba desde hace unos días.

—Acabo de llegar ahora mismo —respondió Pío Cid—. El secretario, con quien tropecé en el camino, me ha ofrecido alojamiento, y yo lo he aceptado por no mezclar a usted en mis asuntos, aunque, si no fuera por ellos, hubiera preferido venir a esta casa.

—Ha pensado usted muy cuerdamente —dijo el cura—, porque yo estoy cada día más apartado de las discordias de este desventurado pueblo, que si no terminan, darán al traste con lo poco que queda en pie.

—Pues vea usted lo que son las cosas —replicó Pío Cid riendo—; yo creía que esto iba mejorando por cierto detalle que he notado ahora mismo, y que me ha parecido de buen augurio. He visto al pasar que en la barbería estaban afeitando a la vez dos barberos, y he visto con sorpresa que son los mismos de mi tiempo: el tío Zambomba y el compadre Elías, tales como yo los dejé, como si no hubieran pasado los años por ellos. Sólo que, en mi época, cuando trabajaba el uno tenía que cerrar el otro, y ahora están los dos en el mismo establecimiento, y hasta han puesto colgada a la puerta una bacía que me ha hecho pensar en el famoso yelmo de Mambrino. «Éste no es mi Aldamar, pensé; por aquí han soplado vientos de tolerancia, cuando estos dos barberos rivales se avienen a afeitar a la vez.»

—A desollar al prójimo, debía usted decir —replicó el cura, riendo también—. Porque ahora, como antes, separados y juntos, lo hacen pésimamente. Mire usted lo que yo he tenido que hacer —añadió, sacando de un cajón de la mesa un rollo de cuero; y desliándolo, mostró a Pío Cid tres navajas de afeitar—. Esto he tenido que hacer para que no me martiricen más estos gañanes; hoy, a Dios gracias, me afeito solo. Únicamente llamo al tío Zambomba para que me repase la corona, y esto durará poco, porque, como ve usted, no me quedan más que cuatro pelos.

—De suerte —dijo Pío Cid—, que estamos como estábamos, o peor.

—Le diré a usted —respondió el cura—: este alcalde de ahora no es bueno, pero es un santo comparado con el que salió. Aquél era una hechura del período revolucionario, y pudiera decirse que del mismo Satán. En su época se infiltró aquí el virus racionalista, traído en hora menguada por la prensa anticristiana, y de entonces viene el desbarajuste que en todo se nota. ¡Ah! —exclamó el cura, entusiasmado con su perorata—. Usted no sabe en qué abismos nos hallamos hundidos. ¡Ya no hay fe, ni siquiera decoro! ¿Cómo ha de haberlos, si toda esta generación está amamantada con lecturas impías u obscenas?

—Pero ¿cómo es eso posible —interrumpió Pío Cid—, si aquí casi nadie sabe leer?

—Saben cuando les conviene —contestó el cura—, y si no leen, oyen. Yo he visto con estos ojos que ha de comerse la tierra, libros pornográficos con pinturas asquerosas, cuya vista sola ponía el pelo de punta; y esos libros los compraba y los daba a leer ese mismo alcalde infame; él decía que para ilustrar a sus gobernados; en realidad, con el siniestro designio de desmoralizar al pueblo, de arrojar en él la cizaña más perniciosa, la de la lujuria, con lo cual convirtió estos lugares en una repugnante letrina. En fin, todo sea por Dios, hoy parece que mejoramos. Este don Federo es siquiera buen católico y ha tomado a pecho restaurar el fuero de la religión. Porque aquí ya no iba nadie a la iglesia; los hombres por ser hombres, y las mujeres por no malquistarse con sus maridos. Iban algunas pobres viejas, y pare usted de contar. Ahora, este alcalde ha dispuesto que los domingos los escopeteros del pueblo cierren todas las entradas y salidas, para que nadie pueda irse sin haber cumplido antes sus deberes religiosos.

—Y ¿produce efecto ese rigor? —preguntó Pío Cid, a quien le hacía gracia el candor con que don Esteban celebraba este recurso a la fuerza armada para restaurar el imperio de la fe a escopetazo limpio.

—Le diré a usted —contestó el cura—: hay algunos tan pícaros que se escapan por las bardas de los corrales por burlar a la autoridad; pero la mayoría ha comprendido la razón, y empieza a ir a misa y a oír mis sermones. Esto es todo lo que yo deseo, pues siquiera, escuchándome hay esperanza de que vuelvan al redil que en mal hora abandonaron. Le aseguro a usted, señor don Pío —añadió el cura haciendo un gesto de dolor al intentar ponerse de pie—, que la misión más penosa que pueda caberle a un hombre en nuestros días es tener a su cargo la cura de almas...

—¿Qué es eso? —preguntó Pío Cid, notando el gesto de don Esteban—. ¿Está usted enfermo?

—No es cosa nueva —contestó el cura—: son unas pícaras hemorroides que no me dejan ni descansar a gusto. También hay aquí la calamidad de que tenemos un médico del año cuarenta, que no atina casi nunca. A mi me está recetando desde Año Nuevo, y creo que cada día voy peor.

—¿Se figura usted —preguntó Pío Cid— que el año cuarenta no se sabía curar lo mismo que ahora? Diga usted que el médico no habrá acertado, porque la enfermedad que usted tiene quizás se cura ahora lo mismo que en tiempo de Hipócrates.

—¿Conoce usted alguna receta? —preguntó el cura.

—No es menester receta, puesto que conozco un aforismo muy sabio, que a usted no le será desconocido tampoco; aquel que dice: *Sublata causa, tollitur effectus*[6]. A mi juicio, las almorranas que usted padece provienen de la vida sedentaria que hace, y desaparecerían si dedicara usted todos los días una o dos horas a pasear por el campo. ¿No le gusta a usted cazar?

---

[6] Quitada la causa, desaparece el efecto.

—¿Cómo quiere usted —exclamó el cura— que yo use armas de fuego?

—No hablo yo de la caza con escopeta —replicó Pío Cid—. Hay también la caza de pájaros vivos, con arbolillo; y en lo alto de *Los Castaños* hay un soto que está siempre plagado de verderones y colorines. Con ir y volver, ya tiene usted un paseo de dos horas, y no un paseo tonto, sino entretenido, con las peripecias de la caza. Pepillo, el hijo del tío Rogerio, podrá llevarle a usted el arbolillo y las jaulas.

—Pero ¿cómo sabe usted que viene aquí Pepillo? —preguntó el cura.

—Me lo ha dicho su hermana Rosarico, a la que encontré en la Fuente de los Garbanzos —contestó Pío Cid—. Por cierto que me parece que la muchacha esa tiene unos amoríos con cierto sujeto... Usted estará enterado de la historia.

—En efecto, con uno de los Tomasines. Bastante se ha hablado de eso y no para bien; porque el Tomasín está publicando por ahí a la pobre muchacha, y como él no se case con ella, mal vamos. Hay cierta rivalidad antigua entre los Tomasines y los Rogerios; y como los unos están ahora muy subidos de punto, y los otros a la cuarta pregunta, el padre de Tomasín no consiente en el casamiento; y el hijo, por salirse con la suya, porque quiere a la muchacha, le está quitando el crédito... ¿Qué le parece a usted? Días pasados le decía yo a ese facineroso: «Pero ven acá, infame, ¿no sabes lo que dice la copla aquella?: "¿Para qué enturbias el agua — que has de venir a beber?" ¿No es innoble, ruin y hasta criminal lo que estás haciendo?» ¡Ah, señor don Pío, está usted en el pueblo media hora, y ya empieza a ver y a oír; si estuviera medio año saldría huyendo a uña de caballo, y al huir, sin volver la vista atrás, renegaría de esta tierra *per soecula soeculorum,* amén!

—No hay temor de que esto suceda —dijo Pío Cid—, porque me voy el domingo. Y ahora voy a preguntarle, aunque la pregunta es ociosa, si colocaron la lápida que yo dejé encargada para el panteón de mi familia.

—La trajeron —contestó el cura—, y yo mismo estuve presente cuando la colocaron, como le ofrecí a usted. Ahora mismo, puesto que no está lejos, vamos a ir, si usted quiere, al campo santo. Así comenzaré a hacer el ejercicio que usted me recomienda.

Se puso don Esteban su bonete, cogió un paraguas rojo, muy descolorido, que en caso necesario servía también de quitasol, y encargó a la criada que le buscara las llaves del cementerio y se las llevara allá, mientras él y Pío Cid iban de camino, hablando de cosas del pueblo, que si fuera a contarlas todas aquí, no acabaría nunca. Pío Cid se cercioró de que su panteón de familia, que por cierto era el único de Aldamar que mereciera este nombre, estaba muy bien atendido y conservado, por lo que dio gracias a don Esteban, el cual entonces dio comienzo a una segunda jeremiada, no para llorar los males presentes, sino para deplorar los bienes pasados.

—Yo no alcancé a conocer los tiempos de ustedes —dijo—; pero algo más valía el pueblo cuando los Cides que están en este sepulcro vivían y eran los amos de Aldamar. Todo aquello se disolvió como la sal en el agua, es decir, algo peor; cayó en manos de advenedizos que sólo miran por su medro personal. Sus padres de usted, no trato de inculparles, fueron los primeros que abandonaron sus posesiones para ir a la capital. Le dieron a usted carrera, y usted ¿qué hizo? Desligarse en absoluto de su pueblo y disipar su fortuna, yo no sé cómo. Así ocurre que nadie puede alzar la voz contra las calamidades que nos afligen, porque en este asunto se puede decir también: «Todos en él pusisteis vuestras manos...» Por cierto —añadió el cura después de una pausa, y sin que Pío Cid alegara para disculparse ninguna razón de las muchas que podía alegar—, que ya que hablo de su familia de usted, le voy a hacer una pregunta respecto de su linaje. Yo soy aficionado a sacar genealogías, y he compuesto desde su origen la de usted, que se remonta al siglo XVI o comienzos del XVII, en que se estableció en Aldamar el primer Cid, que era burgalés de nacimiento y de pura estirpe castellana. Todos los descendientes de este Cid nacieron en este pueblo, excepto usted, que nació en Granada, y que, por lo que veo, va a ser último de su casta. Es decir, aunque dejara hijos lo sería, porque el apellido Cid lo lleva usted ya en segundo lugar, y se perdería al pasar a su descendencia. Pero voy a mi pregunta. Así como por parte de madre conozco el árbol genealógico de usted, por parte de padre no he podido averiguar gran cosa, porque su padre se estableció aquí después de casado. Según aparece de los registros, era natural de Adra...

—Yo no sé gran cosa de mi progenie —contestó Pío Cid—. La tradición esa de los Cides sí la conocía, y respecto de mi padre, sólo sé que, aunque nació en Adra, era levantino de origen. Esto es seguro, porque la fortuna de mi padre procedía de un hermano suyo, que murió sin hijos, dejándole por único heredero de un gran capital, invertido casi todo en un negocio considerable de exportación de vinos en Alicante. Mi padre siguió algún tiempo el negocio, valiéndose de administradores, y, por último, lo liquidó de mala manera antes que se lo echaran por completo a perder. No creo que si entrara usted en investigaciones descubriera muchos pergaminos en mi rama paterna; estoy más bien por pensar que fueron gente pobre, pues mi padre, antes de casarse, era maestro bodeguero, y sabía llenar de vino una bodega con sólo que le pusieran agua a mano y le dejaran mezclar polvos y tinturas, que él mismo preparaba como si fuera químico de profesión. Esto no quita para que fuera un caballero perfecto, como lo probó cuando le vino la herencia. En menos que tardo yo en decirlo se transformó como gusano que se cambia en mariposa, y del bodeguero listo y de ancha conciencia salió un señorón en el que no había medio de descubrir la hilaza, y un hombre de bien a carta cabal. Claro está que en materia de finura nunca le llegó a mi madre al tobillo; pero con sólo que mi madre consintiera en casarse con él está dicho que mi padre era un hombre de mérito. Esto es todo lo que le puedo decir de mi linaje.

—Le doy a usted las gracias por sus informes —dijo el cura—. Usted no sabe el interés que tienen para mí estos estudios, que a otros les parecen cosa de pasatiempo. Es curiosísimo averiguar, como yo he averiguado, el origen de muchos apellidos de esta comarca, casi todos los cuales proceden de Castilla y de Galicia. Así, por ejemplo, mi apellido, que es Chiroza, viene de un Quiroga, gallego. Vea usted qué cambios ortográficos tan caprichosos, yo he encontrado Quirugas, Chirugas, Quirozas, y Chirozas, y todos, todos son más que variantes del apellido originario, adulterado por la mala pronunciación de la gente del pueblo. Le repito a usted que es interesantísimo el estudio de las genealogías.

De vuelta a casa del cura, despidiose de él Pío Cid, y se fue a visitar a los Tomasines, que eran hijos y nietos del Tomasín primitivo, capataz de *Los Castaños* en tiempo de los Cides; no tardó en averiguar que el difamador de Rosarico era hijo de Blas Tomasín, e inmediatamente formó propósito de emplear su influencia en beneficio de la buena muchacha. Pío Cid conocía muy bien el terreno que pisaba, y le bastó cruzar algunas palabras con Rosarico para comprender que la criatura estaba enamorada, y más aún que enamorada, gravemente comprometida.

—Si hubiera sólo un pique amoroso —pensó Pío Cid—, Rosarico hubiera entrado conmigo en el pueblo por darle cantaleta* a su novio; esto lo sabe hacer hasta la mozuela más ramplona y palurda. Cuando temió que la vieran es que él es el que manda, y un hombre sólo manda cuando la mujer ha perdido los estribos. Así, pues, las difamaciones del Tomasín deben tener más de verdad que de mentira, y si no se apresura la boda, corre Rosarico grave riesgo de salir luego con un sietemesino.

Esta negociación matrimonial, que para otro sería asunto despreciable e indigno de fijar en él la atención, era para Pío Cid más importante que su elección; porque le había gustado ver a Rosarico venir a buscar agua para que sus padres ancianos pudieran roer los garbancejos.

—Aquí no hay más que un arreglo —se decía Pío Cid—: para que Blas Tomasín ceda hay que cegarle por el interés, porque otro lenguaje sería música celestial. A mí no me quedan ya más que unos cincuenta duros, y si abro la mano voy a tener que volver a Madrid de limosna; pero por algo se dice que donde mucho hubo, algo queda; ahora recuerdo que, cuando vine la vez anterior, el registrador me habló de la compra de los censos que mi familia tenía. Yo entonces no le hice caso, y los dichosos censos me van a prestar hoy un brillante servicio.

Esto que decía Pío Cid era verdad, pues, según parece, doña Concha, que consintió en venderlo todo, no quiso enajenar los censos, porque le había oído decir a su madre que era lo único que restaba del antiguo señorío que los Cides ejercían sobre Aldamar, y que había que conservarlos eternamente, si era posible, aunque no se cobrara, como no se cobraba, el canon anual. Hay que advertir que, aunque los censos eran más de ciento, muchos se habían trasconejado en los registros, y los que quedaban eran el que más de catorce reales al año, y algunos consistían en una gallina. Pero aunque la renta fuera de un millón de reales, Pío Cid la hubiera regalado: tal era el despego que tenía a la propiedad; y aunque la renta fuera de unos cuantos ochavos, los Tomasines la aceptarían con júbilo por el prestigio señorial que a ella iba anejo[7]. No se anduvo

_____

* por hacerle rabiar / por darle cantaleta

[7] Cuando Pío Cid regala los censos, es decir, la pensión recibida de los bienes raíces del antiguo señorío, hace algo parecido a lo que hizo Ganivet, cuyo desprecio de la propiedad le llevó a renunciar a su herencia en favor de sus hermanas.

Pío Cid con medias palabras, sino que al ver a Blas Tomasín y a su hijo, a los que tuvieron que ir a buscar al campo para que vinieran a hablar con su amo antiguo, les estrechó las manos muy campechanamente y les dijo de buenas a primeras:

—Estoy muy disgustado con vosotros, en particular con este mozuelo, porque no he hecho más que llegar, y ya me he enterado de que anda por ahí poniendo por los suelos a una muchacha muy decente, y a la que debíais tener más consideración, siquiera por ser hija de un buen hombre, que ha pasado casi toda su vida en el cortijo con todos vosotros. Esto es indigno; y como yo no tolero que se cometan indignidades donde yo estoy, he decidido, y lo haré sin demora, regalarle a Rosarico los censos que tengo aquí perdidos, y que representan al año un puñado de duros. Ya verás tú cuando se sepa si acuden como moscas los golosos. Así los habrá —agregó Pío Cid, juntando las yemas de los dedos, y uniéndolas y separándolas muchas veces con gran presteza—, así los habrá, y tú te vas a quedar con tres palmos de narices. No me extraña —prosiguió con indignación aparente, puesto que sabía que la causa estaba ganada— que tu hijo le dé como le da a la sin hueso, porque todos los Tomasines habéis sido siempre muy largos de lengua, y «de casta le viene al galgo el ser rabilargo»; pero al fin, tu hijo es todavía una criatura sin reflexión, y tú eres el que debías corregirle, y si no lo haces eres peor que él. Quizá te extrañará que yo me tome tanto calor por lo que no me va ni me viene; pero me va en ello más de lo que os podéis figurar, y punto redondo. Con que pongamos las cartas boca arriba; yo no he dicho todavía a nadie mi pensamiento; si este caballerete se casa con la Rosarico, ya sabéis cuál es mi regalo de boda; así, nadie tiene que decir que el matrimonio ha sido por interés; si no, yo haré lo que me parezca, sin dar más explicaciones.

—Don Pío, me ha dejao osté atortolao —dijo Blas Tomasín—. Bien sabe Dios que lo que yo siento más en el mundo es que osté reniegue de nosotros, y la verdad, me ha dejao osté jecho un pan. Empués de tanto tiempo sin verlo, que tenga yo que oír lo que oigo... Vamos —exclamó encarándose con su hijo—, quítate de elante, bandío, que maldigo jasta la hora en que te di el ser que tienes. Yo le juro a osté don Pío, por estas cruces de Dios, que no sé na de esas jablaurías, naíca, se lo juro cien veces pares.

—No hay que echar maldiciones —dijo Pío Cid—, porque algunas veces alcanzan. Lo que hay que hacer es reparar el mal que se ha hecho; y cuando un hombre le quita el crédito a una mujer, debe casarse con ella: si es verdad, por ser verdad, y si es mentira, con mayor razón.

—¿Qué dices tú a esto? —preguntó Tomasín a su hijo—. Habla, hombre, que paeces una lechuza con esa cara tan espantá.

El muchacho no contestó nada, porque no quería descubrir la comedia de su padre, que era el que se había opuesto a sus relaciones con la hija del tío Rogerio y el que le había lanzado en el camino de las difamaciones, medio que suele producir buenos resultados para arreglar bodas imposibles.

—Yo le conozco en la cara —dijo Pío Cid— que está arrepentido de su mala acción, y que si le dejan se casará con Rosarico sin replicar.

—Yo por mí —añadió el padre—, jago lo mesmo que Pilatos. Los hijos han de casarse a su gusto, para que, si les sale mal, se aguanten y no vengan luego con dolamas.

—Pues entonces no hay más que dar un sí o un no —dijo Pío Cid, dirigiéndose al Tomasinillo—; contesta de una vez, y sepa yo a qué atenerme.

—Yo —contestó el muchacho— no tengo más voluntá que la de osté; y si osté me dice que me tire por un tajo de cabeza, me tiro, y cruz y luz.

—No se trata de mi voluntad, sino de la tuya —replicó Pío Cid—; y yo no te digo que te tires por un tajo, sino que te cases con una mujer que ha sido tu novia y que cuando lo fue sería porque te gustaba.

—Me gustaba y me gusta, sí, señor —dijo el muchacho—, y me casaré con ella manque sea para ir a pedir limosna.

—Pues estamos hablando en tonto —concluyó Pío Cid—, porque todos estamos de acuerdo. Y lo que yo saco en limpio es que tú has hablado mal de tu novia por vengarte de algo que ella te habrá hecho, y que, aunque yo no hubiera metido mano en el asunto, tu fin era casarte con la Rogerilla. Lo único que has ganado es que ahora te vas a encontrar con una ganga que no esperabas; casi estaba por volverme atrás para castigar tus habladurías; pero no, la promesa se cumple, y sin comerlo ni beberlo te alzas con los censos y me heredas sin morirme. Tú debes haber nacido de pies.

Así terminó la notable entrevista, y Pío Cid se fue a casa de los Rogerios pasando antes por la del secretario, para que el tío Rentero le acompañase. Entretanto, Blas Tomasín ponía a su mujer al corriente de lo ocurrido, aunque esta estaba ya en autos, pues no había dejado de entrar y salir con diversos pretextos, y al refilón había cogido gran parte del coloquio. Y cuentan las crónicas que la mujer de Blas era tan mal pensada, que lo primero que le dijo a su marido fue:

—Esto te servirá pa que veas que yo no me mamo el deo, y que cuando yo te decía que entre el señorito y la Roqueta hubo lo que hubo...

—No digas esatinos, mujer —interrumpió Blas—; si la Roqueta andaba ya por los cuarenta cuando el señorito encomenzó a mocear.

—Antes u empués, fue siempre el señorito un tuno —replicó la Tomasina—, y perdía el sentido en cuanto que vía unas naguas. Yo no quieo que por mí paezga nadie, pero la Roqueta era de las de mátalas callando. ¿Por qué, si no, vamos a ver, iba don Pío a regalar, así porque sí, la única propiá que le quea? Si le tira la hija es porque le tiró la madre, y no pondría yo las manos en el fuego porque la Rosarico no sea, ¿quién sabe?, hija...

—¡Jesú, María y José! —exclamó Blas—; calla esa boca, que hay días que paeces un escorpión.

—Yo lo que digo —insistió la Tomasina—, es que la Rosarico es la más fina de su casa, y que el aire suyo es de señorío, que a los Rogerios no hay por dónde les venga.

—Mujer, no icías eso enantes —reflexionó Blas—, que no querías que tu hijo se casara porque la Rosarico era mu bestia.

—Como que no la han educao —replicó la Tomasina—, pero eso ¿qué tié que ver con la fisonomía de la cara?

—Pus yo te digo —sentenció Blas para concluir la conversación— que sería mucha honra emparentar con los Cíes, pero que la Roqueta ha sío siempre una mujer honrá, y que lo que tú dices son figuraciones.

Al mismo tiempo que los padres tenían estas razones, el hijo corría como un gamo a casa de los Rogerios. Vio a la puerta a la tía Roqueta, y rodeó un poco para entrar por la espalda de la casa, saltando un salve de saúcos que servía de cerca al corral. Allí encontró a Rosarico tendiendo trapos, y se abrazó a ella, diciéndole con el poco aliento que le quedaba:

—Ya eres mi mujer, Rosarico. Ahora sí que va de veras.

—Tú estás loco —exclamó ella, desasiéndose asustada.

—Lo que estoy —contestó Tomasín—, es que la alegría no me cabe en el cuerpo. No pienses que vengo trastornao. Ha sío cosa de don Pío, el hijo de los amos, que ha convencío a mi padre; y además nus regala los censos del pueblo pa los dos.

—Vaya, que me dejas pasmá —dijo Rosarico—. Ese señor me ha traído hoy en su mulo dende la fuente, y tié cara de ser un santo. Pero ¿cómo se ha enterao?

—Se ha enterao —contestó Tomasín—, y le ha echao a mi padre un sermón, que quisiera que hubiás estao allí, detrás de la puerta.

—Tu padre es un avaricioso —dijo Rosarico— y habrá consentío por los intereses. Y a ti no debía yo quererte ahora, y debía escupirte a la cara por las perrerías que me has hecho.

—Yo lo hacía pa que nus casaran. No me guardes rancuña.

—Toos los hombres sois unos pillos —insistió Rosarico—, y tú no te queas atrás.

—Güeno, mujer —dijo Tomasín—, vamos a contárselo a tu madre, y pelillos a la mar.

La vieja Roqueta oyó la noticia haciéndose cruces, porque cuando supo por su hija la llegada de Pío Cid, pensó ir a hablar con él y contarle lo que ocurría, para que tomara cartas en el asunto y obligase al Tomasín a tapar la falta antes que se descubriera más y no hubiera medio de cerrarles la boca a las gentes.

—No hay dúa —dijo la vieja— que el señorito Pío tiene alguien que le sopla too lo que pasa, porque esto paece cosa de brujería. ¡Quién había de pensar la cabeza que ha sacao! Yo le di veces cuando su madre lo criaba, y de chico paecía un tontorrón.

No tardó en presentarse Pío Cid, y tanto él como el tío Rentero fueron agasajados como príncipes. La tía Roqueta le hablaba de tú por tú, porque ya no podía acostumbrarse a llamarle de usted, aunque le imponía la estatura y la larga barba del que ella había visto en pañales. En cuanto a Rosarico, aunque ella no lo decía y procuraba parecer serena, lo cierto es que no podía mirar a Pío Cid sin echarse a temblar, no de miedo, sino de algo que andaba muy cerca de la veneración. Hasta bien entrada la noche estuvo Pío Cid con aquella pobre familia, porque quiso esperar a que todos fuesen llegando, para conocerlos a todos y echar un párrafo con el tío Rogerio, con quien en su juventud había hecho más de un viaje desde Aldamar a Granada. También vino por la noche Blas Tomasín y su mujer, y allí quedó concertada la boda y que desde el primer domingo empezaran a correr las amonestaciones. Pío Cid encargó que le avisaran al notario, que aunque lo era de Aldamar, vivía en Seronete por haberse casado allí con una ricacha, para otorgar al día siguiente la escritura de los censos, y el tío Rentero, que deseaba ver a su hija Polonia, se prestó a desempeñar la comisión.

Esta liberalidad de Pío Cid le fue provechosa, porque en los breves momentos que habló con el notario se captó sus simpatías y le interesó, sin pretenderlo, en la contienda electoral. Según dijo don Felix, que así se llamaba el notario, don Críspulo, el cura de La Rabiola, había metido el cisma en Seronete haciendo propaganda a favor de Pío Cid, y al marcharse había dejado como jefe de los anticañaveralistas a don Cecilio Ciruela, maestro del pueblo, el cual estaba mal con las autoridades porque no cobraba el sueldo hacía una infinidad de años. Don Félix no era tampoco muy amigo de don Carlos, y prometió espontáneamente votar él, con todos sus amigos y dependientes, a favor de Pío Cid, aunque éste le dijo que no le gustaba encizañar a las gentes, y que así como le parecía muy mal que don Carlos estuviese en Aldamar repartiendo dinero y haciendo promesas imposibles, no le parecía bien ir él al pueblo de su adversario a hacer trabajos de zapa. Bien que estuviera distraído en sus asuntos particulares, no, dejaba de notar los manejos de sus contrarios, ni que éstos estaban favorecidos abiertamente por el alcalde, y solapadamente por el secretario, que se vendía como amigo de Pío Cid. Pero no se inquietó por ello, porque sabía que sólo le faltaban siete votos, y éstos los hallaría él al volver de una esquina. Ramón Barajas, por cubrir el papel, le hacía algunas reflexiones acerca de las funestas consecuencias que podía acarrearle su abandono.

—La elección se aproxima —le dijo— y hay que moverse. Hay que reunir a los electores y pronunciarles un discurso... Yo le daré a usted la pauta, no porque usted la necesite, sino para que sepa cuáles son las aspiraciones del pueblo... El barrio alto quiere que le pongan un estanco para no ser menos...

—Voto en contra del estanco —interrumpió Pío Cid—. El fumar es un vicio tonto que no conviene prohibirlo, ni tampoco fomentarlo. Hasta ahora nadie se habrá quedado sin fumar, porque haya un solo estanco; si se ponen dos, se fumará más, y más dinero se irá en humo.

—¿Y los caminos? —preguntó Barajas torciendo el gesto—. En una región eminentemente agrícola...

—En una región eminentemente agrícola —interrumpió Pío Cid— lo que hace falta es trabajar eminentemente en el campo, y no intrigar, que es lo que usted hace.

—Don Pío, ¡por Dios! —exclamó Barajas.

—¿Cree usted —prosiguió Pío Cid— que he venido a Aldamar para que usted juegue conmigo? Sepa usted que la elección la ha hecho ya quien puede, y que no tengo necesidad de
usted. Sepa usted que estoy enterado de que el alcalde, a quien
no he visto ni quiero ver. está de acuerdo con los Cañaverales.
porque don Carlos le ha ofrecido traerle de Madrid un sombrero para su hija, para que vaya a Granada estas fiestas del
Corpus.

—Eso es verdad —interrumpió Barajas—, y es cierto también, y usted quizás no lo sepa, que le ha ofrecido, además del
sombrerillo, un cinto de siete hebillas, igual que otro que don
Carlos tiene, y que dice que lo compró en Madrid en la calle
de Preciados. Ya ve usted si yo estoy al corriente de todo, y
este detalle del cinto es quizás lo que más ha decidido a don
Federo, porque está disgustado de tener un buche que hasta le
molesta para andar.

—Pues razón de más —dijo Pío Cid— para que yo no
quiera verle; porque no me gustan los hombres buchones.

—¿Y el juez municipal? —preguntó Barajas—. Ese está por
usted y ha venido dos veces a buscarle.

—Ese es un mal sujeto —contestó Pío Cid—, y se me ha
puesto no recibirle. Y, en resumidas cuentas, le he dicho a
usted y le repito, que la elección está ya hecha y que no
necesito de ustedes.

—No son esas mis noticias —dijo el socarrón de Barajas—.
Yo creía que le faltaban a usted algunos votos y que la
elección se ha de decidir aquí…, porque con Seronete no hay
que contar para nada.

—Y ¿cree usted —preguntó Pío Cid— que los contados
votos que me faltan no los tengo yo seguros sin salir de la
familia de los Tomasines, que es más larga que una soga?
Y aunque por sus traperías de usted no obtuviera yo aquí ni un
voto, ¿no es mucho hablar eso de que con Seronete no hay que
contar para nada? ¿Cree usted ser el único trapalón que hay en
España, y que Aldamar tiene el privilegio de las miserables
envidias contra sus propios hijos? Lo mismo que ustedes me
harán a mí una trastada por ser yo de aquí, en Seronete se la
harán a Cañaveral por ser él de allí. Lo natural sería que los
pueblos apoyasen a sus hijos, y no a los del vecino; pero
quiere decir que si apoyan a los del vecino y no a los suyos,
como todos caen en la misma falta, lo que se pierde por un
lado se gana por otro, y no hay por qué lamentarse. Para
terminar, amigo Barajas, porque este tema me incomoda: yo

sé que usted hace a dos caras, y le comunico, para que luego no le coja de nuevas, que si gano la elección le quito a usted la secretaría. Al alcalde no le haré nada a pesar del buche, porque siquiera es franco y me hace la guerra a cara descubierta; pero a usted le quito la secretaría, y si no, al tiempo.

Con estas amenazas estaba el secretario que no le llegaba la camisa al cuerpo; pero su amor a la intriga era tal, que no se decidió a jugar limpio. Seguía de acuerdo con Cañaveral, y la noche antes de la elección quiso hacer ver que echaba el resto por Pío Cid, y reunió en su casa a los amigos de éste, para obsequiarles con un gran convite, en que hubo vino y aguardiente en abundancia. Para amenizar la fiesta, aparte del discurso que él había preparado, quiso que hubiera intermedio cómico, y trajo al tonto Almecina, que era la figura más popular del pueblo y servía de instrumento de diversión al grupo espiritista, de que era presidente el mismo Barajas, aunque, a decir verdad, ninguno de los agrupados sabía ni jota de espiritismo.

El tonto Almecina era una infeliz criatura de cerca de veinte años, que apenas representaba ocho o diez de puro miserable y revejido que estaba; era cojo y manco, medio ciego y medio sordo y algo tartamudo; su familia lo había abandonado, y él andaba rodando por las calles haciendo reír con sus bobadas, a cambio de las que recogía de sobra para comer; su única habilidad consistía en roer almecinas y tirar los huesos con un canuto de caña con tal tino, que, aunque no tenía más que un ojo medio chuchurrido, donde ponía el ojo ponía el proyectil, de donde le vino el sobrenombre que tenía. Otro de los motivos de su popularidad, además de su desgracia, era la broma que los espiritistas habían hecho correr, asegurando que Almecina era ni más ni menos que Felipe II. Barajas creía en la metempsicosis, y decía que el alma de Felipe II había trasmigrado al cuerpo de aquel niño tonto y lisiado, para purgar en la tierra el mucho mal que había hecho la primera vez que en ella vivió y reinó [8]. Sin duda le daba el corazón que

---

[8] La metempsicosis, la transmigración del alma de un ser a otro, era doctrina religiosa y filosófica de varias escuelas orientales que fue renovada en el Occidente con la fascinación que tenía el fin del siglo por el mundo irracional. Que un idiota del pueblo sea recipiente del espíritu de Felipe II es un comentario simbólico sobre la decadencia del imperialismo español.

en tiempo de Felipe II él no hubiera podido ser secretario, y de aquí la inquina que le tenía a aquel templado monarca.

Vino, pues, el tonto Almecina, y Pío Cid, que no sabía nada de él, le sentó en una silla a su lado, y le preguntó que cómo se llamaba.

—Me lla... lla... llamo Alll... me... me... mecina.

—Ese es un apodo —dijo Pío Cid—. Te pregunto el nombre y el apellido.

—No lo... lo... lo sé —tartamudeó el tonto.

—Dichoso tú —dijo Pío Cid— que no sabes siquiera cómo te llamas. Y ¿qué es lo que tú haces? ¿Qué eres?

—Yo... yo... yo... —tartamudeó el tonto— sooy Fe... Fe... Fe... lipe se... se... segundo.

—Y ¿cómo sabes eso? —preguntó Pío Cid.

—Porque lo... lo... lo icen —contestó el tonto.

—Por lo visto, a ti te han tomado como cosa de juego —dijo Pío Cid—. Bien podían enseñarte algo, que tú no eres tan tonto como pareces. Vamos a ver, ¿quién es el hombre más pillo de Aldamar?

—Don... Don... Don Ramón —repiqueteó el tonto entre las carcajadas de la concurrencia.

Barajas rió también, pero estaba más corrido que una mona, y más cuando Pío Cid se levantó diciendo:

—Me voy a dormir, porque no me gusta divertirme a costa de la infelicidad.

Y, en efecto, se retiró, y cuando subió a su cuarto le dio al tío Rentero una camisa y unos calzoncillos para que mudaran de ropa al tonto, que estaba para que lo cogieran con tenazas.

No tardó en disolverse la asamblea alcohólico-electoral, y entonces salió Barajas a avistarse con el bando contrario. Era cosa decidida que no hubiera elección legal; de haberla, aunque Pío Cid se dedicara a insultar a los electores, habría siempre muchos que votaran por él, porque era hombre de esos que tienen buena sombra.

Barajas propuso el medio hábil para triunfar, que era avanzar tres horas al reloj de las Casas Consistoriales, reunirse a las seis o antes los amigos de confianza y volcar el puchero, es decir, poner todos los votos presentes y ausentes a favor de Cañaveral. Para que no hubiera duda respecto a la hora, propuso asimismo Barajas una señal segura. Francolín, el hermano de Rosarico, era porquero del pueblo, y recogía todas las mañanas los cerdos para llevarlos al monte mediante una cantidad módica, que era de quince cuartos por cabeza al mes. Antes que rayara el alba salía tocando su bocina por las calles del pueblo, a cuya señal los vecinos daban suelta al ganado. Barajas ideó que el toque de bocina sirviera aquel domingo para convocar a los conjurados, y el pobre Francolín prestó inocentemente un buen servicio a los enemigos del protector de su hermana, por el cual decía él que si tuviera voto votaría cuarenta veces seguidas, aunque tuvieran los marranos que quedarse en el pueblo. Todo salió a pedir de boca, y no eran aún las seis cuando ya estaba muñida la elección, en la que todo el pueblo había votado por don Carlos, excepto Barajas, que se abstuvo por prudencia inocente. Sin embargo, Pío Cid lo supo todo porque se levantó muy temprano, y al notar cierto movimiento de gente, se asomó a la plaza y vio el reloj que apuntaba cerca de las ocho cuando apenas se veían los dedos de la mano. Volvió a su casa, esto es, a la del secretario, pues por no gustarle las novelerías no había querido cambiar, aunque iba siempre a comer a casa de sus conocidos. Se entretuvo en redactar la receta que había venido elaborando aquellos días, y que en aquel momento le salió de un tirón, y al punto de terminarla oyó que el tío Rentero llamaba a la puerta del cuarto.

—Adelante —dijo—; está abierto.

—Señor don Pío —exclamó entrando el tío Rentero—, ¿sabe su mercé que me paece que nus la han pegao?

—A buena hora se desayuna usted —dijo Pío Cid—. A las seis estaba ya hecho el amasijo.

—¡Y osté se quea tan fresco! —gritó el tío Rentero.

—Espere usted a que vengan noticias de Seronete, y entonces hablaremos —dijo Pío Cid—. Ahora váyase usted a pasear, que creo sube el secretario.

—Don Pío —entró diciendo éste—, aquí se ha cometido con nosotros un atropello, porque de otro modo no me explico lo que pasa. Pero ¿qué es eso? —preguntó mirando los papeles que Pío Cid tenía sobre la mesa, para ver si era algún escrito relacionado con la elección.

—No es nada —dijo Pío Cid, recogiendo los papeles—; es una comunicación al Observatorio astronómico para que vea qué ocurre en este desgraciado país, porque no comprendo cómo daban las ocho en el reloj del pueblo mucho antes de que saliera el sol. Algún cataclismo nos amenaza, y bueno es vivir prevenidos.

—Es que hoy está nublado —dijo Barajas, que no las tenía todas consigo.

—Está raso como un panadero —dijo Pío Cid—, y el nublado es usted. Si no fuera por consideración a que estoy en su casa, le tiraba por la ventana de un puntapié.

—Yo le juro a usted —dijo Barajas— que no he intervenido en la elección, y si aparece mi voto en ella, que me corten el cuello.

—Hemos terminado la conversación —dijo Pío Cid—. Cuando sepamos lo que ha pasado en Seronete, hablaremos.

A eso de mediodía llegó un propio enviado de don Félix con una carta para Pío Cid, en la que el notario le daba cuenta de la elección en estos términos casi telegráficos:

«Muy señor mío y muy distinguido amigo: Apenas terminada la elección le envío estas líneas, escritas a la ligera, para decirle que de los 60 votos del censo, 27 han votado por usted y el resto por Cañaveral. La elección, intervenida por mí, perfectamente legal, y don Cecilio se ha portado brillantemente. Celebraré haber contribuido a su triunfo y que honre con su visita a su amigo afectísimo y servidor, q. b. s. m.,

Félix Caro,
Y
Fernández

Pío Cid dio la carta al secretario, que estaba presente y se la comía con los ojos, y al dársela le dijo:

—Aunque rebaje usted veinte votos, me quedan bastantes para que usted se quede sin la secretaría.

Barajas devoró el mensaje, lo dejó caer de las manos, comenzaron a flaquearle las piernas, y, por último, cayó de rodillas, diciendo:

—Señor don Pío, usted es un hombre de corazón y no puede ensañarse en un infeliz que no le ha hecho ningún mal.

—Yo tengo el corazón más duro que una piedra cuando quiero —dijo Pío Cid—, y no me ablandaría usted aunque llorara más que Jeremías. No es que me ensañe con usted. Esto lo hago yo con la misma indiferencia con que me comería unos huevos fritos*. Lo que quiero es castigarle a usted, y le castigaré.

—¡Me va usted a quitar el pan de mis hijos? —imploró Barajas más pálido que un muerto.

---

* un huevo frito. / unos huevos fritos.

—Trabaje usted en el campo, que buenos brazos tiene. La región es eminentemente agrícola. Usted no tiene ambición ni se dejaría sobornar por dinero, le reconozco esta virtud; pero con usted no valen ni advertencias, ni consejos, ni sermones, porque está enviciado en esos trapaleos, que le engordan más que el comer; usted no aspira más que a ser secretario y hacer ver su influencia por medio de sus manejos ocultos. Yo le he conocido a usted el punto sensible, y en ese le voy a herir para curarle radicalmente. Le veo a usted como a una zorra que se ha cogido el rabo en una trampa, y en vez de compadecerme me dan ganas de pegarle cuatro palos. Levántese usted y no se humille más, porque cuanto haga es inútil.

Dicho esto, Pío Cid se volvió al mozo de don Félix y le dijo:

—Tome usted ese duro por el recado, y dígale a su amo que muchas gracias, y que ya voy para allá.

Luego le encargó al tío Rentero que aparejara los mulos y que le esperara a la entrada del camino de Seronete, a las sombras de las tapias del cementerio, adonde él iría después de despedirse de sus amigos.

Poco antes de dejar Pío Cid la casa de Barajas, dicen que se le presentó la mujer de este, la cual estaba embarazada con la barriga hasta la boca, y gimoteando se hincó de rodillas, con las manos cruzadas, sin acertar a decir ni una palabra.

Pío Cid la levantó y se la llevó a lo más hondo del aposento, y en voz baja le dijo:

—No se sofoque usted, buena mujer, que todo lo que le he dicho a su marido ha sido para meterle miedo a ver si se mejora. Bastara que yo hubiese dormido una noche bajo el mismo techo que ustedes para que, aunque fuesen bandoleros, me guardase de hacerles ningún daño. Pero a fin de que la píldora surta el efecto apetecido júreme usted, por lo que lleva en el vientre, que hasta pasados cinco días no ha de decir a su esposo esto que yo le estoy diciendo.

—Yo se lo juro a usted —dijo la pobre secretaria sin hacérselo repetir.

—Creo en su juramento —dijo Pío Cid—, y ahora sólo me resta encargarle que aconseje bien a su marido, porque lo que hoy es broma pudiera ser veras más adelante si él sigue con sus mañas.

No se sabe si el juramento fue cumplido, aunque se cree que no se había apartado Pío Cid cien pasos de Aldamar cuando Barajas estaba en el secreto, porque la mujer no tuvo alma para verle sufrir las torturas que el desdichado sufría pensando

312

en la hora fatídica en que la palabra *cese* sonaría en sus oídos como las trompetas de Jericó. También hay quien afirma que no es cierto que se presentase a Pío Cid la mujer del secretario, ni siquiera que estuviese preñada a la sazón, aunque solía estarlo con frecuencia, sino que al llegar Pío Cid a Seronete, el notario, que sabía lo ocurrido porque su criado se lo refirió, le dijo que no debía ser tan duro con el pobre Barajas; entonces fue cuando Pío Cid descubrió que su idea había sido sólo hacer pasar un mal rato a aquel tunante, pero que nunca le quitaría el puesto, porque cualquiera otro que le sucediera sería peor que él, pues la maldad no estaba en Barajas, sino en el pás, que cría naturalmente hombres de ingenio fértil, que, faltos de cultura y de buena dirección, se desahogan en las pequeñas intrigas de campanario. Y se dice también que don Félix envió otro mensaje a Barajas diciéndole que había influido para que Pío Cid desistiera de sus ideas de venganza, y que la secretaría no corría peligro; con lo cual Barajas, agradecido, resolvió al vuelo un expediente que don Félix había formado para quedarse con ciertos terrenos de realengo que lindaban con otros de su propiedad. Así don Félix no perdía sus trabajos electorales, y Aldamar salió gananciosa, porque aquellos terrenos, antes baldíos, fueron metidos en labor por el nuevo propietario. Sea cual fuere la versión que se acepte, lo cierto fue que, después de despedirse de sus amigos, sin permitir que ninguno le acompañara, se encaminó Pío Cid al sitio convenido con el tío Rentero. Antes de emprender el viaje quiso ver por última vez su panteón familiar; y como no era cosa de ir a buscar las llaves, saltó por encima de las tapias del cementerio con tal destreza, que ni siquiera tocó en el caballete. Estuvo un rato viendo el sepulcro, y no rezó ni se entristeció, y sólo se le ocurrió pensar:

—Cuando yo vuelva a este pueblo no seré yo el que venga, sino que me traerán muerto para enterrarme.

Luego volvió a saltar la tapia, se montó en su mulo y echó a andar, mientras decía el tío Rentero:

—Salta su mercé lo mesmo que un tigre.

—¿Usted sabe lo que es un tigre? —preguntó Pío Cid.

—No los he visto —contestó el tío Rentero—; pero me se esfigura que son unas alimañas de las que tienen más fuerza.

El camino de Seronete cruzaba lo menos una legua por medio del inmenso cortijo de *Los Castaños*. Pío Cid pasaba por allí como si no conociera el terreno, y el tío Rentero, que

lo notó, no pudo contenerse, y después de tragarse la palabra*
varias veces la soltó al fin y, limpiándose los ojos llorones con
el pañuelo rameado que para este uso llevaba, dijo**:

—¡Válgame Dios, don Pío, que debe su mercé de tener el
corazón de piedra mármol cuando pasa por estos sitios sin que
le jaga mella el verlos! Yo no he sío el propietario, y estuve
aquí antier en lo alto que aquella loma, ycuando vía toa esta
dixtensión de terreno, y too de la mejor caliá, cuasi se me
enrasaron los ojos en agua. Yo no sé cómo premite Su Divina
Majestá que estas fincas salgan de manos de las güenas familias pa que las arrecojan cuatro agoniosos, que no son capaces
de jacer una virtú a naide.

—Todo tiene su fin en esta vida, y lo que parece malo es
mejor a veces que lo bueno —dijo Pío Cid—. Antes había
quien usaba humanamente de la propiedad; ahora llegan los
que la desacreditan; más tarde vendrá quien la suprima.

—No he comprendío a su mercé —dijo el tío Rentero.

—He dicho que la sociedad, sin saber lo que hace trabaja
para destruir la propiedad, porque para destruir una cosa hay
primero que desacreditarla. Hoy la propiedad se va concen-
trando en manos de ciertos bribones, que pretenden sacar de
ella más de lo debido; y este mal traerá algún día un bien, que
será que no quede un propietario para un remedio.

—Pero ¿cree osté, don Pío —preguntó el tío Rentero, asustado—, que se pue vivir sin propieá?

—¿Cómo que si se puede? —dijo Pío Cid—. Pues ¿yo no
vivo sin propiedades, y me va divinamente? Y usted, ¿qué
propiedades tiene? ¿No vive usted de su trabajo?

—Eso es verdá —dijo el tío Rentero.

—Su huerta de usted —continuó Pío Cid— mantiene a dos
familias: a ustedes, que trabajan, y al amo, que cobra la renta
sin trabajar. Supongamos que la huerta es de la ciudad y que
ésta cobra la renta. Su amo de usted tendría que trabajar para
vivir, con lo que nadie perdería nada, y la ciudad tendría ese
dinero y mucho más para emprender grandes obras, en las que
tendría ocupación todo el que quisiera trabajar. Así nadie
pasaría hambre***, y las obras que se fueran haciendo, hechas
quedaban.

---

    * la pregunta / la palabra
   ** _____ / y limpiándose los ojos llorones con el pañuelo ramillado
que para este uso llevaba dijo
  *** hambres / hambre

—Es osté capaz* de golver loco al lucero del alba —dijo el
tío Rentero—. Eso que osté dice paece mesmamente el Evangelio.

En este sustancioso coloquio, del que no se dice más que lo
apuntado por amor a la brevedad, llegaron a Seronete. Para-
ron en casa de la Polonia, y de allí fue Pío Cid a la del
notario, a quien halló con su mujer, que era una señora algo
basta, pero muy guapetona, y con don Cecilio, el maestro de
la escuela, comentando la elección, satisfechísimos porque don
Carlos había entrado en Seronete echando sapos y culebras,
había abofeteado al alcalde por inepto y había dicho que iba a
prender fuego al pueblo por los cuatro costados; lo cual
indicaba claramente la derrota de los Cañaverales y la importancia decisiva de los veintisiete votos que sin gran molestia
habían reunido los amigos de Pío Cid. Después de los saludos,
dio el notario amplia explicación de lo ocurrido por la mañana, congratulándose de que las manipulaciones ilegales de
don Carlos en Aldamar hubieran quedado sin efecto merced al
esfuerzo de los seronetenses; a lo cual contestó Pío Cid, diciendo:

—Ahora más que nunca siento ser quien soy, porque lo que
ustedes han hecho por mí merecía que el candidato triunfante
no fuera yo, que tomo estas cosas a beneficio de inventario,
sino un hombre de combate, que adquiriese prontamente una
gran influencia, y les recompensara el interés que con tanto
desinterés se han tomado.

—No hay que hablar de eso —dijo con Cecilio—. Aunque
usted no volviera a acordarse de mí en toda su vida, yo me
alegraría de haber contribuido a su triunfo. Bien se dice que
no hay enemigo pequeño, y que hasta las hormigas se vuelven
para morder. Aquí se estaban divirtiendo conmigo los Cañaverales, y ahora gozo viéndolos humillados: ¡así reventaran por
un ijar!

—Pero ¿qué daño le han hecho a usted esos señores
—preguntó Pío Cid— para que tanto encono les tenga?

—Me han hecho —contestó don Cecilio— todo lo que
pueden hacer. ¿Qué más que no pagarme el sueldo y tenerme
sumido en la miseria en que vivo?

—Y ¿qué razón tienen para no pagarle? —preguntó Pío
Cid.

—Ninguna —contestó don Cecilio—. Dicen que como no

_____

* encapaz / capaz

315

va ningún niño a la escuela, no hace falta maestro. Ya ve usted qué lógica. ¿No van alumnos a la escuela? Oblíguelos a ir, y si no, no tengan maestro; pero mientras lo tengan, páguenle. Esto es claro como la luz del sol.

—Lo que yo no veo tan claro —dijo Pío Cid— es que usted siga en este pueblo. ¿Usted no es de aquí? ¿Tiene familia?

—No, señor —contestó don Cecilio—. Soy hijo de Santafé, y he estudiado en Granada. Pregunte usted por don Cecilio Ciruela, y sabrá si no he sido tan buen estudiante como el primero, y si no he sacado esta escuela a pulso, sin conocer a nadie del Tribunal que juzgó mis oposiciones.

—Pues bien —dijo Pío Cid—, repito que no comprendo que siga usted aquí; comprendería que, si tuviera usted alumnos, siguiera aunque no cobrara, por amor a la pedagogía; y comprendería mejor aún que, si cobrara usted sus haberes, siguiera, aunque no enseñara, por amor al dinero; lo que no me cabe en la cabeźa es que esté usted aquí sin enseñar y sin cobrar, porque yo que usted hace tiempo que hubiera cerrado la escuela y me hubiera hecho maestro ambulante.

—¿Qué quiere usted decir con eso? —preguntó don Cecilio, aturdido ante la lógica inexorable de Pío Cid.

—Muy sencillo —contestó Pío Cid—. Ya que no pueda darle a usted otra cosa, voy a darle algo que para mí vale más que una fortuna; voy a darle una idea.

—¿Cuála? —se apresuró a preguntar don Cecilio.

—Cuál se dice, según la Academia —contestó Pío Cid—, aunque usted hace admirablemente en decir cuála, pues así se dice en nuestra tierra, y, además, es muy justo que cuál sea el macho y cuála la hembra. Y ahora voy a explicarle mi pensamiento.

El caso de usted no es único; son muchos los maestros que viven en la miseria, sin que haya remedio para este mal crónico de nuestro país. ¿Qué hacer? Ahondar en este fenómeno y descubrir, como yo he descubierto, que la causa de esa obstinación con que se desatiende al magisterio no es otra que el deseo de transformarlo en instrumento de la regeneración nacional. Supóngase usted, amigo don Cecilio, que todos los maestros de España que se hallan en el caso de usted tuvieran la idea, desesperados ya, de abandonar los pueblos en que no hacen nada útil, y dedicarse a recorrer la nación y a esparcir a todos los vientos la semilla de la enseñanza. Esto sería muy español; este profesorado andante haría lo que no ha hecho ni hará jamás el profesorado estable que tenemos. En nuestro país no se estima ni se respeta a quien se conoce, por mucho que valga. Usted sale a la plaza de Seronete, y se pone a predicar en favor de la instrucción o a enseñar algo de lo mucho que debe saber, y es seguro que no le harán caso. Vaya usted por todos los pueblos de la provincia haciendo lo mismo, y verá cómo acuden a escucharle y a favorecerle, quién con dinero, quién con especies. ¿Cómo, dirá usted, es posible que en nuestro siglo subsistan estas formas de enseñanza, que parecen confundirse con la mendicidad? Sí, señor, es posible, y hasta que reaparezcan no adelantaremos un paso. Bajo nuestro cielo puro y diáfano, como el de Grecia, gran parte de la vida requiere aire libre, y nuestro afán de reglamentarla y meterla bajo techado, lejos de fortalecerla, la va aniquilando poco a poco. No hay deshonra en la mendicidad; pero en todo caso, el mendigo es el que pide, sin dar, en cambio, más que un «Dios se lo pague»; el que pide tocando la guitarra y cantando romances es un artista popular, el único artista conocido del pueblo pobre que no va a los teatros; y el maestro que enseñara en la plaza pública, como yo aconsejo, sería el maestro nacional por excelencia. No faltarían murmuraciones y críticas de parte de los espíritus pequeños, rutinarios; pero éstos se ensañaron también con los artistas y filósofos que formaron el alma de Grecia y que legaron su nombre a la posteridad. No hay nada tan bello como el *Omnia mea mecum porto* [9]; correr libre y desembarazadamente por el mundo, ganando el pan de cada día con nuestros trabajos. ¿No conoce usted la anécdota del naufragio del poeta Simónides?

—¿Qué anécdota es esa? —preguntó don Cecilio, impresionado por el latinajo de Pío Cid.

—Se cuenta —dijo éste— que en un viaje que hizo por mar, la nave en que iba naufragó. Todos los pasajeros acudían a recoger sus riquezas para ver si podían salvarlas; muchos se ahogaron abrazados a ellas, y algunos las tuvieron que abandonar para ganar a nado la próxima orilla. Simónides vio impasible la catástrofe, y se echó al agua sin llevar más que lo puesto, que no valía gran cosa. Y cuando le preguntaron que dónde dejaba sus riquezas, contestó que todas sus riquezas las llevaba siempre consigo. Los náufragos que escaparon con vida se encaminaron al pueblo más cercano para que los socorrieran; y al llegar, vieron todos con asombro que Simónides comenzó a recitar sus poesías por las calles, y que el

---

[9] Llevo todas mis cosas conmigo.

pueblo se lo disputaba para tener el honor de albergar a tan ilustre huésped. Todos fueron acogidos por lástima, pero Simónides lo fue por su propio mérito. Un hombre de talento que tiene el arranque de despreciar las riquezas y arrojarlas lejos de sí, si las tiene, recibe en el acto una riqueza mayor, la que da la fe en sí mismo; porque esta fe es el germen de todas las grandezas humanas.

Atónito escuchó don Cecilio estos razonamientos del candidato triunfante por Seronete, y más atónitos quedaron él y don Félix cuando le oyeron el discurso que siguió. Porque Pío Cid había manifestado deseos de dar las gracias a sus electores, y don Félix había dispuesto obsequiarles con algunos vasos de vino. Todos eran trabajadores del campo, excepto tres: dos cuñados del mismo don Félix y el escribiente de la notaría, que era ex secretario del Municipio, y acudieron al llamamiento con puntualidad. Los dos cuñados comieron con Pío Cid y don Cecilio en casa de don Félix, y después de la comida, a eso de las ocho de la noche, salieron todos a un portalón grandísimo que la casa tenía, donde los electores campesinos se habían ido reuniendo. Pío Cid les saludó uno por uno dándoles la mano, y les preguntó sus nombres y algo de sus familias. Luego, entre trago y trago, hubo conversación animada sobre la política del pueblo; y cuando la asamblea estuvo suficientemente caldeada, el diputado electo tomó la palabra y dijo:

—No tenía yo escrito en mi libro que hubiera de venir a Seronete a dar las gracias a los electores que me han sacado triunfante; yo soy de Aldamar, y a los aldamareños les correspondía ayudarme, aunque yo no he solicitado su apoyo, como tampoco he solicitado el vuestro. Yo siento que mi triunfo ponga de manifiesto que este pueblo está dividido en dos bandos, que luchan sin verdadero motivo para luchar; pero yo no soy responsable de esta división, sino los que la han promovido con sus desaciertos. Y ya que hay razón, según parece, para rebelarse contra el cacique de este pueblo, más noble es rebelarse que no seguir sometidos por temor a sus demasías, y más noble sería impedir que el cacique las cometiera, haciéndole ver que una gran fortuna no basta para dominar a un pueblo cuando los habitantes tienen dignidad y entereza. Lo primero en el hombre es la dignidad; si no se puede vivir dignamente en este pueblo, váyanse a otro, y luego a otro si es preciso; y si no encuentran en ninguno trabajo y respeto, que es lo menos a que tiene derecho un hombre, les queda aún el recurso de emigrar a otros países. La patria puede exigir mucho de sus hijos, pero no puede exigir que sacrifiquen el honor; más vale abandonar la patria que deshonrarla; una nación que cría hijos que huyen de ella por no transigir con la injusticia, es más grande por los que se van que por los que se quedan. Pero esto es hablar del último extremo en que puede verse un hombre de bien; esto lo digo sólo para taparles la boca a los que dicen que cuando a hombre rico o poderoso se le ocurre ser amo absoluto de un pueblo, el pueblo no tiene más remedio que someterse; esto lo dicen los cobardes; los valientes, los que le tienen poco apego a la vida, no se someten nunca. Mueren, pero no se someten. Si vosotros estáis dominados, es por vuestra culpa, porque mostráis deseos de salir de vuestra condición, y el que se propone explotaros os conoce la flaqueza, y os coge por ahí, y se burla de vosotros. Van a poner un nuevo estanco, o a nombrar un nuevo peatón, en una palabra, van a dar puestos y credenciales, y todos aguzáis las orejas. El ideal es escurrir el bulto al trabajo útil y dedicarse a esas faenas que vosotros llamáis nininanas. Y el que ha conseguido librarse del trabajo, piensa ahora en trasladarse a la capital, y el de la capital a la corte. Porque todos sabéis que el trabajo más inútil es el mejor pagado, y que lo último que se puede ser en este pobre país es trabajador del campo. Pero lo que vosotros no debéis olvidar es que el Evangelio dice que los últimos serán los primeros; y yo os voy a decir, para que lo sepáis, que vosotros sois los primeros en la vida del país, no porque seáis los más útiles, que esto os podría tener sin cuidado, sino porque sois los más felices, los más humanos y los más grandes. No hay edad más dichosa que aquella en que el niño está mamando, en que para él no existe más gloria que estar colgado del pecho de su madre; y no hay condición más feliz que la del hombre que vive apegado a la tierra, madre de todos, recibiendo de ella la vida en pago de sus esfuerzos. El niño, por su desgracia, no puede ser siempre niño; pronto empiezan a salirle los dientes, y con ellos comienzan los sufrimientos; y después de las enfermedades viene algo peor; los desengaños; luego, la vejez y la muerte irremediable. El campesino puede vivir eternamente en la venturosa infancia: no estará libre de sufrimientos, ni de envejecer y morir; pero mientras vive no pierde el calor de su madre, y cuando muere, deja hijos que viven como él vivió. Los que habitan en las ciudades se puede decir que habitan en el aire, y en un aire malsano; viven dando vaivenes, sin nada firme a que agarrarse, y mueren con la tristeza de dejar tras de sí una generación que empieza por donde ella acaba, y que ha de sufrir mucho más que ella ha sufrido. Hay hombres grandes que llegan a conocer con su espíritu el espíritu que llena todo el universo, y que no necesitan vivir ligados a la tierra, porque han hallado otra tierra espiritual, una nueva madre que les dé abrigo y protección; pero estos hombres son contados en el mundo; los más abandonan la tierra sin tener nada a qué ligarse, y viven en las ciudades como pájaros presos en la jaula. Cuando llega un desengaño, la falsedad del amigo, la traición de la mujer, la injusticia del mundo, ese hombre sin ventura se halla entre las cuatro paredes de un triste cuarto, y si echa a andar por las calles de la ciudad, quizás no halle, entre centenares de miles de hombres, uno solo a quien confiar sus penas. Así se oye hablar todos los días de infelices que se matan o que pretenden tomar venganzas de sus miserias, promoviendo revoluciones o cometiendo atentados espantosos con instrumentos inventados expresamente para destruir la sociedad. Vosotros no estáis libres de calamidades; pero si alguna cae sobre vosotros tenéis siempre abiertos los horizontes, y por poco que reflexionéis, al espaciar la vista por estas campiñas tan hermosas y hacia estas gigantescas montañas, todos los males y todas las injusticias os parecerán pequeños comparados con esta grandeza. Aun para el hombre más desgraciado, para el que ha perdido el amor y la fe, hay siempre una religión indestructible: la de la tierra. Y ¿quién sabe si esa felicidad que se espera que ha de venir de los cielos a la tierra no irá más seguramente de la tierra a los cielos? Porque de la tierra no salen sólo minerales ni brotan sólo plantas; salen ideas y brotan sentimientos, que si vosotros supierais recogerlos como recogéis las cosechas, os enseñarían más que todos los libros de los hombres. Ojalá que esta tierra que, girando sin cesar, nos va descubriendo las estrellas innumerables del firmamento, nos lleve algún día a otros puntos del espacio donde brillen estrellas nuevas y nos iluminen ideas más humanas; pero mientras tanto, así como rezáis, si lo rezáis, el Padrenuestro para pedir el pan de cada día, debéis rezar también una nueva oración, la Madre nuestra, para rogar a la tierra que recompense con los frutos de su seno inagotable el esfuerzo de los que en ella trabajan.

Cuando Pío Cid terminó su discurso, ninguno de los concurrentes tuvo nada que decir, aunque a todos se les conocía que estaban impresionados, aun a los que, por ser más torpes, no

320

habían comprendido con claridad el pensamiento del orador. Don Félix le felicitó, diciéndole que si hablaba en el Parlamento con la misma serenidad y limpieza con que acababa de hablar, no tardaría en ser orador famoso y en calzarse un Ministerio, o cuando menos una Dirección. Don Cecilio estaba orgulloso del acierto que había tenido en trabajar por el triunfo de un hombre que se expresaba con tanto desahogo, y que parecía calzar muchos puntos a juzgar por las muestras. Los campesinos estaban confusos, y sólo uno de ellos, llamado Bartolo Rodríguez, tuvo alientos para decir:

—Si el señor se hubiera dedicado a la Iglesia, con cuatro sermones como éste lo jacen obispo.

Poco tardó en disolverse la reunión, porque Pío Cid dijo que quería descansar para emprender al día siguiente su viaje a Granada. Se despidieron todos de don Félix, y cada mochuelo se fue a su olivo. Aunque el notario puso empeño en que Pío Cid no se fuera a dormir a casa de la Polonia, donde lo pasaría muy mal, él no quiso causar más molestias, y se retiró también, despidiéndose como para no volver, puesto que tenía pensado dejar el pueblo muy de mañana. La hija del tío Rentero preparó las alforjas para el camino, recibiendo en cambio cinco duros que Pío Cid le dio para que se socorriera, y al amanecer salieron los dos viajeros de Seronete, tomando el camino de Júbilo, en dirección de la Sierra.

—Señor don Pío —dijo el tío Rentero después de un buen rato de silencio—, yo no le he querío decir na a su mercé, pero creo que se acordará de que por este lao vamos a la Sierra.

—A la Sierra vamos —contestó Pío Cid—. Se me ha puesto la idea de que no he de volver vivo por estos parajes, y quiero por última vez subir a estas montañas. ¿Cree usted que se podrá cruzar al otro lado y volver a Granada por el camino de los neveros?

—Hombre, como poer, too se pue en el mundo —contestó el tío Rentero—. Trempanillo es pa subir; yo he subío siempre pa Santiago. Bien es verdá que este año ya se han bajao cuasi toas las nieves... Vamos a tener un verano seco.

—Pues no hay más que hablar —dijo Pío Cid—. Haremos dos buenas caminatas: pasaremos por Júbilo de largo, y nos detendremos en Tontaina dos o tres horas para que los mulos tomen un buen pienso, y después seguiremos hasta las faldas del Veleta. Aunque se nos meta la noche no hay cuidado, porque hace luna. Tengo el capricho de subir al Picacho a ver salir el sol. Usted no tiene que subir, sino que se queda con los mulos más abajo, en el sitio que más le guste [10].

—Su mercé me perdonará —dijo el tío Rentero—, pero lo de encaramarse al Picacho me paece una temeriá. Y menúo fresquillo que habrá, y empués los ventisqueros.

—Si cuando estemos allí veo que la subida es peligrosa, no subiré —dijo Pío Cid—, porque no me gusta ser temerario; no hay que huir del peligro, pero buscarlo tampoco, por aquello de que «el que busca el peligro, en él perece».

Cerca de las diez de la noche serían cuando llegaron a las faldas del Veleta, a un sitio donde el tío Rentero sabía que había unos corrales cercados, hechos de pizarras, donde se podía pasar la noche al abrigo del viento, bien que aquella noche, por fortuna, sólo soplaba una ligera brisa. Durante el camino no tuvieron encuentro bueno ni malo. Aparte la parada en Tontaina, se detuvieron dos veces para merendar, y todo el día lo pasaron muy agradablemente. El tío Rentero se desahogó a su gusto contando sucesos de su vida, y Pío Cid le escuchaba con gran atención, como si no tuviera nada en qué pensar, aunque pensaba mucho en las peripecias de su excursión y en lo que aún tenía que hacer antes de regresar a Madrid a descansar de sus ajetreos. Descansaron, por fin, de la larga jornada; y aunque los famosos corrales, que sin duda debían servir de guarida a los pastores que vienen en verano, estaban arruinados y no eran más que montones de piedras, el tío Rentero arregló un poco de los rincones, y con algunas lajas grandes formó una especie de techado, bajo el que extendió las enjalmas de las bestias y su desmedrado capote, que en aquellas circunstancias valían tanto como un colchón de plumas. Pío Cid lo dejó hacer, y sólo le advirtió que anduviera con cuidado al mover las piedras, no fuera a picarle alguna víbora de las que por allí es frecuente hallar. Luego se apartó unos cuantos pasos en busca de unas neveras que estaban algo más arriba, y siguiendo el curso de un arroyo llegó al sitio donde el arroyo nacía, de un quieto remanso acariciado por el continuo gotear de la nieve. Entonces sintió el deseo de bañar-

---

[10] Aunque el Mulhacén le excede en altura, el picacho del Veleta, en Sierra Nevada, es más apropiado para la contemplación de Pío Cid porque, según Agudiez, constituye el mejor balcón desde el que se puede observar la Penibética a causa de la disposición de las cadenas vecinas que le proporcionan un horizonte bastante extenso (véase Agudiez, *Las novelas*, págs. 147-148).

se en aquella pila, cuyo fondo de granos de arena, al través del agua pura y tranquila, y a la luz clara de la luna, parecía una labor de primoroso mosaico. El tío Rentero, que vino a ver en qué se entretenía su amo, comenzó a hacer grandes aspavientos cuando le vió desnudarse, y meterse en aquel agua friísima.

—Por vía de Dios, señor don Pío —le dijo—, que esto no se debía consentir. Cualisquiera diría que no está osté bien de la cabeza. ¿No ve su mercé que esa es un agua crúa que traspasa lo mesmo que una espá? Yo le metío na más que la mano, y se me ha quedao acorchá, que cuasi no la siento.

—Es un baño corto —contestó Pío Cid saliéndose del agua y comenzando a vestirse—. Ahora doy un buen paseo, y como si tal cosa. Y nadie me quita ya el gusto de haberme limpiado el cuerpo de todo lo que se me haya podido pegar en los días que he andado por aquí. Si usted supiera historia —mejor es que no la sepa— sabría que la gente antigua, cuando se iba de un lugar donde no lo había pasado muy bien, tenía la buena costumbre de sacudir las sandalias para indicar que no quería llevarse nada, ni polvo. A mí me parece mucho mejor tomar un baño, porque el agua es el mejor medio de purificación.

—Pero esa agua no es agua —dijo el tío Rentero—: es nieve líquia; y Dios quiera que su mercé no coja un pasmo que nus dé que sentir.

—Lo que ocurre —dijo Pío Cid echando a andar— es que estoy más fresco que una lechuga, y ahora vamos a dar un paseo. Yo no quiero acostarme, pues pasada la medianoche voy a subir al Picacho; el tiempo ya ve, usted que no puede ser mejor.

Disponíase Pío Cid a emprender la ascensión, cuando el tío Rentero le retuvo, diciéndole que él no se quedaba solo ni tampoco le dejaba ir, pues había sentido que les rondaban los lobos.

—Usted está viendo visiones —dijo Pío Cid—; ahora no viene un alma por estos parajes, y no sé qué van los lobos a buscar aquí.

—Esos malditos —replicó el tío Rentero— ventean de cien leguas, y andan por aquí, no hay dúa, porque las bestias están soliviantás.

—Pero ¿usted cree que hay lobos todavía? —preguntó Pío Cid—. Yo he oído muchas historias de lobos, pero no los he visto nunca más que en los museos. Zorras sí he visto, y hasta he cogido alguna.

—Hay lobos —contestó el tío Rentero—, y no se ría su mercé; osté no los ha visto, como yo, atacar a un pueblo, y tener todos los hombres que salir con escopetas pa ahuyentarlos.

—Pero dicen —arguyó Pío Cid— que atacan a las bestias antes que a los hombres; y en caso de que vinieran aquí, con apartarse un poco y dejar que se coman los mulos, no creo que les quedaran ganas para comernos a nosotros.

—Pronto lo vamos a ver —exclamó con voz azorada el tío Rentero—. La Virgen Santísima nus valga, porque los lobos están aquí mesmo. Mire su mercé —añadió en tono muy bajo— aquella loma que tiene unos picos; una miajica a la dizquierda, ¿no ve su mercé un bulto?

—Lo veo —contestó Pío Cid—, y veo también que se mueve.

—El Señor nus favoreja —clamó el tío Rentero.

—No hay que asustarse —dijo Pío Cid—. Somos dos hombres contra un lobo. Yo no tengo armas, pero usted tendrá alguna.

—Tengo ésta —contestó el tío Rentero, sacando de la faja un pistolón antiguo, de los de chimenea—. Ahora verá osté*...

Alzó el gatillo y quitó el mixto para ver si la chimenea estaba bien cebada; volvió a colocar el fulminante y apuntó un gran rato hacia el bulto negro, que se movía de cuando en cuando, y del que se percibían claramente dos a modo de orejas muy largas; dejó caer el gatillo, y sonó un chasquido, no mucho mayor que el de un eslabonazo en un pedernal.

—Más vale que guarde usted esa pistola —dijo Pío Cid, oyendo el gatillazo—, no sea que el lobo se entere de que nuestras armas funcionan mal y aligere más a venir.

—No lo tome osté a broma —dijo asustado el tío Rentero—, que lo peor es que un lobo no va nunca solo, y que ése que está ahí debe ser el guión de la maná, y si acúen toos, nus van a jacer trizas. Mejor sería levantar el campo...

—Eso de ningún modo —interrumpió Pío Cid—. Yo he oído decir que con los lobos lo peor es huir. Me apuesto a que ése que está allí se pasa la noche olfateando sin atreverse a acometernos. ¿No tiene usted más arma que esa desdichada pistola?

—Aquí tengo el cuchillejo que le di a osté enantes —contestó el tío Rentero.

—Démelo usted —dijo Pío Cid, quien cogió el cuchillo y lo

* ____ / Ahora verá osté

324

desenvainó para examinarlo—. Con esto basta para escabechar una docena de lobos. Va usted a ver lo que yo hago para salir de dudas, porque me parece muy tonto estar toda la noche mirando a aquel bulto, que quizás no sea lo que nos figuramos.

—Lobo es —dijo el tío Rentero—, y si no, pierdo yo el gañote.

—Si es o no es, pronto lo veremos —dijo Pío Cid, echando a andar con paso firme hacia la loma, mientras el tío Rentero le seguía con los ojos, sin atreverse a decirle que se volviera atrás.

Llegó Pío Cid a pocos pasos del temido lobo, y le vio dar un salto ligero y salir huyendo como una exhalación.

—Tío Rentero —gritó en voz muy alta para que le oyera—, ¡no era lobo!

—¿Qué era? —preguntó el tío Rentero.

—Una cabra montés —gritó Pío Cid—. Venga usted y verá los rastros.

—Allá voy —contestó el tío Rentero, quien fue, en efecto, a cerciorarse, como se cercioró, por las pisadas del animal, de que el lobo era cabra, y de que las tiesas y horripilantes orejas eran cuernos inofensivos.

—¿Ve usted —le dijo Pío Cid— cómo lo mejor en todas las cosas es acercarse para verlas bien?

—Eso es verdá —dijo el tío Rentero—; mas si hubiera sío lobo...

—Quizá hubiera huido más pronto que la cabra —contestó Pío Cid—. Todos los animales le temen a un hombre resuelto... En fin, acuéstese usted tranquilo, que yo, desde aquí, me voy al Picacho.

—Mire su mercé que empieza a jacer frío —observó el tío Rentero, a quien no se le había quitado el susto del todo.

—Yo tengo calor —contestó Pío Cid.

Y sin más explicaciones volvió las espaldas y empezó a subir cerro arriba, procurando pisar en sitio seguro para no hundirse en algún mal paso.

Iba Pío Cid decidido a no detenerse hasta llegar al mismo Picacho, para llegar a tiempo de ver salir el sol; pero los pensamientos del hombre son mudables, y no había andado la mitad del camino cuando empezó a enfriársele el entusiasmo por el astro del día.

—Después de todo —pensaba—, el sol no ha sido nunca santo de mi devoción, y creo que esta ocurrencia de ir a ver cómo sale es un capricho infundado, o fundado en que, cuando yo era joven, vine alguna vez, como vienen muchos ascensionistas, inspirados por la curiosidad más que por el amor a la Naturaleza. De entonces acá mi espíritu ha cambiado tanto, que hoy, pensando con sinceridad, lo que a mí me inspira el sol es desprecio, porque su luz, tan cantada por los vates, nos presta una vida tan mísera como la que arrastramos. Años y aun siglos hace que el sol alumbra en España para poner al descubierto nuestra decadencia y las ruinas de nuestro antiguo poder, y para alumbrar este cuadro más propio será quizás la luz opaca de la luna...

En este punto de sus reflexiones se detuvo, y viendo surgir por la cresta de la montaña la primera claridad de la aurora, sintió que se apoderaba de él un sentimiento inexplicable. No fue que le apareciera la visión blanca, que tanto debía influir en su vida; fue más bien que tuvo el presentimiento de la visión. Quizá se imaginó que detrás de la montaña comenzaba a levantarse, allá por el Oriente, el ideal de pureza, de amor y de justicia que él no hallaba en el mundo, y este ideal le inspiró una canción extraña, como todas las que brotaban espontáneamente de sus labios, y que decía así*:

> Hija de Oriente, que sueñas
> Oculta tras la montaña,
> Despierta y oye amorosa
> La canción de la mañana:
>
> «Yo soy la noche que llora
>   Con las lágrimas
> Que el sol al ponerse deja
>   Por doquiera
> Que su rastro de luz pasa.
>
> Tú eres la noche que ríe
>   Cuando el alba
> Nace y disipa las sombras
>   Con las ondas
> De su luz serena y clara.

---

* Falta el poema. Una nota dice: «El comienzo del trabajo V se pone a continuación del 4.º en esta forma. Después de la canción con que terminaba: y risueña / Asómala a la ventana. Sigue así.»

Yo soy la sombra que corre
Desolada;
Amor que va ciego y mudo
Por el mundo,
Soñando en la niña blanca.

Presa entre dos resplandores
Va mi alma,
Que a la niña blanca* busca
Sin que nunca
En la tierra pueda hallarla.

Solo una vez a lo lejos
Vi a mi amada,
A altas horas de la noche
Por el bosque
Misterioso de la Alhambra.

Me acerqué, y no era la niña
De mis ansias;
Un rayo de luna era,
Alma en pena
Que por el bosque vagaba.

De un viejo sauce llorón
En las ramas,
Un ruiseñor solitario
Ha entonado
La canción de la esperanza.

Yo también saludo alegre
La alborada;
Hija de Oriente, despierta,
Y risueña,
Asómate a la ventana[11].»

---

* blanca niña / niña blanca

[11] Es Javier Herrero quien mejor descifra: el significado de la ascensión mística del Picacho y del cantar, «Hija de Oriente»: «La Niña Blanca (o Hija de Oriente) que el alma persigue es el símbolo de la Belleza ideal (o del mundo de las Ideas), trascendente. De ese mundo ideal llegan resplandores al alma; cuando el alma apenas si es iluminada por ellos, cuando las tinieblas predominan, su símbolo poético es una

No tardó el sol en coronar la cúspide del Picacho, surgiendo majestuosamente como una evocación, y esparciendo su cabellera rubia sobre las faldas nevadas de la sierra. Pío Cid sintió nuevos deseos de encaramarse en la cima para contemplar el vago y confuso panorama de la lejana ciudad, entregada aún al sueño, y la ancha vega granadina, cercada por fuerte anillo de montañas, recinto infranqueable como el huerto cerrado del cantar bíblico. Luego se sentó y se quedó largo tiempo absorto con los ojos fijos en las costas africanas, tras de cuya apenas perceptible silueta creía adivinar todo el inmenso continente con sus infinitos pueblos y razas; soñó que pasaba volando sobre el mar, y reunía gran golpe de gente árabe, con la cual atravesaba el desierto, y después de larguísima y oscura odisea llegaba a un pueblo escondido, donde le acogían con inmenso júbilo. Este pueblo se iba después ensanchando, y animado por nuevo y noble espíritu atraía a sí a todos los demás pueblos africanos, y conseguía por fin libertar a África del yugo corruptor de Europa.

—¡África! —gritó de repente; y conforme el eco de su voz, alejándose hacia el sur, desde las costas vecinas parecía repetir: ¡África!, se le iba pasando aquella especie de desvío.

Muy entrado ya el día dejó su empinado observatorio. El sol picaba de lo lindo, y la vega que antes era un tranquilo Edén, ahora semejaba un lago de luz, en el que, como barcos en el mar, se columpiaban blancos pueblecillos, remontando ligeras columnas de humo. Por fin, a eso de las diez llegó Pío Cid adonde el tío Rentero le esperaba, el cual lo tenía ya todo dispuesto para echar a andar*.

Mujer de Sombra —cuando, por el contrario, esa luz ideal la ilumina más plenamente, la transforma en una Mujer Alada, visión luminosa. Ambas son [...] estados del alma en su proceso de iluminación por la Belleza ideal» (véase: *Un iluminado*, pág. 174).

* Una nota dice: «Sigue hasta la página 111 y acaba el trabajo como allí se indica, con las palabras: guías del bigote. El trabajo 5.º empieza en l. 92 a 97 y salta a la 111 salvo el párrafo que se saca de la 110.» Comienza el trabajo V con lo siguiente:

«Hay quien asegura que Pío Cid volvió de la sierra por el camino de los neveros y entró en Granada por el Puente Verde; pero yo que soy amante de la exactitud, en asuntos como éste que no tocan a la esencia de mi relación, he averiguado que regresó por el camino a Güejar por dar gusto al tío Rentero, que quería visitar de paso a dos de sus hijos.» / párrafo omitido del libro

—¿Que la paece a su merce? —le preguntó a su señor *— si fuéramos al cortijillo de la Muerte, que está aquí a dos pasos?

—Iremos adonde usted quiera, pero ¿cree usted que estará su hijo allí?

—La semana pasá —dijo el tío Rentero— estaba pa subir desde Las Puentes, donde jace la inverná. Este año va alantaíllo.

—Pues vamos allá cuando usted quiera —dijo Pío Cid.

Y allá fueron en menos de media hora, y hallaron, en efecto, a Bernardo con su mujer y su numerosa parva, y aun es fama que Pío Cid aprovechó la coyuntura para pedir que le hicieran gachas de maíz con caldo, rojo como la grana, en el que navegaban unas guindillas tan picantes que sólo de olerlas se trastornaba el sentido. Las gachas eran el plato favorito de Pío Cid, y no huelga por completo consignar aquí este detalle por el valor que pudiera tener en la complicada psicología de nuestro héroe. Después de almorzar, el tío Rentero apretó las cinchas a los mulos y los trajo a la puerta del cortijo; montáronse los dos viajeros, y montados ya, se despidieron de aquella infeliz familia, y entonces el tío Rentero volvió a decir:

¿Que le paece a su mercé si siguiéramos esa verea y cayéramos más abajo de Quéntar?

—¿Qué tiene usted que hacer allí? —preguntó Pío Cid.

—Lo digo —contestó el tío Rentero— porque pasaríamos por Dúar, y allí tengo una hija que está casá con un papelero.

—Vamos allá —dijo Pío Cid—; usted, por lo visto, se ha propuesto abastecer de habitantes a casi todos los pueblos de España.

Fueron, pues, a Dúdar, adonde llegaron a la hora de almorzar; y es fama asimismo que la Antoñuela, la hija del tío Rentero, tenía dispuestas unas migas que dejaban atrás las gachas de Bernardo, y que Pío Cid las comió con mucho gusto, porque las migas eran otro de sus platos favoritos. En Dúdar descansaron unas cuantas horas para dejar pasar la fuga del sol, y a las cuatro de la tarde llegaron al fin a la huertecilla del tío Rentero, sin que durante el camino despegara Pío Cid los labios. Sólo al acercarse a la capital, en un punto desde el que se veían unas hazas de trigo con ramalazos oscuros y como afogarados, se le ocurrió decir:

---

* preguntó a Pío Cid cuando éste bajó del Picacho / le preguntó a su señor

—Estos días ha corrido el solano, tío Rentero; mire usted esos trigos, que parece que los han tostado en un horno.

—Abrasaícos están, abrasaícos —contestó el tío Rentero, y siguió hablando de las peripecias del viaje, en particular de la aventura del lobo, que se le había quedado muy bien grabada.

La tía Rentera preparó un soberbio potaje de habas para obsequiar a su huésped, y este comió el potaje con tanta satisfacción como había comido las gachas y las migas; por donde se infiere que era hombre de buena boca, no porque comiera mucho, sino porque comía todo lo que le guisaban. Ya era bien entrada la noche cuando Pío Cid, acompañado del tío Rentero y del hijo de este, Celedonio, que llevaba el pequeño equipaje, se presentó en su casa*, preguntando si había alguna novedad.

—No hay más —contestó Jesusa— que unas cartas que están sobre la mesa de su cuarto.

—Haga usted el favor de dármelas —dijo Pío Cid.

Y cuando las tuvo en la mano las abrió y las ojeó rápidamente, porque vio que las cinco cartas eran de Martina, y temió que hubiese ocurrido algo que motivara tan copiosa correspondencia. Rasgó y tiró los sobres, y se guardó el haz de cartas en el bolsillo de la americana, diciendo con aire ligeramente contrariado:

—Nuestro gozo es un pozo, tío Rentero. El día de campo se queda para otra vez, porque mañana mismo o pasado, de m̃adrugada, salgo para Madrid.

–¿Cómo es eso? —preguntó el tío Rentero—. ¿Ha ocurrió ai̠ una noveá?

—No —contestó Pío Cid—; pero me urge ir para ciertos asuntos. Ahora vamos aquí al lado, pues pienso comprarle a uste'ʹ un regalillo.

—Eso sí que no —dijo el tío Rentero—; antes me quee manco que tomar un chavillo partío por la mitá.

—Muy bien dicho —replicó Pío Cid— si yo fuera a darle a usted dinero. Sus servicios de usted son de amigo a amigo, y no se pagan con nada. Pero yo quiero darle** a usted un recuerdo, y usted mismo va a elegir lo que más le guste o lo que le haga más falta.

—Como falta, como falta —dijo el tío Rentero—, jacen falta muchas cosas; pero yo no quiero ser gravoso, y con unos

---

* por la puerta de su casa / en su casa
** dejarle / darle

330

alpargates me doy por pagao; y eso pa no despreciar a su mercé.

—Unos alpargates no valen arriba de seis reales, y se le regalan a un mendigo.

—Quien dice alpargates, dice zapatos de becerro —replicó el tío Rentero.

—Me gusta más —dijo Pío Cid— un regalo que no sirva solo para los pies, sino para todo el cuerpo. El capote que llevaba usted en el viaje es un andrajo, y lo que voy a comprar es un buen capote de monte, para que cuando se líe usted con él parezca un personaje.

Doce duros costó el capote, y aunque hacía calor, el tío Rentero se lo puso en el acto para dar más golpe cuando apareciera por las puertas de su casa. Y en cuanto a Celedonio, también salió ganando un par de alpargatas, amén de otros cuatro pares más para los hijos de Bernardo, que estaban descalzos de pie y pierna. El tío Rentero se fue llorando, no como él lloraba de costumbre, por el lagrimeo de los ojos, sino llorando de verdad, por tener que separarse de un amo tan generoso*.

Al día siguiente por la mañana vino Pío Cid a buscarme para despedirse de mí; pero yo había también decidido volver a Madrid por haber recibido carta de Anita en la que me decía estaba muy enferma**. Quedamos, pues, en irnos los dos en el coche de Jaén, que salía por la noche, y en reunirnos por la tarde con los amigos de la tertulia literaria cuando él hubiese despachado los asuntos que tenía aún pendientes.

_____

* Pío Cid entró entonces en el café de León y entre sorbo y sorbo de café releyó despacio por orden de fechas las cinco cartas de Martina que decían a la letra:

** mí; pero por raro azar yo había recibido también carta de Anita, en la que me anunciaba que su madre estaba muy enferma y que, por Dios, que no tardara muchos días en volver. Yo no di gran importancia a la carta, porque me figuré, y esta era la verdad, que Anita me escribía, porque estaba sobresaltada a causa de sus sospechas de que yo hubiera venido a ver a una novia que tuve y era la cual ella creía que yo continuaba aún en relaciones. Pero Pío Cid y yo habíamos convenido a hacer juntos el viaje de vuelta y no quise dejarlo ir solo. Agréguese a esto que yo era entusiasta de mi tierra cuando estaba ausente y que en cuanto volvía a ella mi entusiasmo comenzaba a decaer y me entraban enseguida deseos de marcharme. Ligerezas de la juventud, puesto que hoy no me iría de mi carmen, aunque me ofrecieran el cetro y la corona del imperio más grande de nuestro continente. / pero... enferma.

Desde mi casa se fue al penal de Belén, donde se detuvo muy poco. Preguntó por el director, y a falta de este, uno de los vigilantes, al saber el motivo de la visita, dio orden de que inmediatamente viniera el penado Gutiérrez al despacho de la dirección.

—Conozco muy bien a ese penado —le dijo a Pío Cid—, y es de los mejores de la casa y de confianza absoluta; aunque le dieran suelta no se iría, porque desea cumplir.

—Le advierto a usted —dijo Pío Cid con acento de convicción— que me consta que ese pobre hombre ha sido condenado injustamente y que he de gestionar un* indulto. Supongo que si pidieran informes los darían ustedes buenos.

—Todo lo bueno que se pueden dar —contestó el vigilante—. Esté usted seguro. Ya le digo que es de los mejor notados de la casa.

Entró en esto el penado Gutiérrez, que se descubrió y, sin mirar apenas, se dirigió a él y le saludó, dándole la mano y diciéndole:

—Me alegro de verle a usted tan bien de salud. Parece que no le tratan mal aquí.

—No, señor —contestó Gutiérrez, el cual, en efecto, estaba grueso y de buen color, y tenía más cara de canónigo que de delincuente—. Si voy a decir la verdad, cuasi que estoy aquí más bien que allá en el pueblo.

—Hombre —replicó Pío Cid—, eso se me figura que es ya decir demasiado.

—Le diré a osté —rectificó Gutiérrez—, dejuro que aquí se está más mal, porque no se tiene libertá y aluego separao de la familia; y la eshonra natural de que digan que uno ha estao en un presirio. Pero yo lo decía porque en el pueblo estaba siempre paeciendo del estómago, que, en cuanto que comía, me tenía osté doblao y teniendo que meterme los puños. Y aquí, como come uno el rancho a sus horas, lo mesmo que en un cuartel, sabe osté que he entrao en caja y comería jasta jierro molío, tan y mientras que antes no podía jacer la cochura ni de un miajón de pan. Cuando yo entré aquí estaba en las guías. El señor me vio, y dirá si no venía yo que paecía que me acababan de esenterrar. Y ya ve osté lo bien que me ha sentao esto.

—Mucho me satisface que así sea —dijo Pío Cid—, porque en esto veo yo claramente que hay una justicia superior a la de

* su / un

332

los hombres. Los hombres le han condenado a usted injustamente, y la Naturaleza le ha proporcionado a usted el desquite, puesto que con el buen régimen que aquí se sigue, se le ha arreglado a usted el estómago.

—¿Ve osté, don Ceferino —interrumpió Gutiérrez, dirigiéndose al vigilante—, cómo es verdá lo que yo decía? Me gusta que este caballero diga lo que ha dicho pa que se vea que yo no soy un creminal.

—Lo malo es —agregó Pío Cid— que el castigo no ha recaído sólo sobre usted, que, por lo visto, casi ha salido ganando con que lo condenen. La más castigada es la pobre mujer de usted, que tiene que trabajar como una condenada para dar de comer a los cuatro chiquillos. Aunque se dice que nadie es responsable de las faltas ajenas, lo cierto es que, cuando castigan a un hombre como usted, casado y con hijos, la pena principal la sufre la mujer. Y vea usted por dónde las injusticias son más temibles por la cola que traen consigo. Pero, en fin, voy a mi asunto... El haberle llamado a usted es para entregarle tres duros de parte de su mujer. Tómelos usted y consuélese de su desgracia, pensando en que, no sólo se ha curado del estómago, sino en que tiene una mujer que no se la merece.

—Eso es verdá —dijo Gutiérrez, tomando los tres duros—, y yo no sé en dónde habrá escarbao mi Josefa estos dineros. ¿Cómo ha sío el dárselos a osté, manque sea mucho preguntar?

—Fue estando yo en Aldamar, de donde llegué anoche. Parece que ahora, con motivo de las elecciones, ha habido reparto de limosnas...

—Y mi mujer y los chiquillos —preguntó Gutiérrez—, ¿están bien?

—Todos se han quedado muy bien —contestó Pío Cid—. Yo estuve en su casa de usted con el tío Frasco Rentero, a quien usted conoce, y allí lo único que falta es que usted vuelva cuanto antes.

—En cuantico que cumpla —dijo Gutiérrez— salgo pa allá como un cohete.

—Lo que no me parece bien —dijo el vigilante interviniendo— es que su mujer, que pasa tantos apuros, le envíe ese dinero, cuando usted tiene aquí algunos ahorrillos.

—Ha de saber osté —replicó Gutiérrez— que el dinero lo pedí yo pa tabaco jace más de tres meses, cuando no trabajaba. Y ahora no crea osté que lo voy a tirar, que lo que yo quiero es juntar una güena porra de duros pa mercar dos u tres borriquejos, y echarme al camino tan luego como salga de aquí.

—Muy bien pensado —dijo Pío Cid—, y ¡ojalá sea pronto! Y que algún día le vea a usted hecho un arriero rico, con la mejor recua de la provincia. Conque a pasarlo bien y a no torcerse.

Se retiró Gutiérrez después de saludar con gran acatamiento al verse bien tratado, y Pío Cid se despidió en seguida del vigilante, diciéndole antes de salir:

—Si todos los presos lo pasan como Gutiérrez, le aseguro a usted que este no es un establecimiento penal, sino un convento muy apetecible, donde se vive retirado del mundo y sus engaños, bien comido y bien dormido, y aun ahorrando para el día que haya que abandonar la celda.

—Hay de todo —contestó el vigilante—. A algunos hay que apretarles las clavijas, porque si no, no habría medio de barajarlos; pero en general lo que se dice de malos tratos son cuentos de vieja. Si usted no estuviera tan de prisa vería todo el establecimiento, y en particular el taller.

—¿Y en qué trabaja este Gutiérrez? —preguntó Pío Cid.

—No sabía ningún oficio cuando llegó, porque ha trabajado siempre en el campo, y aquí ha aprendido a hacer cosas de albardonería; en alpargatas es en lo que más trabaja.

—Pues repito lo dicho —dijo Pío Cid sonriendo—; si por mi desgracia me ocurre encontrar a alguien que merezca que le corten la cabeza, yo se la corto sin temor y me hago fraile de esta nueva orden que acabo de descubrir.

—Si así fuera —contestó el vigilante siguiendo la broma—, a ver si viene usted a este convento. No se le dará mal trato.

Desde Belén se encamino Pío Cid a casa del gobernador para despedirse de él y recoger la cruz de plata que había ofrecido llevar personalmente a la duquesa de Almadura, y de paso, para resolver el asunto de su elección de un modo radical, a fin de que no le ocasionara más molestias en lo sucesivo. No fue su decisión improvisada, puesto que durante su viaje de regreso vino reflexionando sobre ella, siendo esta la causa de que no se fijara en el paisaje, así como en el viaje de ida tampoco se había fijado, a causa de la famosa receta prometida a sus amigos. Y no está de más esta explicación, pues seguramente no faltará quien me censure por no hallar en este relato ninguna descripción de los lugares por donde fue pasando mi héroe, siendo así que yo he debido atenerme a la verdad, y la verdad es que él no hizo consideraciones de ninguna especie sobre los terrenos que iba pisando. Sea que Pío Cid amase más al hombre que a la naturaleza, o bien que por haber vivido en países tropicales y de vegetación espléndida le pareciese pobre su país natal, no obstante ser de los celebrados en España, está fuera de duda que ni en esta ocasión ni en ninguna otra se entusiasmó viendo las bellezas del paisaje. A él le gustaban más las vistas que ofrece el espíritu del hombre, cuando se tienen ojos para verlas, y quizá no veía en la tierra más que una buena madre y fecunda nodriza del hombre, puesto que lo único que en el viaje le llamó la atención fueron los trigos muy granados, que prometían cosecha abundante, y los trigos abrasados por el solano, que anunciaban mala recolección. En el viaje de vuelta, pues, y probablemente cuando subió al Picacho, decidió retirarse a la vida privada antes de haber salido de ella, y así se explica que las primeras palabras que dijera a su amigo el gobernador, después de saludarle, fueran las siguientes:

—Tengo que irme hoy mismo a Madrid y vengo a recoger el encargo para la duquesa, y al mismo tiempo a decirte que renuncio al acta de diputado, y que si aún hay medio de dársela a Cañaveral, se la cedo para que no haya nueva elección.

—Pero, hombre, ¿qué mosca te ha picado? —preguntó don Estanislao oyendo aquella salida de tono inesperada.

—No me ha ocurrido nada —contestó Pío Cid—; pero mi decisión es firme y mi deseo es hablar lo menos posible de este asunto.

—Pues precisamente ayer —dijo don Estanislao— estuvo aquí Cañaveral, y me calentó un buen rato la cabeza diciéndome que no se da por vencido y que trata de hacer no sé qué para embrollar la elección y para que, en caso de que se apruebe su acta, se le hagan a él, como dice, funerales de primera clase. La derrota le ha llegado al alma, porque creo que se ha gastado un dineral.

—Que haga lo que quiera —agregó Pío Cid—; yo no intervengo más en esto. Más vale cortar por lo sano desde el principio. Yo me he dejado llevar, creyendo que la broma no tenía importancia, porque en las ciudades estamos acostumbrados a que detrás de los insultos vengan los apretones de manos; pero en los pueblos toman las cosas por donde quema, y una vez que Cañaveral no ha querido ceder y ha apelado a toda clase de medios, lo único que yo conseguiría sería avivar más la discordia y dar lugar a que el día menos pensado se cometiera algún crimen. Figúrate que algunos de mis amigos de Aldamar querían prender fuego al Ayuntamiento cuando se enteraron de que la elección había sido hecha a cencerros tapados y de que aparecían sus votos en contra mía... Para seguir adelante sería menester que yo tuviera ganas de pelea y me propusiera aplastar a los Cañaverales, y a mí no me interesan las luchas de este género, ni aunque luchara sacaríamos nada en limpio, porque los partidarios míos no son ni peores ni mejores que los del otro, y en sustancia, el cambio sólo serviría para que los abusos que hoy existen siguieran cometiéndose en mi nombre.

—Todo eso me parece muy bien —dijo don Estanislao—, y sólo te ruego que cuando hables con don Bartolomé de la Cuadra me pongas con él en buen lugar, no vaya a creer que no he atendido su recomendación.

—Por este lado no tendrá nada que sentir —contestó Pío Cid—, porque te advierto que esa recomendación es de compromiso, pues yo no he hablado con el señor de la Cuadra más que dos veces, y no pienso hablar más con él. El interés que haya mostrado no es por mí, sino por Adolfo Gandaria, que me recomendó a él.

—¿De modo —preguntó don Estanislao— que tu protector es don Adolfo? Le conozco de sobra. Es un tonto; más tonto que mandado hacer de encargo.

—Pues yo le estimo en más que a don Bartolomé —replicó Pío Cid—. Lo que tiene don Adolfo es que se entusiasma fácilmente hablando de lo que no sabe y se pone en ridículo, mientras que don Bartolomé es un hombre serio y grave, un tonto que jamás descubre su tontería. Por eso el uno tiene que contentarse con ser senador y votar, sin hablar, y desahogándose después en los pasillos, y el otro es ministro y aun goza de gran autoridad.

—Hombre —dijo don Estanislao—, me extraña eso que dices de don Bartolomé; todos le tienen por el hombre de más esperanzas del partido.

—Y pueden tenerlo —añadió Pío Cid—, porque, aparte su falta de luces, es un hombre formal y sincero. Sabe muy poco, pero lo sabe a machamartillo, y lo que ignora lo cubre con frases hechas, que a nada comprometen. Su idea de España es miserable, y con esta idea, su política es la de dar largas; si le encargan de gobernar el país no hará nunca nada malo, aunque tampoco hará nada bueno, y su inacción será preferible a la de los listos, que después de no hacer nada, se aprovecharían de la situación para llenarse los bolsillos. La cualidad esencial de un gobernante es la honradez, y don Bartolomé huele a honrado, y por mi voto sería, a pesar de su ignorancia, ministro universal y permanente de nuestra nación... Pero dejémonos de críticas y despáchame cuanto antes, pues tengo el tiempo tasado. Ya te dije que me tengo que ir esta noche.

—Pero al menos —dijo don Estanislao— hazme el favor de acompañarme a almorzar. Por media hora más o menos nada se pierde. La verdad es que me has sorprendido con tu repentina determinación, y si te vas sin más explicaciones, pensaré que no quedamos tan buenos amigos como antes lo éramos.

Quedóse Pío Cid a almorzar, y durante el almuerzo refirió algunos detalles de su excursión electoral, con lo que se divirtió no poco el gobernador. Pío Cid, cuando estaba de vena, era un narrador habilísimo, que sabía describir los tipos y escenas tan puntualmente y con rasgos tan gráficos, que el que le escuchaba, por muy torpe que fuera, lo veía todo mucho mejor que si lo presenciase. A don Críspulo, el cura mal hablado, se le veía materialmente entrar por la puerta del comedor montado en su pollino y arrojando proféticas maldiciones contra la sociedad moderna. Don Esteban Chiroza parecía estar a la mesa, entre Pío Cid y el gobernador, hablando en tono resignado y con cara de pascua, y moviéndose de cuando en cuando en la silla por no poder estar sentado a gusto. El pícaro de Barajas, concertando la terrible conjura electoral y dando el cerdoso santo y seña que dio, era, más bien que secretario del Ayuntamiento, personaje de alguna graciosa comedia. El profundo tonto Almecina; el largo y cuco notario don Félix, y el famélico y perseverante maestro Ciruela, con algunos más, todos fueron desfilando como salsa de aquel agradable almuerzo. Don Estanislao se hacía cruces de que en tan pocos días hubiera visto Pío Cid tantas cosas, cuando él había estado en muchos pueblos de España y nunca había visto más que gente vulgar, que no tenía nada que ver con la que Pío Cid iba describiendo.

—Sin duda —le dijo— hay hombres afortunados que tienen la suerte de hallar en su camino aventuras entretenidas y novelescas, en tanto que otros no hallan más que vulgaridad y prosa. A no ser que las aventuras estén en nosotros y no en la realidad. Quizá yo no hubiera visto nada de lo que tú me cuentas por ir preocupado con los deberes de mi oficio, y tú lo has visto todo porque no te importaba un rábano ganar la elección, y porque, digamos la verdad, eres hombre de imaginación y ves todo lo que te da la gana.

—No faltaba más —replicó Pío Cid— sino que ahora me dijeras que te he estado contando una sarta de embustes en pago de tu buen almuerzo. Puedes ir al distrito y ver si no es cierto todo que he relatado. Lo del toque de bocina de Francolín ha corrido tanto que hasta ha salido en la prensa de aquí; me lo acaba de decir un amigo.

—Ese toque resonará, andando el tiempo, en toda España —dijo don Estanislao. Y levantándose, cogió una copa de vino y exclamó—: Brindo por el sistema parlamentario..., y adelante con los faroles.

Ya iba Pío Cid a retirarse, cuando le retuvo aún la llegada de don Carlos Cañaveral, quien probablemente había sido llamado en secreto por el gobernador. Era don Carlos un hombre de buena estampa, tipo acabado del caballero de pueblo. Aunque iba vestido a la moda, su aire era algo tosco, y su basteza se acentuaba viéndole los bigotazos negros y grandes, como cuernos de toro. De toro de mala casta tenía también el mirar cubierto y asoslayado, aunque en conjunto la expresión de su figura era la de un hombre más temible por su fuerza física que por su perspicacia. Su traza era la de un hombre de no muy largos alcances, muy bueno como amigo y algo peligroso como enemigo. Pío Cid y él se saludaron, y en la manera de saludar de Cañaveral se conocía que estaba ya algo enterado de la retirada de su competidor.

—Siento no haber hablado con usted antes de ahora —dijo Pío Cid, mientras el gobernador se apartaba a un lado como para leer un periódico—, porque quizá se hubiera usted evitado algunos malos ratos y el alcalde de Seronete las bofetadas que recibió por haber cumplido con su deber. Yo no tenía ningún interés en la elección, y quien me decidió a venir fue su primo de usted. Después he visto que la enemistad entre ustedes era falsa, de lo que me alegro, y que me habían tomado a mí como juguete.

—No piense usted eso de ningún modo —interrumpió Cañaveral—. Mi primo estaba en contra mía; sólo que entre familia todo se arregla, y a última hora, cuando yo vi la causa perdida, le hice ciertas concesiones en un negocio que teníamos pendiente, y entonces él cejó en su oposición.

—Sea como fuere —prosiguió Pío Cid—, yo desistí ya de la idea de ser diputado y le dejo el campo libre, y lo único que le digo es que si yo he triunfado sin esfuerzo por Seronete, es porque usted tiene allí enemistades, y esto, en un pueblo de cuatro vecinos, en que usted es el amo, no habla muy en favor de usted.

—No me diga usted nada —replicó vivamente Cañaveral—, porque si yo fuera realmente el amo pondría una horca en la puerta de mi casa y todos los días colgaría de ella un vecino.

—Eso tiene un inconveniente —observó Pío Cid—; que a la semana se quedaría usted sin súbditos, porque no es creíble que fueran allí de otras partes por el gusto de ser ahorcados por usted. Y cuando no tuviera usted súbditos, todo lo que posee usted en el distrito no valdría un céntimo. Hay que ser tolerantes con los que están debajo, porque si los de debajo se mueven se cae el que está encima.

—Eso que yo he dicho es un decir —insistió Cañaveral—. Yo soy bueno por la buena, pero por la mala no me dejo manejar por nadie, y en el distrito hay algunos gallos a los que hay que cortarles la cresta.

—No hay tales gallos —replicó Pío Cid—, como no sea en la imaginación de usted. El que ha decidido la elección ha sido realmente don Cecilio Ciruela, y este buen hombre no es gallo ni gallina: es un maestro que tiene exasperado el apetito porque por culpa de usted no cobra su miserable sueldo. Páguenle ustedes y eviten esas malquerencias. Le he de hacer a usted una observación en tono de amigo. Yo podría poner condiciones para ceder el puesto y no las pongo, porque confío en la caballerosidad de usted. Sería una gran cobardía de mi parte volver las espaldas y dejar que usted se vengara impunemente de las contadas personas que han votado por mí; yo no vuelvo las espaldas, pues aunque no sea diputado, escribo en uno de los periódicos más leídos de Madrid, y en cuanto supiera algo desagradable, los sacaría a ustedes a la vergüenza pública. Hoy la prensa vale mucho —recalcó en vista del efecto que a don Carlos le producía la advertencia—, y una pluma bien manejada vale más que una docena de diputados.

—En eso que usted dice —contestó Cañaveral— revela que no me conoce. Yo soy incapaz de vengarme del que está caído, y una vez que usted me cede el distrito, yo lo doy todo al olvido, y lo que haré será trabajar por conseguir ciertas mejoras que hacen mucha falta. Mis propósitos son los mejores, y si usted tiene interés por el distrito por ser de él, yo lo tengo mayor por ser de él y tener en él todos mis bienes y vivir en él gran parte del año. Usted manda allí gran fuerza por sus antecedentes de familia, lo reconozco; pero yo tengo intereses en la actualidad y me va más que a usted en que el distrito prospere.

—Pues por eso principalmente se ha decidido a ceder, según me ha explicado —dijo don Estanislao interviniendo—. Sólo que el señor Cid es un hombre de buena fe, y quiere que su sacrificio no sea estéril, y que ya que él se retira y rompe con su tradición de familia, los que la sustituyan no lo echen todo a los leones. Yo le soy a usted franco; yo no haría lo que mi amigo, porque quizá, en vez de comprender su generosidad, busquen explicaciones tortuosas y atribuyan su retirada a motivos bajos; habrá gente capaz de decir que ha renunciado porque le han ofrecido algo en recompensa..., ¿quién sabe? Aparte de esto, dicho se está que yo tengo que consultar a Madrid antes de decidir la cuestión en lo que de mí depende.

—Por eso no hay cuidado —dijo Cañaveral, que estaba dispuesto hasta a cambiar de casaca si era preciso para que el gobierno le dejara salirse con la suya—. Yo trabajaré la partida de acuerdo con usted, y mi primo Romualdo echará el resto.

—No me parece difícil el arreglo —dijo Pío Cid—. Pueden hacer ver que he sido yo el derrotado, y así no hay renuncia ni tienen por qué sacarme el pellejo. En fin, este asunto es de ustedes dos. Yo me voy, que ya es tarde.

—Yo le ofrezco a usted todo cuanto soy y valgo —dijo Cañaveral—, y sin necesidad de ser diputado, usted manda en el distrito con sólo indicarme sus deseos.

Cerca ya de la puerta, con el sombrero en la mano y el estuche con la cruz de plata debajo del brazo, refirió Pío Cid brevemente la historia del penado Gutiérrez y la entrevista que con él había tenido aquella mañana. Don Carlos, que era enemigo personal del antiguo alcalde, autor del atropello, se indignó oyendo el relato, y ofreció a Pío Cid trabajar con todas sus fuerzas para obtener el indulto*.

—Nada, eso corre de mi cuenta y poco he de valer si no lo consigo —afirmó por último Cañaveral, con aire autoritario, retorciéndose y estirándose las soberbias guías del bigote**.

---

* indulto de Gutiérrez. / indulto.
** bigote... Eran cerca de las cinco (pag . 346 de nuestra edición)

Pío Cid acude a levantar a una mujer caída

«Mi adorado Pío:

Me alegraré de que hayas hecho el viaje felizmente. Nosotras sin novedad, y yo deseando saber de ti por horas y momentos.

Te escribo sólo para que tengas noticias mías. Aunque te dije que te escribiría cuando recibiera carta tuya, no puedo esperar más, pues sólo hace veinticuatro horas que nos separamos y ya me parece que hace un siglo que no te veo. Anoche no pude pegar los ojos; ya veo que si tuviera que vivir separada de ti me moriría: puedes creerlo. La casa parece que está tonta desde que te fuiste. Yo sólo te encargo, una vez más, que no estés ahí más que el tiempo preciso, pues sufro separada de ti. Tú te ríes de mis cosas; puede que algún día te convenzas de lo mucho que te quiero, por más que tú lo sabes, y aunque te disgustas cuando te muevo gresca, me perdonas porque sabes que todo es efecto de mi mucho cariño.

Espero tu telegrama diciéndome que llegaste con bien, y mañana te volveré a escribir. Escríbeme tú también, pues así me parece que te tengo cerca de mí. No dejes de escribirme, que eres muy distraído, y me darías muy malos ratos teniéndome sin noticias tuyas. A cualquier hora puede ocurrir una desgracia, y si no me escribes me figuraré que te sucede algo.

Muchos recuerdos de mamá, de mi tía y primitas, y tú recibe un abrazo muy apretado de tu mujercita que te quiere mucho, muchísimo.—MARTINA.

Adiós. No dejes de escribir.»

«Pío de mi vida:

No he tenido noticias tuyas, y estoy intranquila. Siempre serás el mismo; parece que te duele escribirme. En fin, esperaré a mañana. Mamá dice que no habrás querido telegrafiar porque escribirías en el acto, y que la carta no llegará hasta mañana. ¡Ojalá sea así! Lo principal es que sigas bien. En ésta todo sin novedad, aunque hoy ha habido un disgustillo; ya te contaré cuando vengas. No es nada de importancia.

Desde que te fuiste no ha venido nadie. Pablito dice que su hermano Florentino, el de San Sebastián, está para llegar de un momento a otro, porque tiene asuntos en Madrid, y ha adelantado un poco el viaje para asistir a la boda. Quizá será para conocer a la familia. Mi tía dice que para este caso quisiera que tú estuvieras aquí, aunque de todos modos tiempo tendrá de conocerte el tal don Florentino. Mi tía está arreglándolo todo para cuando tú vengas, y creo que anda buscando cuarto. Yo en esto no digo ni bueno ni malo.

El disgustillo que te decía es porque yo había pensado trasladar nuestra habitación a la sala grande, en vista de que estamos muy estrechos y de que la sala no sirve para nada, pues no tenemos a quien recibir, y los que vienen, aunque no vinieran, nada se perdería. Tu amigo Gandaria estuvo hoy un rato oyendo cantar a Candelita. Mi prima no le hace mala cara, pero él parece que tiene muchos humos y querrá una princesa. ¡Valiente tipo!

Te ruego y te suplico que me escribas con frecuencia pues desde que estoy sola no pienso más que en el momento de recibir tu carta, y luego que si no me escribes parecerá que es que me quieres poco y no te acuerdas de mí.

Adiós, recuerdos de todos, un abrazo de mamá, y sabes te adora y piensa siempre en ti, tu fea.—MARTINA.

En otra te explicaré la distribución que he dado a la casa, y verás cómo se está mucho mejor. Sobre todo tú que tienes que trabajar, verás qué cuco te he arreglado el despacho. Adiós.»

«Mi adorado e inolvidable Pío:

Al fin recibí tu carta, y veo por ella que estás ocupado y que piensas parar muy poco en ésa.

No me dices si estás bien; no me dices nada; parece que tengas tanto en qué pensar que no te quede tiempo para escribirme, siquiera como yo te escribo, contándome algunos detalles de tu viaje y de cómo estás. Si fuera para alguno de los tontos que vienen aquí, ya escribirías las cuatro carillas y te faltaría espacio, y a mí sólo me escribes cuatro renglones. En fin, qué se ha de hacer: paciencia; lo principal es que sigas bien de salud. Por aquí bien, y yo muy disgustada con unas cosas y con otras. Yo no he nacido para ser feliz; parece que me persigue mi mala estrella por todas partes. Ahora que podíamos vivir tranquilos, tú estás por un lado y yo por otro, y yo tengo además que sufrir mil impertinencias. Dios quiera que esto acabe alguna vez, porque yo siempre así no podría vivir. Además, en el estado en que estoy, dice mamá que si caigo enferma me puede costar caro.

Si mi tía te escribe diciéndote el disgustillo que ha habido, no le des importancia. Cuando vengas, ya te lo contaré todo, y verás que yo no he tenido la culpa. Ha sido cosa de Candelita, que me ha tomado entre ojos, y siempre está en contra mía. Yo lo único que dije, fue «a ver si ya que Paca se casa con Pablo, Valentina se casa después con Benito y Candelita con Gandaria, y así cada una se va a su casa». Ya ves tú, dicen que esto es que quiero echarlas a la calle, cuando yo te puedo jurar que mi idea era sólo que se casaran las tres, pues al fin son mis primas, y me alegraré de su felicidad. ¿No dicen que yo tengo coraje de que Paca se case, porque yo estoy en la situación en que estoy? Pues ahí verán que desearía que se casaran todas.

Sabrás que el amigo Ferré escribió que está formando una compañía de ópera, que trabajará en Barcelona este verano. Mi tía le ha escrito para ver si puede colocar a Candelita. Se irán las dos, y Valentina se quedaría con Paca. No sé lo que resultará; ya sabes las ilusiones que mi tía tiene con el teatro, y más que el profesor de Candelita dice que él responde del éxito. Yo no veo las cosas tan claras; veremos lo que contesta el amigo Ferré.

Yo estoy deseando que vengas para que tú des tu opinión, no vayas luego a echarme a mí la culpa si hacen algo sin que tú lo sepas. Te lo aviso para que estés al tanto de todo lo que ocurre.

Escríbeme mucho, y no olvides a tu mujercita que siempre está pensando en ti y te quiere cada día más, y desea verte muy pronto, tu MARTINA.

Un abrazo de mi madre. Te escribo a las mismas señas: ya te enviarán la carta. Iba a ponerte las señas del pueblo, pero no estaba segura, porque no me lo has dicho, y puede que vayas antes a otros. Dime adónde te he de escribir, y lo mejor es que te vuelvas cuanto antes. Yo cada día estoy más triste desde que estamos separados. Esto no es vivir. Adiós.»

«Pío de mi vida y de mi alma:

Ayer te escribí, y aunque no he recibido carta tuya, te pongo estas cuatro líneas para decirte que te vengas en seguida, pues estoy muy disgustada por mil razones que te explicaré cuando estés aquí. No creas que esto que te digo es hablar por hablar; créeme que haces falta en ésta antes de que yo haga algún disparate. Hoy he tenido una disputa con mi tía: el por qué ya lo sabrás. No ha sido por lo de antes, sino porque yo he echado a la calle a tu amigo Gandaria, y mi tía dice que esto es una falta de educación, y que una señora no debe de proceder así. Yo no admito lecciones de nadie y sé de sobra lo que me hago. Cuando te enteres me darás la razón. Me río yo de los amigos; ya te convencerás de que para un hombre no hay mejor amigo que una mujer que le quiera, pues todos los amigos son falsos, y no respetan nada en cuanto se les deja dos dedos de luz. En fin, no me queda tiempo para más, pues quiero que mamá lleve ésta ahora mismo al correo.

Adiós, recibe muchos besos y abrazos y caricias de tu fea, que te adora.—MARTINA.

Te ruego y te suplico que te vengas en cuanto recibas esta, aunque dejes abandonados tus asuntos. Todo eso que tienes entre manos es pura tontería. Ya te diré lo que se me ha ocurrido, y verás qué felices vamos a ser si tú quieres seguir mis consejos. Adiós, otro abrazo muy fuerte de la esclava Esma. ¡Dios sabe las que me estarás jugando!»

«Pío idolatrado:

Dos días sin tener carta tuya y sin saber si sigues bien ni dónde estás. ¡Nada! Como si te hubiera tragado la tierra. Dime si tengo razón para ofenderme, cuando yo sólo pienso en ti y sería capaz de hacer por ti los mayores sacrificios.

Si no me contestas a esta, creeré que te ha ocurrido alguna desgracia, y aunque sea empeñando todo lo que tengo, me voy a buscarte. Esto no puede seguir así ni un día más por los disgustos que sabes. Además, ya no tengo un cuarto, pues lo que mi tía me dio, se ha acabado hoy mismo. Ella tiene, porque ha recibido la pensión de Murcia; pero ahora guisa aparte para las cuatro, y mamá y yo comemos solas. Se les ha puesto así en la cabeza; ¿qué se le ha de hacer?

Si me veo muy apurada, empeñaré el relojito; pero por Dios te encargo que no te entretengas ni un día más. Ten siquiera consideración por el estado en que me encuentro.

Todo el día pensando en ti, y tú desde que te fuiste no me

has escrito más que unas cuantas líneas. Yo quisiera conven-
certe de lo muchísimo que te quiero y de lo que soy capaz de
hacer por ti. Creo que por tu cariño voy a hacer cosas muy
grandes en el mundo. Ahora estoy viendo a ver si acierto a
componer algunos versos, porque sé que te gustan. He embo-
rronado la mar de papel, pero no me salen a mi gusto; yo
creía que era fácil hacerlos cuando veía cómo los escribes tú;
pero es muy difícil, sobre todo para mí, que no sé. Ya me
enseñarás tú, a ver si salgo poetisa, pues esto me gustaría
mucho más que el piano, que lo sabe tocar todo el mundo; y
además que para aprender a tocar bien, bien, hay que tener
mucha paciencia.

Aunque te rías de mí, te voy a poner un verso de los que he
escrito hoy. Es una tontería, pero lo que te digo lo siento de
corazón.

> Si dando mi vida, yo
> salvar tu vida pudiera,
> aun sufriendo atroz martirio,
> con toda mi alma la diera.

Te ruego mil veces que no te estés ahí con esa calma, que
parece que no te acuerdas de que yo estoy en el mundo.
Y luego para nada, porque todo eso no sirve para nada; pues yo
tengo pensada otra cosa que nos conviene más que seguir en
Madrid como estamos. Ya te lo explicaré, y supongo que será
de tu agrado.

Mamá te envía un abrazo, y yo toda mi alma y mi vida
envuelta en un millón de besos de tu mujercita que te idola-
tra.—MARTINA.

Ya ves que no te escribo más porque no cabe. No sé si
entenderás estos renglones cruzados. Sí, los entenderás. Adiós,
feo mío.»

Así decían las cartas, y Pío Cid las leyó no se sabe cuántas
veces con gran atención por ser las primeras que Martina le
había escrito y parecerle muy superiores a lo que de ella
podría esperarse; luego se quedaba* con ellas en la mano

---

* cartas de Martina, y cuando Pío Cid acabó de leerlas o mejor dicho
de saborearlas, entre sorbo y sorbo de café se quedó / las cartas, y
Pío Cid las leyó no se sabe cuántas veces con gran atención por ser
las primeras...

mirándolas todas juntas, que formaban un buen legajo; y moviendo la cabeza como si se diera la razón a sí mismo por algo que pensara, o se la diera a Martina por lo que había escrito, decía*:

—Esta terrible criatura me ha puesto la casa patas arriba en veinticuatro horas. Hay que ir sin tardanza y ver si esto tiene compostura, que sí la tendrá. Desde luego, Martina no dice lo que ha ocurrido, pues por lo que ella dice no iba doña Candelaria a hacer lo que ha hecho. Por poco aguante que tuviera, hubiera esperado mi regreso. En fin, bueno está por hoy; mañana será otro día y estaremos todos en Madrid y veremos... Pero ese tonto de Gandaria... ¡Bah!

Después de la visita al gobernador volvió a su casa; arregló** en un segundo su maleta y se despidió, encargando que la llevasen a la oficina de los coches a la hora de salida. Vino a buscarme, y juntos nos encaminamos, dando un paseo, a la fuente del Avellano, donde aquella tarde había asamblea literaria. No era una reunión casual, puesto que los poyos de la famosa fuente Agrilla estaban ya en aquella sazón lustrosos y un tanto desgastados de prestar servicio a los literatos y artistas granadinos, que habían convenido en reunirse allí todas las tardes para beber agua pura y fortaleciente y hablar de todo lo divino y lo humano con la apacible serenidad que infunde aquel apartado y silencioso paraje. Nosotros llegamos los últimos, y hallamos la asamblea en pleno. Además de Antón del Sauce y Paco Castejón, con quienes nos reunimos en el camino, estaban allí los dos Gaudetes, Feliciano Miranda, el poeta Moro, Juan Raudo, Montero el menor y Eduardo Ceres. Todos conocían a Pío Cid por haber comido juntos en la Alhambra, excepto el hijo de Gaudente, que era estudiante de Derecho y aspirante a escritor, y Eduardo Ceres, excelente joven, cuya mayor habilidad consistía en dar las noticias antes que nadie, por lo cual le llamábamos en broma *Don Teléfono*[1].

---

* y sólo dijo por lo bajo estas palabras / decía
** Eran cerca de las cinco, cuando Pío Cid salió de la casa del gobernador. Fue a la suya. Arregló / Después de la visita...
[1] La asamblea literaria que se reúne en la Fuente del Avellano sigue muy de cerca la Cofradía del Avellano. (Véase nuestro prólogo para detalles sobre la correspondencia entre personajes reales y ficticios.)

—Hoy tenemos gran novedad literaria —dijo Castejón aspirando con las narices dilatadas el airecillo fresco que subía de la umbría del Darro—. Se puede perdonar el trote que hay que dar para venir aquí sólo por oír la tragedia que ha escrito éste (señalando a Sauce).

—¿Tragedias a estas horas? —dijo Miranda.

—No hay que exagerar —rectificó Sauce—; es un articulejo más para la colección de *Tragedias vulgares* que voy a publicar.

—Pues Moro —agregó Miranda— trae también terminado su poema. Esto va a ser el acabose.

—¿Qué poema es ese? —pregunté yo.

—Es el mismo que tenía empezado, el de *Los olivares* —me contestó Moro—. Yo estoy condenado a vivir siempre entre olivos.

—Lo mejor —añadió Gaudente el viejo— es que yo estoy oyendo hablar de ese poema desde hace tres años, y aún no conozco ni un verso. Hijo, acábalo de desembuchar y no nos amueles más con ese parto de burra.

—Ea, comience el fuego —dijo Castejón—. Yo, si queda tiempo, os leeré el comienzo de una historia morisca que estoy sacando de unos papeles viejos que he comprado en un baratillo.

Después de tomar sendos vasos de agua, sentados todos al amor de la fuente, nos preparamos para saborear la varia e interesante lectura de aquel día memorable. Gaudente el viejo leyó su célebre proclama poética, y pudiera decirse patriótica, titulada *¡Viva la mantilla!*, en la que se cantaban las excelencias de la mantilla y se fustigaba sin misericordia el ridículo sombrero, inventado por las mujeres feas para sombrearse la cara, moda funesta que acabará por dar al traste con el carácter de las mujeres españolas; Moro, su poema *Los olivares*, en el que describía con extraordinaria riqueza de colorido las fiestas populares que se celebraban antiguamente a la sombra de los olivos, en particular las de San Antón y San Miguel que ya van, por desgracia, desapareciendo; y Sauce el artículo elogiado por Castejón[2]. Así estos trabajos como los

---

[2] En este trabajo el olivar es un motivo que simboliza, según Pío Cid, la esencia mediterránea que une los griegos, con su culto a la aceituna, a los españoles, o a las españolas, «por ser nuestro suelo el más olivífero del mundo» (pág. 376). El fruto de este suelo puede ser excelente, puesto que el olivo es el plato predilecto de Cid, o podrido, como en el caso del granadino degenerado, Juanito Olivares.

que se leyeron más tarde, son dignos de alabanza y de que se los busque para leerlos en las revistas de aquella época, puesto que todos fueron publicados. Yo sólo he de insertar, por convenir a la mejor inteligencia de mi historia, el del impresionista Sauce, dejando la apreciación de su mérito al buen juicio del que leyere. Helo aquí:

JUANICO EL CIEGO

(Tragedia vulgar)

«Hace algunos años iba por las calles de Granada un pobre ciego, llevando de la mano a una niña preciosa. Aunque vivía de la caridad pública, no era mendigo callejero. Si algún transeúnte le ofrecía limosna, él la aceptaba, diciendo: «Dios se lo pague y Santa Lucía bendita le conserve la vista»; pero pedir, no pedía nunca, porque tenía casas conocidas para todos los días de la semana, en las que recogía lo suficiente para vivir.

Llamábase Juan de la Cruz, y todos le decían Juanico *el Ciego* o Juanico *el Malagueño;* la niña que le servía de lazarillo era hija suya y se llamaba Mercedes, y ambos formaban una pareja muy atractiva.

Juanico no era un pobre derrotado y miserable, de esos que inspiran tanta repulsión como lástima, sino que iba siempre limpio como los chorros del agua. Vestía invariablemente un traje de tela de lavar muy blanca, y solo en los días en que apretaba mucho el frío se ponía encima de su vestimenta veraniega una cazadora remendada, de color pardusco, con coderas de paño negro y adornos de trencilla muy deshilachados.

Era hombre todavía joven y podía pasar por buen mozo. Se había quedado ciego de la gota serena, y sus ojos, aunque no veían parecían ver[3]. Eran ojos claros y sin vista, que daban al rostro una expresión noble y grave, realzada por el esmero que ponía Juanico en ir siempre muy bien afeitado.

La hija del ciego, Mercedillas, era un primor de criatura, a

---

[3] La gota serena, llamada también amaurosis, se define en el *Diccionario de la Real Academia:* «privación total de la vista, ocasionada por lesión en la retina, en el nervio óptico o en el encéfalo, sin más señal exterior en los ojos que una inmovilidad constante del iris».

la que muchos de los que socorrían al ciego hubieran gustosamente recogido para quitarla de aquella vida peligrosa.

—Esta niña va siendo ya grande —le decían—. ¿Qué va usted a hacer, Juanico, con ella cuando crezca un poco más? Sería una lástima que esta criaturica tan mona se le echara a usted a perder.

—Ya veremos, ya veremos —decía el ciego—; no tiene más que diez años; todavía es una mocosa.

Y estaba siempre preocupado con lo que había que hacer con aquella niña, que era lo único que tenía en el mundo y que para él era más que una hija: era su alma y el único testigo de la historia dolorosa que el infeliz ciego llevaba incrustada en todo su ser.

Nadie hubiera dicho al verle tan calmoso y, al parecer, tan contento, que aquel hombre vulgar llevaba a cuestas el recuerdo indestructible de una terrible tragedia.

Juan de la Cruz había nacido en Málaga, en el barrio del Perchel, y quedádose huérfano de padre y madre cuando era muy niño. Una familia pobre le recogió y le crió, auxiliada por otras familias del barrio. El muchacho creció como planta silvestre, sin que nadie se cuidara de dirigirle; pero debía de ser naturalmente bueno, pues desde que pudo trabajar quiso aprender un oficio, y no a uno, sino a varios se aplicó con la mejor voluntad.

Estuvo en una carbonería, metido entre el carbón y el cisco, hasta que, harto de tizne, se decidió a entrar de aprendiz en una cerrajería, deseoso de tener un oficio formal, y, por último, se dedicó a zapatero.

Se había establecido entonces en Málaga, en un portalillo de mala muerte, un zapatero llamado Paco *el Sevillano,* con tan buena suerte, que muy pronto tuvo necesidad de meter quien le ayudara. Juanico fue el primero que entró en aquella casa, y no tardó en pasar de aprendiz a oficial y en disponer de un salario seguro, con el que pensó, desde luego, que podría casarse y tener casa propia.

—Pero el noviajo que tienes con *la Perdigona* —le decía algunas veces su amo—, ¿es cosa formal?

—¿Que si es formal, don Paco? —respondía él—. Ya lo verá usted en cuanto salga libre de quintas, si salgo. Creen que no es formal porque mi novia es hija del borrachín de su padre; pero nadie puede elegir familia; y la Mercedes vale más oro que pesa.

En esto llevaba razón Juanico, porque su novia, a la que él

le hablaba desde muchacho, era la flor y nata del Perchel, y digna, por lo guapa, hacendosa y decente, de casarse no ya con un oficial de zapatero, sino con un título.

Cuando a Juanico le tocó ir a servir al Rey estaba en su golfo la guerra de Cuba, la de los diez años, y quiso la mala suerte que a él le tocara pasar el charco. Y allá se fue, jurando antes a su novia que si no lo mataban volvería y se casaría con ella, y ella le juró que lo esperaría aunque fueran veinte años, pues, o se casaba con él, o no se casaba con nadie. Porque entre ellos no mediaban solo palabras, sino compromisos graves, y a decir verdad, más que novios eran marido y mujer, pues a los seis meses de irse Juanico tuvo la Mercedes una niña, que era el vivo retrato de su padre.

En los apuros que pasó la muchacha durante la ausencia de su novio y marido contó con la protección de don Paco, que era hombre de muy buenos sentimientos. Trabajaba *la Perdigona* en todo lo que le salía, y cuando más ganaba era cuando llegaba «la faena», la época del embale de las naranjas para la exportación; pero esto no era fijo, y don Paco la decidió a que trabajara para la zapatería, que ya no era el primitivo portal, sino una tienda muy grande, convertida después en el establecimiento casi lujoso de *La punta y el tacón,* uno de los más populares de Málaga. Mercedes aprendió pronto el oficio de aparadora, y andando el tiempo pudo emanciparse del yugo de su padre, que le daba muy mal trato, y vivir sola con su niña, sin salir más que a compras o a entregar su tarea.

—Cuando venga tu marido —le decía el amo—, vais a estar mejor montados que el Gobierno. Dos jornales seguros, y luego lo que él traiga.

—¿Cree usted que traerá cuartos? —preguntaba Mercedes—. Lo que yo quiero es que venga pronto y que no me lo hayan cambiado, porque algunos vuelven con unos humos...

Volvió, en efecto, Juanico, y volvió con humos. Los primeros días daba pena de oírle mezclar en su lenguaje natural algunas palabras nuevas que había recogido al revuelo, y hablar de su «masita» como si trajera un moro atado. Pero a pesar de todo, Juanico era franco y no contaba hazañas fingidas. El había salido muy poco a operaciones, y aunque había sentido las balas cerca, disparadas por enemigos invisibles, no se había echado jamás a la cara un insurrecto. Estuvo casi siempre en un ingenio al que nunca se aproximó el enemigo; los propietarios de la finca eran muy generosos y le habían tratado a él y a sus camaradas a cuerpo de rey; había ahorrado el plus de campaña y un poco más; y, en resumen, al terminar la guerra se halló con una pequeña fortuna.

Aunque la mayor parte estaba en pagarés, en los que perdió más de la mitad, le quedaron libres unos ocho mil reales, largos de capellada; para él casi un capital.

—Ahora lo que debes hacer —le dijo el amo, que le recibió con los brazos abiertos—, es comprar con ese dinero una casa para vivirla. Tú no sabes lo que vale no tener que pagar casa. Luego sigues trabajando aquí, si quieres, y te casas con la que es ya tu verdadera mujer, que es una mujer para un pobre, y si llega el caso para un rico, porque te aseguro, ahora que la he tratado, que la Mercedes es una perla. Mi mujer la quiere como si fuera de la casa, y tiene empeño en ser la madrina.

—Ya veremos, ya veremos —contestó Juanico—. Yo había pensado establecerme.

—Pues si lo haces ándate con ojos, no vayas a perder tontamente lo que te ha costado exponer la salud y la vida.

Juanico no lo decía; no se atrevía a decirlo. Pero desde que llegó a Málaga y fue a ver a sus amos, tenía el diablo en el cuerpo. Había visto a Manuela, la hija de los zapateros, que cuando él se fue estaba recién vestida de largo, y ahora estaba hecha una mocetona, y al verla había tenido una idea, que debía ser la causa de su perdición. Menos mal si se hubiera enamorado; esto tendría disculpa. No se enamoró, sino que sintió el deseo de igualarse a sus antiguos amos. Mercedes era al fin y al cabo *la Perdigona,* y aunque él la quería, ya, después de ver mundo, comprendía que el querer es una farándula. Lo esencial era tener patacones y mezclarse con buena gente para tomar la alternativa y darse aires de caballero.

Todo esto lo tendría él, o podría tenerlo, estableciéndose y casándose con Manuela. Mercedes era más guapa, eso sí; pero Manuela era una señorita bien educada, y la educación vale más que la guapeza.

La única dificultad —decía— está en este maldito compromiso... Si yo fuera libre del todo... Pero con este lío estoy como si estuviera casado..., y hasta con una hija, que, aunque no lleva mi apellido, es mía; esto no hay perro ni gato que no lo sepa.

Estas cavilaciones le agriaban el carácter a Juanico, y Mercedes era la que pagaba los vidrios rotos. Comenzaron los insultos, y vinieron después los golpes; al principio no hablaba claro, porque comprendía que no llevaba la razón; pero después su egoísmo se hizo tan brutal que a todas horas estaba describiendo el cuadro de dichas y prosperidades que él podía disfrutar casándose con la hija de los amos; la conclusión era siempre maldecir el día y la hora en que conoció a *la Perdigona,* a la que muchas veces, no contento con maltratarla, la echaba con su hija a la calle.

Tomó, por fin, en traspaso una zapatería bastante desacreditada, y entonces se fue a vivir solo, para hacer ver que la Mercedes era para él cosa de pasatiempo, y comenzó a proclamar él mismo, ya que no se atrevía a decirlo directamente, que estaba en relaciones formales con la hija de don Paco. No por esto dejaba de visitar a Mercedes y de martirizarla, como si se hubiera propuesto quitarle la vida a disgustos. A dejarla no se atrevía, y a decir verdad, no sería capaz de hacerlo, pues de pensar que ella pudiera irse con otro hombre, los celos se lo comían. Ya dije que a Juanico se le metió el diablo en el cuerpo; sólo así se explicaba este amor que él sentía realmente por la Mercedes y este deseo de quitársela de encima y este afán de matarla poco a poco para que nadie le sucediera en el corazón de aquella infeliz mujer.

Aunque él era tosco, a veces se echaba una ojeada por dentro, y se veía tan bajo y tan ruin, que se arrepentía, y pensaba que quizá sería mejor casarse con Mercedes y trabajar los dos unidos en la tienda y prosperar y ser muy ricos sin deberlo al auxilio de nadie. En estos momentos cogía a Mercedillas en brazos y la mecía, y la arrullaba, y se echaba a llorar, y le bañaba al angelito el rostro de lágrimas, mientras la madre viéndolos venía y los abrazaba a los dos, y decía:

—Juan, tú eres bueno, tú eres siempre el mismo. Ayer le recé a la Virgen para que te quite esos fantasmas de la cabeza.

Pero después volvía a aparecer el fantasma, y con que Juanico fuera un momento a casa de don Paco, y viera a Manuela, y formara de nuevo su castillo de naipes, volvían los malos tratamientos, y cobraba mayor brío la idea fija que atormentaba al ambicioso desventurado:

—Aunque yo fuera inmensamente rico nunca sería nada, porque al fin Mercedes sería siempre *la Perdigona.*

El martirio de ésta no podía ser eterno, y un día, cuando menos lo esperaba Juanico, la víctima anocheció y no amaneció. No se fue con nadie, sino que se fue derecha a una casa de mal vivir; no pudo irse con nadie, porque a nadie le había hecho nunca caso, aunque no faltó quien la solicitara, y al irse se fue a la primera casa que le abrió las puertas. Así, aun hundiéndose en el vicio, podía decir *la Perdigona* que había sido fiel a su amante. Otra mujer hubiera pasado de mano en mano, como zarandillo de bruja; pero la Mercedes no era una mujer como las otras, era mucho mejor; y cuando vio que el hombre a quien ella quería era tan malo, pensó que los demás serían peores, y sin repetir la prueba se tiró al barro. Y Juanico no la buscó, y aunque la quería, no sintió celos. Quizá si se hubiera ido con otro la hubiera buscado para matarla.

El vulgo se puso de parte de Juanico. Veía en él un buen hombre, que a pesar de haber vuelto con dinero, no había querido abandonar a *la Perdigona*, y el pago que había recibido era que esta hiciera al fin de las suyas. La cabra tira al monte, y Mercedes era de mala casta para que saliera buena. Hasta se comprendía ahora la razón de las palizas que Juanico le propinaba a diario, y que sin duda serían para corregirla. Pero todo había sido inútil. ¡Condenadas mujeres!

Sólo don Paco no se dejó engañar; y aunque nada dijo por lo pronto, cuando supo que Juanico pregonaba por todas partes que era ya cosa decidida su casamiento con Manuela, le llamó a capítulo y le habló con su cachaza de costumbre:

—Oye tú, Juanico, ¿es cierto que andas por ahí anunciando que te vas a casar con mi hija?

—La gente dice lo que le da la gana —contestó Juanico—. ¿Qué más quisiera yo?... Pero...

—Cuando corren las voces por algo será —le interrumpió don Paco—. Nadie más que tú tiene interés en decir esas cosas, y, la verdad, me ha escocido que tengas tan poco respeto a esta casa. Tú tienes tu mujer, porque, aunque no os hayan echado las bendiciones, para mí esto no compone nada, y la Mercedes es mujer tuya y madre de tu hija... Yo he sido pobre y no te despreciaría por cuestión de intereses; pero aunque trajeras el oro y el moro te pararía los pies y te haría volver a tus obligaciones.

—Pero, don Paco —replicó Juanico—, parece que no sabe usted lo que esa mala pieza ha hecho conmigo; para mí ella es ya como una piedra que se va a lo hondo del mar. ¿Qué quiere usted que yo haga con una mujer tan sinvergüenza?

—Mercedes era buena como el pan, y tú la has hecho mala —contestó don Paco—. ¿Crees tú que yo no entiendo la aguja de marear? Yo sé lo que tú has hecho con esa infeliz. No te digo que la recojas, porque esta es cuenta tuya. Déjala si quieres que corra su mala fortuna y tú arréglate a vivir con tu hija como Dios te dé a entender... Yo te he querido siempre, porque eras un buen muchacho; pero ahora te veo con malos ojos, sin poderlo remediar, y lo único que te pido es que no aportes más por las puertas de mi casa. Mucho me duele decírtelo, pero no me gusta hacer dos caras.

—Pero, don Paco —suplicó Juanico temblando—, eso es como quien dice leerme la sentencia de muerte... Yo, que no he tenido nunca más padre que usted...

—¡Quién sabe si más adelante —dijo don Paco— volveremos a ser lo que éramos! Yo hablo de ahora, y ahora no quiero que pongas más los pies en mi casa.

Fue aquel día el más amargo de la vida de Juanico. No sólo porque vio que todo el mal que había hecho era inútil, sino porque las palabras de don Paco le parecían la voz de su propia conciencia. Aquella noche no durmió, asustado de la soledad en que se encontraba y atormentado por el bullir de la sangre que parecía arderle en las venas. Por la mañana notó cierto malestar en los ojos, y vio que la casa se iba poniendo oscura como si volviera a anochecer. Se levantó y abrió las ventanas, y aun veía menos; y, por último, no vio nada.

Despertó a Mercedillas, y comenzó a hacerle preguntas, sin que la criatura comprendiera lo que le preguntaban; después llamó a una vecina, que era la que venía a limpiarle el cuarto, a guisar y a tener cuidado de la niña, y la vecina tampoco supo darle explicación de aquella repentina ceguera. Los ojos estaban naturales, aunque un poco apagados y como eclipsados; pero a primera vista no se notaba cambio alguno. Y, sin embargo, Juanico estaba ciego para siempre.

Todo lo que tenía, y aun lo que le dieron por el traspaso de la tienda, lo gastó en curarse, y no se curó.

—Cuando yo tenga vista —decía— volveré a trabajar en casa de don Paco y me dejaré de negocios. Cada uno nace para lo que nace, y yo he nacido para ganar un jornal y vivir con él, sin meterme en más ambiciones. Al menos si yo tuviera ahora una mujer que se interesara por mí...

Y a fuerza de darle vueltas en su magín a este pensamiento, decidió un día mandar a buscar a *la Perdigona*.

No se hizo ésta rogar y vino en seguida, deseosa de ver a su hija, a la que todavía no le había perdido la calor. No así a Juanico, a quien casi lo tenía olvidado. Entró por las puertas del pobre cuarto y lloró al ver a su niña, a la que se abrazó fuertemente, en tanto que Juanico las buscaba a las dos y se cogía a ellas, diciendo:

—Ya me daba el corazón que tú eras de ley y que vendrías. Mira la desgracia que ha caído sobre mí. Este es un castigo del cielo por lo mal que lo hice contigo. Pero ahora ya soy otro, y si Dios quiere que me cure, yo te juro que nos casaremos y que seré mejor que nunca.

—Válgame Dios —exclamó *la Perdigona*—, ha sido menester que te quedes ciego para que me quieras...

—Yo siempre te quise —contestó Juanico—; eso te lo juro por la salud de la niña. Fue una mala hora que me vino, y ya ves qué caro lo estoy pagando.

Al decir esto, Juanico abrazaba contra su pecho a la Mercedes y sintió un olor penetrante a almizcle que tiraba de espaldas; fue a besarle la boca y le dio en el rostro una tufarada de tabaco. Quizá debió alegrarse de estar ciego para no ver el cambio que en unos cuantos meses había sufrido el rostro de aquella desventurada mujer. Así Juanico no la veía como ahora era, sino como antes fue, y lo único nuevo que notaba en ella eran los perfumes del vicio.

—¿Qué olor endemoniado es ese que traes? —le preguntó—. Lávate y quítate eso de la cara.

Ella cogió una jofaina y se lavó con agua clara, y comenzó a soltar la costra que se había ido formando de rodar por los lupanares. Pero los estragos que había sufrido por dentro, estos no se limpiaban con agua; y aunque *la Perdigona* quiso de buena fe volver a ser la Mercedes de antes, no pudo conseguirlo, en parte porque ya había adquirido algunos malos hábitos, y más aún porque ahora nadie la respetaba.

Juanico se casó con ella por tenerla más segura y por legitimar a Mercedillas. Él, por hacer algo, se dedicó a hacer soga, y Mercedes volvió a aparar en la zapatería de *La punta y el tacón*. Lo que debió ser antes era ahora, y el matrimonio vivía feliz. Juanico, escarmentado por la desgracia, era un santo para su mujer, y esta parecía resignada con su cruz; a veces le entraban deseos de romper la cadena o de divertirse con unos y con otros; pero pronto se arrepentía de sus malos pensamientos por lástima de su marido y porque, al volver a la vida honrada, se le iba despertando de nuevo su antigua dignidad.

Sin embargo, después de algún tiempo de cumplir bien comenzó a torcerse. Era buena con su marido, pero sentía, sin explicárselo, un secreto deseo de venganza. Parece que una fuerza misteriosa la impulsaba a engañar al pobre ciego, no por gusto, sino más bien por necesidad de realizar una obra de justicia. La pérdida de la vista era un castigo que borraba las culpas de la soberbia, pero no un castigo de las villanías de que *la Perdigona* había sido víctima. Ella había sufrido antes y ahora y siempre, sin culpa, y tenía sed de desquitarse; y como no acertaba a hallar el medio de tener goces en la vida, se consolaba faltando a sus deberes, a disgusto, sólo por ser acreedora a pasar las penas que pasaba. En el alma de aquella mujer se había incrustado tan honda y ferozmente la idea de justicia, que, por parecerle injusto sufrir siendo buena, quería sufrir siendo mala.

Juanico lo adivinaba todo y callaba. Un día oyó subir a su mujer por las escaleras, y le pareció que no venía sola, y tuvo la idea de esconderse en una alacena, aprovechando la coyuntura de estar la chiquilla fuera, en casa de unos vecinos. Entró la Mercedes, y como no vio a nadie en la casa, salió un momento a avisar a su acompañante, que era un oficial de zapatero, llamado Bautista, muy amigo de Juanico.

—No hay nadie —dijo la mujer—. Habrá salido con la niña a dar una vuelta.

—¿Estás segura? —preguntó Bautista, a quien el ciego conoció al punto por la voz.

Entraron en el dormitorio, y Juanico, loco de rabia, comenzó a buscar a tientas en los vasares del fondo de la alacena algunas herramientas de zapatero que él recordaba haber puesto allí; tropezó al fin con una cuchilla larga y tan fina por la punta que parecía una daga; y la empuñó con fuerza, salió con sigilo de su escondite y se acercó andando muy quedo a la puerta de la alcoba; se detuvo un momento para escuchar y orientarse, y oyó tan bien, que casi se figuraba ver a los adúlteros. Entonces penetró como un rayo en el aposento y comenzó a dar cuchilladas en el lecho, en el aire, en las paredes. Así estuvo no se sabe cuánto tiempo. Las víctimas debieron de gritar, pues acudió el vecindario y la Policía; pero cuando echaron abajo la puerta no hallaron vivo más que al ciego, que aún empuñaba en la diestra la cuchilla ensangrentada. En medio de la sala estaba Bautista, el oficial, con la cabeza cortada a cercén, y sobre el lecho *la Perdigona,* acribillada y destrozada que casi no era posible conocerla.

Juanico fue a la cárcel, pero la justicia de los hombres le absolvió, y el mundo le absolvió también; porque el mundo y la Justicia no veían más que la falsía de la mujer y la bondad del hombre que había recibido aquel ultraje en pago de la nobleza con que quiso regenerar a una mujer perdida. Pero Juanico se juzgaba de otro modo, y cuando libre ya se vio solo en su cuarto, pensaba: «La pobre de Mercedes ha sido mala, es verdad..., pero ¿por qué fue mala?» Y diciendo esto se abofeteaba el rostro y se gritaba a sí mismo: «¡Canalla!»

No quiso Juanico seguir viviendo en Málaga, y, sin dar cuenta a nadie, cogió a su hija y se vino a Granada con ánimo de dedicarse a pedir limosna. Ya había tomado algunos informes, y cuando llegó se fue derecho a la cuesta de la Alhacaba, y allí acomodó una casucha con los cuatro trastos que traía. Comenzó a adquirir relaciones, y como era mendigo decente y bien portado, casi daba gusto de socorrerle, aparte la obra de caridad. Pero Juanico no era ya ambicioso, y pedía sólo para vivir; se contentaba con las casas que fue adquiriendo y dejaba a otros menos afortunados el mendigar por las calles.

Cuando su hija fue demasiado crecida para servir de lazarillo iba Juanico solo, llevando un perrillo atado de una cuerda. Mercedicas se quedaba en casa y el ciego procuraba estar fuera muy poco tiempo, pues su temor constante era que le ocurriera algo a aquella criatura. Como la Alhacaba no era sitio seguro decidió también mudarse, y se vino al Barranco del Abogado, donde alquiló una cueva que tenía por delante un pequeño chamizo que le daba el aspecto de casa. La vecindad de este lado de la población tampoco era muy recomendable, pero no había casas de trato ni soldadesca; había gitanos, pero a la gitanería no le tenía miedo Juanico, porque los gitanos no roban muchachas.

Salía por las mañanas a recorrer su parroquia del día, encargando a su hija que se estuviese encerrada. De vuelta se entretenían los dos en contar los ochavos, comer y charlar, y los domingos echaban una cana al aire yéndose a pasar el día al campo. Cuando vivían en el Alhacaba iban a las caserías del camino de Jaén, y en el Barranco, por estar más cerca, se iban a los ventorrillos del camino de Huétor. Pedían un jarro de vino, un plato de aceitunas, roscas tiernas y una torta salada para la niña, y a veces también, si había limosna extraordinaria, pescado frito o chorizos extremeños, bocado favorito del ciego. Se sentaban a la sombra de un olivo y merendaban con sosiego y beatitud, salvo que Juanico se sobresaltara alguna vez cuando oía que alguien celebraba la belleza de su hija.

—Mercedes, ¿quién es el que te ha dicho eso? —preguntaba el padre.

Y la hija respondía casi siempre:

—Es un señor viejo; yo no le conozco.

En un ventorrillo vio a Mercedes un señor casi viejo que iba a remachar el clavo que Juanico llevaba atravesado en el corazón desde el día que mató a su mujer. Llamábase don Gonzalo Pérez Estirado, y era de Sevilla; mejor dicho, era montañés, establecido desde muy joven en Sevilla, donde había ganado una regular fortuna. Estaba retirado de los negocios, y vivía de sus rentas, sin pensar más que en darse buena vida. Había sido siempre el señor Estirado un buen hombre, aficionado a los goces de la vida doméstica, y condenado a no lograrlos nunca porque su mujer era de las que toman las enfermedades como cosa de entretenimiento, y aunque nunca tuvo enfermedad formal, milagro era la semana que no la visitaba el médico.

Su marido, harto de tantas impertinencias, se acostumbró insensiblemente a buscar distracción fuera de casa, y con los años sucedió que no podía vivir sin tener, además de su mujer, una protegida, cuando no eran varias. De esta suerte, el señor Estirado, que había nacido para ser un modelo de cónyuges, se transformó, por culpa de su mujer, en hombre de apaños y tapujos; pero aun así fue siempre un hombre de bien, que ni arruinó su casa, ni dio escándalos, ni cometió graves tropelías. Sus devaneos estaban, como todas sus cosas, sometidas a un presupuesto riguroso. Debajo del capítulo donde inscribía la suma con que contribuía a las procesiones de Semana Santa, estaba el capítulo destinado a la protección de doncellas desvalidas; y ambas cantidades eran fijas, aunque en caso de apuro el señor Estirado era capaz de sisar algo a las procesiones en beneficio de las doncellas.

Fue invitado el ilustre y simpático montañés a pasar unos días en Granada por un amigo y paisano que estaba establecido en esta ciudad; vino en el mes de mayo, y se halló aquí tan a gusto que los días se convirtieron en semanas. Como se hospedaba en casa de su amigo, los dependientes de la tienda de comercio se encargaron de llevarle por todas partes para que no le quedase nada por ver.

En una de estas excursiones conoció el señor Estirado a Mercedes, y apenas la vio la echó el ojo y se propuso no dejarla escapar. Su idea no era mala, puesto que, al saber que aquella niña era hija del mendigo, pensó recogerla a ella y a su padre, para que éste no tuviera que pedir más limosna y para hacer de la hija una señorita de mérito.

No quería el señor Estirado perder el tiempo, y decidió valerse de una mujer hábil en oficios de tercería, cuyo nombre y señas le dio uno de los dependientes. Era ésta una mala vieja, conocida por el apodo de *la Gusana,* y vivía en el

Plegadero Alto, cerca de la parroquia de San Cecilio; tenía fama de alcahueta, y su fama no era usurpada, sino fundada en una brillante hoja de servicios, que tiempos atrás hubieran bastado para que emplumaran a la bruja.

El señor Estirado se avistó con ella, y en pocos minutos estuvo firmado el pacto de tercería mediante la oferta de veinticinco duros, de los que cinco fueron adelantados en señal. Y *la Gusana* comenzó aquel mismo día sus indagaciones, y supo cuanto tenía que saber sobre las entradas y salidas del ciego para trabajar sobre seguro. No desplegó ningunas artes nuevas, sino las eternas y conocidas de la adulación y los ofrecimientos, y Mercedes se dejó embaucar como cualquier otra muchacha se hubiese dejado en las condiciones en que ella se encontraba. ¿Qué iba a hacer ella el día que le faltara su padre? ¿Irse a servir y a penar bajo el poder de indecentes señoritos que tampoco la respetarían? ¿Ajarse a fuerza de fregar y barrer, cuando tenía una cara como una rosa de mayo y era digna de vivir metida en un fanal? Siquiera el señor Estirado era un honrado caballero, que sería como un padre para la muchacha; se la llevaría a Sevilla y le daría educación, y quién sabe si se casaría con ella y le dejaría toda su fortuna, puesto que no tenía hijos y se iba a quedar pronto viudo, porque la mujer estaba, como quien dice, dando las boqueadas.

Lo más doloroso para Mercedes era abandonar a su padre; pero esto sería por muy poco tiempo, pues en cuanto el ciego se hiciera cargo de la razón se iría también a Sevilla y no tendría que mendigar más.

Salió el ciego una mañana, y cuando volvió se encontró el nido sin pájaros. Pero lo que no averigüe un ciego no lo averigua nadie, sobre todo si el ciego tiene un perrillo de buen olfato. Aquel mismo día supo Juanico toda la verdad. Supo que su hija había ido a la estación, y supo que iba camino de Sevilla en compañía de un señor muy respetable; le dio la corazonada de que el ladrón era uno que había hablado con Mercedes en un ventorrillo, y por el ventorrillero supo quiénes eran los dependientes que con el ladrón iban y la tienda en que estaban. Todo lo supo excepto el nombre de la alcahueta, porque *la Gusana* era maestra en su arte y no dejaba nunca ningún cabo suelto.

Pensó Juanico ir a Sevilla; pero cuando se fue enterando de las buenas prendas que reunía el señor Estirado, y de que aquella desgracia quizá haría la felicidad de su hija, dejó que a esta se le cumpliera su sino. Mucho le dolía verse tan solo, sin más compañía que el perrillo; algunas veces lo abrazaba y besaba diciendo:

—¡Por qué no dispondrá Dios que sean perros los hijos que tenemos los hombres!

Así resumía el pobre ciego su idea menguada de la humanidad.

Mas para colmo de desventura hasta el perro le faltó, porque aquel verano cogió la estricnina en la calle y murió después de una agonía horrible. También Mercedes había muerto para su padre, porque le dieron el veneno de la seducción envuelto en palabras melosas. La muerte del perro fue la gota que hizo rebosar el vaso de la amargura, y aquella misma noche decidió Juanico dar fin a su calvario.

Por los Mártires, tanteando con su cayado, se encaminó a la placeta de los Aljibes; se acercó al Cubo de la Alhambra y escuchó para convencerse de que no había nadie. Se subió en el pretil, y enarbolando el grueso garrote lo blandió con furia y lo lanzó al aire como si quisiera dar un palo a los cielos. Oyó el eco de un golpe, por el que midió lo hondo del abismo que tenía delante y, entonces, con una audacia sobrehumana, sin que le impusiera temor aquel vacío, se echó a volar con los brazos abiertos. Y como Juan de la Cruz iba siempre vestido de blanco, al verlo en el aire se hubiera dicho que no era un hombre, sino una cruz blanca que caía a la tierra.

A poco se oyó en el silencio de la noche un lamento que no parecía proferido por una garganta. Era como un lamento de la tierra al chocar con un hombre.

Y no se oyó nada más.»

—Bravo, bravísimo —gritó el poeta Moro, que era el más entusiasta de la reunión—. Eso es hermoso, fuerte y definitivo. Sauce, eres un barbián.

—¿Qué le parece a usted esa tragedia, señor Cid? —preguntó Miranda con aire satisfecho.

—Me parece admirable —contestó Pío Cid—, tanto o más quizás que a todos ustedes, porque yo conocí a Juanico el ciego y le veo ahora retratado de mano maestra.

—¿Usted le conoció? —preguntó Sauce con interés.

—Digo que le conocí —afirmó Pío Cid con misterio—, y no sólo le conocí, sino que sabía la historia que usted nos ha contado y algo más que usted acaso no sepa.

Y ante el movimiento de expectación de la asamblea, Pío

Cid comprendió que iban a rogarle que contara lo que sabía, y antes que se lo rogaran lo contó en los términos siguientes:

—Juan de la Cruz iba a mi casa, y le llamábamos el ciego de los lunes. Yo hablé con él muchas veces y mi madre hacía subir casi siempre a Mercedillas para darle algunas prendas de vestir, pues estaba enamorada de la bondad y de la modestia de aquella niña, que entonces no tendría arriba de seis o siete años.

Juanico le contaba a todo el mundo su historia, pero no decía nunca que hubiera matado a su mujer, sino que ella le abandonó. Sin embargo, nosotros supimos la verdad, porque un día vino a buscar a mi padre un señor de Málaga, que se extrañó de ver al ciego a la puerta, y nos dijo que aquel pobre era paisano suyo, y que había huido de su tierra a consecuencia del crimen que había cometido. Es hombre de historia —añadió—, y el pobre parece que tiene maldición porque es hijo del crimen. Aunque no tiene apellido se sabe, o por lo menos lo decía la mujer que lo crió, que su padre era un caballero muy rico, que después de una vida licenciosa se encastilló en una de sus posesiones acompañado de una hija que había tenido, se ignora con quién, aunque de fijo no sería con ninguna mujer buena. Dicen, no sé si esto será verdad, que el padre se enamoró de su hija y que el fruto incestuoso de estos amores fue Juan de la Cruz.

Yo estudiaba entonces literatura clásica, y se me ocurrió sin esfuerzo comparar al ciego y a su hija don Edipo y Antígona, y aun recuerdo que empecé a componer una relación en la que además de lo sucedido ponía yo nuevas calamidades, algunas de las cuales ocurrieron, según se desprende de la última parte de la tragedia que hemos escuchado; pues yo suponía que Antígona, o Mercedes, era engañada por un Tenorio canallesco de los que ahora se estilan; que el ciego se suicidaba desesperado y que Mercedes se quitaba la vida también, juntamente con un hijo que tuvo. Porque mi idea era demostrar que después de la proclamación de la ley de gracia, hecha por Esquilo en su trilogía de *Orestes,* y aun después de la redención del género humano, realizada en el Gólgota, continuaba regido en el mundo por la ley de sangre, y era necesario, fatal, que Juan de la Cruz y su descendencia, y los que a él se ligaran, todos perdieran violentamente la vida[4].

---

[4] El gran interés que tenía Ganivet por las teorías de la tragedia —el determinismo fatalista y la redención— se transparenta en estas

—Me ha dado usted una gran idea —dijo Sauce—, y creo que voy a modificar mi artículo, para añadir lo referente al nacimiento del ciego y explicar así sus infortunios por la influencia de esa irremediable fatalidad.

—Me parece muy bien que lo hagas —añadí yo—, porque, a mi juicio, la clave del trabajo está en el nacimiento, no porque fuera criminal, sino porque siendo Juan de la Cruz hijo de un caballero rico, se explica la ambición, que le acometió de repente, de ser rico y caballero.

—Yo opino al contrario —replicó Pío Cid—; que lo mejor es no cambiar punto ni coma en ese trabajo. Tal como está es como un tajo de carne cruda, y si se hace la alusión a la leyenda de Edipo, parecerá que el artículo está calcado en la tragedia clásica. Y luego que no bastaría añadir unos párrafos por el principio, sino que habría que rehacer todo el artículo, porque al tomar cierto corte clásico exigiría líneas más severas y habría que suprimirle algunos rasgos demasiado realistas. Cuando un escritor cambia de punto de vista, ha de cambiar también de procedimiento, y si tiene la obra a medio hacer, no debe de remendarla, sino destruirla y hacer otra nueva.

Cada cual dio su parecer, y la mayoría estuvo conforme con Pío Cid, y Sauce se convenció al fin de que lo mejor era no tocar el artículo. Entonces me tocó a mí el turno, pues mis amigos quisieron que les leyera un poemita que les dije que había compuesto. A mí me tenían en la reunión por periodista, con mis puntas de político o de sociólogo; y no sé si a causa de ese prejuicio, o porque mis versos fueran malos de verdad, me condenaron sin apelación a escribir toda mi vida artículos de fondo; pues, como decía Gaudente el viejo, no se debe mezclar el verso con la prosa. El poemita en cuestión era endeble, como primerizo, y lo rompí en un momento de coraje; pero daré idea del asunto por si otro poeta puede escribir sobre él con mejor plectro. El título era *Bodas de*

---

alusiones a Sófocles, Esquilo y al martirio de Cristo. En la tragedia de Sófocles (*c.* 441 a. de C.), Antígona cuida a su padre, el ciego Edipo. Lo trágico es que Antígona entierra a su hermano Polínice bajo pena de muerte pero de acuerdo con su obligación divina y humana, y es condenada a muerte. Esquilo muestra en la tercera parte de la *Orestíada* (458 a. de C.), las *Euménides*, que la justicia se cumple siempre pero, por la gracia divina, hay también una posibilidad de romper la cadena del mal, de forma que el sufrimiento más cruel puede verse como un paso en el sistema benéfico de los dioses.

Genilio y Daura, y su complexión puramente descriptiva y casi dijérase hidrográfica, puesto que se describía el curso del Genil y del Dauro, desde su nacimiento hasta que se juntan en Granada, y el viaje que emprenden, ya unidos, por toda Andalucía, hasta que, mezclados con otros ríos, pero sin confundirse con ellos, van a morir en el mar. Sin embargo, de la gran importancia que tenía la descripción, lo esencial no era lo descriptivo, sino lo simbólico. Imaginaba yo las márgenes del Genil pobladas de ninfas de cabellera negra, quemada por el sol. Una de ellas se enamora del astro del día, recibe un beso de él y engendra un hijo, Genilio, que es proclamado rey de las ninfas morenas. Las márgenes del Dauro a su vez estaban habitadas por geniecillos rubios, casi albinos, por vivir siempre a la sombra de las avellaneras. La luna se enamora de un geniecillo, y desciende una noche y da a luz en las aguas de un remanso una hija, Daura, que es proclamada reina de los geniecillos rubios. Genilio y Daura viven en perpetua orgía; pero no son felices, porque les falta lo más bello que hay en la vida: amor. Genilio, rodeado de morenas, desea amar a una ninfa rubia, y Daura, rodeada de rubios, sueña continuamente en un geniecillo moreno. Ambos se adivinan, aunque los separa la montaña roja, la Alhambra; ambos se aman sin haberse visto, y el amor les impulsa a ponerse en movimiento con sus cortejos respectivos de geniecillos y ninfas. Júntanse los dos amantes y las dos comitivas, y comienza el alegre viaje de bodas; cuanto más andan, la algazara es mayor, porque se agregan nuevos convidados; pero la tierra que van dejando atrás se va quedando muy triste. Genilio y Daura derraman la alegría por todo el suelo andaluz; pero esta alegría la han robado a Granada, y Granada les ve partir como las madres que despiden a sus hijos en el viaje de novios.

Este era el poema en sustancia, y tengo el orgullo de estampar aquí que Pío Cid, aunque nada aficionado a los simbolismos, fue el único que halló buena mi obra, y en particular la idea, a su juicio felicísima, de poner en la región alta andaluza el ser íntimo, grave, de Andalucía, y en la baja el ser exterior, alegre, y de explicar cómo el uno tiene su origen en el otro. Asimismo me defendió de los ataques que me dirigieron los censores de la asamblea por ciertas libertades métricas que me permití, y aseguró que un poeta sincero está autorizado para poner en los versos el número de sílabas que se le antoje y para colocar el acento donde le dé la gana, pues lo que vale es la emoción, la claridad, la vibración y la sonoridad interiores, espirituales de la obra, y no los perfiles mecánicos que han pasado ya a la categoría de abuelorios.

—¿De suerte —preguntó el poeta Moro, que había censurado acerbamente mi poesía— que usted no establece de hecho ninguna diferencia entre el verso y la prosa?

—Existe siempre una diferencia —respondió Pío Cĩd—. El verso es prosa musical, sin que esto impida que haya poesía en prosa, sin música, superior a la poesía en versos regulares. Los que creen que el verso ha de tener número fijo de sílabas y cierto orden en la colocación del acento, aparte de las asonancias y consonancias finales, son como los partidarios de la música vieja, que no comprenden más que las melodías de organillo y no toleran que en una ópera se pueda hablar musical y humanamente a la vez, sino que desean que los cantantes, como muñecos, vayan saliendo por turno a lucir sus habilidades. Primero sale el tenor y canta una romanza; luego la tiple encuentra al tenor, y sobreviene el dúo; después acude solícita la confidente de los amores, y tenemos el terceto, y, por último, entra toda la familia, y aun el pueblo en masa, y asistimos a un concertante, cuyo final ruidoso pone la carne de gallina. Todo esto es pequeño, y debe desaparecer conforme nazcan hombres capaces de abrazar mayores conjuntos y de ofrecernos escenas de la vida humana en cuadros de mayor amplitud. La gente de cerebro estrecho resiste, pero al fin concluye por comprender lo que al principio no comprendía, y el arte sale ganancioso. Así, pues, los que en una composición buscan la armonía verso por verso, se contentan con muy poco; que busquen la armonía íntima de la obra, que es superior a la del detalle, y que piensen que el oído también progresa y no debe ceñirse eternamente a las cadencias de la métrica antigua.

—Todo eso es muy curioso —replicó Moro, deseando eludir la discusión— y nos aviva más el deseo de oír la composición que usted nos había ofrecido.

—Mi composición —dijo Pío Cid— no está escrita en verso, pues ya le indiqué que sería una receta; y además no me gusta leer en público, y prefiero que lean ustedes mi trabajo en letras de molde, si lo imprimen*.

—Ya lo leeremos —afirmó Castejón—, pero eso no quita para que usted lo lea ahora, y así serán dos veces.

---

* letras de molde. / letras de molde si lo imprimen.

—¿Cómo se titula el trabajo de usted? —preguntó Ceres.

—No tiene título —contestó Pío Cid, sacando un pliego de papel de barba con muchos dobleces.

—Eso parece una escritura de arrendamiento —dijo Miranda, viendo que el papel tenía sello de oficio.

—Lo escribí en Aldamar, en casa del secretario Barajas, y no había otro papel a mano —replico Pío Cid—. Y lo que yo siento no es que el papel sea tan antipático, sino que el contenido no surta efecto.

—Pero, hombre —insistió Ceres—, es menester bautizar ese trabajo, porque, digan lo que quieran, el nombre sirve para dar idea de las cosas.

—Este trabajo —dijo Pío Cid— es tónico o reconstituyente del carácter, y es también, por lo menos en mi propósito, el retrato de un hombre de voluntad. Pudiera titularse de muchos modos... *Ecce homo,* podríamos ponerle, como dando a entender: he aquí el hombre apto para crear obras sutiles.

—No está mal ese título —dijo Castejón.

—Pues entonces con él se queda —concluyó Pío Cid, y comenzó a leer:

> A   rtis initium dolor.
> R   atio initium erroris.
> I   nitium sapientiæ vanitas.
> M   ortis initium amor.
> I   nitium vitæ libertas[5].

—Eso suena a letanía —interrumpió Castejón.

—Será el «despacharse» de la receta —agregó Miranda.

—¡Qué diablo! Cuando se sabe un poco de latín hay que lucirlo —dijo Raudo—, porque su trabajillo cuesta el aprenderlo.

Pío Cid no contestó, volvió a leer los latines pausadamente y prosiguió:

«El aire es utilísimo para la vida. Siempre que se os ponga

---

[5] Se puede traducir la receta de Pío Cid así:

El dolor es el comienzo del arte.
La razón es el comienzo del error.
La vanidad es el principio de la sabiduría.
El amor lleva a la muerte.
La libertad es el comienzo de la vida.

delante un hombre, debéis recordar este aforismo: Un hombre, por mucho que valga, vale menos que el volumen de aire que desaloja.»

—Eso me recuerda el principio de Arquímedes —dijo Gaudente el mozo, que había estudiado Física el año anterior[6].

—Será un principio de física espiritual —añadió Moro.

«Sin aire no se puede vivir, y sin hombres se puede vivir perfectamente. Los grandes místicos se forman en la soledad, y los grandes filósofos en el silencio. Un hombre sumergido en una numerosa asamblea humana pierde parte de su inteligencia, y la pérdida está en razón directa del número de los congregados. Y esto proviene de la sustitución del aire puro por emanaciones mefíticas, recargadas de ácido carbónico, según dicen los químicos, y de secreciones intelectuales, venenosas siempre, y más las de hombre que las de mujer. La condición esencial de la vida terrestre es el aire, y en las artes plásticas la maestría suprema está en representar los seres respirando. El pintor más grande del mundo, Velázquez, fue un pintor del aire. Si pintáis un monstruo con siete cabezas y catorce patas, y el monstruo respira, habéis pintado un ser real; y si pintáis una figura real que no respira, no habéis pintado nada.

También es importante la luz, porque en ella se funda un criterio permanente de moral. Lo que sale de la sombra a la luz, es bueno; lo que huye de la luz y se esconde en la sombra, es malo. La sombra es el ambiente propio de la creación; pero si la creación es noble y espiritual, busca luego la luz. Los amantes que se hablan de amor puro escondidos en la sombra, son como esos timadores audaces que protestan de que se sospeche de ellos cuando llevan en el bolsillo el objeto que acaban de robar. Quizás el amante más espiritual que ha habido en el mundo fue aquel cínico desvergonzado que convirtió en tálamo nupcial las plazas públicas de Atenas[7].

De los agentes exteriores que nos rodean, el más molesto es la sociedad; y el arte de vivir consiste en conservar nuestra personalidad sin que la sociedad nos incomode. Hay quien vive en paz sometiéndose a las exigencias sociales, y hay quien vive en guerra resistiéndose a sufrirlas. Lo mejor es someterse

---

[6] Según el principio de Arquímedes (287-212 a. de C.), un sólido sumergido en un líquido experimenta un empuje hacia arriba igual al peso del líquido que desaloja.

[7] Gavinet probablemente alude a Diógenes de Sínope.

366

en todo, menos en un punto importante, el que más nos interese. En vez de llevar un traje estrambótico y exponernos a que nos apedreen, debemos ir a la moda, sin perjuicio de marcar nuestro desprecio hacia la indumentaria ridícula de nuestra época por medio de algún detalle caprichoso. Yo no veo inconvenientes en que se vaya de levita y sombrero de alas anchas, ni en que se salga sin corbata un día que otro, ni en que lleve al hombro, en lugar de gabán, unos pantalones.»

—Pero eso, ¿lo está usted leyendo o inventándolo? —interrumpió Miranda, mientras el auditorio comentaba por lo bajo las alusiones de Pío Cid.

Aquel día Castejón había bebido más de la cuenta, y se había metido la corbata en el bolsillo para que no le fatigara el cuello; lo del sombrero y la levita cuadraba muy bien a Miranda, y del viejo Gaudente se contaba el lance de haber salido un día al paseo con unos pantalones al hombro. Y lo extraño es que Pío Cid había acertado por casualidad, puesto que las alusiones no eran inventadas, como al oírlas habíamos creído, sino que venían escritas en el papel, el cual fue pasando de mano en mano, hasta que todos nos convencimos de que el autor no estaba divirtiéndose con nosotros y de que leía textualmente los conceptos allí consignados.

«Estas pequeñas infracciones de la etiqueta —prosiguió Pío Cid— son a veces útiles. Cuando yo iba a la escuela me salí un día sin corbata, y por no volver pies atrás tuve una idea atrevida. Vi en medio de la calle una mata de maíz, arranqué de ella una hoja, y saqué de la hoja una tira, con la cual formé una corbata de lazo. Me la puse, sujetándola bien con el chaleco y la chaqueta, que era muy cerrada, y fui a clase y pasé el día felizmente, sin que nadie notara la superchería. Solo a última hora un condiscípulo, que era el más tonto de la escuela y el hazmerreír de todos, se fijó en mi falsa corbata e hizo correr la voz para que se burlaran de mí los escolares. Y yo sufrí la burla, pero descubrí una verdad, muy valiosa en estos tiempos en que se cree que la sustancia del arte es la observación: la observación, como todo, puede ser buena o mala, y hay observadores tontos y discretos; pues lo esencial no es observar, sino lo que se observa. De esta suerte, un hombre (o un niño), que osa cometer una discreta extravagancia, da a entender que es fuerte y que se atreve a quebrantar los estatutos de la moda y aun los de la urbanidad, si a mano viene, y de paso lleva en sí una piedra de toque para aniquilar a sus prójimos o para descubrir verdades trascendentales. El carácter humano es como una balanza: en un platillo está la mesura y en el otro la audacia. El mesurado tímido y el audaz discreto son balanzas con un brazo, trastos inútiles.

La audacia se adquiere conociendo el mundo, y la discreción conociendo al hombre. Si me preguntáis cuál es el hombre más sabio, os diré: el que viendo un mapamundi, ve en él con amplio espíritu un escenario donde se mueve la humanidad entera; y el abarcarlo todo de una ojeada no ha de estorbarle para conocer a fondo el espíritu de cada uno de los hombres con quien el azar le ponga en contacto*.

¡Hay que trabajar! Pero ¿en qué, cómo y para qué? El trabajo más productivo es el más libre; yo he trabajado bastante en mi vida, y nunca he trabajado más ni con más gusto que ahora, que no sólo trabajo con entera libertad, sino que ni siquiera me mueve el deseo de adquirir la riqueza. La propiedad, lejos de ser un estímulo**, es la expresión de la fuerza que domina hoy con no menor suavidad que las armas. El arte de trabajar no tiene nada que ver con el de enriquecerse; el que aprende a trabajar ha aprendido a ser eternamente pobre; para ser millonario hay que saber engañar a los explotadores***.»

—Pues ahí le duele —interrumpí yo—. Hay que descubrir ese régimen abusivo por medio de leyes justas; por eso he sostenido en los artículos que tanto has maltratado que la caridad no basta, y que hay que transformarla en reparación social, en algo que no dependa de la dureza o blandura de corazón de los que poseen.

—Esa idea —me dijo— la has tomado de los autores positivistas, que son una plaga más temible que la langosta. Lo mismo da endulzar las amarguras de la miseria con una limosna anónima que con una pensión consignada en algún presupuesto. La limosna parece más denigrante, pero la pensión es una limosna fría, sin alma. Puesto en el extremo, yo preferiría mendigar por las calles a vivir encasillado en un asilo. Todas esas componendas son inútiles, porque en ellas se conserva la

---

* falta una sección: La audacia... contacto (hay una X).

** deseo / estímulo

*** caso llegara. Lo que ocurrirá sería que los que ahora trabajan a disgusto, trabajarían más, cuando no se sintieran gobernados y explotados por los hábiles. El trabajo más productivo es el más libre; yo puedo afirmarlo, porque soy un trabajador libre y antes he tenido obreros a mis órdenes y he trabajado a mi vez a cargo de un particular y al servicio del Estado. Conozco todas las clases de trabajo (1.ª versión).

causa permanente del mal; más bello que dar es no tener nada que dar, cuando se posee sólo lo necesario para el día y se deja lo demás para que otro lo recoja.

Mejor que la observación de la vida es la acción sobre la vida. La acción exterior y casi mecánica en las obras de arte nos parece ya ridícula. ¿Qué importa lo que los hombres hagan si es lo mismo que ya se ha hecho mil veces? ¿Y qué importa observar si no cambia el objeto de la observación? Lo bello sería obrar sobre el espíritu de los hombres. Si hay gloria en matar, más glorioso es un microbio que el héroe triunfador en la batalla. Los héroes del porvenir triunfarán en secreto, dominando invisiblemente el espíritu y suscitando en cada espíritu un mundo ideal*.

Todos los hombres creen que hay que buscar los medios de sostener una familia antes de tenerla. Eso se llama prudencia y sensatez, y yo lo llamo necedad. Tú habrás pensado en casarte, y no te decides a hacerlo hasta que tengas recursos holgados con que atender a la que será tu esposa y a los que serán tus hijos. El centro de tu vida actual es ese porvenir desconocido, y mientras llega vives sin hacer cosa de provecho. Mejor sería que miraras el presente y que pensaras que un hombre debe vivir siempre como si no hubiese de cambiar jamás. El que se reserva el día de hoy para ser más el día de mañana, es tan cobarde como el soldado o el general que aspira a ser héroe de la batalla decisiva, dejando que otros luchen y caigan en las pequeñas escaramuzas sin provecho y sin gloria como si las escaramuzas no influyesen en el éxito final de las guerras. Vive, pues, hoy, sin reservarte para mañana, que tu valor te será recompensado; la fuerza que hoy gastes reaparecerá en ti mañana con creces; porque el espíritu del hombre ruin es cada día más pequeño, y el del hombre generoso cada día más grande. Tú vives solo y apenas tienes para vivir, cuando con lo que tienes podrían vivir contigo diez más. Vas a tardar varios años en construir una familia, cuando podías constituirla ahora mismo sin quebraderos de cabeza. ¿Cómo? Uniéndote a una mujer del pueblo.

La familia actual es un centro de guerra, que justifica los egoísmos más execrables de los individuos. Hay perfectos padres de familia que cometen a diario grandes barrabasadas sin remordimientos de conciencia, porque les disculpa el amor a sus hijos, el deseo de dejarles bien abrigados, a cubierto de las

---

* falta el párrafo

contingencias del porvenir, sin pensar que antes que al porvenir de sus propios hijos deberían atender al presente de los hijos ajenos. Contra esta inexpugnable fortaleza de la familia de sangre y de intereses, causa de nuestras luchas enconadas, hay que levantar otra fortaleza más alta: la de la familia de voluntad y de ideas*.

Deja que se acerquen a ti cuantos quieran acercarse y vive con ellos; y si no tienen educación te ha caído un trabajo: educarlos a tu gusto; y si te dan mal pago, como es de esperar, no te importe, porque sin querer te pagarán, dándote ocasión para que por ellos seas más hombre que antes. Ahora vives vida falsa, porque el centro de tu vida es el porvenir; te casarás con una mujer muy distinguida, y quizá pretenciosa, que te sacará el poco jugo que te queda, y tendrás unos chiquillos que parecerán arrancados de un figurín. Yo os aseguro, y creedlo**, que un hombre no posee verdadera energía espiritual sino cuando trabaja para remontarse a las cumbres más altas del pensamiento y descansa de sus tareas acostándose al lado de una mujer esencialmente proletaria. Si mediante un tan feliz concierto sale a luz un hijo bien dotado, puedes formar con él un verdadero hombre; le enseñarás un oficio para que sepa ganarse el sustento con los brazos; le instruyes en ciencias y artes para que pueda aplicarse a diversas profesiones, y le aficionas a la filosofía, que da la superioridad intelectual.

Mientras los hombres que creen ser listos reducen cada día más la familia y aumentan sin cesar las ganancias para que nada falte, tú, como más torpe, agrandas la familia y no te molestas en ganar más que lo preciso para vivir. Y al cabo de algún tiempo notarás que los listos se van achicando y que tú te vas agrandando, y que de las familias pequeñas, por falta de choque espiritual, no salen más que mentecatos instruidos; en tanto que de la tuya, aun siendo de gente pobre, que es la que se avendría a vivir del modo que voy diciendo, verás nacer la fuerza y la originalidad, que en vano buscan los hombres por el mundo.

—Y si me muero —preguntarás—, ¿qué será de esa familia sin recursos?

—Si te mueres —te contesto—, diremos como en el juego: otro talla. Condúcete humanamente mientras vivas, y deja que

---

* corazón y de desinterés / voluntad y de ideas
** porque lo sé / y creedlo

otros, con el temor y el pretexto de lo que ocurrirá después de su muerte, continúen viviendo tan mal que los juzguemos indignos de haber nacido. Aunque no dejes recursos, dejas jirones de tu personalidad adheridos a cuantos cerca de ti vivieron, y dejas el ejemplo de tu vida, que es el único testamento que debe dejar un hombre honrado.

Hay quien coloca el centro de la vida humana en el poder exterior, en la riqueza, en un bien convencional. Yo pongo el centro en el espíritu. ¿Qué soy? Nada. ¿Qué apetezco? Nada. ¿Qué represento? Nada. ¿Qué poseo? Nada. Ahora estoy en camino de ser un verdadero hombre, puesto que si existe mi personalidad sin buscar apoyo fuera de sí, es porque dentro tiene su fuerza[8].

La personalidad se acentúa con el ejercicio. Al derrocharla en trabajos al parecer improductivos, se adquieren fuerzas para crear obras útiles. Y lo esencial no es la obra, sino que la máquina esté siempre expedita para funcionar. En una herrería lo importante es la fragua, porque sin ella la herrería no existe; lo accidental es que de la herrería salgan trébedes, tenazas, badiles, rejas de arado o instrumentos de varias aplicaciones. Así, en el hombre lo de menos es seguir estos o aquellos estudios, dedicarse a esta o aquella profesión; lo de más es ser hombre, y para serlo hay que tener encendida la fragua.

¿Cómo se consigue esto? Muy fácil: dándole al fuelle. La fragua del hombre está en el cerebro, y el fuelle es la palabra. El cerebro es un antro desconocido; pero la palabra depende de nuestra voluntad, y por medio de la palabra podemos influir en nuestro cerebro. La transformación de la humanidad se opera mediante invenciones intelectuales, que más tarde se convierten en hechos reales. Se inicia una nueva idea, y esta idea, que al principio pugna con la realidad, comienza a florecer y a fructificar y a crear un nuevo concepto de la vida. Y al cabo de algún tiempo la idea está humanizada, triunfa, impera y destruye de rechazo la que le precedió. También el hombre se transforma a sí mismo expresando en alta voz ideas, que al principio son conceptos puramente intelectuales, y luego, por reflexión, se convierten en pauta de la vida;

---

[8] Este texto es la segunda paráfrasis que encontramos en la obra de Gavinet del *noli foras ire, interiore hominis habitat veritas* de San Agustín; la primera se halla al final del *Idearium español*.

porque la realización material de una idea exige la previa realización ideal. Cuando no se tienen ideas, la palabra es inútil y aun nociva. Si la fragua está apagada, ¿qué se consigue con darle al fuelle? Enfriar más los carbones. De aquí la conveniencia del silencio pitagórico, precursor de la idea e indicio de preñez espiritual[9]. Quienquiera que teniendo el cerebro vacío hable solo para aturdir a los que le escuchan, debe callar en el acto. El hablar maquinalmente revela temor en la inteligencia; es como el canto con que disfraza su cobardía el pusilánime cuando pasa por un sitio que le insipira miedo. En cambio, la palabra que anuncia una idea es utilísima, porque es el primer paso para realizarla. Al principio nos parece la idea imposible o absurda; después de anunciada nos va pareciendo posible y natural, aunque superior a nuestras fuerzas; por último, nuestras fuerzas se excitan, se ponen a la altura del propósito, y a veces lo superan. Una arenga impetuosa decide el triunfo en una batalla. Una palabra empeñada lleva a un hombre a cometer empresas superiores a sus propios intentos. Un hombre tenaz, animado por una idea claramente concebida y expresada, triunfa siempre, aunque luche contra él la sociedad entera. No sólo el hombre: hasta los animales se dejan influir por la acción sugestiva de la palabra; por esto la cualidad esencial de un carretero es tener buenos pulmones*.

La mayoría de los hombres son comparables a un viajero tonto, que emprende un largo viaje llevando todo lo necesario, excepto espíritu para ver las cosas**. Todos procuran ser algo, y casi todos se olvidan de ser. Por lo cual, entre tantos hombres clasificados o clasificables como existen sobre la superficie del globo, no es fácil hallar un hombre verdadero. Aunque en vez de una linterna llevásemos una lámpara incandescente, no adelantaríamos hoy más que adelantó Diógenes en su tiempo, porque conforme va aumentando la potencia de

---

[9] Gavinet ya expresó el concepto de renuncia, requisito para la creación espiritual, cuando escribió sobre la oscuridad de su Diógenes español y sobre el silencio exigido por los grandes filósofos. La forma en que se halla aquí la encontramos también en una carta escrita a Navarro el 24 de abril de 1896, donde Ganivet atribuye su ley moral a Pitágoras: «Que la fuerza de denominación de un hombre en la sociedad está en razón directa del tiempo que se mantiene en estado de potencialidad agresiva» (véase Herrero, *Un iluminado*, pág. 325).

* pulmones. (El látigo es también muy útil.) / pulmones.
** lo necesario, olvidando sólo la brújula. / lo necesario, excepto espíritu para ver las cosas.

la luz artificial va disminuyendo la humanidad del género humano.

Hay, pues, que ser hombre ante todo, dejando para después los estudios y trabajos que nos entretienen o nos dan el pan de cada día. Y la calidad del hombre se ha de conocer no por simples palabras, sino en hechos, en la comprensión total de la vida. He aquí un hecho usual, que puede servirnos de medio de prueba: ¿Qué hombre no ha hallado alguna vez a una mujer caída en el vicio? Este hallazgo vulgar inspira varios pensamientos, en los cuales cada hombre da la medida de su humanidad. La mayor parte no piensa más que en aprovecharse de la desgracia para satisfacer su sensualidad; estos son hombres apagados, mejor dicho, son bestias. En otros más intelectuales, la sensualidad queda dominada por la curiosidad; el médico ve allí un caso patológico; el literato, un caso novelesco o dramático; el pintor, un caso pictórico, y así por el estilo mil casos o asuntos, según los diversos puntos de vista. ¿Cuánto más noble no es el que siente piedad y ama a la mujer caída, y por el amor la regenera y la redime? El que mira con amor al desvalido es más humano que el que le estudia sin amarle. Pero se puede hacer por esa mujer caída algo más que redimirla por el amor: se puede subir aún más alto...»

Pío Cid dobló el papel y lo dio a Moro, diciéndole:

—Guarde usted eso, y si le parece que sirve publíquelo en la revista nonata.

—Pero ¿ha concluido usted ya? —preguntó Moro.

—Sí, ya he concluido; y el papel, aunque era grande, se concluyó también al llegar ahí.

—Pues falta precisamente lo esencial —dijo Moro—, porque yo le confieso a usted que no sé qué se puede hacer más por una mujer mala que amarla y rehabilitarla a los ojos del mundo.

—Se puede hacer más —contestó Pío Cid—; pero esto no está en mi mano declararlo, porque, si lo declarara, les habría descubierto a ustedes la ley primitiva y perenne de la creación.

—¿Y qué mal habría en ello? —preguntó Moro mirando a Pío Cid, como si dudase de que este hablara en serio o se hallara en su cabal juicio.

—Ya lo ha oído usted —contestó Pío Cid— que para mí el carácter humano está constituido por el equilibrio de dos fuerzas antagónicas: la mesura y la audacia. Yo he tenido o creo haber tenido (que para el caso es igual) la audacia de concebir una ley nueva, que, más que ley, es aspiración permanente del universo; y como sé que todos los inventores lo pasan muy mal y yo no estoy porque nadie me fastidie, quiero demostrar mi mesura reservándome el secreto. Así conseguiré ser un inventor feliz, especie nueva en la historia humana.

—Dispense usted que le diga —arguyó Miranda, algo amoscado porque creía que Pío Cid hablaba en tono zumbón— que por el sistema de usted todos podemos ser grandes inventores. Basta decir que hemos descubierto un nuevo planeta, pero que nos reservamos fijar el punto del espacio en que se halla.

—Yo he descubierto más que todo eso —contestó Pío Cid—, porque he descubierto que no hay tales planetas, ni tales satélites, ni tales cometas, ni astro alguno en el espacio, y en su día lo demostraré. Cuando yo digo que me reservo el secreto de mi descubrimiento, debo decir que aplazo la revelación para después de mi muerte. Si después de muerto se demuestra que desgraciadamente me había equivocado, la demostración llega tarde, y yo me he ido al otro mundo con mi ilusión en el cuerpo; y si, al contrario, mi invención es verdadera, la envidia no puede ya tocarme. Yo desprecio la gloria; utilidad no la busco, ni mi invento es útil, que si lo fuera lo descubriría en el acto, porque entonces no tendría importancia mayor. Así, pues, no hay razón ninguna que me aconseje romper mi silencio, y les ruego a ustedes que tengan espera y suspendan su juicio hasta después de mi muerte, que poco ha de tardar.

—Entonces —dijo Moro—, ¿hará usted esa revelación en su testamento?

—Pienso morir intestado —contestó Pío Cid—. La dejaré en una tragedia que tengo ya escrita, y cuya acción se desarrolla precisamente aquí, en la Alhambra.

—¿Y cómo se titula esa tragedia? —preguntó Ceres, que no concebía nada sin título.

—No se titula de ningún modo —contestó Pío Cid—. Interinamente la pueden ustedes llamar *Tragedia**, pues en realidad no es una tragedia particular, sino la tragedia invariable de la vida[10].

---

* «La Tragedia» / *Tragedia*

[10] Es probable que Ganivet escribiese esta tragedia en verso antes de redactar *Los trabajos*, decidiendo incluirla después en el noveno trabajo, bajo el título de «Creación». Finalmente, cuando Ganivet determinó suicidarse sin concluir la novela, hizo de la tragedia una obra independiente con el nuevo título de *El escultor de su alma*.

—Hombre, nos ha excitado usted la curiosidad de tal modo —dijo Gaudente el viejo tomando un vaso de agua con azucarillo—, que vamos, sin quererle a usted mal, a desear que muera pronto.

—Yo me moriré cuando quiera —dijo Pío Cid—, y aun soy capaz de aligerar a morirme por dar gusto a ustedes.

—Eso no —dijo Raudo—; por ahora nos contentamos con leer su artículo, que tiene bastante miga. Es una medicina que hay que tomar a pequeñas dosis.

—Pues para mí es como agua destilada —replicó Castejón.

Después de la lectura de Pío Cid y de los comentarios a que dio lugar, hubo aún tiempo para que leyera Miranda su linda y breve novela *La máscara amarga,* cuadro primoroso de costumbres del Albaicín, y Castejón el capítulo primero de la leyenda árabe que tenía entre manos desde hacía mucho tiempo. Con lo cual se hizo de noche, y acordamos subir a merendar a un ventorro de la Alhambra, donde Moro, que además de poeta era gran guitarrista, nos hizo pasar un rato delicioso oyéndole rasguear unos jaleos de su invención. La literatura y la música nos abrieron el apetito de par en par, y bien pronto estuvimos todos de acuerdo para declarar que nuestros trabajos juntos no valían lo que la pescada en blanco y el jamón con tomate con que nos regaló el pico el amable ventorrillero. Hubo derroche de líquidos, discursos y su poquito de cante, y acaso nos hubiera amanecido si no estuviera ya resuelto nuestro viaje. El viejo Gaudente se achispó e hizo consideraciones muy sentidas acerca de la brevedad de nuestra vida y de la conveniencia de aprovechar el tiempo para divertirse cuando buenamente se pueda.

—Yo no soy aficionado a filosofías —concluyó dirigiéndose a Pío Cid—, y no me he hecho cargo de lo que usted nos ha leído; pero creo que cuando un hombre aprende a pasar ratos tan agradables como éste de hoy, ha aprendido cuanto necesita para vivir, y todo lo demás nos sobra. Su receta será buena; pero este vinillo blanco es mejor. Brindo, pues, por el dios Baco y por su distinguida esposa la diosa Alegría, en cuyo seno se olvida uno de todas las ciencias y de todas las artes inútiles inventadas por los tontos.

Fue tal el brío con que quiso apurar la copa, que le saltó el botón del cuello de la camisa, y como el cuello era postizo, se le quedó suelto por gola, dando al alegre viejo un aire cómico que nos hizo reír a carcajadas.

Pío Cid tomó pie de ello para pronunciar una tremenda

filípica contra los puños y cuellos postizos, que, en su opinión, eran la expresión más ridícula que cabe concebir de la triste inestabilidad de las cosas humanas.

—Ese botón que se ha roto —añadió— es como la alegría invocada por el amigo Gaudente. Si pudiéramos ir sin botones, y aun sin camisa*, yo sería el primero que me pondría en cueros vivos; pero un botón que se rompe nos obliga a buscar otro, y lo mejor es usarlos de metal duro para que no se rompan jamás. ¿De qué sirve romper la triste monotonía de la vida con una alegre borrachera, si a pocos hemos de volver a la monotonía, quedándonos sólo el amargor de boca del pequeño abuso que cometimos? Esas alegrías, postizas como los cuellos, a mi no me satisfacen. Busquemos la alegría en lo hondo y en lo íntimo de nuestro espíritu, y si llegamos a hallarla nos parecerán despreciables esos breves aturdimientos con que antes distraíamos nuestra tristeza. Ya sé que el hombre aturdido, que se ríe de todas las cosas, es más simpático que el grave predicador, el cual muy fácilmente se lleva los títulos de pedante y burro. Yo he pasado con vosotros uno de los días más alegres de mi vida; pero mi alegría no proviene del beber, porque no he bebido; ni del comer, porque apenas he comido, bien que por el olor comprendiera que el amo de este castillo no es rana; si voy a decir la verdad no he comido más que aceitunas, que me gustan al perder desde pequeño; y aun os he de declarar que este plato, andaluz por esencia, por ser nuestro suelo el más olivífero del mundo, es mi plato favorito, y os lo recomiendo porque desarrolla la energía cerebral con caracteres originales. Los grandes filósofos griegos fueron devotos de la aceituna. La cultura griega debe más al olivo que a ningún otro árbol o planta; y la nación más apta hoy para ejercer en el mundo la supremacía ideal es España, por ser la nación que produce mayor cantidad de aceite. Pero dejando a un lado estos perfiles, os aseguro que hoy he estado yo alegre, y que mi alegría no viene de excesos que no he cometido, sino de una complacencia puramente espiritual. Ya sabéis que amo el aire sano y la luz natural, el agua cristalina y el arte puro. Para mí, la verdadera civilización es la que florece en medio de la naturaleza. Si hubierais estado en un salón de sesiones, con un presidente que os diera y os quitara la palabra a campanillazos, hubierais visto cuán pronto escurriría yo el bulto; mientras que en una asamblea

---

* camisas / camisa

acéfala, y bajo la bóveda del cielo, me figuraba que no éramos cultivadores artificiosos de las letras, sino más bien como un grupo de braceros del campo que suspende sus faenas un momento y se pone a la redonda para fumar un cigarrillo. Si tuvierais paciencia para seguir muchos años estas saludables prácticas, veríais surgir verdaderos portentos; porque el arte original nace siempre al aire libre, cuando el hombre se remonta al ideal, sin separar los pies del terruño, ni los ojos de la contemplación de las bellezas naturales.

Este breve discurso mereció la aprobación del auditorio y fue señal de la dispersión. Todos quisieron despedirnos, y juntos bajamos por las cuestas de la Alhambra en grupos. Yo vine todo el camino con Miranda comunicándonos nuestras impresiones.

—Si quieres que te diga mi verdadera opinión— me dijo—, Pío Cid me ha parecido un hombre extravagante. No es un tipo vulgar, pero tampoco es lo que tú nos habías anunciado. Mucho más valen los versos de Moro y el relato de Antón, que la sarta de incoherencias que él nos ha enjaretado en su *Ecce homo*.

No es posible comparar una cosa con otra— repliqué yo—. Lo que han leído Moro y Sauce son trabajos literarios, a los que ya está hecho nuestro paladar, y lo que ha leído Pío Cid es cosa nueva, que no es ciencia ni arte.

—Pues, ¿qué es entonces? —me preguntó Miranda.

—Es una creación —le contesté—. Es incoherente como una receta, en la que un médico combina diversas sustancias que nada tienen que ver las unas con las otras; pero si la receta cura, ¿qué más se puede apetecer?

—¿Y tú crees que la receta de Pío Cid puede reconstruir el carácter y robustecer la voluntad, ni que haya quien pueda seguir los consejos de la receta...?

—Si no hay muchos que los sigan, habrá alguno; y basta para el caso que uno los siga y los demás aprendan a tener amplitud de criterio para comprenderle y no censurarle. Lo que a primera vista parece extravagancia, puede muy bien ser como el sabor desagradable de ciertos medicamentos; quizá después de varias lecturas desaparezca el mal sabor, y entonces, asimiladas ya las ideas, serán como el espigón de una estatua que se nos ha metido dentro del cuerpo[11]. Yo creo

---

[11] Ganivet asocia la escultura y la transformación espiritual ya en *La conquista*, pero el simbolismo se realiza más plenamente en *El es-*

que Pío Cid conoce el espíritu del hombre; que así como un mecánico monta y desmonta una máquina, cuyo mecanismo es para los profanos incomprensible, así él manipula en el espíritu humano y lo transforma.

—Pero si eso fuera cierto, Pío Cid sería un hombre distinto de los demás.

—Todos los hombres son iguales, y los que descubren algo nuevo son tan hombres como los otros. Tienen cierta superioridad momentánea hasta tanto que el invento se divulga y caemos en la cuenta de que la idea misteriosa es como el huevo de Colón. Desde que el mundo es mundo ha habido hombres que han influido sobre el espíritu de otros hombres; lo han hecho a ciegas, tanteando, a la manera de los pedagogos. Figúrate que se logra descomponer el alma del hombre, como se descompone la luz en el prisma, y descubrir la variedad de fuerzas que la constituyen, y combinar estas fuerzas para producir estados originales. Conocida la ley fundamental de la creación, ¿quién sabe adónde podrían llegar las consecuencias?

—¿Y ese es el invento de tu amigo? —preguntó Miranda.

—No es ése —contesté yo—. Hablo por hablar, pues no estoy más enterado que tú. Y casi creería que no hay tal invento, y que Pío Cid es un humorista serio, que ha tomado el mundo por vaina. Pero, aunque así fuera, él hace cosas que no es capaz de hacerlas nadie.

Después de pasar un rato con mi familia, volví a reunirme con mis amigos en la Puerta Real cuando ya iba a salir la diligencia. Nos acomodamos Pío Cid y yo en la berlina, y con sendos apretones de mano nos despedimos de nuestros ilustres compañeros, ofreciéndoles volver al año próximo. Así terminó la notable jornada, de la que aún conservo vivísimo el recuerdo; pues aunque son muchas las que he pasado alegremente en la grata sociedad de estos* buenos amigos, ninguna fue tan bien aprovechada como la de este día, la cual influyó, además, en el rumbo de mi vida del modo que verá el que leyere.

Nada de particular nos ocurrió durante el viaje. Yo no tenía sueño, y quise entablar conversación con Pío Cid, pero éste me dijo que una de las condiciones del trabajo intelectual, que por olvido no había consignado en su receta, era dormir ocho

---

cultor de su alma, donde la figura ideal femenina es al mismo tiempo solidificada en el alma e iluminada por la fe.

* aquellos / estos

o diez horas de un tirón todas las noches, sin lo cual el cerebro no se limplia bien de sus impurezas y funciona con lentitud y pesadez. Esto era lo mismo que decirme que le dejara en paz, y así lo hice. Tampoco pude pegar la hebra con el mayoral, porque este era hombre de pocas palabras. Era tuerto y de genio áspero, y, según las ideas de Pío Cid, podía ser considerado como un silencioso activo; sólo despegaba los labios para chupar, y más que para chupar para morder y mascar la negra tagarnina que llevaba constantemente en la boca; pero no dejó en paz un momento el látigo, que tampoco producía gran efecto, pues en particular las mulas de lanza lo recibían sobre las costillas con un suave pasamano. En resumen, íbamos igual o mejor que en un tren expreso. No volcamos, ni salieron a robarnos, ni nos sucedió nada de lo que cuentan ciertos viajeros mentirosos. El mayoral y sus mulas, influidos por las ideas del progreso de nuestra época, funcionaban con la misma regularidad que una locomotora, y por añadidura no había miedo de que descarriláramos.

En Jaén fuimos a parar a casa de una amiga mía, que vivía en la calle Maestra, y se nos fue el tiempo tan sin sentir que me faltó para dar un vistazo a la catedral y tuve que dejarlo para otra ocasión, contentándome con ver la fachada. En cuanto a Pío Cid, creo que con la fachada tendría bastante para figurarse cómo era la iglesia por dentro, a juzgar por un rasgo sorprendente que tuvo aquel mismo día, cuando salimos de Jaén en dirección a Espelúy, donde debíamos tomar el correo de Andalucía para Madrid. Hacía calor, y para ir más ventilados nos metimos en un coche de tercera, de compartimentos corridos. Pío Cid, sentado frente a mí, leyó en el testero del coche el letrero que decía: «40 asientos», y me hizo notar que habían raspado la i, la e y la t, y habían dejado: «40 asnos».

—¿Ahora te enteras de eso? —le dije yo—. Desde que hay ferrocarriles en España, todos los coches llevan la marca de los 40 asnos. Esa es la protesta nacional contra el mal servicio que tenemos, y quién sabe si será también una queja contra el sistema moderno de viajar, que parece más propio de bestias que de hombres.

—Pues a mí me coge de nuevas —me contestó—; mira qué atrasado estoy de noticias.

En esto entró en el coche, y se sentó de espaldas en el extremo opuesto, una mujer que, vista por detrás, tenía el aire de buena moza. Era alta, fornida y ancha de hombros; la cabeza bastante gorda, con abundante cabello negro, y las orejas muy bonitas; llevaba un pañuelo negro, de seda, caído sobre los hombros; pendientes de corales, y una peineta grande de concha. Yo me quedé mirándola un buen rato, y Pío Cid me preguntó que qué miraba.

—Es una mujer que ha entrado. No le he visto la cara, pero tiene mucho trapío, y por detrás da gran golpe.

—Voy a ver —dijo Pío Cid, volviéndose para mirar. Y al punto añadió—: Es mejor la cruz que la cara. Tiene los ojos juntos, el entrecejo cerrado, la boca grande y su poquito bigote.

—Pero ¿le has visto la cara?

—No hace falta. ¿No hay quien reconstituye un animal por un hueso? Pues dame una oreja, y te reconstituyo una fisonomía.

—Lo que es esa no pasa. No tan calvos que se nos vean los sesos.

—Suponte —me dijo— que te enseño dos duros por la cruz, y tú, sin necesidad de fijarte, me dices: este es isabelino y este es alfonsino. ¿Cómo sabes esto, si no has visto los bustos de Alfonso y de Isabel? ¿Si no has leído tampoco las inscripciones? Lo sabes porque los escudos son diferentes, y has adquirido el hábito de asociar tal busto a tal escudo. Del mismo modo puedes acostumbrarte a asociar los diversos rasgos fisonómicos. Esto requiere mucha experiencia, porque las combinaciones son infinitas; pero como posible, es posible: no tengas la menor duda.

Largo tiempo duró mi incertidumbre, porque la mujer de la cabeza gorda no dejaba ver la cara, bien que su reservada actitud fuera ya indicio de que no tenía grandes atractivos que mostrar; al fin bajó del tren en la estación de Menjíbar, y con asombro vi que era tal como Pío Cid me la había descrito: cejijunta, bigotuda y de aspecto agrio, como de persona que padece del estómago o del hígado. No paró el incidente aquí, pues, excitada mi curiosidad, quise que mi amigo me explicase cómo adivinaba las fisonomías, y él me dio la primera lección de este arte extraño, y para mí desconocido hasta de nombre. No recuerdo ahora lo que me dijo; solo tengo idea de que habló de las diversas razas que han habitado nuestra península a partir de los trogloditas, precursores de iberos y celtas, y de los caracteres plásticos de cada una, sola o en las diversas combinaciones a que pueden dar lugar. Así, de la mujer cabezuda me aseguró que era una amalgama, triple, irregular y poco fecunda, y que, descompuesta en diez partes, daría el resultado: 10 = 1 T + 7 R + 2 M. Es decir, que tenía una unidad raíz, base túrdula[12]; siete románicas, que daban carácter a la mezcla, y dos moriscas, apenas indicadas en los ojos. Esto, dicho por mí, quizá no tenga gracia, pero en la forma en que Pío Cid me lo explicó, sería más gracioso y entretenido que la más chispeante comedia.

Llegamos a Espelúy, y encontramos atestados de gente todos los coches de segunda, que era la clase en que nosotros viajábamos. Yo pensé pedir suplemento, pero Pío Cid se había quedado sin un real y no quería que yo pagase por él. Sin embargo, nos salió la misma cuenta, porque a última hora, por falta de asientos, un revisor, que me conocía, nos colocó, sin pagar más, en un coche de primera, donde iban sólo dos viajeros. Apenas nos sentamos se puso el tren en marcha, y entonces me fijé en nuestros compañeros de viaje. Eran un hombre y una mujer; el hombre estaba tumbado a la larga frente a mí, y dormía con la cara tapada con un pañuelo; la mujer estaba sentada en un rincón frente a Pío Cid, y era joven y muy simpática. Vestía como una señora, pero su tipo era más bien popular; era alta y delgada, pero no enjuta, pues tenía muy buena pechera, y la manga ajustada (aún no había venido la funesta moda de las mangas en forma de jamón), acusaba unos molleros muy bien hechos. Llevaba un traje claro, sencillo, y una manteletilla roja suelta sobre los hombros. Los ojos negros, vivos; las cejas muy arqueadas, la nariz graciosa, un poco gruesecilla, y la boca fresca y risueña. Era bella y arrogante, pero lo más singular de su persona era el peinado, de raya partida; el cabello negro, ondulante, caía en dos pabellones, tapando casi las orejas, y luego se recogía por detrás en cordón para formar una especie de rodete de estilo bizantino, y del centro del rodete salía, a modo de plumero, un mechón de pelo rizado. Era un peinado original; transición del bizantino al griego, con añadiduras fantásticas, y un poco churriguerescas, pero que revelaban cierta independencia de carácter y gusto en aquella joven interesante. Pío Cid la miraba con el descaro fraternal con que solía mirar a todas las mujeres, y por último le dijo:

—Usted me dispensará la libertad que me tomo, pero tiene usted un tiznoncillo en la cara...

---

[12] Túrdulos = antiguo pueblo hispánico que habitó algunas zonas de Andalucía.

—Da pena viajar en estos trenes —dijo la joven con voz armoniosa, sacando del bolsillo un pañuelo para limpiarse.

—Más acá... , más allá —decía Pío Cid, sin apartar los ojos del pañuelo; y por último—: ya está bien.

—Gracias —dijo la joven inclinando levemente la cabeza.

Yo hacía esfuerzos para no reírme de la ocurrencia de Pío Cid, y me figuré que era sólo un pretexto para entrar en conversación con la guapa viajera. Pero al verle quedarse ensimismado, le pregunté en voz baja:

—¿Para qué le has dado esa broma?

—Era para ver el pañuelo —me contestó—, y para saber, si era posible saberlo por la marca, el nombre de la joven, a la cual al punto he querido reconocer... Ahora estoy seguro. Esta es Mercedes, la hija del ciego Juan de la Cruz.

Dijo Pío Cid estas palabras con impasibilidad absoluta, y yo las escuché con tanta sorpresa y emoción, que me corrió un escalofrío por todo el cuerpo. Era la primera vez en mi vida que veía enlazarse el arte con la realidad, y al saber que aquella era la hija de Juanico el ciego, reapareció ante mis ojos el cuadro de dolor y miseria trazado por Antón del Sauce, y vi en Mercedes una mujer distinta de la que antes había visto, cuya belleza no me inspiraba ahora simpatía, sino más bien lástima. Examiné con detenimiento al hombre que iba acostado, y aunque no se le veía la cara, me produjo un sentimiento inexplicable de aversión; era algo obeso, y el vientre, que descansaba sobre el asiento, se le movía con el traqueteo del tren. Sus manos, finas y ensortijadas, daban a entender que era hombre todavía joven.

No tardó en despertar el viajero, y al incorporarse me saludó con cierto embarazo, como no sabiendo si debía hacerse el desconocido o si hablarme con confianza. Era aquel joven antiguo compañero mío de estudios; pero sólo habíamos estudiado juntos un año, porque él se rezagó, y desde hacía ocho o diez no nos habíamos vuelto a hablar, aunque en Madrid nos veíamos con frecuencia en los teatros. Era granadino y se llamaba Juanito Olivares, y no sé con fijeza si terminaría al fin los estudios de Derecho, porque bien que se matriculara siempre, rara vez se examinaba. Pero aunque los hubiese terminado, él no vivía de su carrera ni de ninguna profesión conocida, y en Madrid le teníamos todos los paisanos por una mala persona. Era jugador y andaba siempre metido con la gente del trueno, que pasa la vida en continua francachela, unos días derrochando a lo príncipe, y otros dando sablazos a diestro y siniestro. Tenía también fama de Tenorio, pero Tenorio achulado, puesto que siempre andaba entre mujeres de mal vivir, y aun se decía que las explotaba. Sentí, naturalmente, deseo de saber cómo y por qué caminos había sacado a la hija del ciego del poder de su viejo protector, el montañés Estirado, al contestar a su saludo, lo hice con amabilidad y llaneza, diciéndole:

—Duda usted, quizá, si soy o no soy un antiguo condiscípulo. Yo le he reconocido a usted al momento; usted es mi compañero de derecho canónico, Juan Olivares, y me alegro de que hagamos juntos el viaje a Madrid.

—Yo también le he conocido a usted —me contestó—, y al contrario, estaba en duda de que usted me recordase después de tantos años. Ya veo que es usted buen fisonomista. ¿Ha venido usted por Jaén para evitarse el calor?

—En efecto, he venido en la diligencia con este amigo y paisano..., don Pío Cid —añadí presentándole.

—Tanto gusto en conocerle —dijo Olivares—. He leído su nombre en los periódicos... Supongo que usted será el diputado electo por Aldamar... Yo tengo parientes en el distrito, y aunque hace años falto de Granada, leo siempre algo de lo que pasa en nuestra tierra.

—¿Entonces no viene usted ahora de Granada?... —preguntó Pío Cid, asintiendo a las palabras de Olivares.

—No señor —contestó este—; vengo de Sevilla, donde he pasado una temporada —y luego añadió, dirigiéndose a su compañera de viaje—: Mercedes, estos señores son paisanos y amigos; vamos, como quien dice, en familia.

—¿Es también granadina? —pregunté yo, señalando con el gesto a Mercedes, por no calificarla de ningún modo—. Yo conozco allí a todo el mundo, y juraría no haberla visto nunca...

—Es de Málaga —dijo Olivares—. Este es el primer viaje que hace a Madrid.

—Va usted a dejar bien puesto el pabellón de Andalucía —le dije a la joven, que nos miraba algo inquieta, desde que al oírnos hablar comprendió lo falso de la situación en que a nuestros ojos se encontraba.

—La verdad es —dijo Olivares— que nosotros los andaluces somos la gente más descastada del mundo. Hace años que vivo yo en Madrid, y ustedes también, sin duda, y no nos hemos visto nunca, o nos hemos visto como si no nos conociéramos. Esto no es cosa de nosotros solos, sino de todos los paisanos. No tenemos ningún centro donde reunirnos, ni queremos ayudarnos, ni siquiera tratarnos. Así es tan difícil que hagamos carrera, y se ve todos los días que muchachos muy aventajados, que con algún apoyo subirían a los primeros puestos, tienen que huir de Madrid con el rabo entre las piernas, para que al llegar a sus provincias les digan que no valen un pitoche y que si no se han abierto camino es porque en la corte se hila muy delgado, y muchos que en provincias parecen algo, aquí se quedan en nada. Ya ven ustedes, cuando el alma me duele amí de ver cómo ponen por las nubes a muchos zanguangos que en sus pueblos no servirían ni para limpiar botas. El busilis es la protección y el bombo, y eso es lo que nosotros no entendemos todavía, y por eso nos dejamos apabullar.

—Estamos conformes —agregué yo—; pero el mal no tiene remedio, porque a nosotros nos falta espíritu de fraternidad, y sin él, lo más derecho es que cada uno trabaje por su cuenta, y ya que no ayude, que tampoco haga daño a los otros. Ya he pensado yo en que varios amigos fundáramos en Madrid un Centro andaluz; pero luego desistí de mi idea, porque vi que me iba a costar muchos disgustos y quizá salir entrampado, si daba la cara, aunque no fuera más que para los primeros gastos.

—Para sostener un Centro en Madrid hay que permitir el juego —dijo Olivares—. Todos los círculos echan mano de ese recurso, porque más da una mesa que doscientos socios. Si no fuera por eso, ¿creen ustedes que habría en Madrid un círculo para un remedio?

—Claro que no —asentí, no queriendo contradecir al pícaro* de Olivares—. Y según la máxima que se atribuye a los jesuitas, de que el fin justifica los medios, yo permitiría jugar a los prohibidos si así se lograba sostener una sociedad útil para el progreso del país.

—Para mí, la nación ideal es Mónaco —sentenció Olivares—. Ahí tiene usted una nación donde no hay cobradores de contribuciones; el juego da para todo, el arte prospera, y milagro es el año que no se estrenan obras de mérito, hasta óperas, para que nada falte.

—Lo único malo que encuentro —dije yo—, es que ocurran tantos suicidios...

---

* tunante / pícaro

—Se exagera mucho —replicó Olivares—, y, además, alguna vez tiene uno que morirse, porque no somos eternos. Entre morirse de viejo apestando al prójimo, o suprimirse de un pistoletazo después de sacarle a la vida todo el jugo posible, ¿qué le parece a usted?... Yo, por mí, les aseguro que no llegaré a oler a rancio.

—Cada cual entiende la vida a su modo —dijo Pío Cid—, y nadie la entiende bien.

—Ahora ha dicho usted una verdad como un templo —dijo Olivares—. Lo mejor es dejar que cada uno viva como quiera y que se mate, si ese es su guto, cuando le venga la contraria Con prohibir las cosas nada se sale ganando, porque lo que no se hace a ojos vistas se hace de ocultis, y es peor lo roto que lo descosido.

No he de aburrir al lector relatando lo mucho y malo que se habló durante el viaje. Pío Cid habló poco, y Mercedes nada. Olivares y yo hicimos el gasto, y sin darnos cuenta pusimos la moral hecha una lástima. Olivares era muy listo y a ratos ocurrente, y daba pena verle tan desatinado y tan sin compostura. Con él no valían predicaciones, porque todas se las sabía de memoria, y al minuto de oírle se comprendía que su desquiciamiento moral era incurable. Sus ideas eran tan lógicas desde su punto de vista, que para combatirlas había que remontarse a los fundamentos de la filosofía y demostrar que Dios existe, y que existen también el deber y la justicia, y una porción de cosas que para Olivares eran música celestial. Yo no me hallé con fuerzas aquel día para meterme en estas honduras, y hube de seguir la corriente para intimar con aquel simpático tunante y ver si podía meter las narices en el embrollo de sus relaciones con la bella Mercedes. Mi deseo debía de ser el mismo de Olivares, porque nos dio su tarjeta y nos ofreció su casa, y mostró gran empeño en que fuéramos a visitarle, y su empeño fue mayor con Pío Cid que conmigo, porque creería ver en él más materia explotable. Este detalle y otros muchos me fueron convenciendo de que Mercedes iba a Madrid a hacer el Cristo en manos de su desalmado amante. A ratos pensaba que quizá la hija del ciego estaría ya completamente hundida en el vicio cuando Olivares la cogió por su cuenta; pero me hacía dudar del aire modoso y serio de la joven y el disgusto que manifestaba cuando Olivares nos hablaba sin miramientos de los encantos de la vida alegre, libre de trabas y de compromisos. Bien podía ser que Mercedes se hubiera enamorado y dejado engañar, porque mi paisano era hombre

385

de mucha labia y de agradable figura; aunque era demasiado grueso no tenía el aire pesado y mochilón; al contrario: las carnes le daban aspecto de caballero rico; como iba completamente afeitado, representaba menos años que tenía (que debían ser alrededor de los treinta), y en su tipo había algo de cura, de cómico y de torero; las facciones correctas, aunque vulgares, y el pelo castaño, tirando a rubio, cortado a estilo flamenco, de ese que llaman pan y toros; en suma, una estampa fina y rumbosa, muy a propósito para hacer honda mella en el corazón de una mujer de poca experiencia, que no comprendiese lo podrido que estaba por dentro aquel galán tan vistoso.

En Alcázar bajamos del tren Olivares y yo para tomar unas copas; Mercedes no quiso acompañarnos, y Pío Cid pretextó que no le gustaba beber, para quedarse a solas con ella y hablarle y saber algo por donde orientarse acerca del estado de ánimo de la joven.

—Ya habrá usted visto —le dijo apenas se quedaron solos— cómo me he apresurado a aceptar el ofrecimiento de su amigo de usted, al que pienso corresponder yendo a visitarle con frecuencia; pero mi interés no es por él, es por usted...

—¿Por mí? —preguntó Mercedes, sin comprender adónde iba a para aquella conversación tan bruscamente comenzada.

—Por usted —repitió Pío Cid—. Deseo hablar con usted de historias antiguas. Usted no me conoce; pero yo la conozco mucho y deseo ser su amigo.

—Yo no sé qué contestarle, ni comprendo cómo puede usted conocerme.

—Ahora no hay tiempo para entrar en explicaciones. Yo la he conocido a usted hace años y la he reconocido en cuanto la he visto, y usted sabrá las razones que tengo para interesarme por usted. No es curiosidad mi deseo de penetrar en las interioridades de su vida; es un deber que tengo de defender a usted si necesita defensa y de protegerla si necesita protección. Cuando hablemos despacio sabré si usted conoce su verdadera situación y si la acepta gustosa, pues en tal caso nada me quedaría que hacer; pero más bien creo que va usted engañada y que quizá agradezca hallar un amigo en Madrid, donde no conocerá a nadie...

—Siempre es bueno tener amigos, aunque sea en el infierno —contestó Mercedes entre confusa y amable.

—Pero hay amigos, y amigos y los amigos de una mujer pueden llevar buenas y malas intenciones. Las mías son buenas, y si le hablo así es porque creo que otros las tienen malas. Yo la conozco a usted, ya se lo he dicho, y no comprendo que, a pesar de su mala estrella, haya caído tan bajo que se deje explotar por un mal vividor...

—¿Qué me dice usted? —preguntó Mercedes.

—Le digo lo que siento*. Mi paisano Olivares es un perdido que va a Madrid a divertirse a costa de usted. No parece muy decente que yo aproveche estos minutos para herirle por la espalda, pero dice el refrán que el que roba a un ladrón tiene cien años de perdón, y no he de tener yo escrúpulos para trabajar por el bien de usted, cuando él no los habrá tenido para engañarla...

—Yo he nacido con mal sino... —dijo Mercedes, con voz triste y apagada.

—Contra el sino está la voluntad —repuso Pío Cid con energía—. Si usted no la tiene, la tengo yo. Y si usted no me agradece la intención, me la agradecerá su padre, que, aunque tuvo también mal sino, fue siempre un hombre honrado. El pobre Juan de la Cruz no merece que su hija única le afrente de ese modo...

Estas palabras impresionaron vivamente a la joven y le hicieron comprender que quien le hablaba no era lo que ella al principio se había figurado.

Mercedes conocía sin duda a Juanito Olivares y sabía o presentía el papel que iba a representar en Madrid. Se hallaba ligada a él y resuelta a pasar por todo, y acaso se justificaba en sus adentros viéndose condenada por la fatalidad, que parecía ensañarse con ella como se había ensañado con su padre. Así, al oír a Pío Cid, se quedó turbada, sin saber qué pensar de aquella inesperada simpatía y de aquella protección generosa que le brindaban. Al principio creyó que Pío Cid comenzaba a iniciarse como amigo; uno de los muchos amigos que en Madrid frecuentarían el trato de Olivares; luego se figuró que Pío Cid quería jugarle a éste una mala pasada, y pasó rápida por su mente la comparación entre ambos y la idea de abandonar al uno si el otro ofrecía una situación más decorosa; por último, oyó con extrañeza el apóstrofe duro y amenazador de Pío Cid, y se halló por completo desorientada. En cambio, Pío Cid había seguido atentamente todos estos movimientos, y sabía ya a qué atenerse, más aún, conocía a la joven como si la

---

* pienso / siento

hubiera tratado toda la vida. Porque la atracción misteriosa que Pío Cid ejercía sobre todo el mundo solo se explicaba por la rapidez con que penetraba en lo íntimo del espíritu de los demás. Cuatro palabras le bastaban para conocer a una persona y para descubrir el punto vulnerable y dominarla. Y en ninguan ocasión, ni cuando engañó a Martina y se la llevó a la casa de huéspedes como si fuera una niña de pocos años, estuvo tan diestro como al apoderarse del alma de Mercedes, quizá porque al fijarse en ella era más pura la intención que le animaba. El único escollo que temía era que la joven estuviera desmoralizada y subyugada por el atractivo de la vida que su amante comenzaba a darle a conocer; pero al ver cruzar por los ojos de Mercedes la idea de la traición, se convenció de que el dominio de Olivares era sólo material. La esclavitud sin amor es germen perpetuo de rebeldía, y Pío Cid pensó en el acto suscitar en la joven el deseo de libertad.

—Dispense usted la rudeza con que me he expresado —dijo después de una breve pausa—. Yo sé que usted no tiene la culpa de lo que le ocurre, porque sola, sin tener en el mundo nadie que se interesara por usted, ¿qué iba usted a hacer sino dejarse arrastrar adonde quisieran llevarla? Pero ahora varía la situación; si usted se halla a disgusto en la vida que lleva y se decide a abandonarla, cuente usted con un amigo, que soy yo, y con una casa, que es la mía... ¿Qué puede usted perder en el cambio? Nada. Si no le fuera a usted bien conmigo y con mi familia, es usted libre para hacer lo que más le agrade. El mayor mal que puede ocurrirle es el que ahora le está ocurriendo. Usted es muy bella y graciosa, y hallará siempre hombres a montones para vivir como vive. La desgracia de usted no ha sido dar los malos pasos que ha dado; ha sido caer en manos de un tronera, que quizá, después de sacarle a usted el jugo, la tire a la calle cuando ya no sirva usted para su especulación. Si al menos la quisiera a usted..., pero no lo creo. Hombres como Olivares, y mucho mejores, los encontrará usted en cualquier parte a todas horas; pero una casa amiga no se encuentra fácilmente, y puesto que usted la ha encontrado no debe vacilar. Pruebe usted a ver si puede dominar ese mal sino que cree que la persigue... Yo la ayudaré.

—¿Tiene usted familia? —preguntó Mercedes.

—La tengo y numerosa, y esté usted segura de que será recibida en mi casa con la mejor voluntad. A usted quizás le extrañe esto, porque no es corriente que una joven desconocida entre en una casa si no es como criada o institutriz, o con algún cargo que justifique su presencia; en mi casa no hay servidumbre, y usted entraría como lo que es, como una huérfana, a la que se desea dirigir y educar; ese sería mi gusto y es también mi obligación, según verá usted cuando yo le explique las razones que tengo para hablarle como ahora le hablo. Pero* lo que me interesa es que usted sepa dónde vivo... No tengo tarjetas; lo pondré en esta misma —añadió, sacando la que le había dado Olivares y dándosela a Mercedes, depués de escribir con lápiz su nombre y señas.

—¿Ha leído usted las señas de la casa donde voy a vivir? —preguntó Mercedes, mirando la tarjeta.

—Calle de Fuencarral, conozco la casa —contestó Pío Cid.

—¿Está muy lejos la calle de Villanueva? —volvió a preguntar Mercedes.

—Lo cerca o lo lejos no importa. Usted no conoce Madrid, y lo que haría sería tomar un coche y dar la dirección al cochero. Yo iré a visitarla a usted; pero no está de más la precaución, porque pudiera convenirle a usted apresurar su escapatoria. Cuando un hombre como Olivares tiene casa puesta en Madrid, es seguro que no está solo, y quizás encuentre usted algo que no sea de su gusto.

—Dice que tiene un ama de gobierno paisana suya.

—Puede que sea así —asintió Pío Cid—. Pronto lo verá usted.

—Pero aunque yo quisiera romper... —dijo Mercedes—. ¿Con qué cara me presentaría... teniendo usted familia?

—Si no estuviera mi familia por medio —replicó Pío Cid—, podría usted creer que iba a salir de Herodes para entrar en Pilatos... Yo no soy ningún vejestorio y usted es muy guapa, y si le propusiera venir sola conmigo... Pero ahí están; cortemos la conversación.

Hasta Madrid, adonde llegamos al amanecer, seguimos Olivares y yo en vivo coloquio, como grandes amigotes. Pío Cid no habló más con él, porque le sería penoso fingir amistad o confianza, después de la treta que acababa de jugarle. Mercedes siguió silenciosa, rumiando la idea de rebelión que Pío Cid le había metido en la cabeza. No hay nada que impresione a la mujer tanto como las verdades útiles y de sentido común; y Pío Cid, a vueltas de proyectos moralizadores, indicados sólo para justificar su intervención, había deslizado la idea esencial, la única que Mercedes podía comprender entonces: con Juani-

---

* ahora lo / _____ lo

to iba a sacrificar todo lo que puede sacrificar una mujer y a sacar lo menos que puede sacar una mujer: aunque al plantar a Juanito tuviera que irse con otro hombre, más de lo perdido no podía perder, y en cambio podía salir ganando. Juanito le había gustado mucho los primeros días, y ya comenzaba a hacérsele empachoso. Mercedes no se explicaba el por qué, siendo como era una infeliz, a pesar de su aparente señorío y de su finura contrahecha; pero lo que sentía era el disgusto natural e instintivo que ·causa el egoísmo descarado, que no oculta sus bajas intenciones. Juanito estaba acostumbrado a manejar mujeres completamente perdidas, y había tomado a Mercedes por una de tantas, y acaso en una de tantas la hubiera convertido en poco tiempo si Pío Cid no se le hubiera atravesado en el camino. Nuestro encuentro fue providencial, y más que suceso verídico parecerá a muchos combinación novelesca, no sólo por la perspicacia que demostró Pío Cid al reconocer a Mercedes, sino por la circunstancia singular de estar nosotros al tanto de su historia por el relato que de ella nos hizo Antón del Sauce. En este concurso de felices coincidencias no ha de verse, sin embargo, la mano de un novelista; ha de verse la mano oculta que gobierna las cosas humanas, la cual quiso darle a Mercedes un amigo y defensor que luchara contra la fatalidad misteriosa que llevaba dentro de su ser la hija del desgraciado Juan de la Cruz.

Llegados, pues, a Madrid, nos despedimos de Olivares y de Mercedes, anunciándoles que iríamos a verles pronto, y pensamos tomar juntos un coche que nos llevara primero a casa de Pío Cid y después a la mía. Pero no contábamos con que estaban esperando a la salida Martina y su madre, doña Candelaria y Paca. Candelita no había querido venir, y Valentina se quedó con ella para que la falta fuera menos notada. Aunque yo apenas las conocía, las saludé a todas y me retiré para no servir de estorbo. Pío Cid buscó quien le llevara la maletilla para ir a pie, paseando con la fresca, y para evitar que tuviera que dividirse en dos coches la comitiva de las cuatro mujeres, las cuales venían ya divididas, según fácilmente se notaba.

—Al diablo se le ocurre —dijo— venir a estas horas a la estación; y además que yo aseguré que vendría hoy.

—¿Crees tú que yo no huelo? —replicó Martina—. Yo estaba segura de que vendrías en cuanto recibieras mi última carta. ¿Las has recibido todas?

—He recibido cinco —contestó Pío Cid—. Por cierto que

ninguna se ha acordado de ponerme ni unos malos recuerdos.

—¡Como Martina escribía por todas!... —dijo Paca.

—Bueno, vamos andando —agregó Pío Cid—, y andando hablaremos.

Echó a andar adelante Martina, y Pío Cid se puso a su lado; doña Justa, que iba a alcanzar a su hija, se hizo atrás para reunirse con su hermana y sobrina, que venían las últimas.

—Te encuentro muy bien —dijo Pío Cid a Martina—; de buen color y un poco más gruesa.

—Pues yo creía lo contrario —contestó Martina—. Con los disgustos que han pasado...

—Tempestades en un vaso de agua —dijo Pío Cid—. ¿Te parece bonito que vayamos en dos secciones?... Por lo visto no os habláis siquiera.

—Con Paca sí... —dijo Martina—. La culpa no es mía... Ellas no quieren ceder, y no voy a ser yo la que me rebaje.

—Todo eso va a terminar hoy mismo.

—Ya lo creo que terminará —aseguró Martina—. Como que tienen buscado cuarto y esperaban que tú vinieras para irse a él. Don Florentino, el hermano de Pablo, se va a Barcelona en cuanto celebre la boda, y mi tía y Candelita se van con él para ir más acompañadas. Dice mamá que la prima tiene ya la contrata segura. Yo no sé nada más que lo que oigo; pero me parece muy bien que se vayan si es por su gusto.

—Ya hablaremos de eso. Voy a decirle algo a tu tía, no sea que tome a desprecio el que yo las deje a un lado.

—¡Y qué te importa! Que lo tome por donde quiera.

—Me importa, y a ti debía importarte más, porque, al fin, es tu tía, y el desprecio que yo le hiciera recaería sobre una persona de tu familia. Nosotros estamos siempre cumplidos, y con tu tía tengo que guardar más miramientos... No es gran cosa lo que tengo que preguntarle...

Sujetó un poco el paso para acercarse a doña Candelaria. Doña Justa y Paca se pasaron al bando de Martina, y Pío Cid continuó sus trabajos de diplomacia peripatética.

—¿Cómo es que no han venido las otras niñas? —le preguntó—. ¿Están buenas?

—Candelita está un poco echada a perder... —contestó doña Candelaria—. No es cosa mayor.

—No me ha escrito usted nada sobre el disgustillo que ha habido.

—No he escrito por no distraerle a usted con cuentos... Más valiera que no hubiera usted ido, pues, según me ha dicho mi hermana, viene usted como fue. Ha hecho usted mal en seguir los consejos de Martina.

—¿De qué consejos habla usted?

—Dice mi sobrina que le escribió a usted que se dejara de política, y que, como ha ocurrido con Gandaria lo que usted sabe, usted no querría nada que viniera por su mediación.

—No está mal pensado; pero la verdad no es esa, sino que me he convencido de que no sirvo para esas andancias. La política les da a muchos de comer, y a otros les cuesta dinero, y yo no tengo ningún dinero que perder. Y ahora voy a decirle algo que importa más, y es que no comprendo que usted, que es una mujer de carácter, haya tenido tan poca espera y haya hecho tanto caso de las necedades de Martina.

—¿Usted sabe lo que esa niña ha hecho? Porque supongo que ella le habrá pintado las cosas a su capricho.

—Sólo me ha hablado del cambio de muebles y de... no recuerdo bien.

—Eso fue lo primero, y eso y mucho más lo hubiera yo pasado; que, a Dios gracias, no me falta aguante. No le habrá dicho que exigió el dinero que usted nos dejó, diciendo que ella quería ser el ama; y que luego que tuvo el dinero nos dijo que, puesto que habíamos recibido la pensión de Murcia, nos arregláramos con lo nuestro; ni le habrá dicho que la tomó con Candelita y que le arañó la cara, como usted lo verá.

—Y ¿cómo fue eso?

—Fue porque mi hija se cansó de oír sus indirectas y le dijo que era una envidiosa... Esa es la única palabra que ha podido ofenderla. En cambio ella ha dicho cuanto le ha venido a la boca, y hasta ha tenido la osadía de asegurar que mi hija lo estaba soliviantando a usted, y que le ha visto a usted darle un beso... ¿Qué le parece? Con las pocas chichas que tiene mi Candelita, y Martina, que tiene más fuerza que un toro... le digo a usted que si no ando lista, Dios sabe si hubiera ocurrido una desgracia... Por prudencia, por consideración a usted he seguido en la casa hasta que usted viniera; pero ya tenemos apalabrado un cuarto en la misma calle, y hoy mismo nos mudamos.

—¿Cuál es el plan de usted? —preguntó Pío Cid con mucha flema.

—Muy sencillo —contestó doña Candelaria, tomando aliento—. Candelita tiene ya contrata en Barcelona. Yo me voy con ella en cuanto se case Paca. Todo está ya arreglado; hoy es viernes, el domingo puede ser la boda.

—¿Usted y don Florentino serán los padrinos?

—Sí: don Florentino ha venido a eso principalmente...

—¿Y piensa usted dejar a Valentina con los recién casados?

—Así tiene que ser. Yo no puedo llevármela, porque serían los gastos mucho mayores.

—Pues bien —dijo Pío Cid recalcando las palabras—; todo eso me parece un disparate, impropio de una mujer tan avisada como usted... usted sabe lo que se ha gastado para arreglar nuestra casa, y no hay en ella nada del otro jueves; y estaba casi amueblada cuando yo entré en ella... Ponga usted en un cuarto a tres criaturas con un sueldo que, con el descuento, no llega a quince reales diarios, y dígame qué apuros y qué miserias no van a pasar en estos primeros meses, que deben ser de miel y van a ser de acíbar, de vinagre y de rejalgar. Paca es una mujer de su casa, como hay pocas, y Pablo no es mal muchacho; el matrimonio reúne las mejores condiciones para ser bueno, y usted lo va a echar a perder con esas prisas. Usted habrá visto un nido de pájaros, y habrá visto que cuando los pájaros son culoncillos se están pegados los unos a los otros, y que cuando son volantones comienzan a revolotear por los bordes del nido, hasta que, al fin, se echan a volar; y algunos, por volar demasiado pronto, se caen y se estrellan. No saque usted las cosas de su paso natural, y déjeme a mí hacer lo que se debe hacer. Aunque usted no me deje, yo quiero a Paca como si fuera mi hija y no consiento que salga de donde hoy está sino para que esté mejor que está. Ese casamiento es precipitado, porque no tenemos las dos o tres mil pesetas que harían falta para poner otra casa...

—Eso es cierto—interrumpió doña Candelaria—. Malo es empezar con boqueras, porque, como suele decirse, donde no hay harina todo es mohína; pero las cosas se han presentado así.

—Yo estoy conforme en que se casen —prosiguió Pío Cid—. Les cedemos una o dos habitaciones de la casa, y siguen comiendo en familia como hasta aquí. De este modo pueden dedicar el sueldo a comprar lo mucho que les hace falta y a divertirse un poco en estos primeros meses, y de aquí a fin de año tiempo tendrán de buscar piso y de empezar a vivir por cuenta propia.

—Y ¿no cuenta usted con Martina?

—Martina querrá lo que yo quiera. Al verse sola ha pretendido ser jefe de la casa, y para hacer visible su atoridad ha cometido algunos abusos*; pero ahora estoy yo aquí y ya no

---

* arbitrariedades / abusos

hay autoridad; yo no mando, pero no tolero que manden otros; quien debe mandar es la razón, y si usted me demuestra que lo que yo digo no es razonable, obedeceré las órdenes de usted. Hay que despedir ese cuarto que han tomado y dejarse de niñerías. En cuando a Candelita, no quisiera que comenzara como va a comenzar; pero las cosas no pueden ser pintadas, y aunque la compañía sea de verano y quizás de poco fundamento, nada se pierde con probar fortuna. Lo que yo deseo es que si ocurre una contrariedad cuenten conmigo. En cuanto yo sepa que en un apuro acuden a otro y no a mí, les niego mi amistad para siempre. Y si por culpa de Martina me vuelven las espaldas, le aseguro a usted que me iré a vivir solo...

—Eso no —interrumpió doña Candelaria—. Usted tiene obligaciones.

—Yo tengo la obligación de darles a todas ustedes para que vivan, porque así lo he ofrecido; pero no estoy obligado a vivir con una persona a quien le estorba todo el mundo. Solo se vea el que sólo desea; y si Martina quiere estar sola conmigo, yo la dejaré sola sin mí... pero esto es hablar de la mar... Usted guíese por mí y no le pesará. Ahora me voy con Martina, porque ya sabe usted que es picajosa y se ofenderá si hablamos demasiado.

Volvió de nuevo al lado de Martina, que, en efecto, iba ya rezando, y la apaciguó diciéndole que ya estaba resuelta la crisis doméstica y explicándole el plan concertado con doña Candelaria. Ésta no había dicho claramente que sí ni que no; pero el que calla otorga, y Pío Cid dio la cosa por hecha, aunque añadió que la había dejado pendiente del pláceme de la principal interesada en los asuntos caseros, que era y debía ser la propia Martina. La cual no puso ningún reparo, pues para ella lo importante era que Candelita se marchara, cuanto antes mejor. En esto los dos grupos antagónicos se habían aproximado tanto, que Pío Cid, sin apartarse de Martina, pudo decirle a doña Candelaria:

—Martina está conforme y contenta, y yo creo que, una vez que no hay diversidad de pareceres, estos piques y desavenencias deben cesar.

—Yo por mí... —dijo doña Candelaria.

—Es que ustedes les han dado a las cosas un color... —agregó Martina.

—En todas las familias hay sus dimes y diretes —afirmó doña Justa—. Yo no me he mezclado en el asunto, y comprendía que todo quedaría en aguas de cerrajas.

Mientras Martina le decía a Paca que el arreglo era seguir viviendo juntos, Pío Cid entablaba un nuevo diálogo con doña Candelaria.

—Una cosa se me ha ocurrido —le dijo—. ¿Con qué nombre va a figurar Candelita? Porque Candelaria no es propio para una tiple.

—Ese punto no está decidido aún —contestó la mamá—. Don Narciso nos ha dicho que habrá que anunciarla con nombre italiano.

—El apellido es bueno, inmejorable, y no hay que cambiarlo. El nombre es el que no sirve. Si fuera Valentina Colomba o Paca... Es decir, Paca no, Francesca... Ahí tiene usted el nombre. No hay más que hablar: Francesca Colomba. Suena un poco fuerte, pero eso da importancia.

—Está usted en el torno y en las monjas —dijo doña Candelaria—. Yo no sé lo que saldrá de este arreglo que usted acaba de hacer; pero por usted lo acepto todo con el alma y la vida... ¿Quién lo había de pensar cuando nos conocimos?

Salieron de la casa en son de guerra, en dos bandos, y volvieron en paz y en uno solo.

Todos entraron en el comedor para tomar un ligero desayuno. Valentina acudió también, y Pío Cid le preguntó por Candelita.

—Está levantada —dijo la muchacha—, pero no sale porque le duele la cabeza.

—Hoy no es día de dolerle a nadie la cabeza —replicó Pío Cid—. Dile que salga, o si no iré yo mismo a decírselo.

—Señorita Francesca —dijo en voz alta, acercándose al cuarto de la futura tiple—, tenga la bondad de acompañarnos. Las paces están firmadas, y sería de muy mal gusto desairarnos a todos.

Francesca no contestó, y Pío Cid tuvo que entrar en el cuarto a buscarla. La vio de pie junto al balcón, y se quedó un momento embobado mirándola. Estaba la joven vestida de blanco, con una bata suelta, sobre la que caían los rizos de cabello rubio como los rayos del sol; el rostro pálido, y la mirada de los ojos azules triste, melancólica. Pío Cid se acercó, y sin decirle una palabra más, la cogió de la mano y la trajo al comedor, cerca de donde estaba Martina.

—Ahora mismo —dijo— os tenéis que abrazar delante de todos. Siempre os habéis querido como hermanas, y ahora que pronto os vais a separar, no estaría bien que os quedara ningún rencor.

—Yo no me acuerdo ya de lo que hice —dijo Martina, abrazando a su prima y llorando—. Es que tengo mal genio, lo reconozco; pero después que se me pasa el arranque, me pesa...

—Vamos, no seas tan guardosa —dijo doña Candelaria, viendo que su hija se mantenía tiesa y sin ablandarse por las lágrimas de Martina.

—Yo también lo olvido todo —dijo al fin la ofendida.

Y abrazó a su prima, aunque sin perder su aire serio y grave.

—Ahora sólo falta —pensó Pío Cid— que no queden rastros de lo ocurrido. Es menester que la casa vuelva a estar como yo la dejé.

Y con esta idea añadió en voz alta:

—¿Sabes, Martina, que estoy pensando que la sala no puede seguir como está? El día de la boda habrá convidados, y aquí, en el comedor, no se cabe. No hay más habitación grande que la sala, y siempre es bueno para este y otros casos tenerla libre. Nosotros nos podemos arreglar en el cuarto que antes teníamos.

—Yo no tengo interés... —contestó Martina—. Lo hice para que tú tuvieras una habitación más grande para escribir.

—Yo escribo aunque sea sobre la tabla de lavar —dijo Pío Cid—. Por mí no hay que molestarse*.

—Pues entonces —dijo impaciente Martina— vamos a mudar los muebles... Ahora mismo —añadió dirigiéndose a sus primas—. Venid conmigo... A mí me gusta revolver.

Aquel mismo día volvió la casa a su estado normal, y el silencio reconcentrado de los días de disensión se desató en charla inacabable y en vehementes manifestaciones de afecto. Todas rivalizaban en atenciones cariñosas para destruir el recuerdo de las pasadas ofensas. Pío Cid sólo salió un instante para llevar a *El Eco* una revista que escribió en un dos por tres y cobrar el mes caído, pues halló la bolsa de Martina en los apures. Pablo y don Florentino vinieron por la tarde y se quedaron a comer, y de sobremesa quedó resuelto que la boda fuera el domingo por la mañana, y que por la noche salieran para Barcelona las dos viajeras, acompañadas por el honrado comerciante de San Sebastián.

—Todo nos ocurre a nosotras al revés —decía doña Candelaria—. Siempre, después de una boda, el viaje lo emprenden

_____

* preocuparse / molestarse

los novios, y aquí los novios se quedan y nosotras nos marchamos.

Pío Cid había pensado ir a visitar a Mercedes después de la boda, cuando la casa estuviera más tranquila, y por sí o por no estaba sobresaltado y deseoso de explicar a Martina su pensamiento de proteger a la pobre huérfana, no fuera ésta a presentarse de repente y diera lugar a un escándalo. Pero tuvo que ir a casa de la duquesa de Almadura a entregarle el regalo de su antiguo administrador, y cumplido ya el encargo, volvía paso entre paso a su casa, a tiempo que vio cruzar a lo lejos a Juanito Olivares con otro amigo. Comprendió, por la dirección que llevaban, que no iban a la calle de Fuencarral; y como se le presentaba una tan buena ocasión de hablar a solas con Mercedes, cambió en el acto de rumbo y se decidió a adelantar la entrevista. Llegó a casa de Juanito, subió al tercero y preguntó por él, y la criada contestó que el señor había salido hacía poco, pero que estaba doña Adela.

—¿Quién pregunta? —dijo, saliendo al recibidor una señora muy bien puesta, todavía joven, guapa y algo ajamonada.

—Un paisano de Olivares —dijo Pío Cid—, y de usted si la vista no me engaña.

—¿Su gracia de usted? —preguntó doña Adela mirándole, sin acertar a reconocerle.

—Muy cambiado debo de estar —contestó Pío Cid— cuando usted no me recuerda. Yo la he conocido al momento, particularmente* por el lunar que tiene usted en la mejilla. Pero cuando yo la conocí era usted Adelita y costurera, y yo era estudiante y me llamaba *Don Pitopito*.

—¡Jesús! —exclamó doña Adela—. Usted es el hijo de... Entonces usted es de quien me ha hablado Juanito. ¡Si seré yo torpe, señor! Pase usted, y no se esté más en esa puerta. ¡Digo! ¡Pues poco que me acuerdo de cuando iba a su casa a coser, y de usted, y de las diabluras que hacía, y de...! Es para mí un alegrón —añadió estrechándole la mano con desenvoltura—. Verle aún rodando por estos mundos, y por lo visto sin haber sentado todabía la cabeza... Así me gusta. Los hombres han de ser hombres.

—Y ¿cómo es que la encuentro aquí? —preguntó Pío Cid, entrando en una sala pequeña que vio abierta y sentándose—. ¿Está usted con Olivares?

—¡Huy, huy! ¡Pues no es larga la fecha! —contestó

---

* por todo y particularmente / ____ particularmente

doña Adela—. Hace más de ocho años que nos vinimos a Madrid. Yo ya me recogí a la buena vida... De todo quiere Dios un poquito. Pero ¿dónde ha estado usted metido? Pues no hace más que la friolera de... ¡Qué! Más de quince años. Quizá de todos los hombres que yo he conocido, el que recuerde mejor es usted... ¡Cuántas veces se lo he dicho a Juanito! ¿Se acuerda usted de un día que aquel criado viejo que tenían se puso una falda negra y unas enaguas blancas, como un cura, y nos casó a los dos en broma? Yo creo que no se debe jugar con las cosas de Dios, y que si no he sido una mujer regular, casada como Dios manda, ha sido por castigo... Sí, señor... ¿Y sus hermanos de usted?

—Ya no queda ninguno vivo —contestó Pío Cid.

—Vaya con *Don Pitopito gorgorito* —dijo lentamente y con cara risueña la ex modista—. Y ¿cómo es que le vemos por aquí?

—Venía a hacer una visita a Olivares y a la joven que le acompañaba... —contestó Pío Cid, fingiendo aire pícaro—. Hicimos juntos el viaje.

—¿Le gusta a usted la Merceditas? —preguntó doña Adela con tono despreciativo.

—Es algo simpática y parece poco corrida —respondió Pío Cid sin dar importancia a sus palabras.

—Fíese usted de esas pavalacias —respondió doña Adela—. Dentro de un mes será esa peor que las demás... Yo creo que cada día tienen ustedes los hombres más mal gusto. No se fijan más que en cuatro arrumacos. En particular esta Mercedes es un animalucho, que ni siquiera sabe presentarse. Yo no sé como va a arreglarse cuando baje al principal... ¡Mercedes! —exclamó de pronto—. Sal, que preguntan por ti.

Mercedes debía estar en la habitación próxima, pues salió al punto. Saludó con cortedad y se sentó en una silla distante del sofá donde estaban Pío Cid y doña Adela.

—Ya ve usted —le dijo Pío Cid— que no he olvidado lo que ofrecí. Siento no hallar a Juanito. Otro día volveré. ¿Ha paseado usted ya algo por Madrid?

—Ayer dimos una vueltecilla, poca cosa —contestó doña Adela—. Ésta se cansó en seguida. Pero, Mercedes, hija, acércate, que parece que estás como un huésped despedido.

Mercedes se acercó; pero, en vez de sentarse, se puso a mirar el cielo al través de los visillos del balcón. Pío Cid se levantó y se puso detrás de ella, y doña Adela no tardó en escabullirse suavemente, dejándolos solos.

—¿Qué tal se encuentra usted aquí? —le preguntó Pío Cid en seguida.

—Muy mal* —contestó Mercedes—. Hace un día que vine, y ya tengo la tía esa atragantada.

—Y ¿cómo no se le ha ocurrido a usted marcharse?

—¿Cree usted que es tan fácil? Y luego que del dicho al hecho hay gran trecho, y yo no sé si lo que usted me dijo es posible. Yo creo que no me dejarán que me vaya.

—Claro está que no la dejarán; pero usted puede irse aunque no la dejen. No tiene usted que llevarse nada consigo, para que así no digan que los ha robado usted. Se lleva usted lo puesto nada más.

—Pero ¿cómo va a ser eso, si estoy aquí como presa y no me dejan ni pie ni pisada?

—Cuando baje usted de visita al principal, doña Adela no estará con usted... Entonces puede usted decir que ha olvidado cualquier cosa y que va por ella en un momento, y en vez de echar escaleras arriba, echa escaleras abajo. Puede llevar en el bolsillo un pañuelo de seda y ponérselo en la cabeza** para no llamar la atención... Sigue andando a mano izquierda hasta que encuentre una parada de coches, le da las señas al cochero y pleito concluido. Yo estoy siempre en mi casa: a cualquier hora que llegue usted es buena. A ver si el lunes se presenta la ocasión...

—Todo eso está muy bien; pero y en casa de usted, su familia, ¿qué dirá?

—Dejemos eso a un lado. Usted confíe en mí. Yo no quiero forzar su voluntad, y si usted tiene interés por Juanito... ¿Cuánto tiempo hace que le conoce usted?

—Un mes, y estoy hasta la coronilla... Por ese lado...

—¿Cómo fue el conocerse?

—La culpa la ha tenido doña Rufina. ¡Malhaya sea!...

—Y ¿quién es doña Rufina?

—Es una criada vieja de don Gonzalo que vivía conmigo para acompañarme. Ella fue la que me llevó a malos sitios.

—Ese don Gonzalo Estirado fue el que la sacó a usted de Granada.

—¿Cómo lo sabe usted? —preguntó Mercedes sorprendida.

—Ya le dije que yo la conozco; la conocí a usted cuando era

---

* Ya ve usted —contestó Mercedes—. / Muy mal...
** ponérselo _____ / ponérselo en la cabeza

niña, cuando iba llevando de la mano a su padre ciego. Yo la he besado a usted muchas veces... No le dé a usted vergüenza de que yo sepa que su padre fue mendigo; entonces usted no podía hacer más de lo que hacía, y su padre no podía ganar el sustento trabajando. Quizá lo más notable que ha hecho usted en su vida ha sido servir de lazarillo a su padre; y si de algo se debe de avergonzar es de verse como se ve, y más aún querer continuar en esta vida después que yo, como amigo, le ofrezco mi apoyo para que salga de ella. Yo recuerdo que mi madre, que ya murió, quiso muchas veces recogerla a usted para educarla e impedir que le ocurriera lo que le está ocurriendo; y mi idea es hacer hoy lo que no pudo hacer mi madre, y por eso le dije a usted que al acogerla en mi casa creía cumplir una obligación.

—Yo no recuerdo su cara de usted —dijo Mercedes, impresionada por el tono fuerte y sincero con que le hablaba Pío Cid—; quizá de su madre me acordara si la viera.

—Mi madre se llamaba doña Natalia, y a mi casa iban ustedes todos los lunes.

—Sí, recuerdo ese nombre... —dijo Mercedes, cuyos ojos parecían eclipsados—. Yo me voy a poner en manos de usted, y usted hará de mí lo que quiera.

—Ya le dije a usted que peor que hoy está no podrá estar nunca.

—Eso es verdad —dijo Mercedes resuelta—. Esto es lo peor. Nada, yo voy a escaparme, como usted me ha dicho.

—Hágalo con precaución, no vayan a conocerle el deseo... Aunque, puestos de malas, yo la sacaría a usted por encima de todo el mundo. En fin, me voy ya. Si le pregunta doña Adela qué hemos hablado, dígale que yo deseo frecuentar la casa como amigo de usted, y que usted me ha contestado que eso no es posible por el compromiso que tiene con Olivares.

—Y ¿qué va a pensar doña Adela?

—Pensará que es usted una bobalicona; pero más vale que piense esto que no que sospeche de mí. Conque adiós; lo prometido es deuda. ¡Cuidado con faltar!

—Ya verá usted que, aunque mujer, también tengo palabra —afirmó Mercedes, estrechando con fuerza la mano que le tendía Pío Cid.

Salió éste al pasillo y tosió para que acudiera doña Adela, la que no se hizo esperar.

—Pero ¿cómo tan pronto?... —le dijo—. Yo creía que iba usted a esperar a Juanito.

—Ya volveré —contestó Pío Cid—, no sólo por Juanito y por Mercedes, sino por usted, para que hablemos de cosas de nuestros buenos tiempos. Ahora tengo que hacer, y además, la Mercedes parece que está hoy de mal aguaje.

—¿No le dije que era una pavona? —apoyó doña Adela—. No tiene más que facha.

—Hay que dejar que poco a poco se despabile. Dígale usted a Olivares que he estado aquí y que soy conocido antiguo de usted, y todo lo que quiera usted de mi parte.

—¡Vaya que se lo diré! —dijo doña Adela, reteniendo entre las suyas las manos de Pío Cid—. Y no olvide que tiene aquí una paisana dispuesta a servirle.

—Igualmente.

De vuelta a su casa estuvo Pío Cid dando rodeos para poner a Martina en autos de la para ella inesperada decisión de meter un nuevo huésped, y lo que es peor, huéspeda, y del género de Mercedes. Al fin decidió dejarlo para el domingo.

—Tengamos la boda en paz —pensó—, y luego que los novios estén durmiendo y los viajeros viajando, lanzaré la noticia. De cualquier modo, nadie me libra de una reprimenda; y no es esto lo que siento, sino la llegada de Mercedes. Si fuera otra clase de mujer, o si hubiera medio de conocerla antes de verle la cara... Lo que es el primer espetonazo será terrible, porque esa criatura no tiene más que fachada, como dice doña Adela, pero la fachada es monumental.

Se celebró la boda pacíficamente, y no sin cierta solemnidad a la que era muy dado don Florentino. Todo lo que Pablito tenía de informal y sin gobierno, lo tenía su hermano de grave y sesudo. Era don Florentino un hombre chapado a la antigua, amante de dar tiempo a los negocios y enemigo de que le espolearan. Aunque tenía dejado a Pablo como cosa perdida, vino a Madrid dispuesto a deshacer la boda proyectada, que le pareció un disparate más, el último y el mayor que podía cometer aquella calamidad de hermano, al que jamás pudo hacer andar derecho. Cuál no fue su sorpresa al verle tan cambiado y tan metido en sí, hecho un funcionario público y con una novia como Paca, la cual le daba ciento y raya a la propia mujer de don Florentino, modelo de señoras serias, apañadas y económicas.

Como don Florentino era muy aficionado a la ropa negra, su satisfacción se tradujo en un vestido de seda que regaló a la novia, y en un traje de levita que regaló al novio, amén de otras pequeñas atenciones y de correr con todos los gastos del casorio.

Simpatizó grandemente con Pío Cid, y entre ambos dieron a la comida de boda un carácter casi sacramental para producir efecto en el espíritu volátil del novio y hacerle comprender el cambio que debía operarse en su vida, a partir de aquel día memorable.

Don Florentino, que no tenía hijos, anunció que si Pablo se enmendaba y se hacía hombre de provecho, le dejaría la mayor parte de sus bienes, y Pío Cid ofreció asimismo trabajar para que el joven concluyese su carrera y pudiese obtener un destino con más sueldo.

—Sin necesidad de esto —añadió— no tardará Pablito en aumentar sus haberes. Mi amigo Cándido Vargas confía en ser muy pronto catedrático de Derecho, porque así se lo han ofrecido, y si lo consigue tendrá que dejar la dirección de un periódico tan avanzado como *El Eco*. Para entonces tratamos de fundar un nuevo diario que se titulará *La Juventud,* y es cosa convenida ya que Pablo se encargue de la sección bibliográfica. Así, pues, el porvenir se presenta muy sonriente para esta dichosa pareja, y quizá reserva a Pablo del Valle un papel lucido en el renacimiento ideal de España.

Terminado el banquete, nos retiramos los dos únicos convidados que a él asistimos: el estudiante Benito y yo; y la familia fue a acompañar a la estación a los viajeros, dando lugar la separación a una triste escena de lágrimas que aguaron en cierto modo las alegrías de la jornada.

Martina lloró también al separarse de Candelita, y ahora que la veía partir le parecía incomprensible haber dudado de ella, y casi se arrepentía de haber provocado con su imprudente conducta aquel repentino viaje.

Pío Cid vio en este estado de ánimo una coyuntura que ni pintada para hablar de Mercedes, y de vuelta a casa, apenas se quedaron solos, se aventuró al fin a decir:

—Te voy a poner sobre aviso de algo de que no me había acordado hasta ahora, para que en caso de suceder no digas que obro sin tu consentimiento...

—¿De qué se trata?

—Se trata de que, viniendo de Granada, encontré a una pobre joven a quien yo conocí cuando era niño; venía acompañada por un individuo paisano mío, que según todas las señas es un truhán, y la trae a Madrid para pervertirla. Yo se lo dije así a la muchacha apenas tuve ocasión de decírselo, y ella se sorprendió, pues por lo visto venía engañada y consentida en que su seductor se casaría con ella. O por lo menos viviría con ella decentemente. La joven es huérfana y sola en el mundo, y cuando vivía su padre, que era un buen hombre, mi madre quiso recogerla y darle educación; así, recordando esto, le dije que si no quería seguir con el tunante que la ha engatusado y se venía a* Madrid desamparada y sin tener adonde volver los ojos, que viniera a refugiarse en esta casa y que nosotros la admitiríamos...

—Tantos rodeos —interrumpió Martina— para decir que quieres meter otras faldas en casa. ¿Crees tú que vendrá?

—No lo sé; pero mis informes respecto de mi paisano son malísimos, y la joven esa me parece que no está pervertida todavía por completo; si lo estuviera, claro está que se reiría de mí; pero también puede suceder que venga cuando menos la esperemos. Por eso te lo anuncio, para que si viene la recibas bien. Ahora hay una cama de sobra; ¿qué se pierde con admitir a esa pobre muchacha y darle de comer hasta que podamos tomar una determinación?

—No sé cómo te arreglas —dijo Martina incomodada— que tu bondad es siempre en favor de las mujeres. Si te dejasen, harías de esta casa una colmena.

—Ahí tienes a Pablito, que venía antes a comer.

—Ese es el único; pero en cambio siempre tienes al retortero varias amigas; amigas o lo que sean... Acabamos de salir de una y quieres meterte en otra. Porque cuando tú hablas con tanta anticipación... aquí hay gato encerrado.

—Te lo digo porque pudiera venir esa joven estando yo fuera, y sería ridículo que habiéndole yo ofrecido esta casa tú la cerraras la puerta.

—Pero esta casa ¿es un convento de arrepentidas? Yo tengo tanto corazón y tan buenos sentimientos como el que más; pero si fuéramos a meternos a redimir el mundo, frescos estábamos.

—No es redimir el mundo; yo tampoco iría buscando mujeres malas para recogerlas y traértelas aquí; pero he encontrado una que no es mala, sino que está en camino de serlo, y la he encontrado por azar y la he conocido...; esto no es buscar las cosas, es verlas, porque se nos ponen delante de los ojos. El mayor placer que puedes darme es acoger con buena voluntad a esa pobre muchacha y hacer con ella lo que no pudo hacer

---

* se veía en / se venía a

mi madre. Yo en esto no he de meterme: has de ser tú la que lo tomes por tu cuenta.

—Pero, ¿es seguro que vendrá?

—Te he dicho que yo no lo sé; yo la aconsejé que se escapara y le di mis señas... Si no viene, no hay más que hablar.

—No sé cómo te las compones —dijo Martina con voz quejumbrosa—, pero siempre me contrarías en todos mis gustos. Yo no quiero nada, no envidio nada; sólo deseo estar sola, vivir en paz, quitarme tantos testigos de vista. Y tú parece que dices: «¿No quieres caldo? Dos tazas llenas.» Mire usted que querer que yo tome por mi cuenta a una cualquiera, recogida en medio de la calle. ¿Qué más me hace a mí falta que aguantarte a ti, que eres un tabardillo andando? Otro hombre agradecería haber dado con una mujer buena; esto no es hacerme favor, pero busca otra como yo... Tú no agradeces nada, ni te fijas, porque no quieres. ¿Qué más prueba que lo que ha pasado con el tal Gandaria? Si tú me tuvieras amor le hubieras conocido la intención en la cara, y no que, dándotelas de sabio y de listo, eres un verdadero papamoscas.

—¿Crees tú que no se la he conocido? Se la conocí, y sabía y sé que no te faltará nunca el respeto. El decirte que eres guapa es decir la verdad, y no es delito para que se le ahorque.

—¿Y el leerme versos?

—Conozco esos versos. Te habrá leído una serenata en la que me llama *moro salvaje,* y te habrá hablado de un *cazador herido* y de mil simplezas más. Peor sería que en vez de leerte versos te hubiera escrito alguna carta llena de tonterías. Tú has hecho bien en ponerle en lo ancho de la calle, y yo, si viniera, haré mejor en seguirle admitiendo...

—¡Cómo! ¿Serás capaz de volverle a admitir?

—Yo tengo fe en la libertad, y todo lo resuelvo por la libertad; él ha entrado aquí libremente, y tú libremente le has despedido. Quizá si yo, al conocerle la intención, hubiera roto con él, tú le tomaras lástima, y por lástima se comienza muchas veces. Si fuera posible que tú, tratando a ese joven o a otro, te enamoraras y me abandonaras, ¿no era esto prueba segura de que no me querías a mí? Prefiero saber la verdad a vivir a ciegas confiando en el amor de una mujer que acaso me es fiel porque no tiene libertad para engañarme...

—Si tú me quisieras no hablarías con esa frialdad, ni verías las cosas tan claras.

—Yo te quiero, y sé además que tú no puedes querer a otro

hombre, aunque me dejes de querer a mí, por lo mismo que eres libre de abandonarme cuando te plazca. Si fueras legalmente mi mujer podrías engañarme, porque tendrías la disculpa del ligamen que no podrías romper y la seguridad de ser siempre respetada; pero ahora, por orgullo, estás más obligada a mantenerte derecha; y luego que a una mujer casada se le pueden hacer promesas impunemente y rebelarla contra el tirano de su esposo; pero tú tienes un medio sencillo de probar la sinceridad de un galanteador: dile que eres libre, que se case contigo, y le verás salir huyendo como alma que lleva el diablo, y al verle huir le conocerás y le despreciarás...

—¡Oh, astuto zorro! —gritó Martina—. ¡Ahora te voy conociendo! Tú me tienes así para tenerme más segura. Eres malo —añadió abrazándose al cuello de Pío Cid—; pero de puro malo mereces que yo te quiera y te querré cada día más, porque a tu lado todos los hombres me parecen unos muñecos...

Al otro día por la tarde se presentó Gandaria en casa de Pío Cid. No sabía si le recibirían bien; pero pensó que volviendo las espaldas sin explicarse se declaraba reo, y que lo mejor era quedar dentro o fuera de una vez.

Quizá Martina, a pesar de sus alharacas, no habría dicho nada a Pío Cid; y supuesto que éste no se diera por enterado, Gandaria iba prevenido para contarle la historia de ciertos falsos amores con una aventurera, por donde Pío Cid comprendería que el joven diplomático no se acordaba ya de Martina.

—¡Qué perdidos andamos! —le dijo Pío Cid al verle entrar receloso—. Yo creía que le había ocurrido a usted algo para no haber venido a la boda... Pablito contaba con usted.

—Mucho sentí no poder venir —contestó Gandaria, serenándose—; pero estos días ha habido en casa un gran disgusto... ¿No sabe usted que mi hermana se nos va a un convento? Figúrese usted cómo estará mamá... Papá aprueba la idea, pero a mamá se la puede ahogar con un cabello.

—Y a usted ¿qué le parece la resolución?

—Yo no he dicho nada; cada uno es libre de seguir sus impulsos, y siendo firme la vocación... Después de todo, para las cosas que se ven, más vale encerrarse entre cuatro paredes. Yo casi, casi me alegro.

—De todos modos pudo usted venir un momento. Era una comida de familia, y no lo hubiera pasado usted mal.

—Para serle franco —dijo Gandaria bajando la voz y mirando a la puerta, tras de la cual se oyó, en día no olvidado aún, el grito lastimero de Martina—, tuve ayer un compromiso ineludible. No ha mucho fui presentado a una joven extranjera que, según dicen, es querida de cierto diplomático; una mujer asombrosa, créame usted, y parece que le he sido simpático, porque me invitó a pasear un rato y a charlar tomando una taza de té en su casa... Precisamente venía a consultar con usted algo que me interesa, salvo que a usted le moleste oír hablar de estos ligeros devaneos.

—No me molesta usted —contestó Pío Cid pacientemente, comprendiendo que Gandaria no decía la verdad.

Porque aquel joven tenía la flaqueza de que cuando mentía le temblaban los párpados del ojo derecho, y cuando comenzó a hablar de la aventura comenzó el tembloreo sintomático. Sin esta circunstancia hubiera conocido también Pío Cid que la relación era mentirosa de cabo a rabo; y, aunque mentirosa, la oía con gusto viendo los progresos que hacía la imaginación del incipiente poeta.

—Pues ha de saber usted —prosiguió Gandaria— que el amigo que me presentó le dijo a la joven que yo era poeta, y me veo en un gran aprieto; la joven quiso que yo le dedicara una poesía, y yo le dije que no me gustaba improvisar; pero me vi forzado a prometer que le compondría una; y recordando lo que usted me dijo del motivo poético, le rogué que me diera un pensamiento, para que así la poesía compuesta sobre él fuera en cierto modo obra de los dos. Ella sacó entonces un libro de poesías en alemán (porque la joven, aunque dicen que es italiana, es del Tirol y educada en Viena, y para el caso como si fuera austríaca)...

—Pues ande usted con ojo —interrumpió Pío Cid—, porque esas se pegan como lapas, y cuando cogen a uno, no le dejan ni a tres tirones.

—Ya veremos. El caso es que me tradujo un pensamiento de Lenau... ¿Conoce usted este poeta?

—Es un poeta húngaro de verdadero mérito. He leído algunas poesías suyas, y sé que murió loco a consecuencia del abuso del tabaco. Bueno es que usted lo sepa, porque está usted siempre fumando y escupiendo, y eso no hace ningún bien a la salud.

—Hombre, nunca le cojo a usted desprevenido. Quizá conozca también el pensamiento que me ha servido para mi poesía; que yo lo traduje libremente, cambiándolo bastante, y sobre él he escrito unas estrofas, que le voy a leer para que me diga si sirven.

—Ya escucho —dijo Pío Cid con curiosidad.

Gandaria sacó un papel, y después de estirar el cuello y de mirarse los zapatos de charol, leyó:

CANTO DE PRIMAVERA

¡Oh humano corazón! ¿Qué es tu ventura?
Un momento fugaz, irreparable,
Un enigma que surge indescifrable,
Un amor que no más que un beso dura.

Brilla el sol, y en los yertos corazones
Renueva las pasiones.
Ya se visten los campos de verdura
Y el alma de ilusiones.
¡Oh humano corazón! ¿Qué es tu ventura?

Los pájaros, cantando en la enramada,
Despiertan a mi amada
De un deliquio dulcísimo, inefable,
Arrullo de alborada:
Un momento fugaz, irreparable.

El mundo de su sueño ha despertado,
Y ya en su esquife alado
Vuela el amante, inquieto, infatigable,
Tras un amor soñado,
Un enigma que surge indescifrable.

En la noche callada navegamos,
Con ansia nos besamos;
De lo inmenso nos llena de* amargura,
Y en el mar sepultamos
Un amor que no más que un beso dura[13].

---

* la amargura / de amargura

[13] Ganivet originalmente escribió «Canto de primavera» en francés, titulándolo «Chant de printemps». Lo incluyó en una carta escrita a

—¿Recuerda usted —le dijo Pío Cid, después de terminada la lectura— lo que le dije cuando leí *El beso eterno?* Le dije a usted que rasgara aquellos versos, que eran demasiado sensuales, y que con el tiempo la idea reaparecería más depurada. Ahí la tiene usted. Los amantes que se iban al espacio a formar una estrella, se arrojan ahora al mar para transformarse en un cetáceo.

—Me ha reventado usted —dijo Gandaria un tanto corrido.

—Mi idea es sólo hacerle notar el espíritu económico que rige las creaciones de los poetas, como las del último zapatero remendón. Así somos, y no hay por qué afligirse. Yo le aseguro que esta poesía de hoy, aunque tiene poco carácter español, es preferible a la primera. Pero le diré asimismo que lo que usted ha compuesto no es una poesía, sino una glosa, y que si esto en un aprieto como el presente puede pasar, no es bueno como sistema, pues por ese camino sería usted un poeta de salón. Una poesía debe de ser parte de nuestra sustancia, no una agrupación convencional de versos alrededor de una idea convencional también. Y lo que yo saco en conclusión es que a usted no le interesa la joven austrohúngara, y que por no interesarle ha salido usted del paso con esas rebuscadas estrofas.

—Ya ve usted —asintió Gandaria—. Persona conocida de ayer, como quien dice, ¿qué interés puede despertar? Lo que yo deseo es no quedar en blanco. ¿Cree usted que no me pondré en ridículo con esta glosa?

—Para el uso a que usted la destina viene como anillo al dedo.

—Pues entonces no hay más que pedir —concluyó Gandaria guardando los versos—. Y ahora le voy a preguntar algo que me ha metido en confusión... Me ha dicho Pablo que ha retirado usted su candidatura, siendo así que yo había leído en la prensa su nombre entre los diputados electos. ¿Cómo se explica esta contradicción?

—Ha habido a última hora actas cambiadas que han alterado el resultado del escrutinio. Una zahurda, amigo Gandaria, de la que yo estoy menos enterado que usted. Lo cierto es que

---

Navarro, fechada el 24 de abril de 1896. El poema en francés comienza con una glosa de unos versos del húngaro, Nikolaus Lenau (1802-1850):

O menschenherz, was ist dein Glück?
ein räthselhaft geborner
und kaum gegrünt verlorner
unviederhalter Augen blick.

le dije al gobernador que no quería ser diputado con acta sucia, y allí la dejé para que otro la recoja.

—¡Es usted terrible, amigo mío, es usted terrible! —exclamó Gandaria—. Yo no sé qué tomará usted en serio en la vida, usted se divierte hasta con su sombra. Si todos los hombres fueran como usted, el mundo sería un espectáculo graciosísimo... Pero eso que me dice ¿es cierto?

—Y tan cierto. Ya lo verá usted. De esto he de ir a hablar con su padre en cuanto tenga un momento libre.

—Cuando usted quiera; ya sabe usted que en casa se le estima; y mi deseo —añadió levantándose y cogiendo el sombrero para retirarse— es que nos veamos con frecuencia y que hablemos de poesía y de arte, dejándonos de politiquerías inútiles.

Llamaron a la puerta, y Gandaria mismo abrió para salir; pero se hizo algunos pasos atrás cuando vio aparecer la figura aparatosa de Mercedes, la cual venía puesta de tiros largos y con pañuelo a la cabeza al modo chulesco.

—¿Está don Pío Cid? —preguntó con voz suave, espiritual, que engañaba más aún que su rostro.

—Pase usted, Mercedes —contestó Pío Cid asomándose a la puerta de la sala.

Gandaria la vio pasar boquiabierto, y salió cerrando la puerta y diciendo para sus adentros:

—Ese sí que es un enigma de verdad, no el enigma estúpido de mis versos. ¿Qué será? ¿Qué no será? Ya lo hemos de saber. ¡Valiente hembra! Casi estoy por decir que es mejor que Martina... Es decir, eso no, Martina es Dios, y Mercedes es su profeta. Pero a éste hombre... habría que nombrarle investigador de la belleza oculta. ¿De dónde saca este hombre estos monumentos?

Martina vio a Mercedes pasar y entrar en la sala, y salió del comedor como una flecha.

—¿Quién es esa mujer? —preguntó con furia.

—Es la joven huérfana de quien te he hablado —contestó Pío Cid, cerrando la puerta de la sala dejando dentro a Mercedes.

—¡Esta casa no es ningún asilo! —gritó Martina recio para que la oyesen—. Esa es una mujer tirada: no hay más que verla.

—No grites —dijo Pío Cid en voz baja— ni te dejes llevar de las apariencias. Esa mujer viene como viene porque la habrán vestido así, y no iba a desnudarse en medio de la calle.

Habla con ella y te convencerás de que es una pobre muchacha.

—¡Ah! ¡Maldita sea la mala hora!... —exclamó Martina abofeteándose—. ¿Por qué habré yo conocido a este hombre, por qué?

—No te irrites sin motivo, mujer.

—No, si no me irrito; lo que voy a hacer es echar a esa individua a la calle.

—Si la echas —dijo Pío Cid muy sereno—, me iré yo también.

—¿Te importa esa mujer más que yo?

—Me importa mi dignidad. Basta que yo haya traído a esa mujer a esta casa para que comprendas que no hay mala intención; si la hubiera, no la traería aquí, la llevaría a otra parte. Habla con ella, te repito, y verás que es una infeliz.

Pío Cid se fue al comedor, y Martina entró en la sala y se quedó mirando frente a frente a aquella moza, cuya insolente hermosura, vista al refilón, le había encendido la sangre de las venas.

—¿Es usted la joven de quien me habló mi marido? —le preguntó no sabiendo qué decir.

—Sí, señora —contestó Mercedes, que estaba de pie en medio de la habitación—. Yo temía servir de molestia y, si es así, no quiero que nadie sufra por mi culpa; me iré adonde Dios me encamine.

—No, yo me sorprendí al verla porque me figuraba... Como creía que era una pobre huérfana, vamos, me extrañó su aparato.

—Ya ve usted, estaba como de visita, y así me salí —dijo Mercedes quitándose el pañuelo de la cabeza.

—¿Según parece la han traído a usted engañada? ¿Cómo ha sido eso?

—Cosas que hacemos las mujeres por nuestra poca cabeza. ¡Yo estaba tan bien en Sevilla!... ¡Mi Sevilla de mi alma! —exclamó infantilmente Mercedes, poniendo los ojos en blanco.

—¿Es usted de Sevilla? De allí es mi mamá. Dicen que es muy bonita.

—Vaya si lo es... Mil veces mejor que esto.

—¿No le gusta a usted Madrid?

—Déjeme usted de Madrid. Si aquí no hay nada. Ya ve usted, ni siquiera hay mar, ni un río que vaya por mitad de la población.

—¡Si viera usted Cuba, que es una isla, con mar por todas partes!

—En Sevilla da gusto meterse en una barca y de irse a pasear por el Guadalquivir.

—¿Y usted quiere volver a Sevilla? ¿Tiene usted allí familia?

—No tengo a nadie más que a un señor viejo, que era como mi tutor; pero ahora no querrá mirarme a la cara después del disparate que he hecho. He perdido mi bienestar. Tenía un piso tan hermoso, con una sala como esta, con cuadros y también mi piano...

—¿Toca usted el piano?

—Casi nada; empecé cuando era ya muy grande... Toco la malagueña, las sevillanas, algunos tangos y valses... Decía mi profesor que tengo buen oído, pero que es más para el canto.

—Pues tiene usted que tocar algo para que yo la oiga. ¿No sabe usted tocar las guajiras?

Diciendo esto se había acercado Martina al piano y comenzó de pie a teclear. Pío Cid, que la oyó, se levantó en seguida y dijo a doña Justa, Paca y Valentina, que estaban conferenciando sobre el resultado probable de aquel embrollo:

—Yo me voy; no tardo en volver.

—¿Me deja usted a mí ese lío? —preguntó doña Justa, asustada.

—La cosa debe marchar bien cuando Martina toca el piano. Si pregunta por mí, dígale que he ido al teatro a buscar las localidades.

—Pero ¿quién piensa en teatros con estas escenas que hay en casa?

—Yo le he ofrecido a Paca llevarla al teatro de la Zarzuela, donde conoció a su marido, y hoy es la función de despedida. Conque...

—Por mí no se preocupe usted —dijo Paca.

—Iremos todos —aseguró Pío Cid—, y este será el mejor medio para que se pase la noche pronto.

Las rabietas de Martina tenían dos soluciones: la música o las lágrimas. Cuando no se calmaba llorando, se desahogaba cantando guajiras, de las que tenía un riquísimo repertorio, recogidas de boca de los mismos guajiros; algunas eran sátiras intencionadas, y a veces mordaces y cruentas, contra los peninsulares, y de éstas se servía para maltratar indirectamente a su marido, el cual, lejos de incomodarse, tomaba el asunto por el lado musical y gracioso. Así, pues, no se equivocó Pío Cid al pensar que el tecleo era indicio de que el encuentro formidable entre Martina y Mercedes se resolvía en lamentaciones armónicas.

—¡Oh bestezuela admirable e incomprensible, llamada mujer! —murmuraba, bajando las escaleras—; si no existieras, sería necesario emborracharse tres veces al día para sobrellevar la pesadez y sosera de la vida. Tú eres el único ser digno de amor noble y sincero, porque eres lo incoherente, lo que se escapa de la lógica, siendo lo más lógico de la creación.

En esto oyó la voz de Martina que cantaba; se detuvo y, apoyándose en la perinola de la baranda, escuchó un momento, sin comprender lo que decían las palabras confusas que a sus oídos llegaban; solo, al final, oyó distintamente dos versos pronunciados con más brío:

> ... tienen las patas muy largas
> y también son cabezones...

Y, después de un breve intervalo, la voz, ahora más lánguida y candenciosa, lenta como si fuera muriéndose poco a poco, repitió:

> Tienen las patas muy largaas
> y también son cabezoneees...

Pío Cid asiste a una enferma de frivolidad

—¿Conque usted es amigo tan antiguo de Miralles? —preguntó distraídamente la duquesa después que hubo leído la carta del gobernador.

—Sí, señora —contestó Pío Cid—, le conocí hace ya muchos años en Inglaterra.

—¿Ha vivido usted en Inglaterra?

—Bastante tiempo.

—¿Qué puntos son los que usted conoce?

—Casi todas las ciudades importantes; pero de asiento he estado solo en Liverpool y en Londres.

—Hermoso país aquel, ¿no es cierto?

—Los niños ingleses son bonitos; pero cuando crecen y se hacen hombres o mujeres...

—No me refería a eso. Hablaba del país en general.

—El país es triste y demasiado prosaico. Es más agradable vivir bajo este cielo de España...

—Eso es verdad; pero el cielo es cosa de Dios y no de los hombres. A lo que yo me refería —insistió la duquesa, que deseaba hacer confesar a Pío Cid que Inglaterra era mejor que España— era a la vida inglesa, a la prosperidad, a los adelantos, a las comodidades de aquella vida...

—Hay de todo, como en todas partes —contestó Pío Cid, sin ceder al deseo de la duquesa—; y casi estoy por decir que, por lo mismo que hay mayores bienes, hay también mayores males. Yo, puesto a elegir, elegiría España, sin que por esto piense que aquí estamos bien.

413

—Es usted muy patriota. Yo vivo la mayor parte del año en el extranjero, y los meses que paso aquí me parecen tan largos...

—Habrá perdido usted el gusto por las cosas de España. Yo no encuentro esto tan despreciable.

—Vamos, no diga usted... Pues si hay para no acabar. Desde que llega usted, nota ya el cambio en los trenes. Aunque viniera usted en el mejor tren de Europa, no sé lo que pasa que, al cruzar el Pirineo, cambia la decoración. Parece que entra usted en un mundo diferente... y luego este estado de abandono de las ciudades... En fin... creo que dijo muy bien quien dijo que la mayor prueba de amor que se puede dar a España es vivir en ella cuando se tiene para vivir en otra nación.

—Pues yo, para irme a otra parte, me iría a África...

—Mira, Jaime —interrumpió la duquesa, dirigiéndose a un niño como de ocho años que entró corriendo en el despacho donde Pío Cid había sido recibido—, aquí no haces ninguna falta. Vete a jugar al jardín.

—Déjelo usted que se acerque —dijo Pío Cid—. Tiene usted ya un hijo tan espigado...

—Es el primero y el único —contestó la duquesa—; y crea usted que se basta y se sobra para no dejarme en paz. Es muy travieso y desaplicadillo.

—¿Qué estudia este mozo? —preguntó Pío Cid mirando a Jaime, que se había acercado a pesar de la orden de su mamá.

—Todavía no ha empezado a estudiar —contestó la Duquesa—. Hasta ahora ha estado entretenido con los idiomas.

—Es algo endeblito y no conviene apresurarlo. Tiene un gran parecido con su padre... —añadió Pío Cid, mirando un retrato que estaba en el testero principal de la habitación.

—Muchísimo —asintió la duquesa, diciendo en voz más baja a su hijo que se retirara—. Pues sí, señor —prosiguió, sin acertar a recoger el hilo del diálogo interrumpido por la llegada de Jaime—, es necesario tener mucho patriotismo..., porque... Vea usted, si no, este ejemplo... Ahora estoy preocupada con los estudios de mi hijo... Me confesará usted que en España no hay medios de educar bien a un joven. En este punto, nuestro atraso es vergonzoso...

—Según los estudios que ustedes piensen darle.

—Cualesquiera que sean —replicó la duquesa—. Por mi gusto sería ingeniero. Yo estoy con el espíritu de la época. El duque desearía prepararle para la diplomacia...

—¿Y cree usted que de España no pueden salir grandes ingenieros?

—No sé qué le diga; pero no es sólo el estudio de las academias. Se requieren otros estudios anteriores, dirigidos por un preceptor inteligente. Hasta ahora Jaime ha estado a cargo de una institutriz inglesa. Habría que traer un profesor extranjero también...

—Es cierto que en España es difícil hallar buenos preceptores —interrumpió Pío Cid—; esto ocurre porque los que hubiera no tendrían empleo, ni quizá serían tan bien considerados como los de otros países; pero precisamente está usted hablando con un preceptor y, aunque peque de inmodesto, le aseguro que soy capaz de dirigir a un discípulo como el maestro más entendido.

—¿Es usted preceptor?

—No lo soy de oficio, pues nunca he tenido necesidad de enseñar; pero ahora las circustancias me obligan a ello, y no tendría inconveniente en dar lecciones.

—¿A qué enseñanza se dedica usted?

—A todas las que usted quiera. Aunque en el caso de su hijo, antes de enseñarle hay que descubrirle las aptitudes para no perder el tiempo en balde. ¿A qué es a lo que muestra mayor afición?

—Hasta ahora a nada, porque es muy desaplicado.

—No crea usted, señora, que haya nadie desaplicado en el mundo. Cuando un maestro dice que un discípulo es desaplicado, debe entenderse que el maestro es tonto y no sabe hablar al discípulo de cosas que le interesen. Fuera de los casos contados de idiotismo congénito, no hay niño que no muestre interés por algo, y en cuanto hay interés hay aplicación.

—Pero a veces no se logra descubrir la aptitud.

—No se logra porque el maestro sabe poco o de pocas materias, y cuando ha agotado su pobre repertorio, declara que el alumno carece de aptitudes definidas; si supiera hablar de todo, desde los trabajos manuales hasta la alta filosofía, iría cambiando de asuntos hasta que el discípulo se descubriera. Sin embargo, lo corriente es que no sean necesarias tan largas pruebas, y que pocas palabras basten para conocer el espíritu de un niño. Yo me comprometería a darle a su hijo dos o tres lecciones, y a decirle a usted a qué estudios deberían dedicarlo para que llegara a ser un hombre de mérito.

—Yo aceptaría con mucho gusto y agradeciéndole el interés

que demuestra por mi Jaime; pero tampoco querría que usted se molestara... Como profesor podría usted darle algunas lecciones, eso sí. Usted conocerá idiomas; le hablará en francés y en inglés, para que no los olvide ahora que se queda sin institutriz, y luego, más adelante, veríamos. El duque tiene cierto empeño en llevarle a Francia a un colegio de jesuitas, donde él se educó también.

—Yo me pongo a las órdenes de usted, y usted dispondrá de mí en la forma que más le plazca.

—Yo sólo deseo que usted no se incomode inútilmente. Puesto que usted, según dice, se dedica a la enseñanza, creo que nada se pierde por hacer un ligero ensayo... Siempre es útil conocer las aptitudes de los niños; a ver si usted descubre las de Jaime.

—Eso puede usted darlo por hecho a las primeras lecciones.

—Pues, cuando a usted le sea posible, venga por aquí; yo le encargaré a mi secretario que se ponga de acuerdo con usted para lo relativo a honorarios... Y cuando le escriba usted a Miralles, dígale que estimo mucho su presente —dijo, para terminar, la duquesa, haciendo un movimiento para levantarse.

—No lo olvidaré —asintió Pío Cid, levantándose y despidiéndose con un movimiento de cabeza ligeramente ceremonioso.

Así comenzaron las relaciones de Pío Cid con la duquesa Soledad de Almadura, las cuales no pasaron, por lo pronto, de este primer cambio de palabras superficiales. Pío Cid volvió a los pocos días y se encargó de dirigir los estudios de Jaime; pero la duquesa, aunque tanto interés había mostrado por la educación de su hijo, no volvió a acordarse de este grave asunto. No le pareció mal que el niño tuviera un preceptor interino, hasta que se decidiera más adelante los estudios que había de seguir; pero seguramente estos estudios los seguiría en el extranjero, porque era cuestión resuelta ya que en España no era posible que un joven ilustre recibiera una educación apropiada; y ni Pío Cid ni un preceptor bajado del cielo serían capaces de destruir la mala opinión que los duques tenían de su país. Era éste, quizá, el único punto en que los duques coincidían; en los demás siempre estaban en desacuerdo o lo habían estado, puesto que a la sazón rara vez se veían juntos, y más rara vez aún se dirigían la palabra. Sin embargo, no tardó la duquesa en desear ver de nuevo a Pío Cid, porque recibió una carta de don Estanislao Miralles en la que hablaba de él con extraordinario encomio, sin olvidar lo relativo a la elección, asegurando que era para Jaime una fortuna haber caído en manos de tan buen maestro. La duquesa tenía una fuerte dosis de vanidad, y su vanidad más saliente era la pretensión de conocer a las personas con sólo echarles la vista encima. Aunque no parezca bien aplicar a una tan bella señora una tan fea palabra, hay que decir que la duquesa se creía a sí misma «psicóloga», y que su idea de la vida se reducía a la perspicacia psicológica y al arte de hablar espiritualmente y al desarrollo del sistema muscular por medio de los ejercicios elegantes. Así, pues, no pudo tolerar que Pío Cid se hubiese escapado a su observación; ella le tomó por un preceptor (y para la duquesa un preceptor estaba a poca más altura que un ayuda de cámara), por un hombre vulgar medianamente educado, y de los informes de Miralles se desprendía, al contrario, que era un ave rara en España. Quizá dadas las ideas de Pío Cid, lo más pequeño que hizo en su vida fue renunciar el acta de diputado; y en cambio a la duquesa le parecía incomprensible que quien podía ser padre de la patria se aviniera al oscuro oficio de preceptor; y de todos los elogios que escribía don Estanislao para recomendar a su amigo, el único que produjo efecto fue éste, que demostraba que Pío Cid era persona de categoría, y a la vez hombre desinteresado.

Un día, al terminar la lección, cuando Jaime, y Pío Cid tras él, salían del gabinete donde tenían sus coloquios, se asomó la duquesa a la puerta del despacho, que estaba contiguo, y, como quien hace una pregunta sin importancia, dijo, tomando la cara de Jaime:

—¿Qué tal el discípulo? ¿Le da a usted mucho que hacer? ¿Es muy desaplicado?

—Es la aplicación misma —contestó Pío Cid deteniéndose—. Aprende la mitad o más de lo que le enseño, que es cuanto se puede apetecer.

—¿Qué le enseña usted ahora? —volvió a preguntar la duquesa—. Pero pase usted... Y tú, Jaime, vete a comer, que ya es hora. ¿Conque es tan aplicado? Así me gusta.

—Sí, señora —dijo Pío Cid, entrando en el despacho y sentándose en una silla que le señalaba la duquesa—, adelanta mucho, y vamos a sacar de él una notabilidad.

—¡Una notablidad! —exclamó la duquesa con admiración un poco forzada—. ¿Pero notabilidad en qué? ¿Qué le enseña usted ya?

—Le estoy enseñando en primer término a hablar —aseguró

417

Pío Cid gravemente—. Jaime ha empezado muy pronto a estudiar idiomas, y el que menos conoce es el suyo propio; lo habla como un extranjero.

—Dicen que esta es la mejor edad para estudiarlos...

—Sí, es la mejor, a condición de que al estudiar los idiomas extranjeros no se olvide el propio, y de que con las palabras extranjeras no entre también el espíritu extranjero.

—Usted es españolista rígido por lo que se ve.

—Soy español nada más, y no me asusto de que abramos las puertas de par en par a todas las ideas, vengan de donde vengan. Lo que no me parece bien es que perdamos nuestra personalidad y seamos imitadores serviles. Jaime ha tenido una institutriz inglesa, y es casi por completo un inglesito, y yo no veo la razón de que esto sea así. Cada cual debe de ser por fuera lo que es por dentro; el que se retoca para no parecer lo que es da mala idea de sí mismo, puesto que él mismo empieza por despreciarse.

—Eso está muy bien; sin embargo, no crea usted que sea hoy por hoy ninguna gloria nacer en este rincón de España. En otros tiempos fuimos algo, pero ahora ya ve usted adónde hemos venido a parar.

—Usted, señora, cree sin duda mucho de lo que por ahí se dice en contra nuestra, y la mayor parte de lo que se dice, somos nosotros los que lo decimos. Para mí la primera nación es España...

—¿Primera en qué? —interrumpió vivamente la Duquesa.

—No es necesario ser primero en nada para serlo en todo. Hay naciones que tienen muchos barcos, un ejército poderoso o grandes riquezas, y en esto son superiores a nosotros; pero tontos seríamos sin aceptáramos como puntos de comparación esas exterioridades. Hay una *Guía de España,* donde están los nombres de nuestras personalidades más distinguidas, con sus títulos, cargos y honores. Si busca usted allí mi nombre, no le encontrará; y ¿cree usted que valgo yo menos que todas esas personalidades? Si se quiere hacer la prueba, que se nos ponga en un sitio donde haya que desarrollar plenamente nuestras facultades; en un lugar apartado de la influencia de nuestra civilización; en el centro de Asia o de África, donde no tuvieran valor ciertos prestigios convencionales que entre nosotros lo tienen. Casi estoy por decirle a usted que en nuestro tiempo los títulos y honores, conseguidos de ordinario por el camino de la adulación y de la bajeza, son indicio de pequeñez espiritual; de igual suerte que la supremacía de las naciones, fundada en el abuso de la fuerza material, revela una inferioridad palmaria. ¿Conoce usted el dicho popular de que «la gracia del barbero es sacar patilla donde no hay pelo»? Pues esta gracia es la gracia de España. Nosotros somos capaces de hacer más que nadie, con menos medios que nadie, sin duda porque la falta la suplimos con algo nuestro propio, con algo que está en nuestra sangre y que constituye nuestra fuerza y nuestra superioridad.

—Es usted un hábil polemista, amigo mío; pero si en otros tiempos hicimos algo grande porque teníamos fe, y ya se dice que la fe hace milagros, ahora no hacemos más que copiar, y copiar lo que otros inventan. Han cambiado los tiempos...

—¿Piensa usted, pues, que nosotros, que hemos sido capaces de crear cosas muy altas, no serviríamos para componer ciertos artefactos modernos? Todo sería que nos lo propusiéramos. Si usted quiere puede tener en casa un inventor; precisamente Jaime tiene aptitudes naturales para la mecánica.

—¿De veras?

—Y tanto. La primera afición que ha descubierto es a la agricultura. Esto debe ser en parte por instinto, porque su constitución es bastante delicada y exige una vida enteramente rústica por lo menos hasta los veinticinco o treinta años; más que seguir carrera, lo que al niño le convendría, como a la mayoría de los hijos de los aristócratas, sería vivir y estudiar en el campo e interesarse por los progresos de la agricultura en general y por los de sus haciendas en particular. Usted me dijo que por su gusto el niño sería ingeniero; podía ser ingeniero agrónomo y tener su correspondiente título; aunque con el de duque que heredará le sobra, y lo que más falta le hace es saber. Saber cosas bellas y útiles, y luego iniciarle en el secreto de las invenciones, para que ilustre su apellido con alguna hazaña moderna de esas que a usted tanto le seducen.

—Ahora que me habla usted, recuerdo que Jaime, cuando estuvo la última vez en el campo, construyó un molino (cosas de muchachos), y todos los que lo vieron decían que estaba muy bien y que revelaba mucho ingenio. Pero ¿cómo es posible aprender a ser inventor? Yo creía que los inventos eran obra del azar; es decir, hay también que estudiar, pero entre tantos como estudian, uno por casualidad tropieza con algo nuevo.

—El inventar —aseguró Pío Cid con aplomo— es cuestión de independencia y de audacia. Usted habrá notado que yo en materia de educación dejo mucho que desear. Soy mal educado, lo reconozco; y si usted me lo dice no me ofendo, porque, a mi juicio, la educación es una de tantas rutinas. Pues bien; en la ciencia hay sabios mal educados, y estos son los inventores; no siguen las reglas usuales, sino que piensan o manipulan a su antojo, y así revelan su originalidad, sacan a luz hechos ocultos, inventan. ¿No se le ha ocurrido a usted pensar que yo sea un inventor desconocido?

—Me ha parecido usted un tipo extravagante —contestó la duquesa con sonrisa amistosa—. ¿Cuál es el invento de usted, vamos a ver?

—Quizá se imagina usted que mi invento es como el de una señora que yo conocí, la cual andaba revolviendo oficinas para obtener patente de invención en todas las naciones, y luego supe con sorpresa que el invento consistía en una red emplomada para embalar y resguardar las seras de carbón o los canastos de fruta... No es mi invento de esta clase, ni es un invento solo, sino que son más de veinte, y con cualquiera de ellos, si yo quisiera darlo a conocer, podría hacerme millonario.

—Pues si no los ha sacado usted a luz por falta de medios —dijo la duquesa en un tono entre burlón y benévolo—, yo le ofrezco mi protección. He aquí algo original que no me disgusta del todo. En vez de proteger artistas, ¡cuánto más me satisfaría que por mi mediación tuviera España la honra de contar entre sus hijos a algún inventor famoso!

—No es protección lo que necesito —contestó Pío Cid inclinándose en señal de gratitud—, pues algunos de mis inventos podrían proporcionarme dinero en abundancia sin exigir grandes desembolsos. La dificultad está en que yo creo que los inventos son perjudiciales al hombre, y en que los míos lo serían también, y el aliciente de la ganancia no basta a decidirme a echar sobre mí la gran responsabilidad de hacer un daño positivo a mis semejantes.

—Eso según y conforme. Hay inventos utilísimos... Tantas máquinas para ayudar al hombre en sus trabajos..., el ferrocarril, el telégrafo..., centenares podrían citarse.

—A mí, al contrario, me parece que es tanto mejor la vida cuanto más sencilla y natural. Si continuamos por el camino que hoy seguimos, bien pronto será la existencia una carga tan pesada que no habrá quien la soporte. Los nervios, sacudidos por tantas y tan fuertes excitaciones, harán de nosotros autómatas despreciables, cuando no nos lleven a la locura. Hay inventos útiles, los pequeños inventos de la industria humana, que más que inventos son aplicaciones de las fuerzas naturales que están a la vista y al alcance del hombre; pero las invenciones verdaderas, las que versan sobre fenómenos ocultos y misteriosos, son perjudiciales porque sacan las cosas de su quicio. Vea usted, por vía de ejemplo, una de mis invenciones[1]. Usted no ha pensado nunca, ni quizás ningún ser humano pensó jamás, que en nosotros hay luz latente; más claro, que somos focos de luz espléndida y admirable que hasta el día ha permanecido invisible. Pues bien; yo he descubierto esa luz, a la que podríamos llamar «luz humana».

—¡Usted! —exclamó la duquesa con curiosidad.

—Yo —afirmó Pío Cid con acento convincente—. Y no crea usted que le doy importancia a mi descubrimiento. Sé que las más altas concepciones de la idea pura, a la que yo profeso culto y amor, interesan ahora menos que una innovación insignificante en los velocípedos; figúrese usted qué revolución no armaría en el mundo mi invento de la luz humana. El aparato para producirla cuesta menos de dos pesetas y dura una infinidad de años; y la luz es eterna, puesto que dura tanto como la vida del hombre; el que se muere ya no luce más; pero nacen otros que empiezan a lucir, y la luz aumenta conforme crece la humanidad... Y ahora que tanto se habla de negocios, ¡qué negocio este si se piensa en la millonada que el mundo gasta en alumbrarse, y que se ahorraría por completo con la nueva luz, que no cuesta absolutamente nada!

—Pero eso parece un cuento fantástico.

—Es una realidad tan insignificante, que, una vez conocida, nos sorprende haya podido permanecer oculta. Usted ¿tiene corazón?

—¡Qué pregunta!...

—Me he explicado mal. Quiero decir que si usted se ha fijado alguna vez en su corazón. ¿No se ha puesto usted la mano sobre él y no le ha sentido latir?

—Naturalmente —dijo la duquesa, llevándose la mano al corazón por movimiento maquinal.

—Pues bien; donde hay movimiento hay luz en germen. No sé si usted sabrá que los sabios ya no admiten varios agentes o fuerzas; los reducen todos a un fenómeno único: la vibración del éter. Con el tiempo se llegará a ver claro que no hay éter ni tal vibración. Pero sin meternos en honduras, para que usted no se fatigue, le diré en dos palabras que mi invento consiste

---

[1] Pío Cid le replica a la duquesa con una versión *avant la lettre* del «¡que inventen ellos!», de Unamuno.

en un aparato sencillísimo, con el que saco del latido casi imperceptible, y hasta aquí no utilizado, del corazón un fluido transmisible, a semejanza de una corriente eléctrica, aunque nada tiene que ver lo uno con lo otro...

—¿Y de ese fluido sale la luz?

—Aún no. Ese fluido del corazón es la mitad de la nueva luz. Para que haya tormenta ha de haber dos electricidades que se atraigan y choquen, y del choque nacen relámpagos y rayos, que son como miradas e imprecaciones del universo. También la luz humana brota de un choque de dos corrientes, aunque brota más silenciosa y serena.

—¿Y de dónde sale el otro fluido? —preguntó la duquesa con el mismo interés con que un niño pregunta el desenlace de una historia.

—Sale del cerebro; está oculto en las sienes, como el otro estaba oculto en el corazón. Enlaza usted ambos fluidos con un conductor... Un cordoncillo tan fino como ese —dijo señalando el de que pendían los impertinentes de la duquesa—, y ya está creada la luz humana.

—¿Usted la ha visto? ¿Ha hecho la experiencia?

—La he hecho una sola vez, y la vi en forma de arco sobre mi cabeza; vi un nimbo de luz roja como la sangre, con franjas amarillentas; y no obstante lo subido del color, aquella luz alumbraba como una estrella que fuera descendiendo y acercándose más y más a la tierra; porque el asombro agitaba todo mi ser, y conforme aumentaba el latir de mi corazón y la punzada de mis sienes, aumentaba la fuerza de la luz, hasta tal punto que creí arder y consumirme en mi propia llama, y asustado rompí el hilo que enlazaba las dos corrientes...

—Eso parece un invento infernal —dijo la duquesa, mirando asustada a Pío Cid, quien al hacer la revelación había tomado involuntariamente un aire misterioso y diabólico.

—Yo me he jurado a mí mismo no descubrir jamás el secreto de mi invención; pero sin descubrirlo sería capaz de mostrarle a usted, en usted misma, esa luz maravillosa, brillando en su ensortijada cabellera como una diadema de fuego; fuego del cielo o de los infiernos, ¿qué importa? —agregó Pío Cid, como burlándose del miedo infantil que en el rostro de la duquesa se retrataba.

—Sólo de pensarlo me da miedo —dijo la duquesa levantándose—. Es usted un hombre verdaderamente original... Usted no es lo que parece..., aunque dice que todos debemos parecer lo que somos.

—¿Qué cree usted, pues, que soy yo? —preguntó Pío Cid, levantándose también, como para retirarse.

—Usted vale demasiado para simple preceptor... Usted debía aspirar a cosas más altas; por más que ya sé que no es usted ambicioso y que no ha mucho renunció usted a un cargo político brillante, por el que tantos otros se afanan... Lo sé por Miralles, quien me ha hablado de usted como usted se merece.

—Usted tiene quizá, señora, una idea demasiado alta de la política. Yo creo que enseñar vale más que gobernar, y que el verdadero hombre de Estado no es el que da leyes, que no sirven para nada, sino el que se esfuerza por levantar la condición del hombre. Quienquiera que haga de un tonto un discreto, de un haragán un trabajador, de un tunante un hombre de bien, ha hecho, él solo, más que diez generaciones de hombres políticos, de esos que se contentan con ver funcionar por fuera el mecanismo de las instituciones.

—Esa idea será todo lo noble que usted quiera; pero vengamos a la realidad, y dígame si los hombres de entendimiento superior no tienen su puesto marcado en la política, y si un preceptor, en el hecho de serlo, no se condena a sí mismo a ser un cero a la izquierda.

—Eso piensa todo el mundo; pero yo pienso lo contrario, y sigo mi parecer. Supuesto que yo valiese algo, no valdría tanto como Aristóteles, por ejemplo; y Aristóteles fue preceptor, y nada perdió con serlo...

—Pero, amigo mío —interrumpió la duquesa, dándose aires de bien enterada—, Aristóteles fue preceptor del hijo de un rey.

—Y yo soy preceptor del hijo de usted —replicó Pío Cid, dando intencionadamente a su galantería el tono de una réplica escolástica.

—Tiene usted salida para todo —asintió la duquesa, esponjándose al oír el argumento, mientras Pío Cid aprovechaba la ocasión para despedirse, sin añadir una palabra más.

No era asunto fácil despertar interés en el espíritu superficial y voluble de la duquesa, y no fue escaso mérito en Pío Cid acertar; la revelación del invento de la luz humana (que no era broma, como alguien podría suponer, sino invento real y verídico, como otros que por amor a la verdad, ya que no a la ciencia positiva, se declararán en el curso de estos trabajos) fue un medio muy eficaz, empleado muy* hábilmente por el

---

* —— hábilmente / muy hábilmente

original preceptor para conseguir su objeto. La duquesa pensó varias veces en la famosa ocurrencia de convertir a los seres humanos en farolas ambulantes, y aun deseaba saber si también todos los animales tendrían luz latente como el hombre. Este punto no lo había tratado Pío Cid; pero a la duquesa con la primera lección le bastaba para comenzar a tener ideas personales. Dos o tres veces estuvo para entrar de nuevo en el despacho y preguntar al maestro por los adelantos del discípulo, pero lo dejaba para otro día por no familiarizarse, ni menos mostrar curiosidad*.

Hubo al fin un motivo natural para que la duquesa hablase de nuevo con Pío Cid: el de despedirse para emprender la acostumbrada excursión veraniega, que casi siempre se prolongaba hasta fines de año, y recomendarle eficazmente que no dejase de la mano a Jaime, cuya aplicación y apego al maestro eran ya notorios.

Estaba la duquesa en un gabinete contiguo al despacho, leyendo un libro muy lindo de poco volumen, y al ver entrar a Pío Cid y a Jaime, se asomó un momento para que su presencia fuera notada, y dijo:

—Den tranquilamente la lección. Cuando termine, tengo que hacerle a usted algunas indicaciones; no es cosa de importancia...

Después se retiró con el libro abierto y continuó su lectura, aunque más atención que al libro prestaba a las explicaciones que dio aquel día Pío Cid, las cuales eran las últimas de una curiosa serie sobre el tema tan útil como poco estudiado de la elaboración del pan, comenzando desde que se siembra el trigo hasta que sale la hogaza cocida del horno[2].

Había tomado pie el maestro para estas lecciones de la noticia que le dio la duquesa de que Jaime había construido un molino de juguete. Los duques tenían en una de sus posesiones varios molinos, y el niño gustaba de ir a jugar con los hijos de los molineros, y se había aficionado a sus entretenimientos y habilidades. A las primeras palabras notó Pío Cid el interés del discípulo, y decidió explicarle a fondo estas artes útiles, cuyo conocimiento da al hombre una idea más grave, noble y humana de la vida; porque, le decía, hay hombres que viven sin saber los esfuerzos y sudores que cuesta el pedazo de

---

* tachó varias líneas después de «curiosidad».

[2] Resalta la influencia autobiográfica de Ganivet, hijo de molineros, en el saber que posee Pío Cid sobre la elaboración del pan.

pan de que diariamente se nutren, y estos hombres no pueden comprender la verdadera fraternidad, que consiste en considerarnos ligados a los otros hombres, altos y bajos, pobres y ricos, de tal suerte, que nuestra existencia sea imposible e infecunda sin la de los demás. Hay hombres presuntuosos que creen merecer que la humanidad se hinque ante ellos de rodillas porque han tenido alguna idea nueva que redunda en provecho común, y no piensan que esa idea no la hubieran tenido si la comunidad no les hubiera libertado de la esclavitud de otros trabajos más penosos y menos brillantes, que consumen las fuerzas de tantos como luchan, piensan y se sacrifican generosamente en silencio.

Después de aprender, una por una, en lecciones anteriores todas las faenas de la molinería y panadería, con ejemplos muy claros y dibujos explicativos, en que Pío Cid le trazaba los diversos aparatos y herramientas de ambas industrias, quiso Jaime enterarse también de la producción de trigo, sobre la que tenía ideas muy equivocadas. El maestro le explicó un compendio de cosas agrícolas en términos tan expresivos, que Jaime oía todo aquello con mayor atención que si fuera un cuento de hadas. Y lo que más le sorprendió fue la noticia de la rotación de los cultivos; porque él creía que las tierras producían siempre lo mismo, y que la que criaba trigo, por ejemplo, no podía llevar maíz o habichuelas. Pío Cid le hizo notar que a semejanza del hombre que ha de variar la alimentación y alterar los diversos estudios y esparcimientos para no fatigarse y para que su organismo se desarrollle armónicamente, la tierra exige períodos en descanso y variedad en los cultivos, para ir recuperando las fuerzas que gasta, a fin de no agotarse por completo. Porque todo cuanto existe —decía—, desde la última planta hasta el animal más perfecto, proviene de la tierra; todo es tierra en varias formas, y aunque las diferencias aparentes sean muy grandes todo viene a ser lo mismo. El labrador que cuida de sus tierras y el cocinero que cuida de tu alimentación, y, yo mismo, que trabajo para enseñarte, somos tres personas distintas y un solo hombre verdadero. Y lo peor es, que se nota con facilidad, que el labriego abandona y pierde sus labores, y que el cocinero guisa mal y echa a perder los estómagos, y nadie se fija en lo que es más frecuente y más grave: en que el maestro estropee la cabeza de los discípulos y la convierta en un erial, que esto, y no otra cosa, es el cerebro de la mayor parte de los hombres.

Con estas sanas consideraciones terminó el coloquio de

aquel día, y la duquesa, que los había estado escuchando, casi se sintió pesarosa de no haber asistido a los anteriores y de no poder seguir, a causa de su viaje, aquellas utilísimas conferencias.

—Ahora comprendo —dijo a Pío Cid cuando éste entró a saludarla y a recibir sus instrucciones— la razón que usted tenía al decirme que la aplicación del discípulo depende del profesor. En este buen rato que yo he estado oyendo a usted —añadió cerrando el libro que tenía en la mano— he aprendido más que si hubiera leído diez tomos de agricultura. ¿Qué digo de agricultura? Si lo que usted enseña es filosofía de la labor, o qué sé yo cómo explicar. No es lisonja, pero si mi viaje no estuviera ya decidido, ya tenía usted en mí un nuevo discípulo. Dicen que las mujeres somos frívolas, que no pensamos más que en cosas superficiales... Yo seré una excepción, pero le aseguro que me entusiasman los estudios..., esos estudios agradables e instructivos...

—¿Está usted, pues, de viaje? —interrumpió Pío Cid, sentándose con familiaridad—. Cuánto siento, señora..., que el viaje me prive de sus enseñanzas. Porque tiene usted un talento tan claro, que de emprender esos estudios sería yo el que aprendiera; por lo menos aprendería yo más, mucho más que usted.

—¡Qué error! Yo soy un pozo de ignorancia.

—Ignorancia en agricultura; pero esto, ¿qué interés tiene para una mujer ni para un hombre? Es bueno para los niños, para moldearles el cerebro y para infundirles el sentimiento de la naturaleza de la realidad. A una mujer es otra ciencia la que le conviene, y en esta ciencia las mujeres son doctoras de nacimiento.

—¿Qué ciencia es esa? —preguntó la duquesa saboreando anticipadamente algún atrevido concepto de Pío Cid—. Supongo que no tendrá nada que ver con la creación de la luz humana.

—¿Aún se acuerda usted de mi invento?

—Me acuerdo, y después de pensar en él, me interesa mucho más. Al principio me pareció un disparate, y después lo imaginé como algo naturalísimo. Usted tiene el don de hacer comprender y de obligar a creer. Si hubiera leído escritas sus explicaciones, dudaría de usted, y oyéndole veo esa luz como si la tuviera delante de los ojos.

—Como verdad, lo es, yo se lo aseguro; pero como importancia, yo no creo que tenga ninguna. Le puse ese ejemplo como pude ponerle otro, porque me entristecía ver que una inteligencia privilegiada como la de usted estuviera sugestionada por el atractivo de ciertas novedades. Estas invenciones dan dinero y poder, dominio material; pero esto ¿qué vale? ¿Qué importa que salga luz del corazón y del cerebro, si para ver lo que vemos sería preferible vivir a oscuras? Si yo supiera crear fuego* en todos los corazones e ideas nobles y generosas en todos los cerebros, ¡esta sí que sería una invención maravillosa! Los inventos materiales desprécielos usted; todo eso, después de aturdirnos y molestarnos, pasa y muere sin dejar más que silencio y polvo.

—Y esa invención maravillosa ¿tiene algo que ver con la ciencia de que usted hablaba antes y que yo no conozco, aunque usted crea que las mujeres la poseemos infusa?

—No puede usted conocerla porque no está en los libros; la posee usted porque está en la naturaleza. La ciencia que está escrita en el papel envejece con el papel; pero esa otra ciencia, que más debe llamarse sabiduría, es eterna; es quizás lo único eterno.

—Pero ¿cómo se llama esa ciencia? —le preguntó la duquesa, mirando la cubierta del libro elegante que aún tenía cerrado en la mano.

—No tiene nombre ni debe tenerlo. Es un saber raro...

—¿De qué trata al menos? —insistió la duquesa sin apartar los ojos del libro.

—Es difícil de explicar. ¿Qué pensaría usted si le dijera que trata del aprisionamiento del espíritu?

—Tiene usted la especialidad de los pensamientos extravagantes... —dijo la duquesa, y variando repentinamente de idea, añadió—: Hay muchos que se llaman poetas y piensan en prosa, y usted es un hombre que se dedica a oficios prosaicos, y quizás sea un poeta de verdad. ¿No se le ha ocurrido a usted nunca componer novelas o escribir versos? Ya que tiene en tan poca estima los inventos materiales, podía inventar poesías, leyendas bonitas.

—Algo de eso he compuesto, pero lo rompo después. Casi me gusta más destruirlo que inventarlo.

—¿No queda usted satisfecho de su obra?

—Sólo los tontos quedan satisfechos de sus obras y se encariñan con ellas.

—Y usted, como no es tonto, ¿no se encariña?

---

* amor / fuego

—Yo pienso que todo muere. ¿No sabe usted que la Divinidad tiene dos principales atributos: el de crear y el de destruir? Un hombre que creara una gran obra y luego la destruyese antes que ella sola pereciera, sería un hijo predilecto de Dios. Esto no será del agrado de usted, porque la mujer es refractaria a la destrucción (y a la creación también).

—Entonces, ¿para qué servimos? —preguntó la duquesa sonriendo.

—Ustedes son las encargadas de la conservación.

—¡Bello modo de decirnos viejas! Yo le aseguro que no soy conservadora. ¡Quite usted allá! Soy de ideas avanzadas, y no me asusta la república, ni aunque sea la federal... Vea usted. ¿Dónde cree usted que yo voy a pasar la mayor parte del verano?... Pues voy a Suiza, a los Lagos. Conozco aquello muy bien, y le digo que me alegraría de que nuestro país fuera una república, como aquella..., aunque tuviera usted que llamarme ciudadana Soledad...

—En tal caso yo la llamaría a secas Soledad... Pero no llegaremos nunca a tan dichoso régimen.

—¿Por qué no? —dijo la duquesa con aire malicioso.

—Porque en Suiza la mayor parte de los ciudadanos se dedica a fabricar relojes, y así han adquirido hábitos de regularidad y de orden, que nosotros no tenemos, y sin los cuales no hay república posible.

—Es usted, lo repito, un polemista formidable. En verdad que tiene usted unas salidas...

—Son hechos vulgares, y como ese hay mil. Por ejemplo: yo he estado en Suiza tres días; fui con un conocido a las fiestas del Tiro federal. ¿Qué le parece a usted de un país cuya mayor distracción consiste en afinar la puntería, en apuntar precisamente para no matar? Ese es un país pacífico, donde se puede vivir sin gobierno. Pero nosotros que apuntamos siempre a dar donde más daño podemos hacernos, necesitamos para andar derechos un dictador y una batería en cada bocacalle.

—Entonces nos quedamos sin república. Pero, ¿qué estaba yo diciendo? —agregó la duquesa como si quisiera recordar—. ¡Ah!, sí; decía que usted debía ser autor, pero no para romper sus obras. Si usted escribiera un libro que se hiciera famoso... Vea usted algo que no muere tan fácilmente. No es menester que fuera un libro grande. A mí, las obras largas me horripilan. Un libro como este que yo leo ahora y que es uno de mis favoritos. ¡Cuántos siglos hace que le escribieron, y se lee siempre con el mismo encanto!... —dijo, tendiendo a Pío Cid el precioso volumen, que era una edición francesa ilustrada de la *Pastoral* de Longo—. ¿Conocerá usted el *Dafnis y Cloe,* sin duda?[3].

—Lo leía hace muchos años —contestó Pío Cid, cogiendo el libro—. Aunque a usted le desagrade oírlo, le diré que no es santo de mi devoción. Es demasiado femenino o afeminado; es una obra de decadencia.

—No diga usted eso, por Dios! Es un idilio delicado y con un perfume silvestre que encanta,.

—A mí me parece una imitación sensual y profana de la historia de Adán y Eva. Solo que la serpiente engañó a la mujer para que esta engañase al hombre, y Liconia (creo que se llama Liconia la mala mujer que interrumpe el idilio) engaña al hombre para que este engañe a la mujer.

—No había oído jamás esa comparación, y no deja de ser curiosa.

—Si quiere usted se la escribiré en unos versillos que se me ocurren ahora mismo. Usted cree que yo debo de ser poeta...

La duquesa hizo un leve signo de asentimiento, y Pío Cid la miró rápidamente, como para cerciorarse de algún detalle de su rostro: un rostro ovalado, de facciones suaves, encerrado en el marco que formaban los oscuros bucles cayendo flotantes en estudiado* desorden, con cuya sombra contrastaba la luz** intensa de las pupilas. Era más bien rubia, y a ratos parecía morena, cuando le daba la sombra; producía la impresión de mujer graciosa, porque su estatura era mediana y sus movimientos ' eleidosos, y a ratos tomaba aires de majestad, irguiéndose con adusta rigidez. Parecía muy joven, aunque a veces, al reír con cierto dejo de presunción, se le marcaba desde la nariz a la comisura de la boca una arruga honda, que le ·descubría los años. Este era quizá el único defecto de su rostro, y la duquesa debía conocerlo muy bien, y por esto se violentaba para mantenerse seria y grave. Pío Cid miró, pues, y tomando una pluma la apoyó sobre la primera hoja blanca del libro con la misma sana intención con que el cirujano empuña la lanceta, y escribió unas cuantas líneas, que dio luego a leer a la duquesa, la cual, después de examinar atenta-

---

[3] *Dafnis y Cloe (c.* siglo III, d. de C.) es una novela pastoril del escritor griego Longo. Este idilio bucólico en prosa, con su estilo artificial y su visión dulce de la vida de los pastores, encantaba a los lectores de los siglos dieciocho y diecinueve.

* artístico y estudiado desorden / estudiado desorden
** luz azul intensa / luz intensa

mente aquellas palabras, que más parecían palotes muy finos puestros en hilera, leyó lo que decían:

> Cloe es la flor ideal que va a nacer
> En Dafnis, tallo tierno y floreciente;
> Liconia es la fatídica serpiente
> (Primera arruga en rostro de mujer)
> Que arrastra con sigilo su impureza
> Y se oculta en lo oscuro cautelosa,
> Como eterno traidor, que, generosa,
> Abriga entre sus pliegues la belleza.

Después de la lectura volvió a mirar lo escrito y ahora vio como una contradanza de patas de mosca, en la que solo se distinguía el verso puesto entre paréntesis. ¡Pérfido paréntesis, que, en vez de quitar importancia a las palabras metidas en él, las sacaba de su sitio y las lanzaba al rostro de la lectora! Esta se quedó sorprendida ante aquella inesperada ofensa, que a ella le pareció acción grosera y villana, propia de un miserable plebeyo; pero se rehizo al instante para no descomponerse, y dijo con frialdad:

—Está bien. Ya proseguiremos nuestras críticas.

Pío Cid se levantó, e inclinándose ante la duquesa, dijo:

—Yo le deseo un feliz viaje, y aunque valgo tan poco, me ofrezco para todo cuanto me ordene. A muchos tendrá a quien ordenar; pero nadie obedecerá con la eficacia que yo. Aunque sea un imposible, pídamelo, y lo haré.

—¿Aunque sea un imposible? —articuló la duquesa, maquinalmente, midiéndole de arriba a abajo.

—Aunque sea un imposible —repitió Pío Cid retirándose.

Con razón sobrada decía Martina que su marido sería un hombre perfecto si no se tratara con nadie. Aquel verano fue Pío Cid un modelo de esposos, y Martina, que, bien que sin motivos fundados, estaba siempre inquieta con sus salidas y entradas, y más desde que supo que andaba la duquesa por medio, vivía ahora sin temores. Porque lo más curioso era que Martina hablaba de Pío Cid casi con desprecio, considerándole como hombre incapaz de enamorar a nadie, ni siquiera digno de que una mujer pusiera en él los ojos, y sin embargo, los celos se la comían y los dedos le parecían huéspedes.

—Mirando las cosas con calma —pensaba ella—, Pío es un hombre sin gracia y sin agarradero, y hasta parece soso y bobalicón en materia de amoríos; pero alguna virtud secreta debe de tener cuando a mí me pasó lo que me pasó y cuando a todo el mundo lo baraja como quiere. Quizá será que hoy los hombres son muy malos y muy inútiles, y Pío al menos es generoso y formal... Como bueno, no es bueno; porque si lo fuera, no me daría tantos disgustos ni tendría empeño en mortificarme llevándome siempre la contraria; pero es que todos los hombres son unos tiranos, y las mujeres somos débiles y no tenemos tesón para sostener una cabezada. Primero chillamos mucho, y después nos conformamos y obedecemos como unas cabritas.

Supo, pues, con extraordinaria satisfacción que la duquesa se iba al extranjero y que Jaime, que había quedado a cargo de una vieja aya y de un criado de confianza, suspendía las lecciones algunos días después para ir a tomar baños de mar al Mediterráneo, cuyas aguas, por ser más templadas, las había recomendado el médico en vista de la endeble constitución del duquesito, aunque es posible que la templanza de las aguas fuese pretexto de la duquesa para no llevar consigo a su hijo a los balnearios del norte, y evitarse así cuidados y molestias. También se fue Benito a pasar las vacaciones a Fuentesaúco, y, por último, Gandaria, aunque no quería moverse de Madrid, hubo de acompañar a sus papás a San Vicente de la Barquera por complacer a su mamá, inconsolable desde el día que Consuelo tomara la resolución de entrar en el convento. Así, durante los tranquilos meses de aquel verano yo solo iba a casa de Pío Cid, de quien por este tiempo era, además de amigo, vecino y casi como de la familia.

El mismo día de la boda de Paca, quejándose doña Candelaria de los abusos de los caseros de la corte y de que le exigieran un mes de alquiler por el piso que había apalabrado para trasladarse a él con sus hijas cuando Pío Cid volviera de Granada, tuve yo la idea repentina (por algo se dice que de una boda sale otra y que un casamiento hace ciento) de dar cuerpo a los vagos planes de vida nueva que desde tiempo atrás acariciaba, y le propuse a la suegra de Pablo del Valle quedarme yo con el piso para ahorrarle a ella el pago del alquiler y ahorrarme yo el trabajo de buscar casa, sin contar con que esta tenía el aliciente de estar en buen sitio y a dos pasos de la de Pío Cid, cuya amistad quería yo estrechar. Celebrado felizmente el traspaso a la hora de los postres, al día siguiente me instalé en mi nueva casa, y para que el cambio fuera más radical, me traje conmigo a Anita y a su madre y hermano. Anita no debía coser más chalecos, sino estudiar y afinarse, para lo que me lancé a alquilarle un piano y a darle yo mismo algunas lecciones; doña Gracia era la directora de la casa, y a Joaquinito, cuya vista era cada vez más endeble, lo quité de la imprenta del periódico y lo matriculé en una Academia preparatoria de carreras especiales, con ánimo de que fuera estudiando para ingresar en el Cuerpo de Aduanas.

Como comprenderá el lector prudente, yo procedía como un verdadero mono de imitación y copiaba con mis escasas luces lo que veía en casa de mi amigo, sin comprender que lo importante no era la exterioridad, sino algo íntimo que él sabía infundir en sus obras, sin lo cual todo se vendría prontamente abajo, como se vino mi edificio. Mas, de todas suertes, algo bueno hay siempre en las cosas humanas, y aunque no recomiende a nadie que se meta en tales enredijos, debo consignar que el nuevo régimen familiar fue muy ventajoso para mi salud, y que mis amigos y compañeros de redacción, aunque me criticaban, reconocían que estaba más grueso y de mejor color que nunca, gracias a los cuidados y atenciones de doña Gracia. Pero no se escribe este libro para sacar a luz mis pequeños y oscuros trabajos, sino los grandes y memorables de Pío Cid, y téngase en cuenta este paréntesis solo para explicar cómo fui yo a vivir en la vecindad de mi amigo y por dónde llegué a tratarle íntimamente a él y a todos los suyos, circunstancias todas que refuerzan la veracidad de mi relación.

No era Pío Cid hombre que se rigiera por pautas establecidas; y aunque la costumbre es tomarse vacaciones en el estío y descansar de las faenas del año, él no descansó, sino que, al contrario, se aplicó con más ganas a sus *Comentarios del Código* para rematarlos cuanto antes y ganar lo convenido con el editor. Aparte los gastos de la casa, tenía que enviar 50 duros mensuales a doña Candelaria para que cubriesen ella y su hija los gastos más apremiantes, puesto que Candelita, aunque, según escribía su madre, estaba satisfecha y orgullosa de la acogida que el público barcelonés la había dispensado, ganaba poco, y lo poco y cobrado con retraso se lo tenía que gastar en trajes para no confundirse con las coristas; a esto había que agregar lo que se le iba a Martina de las manos comprando cintas y moños para el hatillo del esperado fruto de bendición, tarea previosra a la que consagraba sus días y sus noches la futura madre, auxiliada eficazmente por todo el enjambre, en particular por Mercedes y Valentina.

Todas las jóvenes que se hallan en estado interesante tienen sus manías y antojos, y Martina, por no ser menos, tenía los suyos; los principales, la costura y el amor a la vida del campo. Las conversaciones durante las largas horas de labor versaban siempre sobre este bello tema, que Martina dominaba a fondo; antes de marcharse Candelita o Francesca, como ya comenzaban a llamarla, a la ciudad condal, el deseo de Martina era dejar Madrid, donde decía estar muy a disgusto, e irse a vivir a Barcelona, a una torrecita, por San Gervasio; pero ahora había cambiado de rumbo, y sus ojos se fijaban en Aldamar y ponía allí su nido de amor, apartado del mundo y de las miradas de los hombres.

—Si tú quisieras darme gusto —decía a su marido—, ya que eres tan amante de las cosas naturales, acabarías ese trabajo, y con él y un poco más, haciendo economías, tendríamos para comprar en tu pueblo una casita con su huerto, y allí viviríamos felices. Ya sabes que yo me contento con poco. ¡Lo que me gustaría tener una buena bandada de gallinas, una vaca y una cabra! ¡Qué gusto ir al corral y recoger los huevos frescos, acabaditos de poner, y no que aquí casi no los pruebo porque me repugnan! ¡Y luego la leche! Aquí lo que venden es agua, que no alimenta ni tiene gusto a nada. A mí solo me satisface la leche que veo ordeñar, y bebérmela calentica y con espuma, que se quede pegada a los labios...

—¡Calla, hija —interrumpía doña Justa—, que se le ponen a una los dientes largos de oírte!

—Tienes un gran talento descriptivo, que le llega a uno a lo hondo del estómago —agregaba Pío Cid—. Parece que te has propuesto mortificarnos.

—Eso porque quieres —replicaba Martina—. En tu mano está todo eso y mucho más. Sólo que tú hablas mucho contra la vida falsa de las ciudades, y luego todo se queda en conversación.

—¿Crees tú —decía Pío Cid— que lo natural está sólo en el campo? En el centro de la corte de España estamos viviendo nosotros más naturalmente que muchos que viven en el campo, donde también hay mentiras y artificios, peores quizá, por ser más pequeños. Reconozco que este piso es un jaulón más propio para aves que para personas; pero nos queda el recurso de irnos a pasear por las afueras, que, aunque no son ninguna maravilla, algo tienen que ver.

—No faltaba más sino que defendieras las vistas de Madrid —interrumpía Martina.

433

—No las defiendo, y, además, te diré que yo también estuve decidido, cuando fui el año pasado a Aldamar, a quedarme allí para siempre; pero luego me daba lástima de doña Paulita, y pensé que lo mismo se vivía en una parte que en otra, y volví, y si no hubiera vuelto no te hubiera conocido.

—¡Ojalá hubiera sido así! No estoy tan contenta de mi suerte; pero, de todos modos, aquello pasó, y ya no tienes necesidad de conocer a nadie más.

—Yo creo que sería una cobardía volver las espaldas. Ya tengo aquí ciertas obligaciones. Ni es posible tampoco que todo el mundo viva en el campo, ni que los hombres se consagren a comer y a beber; alguien ha de pensar y ha de luchar para que la humanidad no se embrutezca por completo.

—Señores —decía Martina dirigiéndose a la reunión—, sepan ustedes que este caballero está encargado de arreglar el mundo. ¡Valiente imbé...!

—Para ti solo tiene importancia la vida vegetativa; te aplaudo el parecer y sigo con el mío.

—Yo creo, Martina —intervenía Pablo—, que exagera usted. El hombre que escribe un libro de esos que forman época y que cambian el ser de la sociedad, es digno de que se le admire[4]. Si todas las mujeres pensaran como usted y los hombres siguieran sus consejos, ¿adónde iríamos a parar?

—Usted, Pablito —le contestaba Martina—, dice eso porque tiene la manía de los papeles; pero como usted no hay cuatro; y todos esos librotes, hoy unos y mañana otros, todos servirán para envolver. Y usted que se calienta la cabeza, y yo que me río de esas necedades, nos quedaremos lo mismo.

—También se queda lo mismo la mujer que se casa y la que no se casa —argüía Pablo—, y, sin embargo, todas están deseando de casarse.

—Para tener un tonto que las mantenga —replicaba Martina haciendo una mueca burlona, mientras la asamblea se reía de ésta y de otras mil picardigüelas que la inteligente criatura iba aprendiendo en el trato íntimo de su esposo.

Estas escenas públicas tenían casi siempre una coletilla, y

---

[4] Aquí la vocación literaria se defiende por estar al servicio de la sociedad, pero antes, en una conversación que tiene Pío Cid con la duquesa, se concibe al autor de novelas o de poesía semejante a Dios, porque ambos poseen poderes de creación o destrucción. Al comparar estas dos posturas pensamos reconocer las del propio Ganivet, autor del *Idearium español* y también de *El escultor de su alma*.

434

cuando Pío Cid se quedaba a solas con su díscola mitad, el tema de la vida campesina remataba por una discusión que a Martina le llegaba más a lo vivo: la de saber cuándo iba a quedarse sola en su casa, según era su deseo.

—Cuando yo salga de mi cuidado —le decía—, habrá que tomar una niñera, y no se cabrá en la casa. Esto te lo aviso con tiempo. Por Pablo y Paca no hay que preocuparse, porque ellos están decididos a tomar cuarto muy pronto, y se llevarán a Valentina. Mercedes es la gran dificultad... Es muy buena y callada, y me da lástima de que tuviera que irse; pero tampoco vamos a seguir siempre así. Ayer decía la vecina del tercero a mamá que cómo era que la teníamos en casa no siendo de la familia... A todo el mundo le extraña, como es natural, y dicen también que una mujer casada no debe tolerar esas cosas, porque a veces por hacer una obra de caridad se busca una su perdición. Una mujer... así como Mercedes, es un peligro en una casa. Por algo se dice que «de fuera vendrá quien de casa te echará».

—De suerte —decía Pío Cid con calma— que aquí quien gobierna es la vecina del tercero. No hables más de esa vecina, porque te me haces fea y antipática.

—El feo y antipático serás tú, y el desaborido y el..., ¡más vale callar!

—Pues callemos.

—¿Cómo voy a callar viendo que pasa un mes y otro, y que estamos condenados a huésped perpetuo? Siquiera, si trabajara en algo.

—¿No te ayuda á hacer el hatillo? Criada no puede ser: aunque ella quisiera yo no lo permitiría.

—No; lo que tú querrías es que le sirviéramos de criados los demás.

—Lo que yo quiero es que seas juiciosa alguna vez y comprendas que esa criatura, que está aquí sin ocuparse en nada al parecer, está haciendo algo que vale muchísimo. Acuérdate de cómo era cuando llegó y cómo es hoy.

—Claro está que ha cambiado mucho.

—Pues bien, eso es lo que está haciendo: cambiarse. No todos los trabajos tienen nombre, y aunque Mercedes no hiciera absolutamente nada más que estar aquí, haría algo que, aunque no se viera, no por eso valdría menos. Mercedes, a pesar de su planta, es una niña, y no tiene noción de la dignidad personal, porque la han considerado hasta aquí como un mueble, un accesorio; es un edificio sin cimiento, que se caerá con sólo que le soplen; mientras no tenga ese cimiento no es posible dedicarla a nada, porque, en saliendo de nuestras manos, a los pocos pasos volverá a caer.

—Pues ese cambio, amiguito, me parece que se me debe a mí.

—Razón de más para que no hables de arrojarla de tu lado. Teniéndola junto a ti no te echas, ciertamente, ningunos cinco duros en el bolsillo; pero ganas la gloria, para contigo misma, de haber contribuido con tu ejemplo a dignificar a una mujer.

—Yo reconozco que a veces llevas razón; pero las gentes son tan mal pensadas...

Mas no porque Martina se doblegase de palabra seguía menos decidida a soltar la carga de Mercedes; no por maldad de corazón, pues còn el alma y la vida haría por ella cuanto pudiese, desde lejos, sino porque era incapaz de comprender una situación sin nombre, fuera de los usos corrientes de la sociedad, Mercedes no era de la familia, ni de la servidumbre, ni una niña huérfana adoptada por caridad; era una mujer que por dondequiera que iba llamaba la atención, y faltaba averiguar si Pío Cid la había traído a la casa por los motivos que decía o por otros que no quería decir.

Martina tenía confianza a ratos; mas a ratos pensaba que había allí algún misterio, y aun le parecía adivinar en su marido algo que no salía a la superficie.

Pío Cid tenía, en verdad, una idea secreta, que era la de proteger a Mercedes, no por pura filantropía, sino también por luchar contra la fatalidad, bajo la cual él creía que la pobre hija del ciego había venido al mundo.

El fin de Mercedes, como el de sus padres, debía de ser trágico, y él se determinó a combatir por ella contra el destino, para ver si lograba vencerlo; de aquí su temor a impulsarla en esta o aquella dirección, por donde siempre iría a fondo, y su firme resolución de guardarla junto a sí y de servirle de escudo contra la adversidad.

Más estas razones se las reservaba, porque Martina no las querría comprender aunque las oyera, y Martina las sentía instintivamente y las interpretaba como inclinación oculta, que algo participaba del amor de Pío Cid por la pobre huérfana; así no cejaba en un pensamiento que se le había ocurrido, y que, a su juicio, serviría para matar dos pájaros de un cañazo.

Mercedes, con lo que ya le había pasado, no podía casarse con un hombre de bien; y en vez de ir a dar —esto sería lo más probable— con un pillo que la maltratara y la acabara de echar a perder, casi sería para ella una fortuna hallar una persona de posición que la recogiera y la considerara, y esta persona muy bien podría ser el moscón de Gandaria, al que sería fácil decidirlo con solo hacerle algunas insinuaciones. En cuanto a Mercedes, más fácil sería aún, porque no tenía voluntad propia.

Cuando a fines de verano regresó a Madrid Gandaria y se presentó en la calle de Villanueva, empezaron los manejos de Martina.

Por estos días había también Jaime reanudado sus lecciones, y el tiempo que Pío Cid estaba fuera de casa no lo desaprovechaba el joven diplomático. Antes la treta no le valía, y lograba sólo hablar con Valle; pero ahora Martina se dejaba ver algunos momentos con sus primas y Mercedes. Gandaria no volvió a cometer ninguna imprudencia con Martina, sea porque se convenciera de que perdía el tiempo, sea porque se le calmaran los ímpetus viéndola tan áspera y, a la sazón, hecha un tonel, próxima a ser madre de familia; en cambio no tardó en poner los ojos en Mercedes, cuya belleza y méritos le ponderaba Martina.

—Es lástima —pensaba Gandaria de Mercedes— que esta mujer tenga esos desplantes. En cuanto uno se acerca y cruza cuatro palabras, se pierde la ilusión; pero el trapío es soberbio, produce un efecto monumental. La verdad es que tampoco ha estado bien dirigida, y que aquí empieza a ganar mucho. Si yo la cogiera por mi cuenta, en un vuelo la convertía en estrella de primera magnitud.

Pío Cid notaba estos trabajos de zapa, pero no quería poner a Mercedes sobre aviso, porque le conocía el flaco y pensaba que era mejor callar que abultar las cosas con prevenciones inútiles. A Martina sí le decía algunas veces:

—Hay que tener cuidado con el tonto de Gandaria, no vaya a tomarla ahora con esa criatura. Sería lo último que podía ocurrirle a Mercedes, dar con un hombre vano, que es incapaz de quererla porque la ve pobre y poco instruida, y que pensaría utilizarla como hembra de lujo. Yo sé que te estorba Mercedes, y te advierto que si le ocurre algo, a ti te haré responsable.

Pero no se atrevía tampoco a hablar recio por no sofocar a Martina, la cual ya estaba fuera de cuenta, y en cuanto no se hacía su gusto o se le decía algo que no le sonaba bien, lloraba y pronosticaba que entre unos y otros la harían abortar, y aun le quitarían la vida; pues, como decía su madre, se pintaba sola para meter la peste en un canuto. Mas no eran casi nunca ciertos sus augurios y menos esta vez.

El alumbramiento fue felicísimo y sorprendente por varias circunstancias. Acaeció el día de los Finados, al amanecer, a los nueves meses justos de la famosa fiesta de la Candelaria, y nacieron dos gemelos: niña y niño, ambos de extremada belleza. Estaba decidido que si era hembra se le pondría Natalia, y si varón, Natalio, en recuerdo de la madre de Pío Cid; mas siendo dos, no era cosa de repetir el nombre, y Pío Cid quiso que la niña, que había nacido la primera, se llamase Natalia, y el niño Ángel, como yo; pues además de ser el amigo íntimo de la casa, me empeñé en hacer todo el gasto de la gran fiesta que hubo para celebrar el fausto acontecimiento.

Martina no cabía en sí de gozo, y se consideraba casi una celebridad europea por haber dado a luz dos niños de sexo diferente, que se propuso criar ella misma para coronar con este esfuerzo su fecunda obra.

Pío Cid hablaba poco y se mostraba preocupado, pensando, quizá previsoriamente, en el porvenir de aquella su tardía descendencia.

Algunas semanas después del parto fue Pío Cid por la tarde, como tenía por costumbre, a dar la lección a Jaime, y se halló con la novedad de que la duquesa, de regreso de su larga excursión, le hizo subir a sus habitaciones para darle las gracias, muy amablemente, por el interés con que había tomado la educación del niño, cuyo viaje al extranjero estaba dispuesto para el siguiente día, por haberlo ordenado así el duque.

—Siento mucho esta determinación —dijo la duquesa—, porque veía con gusto los visibles progresos de Jaime. Aunque los niños tengan poco fundamento, no está de más escuchar su opinión, y Jaime se halla tan contento con usted... Pero el papá tiene empeño en que el niño se eduque en Francia, donde él se educó...

—Yo lo siento por el niño —dijo Pío Cid, sin ocultar su disgusto—, y si estuviera aquí el señor duque le hablaría para convencerle de que ésta mal aconsejado. Es un dolor que los padres se atribuyan esta autoridad sobre sus hijos, sin tomarse la molestia de hablar con ellos ni conocerles, ni saber lo que les sería más provechoso. Igual disparate sería llamar a un médico para que nos asistiera en una enfermedad, y luego romper las recetas y tomar lo primero que se nos antojara.

—Sin embargo, le advierto a usted que el colegio a que va Jaime tiene fama...

—No digo que no, pero la educación del colegio es siempre una educación de cuartel, que da pobres resultados. La formación del espíritu de un niño es una obra de arte, y en el arte, la creación verdadera es la que ejecuta uno solo. Figúrese usted, señora, la cara que pondría un escultor a quien le quitaran una escultura a medio hacer, para que se la terminasen en una cantería... En fin, quien manda, manda, y dispénseme usted el desahogo.

—Al contrario de dispensarle, le repito que le agradezco su interés. Y ahora le voy a rogar que le deje sus señas a mi secretario, para en caso de que más adelante... En casa se tiene siempre muy en cuenta los servicios prestados, y más cuando son de la importancia y de la significación de los de usted... Yo no sé si a usted podrán agradarle cargos de otra índole...

—De cualquier índole los aceptaría por complacerla a usted; pero por mí no se preocupe. En estos últimos días ha sido para mí una dificultad grave tener que acudir a las lecciones de Jaime, y las seguía sólo por amor al arte, como suele decirse. Tengo obligaciones a que atender, es verdad, y no se sabe lo que nos reserva el porvenir; pero yo tengo fe en el trabajo, y como la tengo, el trabajo cae sobre mí y me da para salir a flote.

—Pero un hombre como usted no debe contentarse con ir cubriendo sus atenciones penosamente. Eso es triste. ¿Son muchas las obligaciones que tiene usted a su cargo?

—Más bien son muchas que pocas. Y no me pesa, porque a mí me gustan las familias grandes...

—Según, eso, tiene usted mucha familia. Yo no sé por qué me había figurado que era usted un hombre solo. No se ría usted —añadió con malicia—, pero los solterones suelen ser, con el transcurso de los años de soledad, los tipos más estrambóticos.

—Pues aquí ha quebrado la regla; si soy estrambótico, no será por falta de familia.

—¿Tiene usted mujer, hijos, y quizás padres o hermanos?...

—Por mi casa soy yo solo; pero tengo mujer y dos hijos, suegra (que es bonísima), dos primas de mi mujer, una de ellas casada, una muchacha huérfana algo pariente y, por último, la niñera.

—¿Nada más? —preguntó la duquesa sonriendo—. Me gus-

ta la frescura con que lo dice usted. Y la niñera será, naturalmente, porque tiene usted algún niño pequeño.

—Tengo dos, los dos que le he dicho; nacieron no hace un
mes, el día de los Difuntos[5].

—Entonces son gemelos. ¿Son niños o niñas?

—Una niña y un niño, para que haya de todo.

—¡Es usted un hombre admirable! —exclamó la duquesa
mirándole fijamente—. Piensa usted cosas que no piensa nadie, y le ocurren cosas que no le ocurren a nadie.

—Si hay en esto algún mérito, será de mi mujer más que
mío. Ella sí es una mujer admirable. Para empezar ha tenido
dos mellizos, y además los cría ella sola. ¿Qué le parece?

—Será más joven que usted.

—Es casi una niña; pero es muy mujerona.

—Aunque sea cosa fea la curiosidad, le confieso a usted que
la tengo, y grande, por conocer a su esposa, sólo por eso que
acaba de decirme de ella. Y en parte también por ver el gusto
de usted, porque es usted tan raro que debe de haber elegido
una mujer que no se parezca a las demás.

—Diga usted más bien que soy hombre afortunado, y que
he tenido la fortuna de dar con una mujer de las que hoy ya
no se estilan. Aquí, en esta cartera, tengo un retrato suyo, y lo
va a ver usted; aunque le advierto que lo mejor de Martina no
es la cara, sino algo que no hay fotógrafo que lo saque mientras
no se invente un sistema nuevo para retratar los corazones.

La duquesa tomó el retrato que Pío Cid le mostraba, y,
levantándose, se fue a sentar en el otro extremo del sofá que
estaba más próximo al balcón para examinar mejor la fotografía; la cogió entre ambas manos como para formarle un marco
de sombra, y después de mirarla despacio, disimulando su
impresión, comenzó a pasarle por encima la yema del dedo
meñique como para quitarle alguna pelusa, y arañó suavemente con la sonrosada uña un lunarcito que Martina tenía en la
mejilla izquierda, muy bajo, cerca de la nariz; y, al fin, preguntó:

—¿Está aquí mejor o peor que en el natural, a juicio de
usted?

—Está bastante parecida para lo que una fotografía puede

---

[5] El nacimiento de los gemelos en el Día de Difuntos (¿un comentario
sobre el paralelismo de la creación y la destrucción?) ocurre nueve meses
después del encuentro que tienen Pío Cid con Martina el primero de
febrero, día de San Cecilio.

expresar... El natural vale más, naturalmente, y aun creo que ahí la han sacado de más edad que la que ella tiene.

—Eso iba yo a decirle a usted: que no la encontraba tan niña. ¿Y se peina siempre así, con ese peinado tan raro?

—No, señora; ese peinado es idea mía, y no se lo pone más que cuando está de buen humor o cuando quiere que le compre algo.

—¿Conque esas tenemos? —dijo la duquesa, sin poder contener la risa—. ¡Inventa usted también peinados! Este será para instalar la luz humana. ¿Creía usted que había olvidado el invento? Pero si este peinado parece chino o japonés.

—Es el peinado del porvenir —contestó Pío Cid en tono de burla—. Feo o bonito, tiene la ventaja de que es complicadísimo y se tarda muchas horas en hacerlo, y en esas horas la mujer no piensa en nada y deja tranquilo al hombre.

—¡Pero, hombre! —exclamó la duquesa con aire regocijado—. ¡Si ahora va llegando la moda de cortarse el pelo las mujeres, para no perder tiempo! En el extranjero hay muchas con el pelo corto. Por supuesto, con usted no rezan ni las modas ni las costumbres. ¡Dichoso usted, que tiene la suficiente frescura para reírse del mundo y hacer lo que se le antoja! ¡A todos, a quién más, a quién menos, nos vienen veleidades de saltar por encima de las conveniencias! Pero... ahora sí; por ser usted tan franco le voy a decir con franqueza que me ha sorprendido este retrato. Yo creía que su señora sería muy distinta de las demás, y me parece un tipo corriente, casi vulgar...

—No es vulgar la palabra propia: más bien debía usted decir humana; pero, aun siendo vulgar, no sería una mujer vulgar, sino la vulgaridad personificada, es decir, un tipo universal tanto o más admirable que un tipo excepcional, extraordinario. La mayor parte de los hombres (hombres y mujeres, se entiende) somos seres vulgares con alguna facultad saliente que nos distingue, pero que no nos libra de caer con frecuencia en la vulgaridad de que huimos. ¡Cuánto mejor no es ser vulgar en absoluto y atenernos a lo que nos da espontáneamente nuestra naturaleza! Martina es así; es la realidad pura y, para no ser un genio portentoso, es lo mejor que se puede ser.

—Pero lo que yo veo difícil —replicó la duquesa, sin dejar de mirar el retrato— es que usted se entienda con «su Martina». Porque usted es un idealista, casi un soñador; por lo menos sus ideas no son ideas hechas, de esas que tienen curso en la sociedad y oye una a diario.

—Lo difícil sería lo contrario. Ella y yo, salvo alguna que otra riña, nos entendemos muy bien porque nos necesitamos. Una mujer debe de ser como la tierra, y un hombre como un árbol; una tierra sin árboles se convierte en un arenal infecundo, y un árbol sin tierra, muere porque se secan sus raíces; la vida que la tierra le da al árbol, el árbol se la devuelve con su sombra protectora. Así la mujer mantiene al hombre ligado a la realidad, para que no se aparte de ella ni se pierda en estériles idealismos, y el hombre en cambio protege a la mujer con la sombra de sus ideas para que no se aniquile como se aniquilaría dejándola sola, a merced del viento de los caprichos fugaces...

—Es bonita la comparación, ingeniosa... —dijo la duquesa, quedándose pensativa.

—Lo esencial es que sea verdadera, y yo estoy en que lo es; ¡y tanto! Conozco a muchos hombres que arrastran una vida artificiosa por haber dado con mujeres sin jugo, que no sirven más que para lucir trapos; y a muchas mujeres también que no viven mejor por falta de un hombre que sea el centro de su vida y el imán de sus deseos. Creen esas mujeres frívolas ser felices porque salen y entran libremente, llevando de acá para allá su aburrimiento oculto bajo las satisfacciones aparentes que proporciona la vida exterior; para mí todas esas alegrías son como los aleteos del pajarillo que se asfixia por falta de aire dentro de la campana neumática. Sin amor profundo no hay aire para la vida espiritual.

—Quizá da usted excesiva importancia al amor. Yo misma no me oculto para decirle que siempre he considerado el amor como una estupidez. Es una idea mía.

—Pues entonces no conocerá usted nunca la vida. Hay cosas muy pequeñas que se las ha descubierto con microscopio, y otras muy apartadas que se las ve cerca con el telescopio; y hay un instrumento que sirve para descubrir el alma de todas las cosas, y ese instrumento es el amor. Si usted amara —añadió como reconviniendo a la duquesa—, usted vería mucho que no ha visto; porque para una mujer no hay otro medio de penetrar en las cosas que simbolizarlas en el hombre amado.

—De suerte que para usted lo primero en el mundo, casi lo único, es el amor.

—Hay algo más grande; pero para llegar a ello no hay más camino que el amor. El mejor amor es el espiritual, y si éste no basta, el amor corpóreo. Hay semillas que sólo germinan en hoyas muy abrigadas, y casi todos los hombres son semillas así.

—¿Y usted comprende el amor puramente espiritual? Sería usted el único. La mujer sí; yo, sin ir más lejos, yo he soñado siempre con un amor espiritual; es el único que yo podría sentir. ¡Pero los hombres! No digo que no. Un señor ya anciano, un consejero, un confesor... Mas yo hablo de un amigo con quien se pueda tratar de igual a igual, íntimamente, como con una amiga; eso no es posible. Yo he intentado la prueba y me he convencido de la falsedad del hombre. Y si yo tengo en poca estima a los hombres... (no crea usted, yo también soy un poco misántropa)..., pues es por eso mismo.

—Yo la admiraba a usted, y ahora que ha dicho eso la admiro más; pero ¿está usted segura de que la mujer sea más fuerte que el hombre? Suponga usted una amistad espiritual, pura, y con un hombre que tenga su mujer, ¿cree usted que la amiga vería impasible a la mujer del* amigo? ¿No sería quizá este amor causa de que se rompiera la amistad o de que se transformara en un sentimiento exclusivista?

—¿Y usted sería capaz —preguntó a su vez la duquesa— de ver a una amiga suya amante de otro hombre, y seguir siendo amigo noble y leal?

—Yo sí.

—Permítame que lo dude.

—No quiero contradecir a usted.

—Y a su esposa, ¿qué amor le tiene usted? ¿Espiritual también? —preguntó la duquesa, levantándose y dándole el retrato a Pío Cid, después de mirarlo con cierta picardía.

—Yo no siento ya más amor que el espiritual, y aun éste con trabajo —contestó Pío Cid con cierto dejo misantrópico, y se levantó también, guardándose el retrato en el bolsillo interior de la levita, estrenada por cierto aquella misma tarde.

—Ya que hemos hablado de retratos —dijo la duquesa, notando que Pío Cid se disponía a retirarse—, tendría mucho gusto en que usted me diese su opinión sobre uno que me han hecho a mí. ¿Usted entiende algo de pintura? Pase usted aquí al salón... Aún no está bien colocado, como usted ve. Lo han puesto ahí por el momento... Me lo han hecho últimamente en París... Es de un artista de gran fama.

—Ya veo, ya veo la firma —dijo Pío Cid, mientras examinaba el retrato, que era de cuerpo entero y estaba colocado sobre

—————
* su amigo / del amigo

una mesa en un ángulo del salón—. Es un buen retrato, pero me gusta más el original. Quiero decir que el artista conoce su oficio muy bien, pero que no ha acertado a conocerla a usted, y ha tomado de usted la cáscara... Esa que hay ahí es una señora, arrogante y majestuosa, y hasta un poco teatral, pero no es una mujer, no es la mujer que hay dentro de usted.

—¿Usted distingue entre mujer y señora?

—Como entre hombre y caballero. Varias veces, viendo el retrato del duque, el que está en el despacho, he pensado que tiene toda la estampa de un caballero, de un gran señor, pero que como hombre es muy poca cosa. Y es que los dichosos artistas no se quieren tomar la molestia de profundizar. De su esposo de usted no puedo decir nada, porque no le conozco; pero de usted sí aseguro que no la han comprendido; yo mismo, que no soy artista, me comprometo a hacer un retrato mucho mejor que ese: un retrato en que se adivine la mujer delicada, graciosa y espiritual que se oculta en la señora duquesa de Almadura.

—¿Sería usted capaz verdaderamente...? Por supuesto que no me extrañaría que supiera usted también pintar, por saber de todo.

—No sé más que dibujar, y apenas si acierto a combinar los colores; pero yo no hablo de componer una obra, como la gente del oficio; con que usted esté en el retrato me doy por contento. Y además, se pueden hacer retratos con la pluma, y como tengo más hábito de escribir, ¿quién impide que mi retrato sea una composición poética, en que la describa a usted tal como es?

—A mí me gustaría más que fuera un retrato de verdad —dijo la duquesa recordando los versos de la arruga (si es que los había olvidado por completo).

Y después, como volviendo sobre su idea, añadió:

—La poesía también me gusta, y no debe de ser tan fácil describir en verso a una persona...

—Ni tan difícil cuando se la conoce bien y se sabe con precisión lo que se ha de expresar. Ahora mismo se me ocurren, de repente, unos versos que, si no son un retrato acabado, pueden servirme de boceto si usted les otorga su pláceme.

—¿Cómo son? Dígalos.

—No son buenos; pero si a usted le agradan, con esa idea puedo hacer luego el retrato. Son, como si dijéramos, la postura que ha de tomar el modelo.

—Bien, bien, dígamelos, que me ha metido usted en curiosidad.

Pío Cid hizo una leve pausa, y al fin recitó en tono familiar el soneto que había improvisado, y que decía así:

Su fino rostro en luz azul bañado
De sus grandes pupilas luminosas,
Se recata en las ondas caprichosas
Del mar de sus cabellos encrespado.

Su mirar dulce, suave, está velado
Por plácidas visiones amorosas,
Y un rumor leve de ansias misteriosas
En su boca entreabierta ha aleteado.

Su talle esbelto, airoso se cimbrea:
Ora se yergue altivo, dominante,
Ora se mece en lánguido vaivén.

Cuando le arrulla la fugaz idea
De abrir su pecho a un corazón amante
Y decirle: estoy sola y triste, ven.

—Me gustan esos versos —dijo resueltamente la duquesa—. Va usted a escribírmelos antes que se le olviden. Casi estoy por decir que me satisface más su boceto que este retrato que me han hecho, después de dos semanas de molestarme... Si su retrato sale como el boceto...

—Yo haré cuanto esté de mi parte; pero tendrá usted que darme una fotografía; yo la recuerdo a usted muy bien con la imaginación, mas para los detalles no está de más.

—¿Cómo es eso? ¡Pues si yo creía que me iba usted a tener varios días de modelo! Me sorprende en usted la sencillez con que hace las cosas. Todos los artistas son algo cómicos; quiero decir, que fingen bien la comedia y nos asustan con sus preparativos; y usted trabaja con tanta naturalidad que casi, casi me figuro yo que, si cogiera la pluma, escribiría versos como los de usted. Pero voy a darle a usted a elegir la fotografía entre las varias que tengo —dijo la duquesa, pasando al gabinete seguida de Pío Cid.

Tocó un timbre y ordenó a una de sus doncellas que trajese recado de escribir y un álbum que estaba sobre la mesa de su tocador.

445

Mientras Pío Cid escribía el soneto, ella recorrió rápidamente las hojas del álbum y sacó de él varias fotografías. Cuando el soneto estuvo terminado, lo tomó de la mesa para leerlo otra vez y dio a Pío Cid los retratos, diciéndole:

—A ver, si le parece a usted bien ese que está encima, el del sombrero. Son mi manía los sombreros; lo único a que yo doy importancia en el traje.

—Pero en este retrato mira usted a los hombres como objetos —replicó Pío Cid con viveza.

—¿Y no le satisface a usted? Pues así soy yo... usted ha hallado una frase que a mí no se me había ocurrido; yo miro a los hombres como objetos —concluyó recalcando las palabras.

—Más me gusta éste de los ojos bajos.

—Ese me lo hice a poco de tener a mi Jaime. ¿Y el escotado?

—Éste tiene alguna semejanza con el que ha traído usted de París. Me gusta más, mucho más, éste de los claveles en la cabeza.

—Ahí era yo aún soltera.

—¡Qué lejos estamos!...

—¿Ve usted? —interrumpió la duquesa familiarizándose—. Siempre hay algún veneno en sus palabras.

—¿En qué palabras?

—Eso de decir que estamos lejos, es claro; lo dice usted como si hubiera pasado medio siglo.

—No era esa mi idea —replicó Pío Cid, dando a sus palabras una entonación melancólica que hasta entonces no le había notado nunca la duquesa—. Aunque sólo hubiera pasado un mes, este mes sería largo, como un siglo entero, para el hombre que ve a una mujer casada ya y contempla la imagen de esa misma mujer cuando era pura como una flor que comienza a entreabrir su cáliz a la luz que ha de marchitarla.

—Entonces, ¿elige usted el de los claveles? —preguntó la duquesa; y sin esperar la respuesta, se puso a leer el soneto con gran atención.

—Me decido por el de los ojos bajos —dijo al fin Pío Cid, después de examinarlos todos de nuevo—. Éste es el más propio, el que mejor se armoniza con mi idea.

—Hay en estos versos intención; en todo lo que usted hace hay intención, mala, por supuesto —dijo la duquesa, doblando el papel—. Cada día me convenzo más de que usted no es lo que parece. Quiere usted parecer un hombre tosco y vulgar, y lo que usted es realmente es un hombre de mundo; desprecia usted la educación, y es usted un caballero discretísimo cuando quiere serlo.

—¿Lo dice usted quizá por los versos? Ahí no me muestro yo como soy; por no ofenderla a usted he tomado un carácter falso, plegándome a las circunstancias; mas cuando yo encuentro en el mundo una mujer hermosa como usted, mi primer impulso, el que es en mí natural, no es ciertamente discretear con ella...

—Entonces, ¿cuál es?

—Cogerla debajo del brazo y llevármela a mi casa —contestó Pío Cid con tono violento.

—¡Horror! —exclamó la duquesa, y se levantó riendo a carcajadas—. Usted es un salvaje, o por lo menos tiene la coquetería de parecerlo... Porque los hombres también tienen sus coqueterías, y peores que las de las mujeres... Va usted a conseguir inspirarme miedo.

—Pues para tranquilizarla me voy —dijo Pío Cid, levantándose y estrechando la mano que la duquesa le ofrecía—. ¡Ojalá que el retrato le agrade y me congracie de nuevo con usted!

—Yo estoy segura de que saldrá bien.

Al decir esto, la duquesa se imaginaba ya que el retrato sería algo por el estilo de los versos: la imagen de una mujer melancólica soñando en vagos amores. Sorprendióse, pues, un poco cuando al cabo de algunos días de espera se presentó Pío Cid con su trabajo. Era este un pequeño dibujo al lápiz, ejecutado con tal maestría y perfección, que parecía desde lejos una miniatura de estilo original. El parecido era perfecto, y la compostura la misma que la de la fotografía de los ojos bajos; pero los ojos de esta se fijaban en un abanico, cual si contaran el varillaje, y en el dibujo contemplaban amorosamente, ¡cómo había de imaginarse esto la duquesa! un niño en pañales. La madre le apretaba en el brazo izquierdo contra su seno, y se cubría éste con la mano derecha, en tanto que el niño parecía mamar muy satisfecho, mirando con el rabillo del ojo. La duquesa veía el retrato con inquietud, sin saber si aquello era una broma intolerable o una ocurrencia espiritual, y al fin, sugestionada por el casto y noble sentimiento que de la estampa se desprendía, la comenzó a mirar con ojos de benevolencia y dijo:

—Quien no le conociera a usted, no creería que esto es verdad aunque lo viera. La verdad es que no hay en todo el mundo un tipo tan extravagante como usted.

—¿A eso le llama usted extravagancia?

447

—Extravagancia con asomos de locura, que algo de loco tiene usted también.

—Así se escribe la historia. Y, sin embargo, ese retrato es copia del boceto que mereció su aprobación.

—¿Que está tomada del boceto?

—Naturalmente. En los sonetos la idea madre está al fin, y la idea del mío era esa misma:

> ...abrir su pecho a un corazón amante,
> Y decirle: estoy sola y triste, ven.

...¿Qué mejor amigo, qué corazón más amante y más tierno para una mujer que el de un hijo suyo, sobre todo cuando es pequeño y no siente ningún otro amor que haga sombra al amor que siente por su madre?

—Ahora comprendo —dijo la duquesa, por decir algo, sorprendida por la astucia con que Pío Cid se le escabullía de las manos.

—No hay para la mujer refugio más seguro que el amor maternal. ¡Cuántas mujeres, quizá usted misma, sufren el hastío de la vida porque buscan la felicidad en frívolos pasatiempos, cuando la hallarían en el amor de madre! Y esa frivolidad es tanto más perniciosa cuanto que además de no aturdir por completo, ni ocultar el vacío de la existencia, desarraiga y seca los sentimientos, y llega hasta cortar el ligamen natural entre padres e hijos. Yo comprendería que se destruyera ese amor de la sangre para levantarse al amor espiritual y poder amar al hijo del vecino como al propio; pero destruirlo para no amar a nadie es buscarnos nuestra perdición.

—Muchas veces se nos juzga mal —dijo la duquesa, como hablando consigo misma—, porque no se conoce nuestro pensamiento. ¡Mujeres hay que parecen frívolas, y que quizá llevan en el fondo de su alma grandes penas, tan grandes que no se olvidan ni en medio de esos aturdimientos buscados justamente para olvidarlas!

—¿Cómo se van a olvidar, si las penas no se olvidan sino cuando se las destruye transformándolas? Buscar el aturdimiento es una cobardía. El que por no oír la verdad se tapa las orejas, ¿ha destruido la verdad? Lo que ha hecho ha sido afirmarla sin conocerla. Y el condenado a muerte que está en capilla y oye con angustia cómo va el reloj dando las horas, y para no oírlas se pone a gritar, ¿retrasa con eso la hora de

448

subir al patíbulo? Más vale afrontar la verdad entera, porque, aunque la verdad sea dolorosa, el dolor es fecundo y crea alegrías que las agradables ficciones no crearán jamás. Si usted sufre, declárese a sí misma, sin engañarse, cuál es su sufrimiento; recójase y medite luego sobre él, y verá salir de él un deseo que la llevará, como de la mano, a un placer nuevo, desconocido, y tan hondo como el sufrimiento que lo ha engendrado.

—No sabía de cierto lo que era usted —dijo la duquesa con aire grave—; pero ahora que me ha hablado usted así, pienso que usted es lo que se suele llamar un amigo de las mujeres. Sabe usted inspirar confianza como un confesor y vale usted más que un confesor, porque los confesores lo juzgan todo con arreglo a la religión, y hay cosas que corresponden al tribunal de la psicología... Una mujer casada, sin que se haya consultado su voluntad, contra su gusto, por razón de Estado, como si dijéramos (que esto suele ocurrir no sólo en las familias reales, sino también en las aristocráticas, y aun en las simplemente ricas), no puede, aunque quisiera, amar a su marido. He aquí un caso que no es nuevo. Un confesor le dirá a esa pecadora: «Esfuércese, y ya que no amor, tenga al menos estimación por su esposo; este es su deber.» Y, sin embargo, pregunto yo: ¿no puede haber casos en que un hombre no tenga derecho ni aun a esa estimación por indigno de ella?

—Claro está que los hay —contestó Pío Cid con tono resuelto—. El derecho a amar es el más sagrado, y quien lo infringe es un criminal peligroso... Esa mujer que se casó sin amor, acaso no podrá amar tampoco a los hijos que tenga con el hombre a quien no ama. La sangre tiene también sus misterios.

—¿Qué diría usted de un hombre que, creyendo a una mujer culpable, le perdona y luego se dedica a mortificarla diariamente con alusiones groseras?

—Diría que es un cobarde, o quizá un infeliz, que creyó tener fuerza de alma para perdonar sin tenerla, y que, por no atreverse a hacer un gran mal de una vez, va haciendo el mal a pequeñas dosis... Pero hay también que saber si la mujer era o no culpable. Si era culpable, no hay disculpa para la bajeza del hombre; mas si no lo era, casi me inclino en contra de la mujer.

—¿Cómo? Siendo inocente y ofendida por una inculpación infundada...

—Por eso mismo. Si hubiera sido culpable se humillaría, y

el hombre que se ensañara con ella sería un miserable; pero si era inocente, el perdón ha debido irritarla más que la ofensa, ha debido tomar odio contra el hombre, y así es natural que el hombre se haya vuelto con ella duro y despiadado. Hay algo peor que una falta: la apariencia de la falta; porque de la falta, por ser una realidad, puede salir algo bueno; mas de la apariencia no pueden salir más que ficciones, sentimientos sin apoyo en la naturaleza... Así, a la mujer de que usted me ha hablado yo le diría sin vacilar: cometa usted inmediatamente la falta que no ha cometido, humanícese, y todo lo arreglaremos.

—Pero. por Dios. señor Cid —interrumpió la duquesa—; no eche usted a perder sus atinadas razones con esas salidas de tono. No sé qué gusto saca usted de lanzar adrede esos disparates...

—¡Disparates! ¿Cómo explica usted entonces que el público se complazca en impulsar con sus murmuraciones a convertir en faltas reales las simples apariencias? ¿No ocurre todos los días que una mujer comienza a coquetear inocentemente, y que muy pronto, presa en las garras de la murmuración, es arrastrada al adulterio?

—¡Es verdad! —exclamó la duquesa—. ¡Es verdad! Ese es el caso en que se dice que el público hace de Gran Galeoto[6].

—Pues bien; yo creo que el público lleva razón, porque el público la lleva siempre que obra por instinto. Una mujer que da lugar a que se murmure de ella, es casi seguro que es desgraciada; no falta a sus deberes por miedo, y el público se lo quita hostigándola con anticipadas e injustas censuras.

—Si en vez de hablarme usted a mí le hablara a una mujer sin experiencia. sería usted peligroso —dijo la duquesa levantándose y poniendo sobre un velador el retrato que aún conservaba en la mano. Y ya de pie, añadió en son de reprimenda:

—Con esas ideas de usted, adiós religión, leyes y moral. Todo se vendría abajo. Porque no hay escapatoria: lo que usted sostiene es el derecho al adulterio.

—Es que yo no soy sacerdote, ni moralista, ni abogado; yo defiendo los derechos del corazón.

---

[6] *El gran Galeoto*, drama de José Echegaray, fue estrenado en 1881. Dramatiza cómo la calumnia que rodea a dos jóvenes inocentes, Ernesto y Teodora (casada con un hombre mayor), termina por dar nacimiento a un amor real. Echegaray denomina Galeoto a toda la sociedad que con sus maledicencias acerca a quienes jamás pensaron en estar juntos.

—Pero esos derechos están en contra de la sociedad.

—No tanto. ¿Qué pueblos son los que matan a pedradas a la mujer adúltera o la arrojan por un precipicio? Pueblos bárbaros donde jamás moró la belleza ni el arte. En cambio, vea usted en Grecia cuántas luchas antes de que fuera destruida Troya, baluarte del amor.

—Pero al fin fue destruida.

—Fue destruida porque sin el honor es imposible la existencia de un pueblo, como sin el amor es imposible la de un individuo. Pero si Troya hubiera sido aniquilada en breves momentos por un rayo de Júpiter, ni hubiera existido la *Ilíada*, ni el arte griego, ni acaso existiríamos nosotros. Lo hermoso en aquella lucha es que hay dioses que defienden el fuero del amor, y que el mismo Júpiter, el mayor de los dioses, se inclina ya a uno, ya a otro de los bandos, como si estuviera perplejo ante la gravedad del litigio.

—Y si usted hubiera vivido en aquellos tiempos —preguntó la duquesa bromeando—, ¿hubiera sido troyano?

—Hubiera ayudado a robar a Elena por antipatía contra Menelao, y después hubiera ayudado a destruir Troya por antipatía contra Paris.

La duquesa guardó silencio y se fue a sentar en una butaca junto al balcón, lejos de Pío Cid, como para desvirtuar con la distancia la gravedad de lo que se le ocurría decir; miró un rato al través de los visillos, y preguntó:

—Pero si yo no recuerdo mal, usted me decía ayer que el amor más noble es el del espíritu. ¿Cómo ahora justifica usted que una mujer falte a sus deberes? Le comprendería a usted si fuera usted un seductor, porque un seductor no se para en barras para conseguir su objeto. Siendo usted un hombre serio, honrado y digno, me extraña su modo de pensar. Si usted supiera, voy a suponer, que yo tenía un amante, ¿le merecería yo el mismo concepto que hoy le merezco?

—Precisamente —contestó Pío Cid con desenfado— me han dicho, hace algún tiempo, que usted tenía un amante, y no le di crédito a la noticia; y aun siendo cierta, no le hubiera dado importancia. Yo no podía aspirar al amor de usted por mil razones que saltan a la vista, principalmente porque yo he entrado en esta casa por la puerta de la servidumbre, y no ha sido para mí escaso honor alcanzar que usted, venciendo su prevención, me conozca y me trate como caballero. Y aunque yo aspirara a ganar su afecto, éste sería tan noble que no podría descender a envidiar otros afectos vulgares. Porque yo pienso que si usted habla tan tristemente de la vida y no desdeña escuchar la palabra de un hombre de tan escaso valer social como yo, es porque no tiene puestos sus ojos en quien sea capaz de llenar el vacío que hay en su alma; y todo lo que no fuera esto, distaría tanto del verdadero amor como el guijarro del diamante.

—¿Y quién le ha dicho a usted que es ese amante que me atribuyen? —preguntó la duquesa sin darse por ofendida, para ver hasta dónde llegaba la frescura de espíritu de su interlocutor.

—Me han dicho que es un capitán de húsares, y esto mismo me convenció de que la noticia era falsa.

—¿Por qué?

—Porque la afición a las charreteras, espuelas, estrellas, galones y demás arreos militares es propia de la primera juventud. Cuando una mujer pasa de los veinticinco años, busca algo más hondo en el hombre.

—Tiene gracia eso que usted me dice. ¡Al fin, al fin, he encontrado un hombre en el mundo! Pero ya que es usted tan franco, le voy a rogar me diga sinceramente si cree que una mujer puede faltar a sus deberes sin dejar de ser digna, sin que la acuse su propia conciencia.

—Sí, lo creo. La indignidad está en envilecerse por satisfacer bajas pasiones; no lo está en librarnos del yugo del deber cuando el falso deber nos envilece. Tiene además la Naturaleza leyes inviolables, y aunque quisiéramos no podríamos burlarlas. ¿Cree usted que el amor se resigne al perpetuo sacrificio...? Un hombre joven, inexperto, halla en su camino a una mujer caída y quiere generosamente regenerarla; mas esta generosidad es peligrosa, porque bien pronto el egoísmo amoroso, que es el más violento de todos los egoísmos, reflexionará así: «¿He nacido yo acaso para tapar faltas que otros cometieron? ¿He de satisfacerme con aspirar el perfume de una flor marchita, arrojada en el suelo, pudiendo deleitarme con la fragancia pura de una flor que yo mismo corte y coja el primero en mis manos?» Y ese egoísmo irá insensiblemente a buscar nuevos amores aunque la conciencia proteste. ¿Qué vale la voz de la conciencia cuando la ahoga la lamentación de la carne? En cambio, un hombre que ha cometido graves tropelías puede sin gran martirio emprender esa obra de redención, porque su sacrificio la parecerá una expiación voluntaria de sus propias culpas.

—¡Eso es verdad!

—Y lo mismo la mujer. Una mujer cuyos sentimientos han sido sacrificados, que no ama ni puede amar al hombre a quien debe amar, está al borde de un precipicio. Por muy firme que quiera tenerse, ¿qué ocurrirá si un día se subleva contra ella su corazón esclavizado? ¡Si al menos esa mujer tuviera para defenderse el recuerdo de un día de verdadero amor! Una falta cometida por instigaciones del corazón, le daría fuerzas para soportar resignadamente los más largos y duros tormentos.

—¡Eso es verdad! —repitió la duquesa levantándose con un movimiento nervioso—. Usted conoce el corazón humano. ¡Es verdad! —añadió, sentándose de nuevo; y apoyando la cabeza contra el respaldo de la butaca, cerró un instante los ojos; y reclinada sobre su esponjada cabellera, parecía dormir y soñar.

—¡Es triste que esté hecha así el alma humana! Mas ¿qué remedio cabe? Lo mejor sería tener fuerzas para remontarse de un vuelo al amor espiritual; ¡pero son tan pocos los que las tienen! Cuando nos consume la sed de venganza contra una ofensa injusta o nos muerde el ansia de desquite por un sacrificio demasiado penoso, y no tenemos ánimo para perdonar ni para resignarnos, es más noble dar salida a nuestras pasiones en algún acto censurable, que no guardar la protesta sorda que nos va envenenando poco a poco. Una falta es un hecho humano, y acaso tenga la virtud de aclararnos el entendimiento y permitirnos ver lo que antes no veíamos y darnos alas para subir adonde soñáramos.

—Yo no había oído jamás hablar tan sinceramente —dijo la duquesa con lentitud y mirando de soslayo a un espejo, por el que veía a Pío Cid sin que éste lo notara—. Yo envidio su fuerza y su resolución, y desearía ser fuerte aunque fuera para el mal. Yo debía tener siempre a mi lado a un amigo como usted... Quizá es usted el único a quien yo pudiera llamarle verdadero amigo. Pero en este vaivén de la vida todo pasa volando, y ni siquiera hay tiempo para que una amistad eche raíces... Hoy he estado yo triste pensando en que he de emprender mañana mismo un largo viaje... —añadió volviendo la cabeza y mirando al balcón, por el que entraban las últimas luces de la tarde.

—¿Se va usted? —preguntó Pío Cid con aire de tristeza.

—Me voy —dijo la duquesa, notando por el espejo la palidez del rostro de Pío Cid—, y lo que más siento es perder su conversación, que es para mí tan sugestiva... Usted no sabe las veces que recuerdo sus palabras. Ojalá supiera yo discurrir como usted y ofrecerle ideas más atractivas; pero las mujeres somos tan...

—Usted es una mujer adorable* —dijo Pío Cid levantándose y mirándola con afecto—, y aunque me tenga por hombre tan fuerte, crea que ahora estoy impresionado como un niño de pensar que se va...

—¿Qué hacer? —dijo la duquesa, extendiendo la mano con abandono.

Pío Cid se acercó, y al mismo tiempo que cogía la mano y la estrechaba, miró a la duquesa con aire tan dolorido, que ella se sintió vivamente impresionada; de repente se puso en pie, y mientras tenía cogida una mano, se pasó la otra por los ojos y luego se apoyó en el hombro de Pío Cid, como si se afianzara para no caer; por último, le echó el brazo al cuello, cerró los ojos y juntó con los labios de él sus labios entreabiertos, desplomándose como si estuviera completamente desvanecida. Pío Cid la sujetó suavemente por la cintura, la condujo en peso hasta el sofá, la tendió con cuidado, poniéndole un cojín debajo de la cabeza, y se puso a mirarla de rodillas, temeroso de ver la tempestad que él mismo había desencadenado. Ocurríansele los más varios y encontrados pensamientos; aun llegó a suponer que la duquesa no estaba desmayada, sino muerta y convertida en estatua yacente. Esta idea, junta con el temor, el silencio y la oscuridad de la noche, que ya enviaba sus primeras sombras, le enardecieron el espíritu, y sintiéndose de súbito inspirado comenzó a recitar, con voz apagada, una canción, a cuyos conceptos la duquesa, incorporándose lentamente, apoyó un codo en el cojín y cruzó las manos para escucharle en la actitud del que reza:

> Bajo la verde bóveda sombría,
> La luz del claro día
> Llega a mis tristes ojos, tenue y vaga;
> Espléndido la envía
> El sol, y el bosque lóbrego la apaga.
>
> Bajo la verde bóveda del cielo,
> Una luz de consuelo
> Llega a mi pobre espíritu insegura;
> Rasgó el amor su vuelo,
> Mas su imagen quedó en la noche oscura.

---

* admirable / adorable

Yo solo sé lo que es amor humano:
Vislumbro muy lejano
Otro amor que, sin verlo, me fascina;
Un amor soberano
Que al creyente consuela e ilumina.

Y sé lo que es amor; el amor santo,
El puro y noble encanto
De la madre que al niño arrulla y mece
Al son de un suave canto,
Que canción del espíritu parece.

Pero no sé lo que es amor divino,
Ese amor que imagino
Como ardiente latir de un corazón
Que rige el torbellino
De los astros con mística atracción.

Yo sé lo que es amor: la viva llama
De un corazón que ama,
Prisionero de amor en fuertes* rejas,
Y, humilde, llora y clama,
Sin que otro corazón oiga sus quejas.

Pero no sé lo que es amor divino;
Ese amor que imagino
Como luz refulgente de los cielos,
Espejo cristalino,
Donde el amor refleja sus anhelos.

Yo sé lo que es amor: el firme** lazo
Que con nervioso abrazo
Mi amada en torno de mi cuello anuda,
Palpitante el regazo
Y el universo en la mirada muda.

Pero no sé lo que es amor divino;
Ese amor que imagino
Como éxtasis sublime de la mente,

---

* duras rejas / fuertes rejas
** fuerte lazo / firme lazo

Resplandor diamantino,
Que brilla, sin quemarse, eternamente.

Yo sé lo que es amor: el noble fuego
Que me roba el sosiego,
Cuando una idea radiante, en la penumbra
Surge, y yo, absorto, ciego,
Miro, sin ver, su luz que me deslumbra.

Pero no sé lo que es amor divino;
Ese amor que imagino
Como fuego sagrado de la idea,
Artista peregrino,
Que con llamas de amor sus obras crea.

Yo sé lo que es amor: ¡Cuántos amores,
Pálidos como flores
Que viven sepultadas en la umbría,
Soñando en los colores
Con que la luz del sol las bañaría!

Mas yo quiero otro amor, un solo amor,
Un fuego abrasador
Que derrita este hielo en que cautivo;
Un brillante fulgor
Que disipe estas sombras en que vivo.

¡Oh amor divino, ten de mí piedad,
Muestra tu caridad
Con el que en tierra se postró de hinojos;
Rompe esta oscuridad,
Haz que un rayo del cielo abra mis ojos! [7]

---

[7] En este poema intensamente religioso, Herrero destaca las influencias de San Juan de la Cruz («noche oscura», «viva llama») y las de Platón (en el *Sofista* Platón define lo divino como la mente eterna), y concluye que «ambos, mente eterna y abrasador corazón cósmico, son solamente dos aspectos del Creador; las llamas del amor brotan del creador que, al concebir la perfecta belleza del mundo ideal, se enciende en impetuoso deseo de realizarla: ese fuego es el «fuego sagrado de la idea», Dios es artista peregrino que con llamas de amor sus obras crea» (véase *Un iluminado*, pág. 207).

Cuando Pío Cid oyó extinguirse los últimos ecos de su canción amorosa, se deslizó sin ruido, dejando a la duquesa absorta y como embebecida en la contemplación de lejanas visiones. Largo tiempo duró aquel sereno éxtasis, cuya virtud sobre el alma de la duquesa fue tal y tan maravillosa, que al salir de él se halló en un mundo nuevo, ideal y soñado. Sus ojos estaban llenos de lágrimas, y su corazón de ansias temblorosas e inexplicables. Creía haber despertado de un sueño profundo, y no sabía fijar el punto en que el sueño había huido y la realidad había recobrado su imperio.

Se levantó con lentitud y se encaminó hacia la puerta por donde Pío Cid había desaparecido; pero no acertó con ella y comenzó a mirar a todos lados como si se encontrara en una casa desconocida; luego se dirigió al balcón para asomarse a la calle, pero retrocedió impresionada por el espectáculo de la bóveda celeste, en la que brillaban nuevos astros que ella nunca había visto y que ahora en su concierto de luz la anonadaban y le sugerían sentimientos de humilde y piadosa tribulación; por último, se volvió a sentar, y ocultando el rostro entre las manos se preguntaba a sí misma quién era aquella mujer que dentro de ella estaba y que le parecía una criatura nueva en el mundo.

Sólo acertaba a comprender claramente el ritmo espiritual que dejara la canción de amor, cuyas estrofas se diría que flotaban esculpidas en las ondas de aire; y entre todas, una, la evocación del dormido amor materno, vibraba con tanta fuerza que la duquesa no sólo la oía, sino que creía verla por doquiera en letras brillantes:

> Yo sé lo que es amor; el amor santo,
> El puro y noble encanto
> De la madre que al niño arrulla y mece
> Al son de un suave canto,
> Que canción del espíritu parece.

Mientras tanto Pío Cid se había dirigido a buen paso a su casa, aunque gustosamente se dirigiera a un desierto donde poder meditar sosegadamente sobre las raras impresiones que le agitaban, no obstante ser su espíritu tan fuerte y tan avezado a los misterios de la vida. Sacóle de su abstracción el estudiante Benito, que topó con él en las escaleras de la calle de Villanueva y le detuvo diciéndole:

—Una noticia le espera a usted que le disgustará de seguro.

¿No sabe usted que la buena de Mercedes acaba de largarse de casa?

—¿Cómo ha sido eso, pues? —preguntó Pío Cid sorprendido.

—Yo no sé. Creo que todos estaban fuera de casa, excepto doña Justa. No sé más que lo que me ha dicho Valentina... Yo no quiero meterme en nada; pero creo que Gandaria anda metido en el ajo. A mí me ha dado en la nariz, y...

—Bien está. Esa criatura ha nacido por lo visto para rodar pelota.

—¿Qué es lo que le ha caído a usted aquí? —preguntó Benito, tocando a Pío Cid en el hombro y cogiéndole después por la solapa de la levita para olerla y cercionarse de lo que fuese aquel extraño polvillo—. Parecen polvos de rosa. Tienen un olor finísimo.

—No sé lo que será —contestó Pío Cid sacudiéndose con un pañuelo y agradeciendo en su interior aquel aviso, que le libraba de una gresca con Martina.

—No le detengo a usted más —dijo Benito bajando las escaleras—; esta noche volveré un rato.

Entró Pío Cid en su casa malhumorado, y doña Justa se apresuró a repetirle la noticia de la fuga de Mercedes.

—Ya me lo han dicho, y no debe sorprenderme que haya aprovechado para irse de aquí la misma idea que yo le di para escapar de casa de Olivares. Así son las cosas de esta vida. ¿No le dijo a usted nada antes de irse?

—No. Vino llorando a la cocina y me dijo que sentía mucho dejarnos. Casi no podía hablar la pobre. Dijo que esa sería su desgracia, pero que había nacido con ese sino y que qué iba a hacer. Y se fue hecha una Magdalena.

—Bueno; no hablemos más de lo que ya no tiene compostura. Ya sabremos de sobra dónde está y cómo le va.

—No me mires tan serio —interrumpió Martina—. Yo no he tenido arte ni parte.

—No te miro de ningún modo ni te echo la culpa. Si la tuvieras, allá tú te las avengas contigo misma.

—¿Qué olor es ese que traes? —preguntó entonces Martina, que desde que entró Pío Cid no cesaba de aspirar con extrañeza el delicado perfume—. Esto parece cosa de mujer —añadió acercándose—. No lo parece, sino que lo es. ¿A ver?... Esta mano es la que más te apesta.

—Será de haber saludado a la mamá de Jaime, que se ha despedido de mí. Se va al extranjero con su hijo.

—Lo dices así como con sentimiento. ¿Es verdad que se va? Porque te comunico que la señora esa, o la tía esa, me está dando muy mala espina.

—Yo no vuelvo más a dar lecciones, y si se va o no se va, no es cuenta mía ni tuya. Y ten la bondad de no requisarme más, porque no estoy para que me quemes la sangre —concluyó con tono seco, metiéndose en su habitación.

Supo al día siguiente por Valle que Mercedes se había ido a vivir a la calle de Claudio Coello, a un segundo piso con vistas al campo, que Gandaria había hecho amueblar muy decentemente; y en el acto decidió escribir a la joven, no para disuadirla, sino para quedar con ella en buena armonía, pensando en el porvenir, y darle de paso algunos útiles consejos, el primero y principal de los cuales era que no contara nunca a Adolfo las miserias de su vida, ni menos que ella y su padre habían pedido limosna, porque estas confidencias darían al traste con el afecto que su amante pudiera tenerle. Le decía, por último, que, en caso de verse abandonada, pensara siempre en él y en su casa, que estaba siempre abierta para recibirla; y al fin de que su flaca memoria no olvidara este ofrecimiento, le enviaba con la carta una moneda moruna de extraordinarias virtudes, diciéndole que no se la daba por ser recuerdo de familia; pero que se la prestaba a condición de que le fuera devuelta por la misma Mercedes en persona, en el caso de que las relaciones con Adolfo terminaran.

Escrita la carta, fue él mismo a llevarla al correo, cruzándose en la calle, sin conocerle, con un criado de la duquesa que le traía una esquela de su señora, para entregársela en propia mano. Martina la recibió y la dejó en el despacho de su marido, no atreviéndose por el momento a abrirla; pero después de dar muchas vueltas y de disculparse a sí misma con la razón de que entre un hombre y una mujer que se aman no debe haber secretos, rasgó el tentador sobre y leyó una sola línea de firme y resuelta escritura, que decía no más:

«Esta tarde estaré en casa.—S.»

—¡En casa! —exclamó Martina, como si le hubiera picado una víbora—. ¡Y S! P debía de firmar, y Pu..., y Dios me perdone. Esto no pasa de aquí... Ahora se verá quién es Martina de Gomara.

Y en un vuelo se calzó, se echó una falda y se puso el abrigo y el sombrero que halló más a mano, y se lanzó escaleras abajo resuelta a acudir a la cita y verse cara a cara delante de aquella mujer que tan impúdicamente trataba de robarle el padre de sus hijos. Mas pocos pasos había andado cuando, al pasar por delante de una peluquería, vio en el escaparate dos cabezas de mujer, tan linda y primorosamente peinadas, que la hicieron detenerse un instante a contemplarlas; vio también su propia imagen multiplicada en varios espejos y se acobardó y perdió su resolución. ¿Cómo presentarse de aquel modo delante de una encopetada señora que quizá ni querría hablar con ella, tomándola por una criada? Volvió, pues, a desandar lo andado, y entró en su casa como una flecha y comenzó a revolver los armarios y los cajones de la cómoda para vestirse con los trapicos de cristianar. Se puso los zapatos de charol y el vestido negro de seda, y el sombrero de castor con plumas verdes, regalo de su marido; los mejores zarcillos y el velo de motas grises; las pulseras y el aderezo de perlas y esmeraldas, sin olvidar el manguito y el precioso quitasol de encaje. Aun con todos estos adornos le pareció su figura poco expresiva, y tuvo por primera vez en su vida la idea de pintarse; halló en un cajón del tocador un pedazo de corcho quemado, que le servía a Valentina para untarse de negro las cejas, que de puro claras apenas se le conocían, y subiéndose el velillo se pintó un poco las cejas y pestañas, con lo que sus grandes y rasgados ojos se asemejaban a dos simas infernales.

En estas idas y venidas topó, sin pensarlo, con la ropa de su marido; y como de repente se le había despertado una terrible desconfianza, la registró, y para colmo de su desventura halló en el bolsillo interior de la levita el retrato de la duquesa, el de los ojos bajos, que Pío Cid, por no parecer desatento, no quiso devolver. Gran esfuerzo tuvo que hacer para no echarse a llorar, y acaso no lloró por no descomponerse el rostro; mas su rabia fue tal, que del despacho fue derecha a la cocina, y con ideas siniestras cogió un cuchillo que escondió dentro del manguito. Entró en la alcoba a dar un beso a los niños, que dormían como dos ángeles. Su mamá, que estaba allí cosiendo, le preguntó:

—¿Adónde vas tan compuesta?

—Voy a buscar a Pío para dar un paseo. Me duele la cabeza, y yo creo que es de estar siempre encerrada en casa.

Volvió Pío Cid a poco, y lo primero que vio al entrar debajo de la mesa de su despacho fue el sobre de la carta de la duquesa, cuya letra conoció al punto; entró en la sala y halló todas las cosas por medio; preguntó por Martina y supo que había ido a buscarle.

—No hay duda —pensó—; el buscarme es un pretexto, y adonde va es a mover un escándalo. Vamos allá.

A mitad de camino la divisó marchando tan erguida y gallarda que para verla más tiempo aflojó el paso y le fue haciendo la ronda hasta que, cerca de la casa de la duquesa, le dio alcance. Antes que él le hablara volvió ella la cabeza y se detuvo.

—Hace un rato que te sigo —dijo él—; ¿adónde diablos vas a buscarme? Al menos tu madre me acaba de decir que ibas en busca mía para dar un paseo.

—Algo más que un paseo —contestó Martina agriamente—. Voy a devolver a su dueña un retrato que he encontrado en tu ropa. Tú no tienes aquí nada que hacer.

—Siempre tomas las cosas por donde queman. Ni siquiera me acordaba de tener tal retrato. Por olvido no lo devolví.

—Y te lo dieron y lo tomaste por olvido..., o es que ibas a formar una galería de bellezas. Mal gusto has tenido para empezar, porque tipos como ese los encuentras en medio de la calle a cualquier hora.

—No seas majadera, mujer. Ese retrato me ha servido de modelo para hacer un dibujo; no me lo han dado a mí, ni había para qué... Pero vamos andando, y no estemos aquí de plantón.

—¿No dices que no te importa nada la sociedad?

—No me importa; pero tampoco me agrada dar espectáculos en la vía pública. ¡Y que no estás llamativa en gracia de Dios!

—Pues con irte está resuelta la dificultad.

—Me iré; y tú te vienes conmigo, y andando me dirás todo lo que quieras.

—Antes tengo que entregar el retrato y hablar cuatro palabras con esa... señora.

—El retrato se le puede enviar por el correo. Yo se lo enviaré, diciendo que me dispense el olvido.

—¿Pero tú crees que yo me mamo el dedo?

—Lo que es ahora te pasas de lista. La señora esa supo que yo era algo dibujante, y tuvo la ocurrencia de que le hiciera un retrato a la pluma. Eso es todo.

—Y ¿cómo no has lucido esa habilidad conmigo?

—Porque tú no estimas esas cosas. No les haces caso; dices que son tonterías. Ayer, sin ir más lejos, te di a leer algo mío, y dijiste que no te gustaba perder el tiempo en cosas inútiles.

—Pero un retrato sí me gustaría que me lo hubieras hecho.

—Pues te lo haré hoy mismo... Pero vámonos de aquí, que si no nos van a dar cencerrada.

—No me muevo si antes no me ofreces que mañana mismo te vas a Barcelona a arreglar casa para que todos vivamos allí. Es una idea que se me ha ocurrido hoy —agregó Martina, que no quería descubrir lo de la carta de la duquesa—; no es por nada. Es que no quiero más Madrid, ni engarzado en diamantes. Esto es una zahurda; aquí no se respeta a nadie. Ahora, al salir de casa, venía siguiéndome, ¿no lo has visto?, un viejo verde que podía ser mi abuelo. ¿Qué le parece a usted? Ganas me han dado de volverme y meterle la sombrilla por los hocicos.

—Ya veremos despacio lo que conviene. No tengo interés por estar aquí ni en ninguna parte del mundo. Todo me parece lo mismo y en todas partes me encuentro como el pez en el agua..., en agua sucia, se entiende. Si puede ser, me iré.

—No es si puede ser; has de decirme que sí, y que mañana mismo, sin falta.

—Bueno; ofrecido —afirmó Pío Cid echando a andar.

—Pero no creas —agregó Martina, siguiéndole recelosa— que te vas a ir a vivir donde está mi prima.

—Tú prima no está en Barcelona.

—¿Cómo lo sabes?

—¿No me diste tú a leer una carta en la que decía que se iba contratada a Bilbao y después a Oporto?

—Es verdad —asintió Martina—; no sé lo que me digo. Tú tienes la culpa de lo que me pasa. He perdido la fe en ti, y me parece siempre que vas a engañarme. Yo no puedo ser ya feliz —añadió, a punto de llorar—. Te creía un hombre leal, y veo que eres falso como todos. Luego te quejarás de que te pierda el cariño que te tenía... ¡Sí! Te lo voy perdiendo; te lo juro.

—Esas son niñerías. Mañana no te acuerdas más. Y yéndonos de Madrid, con mayor razón...

—Una idea se me ocurre para celebrar la despedida —dijo Martina al salir por la calle del Barquillo a la de Alcalá—; vamos a comer juntos donde primero se nos antoje. Con el disgusto se me ha abierto el apetito... Pero no lo eches a broma; cree que cuando vi el retrato me dio un vuelco el corazón. Pero, hombre —agregó sacando el retrato del manguito—, si no vale nada la mujer esta; yo creía que era otra cosa. Vamos, ¡bah! (rompiéndolo en varios pedazos), ni siquiera vale la pena de devolverlo. Supongo que no te ofenderás porque lo tire por ahí (tirándolo por la boca de una alcantarilla). Después de todo...

—No me ofendo por nada; pero ¿qué es lo que llevas ahí en el manguito?

—Un cuchillo. Quizá si no me alcanzas, a estas horas hubiera hecho con el original lo que acabo de hacer con el retrato. Y si no te vas mañana, así, así, riendo, haré algo gordo. ¿No te he dicho que tú no me conoces a mí?

—Sí te conozco, y sé que tienes sangre y que la sangre te ciega y te hace ver lo que no existe más que en tu imaginación. Pero ¿y ese apetito?

—No es de comer muchos platos —dijo Martina, cogiéndose del brazo de Pío Cid—; es un deseíllo que me ha venido de comer fuera de casa, ¿te acuerdas cuando el embarazo? Entonces eras más amable. Vosotros los hombres, en cuanto una mujer tiene chiquillos, la jubiláis, como si ya no sirviera para nada. ¿Sabes lo que más me apetece? Unas ostras y una copita de manzanilla.

—Pues si quieres entraremos aquí.

Martina soltó el brazo de Pío Cid y entraron en Fornos. Como entraron en un cuarto reservado, no ha sido posible averiguar la interesante conversación que allí tendrían; pero el viaje debió quedar decidido, porque al día siguiente bajaron los dos a la estación del Mediodía a la hora del expreso, en el que salió Pío Cid para Barcelona, donde el porvenir le reservaba nuevos y utilísimos, al par que famosos trabajos. Martina no le dejó pie ni pisada hasta verle partir, desconfiada y temerosa de que, si le dejaba solo, fuera a despedirse de la duquesa.

Pío Cid partió contento, porque en estos cambios decididos por el azar, y a los que él nunca se opuso creía ver la acción de la fuerza misteriosa que rige la vida de los hombres, encaminándoles hacia sus verdaderos destinos. Sin embargo, la idea de haber vuelto a la duquesa las espaldas sin una mala excusa le preocupaba, e iba pensando remediar esta involuntaria desatención con una carta de despedida. Como lo pensó lo puso por obra; en la parada de Alcalá de Henares pasó al coche comedor, y pidiendo avíos de escribir urdió una original y piadosa misiva, que echó en el buzón al detenerse el tren en Guadalajara.

Al otro día, por la tarde, volvía la duquesa a su casa, después de tener una larga y secreta entrevista con su galanteador favorito, el arrogante capitán de húsares, y créese que, no obstante lo que las malas lenguas murmuraban, no había habido nunca en estas relaciones nada pecaminoso, y que fue este día, y no antes, cuando se rindió la fortaleza de la virtud y del recato de la duquesa, la cual dicen también que, por descargar su conciencia del peso de su falta, echaba la culpa de ella a los consejos liberales de Pío Cid. No fue leve su sorpresa cuando halló el mensaje de éste, escrito fuera de Madrid a juzgar por el sobre. No era carta, ni tenía firma; no era poesía ni prosa; era una gota de bálsamo envuelta en una alegoría, cuyo sentido íntimo escapaba a la penetración de la duquesa, aunque el efecto que le produjo fue de arrepentimiento por el mal paso que acababa de dar, y de nueva y más honda desilusión por el amor de los hombres; era un diálogo entre una *Sombra* y un *Enamorado*, y decía así:

SOLEDAD

LA SOMBRA

De amor soy mensajera
Que a consolarte viene.
La mujer que tú adoras
Me envía a ti y a ti me vine volando
En un suspiro que nació en su pecho.

EL ENAMORADO

¿Vienes de un pecho amante?
¿No vendrás de unos labios mentirosos?

LA SOMBRA

Yo soy como el espacio en noche oscura
Cuando están escondidas las estrellas.
Aire parezco y sombra,
Mas el fuego amoroso va en mí oculto.

EL ENAMORADO

Ya no hay fuego ni amor;
Sólo queda una sombra en un desierto;
El desierto es el frío de la vida,
Y la sombra es el humo de las almas.

464

LA SOMBRA

¡Vagar sin esperanza por la tierra!
¿A qué la vida si el amor perece?

EL ENAMORADO

Aun, si me fueras fiel,
Me quedas tú en el mundo, Sombra amada.
Muere el amor, mas queda su perfume,
Voló el amor mentido,
Mas tú me lo recuerdas sin cesar...
La veo día y noche.
En mi espíritu alumbra
El encanto inefable
De su mirada de secretos llena.
Arde en mis secos labios
El beso de unos labios que me inflaman,
Y cerca de mi cuerpo hay otro cuerpo
Que me toca invisible.
Mis manos, amoroso
Extiendo para asirla
Y matarla de amor entre mis brazos,
Y el cuerpo veloz huye
Y solo te hallo a ti, ¡mujer de aire!

LA SOMBRA

De amor soy mensajera;
Cree y confía. ¡Sígueme!

EL ENAMORADO

Ya no hay fe ni esperanza;
Todo murió; más tú no me abandones.
Murió al pensar en los amores vanos
Que siembran nuestra vida
De tormentos crueles.
¡Sombra amada! Mi amor es siempre tuyo.
Como no tienes cuerpo eres eterna.

Sé tú el velo que nuble mis sentidos;
Yo seré para ti la luz piadosa
Que de la nada crea la ilusión.
Voy lejos, no sé adónde;
Mas no voy solo, tú vas junto a mí.
Vas flotando, flotando
Como una sombra que eres,
Una estatua esculpida en noble espíritu,
Pura idea de amor
Con larga cabellera luminosa.
No puedes fatigarte;
Mas si te fatigaras, como a un niño
Te tomaré en mis brazos con ternura,
Te meceré, poniendo tu cabeza
Junto a mi corazón,
Y dormirás soñando en un misterio[8].

---

[8] En la lista de poemas que Navarro Ledesma poseía a la muerte de Ganivet había uno, en francés, titulado «L'amoureux de l'ombre». Según Herrero, la evidencia interna del poema nos indica que es anterior a la «Hija de Oriente» (véase *Un iluminado*, págs. 159-161).

Colección Letras Hispánicas

DE PRÓXIMA APARICIÓN

DATE DUE

NOV 1 8 1997			
JAN 0 6 2003			